·格兰特船长的儿女·

格兰特船长的儿女

〔法〕凡尔纳◎著
凯　茜·译

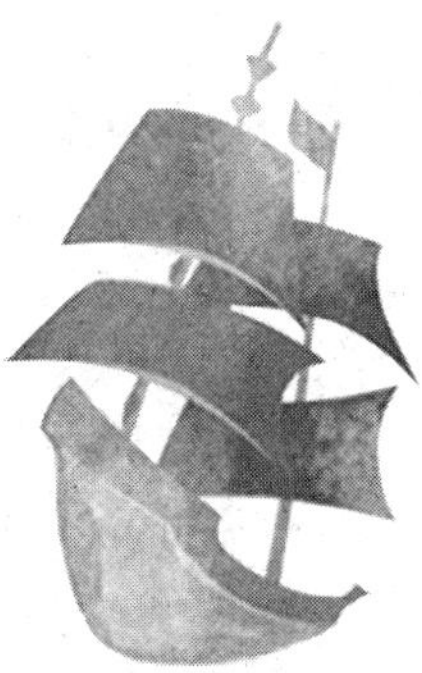

北方文艺出版社

图书在版编目（CIP）数据

格兰特船长的儿女 /（法）儒勒·凡尔纳著；凯茜译. -- 哈尔滨：北方文艺出版社，2016.8

ISBN 978-7-5317-3677-6

Ⅰ. ①格… Ⅱ. ①儒… ②凯… Ⅲ. ①科学幻想小说－法国－近代 Ⅳ. ① I565.44

中国版本图书馆 CIP 数据核字（2016）第 162892 号

格兰特船长的儿女

Gelante Chuanzhang de Ernv

作 者 / [法] 儒勒·凡尔纳　　译 者 / 凯茜

责任编辑 / 王金秋　赵　芳

出版发行 / 北方文艺出版社　　网 址 / www.bfwy.com
邮 编 / 150080　　经 销 / 新华书店
地 址 / 黑龙江现代文化艺术产业园 D 栋 526 室

印 刷 / 北京高岭印刷有限公司　　开 本 / 787×1092　1/16
字 数 / 577 千　　印 张 / 35.5
版 次 / 2016 年 8 月第 1 版　　印 次 / 2016 年 8 月第 1 次印刷

书 号 / ISBN 978-7-5317-3677-6　　定 价 / 42.00 元

目录

CONTENTS

格兰特船长的儿女

第一章
Chapter 1

鲨鱼肚里的秘密

1

1864年7月26日，在北爱尔兰和苏格兰之间的北海峡海面，有艘豪华游轮正在狂风怒号中行进。游轮上挂着两面旗，船尾的桅杆上挂着一面英国国旗，大桅杆上挂着一面小蓝旗，小蓝旗上有“E·G”两个字母，“E·G”是“Edward·Glenarvan”的缩写，也是爱德华·格莱拉弗的名字。

小蓝旗上的名字下面，有个标记，标记代表着爱德华·格莱拉弗的公爵身份。在英国贵族中，爵士身份属于苏格兰十二元老之一。

爱德华·格莱拉弗爵士是皇家泰晤士游船的一名会员，皇家泰晤士游船协会在英国非常有名，影响力很大，这艘游船就是他的私人船只，以“邓肯号”命名。在这艘豪华游船上，不仅有格莱拉弗爵士，还有他年轻美貌的妻子海伦夫人，以及他的表兄麦克那布斯少校。

“邓肯号”游船是艘刚造好没多久的新船，如今正驶向格拉斯哥。这艘游轮远行前，曾在克莱德河试航，结果非常顺利。此时，在船行驶到已经能看到阿蓝岛的时候，瞭望台上一名正观望的水手突然报告说：“有条大鱼扑了过来，扑进船尾的浪槽里了。”

船长约翰·麦盖尔大惊，立刻派人告诉了格莱拉弗爵士。爵士很快带着少校走了过来，在通往船尾楼顶的路上，爵士问船长扑进浪槽里的是什么鱼。

“应该是条鲨鱼，一条很大的鲨鱼！”船长说。

“哦？这一带还有鲨鱼？”爵士觉得有些奇怪。

“有，这一带有种叫‘天秤鱼’的鲨鱼，因为头部像天秤而得名。这种鲨鱼可以在任何温度的海洋里生活。如果我没有看错，应该就是它了。如果您允许，想必夫人也喜欢看我们钓这种鲨鱼，到时候就能知道它长的是个什么样子了。”

船长说完，见自己的话吊起了大家的胃口，接着又说：“这是一种可怕的鲨鱼，繁殖能力很强，而且很凶残。对于这种鲨鱼，我们要为民除害，抓住一切机会除掉它。如果您愿意看捕鲨鱼，这绝对是个难得的机会。”

“好吧！我等着这激动人心的时刻！”

爵士说完便命人接来了兴冲冲的夫人海伦。登上了尾楼的海伦夫人兴致极高，想要观赏这百年不遇的惊心场面。

海面和蓝天如同水洗般清朗，大家很清楚地看到了在海里悠闲畅游的鲨鱼，看着它一会儿沉入海底，一会儿又飞身跃起，行动非常敏捷矫健，令人赞不绝口。

捕捉鲨鱼的工作开始了，麦盖尔船长让几名水手将一条末端系着大钩，钩上穿着一块肥厚腊肉的粗绳子从右舷栏上扔了下去。那块诱人的香饵即使在离鲨鱼45米之外的地方，也依然被它闻到了，它快速地逼近游船。

这条大鲨鱼有着圆鼓鼓的眼睛，前行时瞪得更大了，眼神里全是对食物的渴望。它用那灰黑色的双鳍拍打着波浪，靠不停摆动的尾巴保持身体的平衡，并沿直线向前蹿去。在张开嘴巴时，大家很明显地看到了它的四排白色的牙齿，也看到它的头像“秤”一样宽。

麦盖尔船长说得没错，它就是美国人所说的“天秤鱼”，在法国的普罗旺斯，它也被称之为“犹太鱼”，这种鲨鱼是所有鲨鱼中最贪吃的一种。

“邓肯号”游轮上的每个人都盯着鲨鱼，看得有些出神。很快，他们发现它游到了香饵面前，为了便于吞食那块腊肉，它是打了个滚扑上去吞食的。瞬间，那块腊肉便进了它的嘴巴，当然同时，它也在缆索的猛烈摇动中上了钩。

见鲨鱼上钩，水手们急忙转动辘轳，大鲨鱼被吊了起来。

见自己被吊出水面，大鲨鱼开始拼命挣扎。但此时的挣扎已经没有任何用处了，因为自有经验丰富的水手们将它制服。他们只需用一根末端打着活结的绳子，套住它的尾巴就能让它听话。

果然，鲨鱼很快从舷栏上被拉到了船上，并重重地摔在了甲板上。接着，一名水手悄悄地靠近它，举起一把利斧，狠狠地朝它的尾巴砍去。

失去尾巴的大鲨鱼没什么可怕的了。不过，即使这样，水手们依然对它充满了好奇。

没错，他们像其他船上的水手一样，都想杀掉鲨鱼，看它肚子里有些什么。当然，除了想知道它吃了什么外，还想知道它肚子里有没有什么稀奇之物。而这种好奇心，鲨鱼大多都会满足他们的，水手们绝不会毫无收获。

不过，在充满腥臭的鲨鱼腹内搜寻，海伦夫人没什么兴趣看，于是便回到了自己的舱里。

此时，再仔细看那条奄奄一息的鲨鱼，发现它有3米多长，600多斤重。这样的庞然大物对水手们来说并不奇怪。不过，虽然这种“天秤鱼”不是鲨鱼中最大的，但却是最凶猛的。

很快，大鲨鱼的肚子就被水手们剖开了。不过很可惜，在它的肚子里，水手们没有发现任何食物，只发现了它刚刚吞食的那只鱼钩。看来，可怜的它很久没有吃东西了。就在大家带着失望，准备将它的残骸扔下海时，突然被一个看上去很粗糙的东西吸引住了，那东西隐藏在鲨鱼的腹部器官里。

“看，那是什么？”一个水手叫了起来。

“好像是块石头！这家伙吞石头是为了平衡身体！”另一个水手说。

“算了吧，怎么能是石头呢？明明就是连环弹嘛。连环弹被打进了这个家伙的肚子，没等它消化，又被我们捉住了。”又一个水手说。

“别乱说，这明明就是个酒瓶。你们就没发现它是个酒鬼吗？为了喝酒，把酒瓶都吞下去了。”大副汤姆·艾撒汀说。

“哦！难道这鲨鱼的肚子里真有只瓶子？”爵士惊奇地大叫。

“嘿，还真是个瓶子！”艾撒汀说完，仔细地看了看又说，“不过，有一点能确定，这瓶子不是从酒窖里拿出来的。”

“哦，这样的话，艾撒汀，把瓶子拿出来吧，通常从海里捡到的瓶子，里面都会有一些珍贵的文件。”爵士说。

“你真相信有这种事？”少校问。

“这种可能性不是没有！”

“不！我不认同你的可能性，我觉得很可能是这个瓶子里藏着不为人知的秘密！”少校严肃地说。

“我们很快就能知道结果了。艾撒汀，看看瓶子里有什么。”格莱拉弗爵士说。

“好的！”大副说完，费了不少劲才从鲨鱼腹部取出看不清样子的瓶子。

“太好了！让人把它洗干净，拿到尾楼来。”

格莱拉弗爵士说完，便和大家一起去了尾楼。

不一会儿，艾撒汀便将那个洗干净的瓶子拿到了尾楼的方厅里，放在由爵士、少校和船长围坐的桌子上。女人的好奇心丝毫不比男人少，海伦夫人也跟了过来。

其实，在海上，人们的好奇心会更大，很多小事都可能被放大。所以，就那么一只瓶子，大家全都围了过去，一声不响，一眼不眨地看着。

这个瓶子里到底有什么秘密？是有船只出事了？抑或只是一位航行者无聊，写了个便笺放在了瓶子里，并丢进海里？

为了看个究竟，爵士拿起瓶子研究起来。他认真和小心的样子，如同英国警方在侦破一件重要的案子。

当然，爵士这么做并没有错，因为表面看来没什么意义的事，很可能背后隐藏着重大的案情。

爵士在检查瓶子里面之前，首先检查了瓶子的外部。他发现这是一只细颈瓶，瓶口被一节生了锈的铁丝缠着。此瓶的瓶身很厚，很结实，即使用很大的压力都不会让它破裂。

爵士很快就看出它是法国香槟省独有的一种瓶子。在那里，很多卖酒的商人都会用这种瓶子去敲椅子的把手，通常情况下，椅子把手都被敲断了，但瓶子却一点破损都没有。

这只瓶子不知经过了多长时间的漂泊，也不知经过了多少次撞击，总之，它仍然非常完好地存在着，可见它是多么结实了。

“看来，它是克里弗酒厂的瓶子。”少校肯定地说。

对于香槟他是内行，所以没人质疑他的话。

“亲爱的少校，如果我们只是知道瓶子是哪家酒厂出来的，却不知道它是从什么地方来的，又有什么意义呢？”海伦夫人说。

“不用着急，我亲爱的海伦，我们现在可以知道它来自很遥远的地方。”爵士说完，指着瓶子说，“看到没有？这个瓶子的外面黏着很多凝固的矿石，由此说明，它是经过海水长时间的浸渍形成的。由此可以看出，瓶子在进入鲨鱼的肚子之前，它已经在大海里漂流了很长时间了。”

“我认同你的看法。瓶子外面聚集了这么厚的杂质，没有长时间的浸淫是做不到的。”少校对爵士说。

“那这瓶子到底是从什么地方来的呢？”海伦夫人好奇地问。

“不要着急！我亲爱的海伦，想要弄清这个瓶子的来历，需要一些耐心。我想，除非我的推测是错的，不然的话，我们的疑问，这瓶子就能给我们回答。”

格莱拉弗爵士说着话，便去刮瓶口那层坚硬的杂质，刮了一会儿后，瓶塞露了出来。不过瓶塞因为受到海水的侵蚀，已经有些破损了。

“很可能里面的东西也损坏了，多可怕！如果是重要的文件可就糟了。”爵士说。

“嗯，很可能是！”少校附和道。

“不过据我推测，由于瓶口塞得不紧，所以才会一直漂着，没有沉下去。最后又被鲨鱼吞进了肚里，然后带到了我们‘邓肯号’上。”爵士又说。

“没错！不过，如果我们是在大海里捞起来的，就可以推断出捞获地的经纬度。这样的话，我们就只需研究气流和海流方向，就能知道它漂了多少路程了。现在从鲨鱼嘴里发现它，是无法用这种方法推断的。”约翰·麦盖尔说。

“看看再说！”爵士说着，十分小心地拔开了瓶塞。顿时，一股咸腥味充满了整个尾楼。

“里面有什么？”海伦夫人紧张又焦急。

“看来我的猜测没错，像是几张纸条！”爵士说。

“啊？有纸条！有纸条啊！”海伦夫人激动地大叫起来。

“不过，也许因为潮气侵入的原因，纸条已经牢牢地粘在瓶子上了，想要拿出来并不容易。”爵士说。

“要不把瓶子打破？”少校说。

“不！我不想把瓶子打破！”爵士摇头道。

“那倒也是，我也希望不要打破！”少校转而说。

“当然最好不要把瓶子打破了。不过瓶子里的东西显然比瓶子更重要，所以只好牺牲掉瓶子了。”海伦夫人说。

“要不只把瓶颈敲掉好了！”船长突然说。

“好吧！那就这样吧！我亲爱的爱德华！”海伦夫人叫道。

其实，除了这个方法，也没什么其他办法了。所以格莱拉弗爵士虽然心有不舍，但也不得不把他认为珍贵的瓶子的颈部敲掉了。不过，瓶子外面的一层杂质就像花岗岩一样坚硬，必须用铁锤去砸才行。

很快，瓶颈就被砸破了，碎片落在了桌子上。他们从打破的瓶颈处，看到里面有几块黏在一起的纸。爵士小心翼翼地将那些黏在一起的纸拿了出来，然后慢慢揭开，一点点地摊在桌子上。

此时，海伦夫人、少校和船长都挤了过来。

这些纸片，由于被海水侵蚀过，根本无法看清全部内容，只能看到一些模糊不清的文字。爵士在仔细地观察了几分钟后，拿起纸片，翻来覆去地看，不仅看正面，还看反面，甚至还对着太阳光照着看。

最后，总算把纸片上保留的那些印迹组成了完整的句子。他对旁边充满了期待，已经等得有些不耐烦的人说："从没有侵蚀掉的文字初步来看，这里有用三种文字组成的三个不同内容的纸条。不过，也很可能是同一内容，只是用英文、法文、德文表达出来而已。"

"从几个能看清的字上，怎么也能知道纸条表达的意思吧！"海伦夫人说。

"哦，不，很难说，我亲爱的海伦，这些纸条上的字很不清楚。"爵士说。

"那可不可以把写有三种不同文字的纸条结合起来看呢？"少校问。

"应该可以，因为三张不同的文字，不一定每张上都是同一行被侵蚀，所以从这三张纸条中，也许能够凑出完整的意思。"船长说。

"嗯！我正准备这么做。不过，我们要一步步地来，先来看英文能看清的纸条吧！"爵士说。

62 Bir gow

sink stra

aland

skipp Gr

that monit oflong

and ssistance

lost

"这些好像看不出有什么完整的意思。"少校有些失望。

"即使看不明白完整的意思，但每个单词的意思还是能知道的。"船长说。

“对！这当然是确定的，比如‘sink’是沉没的意思；‘aland’是着陆的意思；‘that’则是‘此’的意思；‘and’是‘及’；‘lost’是必死的意思。这些单词都是很完整的。还有这个‘skipp’显然它应该是‘skipper’，船长的意思；而还有好像是说一位名叫Gr……什么‘格’的人，应该是指一位船长的名字，大约是说船长驾驶的船只遇到了海难。”

“是的，还有这个‘monit’和‘ssistance’，两个字的意思也很清楚，一个是‘文件’，另一个是‘救援’。”麦盖尔船长说。

“这么说，好像能知道一些意思了。”海伦夫人说。

“可惜呀，还是有些重要的词没有了，比如发生海难的船叫什么名字，在什么地方发生的海难等等，没有这些，我们想帮他们也没办法呀。”少校说。

“我们总会想办法知道这些的。”爵士并不灰心。

“嗯！是的，我也相信。”少校非常容易被别人的思路带走，但随即又补充了一句，“可要怎么才能知道呢？”

“三张纸条互为补充就知道了。”爵士说。

“好吧！那我们继续看！”海伦夫人又急了，催促道。

他们开始研究第二张纸条。这第二张纸条损坏得更厉害了，他们只看到几个不相连的单词。

7juni　　Glas

Zwei　　atrosen

graus

bringt　　ihnen

“看来这是德文。”船长只看了一眼便说。

“你懂德文的吧，麦盖尔？”爵士问船长。

“是的，爵士，我懂。”

“那就给我们说说这几个单词的意思吧！”爵士说。

船长仔细看了看那几个单词，然后慢慢地说：“7juni是指日期，6月7日的意思。要是我们再把英文纸条上的‘62’联系起来，那就是指1862年6月7日。”

“很好！继续！”海伦激动地叫道。

“在这日期的同一行，有‘Glas’这个单词，如果把英文纸条上的‘gow’

与它联系起来，应该是指‘Glasgow’，也就是格拉斯哥[1]的意思。看来，是说失事的船属于格拉斯哥港。”

“嗯，我也觉得是这样。”少校和往常一样，附和道。

“这张纸条的第二行缺失，但第三行却有两个重要的单词，‘zwei’是‘两个’的意思；而‘atrosen’则很可能是‘matrosen’，这个单词是指‘水手’。”

“这么说，这句话的意思就是说那条船上有个船长和两名水手落难了？”海伦抢着问道。

“非常有可能！”爵士回答。

“不过，爵士，我要坦白地告诉您，下面那个‘graus’是什么意思我不清楚。不过也许在和下一张纸条联系起来时，我们就能知道它的意思了。对于最后两个单词，‘bringt’和‘ihnen’，是请求、乞求的意思。这样如果我们再把第一张写有英文字的纸条联系起来，就很明白，是说请求救援的意思。”船长说。

“是的！没错，请求救援！”爵士叹了口气，接着说，“可那几个不幸的落难者又是在什么地方出事的呢？到目前为止，我们还是看不出来。出事地点非常重要，可我们没有一点线索。”

“希望写着法文的纸条能给我们提供帮助。”海伦夫人说。

“那我们现在看法文吧，我们都懂法文，应该更容易理解。”爵士说。

在第三张纸条上，他们看到了用法文写的以下文字：

troi　　　ats　　　tannia

gonie　　　　austral

　　　　　　abor

contin　pr　cruel　　indi

jete　　　　ongit

　et37° 11'　　37° 11'　　lat

“啊！这里能看到数字！天啊！快看！大家快看啊！”海伦夫人高兴地叫着。

“我们最好按顺序来研究。我们先看第一行，从这一行残缺的几个单词

---

①英国第三大城市，苏格兰最大的工商业城市和港口。

中，我们能看出，头几个字是说‘三桅船’，现在将第一张纸条和这个单词联系起来，船名也就完整了，应该是叫‘大不列颠’；第二行后面的两个单词‘gonie’和‘austral’，其实就‘austral’有明确的意思，我们知道，是说‘南半球’。”爵士说。

“有了这个单词，就能看出大概方位了。应该是说船在南半球失事。”麦盖尔船长说。

“很明显是这样！”少校说。

“我们再继续看下去，‘abor’应该是指‘aborder’，也就是‘到达’的意思。那么是不是说，这几个不幸的落难人到了某个地方？而‘contin’是不是指‘continent’，也就是大陆的意思呢？可这个‘cruel！’……是不是指德文中的‘graus……grausam’？这个单词是‘残暴’的意思。”

爵士说完停了一下，继续说：“我们继续往下看吧！”

爵士对这些不很完整，但却能隐隐吐露出意思的纸条越来越有兴趣了，兴致盎然地说：“‘indi’是不是‘inde’？也就是‘印度’的意思呢？是不是说遇难者被海浪卷到了印度？还有这个‘ongit’，应该是‘Longitude’，也就是经度的意思，但后面的数字看不清楚了，接着下面又出现了个数字，想必这个数字是指纬度。也就是说，他们的落难地在纬度37度11分的地方！这下好了，我们有了位置了。”

“可只有纬度数，没有经度数呀！”少校说。

“亲爱的少校，我们不能要求得那么完美了，现在有了准确的纬度，已经很不错了。从这三张纸条中我们能看出，这张法文纸条是最完整的一个，而这三张纸条中的单词意思，又能彼此联系，而且三张纸条的单词所占的行列也一样多，由此我们可以得出这样的结论，这是三张内容一样的文字。我们现在可以把这三张中的完整单词列出来，然后研究出最接近正确的意思。”爵士说。

“那我们最终用什么文字来翻译呢？是法文、英文还是德文？”少校问。

“我看我们还是用法文吧，法文我们几个人都懂。”爵士说。

“您说得很对！爵士！”船长说。

“那么，我们现在可以把这三张纸条中的文字拼凑出来，空白处还让它保留空白，有疑问的我们也可以标出来，然后一起研究、判断！”

爵士说着，拿起了一支笔，在上面写了起来，过了一会儿，他将这张纸拿给大家看，大家看到上面写着：

7juin 1862 trois-mats Britannia Glasgow

1862年6月7日 三桅船“大不列颠号” 格拉斯哥

sombre gonie austral

沉没 哥尼亚 南半球

àterre deux matelots

上陆 两名水手

capitaine Gr abor

船长 格 到达

contin pr cruel indi

大陆 被俘于 野蛮的 印第

jeté ce document de longitude

抛 此 文件 经度

Et37° 11’ de latitude portez-leur secours

37度11分 纬度 乞求 援救

perdu

必死

在他们认真看的时候，有水手过来报告说“邓肯号”已经进入克莱德湾，要船长发命令。

“现在怎么办，爵士？”麦盖尔船长问格莱拉弗爵士。

爵士想了想说：“这样吧！我们先到丹巴顿，送海伦夫人回麦凯莫府后，我去伦敦，将这件事汇报给海军部。”

船长就此下了命令。

“朋友们，现在我们继续研究。从这些凌乱的文字中，我们找到了大船失事的一些线索。这些失事的船只中有几名落难者，他们是否能够获救，就看我们的判断是否准确了。所以我们必须尽全力来做这件事，解开这个谜底。”爵士说。

“是的！亲爱的，我们一定要这么做。”海伦夫人说。

“我觉得我们现在有必要先把这些纸条上的内容分几部分来处理，首先就是我们已知的部分，接着是我们能猜出的部分，最后当然是无法知道的部分了。那么，我们现在知道了什么呢？我们知道在1862年6月7日，有艘来自格拉斯哥港的三桅船——‘大不列颠号’失事了，最后两名水手和一名船长落难在纬度37度11分的地方，现在请求救援。”爵士说。

“对，是这样的！”少校说。

“那么我们能猜到的是什么呢？我觉得应该是船只的失事地点在南半球海面。当然，我们有必要对‘gonie’这个单词多加注意。因为我们无法判断这个单词是指一个地名，还是只是一个地名的一部分。”

“这个单词会不会是‘patagonie’？也就是巴塔哥尼亚的意思？”海伦夫人问。

“可能是吧！不过，巴塔哥尼亚在不在南纬37度线上呢？”少校问。

“这个不难知道！”船长一边说，一边打开了地图。

“确实是这样！巴塔哥尼亚穿过了南纬37度线。也就是说，南纬37度线先是横截了阿罗加尼亚，然后又沿着巴塔哥尼亚北部穿过了草原，最后进入大西洋。”

船长一说完，爵士接着说：“我们现在继续推测下去，‘abor’很可能是‘aborder’，也就是到达的意思。那么，两名水手和这位船长是到达了什么地方呢？‘contin’，有可能是‘continent’，也就是大陆的意思。我们要注意，是‘大陆’，不是海岛。那么，他们到了大陆后又怎么样了呢？有个只有两个字母的‘pr’说出了他们的命运。这个单词很可能是‘pris’，也就是被俘了，或者是‘prisonniers’，做了俘虏。那么他们做了谁的俘虏呢？也就是说被什么人掳去了呢？很可能是被野蛮的‘cruels indiens’，也就是被印第安人掳去了。我这么推测你们同意吗？这么一说，是不是那些空白的地方，也就有字了呢？你们难道不觉得这几张纸条的意思已经说得很明显了吗？现在还有什么不明白的？”

爵士的眼神里充满了自信，言语也是异常的肯定。他的热情和自信感染着大家，大家一起回答说：“非常明白，再明白不过了！”

好一会儿，爵士又说：“朋友们，我觉得前面的种种推测，都是非常值得信任的，所以我觉得船应该是在巴塔哥尼亚海岸附近失事的。我随后会叫人在格拉斯哥港打听，问问‘大不列颠号’当时是要去什么地方，这样我们就能知道他们失事的地方，会不会是被迫驶去的了。”

“嗯！其实我们完全不需要去那么远打听，我们这里有商船报纸，上面会给出我们需要的信息。”船长说。

“马上查！快一点查！”海伦夫人着急地说。

船长拿出了一大捆报纸，这些报纸都是1862年的，然后仔细翻了起来。

没用多长时间，他就高兴地说：“找到了，1862年5月30日，卡亚俄[①]！满载，驶向格拉斯哥港，船名‘大不列颠号’，船长是格兰特。”

“啊！格兰特！是格兰特！”爵士大声地叫了起来。

“原来是他呀，那位有着雄心壮志的英格兰人！他还曾想在太平洋上建一个新苏格兰呢！”

爵士显得很兴奋。

“是啊！没错！就是他，人们在他1862年乘‘大不列颠号’从格拉斯哥港出发后，便再也找不到他的消息了！”船长又说。

“不用再怀疑了！没什么值得怀疑的！就是他，‘大不列颠号’5月30日离开卡亚俄，在8天后的6月7日，他们就在巴塔哥尼亚海面出事了。由此可以看出，整个事件都体现在这三张残缺不全的纸条里。现在你们知道了吧，朋友们！我们的推测没错！离事实已经很接近了。当然，现在我们还有一点不知道，那就是他们落难的经度数。”爵士越说越兴奋，说到后面则显得有些沮丧。

“也没事！现在我们连那地方叫什么名字都知道了，又知道纬度，所以经度并不是非知道不可。我们是可以找到他们落难的地方的。”船长安慰爵士说。

“这么说，我们是什么都知道了？”海伦夫人说。

“是的，都明白了，亲爱的海伦。三张纸条上的空白处，已经都被我们毫不费力地填上了，就如同格兰特船长亲口给我们叙述，我们替他做记录一样清楚。”

爵士说完，拿起笔，开始在一张纸上做记录：

1862年6月7日，格拉斯哥港有只名为“大不列颠号”的三桅船，在靠近巴塔哥尼亚一带海岸的南半球海面上失事，两名水手和格兰特船长登上了大陆，被野蛮的印第安人俘虏。地方位于经……纬37度11分处，请求救援，否则必死无疑！

---

①秘鲁第二大城市。位于卡亚俄湾内，里马克河口南岸。

“太好了！亲爱的！要是那些落难者能够重新获救，回到祖国，你功不可没啊！”海伦夫人替丈夫叫好。

“我相信，他们一定能重回祖国怀抱的。这三张纸条已经说得很明显，很清楚了。英国海军部一定不会不救他们的孩子。绝对不会！以前，他们曾救过航海家富兰克林以及其他一些失事的船员，所以这次他们一定不会不救‘大不列颠号’的遇难者的！”

“是的，这些遇难者一定也有家庭，他们的亲人一定因为他们的失踪而伤心痛苦。包括格兰特船长的妻子和儿女……”海伦夫人说着说着，伤心起来。

“没错！你说得很对，我亲爱的夫人！我会尽快通知海军部的，他们一定不会让我们失望。朋友们，现在，我们就到楼顶去吧，快进港了！”

确实是这样，使足了马力的“邓肯号”，正沿着比尤特岛的海岸在航行，美丽的山城被他们远远地抛在了船后。很快，“邓肯号”驶进了狭窄的海湾航道，在格里诺克镇前转了个弯。

晚上6点钟的时候，“邓肯号”停在了丹巴顿那座雪花岩的脚下，而那雪花岩的岩顶上，正矗立着苏格兰英雄华莱斯。华莱斯是13世纪苏格兰解放战争中的人民领袖，不过后来被英国人杀害了。

岸上，有辆马车正等候着海伦夫人和麦克那布斯少校，准备将他们送回麦凯莫府。爵士在和他年轻美貌的夫人拥抱告别后，跳上了去往格拉斯哥的快车。

动身前，他用电报给《泰晤士报》和《晨报》发了一篇启事，启事的内容是这样的：

想要知道格拉斯哥港三桅船“大不列颠号”，以及船长格兰特船长的消息者，请咨询格莱拉弗爵士。

地址：苏格兰，丹巴顿，莱斯村的麦凯莫府。

第二章
Chapter 2

格莱拉弗夫人

/

麦凯莫府位于苏格兰南部的莱斯村附近。莱斯村实际是个美丽的小山谷，麦凯莫府那古朴典雅的宅子因为有着高高的地基，所以能轻松地俯瞰美丽的莱斯村。由于整个宅子都被约孟湖环绕，所以它像一座水上建筑矗立在那里。

麦凯莫府的历史已经有很多年了，它一直属于格莱拉弗家。

格莱拉弗住的莱斯村是英雄罗布·罗伊和弗克斯·麦考克里考的故乡，两位英雄留下的美好遗风也感染着这里的人，让他们都拥有热情好客，为人仗义的性格。

不过，在苏格兰大面积爆发社会革命的时候，很多佃户都被赶出了莱斯村，原因就是无力缴付昂贵的地租。另有一些没有被赶走的，最终也被活活饿死，还有一些则只能去做了渔夫。总之，当时整个社会都处在动荡和绝望之中。

格莱拉弗是本地的贵族，而在所有的贵族中，他们这一家族又是最维护平民权利的，对于家中的佃户，他们总是平等对待，所以他家的佃户没有一个离开，忠诚地做着格莱拉弗家族的臣民。这也就让格莱拉弗的麦凯莫府，始终都有苏格兰人在里面，就和“邓肯号”上只有苏格兰人一样，这在乱世中的苏格兰来说，绝对少见。

不管是麦凯莫府，还是“邓肯号”上的苏格兰人，他们都是老领主麦考克里考、麦克法伦、麦克那布斯、麦克诺顿庄户的子孙。总而言之，他们都是土生土长的斯特林和丹巴顿两郡的人，他们每个人都勤劳诚实，忠诚地对待他们的主人。

这些人中，有些人至今还在说着古英格兰话。

格莱拉弗爵士家境富裕，却一向仗义疏财。当然，相比于他的慷慨，他的善良和仁慈更显珍贵，因为一个人的慷慨是有限的，但善良和仁慈却是无限的。这位英国贵族元老，莱斯村的绅士，麦凯莫府的主人，最终因为忠于英逊王詹姆士二世，不愿意无原则地逢迎当时的王朝而被英国政客歧视。

同时，因为他始终继承着先辈的优秀传统，坚决抵制对英格兰的侵略，这也成了他被政客们歧视的主要原因。

爵士同样继承着先辈的优良传统，而且胸襟开阔，充满智慧，他打开大门，迎接一切进步的事物。当然，这也都以不违背“苏格兰”的利益为底线。为了给苏格兰争光，他参加了皇家泰晤士河游船会的竞赛，并获得了很好的成绩。

32岁的格莱拉弗爵士身材高大，风度翩翩，虽然容貌英俊严肃，但眼神中闪现的却是温和与善良。气质超群的他，象征着苏格兰高地这片土地的风骨。

大家都知道格莱拉弗爵士为人豪爽，遇事敢作敢为，特别有古代骑士风度。而他确实也如中古时期苏格兰君主弗克斯一样，是19世纪的骑士领袖代表。同时，他比中世纪基督教圣人圣•马丁还要仁爱。在高地，如果遇到贫民，他会无私地将能给的全部给予他们，甚至为了给贫民御寒，他连身上的大衣都能脱下来赠予。

这年，格莱拉弗爵士娶了海伦小姐，此时也正是他们新婚三个月的时间，两个人非常恩爱。海伦小姐是苏格兰有名的旅行家威廉•达甫内尔的女儿，达甫内尔由于研究地理，并热衷于旅游探察而早早地离开了她。

虽然海伦不算名门望族，但却是纯粹的英格兰人。这在爵士看来，比任何拥有贵族身份的小姐都令他满意。更令他倾心的是，海伦热情奔放、美丽勇敢。

就这样，莱斯村有名的绅士娶了美丽勇敢的海伦做自己的终身伴侣。

实际上格莱拉弗爵士第一次遇到海伦的时候，海伦就已经是个无父无母的孤儿了，她没有什么财产，独自生活在父亲留给她的一所房子里。爵士刚开始的时候觉得这个少女很可怜，经过接触后发现她更善良，便决定娶她，因为他相信，她一定能做一个贤惠的妻子。

做了爵士夫人的海伦只有22岁，这是个金发碧眼的美丽女子，她的眼睛如同苏格兰春天的湖水一样清澈。善良美丽的她，对丈夫充满了敬重、感激和爱恋。在对丈夫全心全意付出的同时，她觉得自己就是个富豪，而丈夫则是个让人怜爱的孤儿。

当然，不仅对丈夫，就是对佃户和仆人，她也爱护有加。因此，她又被仆人和佃户称之为“仁慈的莱斯夫人”，为了她，一些人甚至甘愿付出生命。

麦凯莫府里，便有了格莱拉弗爵士和海伦夫人这对神仙眷侣。

在麦凯莫府外的林荫小道上，到处都是枫树和栗树，而湖岸上，时常也有人在唱着古老的战歌。在这看似荒凉的山谷，处处都有古代的建筑遗迹，这些遗迹又很自然地能让人联想起苏格兰那光荣的历史。

爵士夫妇时常会漫步在这些地方。

白天，他们有时会去有着落叶松和白桦林的森林，有时又会去一望无际的灌木丛，有时还会去攀爬约孟山、骑着马在山谷间奔驰……他们感受着大自然带来的美景，欣赏着一幅幅自然天成的画卷，这些美景如同沃尔特·司各特歌颂的美景一样令人神往。

傍晚的时候，爵士夫妇会沿着如同回廊般的林荫小道散步，这条林荫小道很像麦凯莫府脖子上的一道项圈，非常美丽。走着走着，他们会坐在一些孤石上，看着淡淡月光下的美景。天地一片寂静，世上好像没有了其他的人，只有他们。

如此美景之下，两颗相爱的心也越走越近，心胸开阔明朗起来，他们静静地感受着大自然所赋予的美妙景观，用心探求大自然的奥秘。

结婚后的前三个月，爵士夫妇就是这么度过的。

不过，爵士始终没有忘记妻子是大旅行家的女儿。他想，妻子的内心一定渴望像父亲一样去旅行，去探秘。于是，他造了“邓肯号”。

果然，在“邓肯号”造好后，他带着妻子一起踏上“邓肯号”，向世界上最美的地中海、希腊半岛行驶，海伦夫人的高兴和激动可想而知。

“邓肯号”象征着丈夫对她浓浓的爱意，这条船是在驶向他们美丽爱情的深处。他们要像度蜜月一样，在仙境般的东方海岸上度过这美好的时光。世间还有比这更美好的事吗？

不过，因为那三张纸条，他们的旅行计划发生了改变，格莱拉弗爵士去了伦敦。他要为拯救那几个遇难的船员奔波。

因为是救人，所以善良的海伦夫人没有为这次短暂的分离而郁闷，只是关心着自己的丈夫，同时也牵挂着那些遇难的人，不知道爵士这次向英国海军部求助是否顺利。

在他们分别后的第二天，海伦夫人接到了爵士发来的电报，她估计丈夫很快就要回来了。然而就在当天晚上，她又收到了丈夫的第二封电报，电报上说求助遇到了困难，要推迟回来的时间。第三天，海伦夫人接到了第三封电报，电报里全是对英国海军部的不满。

海伦夫人的心里有了隐隐的不安。晚上，在她一个人闷闷不乐地待在房间时，突然看见管家荷波艾走了进来，说有一个男孩和一个女孩要见爵士，问她愿不愿意接待。

“哦？是我们高地的吗？”海伦夫人问。

“不是，夫人。我不认识他们。他们说是乘火车到了帕乐兹后，又走到莱斯村来的。”管家回答道。

“那就请他们过来吧，荷波艾！”海伦夫人说。

管家答应着离开了，一会儿工夫，他带着两个孩子来到了海伦夫人的房间。两个孩子长得很像，应该是姐弟俩，姐弟俩的穿着虽然朴素，但却很整洁。姐姐看样子有16岁，美丽的面孔上带着疲惫，双眼像是因为哭过而有些肿。不过，她的神情很坚定，是个让人一见就能产生好感的女孩。

她的手里拉着一个12岁的男孩，男孩的脸上带着倔强和坚强，像个小小男子汉一样站在姐姐身边。他像是姐姐的保镖，一旦谁要冒犯姐姐，他便要替她出头。

姐姐看到海伦夫人后，先是有些愣住了。海伦夫人便率先开口，温和地问他们：“你们是要找我吗？”

“不！我们不找你，我们要找格莱拉弗爵士！”男孩开口说。

“对不起，请您原谅他的无礼，夫人！”姐姐看了看弟弟，急忙向海伦夫人道歉。

“哦！格莱拉弗爵士不在家，我是他的太太，如果你们有什么事需要我替……”

“您就是格莱拉弗夫人吗？”女孩急忙问。

“是的，小姐。”海伦夫人微笑着说。

“您就是《泰晤士报》上登启事，说‘大不列颠号’沉没的麦凯莫府的格莱拉弗爵士的夫人吗？”女孩问道，语气中有些紧张，也有些激动。

“是的！是这样的，你们是谁？”海伦夫人急忙问。

“夫人，我是格兰特小姐！”女孩说完，看了看男孩，“他是我的弟弟。”

“啊！原来是格兰特小姐呀！哦！格兰特小姐，是你吗？”海伦夫人一边叫，一边把女孩拉到了身边，并抓住她的手，吻了吻她的小脸。

“夫人，我父亲沉船的事，你们还知道什么？能告诉我们吗？他是不是还活着？我们能见到他吗？我请求您！请您告诉我们吧！”女孩开始哽咽。

“哦！我亲爱的孩子！我真不想让你们空欢喜，我们……”海伦夫人不知道该怎么说。

“夫人！有什么就尽管说吧！我们承受得起，我们很坚强，我们不怕听到坏消息，我们能接受任何痛苦。”

“我亲爱的孩子，我只能告诉你们，希望很渺茫，但也不能说你们和父亲就没有了见面的机会。”

“哦！天啊！太好了！”格兰特小姐流着泪叫了起来。男孩也走上前，抱住了格莱拉弗夫人，抓起她的双手不停地吻着。

三个人在激动过后平静了下来，女孩又向海伦夫人提出了一些问题。海伦夫人便将他们在“邓肯号”上捕到鲨鱼，发现了鲨鱼肚子里的瓶子，以及瓶子里有三张纸条的事说了。最后又说，根据那几张纸条，他们推断“大不列颠号”很可能是在巴塔哥尼亚附近沉没的。而船上的船长格兰特和两名水手很可能逃生成功，到了一个大陆，最后又用了三种文字进行求救，并将求救纸条放进瓶子丢进了大海。

在海伦夫人向他们讲述整个经过的时候，男孩小罗伯尔一直瞪大眼睛，认真地听着。他的心情随着海伦夫人嘴里吐出的字发生着变化。他的脑海里开始浮现父亲的形象，随着海伦夫人的讲述，他好像看到了父亲站在“大不列颠号”的甲板上，看着船在慢慢下沉，看着父亲在大海里挣扎。他甚至感觉自己和父亲一起抓住了一块岩石，然后上了岸，在海滩上奔跑……

随着海伦夫人的讲述，他好几次都叫了出来：“爸爸！可怜的爸爸！”

在叫的时候，他不自觉地靠近了自己的姐姐，紧紧地依偎在姐姐身边。而格兰特小姐则双手合十，默默地听着。直到海伦讲完了，她才说：“夫人，您能告诉我们，那纸条还在吗？”

“亲爱的孩子，那纸条不在我这里。”海伦夫人说。

“啊？不在吗？”女孩有些失望。

“是的，不在！爵士为了救你们的父亲，拿着纸条去伦敦了。不过纸条上的每一条信息，我都告诉你们了。对于我们是怎么找到那几张纸条的，我也告诉你们了。在那些已经被海水侵蚀的残存字迹里，我们只看到了纬度，可惜经度……”

海伦夫人还没说完，小男孩便说：“可以不用经度啊！”

“是的，小罗伯尔！所以格兰特小姐，我连那纸条上最细微的地方都告诉你了，你现在知道的和我一样多了。”海伦夫人看着两个可爱的孩子，微笑着说。

“是的夫人，只是我想看看我父亲的笔迹。”女孩说。

“那就等明天吧，明天也许爵士就带着它们又回来了。他之所以带着那纸条去伦敦，就是为了给海军部的人看，以便让他们派船去寻找你们的父亲。”夫人说。

“夫人！这是真的吗？那真是太好了！你们真的会为父亲去和海军部谈吗？”少女激动得叫了起来。

“当然是真的，孩子。不过不用感激。不管是谁处在我们的位置，都会像我们一样去做的。希望你们的愿望能实现！你们现在可以暂时住在我们家，等爵士回来……”

“夫人！对我们这样的陌生人，夫人能这么热心，我们很感激，但却不想打扰您！”女孩说。

“陌生人？亲爱的孩子，你们已经不是陌生人了。既然你们来了，那么爵士一定会告诉格兰特船长的儿女们他们所谈的情况，以及会采取怎样的措施去救你们的父亲的。”

在这样真诚的邀请下，格兰特船长的一对儿女也就同意留在麦凯莫府，等爵士回来了。

海伦夫人在和两个孩子聊的时候，并没有提爵士电报上所说的海军部的态度，也没有提格兰特船长很可能被南美洲的印第安人俘虏了。她不愿意说这些，是因为怕这两个可怜的孩子替他们的父亲担心，更不想让两个孩子失望。而且说了又有什么用处？于事无补呀！

抱着这样的想法，海伦夫人没有说不好的事。

在回答完关于格兰特船长的一些问题后，海伦夫人就开始询问起两个孩子的生活了。而当她知道了他们的情况后，她就知道，格兰特小姐就是小罗伯尔在这世上唯一的保护人了。

两个孩子的经历虽然简单，却很打动人，所以海伦夫人听了后，也更加同情他们了。

格兰特船长有两个孩子，那就是玛丽·格兰特小姐和罗伯尔·格兰特。格兰特船长的名字叫哈利，格兰特是他的姓。

哈利·格兰特的妻子在罗伯尔出生时就死了。而每当他远航时，就会将两个孩子托付给一位堂姐帮忙照顾，堂姐的年龄已经很大了，但对两个孩子却很好。精明能干的格兰特船长既擅长航海，又擅长经商，属于商船上难得的人才。

格兰特船长和儿女们原本住在苏格兰珀思郡的顿德城。格兰特一家是地地道道的本地人，格兰特船长的父亲曾是圣·卡德琳的牧师，所以格兰特船长自小就接受了良好的教育。

格兰特船长的父亲认为，一个人不管做什么事，知识都是必不可少的，即使他以后的理想是当水手，也需要很好地掌握知识。

哈利·格兰特刚刚上船时，只是一名普通的船员，可几次远航后，他就因为出色的表现，升为大副了，最后又做了船长，在罗伯尔出生后的几年时间里，他累积了一些财产。

而最终让他名声大震的，则是一个伟大的计划。

格兰特和格莱拉弗家族，以及苏格兰中部低地的很多世家大族一样，对欺凌侵占英格兰很不满。因此，为了依靠自己的力量促进苏格兰的发展，他决心在澳大利亚一带找一块陆地，让苏格兰人大移民。那么他这么做的目的是什么呢？是不是想以此来摆脱大英帝国的控制而独立呢？很有可能是这种目的。

也许正因为他的这种想法被泄露了出去，所以政府对他的移民计划大加干涉，这种干涉如果放在其他国家，很可能会送了命。不过，格兰特船长没有灰心，他号召同胞发扬爱国主义精神，甚至还把自己的全部家产拿出来实现这个计划。

为此，他造了一艘船，组建了一个拥有精明强干水手的船队，并将儿女托付给那位年老的堂姐，自己带着一群水手，乘船去太平洋各大岛探险。

那是在1861年的时候。在那年，以及在第二年的5月，人们还是能听到他的一些消息的，不过在6月份的时候，也就是在他离开卡亚俄之后，人们便没有听到过他，以及他的“大不列颠号”的情况了。而那些专门针对商船的媒体——《商船日报》也没有再报道过格兰特船长，格兰特船长和他那艘船的命运也就无人可知了。

也就是在那时候，格兰特船长的堂姐去世了，两个孩子成了孤儿。那时候，玛丽·格兰特仅仅14岁。不过，懂事而勇敢的她并没有被悲伤击倒，她把全部精力都用在照顾弟弟身上。弟弟年龄还小，她不仅要抚养他，还要教育他。而之所以能做到这两点，都是因为她节俭能干。她日夜不停地劳作，抚养着自己和弟弟。

这位十多岁的女孩，小小年纪就承担起了妈妈和爸爸的责任。虽然姐弟俩的生活很清贫，但他们却坚强地活着。玛丽之所以能支撑这一切，就是因为可怜的她以为父亲和“大不列颠号”已经出事了，父亲已经死了，所以她必须承担起照顾这个家庭的责任。

然而，当她偶然翻阅《泰晤士报》，看到那条启事时，本已绝望的她瞬间又感觉到了希望，那种激动和兴奋无人能体会。

她马上去探听消息，她觉得，即使有人告诉她，她父亲的尸体出现在了荒僻的海边，甚至在一只破船上被发现了，也比活不见人，死不见尸要好。那种既绝望，又怀抱希望的折磨简直太让人痛苦了。

所以，她把这个消息告诉了弟弟。两个人当即乘上了赶往帕乐兹的车，又经过一段步行后，他们在晚上到了麦凯莫府。而到了这里，在听了海伦夫人的讲述后，她心里的希望就更大了。

这就是海伦夫人从格兰特小姐嘴里知道的情况。格兰特小姐讲述这些的时候，并没有表现出痛苦，而是很平静地讲完的。一直以来，在这段苦难的岁月里，她像个英雄一样活着。

海伦夫人一想到这些，就心痛地流下了眼泪，她将姐弟俩紧紧地搂在自己的怀里。

小罗伯尔在听姐姐讲的时候，脸上露出的更多是惊讶，因为很多事情他都不知道，所以只是瞪大眼睛，看着姐姐，听姐姐说。在他知道了这段经历，也知道了姐姐为他所付出的一切后，他抱着姐姐喊道：“亲爱的姐姐，你就是我的妈妈！”

这是一个孩子从内心发出的声音。

几个人聊着聊着就到了深夜。海伦夫人怕两个孩子太劳累，不愿意把话题扯得太远，便带他们去已经准备好的卧室。两个孩子很快就进入了梦乡，他们在梦里期待着好消息，梦想着他们的美好未来。

在两个孩子睡着后，海伦夫人却怎么都睡不着了。她将少校请了过来，并把和两个孩子的谈话告诉了他。

“真是个不简单的小女孩，玛丽·格兰特！”少校听完，赞叹道。

“希望老天保佑，让爵士和海军部交涉成功，不然的话，两个孩子就更可怜了。”海伦夫人说。

“我想他一定会成功的，除非海军部的那些老爷大人们有着比岩石还硬的心肠。”少校说。

不过，虽然少校说得很肯定，但海伦夫人还是忧心忡忡，一夜都没睡好。

第二天一大早，玛丽·格兰特和她的弟弟就起床了，他们在院子里着急地转来转去。突然，他们听到了一阵马车声：格莱拉弗爵士回来了。

而就在这时，海伦夫人和少校也来到了院子，他们一起奔向爵士。

爵士一脸忧郁和愤慨，神情沮丧，在拥抱他的夫人的时候，他一句话都没有说。

“发生什么事了，爱德华？”海伦夫人着急地问。

“唉！亲爱的海伦，那些人真是……太没同情心了！”

“难道他们拒绝了？”海伦还是有些不相信。

“是的，他们拒绝派船去寻找，甚至说当年为了寻找富兰克林，浪费了几百万！他们还说，纸条上的字迹太模糊，看不懂。还说那些人已经失踪两年了，很难找到他们，又说既然落在了印第安人的手里，那么肯定是到了内陆。他们不会为了这三个人——三个苏格兰人去搜查巴塔哥尼亚的。这样做没有丝毫好处，而且很可能会遇到危险。甚至说不定牺牲的比得救的人还要多。总之，他们不愿意去寻找，他们找了种种理由来推托。他们直到现在，还记得格兰特船长那个移民计划。唉！看来，可怜的船长没救了！”

“父亲！我可怜的父亲！救救他吧！”玛丽·格兰特大叫一声，跑了过去，跪在了爵士的面前。

“什么？你的父亲？这到底是怎么一回事，小姐？……”爵士看着面前跪着的女孩，大吃一惊，忙问。

“爱德华，是这样的，这位是格兰特船长的女儿玛丽小姐。”海伦夫人说完，又指着小男孩说，“他是格兰特船长的儿子。海军部这么做，两个孩子就真成了孤儿了。”

“哦，原来是这样呀！小姐，如果我早知道你们在这里……”爵士扶起了格兰特小姐，没有说下去。

院子里发出了呜呜咽咽的哭泣声，打破了莱斯村原有的寂静。爵士、海伦夫人，以及少校和悄悄围在他们周围的仆人，都难过得说不出话来。不过，从这些沉默着的人脸上，能看出他们对英国政府这个决定的愤怒。

好一会儿，少校开口了，他问爵士：“是不是一点希望都没有了？”

“是的，没有希望了！”

“那么，既然这样，我去找他们，找那些人……”小男孩罗伯尔高声叫道。

他愤怒地握着他的小拳头，想往外面冲，但被姐姐拦住了。

“不可以这样！罗伯尔，你不能这样！这些好心肠的人为了我们，做了很多，我们首先要谢谢他们，要将感谢埋在心里，然后离开！”格兰特小姐说。

“玛丽！”海伦夫人叫道。

“小姐，你们接下来要去做什么？”爵士问。

“我们要跪在女王面前请求，我们要看女王是不是完全不顾为了救父亲的两个孩子的请求，是否面对两个想要救父亲的孩子还无动于衷。”

格莱拉弗爵士轻轻地摇了摇头。他不怀疑女王陛下的仁慈，但他知道，玛丽·格兰特是绝对见不到女王的。求见的人不可能走到王座面前，因为英国王宫的大门上，像轮船上的舵盘一样，写着一行字：

“请不要与掌舵人说话。”

海伦夫人看到丈夫的表情，知道格兰特船长的两个儿女去求女王这种做法根本行不通。但眼看着两个孩子在绝望中生活，她又于心不忍，看着玛丽牵着弟弟的手要走，她突然说：

“玛丽·格兰特，先不要急，等一等，我的孩子们，你们听我说。”

格兰特船长的两个孩子停了下来。

海伦夫人双眼噙泪，走到爵士身边，因为过于激动，她的声音有些颤抖。

“爱德华，在格兰特船长将这封信丢在海里的时候，就是把生的希望托付给了上帝，而上帝又把信转交给了我们，所以……上帝是要我们去救那些不幸的人啊！”

“什么意思，海伦？”爵士问。

其他人都静静地听着，四周鸦雀无声。

“是这样的，我想，一个人如果在结婚后，做一件好事的话，一定会感到非常幸福的。而我亲爱的爱德华，你为了让我快乐、幸福，制订了旅游计划。那么，如果我们能拯救那些不幸的落难者，那该是件多么快乐、幸福的事呀，而且也更有价值！”

“亲爱的海伦！”爵士激动起来。

“你明白我的意思了，亲爱的爱德华？我们的‘邓肯号’非常轻快，也很结实，它是经得起南半球海洋上的风浪的！我想，我们不妨将其当成是环球旅行，好吗？爱德华！我们出发吧，去找格兰特船长！”

没等海伦夫人说完，爵士已经向夫人伸出了双臂，他微笑着，紧紧地拥抱着她。此时，玛丽和小罗伯尔也赶了过去，亲吻着她的双手。这动人的一幕，让所有在场的人都感动了，他们兴奋地大声喊：

“哇！太好了！我们美丽的莱斯夫人！我们坚决拥护格莱拉弗爵士和格莱拉弗夫人！”

第三章
Chapter 3

船上的不速之客

/

前面说过，海伦夫人是个豪爽善良而极富同情心的人，让“邓肯号”去救格兰特船长的提议就很好地证明了这一点。而有着同样品格的格莱拉弗爵士，因为有了这样一位懂自己，善良贤惠的妻子而感到自豪。其实，当他在伦敦海军部受挫后，曾想过亲自出马去救那些落难者，但却并没有在海伦夫人面前说起，因为他舍不得离开新婚的妻子。

如今，海伦夫人有了这样的想法，他就没有顾虑了。当看到家中的仆人都在支持这个决定，拥护他们的做法后，爵士由衷地为“莱斯夫人”喝彩。他们要救的是苏格兰人，而这些仆人也是苏格兰人，他们的主人要救他们的同胞，怎能不令仆人们激动和高兴呢？

有了远航的决定后，他们一分钟都不想耽误了。当天，爵士吩咐麦盖尔船长，让他将“邓肯号”开到格拉斯哥港来，为即将到来的环绕地球一周做准备。需要补充的一点是，海伦夫人在提出这个建议的时候，并没有盲目地高估“邓肯号”的质量，因为“邓肯号”确实具有坚固耐用，轻便灵巧的优点，完全具备远航条件。

“邓肯号”是一艘装着蒸汽机的游船，不仅样式美观，而且载重达210吨。大家不会忘记，哥伦布和麦哲伦去新大陆探险时驾驶的船只，在吨位上都比“邓肯号”小。

我们再来看看“邓肯号”：“邓肯号”上的帆有很多，光前桅就带有主帆、梯形帆、小前帆、小顶帆等等；大桅带有纵帆、樯头帆、三角帆、大触帆，以及很多辅助帆。由于各类帆很多，所以它完全具备快帆船利用各级风力的特点。同时，“邓肯号”还能依靠内部机器的力量让船行驶，而这个内部机器，也是有着高压性能的，具有160匹马力的最新产品。

“邓肯号”上还有蒸汽机，蒸汽机可以加大气压，推动双螺旋桨。因而，当“邓肯号”加大马力的时候，就可以达到高出所有轮船的速度。

完全没错，是这样的。当他们在克莱德河试航时，通过测程仪得知，“邓肯号”的速度达到了每小时32公里。这样的速度对远航来说完全没有问题，麦盖尔船长只需将舱房进行改装，就可以进行环球旅行了。

改装舱房时，为了多装一些煤，避免沿途补充燃料，麦盖尔船长还扩大了装煤的船舱。接着，他又扩大了装粮的船舱，让舱里装上了够吃两年的粮食。当然，钱这方面也不需要担心。最后，他们甚至还在船头的甲板上架了一门有转轴的大炮。

在远航过程中，什么事都有可能发生，所以在船上装一架重8磅，射程达7公里的大炮完全有必要。

需要说明的是，麦盖尔是位出色的船长，业务的熟练让他能够游刃有余地指挥游船，同时，他也是格拉斯哥港数得上来的优秀船长。30岁的他虽然时常沉着脸，但本性非常善良。拥有勇敢品质的他是在格莱拉弗家长大的，格莱拉弗家不仅把他抚养成人，而且还把他培养成了一名优秀的海员。在以前的远航中，麦盖尔就曾表现出惊人的沉着和智慧，所以当爵士让他做“邓肯号”的船长时，他高兴地答应了。

麦盖尔敬重这位麦凯莫府的主人，这种敬重就像弟弟对哥哥一样，心甘情愿地为他效力。以前找不到机会，现在终于有机会效力了。

“邓肯号”上的大副叫汤姆·艾撒汀，是位老水手，也非常值得信任。

整个船上的船员，包括船长和大副在内是25人。这些人都是丹巴顿郡首屈一指的水手，也是格莱拉弗家族的庄户子弟。这样的一群人，在船上形成了团结友爱的团队。同时，团队里人才济济，就连吹传统风笛的人都不缺。

拥有这样一批水手，格莱拉弗爵士也就相当于拥有了一支精兵队伍。更重要的是，水手们都很满意自己所处的位置，做事也很认真负责。热情勇敢的他们善于使用各种武器，也能熟练地驾驶船只，所以非常愿意追随主人冒险远征。

在他们听到这次远征的目的后，开心地哇哇大叫，那欢呼声响彻了丹巴顿山谷。

虽然麦盖尔船长在忙着改装煤舱和粮舱，但他没有忘记给爵士夫妇准备长途航行要住的房间。同时，他还替格兰特船长的儿女们布置了舱位。虽然海伦夫人只答应了让玛丽随“邓肯号”远行，但即使不让小罗伯尔去，他也一定会瞒着大家躲进货舱的。甚至说如果让他像富兰克林和纳尔逊小时候那样，在船上做见习水手，他一定也会毫不犹豫地答应。像这样倔强的孩子，谁能制止得了他？

最终，大家同意让他去，而且不以乘客的身份去。也就是说，不管他是做见习水手还是小水手、大水手，他都要为大家服务，而麦盖尔也愿意教他海员知识。

对于这样的决定，罗伯尔欣然接受，并且说：“如果我学得不好，你们就用皮鞭打我好了。”

“不用怕，我的孩子，我们不会这么做的。”格莱拉弗爵士认真地说。其实不用说都知道，船上那用九条皮鞭做成，用于打见习水手的“九尾鞭”早都禁用了，而且对爵士来说，“邓肯号”上并没有存在“九尾鞭”的必要。

船上的乘客，除了爵士夫妇、格兰特船长的儿女外，爵士还加了一个人，这个人就是麦克那布斯少校。

少校是个温和而话语很少的50岁的中年人。谦逊是他的特点，所以不管对任何人、任何事，他都以别人的意见为主，很少与人争辩、吵架，甚至从不跟人发脾气。他的个性，就算是上敌人的堡垒，说不定也会像上自家的楼梯一样淡定。当然，这样绵软的性格并不代表着他胆小，其实他非常勇敢，即使炮弹落到身边，脸色也不会变。可见，他应该是至死都不会发脾气，至死都不会着急的一个人。

当然，如果真要从他身上找出一个短处来的话，那可能只有一条：他是一个彻彻底底，纯纯粹粹的苏格兰人，他固执地遵守着故乡的旧风俗。因而，他不愿意为大英帝国服兵役，而他头上的少校军衔，还是他在高地黑卫队第42团时获得的，而黑卫队是由纯苏格兰贵族组成的队伍。

麦克那布斯少校原本是以表兄的身份住在麦凯莫府的，现在又以少校身份上“邓肯号”，也是再正常不过的事了。

“邓肯号”上的主要成员都在上面做了介绍。而世间的事就是这样，因为一个机缘巧合，这只船以及船上的这些人的命运就连在了一起，并准备进行一场结果难以预料的航行。而当这只船开到格拉斯哥港的轮船码头之后，很快就吸引了人们的注意，引来了大批人参观。

人们关心这只船，以及船上的人，这使停泊在这个港口的其他船只，以及那些船只上的船长羡慕不已，特别是“苏克迪亚号”上的布尔特船长。

“苏克迪亚号”和“邓肯号”一样，也是一只游船，而且也很漂亮，并且就停在“邓肯号”的旁边。“苏克迪亚号”正准备去加尔各答，论大小，它比“邓肯号”大，但大家似乎把兴趣都聚集在了格莱拉弗爵士的“邓肯号”上，而且所受的关注度越来越高。

启程的日子在一天天接近，精明能干的麦盖尔船长，在“邓肯号”于克莱德河试航后一个月，便将煤和粮食储备齐了。一切都准备妥当后，他们只等出发了。

出发的日期定在了8月25日。在这个时间出发，不到初春来临，他们就能到达南纬地带了。

爵士的这次远航计划公布后，曾有很多人来劝阻，说这样的航行既累又危险，但他丝毫不为其动摇，并继续为离开麦凯莫府做着准备。

其实，很多人虽然当面劝阻他，甚至批评他，但内心却在赞赏他，而且整个舆论也都倾向于支持这位勇敢的苏格兰爵士。很多媒体，除了政府报纸外，都在谴责海军部。当然，对于自己的这个做法，从不计较个人得失的爵士，根本就没有考虑付出，他考虑的只是怎么拯救那些落难者。

8月24日，格莱拉弗夫妇、少校、格兰特姐弟，以及船上的厨师长奥比尔先生，随行服侍格莱拉弗夫人的奥比尔太太等人，均在全府仆人的热烈欢送下，离开了麦凯莫府。几个小时后，他们就坐在了船上。

格拉斯哥的居民们，全都怀着敬仰的心情，欢送海伦夫人，因为只有她才会放着安逸奢华的生活不过，去远征援救同胞。

爵士夫妇住在“邓肯号”船尾的楼舱里，这个楼舱共有两个卧室，两个洗漱间，一个客厅。除此而外，还有一个客厅，客厅两边又有六个房间，分别住着格兰特姐弟、奥比尔夫妇和少校。麦盖尔和艾撒汀的房间则在客厅的另一端，面朝中甲板，背对客厅。

“邓肯号”上的船员住在平舱，里面既通畅又舒适。除了他们这些人外，船上还有煤、粮食和武器等，除此就没有其他的什么东西了，所以空地方有的是。为此，麦盖尔船长还曾利用这些空地，对内部进行了调整。

8月24日到25日凌晨3点，正值落潮，“邓肯号”开始起航。开船前，格拉斯哥的市民还在“邓肯号”起航时看了一场动人的仪式。那是在晚上7点钟的时候，爵士带领全体船上成员，一个不落地离开游船，去了格拉斯哥古老的圣迈哥教堂。

圣迈哥教堂是经过“改教运动”大破坏后依然健在的一座古教堂。对于这座教堂，沃尔特·司各特曾对它有过优美的描写。在爵士领着众人去的那一刻，它大门敞开，迎接着“邓肯号”上的全体人员。无数市民跟在了后面。

在这有着多年历史的古老教堂里，穆尔多牧师为他们每个人祝福，乞求上天能保佑他们这次远征顺利。而在这些人中，玛丽·格兰特的声音最响亮，她在为她的恩人们做祷告，同时，在上帝面前，她肆意让那感激的眼泪往下流淌。

祷告完后，全体成员怀着平静的心情离开了教堂。11点钟的时候，他们回到了船上，麦盖尔船长和船员们开始为即将到来的起航做最后准备。

深夜到来，“邓肯号”的机器生上了火，船长命令加足马力。很快，“邓肯号”便被黑夜和大股的浓烟包围。由于风向是西南风，不利于张帆，所以“邓肯号”上的所有帆都收了起来，藏在了帆罩里，以免受到煤烟的污染。

凌晨2点钟的时候，“邓肯号”在轰鸣的机器震颤中动了起来，蒸汽在汽缸里发出了嗞嗞的声音，气压表指向了四级压力。那时候，潮正处于平满时，微弱的曙光隐隐能让他们辨认出夹在浮标和石标间的克莱德航道。浮标和石标上的信号灯，由于晨曦的原因，显得非常暗淡，此时，正是起航的好时机。

船长命人通知爵士，爵士跑向了甲板。

潮水开始降落，“邓肯号”的汽笛鸣叫起来。缆索松了下来，螺旋桨也转动起来，“邓肯号”慢慢离开了周围的船只，向克莱德湾的航道驶去。

由于对这个海湾的地势比较了解，所以船长并没有找领航人。实际上，任何一个领航人，都未必比他更懂得领航。而在船起航时，他用右手操纵着机器，左手掌舵，老练而娴熟。

一会儿工夫，几座工厂就看不见了，出现在他们面前的是一些稀稀落落，位于河边丘陵的别墅，城市的热闹和喧嚣越来越远，最后终于一点声音都没有了。

经过一个小时的行驶，“邓肯号”朝丹巴顿的峭壁继续行驶，又过了两个小时，“邓肯号”进入到克莱德湾。早上6点，“邓肯号”经过坎泰儿岬，出了北海峡，行驶在大西洋上。

航行的第一天，海浪很大。晚上的时候，风势越来越强，“邓肯号”开始颠簸，越来越厉害。强大的风势让女人们躲在了房间，好在她们状态都不错。

第二天，风向发生了改变，船长扯起了主帆、纵帆和小前帆。由于“邓肯号”的质量很好，所以有力地压住了波澜，船的颠簸有所减轻。甲板上也便迎来了海伦夫人和格兰特小姐。他们和爵士、少校、船长一起看日出。

日出的景色很好，太阳如同一个金色的盘子，从大海深处慢慢升了起来。在耀眼的光芒下，“邓肯号”缓缓地滑行在海面上，鼓起的风帆在太阳光的照耀下，像是被太阳的光线撑起来似的。

大家在静静地观看日出时，海伦夫人突然说：“啊！真是太美了！这是晴朗的一天，希望风向不要变，一直这样送‘邓肯号’前行。”

“是啊！我亲爱的海伦，这个方向真是太好了！我们旅行的开始就这么顺利，真是个好兆头，真的不能再强求老天怎么样了。”爵士说。

“我亲爱的爱德华，这次航行要很长时间吗？”

“这要问船长！麦盖尔，一切还不错吧，你对这船怎么看？满意吗？”

“非常满意！爵士！这艘船真是棒极了，我想，任何水手都会因为上这艘船而自豪的。那船笛和机器的配合非常精妙。还有那船后的浪槽，多么均匀啊，对于浪头，这船能轻易躲过。我们现在一小时可以行驶30公里，按这个速度的话，我们10天就能穿过赤道，不到五个星期，我们就能绕过合恩角了。”船长高兴地说。

“听到了吗，玛丽？不到五个星期，真是太好了！”海伦夫人也高兴地说。

“没错！夫人，我听到了，听了船长的话，我真是太高兴了。”格兰特小姐说。

“怎么样？玛丽小姐，这次的航行，你受得了吗？”爵士关切地问。

“完全受得了，爵士，我感觉很好，而且很快就能全部习惯了。”

“那小罗伯尔怎么样？”

没等格兰特小姐回答，船长抢先说：

“哦！他啊，您可千万别提他，他不是到机器间，就是在桅顶上，我敢说，他根本不知道什么是晕船。您看，那不就是他吗？”

大家顺着船长手指的方向一看，小罗伯尔正吊在小顶帆的帆索上，悬在30米高的地方。

格兰特小姐看了大吃一惊。

“没事的，小姐！”麦盖尔船长笑着说，“我敢保证，而且保证用不了多长时间，我就能向格兰特船长说‘这了不起的小家伙’了。那位令人敬佩的船长，我们很快就会找到的。”

“希望老天爷能听到您的吉言，船长先生。”格兰特小姐说。

“亲爱的孩子，一切都是天意，一切都会充满希望。因为我们不是自己在走，而是有上天在指引我们。我们没有乱跑，是有股力量在指点着我们。为了这场拯救，我们集合起了这股精良的力量，你只需看看他们就能知道，我们一定会成功的，不管遇到什么问题，什么困难，我们都可以解决。而且我曾答应过我的夫人，要实现我们的旅行计划，结果就有了这样的机会。我相信一定是这样的！”

“亲爱的爱德华，我相信你！你真的非常出色！”海伦夫人说。

“不！不是我出色，是我拥有最好的船员，而且还能在最好的船上。怎么，玛丽小姐，你就不想赞美一下我们的‘邓肯号’吗？”爵士开玩笑说。

“赞美！当然赞美！爵士，我不仅赞美，而且还以内行的眼光赞美呢！”

“哦？是吗？”

“是的，爵士。我小时候经常在父亲的船上玩。父亲也许曾想将我培养成水手，所以对于调帆面、编帆索这样的活，我都可以做。”

“哈哈，小姐！你到底在说什么呀！”船长瞪大眼睛叫道。

“看来，玛丽小姐已经是麦盖尔船长的朋友了。在麦盖尔船长的眼里，全世界任何一个职业都不如水手。即使是女子，做水手也好过做其他职业！麦盖尔，我说得没错吧！”爵士笑着说。

“那是，爵士。不过，我还是认为格兰特小姐在楼舱当贵宾比在甲板上扯拉帆索更适合。不过嘛，她那话说得我还是很高兴的。”

“特别是她赞美‘邓肯号’，你会更开心吧！”爵士补充道。

“‘邓肯号’承受得起这些赞美！”船长回答道。

“看你们这么赞美这艘船，我还真想到舱底下去看看，我想看看水手们在甲板中住的情况。”海伦夫人说。

“住得好极了，就像在家里一样。”船长说。

“他们真的是像住在家里一样，我亲爱的海伦。‘邓肯号’实际上就是我们苏格兰的一部分，它是丹巴顿郡的一部分，是因为特殊的原因，只能漂在海上而已。所以，我们并没有离开我们的家乡，我们一直在自己的家乡，这里就是麦凯莫府，大海就是约孟湖。”爵士说。

“那么，我亲爱的爱德华，能否让我们参观一下您的麦凯莫府呢？”海伦俏皮地说。

“那请吧，夫人！不过，我要先通知一下奥比尔才行。”

厨师长奥比尔虽然是正宗的苏格兰人，却长得很像法国人，热情聪明的他在听到主人的召唤后，很快就来了。

“奥比尔，早饭前，我们想到处看看。我们回来时，希望早饭已经摆好了。”爵士说，他好像忘记了自己是在船上，而是要去达尔百和卡戴林的湖边散步一样。

奥比尔深深地鞠了个躬，以示回答，他的脸看起来始终很严肃。

“少校，你会陪我们一起去吗？”海伦夫人问。

“如果你去，我就去！”少校说。

“啊，不用了，他现在正沉浸在雪茄烟里，还是不要把他拉出来了！对了，玛丽小姐，我要给你介绍一下，这个烟君子，整天抽烟，即使连睡觉时也要抽。”爵士笑着对海伦和格兰特小姐说。

少校同意这种说法，笑着点了点头。爵士带着其他人下去了。少校没有去，他和平时一样，淡定地坐在那里。他从不想不愉快的事，所以只是沉浸在浓浓的烟雾中，看着船后的浪槽。

静静地看了一会儿，等他再转回头来时，却发现一个陌生人站在他面前。平时淡定到不会被任何事惊到的他，着实被这件事惊了一下——这个人他从没见过。

此人身材高大，体形修长，年龄在40岁左右。远远看去，他有点像一颗大头钉杵在那里。为什么这么说呢？因为他不仅头很大很宽，而且额头也很高，鼻子和嘴巴都很大。除此之外，他还有着长长的下巴。再看眼睛，又圆又大，不停地滴溜溜地转着。看样子，他聪明机灵，而且非常乐观。

世界上有一些人总以庄重示人，而且很严肃，不苟言笑，以此来掩饰内心的卑鄙和龌龊。不过，这位陌生人却不像是这样的，他不仅不令人感到严肃，而且看起来很随性，很潇洒。

显然，他应该是位好好先生，而且总喜欢把事情往好的方面想。在他还未开口前，人们已经能从他的样子中看出他是个很喜欢说话的人了。而从他那不加掩饰的举止来看，应该是个粗枝大叶的人。

他的头上戴着一顶鸭舌帽，脚上是黄皮靴，靴子上套着皮罩。他的下身穿着绒裤，和夹克的颜色一样，都是栗色的。夹克上有很多袋子，袋子里装满了乱七八糟的东西，比如簿子、册子、皮夹子等，腰间还斜挂着一个很大的望远镜。

陌生人的机灵好动与少校的沉默淡定形成了鲜明的对比。

陌生人围着少校走来走去，打量着他，但少校却用他一贯的淡定看着陌生人，既没问他来自哪里，也没问他要去向何方，为什么会上了“邓肯号”。

陌生人对没有引起少校的注意感到有些沮丧。他将目光从少校身上收回，取下了腰间挂着的大望远镜，望远镜的长度拉出镜头可达1.2米。陌生人叉开双腿站立，像公路上的路标一样一动不动。在把望远镜对准天水相接的地方看了差不多有5分钟后，他将望远镜收了起来，挂在甲板上，然后将手按在望远镜的上方，好像手下的不是望远镜，而是一把手杖。

不料，他拉出的镜头因为是一节一节的，能活动，所以猛地缩了回去，陌生人因为站立不稳，倒在了大桅下，直挺挺的。

这种场景，任何人看到都会发笑，但少校的脸上却没有什么表情，甚至连眉毛都没动一下。陌生人忍不住了，终于大声喊道：

“厨师长，厨师长去哪里了？”显然，他是个外国人。

见没人出来，少校也没表情，他又提高了声音大叫：“厨师长！厨师长！”

此时，奥比尔正好去前甲板的厨房，听到有个陌生的大个子叫他，怔在了那里，心想：“这个人是从什么地方冒出来的？”

不过，他又想，难道是格莱拉弗爵士的朋友？可是不可能呀，都没听爵士提过。

奥比尔一边想，一边爬上了楼舱甲板，走到陌生人面前。

“怎么？你就是船上的厨师长？”陌生人看着他问。

“是的！先生，不过我想问……”

没等奥比尔说完，那人便说：“我是6号的！”

“你在6号房间？”厨师长更奇怪了。

“对呀！请问你贵姓？”

“我叫……奥比尔！”

“哦！奥比尔呀！很好，我的朋友，我想，现在是开饭时间了吧，我要吃饭，越快越好，我已经有36个小时没吃东西了，或者说我整整睡了36个小时。想想看，一个从巴黎跑到格拉斯哥的人，这么久没吃饭，你要理解我的急迫心情！请问，几点能开饭？”陌生人噼里啪啦地说了起来。

奥比尔傻眼了，他怔怔地说：“9点！”

陌生人在身上那众多的口袋里摸了很久，总算在摸到第九个口袋的时候摸到了什么，他拿出来看了一下。

“哦！很好！现在是8点，离吃饭还有段时间，那么先给我来一块饼干，然后再来一瓶白葡萄酒。我太饿了，一点劲都没有了。”

奥比尔还是茫然地看着陌生人，陌生人继续说着，一刻都不想停。

“我还想问一下，船长呢？船长难道到现在还没起来？还有大副！这都是去哪里了？还在睡觉？幸好今天天气不错，顺风，即使没人管，船也会照样走！”

正在这时，麦盖尔船长走到了楼舱的梯子上，奥比尔马上对陌生人说：

“这位就是船长！”

“噢！太好了，很高兴见到您，布尔特船长！见到您，我可真是太高兴了！”

麦盖尔船长惊住了，他的吃惊不仅仅是因为出现了一个陌生人，还因为那人在喊他“布尔特船长”。

陌生人丝毫没有理会麦盖尔船长的吃惊表情，他犹如打开了话匣子，滔滔不绝地说了起来。

“我真是太高兴了！请允许我先和您握握手吧。前天晚上原本想和您握手的，但因为开船，怕打扰您。现在好了，船长，现在我们就算正式认识了，我真是太高兴了！”

麦盖尔船长的眼睛瞪得大大的，看看奥比尔，又看看这个陌生人。

“好了！亲爱的船长，我们认识了，就是老朋友了吧！那么说说看吧，您对这艘‘苏克迪亚号’是不是很满意？”

麦盖尔船长再也忍不住了，终于开口说：“我不知道什么苏克迪亚号！”

“哦！怎么会这样？‘苏克迪亚号’就是我们乘坐的这艘船呀，这可是一艘好船，我很早就听有人和我说了，说这船的质量很好，船上的设施和服务都很好。当然，那热情的布尔特船长就更好了。我记得，有个非洲旅行家，好像也姓布尔特，应该和您是本家吧，哈哈……那是多么有胆识的人啊！我可真羡慕您啊，可以做他的本家。”

“先生！要让您失望了，因为我不是旅行家布尔特的本家，因为我根本就不是布尔特船长！”

“哦，那么，我是在和‘苏克迪亚号’上的大副鲍来斯先生说话吗？”

“鲍来斯先生？”麦盖尔船长喃喃着，开始想这到底是怎么一回事，正想给他解释清楚，便看见爵士和海伦夫人，以及格兰特小姐走到了楼舱甲板，而那陌生人一见他们就大叫：

“天啊！你们都来了，有男客，也有女客，真是太棒了！鲍来斯先生，您是否应该给我们做个介绍？”

话音刚落，还没等麦盖尔船长说话，他便绅士十足地走到了爵士他们面前，先称呼了一声格兰特小姐“夫人”，然后又冲海伦夫人喊了声“小姐”，最后又转向爵士，叫了声“先生”。

他的胡乱称呼，让几个人全怔住了。

麦盖尔船长这时开始向他介绍道：“这位是格莱拉弗爵士。”

“哦！是爵士。”陌生人急忙改口。

“那么请先让我自我介绍一下，在船上我们不应该太过拘束，不需要过多的礼节，我们很快就会熟悉起来的。和这些夫人们在一起，在‘苏克迪亚号’上的航行，一定会非常顺利和惬意的，而且时间也会过得很快。”

海伦夫人和格兰特小姐对突然冒出的不速之客感到吃惊，一句话都说不出来了，只是怔怔地看着他。

终于，爵士开口了。

“先生，我想请教……”

不等爵士说完，陌生人便又说：“我是巴黎地理学会的秘书，我叫雅克·巴嘉勒尔，我还是柏林、孟买、达姆施塔特、莱比锡、伦敦、彼得堡、维也纳、纽约等国地理学会的会员。当然，也是东印度皇家地理人种学会的名誉会员……怎么说呢，我光在研究室研究地理就研究了20年。如今，我想做一些实地考察，这次我去印度，要把许许多多大旅行家都没有完成的事全都做了。”

第四章
Chapter 4

上错船的巴嘉勒尔

/

这位巴黎地理学会的秘书非常可爱，在介绍自己所拥有的头衔时，他说得像唱歌一样动听流畅。爵士从他的言行举止，很快就知道了他的个性。何况雅克·巴嘉勒尔这个名字和所拥有的名气他并不陌生，他在地理方面的一些著作以及关于地理学方面的声望，爵士也都听说过，而且身为全世界地理学界会员的他，在法兰西也是有着卓越成就的学者之一，所以虽然是个不速之客，但格莱拉弗爵士还是微笑着，诚恳地向他伸出了手。

“我们现在已经彼此认识了，但巴嘉勒尔先生，能允许我问您一个问题吗？”

“没问题，不要说一个问题，就是20个问题都可以。爵士，和您谈话真是一件愉快的事。”

“您刚刚说您是前天晚上上的船对吗？”

“没错！爵士，我是在前天晚上8点钟的时候，从喀里多尼亚火车上下来，乘坐马车来到港口，下了马车又上到‘苏克迪亚号’上的。我还在巴黎的时候，就预定了‘苏克迪亚号’的6号房间。当时由于天太黑，上船后我也没遇到一个人，而且因为连着坐了30个小时的火车、马车，太累了，为了避免晕船，我上船后就睡了。我可真是实实在在地睡了36个小时啊，爵士，您千万不要怀疑我说的话！”

在巴嘉勒尔说完后，大家总算知道他为什么上了这艘船了。这位法国著名的地理学家，只是上错了船，误上了“邓肯号”。在“邓肯号”上的大家都去圣迈哥教堂的时候，他正好上了船，所以没人发现他的存在也很正常。

不过，现在大家明白了，但这位马虎的地理学家却并不知道他上错了船。如果告诉他上错了船，这船不是开往他要去的印度，而是其他地方，他又会怎么样呢？

“巴嘉勒尔先生，印度是您选定做研究的首发地对吗？”

“是的，爵士。游览印度是我平生最大、最美好的愿望之一。我多么想在那个拥有‘象国’之称的国家实现梦想啊！”

“那么，巴嘉勒尔先生，您能否换个地方去实现梦想呢？”

“哦，那可不行，爵士。换个地方不好，我在印度有个地理学界的任务要完成，而且我的身上还带有给印度总督莫萨爵士的介绍信。”

“啊！您在印度还有任务？”

“是的，我有一个非常有趣的探险计划，而且这个计划还是我一位博学的朋友，费沃亚·得·圣玛旦先生帮我订的呢。我的探险目的就是追随许许多多的著名旅行家，完成他们未完成的工作。我还要在库里哥教士在1846年失败的地方完成他的遗志。总之，我要从雅鲁藏布江的河道开始，沿喜马拉雅山北麓，去西藏境内，我要知道这条流了1500公里的河道，是不是最后在阿萨姆东北部和布拉马普特拉河进行了汇合。知道吗，爵士，这是地理学上的一个疑问，如果哪位旅行家解决了这个问题，金奖章就十拿九稳了。”

说起这些，巴嘉勒尔陶醉极了，他好像已经开始展翅飞翔，去那些他准备探索的地方了。

爵士沉默着，他不知道该怎么说。好一会儿，他才说：“巴嘉勒尔先生，您的探险计划真是太好了，科学界肯定会为您鼓掌叫好的。不过，我还是觉得您应该放弃这个计划，至少目前您需要放弃去印度。”

“放弃？哦！不！为什么要放弃？”

“因为您现在并没有去印度的方向，而是向着印度半岛的反方向航行。”

“什么？布尔特船长……”巴嘉勒尔诧异地看着麦盖尔船长。

“对不起！我不是布尔特船长。”麦盖尔船长说。

“那么，我乘坐的‘苏克迪亚号’……”

“对不起！这船不是‘苏克迪亚号’！”

听了这话，巴嘉勒尔先生的震惊可想而知。他看看一本正经的爵士，又看了看脸上浮现出同情和惋惜的海伦夫人和玛丽，再看看一直微笑看着他的麦盖尔船长，最后看看面无表情，像泥塑一样的少校。

他耸耸肩，将鼻梁上的眼镜往上一推，大叫道：“哦！不！这一定是开玩笑！”

话音刚落，他的眼光便落在了舵盘上，他看到了舵盘上大大的几个字：邓肯号—格拉斯哥。

“什么？‘邓肯号’！这是‘邓肯号’？”他狂喊起来，随即便一溜烟地奔下了楼梯，跑到6号房间去了。

等到那个马虎而倒霉的地理学家不见了身影，船上的所有人，除了少校外，全都憋不住大笑起来。如果他是搭错了火车，也倒好办。比如他如果是去丹巴顿郡，但他却上了去爱丁堡的火车，那么他可以在下一站下车。可现在却是乘错了船。他要去印度，坐的却是开向智利的船，这岂不是太滑稽了吗？

“我想，这事只有巴嘉勒尔做得出来。像他这么马虎、粗心造成的笑话，绝不止这一件。我听说有一次，要画美洲地图，结果却把日本画进去了。不过尽管这样，还是不影响他成为一个有着卓越成就的学者，更不妨碍他成为法兰西优秀的地理学家。”爵士说。

“可是，这个可怜的地理学家怎么办呢？我们该不会真把他带到巴塔哥尼亚去吧。”

善良的海伦夫人忧心忡忡地说。

“为什么不可以？是他自己粗心大意，这个责任该由他来负。比如他上错了火车，难道火车还要专门为他停下来，然后让他下去吗？”少校开口了，但依然面无表情。

“停是不可能的了。可如果我们到了停泊的港口，倒可以让他下去。”海伦夫人说。

“当然，如果他愿意，他可以这么做。等我们到了下一个停泊的港口，他可以下去。”爵士说。

此时，当巴嘉勒尔去6号房间看了自己的行李都在船上后，有些难堪地、可怜巴巴地重回到舱顶甲板。他好像已经不会说其他话了，只是不停地嘀嘀咕咕地念叨着：“邓肯号！邓肯号！”

在甲板上，他走来走去，仔仔细细地检查游船的设备，看完后，他又看了看海面上的水平线，这才走到爵士面前说：

“我想知道，这‘邓肯号’是去……”

“巴嘉勒尔先生，这船是去美洲的。”

“去美洲？”

“对！去智利的康塞普西翁。”

“天啊！是去智利呀！去智利！可是我去印度的任务又要怎么完成呢？地理学会中央委员会主席嘉德费茨先生肯定会怪我的。不仅他，还有塔弗沙先生、古德波先生、费沃亚·得·圣玛旦先生……他们都会怪我的！天啊！这可怎么办？以后我还怎么有脸去开学术会议？”

“先别慌，巴嘉勒尔先生，事情还没有糟糕到这种地步，您只不过是迟些到罢了，而且雅鲁藏布江会一直等着您去探索的。而且我们在马德拉会停泊，那时候，您可以再搭船回欧洲。”爵士说。

“谢谢您，爵士！也只能这么办了。不过，这件事怎么也算是件离奇的遭遇吧。当然，也只有我才会碰上这种怪事。不过，我在‘苏克迪亚号’上定的舱位又该怎么办呢？”

“没办法，您只能放弃了。”

“嗯！是这样的。”巴嘉勒尔说完，重新又看了一下船后，这才说，“看来，这是一只游船。”

“没错，先生，这是游船，而且是属于格莱拉弗爵士的游船。”麦盖尔船长说。

“请放心接受我们的招待吧！”爵士说。

“太感谢了！爵士，多谢您的盛情邀请。不过，能允许我发表点小意见吗？那印度可真是个好地方，那里会发生很多稀奇古怪的事。这几位夫人一定还没去过印度吧！所以，如果能让船的舵盘转一转，让‘邓肯号’转而去加尔各答航行，会不会更容易些呢？既然这船是私人旅行……”

巴嘉勒尔还没说完，便见大家不停地摇头，也便没有再说下去了。

“先生，如果我们只为了游览，那么您的建议我们一定会认同，爵士也会同意。不过，‘邓肯号’这次远行是有任务的，是为了救那些被遗弃在巴塔哥尼亚海岸的船长和水手，然后把他们带回国。这样的一项义举，我们是不会改变的……”

仅仅用了几分钟时间，大家便把“邓肯号”远行的目的告诉了这位法国地理学家。他们从无意间获得的三张纸条，说到了格兰特船长，然后又说到了海伦夫人的建议……

这位法国地理学家听了以后，非常感动。

“夫人，请允许我对您给予最真诚的赞美，您所做的这一切，真是太伟大了！让这只船按照计划航行吧，我可不想让它有一天的延误。”

“那您是否愿意和我们一起去寻找遇难者呢？”海伦夫人问。

“那可不行！我还有我的任务要完成呢。到了下一个停泊港口的时候，我就该下去了。”

“那就只能在马德拉岛下了。”麦盖尔船长说。

“嗯！就在马德拉岛下，那里离里斯本不过只有800公里。这样我就可以再乘船回里斯本了。”

“好的，先生！随便您！能招待您几天，我感到非常荣幸，希望这几天您能过得开心！”

“啊！爵士呀！虽然我乘错了船，但却也遇到了你们，我真是太幸运了！不过真要说起来，还真是个笑话。一个要去印度的人，最后竟然坐上了去往美洲的船。真是太荒唐了！”

法国地理学家想到这里的时候，心里又有些郁闷，但这也是无可奈何的事，只能按捺着性子待几天了。

带着既来之则安之的想法，法国地理学家又变得开朗活泼起来，当然，时不时地他也会暴露出他粗心大意的毛病来。而他的风趣和幽默，也总是逗得太太们哈哈大笑。就这样，仅仅一天工夫，他便和大家混熟了，也交上了朋友。

在他的请求下，爵士还给他看了那三张纸条。他也仔仔细细地看了，并且研究了很久，做出了很多分析。当然，他的分析和爵士的一样。对于玛丽姐弟，这位法国地理学家也表现出了很大的关心，并给他们打气，让他们对找到父亲充满了希望。他的一些话，让格兰特小姐的心情好了很多。他甚至还说，如果他不是有任务的话，他一定会和他们一起去寻访格兰特船长的。

而当他知道海伦夫人是旅行家威廉·达甫内尔的女儿时，连声大叫起来。称海伦夫人的父亲是个很有胆识的学者，还曾是巴黎地理学会的会员，并说他们也曾通过很多次信，还说海伦夫人的父亲加入学会就是他和另外一位叫玛泰柏朗的会员介绍的。巴嘉勒尔非常兴奋，称这次是个奇遇，能让他和达甫内尔的女儿同船旅行，他真是太高兴了。

最后，他要求吻一吻海伦夫人的额头，虽然这在英国人看来不合时宜，但海伦夫人还是同意了。

由于非洲北部海流的关系，游船很快就驶近了赤道。8月30日的时候，他们已经能看到马德拉群岛了。爵士决定履行他对巴嘉勒尔的承诺，提出停泊，让这位无意间闯入的法国地理学家上岸。

“我亲爱的爵士，我不和您客套，但您是否能告诉我，在我没有误上‘邓肯号’之前，你们是否要在马德拉港口停泊？”

“不，原来并没打算在此停泊。”爵士实话实说。

“那么，那就继续让我错误下去吧。这个群岛已经被研究得太透了。对于地理学家来说，没什么研究的价值了。该说的都说了，该写的也都写了。而且这里原本以种葡萄为名，可现在葡萄也不行了。我记得，1813年的时候，马德拉的葡萄酒产量是22000桶，等到1845年却变成了669桶。现在，就连500桶也没有了。真是太让人伤心了。如果您不介意的话，是不是可以在加那利群岛停泊呢？”

“好的，没问题！反正这样也不会偏离原来的航行路线！”

“谢谢，亲爱的爵士！加那利群岛好歹有三组岛可以研究。还有那特纳里夫峰，我也一直想去攀登。这次可是个机会，一定要抓住，我要攀登这座著名的高峰。”

“全随您，亲爱的巴嘉勒尔。”爵士微笑着说。

加那利群岛离马德拉群岛并不远，还不到460公里，对于“邓肯号”速度这么快的船，根本就算不上距离。

8月31日下午2点，麦盖尔船长和巴嘉勒尔在甲板上散步聊天。巴嘉勒尔不断地问麦盖尔船长智利的情况。突然，船长打断了他的话，指着南地平线说：

“巴嘉勒尔先生……”

“有什么事吗，我亲爱的船长？”

“请您朝那边看，您看出什么来了吗？”

“没有！我可什么都看不到。”

“不要看地平线！你往上看，看那云彩！”

“云彩！看云彩？我看来看去……”

“现在再沿着触桅的辅帆架子往上看。”

“我还是什么都没看到。”

“不是您看不到，只是您不愿意看到罢了。那里虽然离我们有75公里，不过特纳里夫山峰在地平线上还是能清清楚楚看到的，您听明白我的话了吗？”

是的，不管巴嘉勒尔是真没看到还是不愿意看到，几个小时后，那座高峰就要出现在他们面前了。除非是个盲人，不然谁都能看到。

“现在呢？您应该看到了吧？”船长又问。

“哦！看见了，非常清楚。不过，那就是所谓的特纳里夫顶峰？”

他的语气里带着不屑。

“是的，就是它。”

“可它看起来并不高。”

“怎么会？它海拔可有3300多米呢！”

“可它比不上勃朗峰，勃朗峰可是阿尔卑斯山的最高峰。”

“是的！不过这么高的山峰，您爬起来也是很高的。”

“哦，亲爱的船长，您是说我爬上去吗？我爬上去干什么呢？这座山荷泊尔先生和彭柏先生都曾爬上去过。荷泊尔先生爬上去后，还写了篇优美的文章，将它描述得淋漓尽致，荷泊尔先生真是个伟大的人啊！他还考察了这座山的五个地带：葡萄带、月桂带、松林带、阿尔卑斯系灌木带最高处的贫瘠带等等；也考察了最高的荒瘠带。他一度爬上了山顶的最高处，而从山顶看，能看到四分之一面积的西班牙。此外，他还曾去爬过火山，还钻到了火山的腹地，考察了熄灭后火山口的最深处。您说说，这么伟大的人都做过的，我再去做又有什么意义？”

“您说得没错！是没什么去做的了。太可惜了，无事可做，在那等船也无聊，也没什么可以散心的地方。”

“哈哈……散心的地方没找到，粗心的地方倒是不少。”巴嘉勒尔风趣地说道。

两个人沉默着，巴嘉勒尔突然又说：“亲爱的船长，您说，佛得角群岛有没有可停泊的港口呢？”

“倒是有的，而且好像在那里搭船也比较方便。”

“嗯，是的！在那里下船还有个好处，就是佛得角群岛离塞内加尔也不远，如果在塞内加尔的话，说不定我还可以遇到法国同胞。当然，确实有很多人说那一带的群岛既荒凉又脏，没什么意思，不过对于地理学家来说，还是很有意思的。知道吗？这就是角度问题，很多人因为不知道从学识的角度看，所以旅行也就像河蚌一样，钻在蚌壳里往前蹿。我可不是那样的人。”

“先生，您想在哪上岸就在哪上岸好了。我相信您在佛得角群岛逗留的话，一定会对地理学做出贡献的。我们在那里停泊的时候还会加煤，您下船也不耽误我们行程。”

就这样，船长继续命令船向加那利群岛西边开去，著名的山峰渐渐被船抛在了后面。

9月2日早晨5点，“邓肯号”驶过夏至线。此时，天气发生了变化，潮湿而闷热。西班牙将这样的季节称之为“水季”。岛上缺少树木和水，全靠雨水，所以水季对非洲各岛的居民虽然有利，但对船上的乘客来说却不利。因为浪太大，船上的乘客不敢到甲板上去，只能待在方厅聊天。

9月3日，“邓肯号”就要到佛得角群岛了，准备下船的巴嘉勒尔开始整理起了行李。驶向佛得角群岛，必须经过盐岛，盐岛是个非常荒凉贫瘠的沙滩。“邓肯号”先是沿着一大片珊瑚礁航行，接着驶过圣雅克岛，圣雅克岛的南北两端有两座高山，从北向南纵贯。过了圣雅克岛后，麦盖尔船长将“邓肯号”驶进了维拉布拉亚湾，停在了12米深的海面上。

这天的天气很差，虽然海风不至于吹进海湾，但惊涛拍岸的声音很响。同时还夹杂着倾盆大雨。大雨中，他们看见了一座城，一座像是建立在平台上的城，平台的台基像是由90米高的火山岩支撑着，高大而荒凉。

海伦夫人原想下船去城里看看，但见雨太大，只好作罢。不过，不管多大的雨，向船上加煤的工作还是要进行的，虽然困难很多。

雨水和海水交织，形成了洪流，“邓肯号”上的所有乘客只能躲在甲板下，讨论着这恼人的天气，发着牢骚。当然，在这些人中，少校平静如常，好像即使洪水滔天，他也能满不在乎。而最不淡定的是巴嘉勒尔，他焦躁地踱来踱去，并不停地摇着头。

“我敢说，这可恶的天气就是在和我做对！”他愤然说。

“也有可能是大雨在向您宣战！”爵士说。

“但我们是一定能战胜它的！”巴嘉勒尔说。

“可这样大的雨，我觉得您不该去冒险。”海伦夫人说。

“夫人是说我吗？我绝对敢去冒这个险。不过，我怕我的行李和仪器，它们要是被雨水打湿了，那就完了。”

“其实，这样的大雨，也就是刚刚下船的时候比较困难。到了城里，情况会好很多。虽然也许住的地方不够干净，而且还有可能和猴子、小猪在一起住，不怎么舒服，但这对旅行家来说，也没什么。希望您能在七八个月后搭船回欧洲。”爵士说。

“什么？七八个月？”巴嘉勒尔尖叫道。

“怎么也需要七八个月吧，因为雨季时，这里没什么船过来的。不过也没事，您可以在等船到来的时候，去一些不被熟悉的群岛考察。不管是地理学、气象学还是测量学，甚至人种学方面的研究，您都可以去做的。”

“是的，有些河流您也可以考察。”海伦夫人说。

“根本就不可能有河流，夫人！”

“没有大河，也是会有小河的。”

“小河也没有。”

“没有小河，总归会有小溪吧！”

“连小溪也是没有的。”

“好吧，那看来您只有去森林研究了。”淡定的少校也插嘴了。

“可这里好像连一棵树都没有呀！”

“哦！那这里可真是个美丽的地方！”少校一脸正经地说。

“千万不要失望，我亲爱的巴嘉勒尔，至少这里还有一些高山可以让您去考察。”爵士也插话道。

“啊？您是说山吗？这里的山不仅不高，而且还没什么意思。爵士，更主要的是，这些工作早就有人做过了。”

“这也有人做过？”爵士惊讶地问。

“唉！我就是这么倒霉，什么都让人占了先机。”

“不会吧！”

“没错！真是这样！”巴嘉勒尔可怜巴巴地说。

“哦！那真是太可怜了，那您下船后要干什么呢，巴嘉勒尔先生？”海伦夫人问。

巴嘉勒尔沉默着。

“我看呀，当时您还不如就在马德拉下船。虽然那里已经不产葡萄酒了。”爵士也替他惋惜道。

“如果是我，我情愿在船上等待时机。”少校突然又说，他的神情好像是在说：“要是我，我才不下船呢。”

“我亲爱的爵士，不知您后面还准备在什么地方停泊？”巴嘉勒尔终于说。

“后面吗？我想，应该不到智利的康塞普西翁是不会停的了。”

“哦！那可真是太糟糕了！那里离印度可真是太远了。”

“也不是这样的，绕过了合恩角，不就一天天接近印度了吗？”

“嗯，那倒也是。”

“而且只要到了印度，不管是东印度还是西印度，都没什么区别了。”

“怎么可能没区别？”

“巴塔哥尼亚草原上的居民，不是号称西印度的印第安人吗？不管怎么说，总归都是印度人呀。”

“哦！亲爱的爵士，您不说，我怎么想不到这一点呢？”巴嘉勒尔叫了起来。

“还有一点，巴嘉勒尔，如果要得金奖章，并不一定非要去印度呀。世界上可研究的东西多了，可探索的事物也很多。任何地方都有新的事物可以发现。而且西藏的丛山和安第斯山脉的丛山，难道不是一样的吗？”

“可雅鲁藏布江呢？它怎么说？”

“对于雅鲁藏布江嘛，我觉得您完全可以用科罗拉多河代替呀！这条河流知道的人可不多，所以在地图上，是可以随地理学家的喜欢，想怎么画就怎么画的。”

“您说的道理我明白。可是爵士，地图上的河道往往一错就会错上很多。不过，我相信，如果我提出什么要求的话，地理学家们也会像派我去印度一样，去巴塔哥尼亚的。说起来也是，我为什么没有想到这一点呢？”

“您总是粗心大意的，怎么会想到这些？”爵士笑着说。

“说实话，巴嘉勒尔先生，您说说，到底愿不愿意和我们一起去？”海伦夫人的神情严肃起来。

“我倒想去，可是夫人，我又要怎么完成我的任务呢？”

“对了！我还要告诉您一下，我们可是要过麦哲伦海峡的。”爵士突然补充说。

“爵士，不要再诱惑我！”

“再说一点，我们还会去饥饿港！”

“什么？饥饿港，你们说饥饿港？”法国地理学家叫了起来。这诱惑真是太大了，让他不得不重新打算。

“饥饿港在地理书上，可是被说得神乎其神的，太有名了。”

“巴嘉勒尔先生，您再想想，如果您加入到我们这个团队，我们就有法兰西和苏格兰两个国家的人参与了。”海伦夫人说。

“那当然，这倒是没什么问题的。”

“而且我们这次远征，如果有您这样一位地理学家参加的话，对我们会有很大的帮助。您用科学知识来为人类服务，为人道精神服务，您说世上还有什么事比这更光荣呢？”

“是的！夫人，您说得太好了！”

“巴嘉勒尔先生，我觉得您不如将错就错，或者可以说，其实这是天意的安排。请您像我们一样吧，在天意将纸条带到我们身边时，我们就出发了。而天意又把您送到了‘邓肯号’上，那您就不应该离开‘邓肯号’呀。”

巴嘉勒尔想了想，终于开始松口了。

“我的朋友们，说实话，我看你们是想让我留下来，对吗？”

“您是怎么想的呢，巴嘉勒尔？其实，我觉得您也很想留下来，对吗？”爵士说。

“哦！是这样的。不过我一直不好开口，怕太冒昧！”那位粗心但博学的法国地理学家大声说。

第五章
Chapter 5

优秀全面的小罗伯尔

/

知道巴嘉勒尔要留下来，每个人都很高兴，特别是小罗伯尔，他高兴地跳起来，搂住了巴嘉勒尔的脖子，兴奋之情溢于言表，差点将法国地理学家撞倒在地。

“真是个好孩子，我要教他地理学。”他说。

我们应该知道，麦盖尔船长可是一直致力于将小罗伯尔训练成一个优秀的水手；格莱拉弗爵士正在培养他成为一个勇敢而正直的人；少校训练他沉着冷静的性格；海伦夫人教育他成为善良真诚的人；玛丽则要求他不要辜负每一位热心教他的老师。

在这样的环境下，小罗伯尔必定会成长为一个优秀而全面的君子。

“邓肯号”在这里加上了煤，然后离开了这恶劣天气下的地方，向西进发。它沿着巴西的海岸行驶，到9月7日的时候，一阵北风将“邓肯号”送过了赤道线，进入了南半球。

“邓肯号”顺利地横渡着大西洋，每个人都满怀信心。在寻找格兰特船长的行程中，似乎成功在一点点地接近他们。在这些人中，最有信心的是麦盖尔船长，而他的信心，又来自于他的美好愿望，那就是全心全意地让玛丽小姐获得幸福。虽然他一直想隐藏对玛丽的特别关心，但除了玛丽以外，其他人都看在眼里。

对于那位博学的地理学家来说，他可以算是南半球上最幸福的人了。他整天忙着研究地图，那方厅的桌子上，摆放着的全是地图。因为这个，奥比尔先生想要布置餐桌而没有地方，也会时不时地和他发生争执。

不过，楼舱里的人除了少校，都是支持巴嘉勒尔的。当然，少校之所以不支持是因为他对地理学没兴趣。

同时，巴嘉勒尔还在大副的一个箱子里发现了一堆书，里面有很多西班牙文字的书，因此，他决定学习西班牙语，而这种语言，船上没有一个人懂。巴嘉勒尔之所以想学西班牙语，是因为他觉得这对他在智利海滨做考察有帮助。他甚至还觉得，冲着他对语言的敏感，很可能一到康塞普西翁，他就能流利地和当地人对话。

为了达到这个目标，他一天到晚都在咿咿呀呀地学着这些复杂的语言。不过，闲着的时候，他也会教小罗伯尔一些科学知识，并将“邓肯号”路过的一些海岸的历史讲给他听。

9月10日的时候，船行驶在南纬5度73分，西经31度15分的地方。就在这一天，爵士听到了就连最有学识的人也不知道的历史。原来，这天巴嘉勒尔给大家讲美洲发现史时，讲到了哥伦布。最后他说，那位著名的热那亚人，至死都不知道自己发现了新大陆。

大家都觉得不可能，巴嘉勒尔却说得很肯定。

“没有比这更真实的历史了！当然，我没有想去抹杀哥伦布做出的贡献，但事实总归是事实。在15世纪末期的时候，人们一心一意想做的只有一件事，那就是怎么找一条最快到达亚洲的路，怎么最快从西方走到东方。总之，只有一句话，那就是怎么找出一条捷径到印度。这就是哥伦布想要试图解决的问题，所以他四次航行，曾到过美洲，在库马纳、洪都拉斯、莫斯基托、尼加拉瓜、维拉瓜、哥斯达黎加、巴拿马等一带登陆。

“不过，这一带的海岸他知道的只有日本和中国，所以到死他都不知道那个新大陆的存在，死后更没有以他的名字命名那新大陆。”

“虽然我很愿意相信您的话，不过我亲爱的巴嘉勒尔，我还是有些地方不明白，那就是哥伦布的发现，是哪位航海家探出了结果？”爵士问。

“当然是哥伦布之后的一些人了，比如和哥伦布曾一起航行过的奥荷塔、品顿、维瑟普切、孟杜萨、巴思提塔斯、嘉白内尔、瑟利斯……这些航海家都曾沿着美洲东海岸进行过考察，他们曾由北向南去探测美洲海岸，发现那里在360年前，就和我们今天一样，被海流推着走。你们知道吗？朋友们，我们现在驶过的赤道线的地方，就是品顿15世纪末驶过赤道线的地方。

“我们如今已经快要接近南纬8度了，品顿是否是在这里到达巴西陆地的？一年之后，葡萄牙人嘉白内尔也曾来过塞居落港，之后，维瑟普切又在1502年的第三次远征中，向南推进；1508年，品顿又和瑟利斯一起航行，探察美洲沿岸各地。1514年的时候，瑟利斯发现了纳巴那他河口，不过也就是在那里，他被土人吃掉了，绕美洲南端的任务也就只能留给麦哲伦了。

“麦哲伦在1519年的时候，带领5只船出发，沿着巴塔哥尼亚的海岸南下时，发现了得塞多港和圣朱利安港，并在圣朱利安港停泊了很久。之后，他又航行到了南纬52度，发现了一千一百童女峡，也就是现在的麦哲伦海峡。1520年11月28日，他穿过海峡，进入到了太平洋。想想看，当他看到海面在阳光的照耀下闪闪发光时，心情是多么激动啊！”

“巴嘉勒尔先生，我真想生活在那种环境下。”小罗伯尔激动地叫道。

“是呀，我和你一样，我的孩子。如果我能早出生300年，我想，这个机会一定不会旁落他人。”

“要真是那样，对我们来说反而是个遗憾了，先生。因为您要是300年前就出生的话，那我们怎么能在这条船上听到您给我们讲这么精彩的故事呢？”

“这倒没什么，夫人，即使我不为你们讲，自然也会有别人为你们讲。他们甚至还会告诉你们，西海岸探险是皮赛儿兄弟的功劳。这两兄弟真是大胆的冒险家啊，他们曾是很多城市的建立者，比如库斯科、基多、利马、圣地亚哥、比利亚里卡、瓦尔帕莱索以及‘邓肯号’要到的康塞普西翁都是他们的功劳。在那个时候，他们两兄弟的发现和麦哲伦的发现联系起来后，就形成了美洲海岸线。这个贡献，也令旧世界的学者们惊喜万分。”

“如果是我的话，我一定不会满意的！”罗伯尔说。

“为什么不满意？”玛丽瞪着喜欢听发现史的弟弟问。

“就是，我的孩子，您为什么不满意呢？”爵士带着微笑也问。

“要是我的话，我一定还会看麦哲伦海峡的南部还有些什么。”

“嗯！没错，孩子，说得好极了。就是我，也想知道美洲大陆究竟是怎么延伸到南极的呢。还有比如它和南极之间，是否和德莱克推测的一样，还有一道海——对了，这位德莱克是你的同乡，爵士——所以说，如果罗伯尔·格兰特和雅克·巴嘉勒尔出生在17世纪的话，一定会跟着索珍和勒美尔出发，因为这两名荷兰航海家也想揭开这个谜底。”

“这两个人也是学者？”海伦夫人问。

“不！这两个人不是什么学者，而是大胆的商人。他们也没想给科学做贡献。那时候，荷兰有个东印度公司，这个公司对穿越一切麦哲伦海峡的贸易船都要加以控制。我们知道，那时候，西方人要是去亚洲的话，必须穿过麦哲伦海峡，所以东印度公司可以说实施了一种垄断。有一些贸易船便想着和这些垄断进行斗争，所以想找另一条海峡。在这样的背景下，出现了一名叫伊萨克·勒美尔的人，此人接受过全面教育，而且非常聪明，他拿出钱来，组织了一个远征队，团队里就有他的侄儿雅各伯·勒美尔和一名霍恩的优秀海员索珍。

“这个远征队从1615年6月出发，这个时间比麦哲伦海峡的发现迟了100年。好在他们在炎地和斯达腾岛发现了勒美尔海峡，1616年2月16日，远征队绕过了被称为‘风暴角’的合恩角。这个合恩角可不简单，比好望角厉害得多。”

“太好了！我真想去那些地方探险。”罗伯尔又大叫。

“孩子，如果你真去了那些地方，你一定会非常高兴的。”巴嘉勒尔越说越兴奋，越说越起劲。

“这不难想象，一个航海家在一些航海地图上，一个个地标着自己发现的新地标，世间还有什么比这更开心，更快乐呢？比如看着一个陆地慢慢出现在自己面前，一个个的小岛、海峡仿佛是从海面上升了起来。最初，地图上的界线还不清楚，不连贯，这一块陆地，那一块小港，更远的是偏僻的港湾……但慢慢地，随着航海家的不断发现，地图上的虚线一下子变成了实线，港湾成了弓形海岸，海角和滨海陆地连接起来，最后，一个完整的新大陆出现了，这个新大陆有江河、湖泊、山峰、河谷，甚至还有平原和村落，慢慢地，又形成了繁华的都市。

“啊！一个新大陆的发现者，才算得上是真正的发明家啊。他们发现这些地方的时候，就和地质学家发现了新矿山一样。一个新大陆出现了，接着就有了新世界，最后一点点都被人挖掘、探测……真是太美好了！可这一切都被人发现过了，我们这些晚到者，反倒没有用武之地了。”

巴嘉勒尔说到后面的时候，显得有些沮丧。

“怎么可能没有用武之地呢，我亲爱的巴嘉勒尔！”爵士安慰他。

“没有了，都被发现了。”

“我们现在做的事，就是我们的用武之地呀。”

此时，“邓肯号”正疾速向维斯普廷和麦哲伦等名人走过的航道上疾驶。

9月15日的时候，“邓肯号”穿过了冬至线，船头也转向了著名的麦哲伦海峡的入口。好几次，巴塔哥尼亚的南部海岸几乎都可以看到了，但却好像又只是一条线，隐隐约约地在天边出现。

“邓肯号”沿着海岸，在6公里以外南下。巴嘉勒尔用他那超大的望远镜看美洲海岸，只看到了模糊的轮廓。

9月25日，“邓肯号”行驶到了和麦哲伦海峡同纬度的地方，并很快驶了进去。通常情况下，汽船都是喜欢由这条路驶进太平洋的。此时的海峡长度不过700公里，不过水却很深，即使是大吨位的船也可以进去。这个海峡的海底平坦，海内盛产鱼类，而海岸的森林也有很多动物。总之，这里是很好的停泊点，这个海峡的优点，是勒梅尔海峡和合恩角所没有的。

在进入海峡的最初几个小时，也就是在110至148公里的航程里，抵达格里考里角之前，海岸都很平，有很多沙，对这些细节，巴嘉勒尔丝毫也不放过。在海峡内是需要航行36个小时的，所以两岸的景致让这位地理学家可以有充足的时间在阳光下静心观看。

北边的岸上好像没有人烟，但南边那光秃秃的岩石上，却有几个火地人在游荡。让巴嘉勒尔失望的是他没有看到巴塔哥尼亚人，但船上的同伴们却不以为然。

“怎么会没有巴塔哥尼亚人呢？没有巴塔哥尼亚人，还叫巴塔哥尼亚吗？”他嘟囔道。

“尊敬的地理学家先生，不要急嘛，我们总会见到巴塔哥尼亚人的。”爵士说。

“很难说！”

“为什么很难说？这地方一定会有巴塔哥尼亚人的。”海伦夫人说。

“我表示怀疑，夫人，因为这么长时间，我都没有看到他们。”

“我想，巴塔哥尼亚在西班牙语中是‘巴挞弓’的意思，而这‘巴挞弓’又是‘大脚’的意思。想必这巴塔哥尼亚人的脚一定很大。”

“唉！知道名字的来历又有什么用呢？我们还不知道这些人该怎么称呼呢。”巴嘉勒尔故意说，似乎要以此激起大家的讨论。

“什么？不知怎么称呼？怎么可能？少校，你知道吗？”爵士叫道。

“我不知道，我也没兴趣知道！”少校说。

“巴塔哥尼亚人是麦哲伦给他们命名的，但火地人却称巴塔哥尼亚人为提尔门人；智利人叫他们高卡惠人；卡门的移民叫他们提尔门人；阿罗加尼亚人叫他们惠立什人；旅行家伯格威尔叫他们寿哈；法尔珂那叫他们特霍尔惠特……他们自己呢？又叫自己为依纳肯，而‘依纳肯’是‘人’的通称！所以我问大家，这么多的称呼，我们要怎么称呼他们？一个民族有这么多的名称，我真怀疑是不是有这个民族。”

“哇！好一番高谈阔论！”海伦夫人说。

“我承认您的这些说法，不过您还是要承认一个事实，巴塔哥尼亚人的称号多而乱，但他们的身高，应该有结论的吧！”爵士说。

“是错误的结论，我并不承认。”巴嘉勒尔说。

“不是说他们身材很高吗？”爵士说。

“不知道！”

“你可真是，那些亲眼见了巴塔哥尼亚人的旅行家们……”爵士不满地大声说。

“那些说他们亲眼见过的旅行家们，说法也不一样。麦哲伦说他的个子还不及巴塔哥尼亚人的腰部！”地理学家说。

“那不就说明他们很高吗？”

“可是德莱克却说英国人比最高的巴塔哥尼亚人还高。”

“哦！怎么拿英国人比？如果拿苏格兰人比，那巴塔哥尼亚人就不可能高了。”少校用鄙视的口气说。

“卡文迪什说这些人既高大又强壮，霍金斯也说他们是巨人，拉美尔和瑟泽还说他们身高有三米三。”地理学家又说。

“看看，这么多人说他们高，真实情况一定是这样的。”爵士说。

“是的，这些人的说法看似很令人相信，但沃尔德、拿伯罗和法尔珂那的话同样也令人相信，他们说巴塔哥尼亚人中等身材；著名的地理学家派伦·拉·基罗德、伯戈维尔、瓦利斯和凯特莱，还说巴塔哥尼亚人只有一米六左右呢。”

“那么，有这么多完全相反的说法，真实情况到底是什么样的呢？”海伦夫人问。

“真实情况？夫人，真实情况是巴塔哥尼亚人腿短身长。更有人开玩笑说，这些人坐着一米八，站着一米五。”巴嘉勒尔笑着说。

“好！学者们说得太妙了！”爵士也笑着说。

“要想让这些矛盾之处统一，那就是这些人并不存在，这才是最好的结果吧！好了，为了结束这场没有结果的争论，我说件让大家心情好的事吧，朋友们，那就是麦哲伦海峡真是太漂亮了，即使没有巴塔哥尼亚人，它也是漂亮的！”

没错，绕着布伦瑞克半岛航行的“邓肯号”，海岸两边的风景美极了。在又绕过格里考里角后，“邓肯号”前行了130公里，便把奔德·亚利纳大监牢抛在了船的右舷外了。智利的国旗和教堂里的钟楼隐隐出现在树林中，再往前行，海峡两边则突起了花岗石峭岩，那些峭岩的形状非常怪异，让人看了有些害怕。山脚在森林里隐藏，但山顶上却有常年不化的积雪，白茫茫的一片插入云霄。

矗立在云际的塔云恩峰高2100米，位于西南面。夜幕降临，黄昏显得特别长，即将消失在天际的阳光将单调的天空染成了五颜六色。天空的星星越来越密集，航海者就是依靠南极星座指示方向的。在有星星的黑夜，星光如同海岸上的灯塔，给航行中的船只引着路。

“邓肯号”没有在沿途港湾停留，继续航行。

航行中，一种俯临海面的落叶木南极榉的树梢从帆架上不时掠过，有时候，“邓肯号”的螺旋桨又不断地拍打水面，惊醒了海面上停着的雁鹅、凫鸭、鸥鹬，以及沼泽里的鸟类。

再前行一段时间，星光下的海岸上便出现了一些残垣断壁，那些建筑物虽然已经倒塌，但在夜色中却显得非常庞大，这些废弃的建筑遗迹是殖民者留下的。这些废弃遗迹用仅存的这点东西向海岸两边肥沃的土地，以及森林里丰富的物产表示着抗议。

穿过这片残败的遗迹，“邓肯号”便向饥饿港航行。

饥饿港的得名出自1581年。那时候，西班牙人赛孟多带领400名移民来到这里居住，并在此建立了圣菲利普城。几年后，因为饥荒，难熬的寒冬让移民死了一大半。1587年，有艘“嘉文史号”战船来到了这里，发现并拯救了这400名移民中的最后一个，这个人在这座具有600年历史的古城废墟里挣扎了整整六年，差不多快要饿死了。因为这个人，这段历史被记载了下来。

沿着荒凉的海岸，“邓肯号”继续前行。黑夜过去，黎明到来，“邓肯号”依然在这条重要的海峡里航行，两岸又出现了榉树、榛树、枫树形成的森林，森林里不断冒出青油油的山岭，以及长着丰茂金雀花的土丘、山峰，以及那高高矗立的布兰克纪念塔。

“邓肯号”随后又经过了圣尼古拉湾口，这里曾被称之为“法国人湾”。从远处看，海面上有海豹和鲸鱼在嬉戏。这里的鲸鱼的个头很大，即使在3公里之外，仍然能看到它们喷出的水柱。“邓肯号”在绕着弗洛瓦德角时，看到上面布满了尖细的残冰。2000多米高的萨米都峰在海峡对岸耸立着，让人看得胆战心惊。岩石如同带子，将云层分隔开来，让山峰变成了空中群岛。实际上，由于合恩角只是荒海南纬56度下的岩石，所以弗洛瓦德角也就成了美洲大陆的尽头。

从这尖端过去后，海峡便越发显得窄了。海岸两边形成了两座岛屿，一座是布伦瑞克半岛，另一座则是德索拉西翁岛。德索拉西翁岛整体呈长条形，周边被成千上万的小岛环抱，犹如一条大鲸鱼落在鹅卵石沙滩上。

南美洲末端与非洲、大洋洲和印度的末端相比有着很大差别，显得支离破碎。伸进大西洋的一个角，很可能是经受了一场天灾才造成的。

在过了这片肥沃的土地后，两岸又荒凉起来，到处是连绵不断的光秃秃的海岸。海岸的支流如同凶猛的动物，将海岸啃噬成了月牙形。

“邓肯号”沿着弯弯曲曲的航道，像蛇一样爬行，但却没有丝毫的迟疑和错误。“邓肯号”行驶过的地方被浓烟包围，与海雾融为一体。荒芜的海岸上，有一些西班牙人开的商行。在这里，“邓肯号”没有丝毫减速，继续从一个个商行前经过。

过了塔玛艾角后，峡道慢慢变宽，船在行驶中也有了旋转的余地。“邓肯号”转过波罗群岛的陡峭海岸后，便沿着南岸航行。在入港36小时后，那位于德索拉西翁岛最末端的皮拉尔角的峭岩便也展现出来。很快，“邓肯号”的面前出现了波光粼粼的海面。巴嘉勒尔激动起来，不停地挥舞着手，因为太过激动，差点因站立不稳而倒在甲板上。

第六章
Chapter 6

分头行动

/

从皮拉尔角绕过去后的第8天，“邓肯号”开足马力，驶进了长22公里，宽18公里的塔尔卡瓦诺湾。这天天气晴朗。实际上，这个地方从每年的11月到第二年的3月，天空都是晴朗的。

不过，由于安第斯山脉挡住了整个海岸，所以南风不断地吹了过来。

根据爵士的命令，麦盖尔船长将船紧贴济罗岛和美洲西岸的零星小岛向前行驶。

行驶中，船上的人都在四下查看，希望海面上能浮起一块烂船板、一根断桅杆，或者是船上的任何一个小物件，只要能给他们提供“大不列颠号”沉没的线索也好，但遗憾的是没有，他们什么都没有发现。

“邓肯号”只能继续朝前行驶，此时，离克莱德湾多雾的海面已经过去差不多42天了，“邓肯号”停泊在了塔尔卡瓦诺港。

刚一停下船，格莱拉弗爵士便让人放下了小艇，带着巴嘉勒尔乘坐小艇上了岸。博学的地理学家希望能借此机会展示自己学过的西班牙语。不过，对于他的西班牙语，本地人连一个字都听不懂，这不免让他很吃惊。

“难道是我的音调有问题？”他说。

“我们还是去海关吧！”爵士说。

到了海关后，海关人员用简单的英语单词，以及手势和表情告诉他们，美国领事馆在康塞普西翁。如果去的话，骑马一个小时能到。爵士找来两匹快马，两个人骑着马很快就进了城。这座城很大，是皮赛儿兄弟那勇敢的伙伴，瓦第维亚这个天才冒险家建立的。

曾经多么繁华的一座城呀，此刻却萧条败落。而之所以变成这样，都是因为土人的掠劫。1819年，经过一场大火，这里的房屋被烧毁，没有烧毁的地方也被烟熏火燎，变了模样。

此时，这座城已经被塔尔卡瓦诺港彻底淘汰了，如今的城内，居民只剩下不到8000人了，而这数千名居民，也因懒惰而让街道变成了草地。

阳台上，有曼陀林乐器响起，窗帘内传出了柔美的歌声。原本以男性为主的城市，如今已经变成了只有妇女和儿童的村落。

爵士没有心思去研究它为什么会萧条，即使巴嘉勒尔不断怂恿他了解，他也无动于衷，他不愿意耽误时间，他要马上去美国领事馆找庞陀克。

美国领事庞陀克热情地接待了爵士，在听到格兰特船长遇难的事后，他答应爵士他会在沿海一带调查了解。

对于三桅船“大不列颠号”有没有在智利，或者是在阿罗加尼亚海岸的37度线附近出事，答案很肯定，没有。因为不管是英国领事馆还是其他国家的领事馆，都没有接到类似报告。不过，爵士并没有因此而放弃。他到了塔尔卡瓦诺后，不辞辛苦地四处打听、探访，甚至还花钱找线索，但一切都是白费力气。即使他们向沿海居民了解，也没有丝毫线索，也就是说，这里没有“大不列颠号”失事的痕迹。

当爵士把这些情况告诉船上的同伴时，格兰特小姐和她弟弟的失望可想而知。而这已经是“邓肯号”到达塔尔卡瓦诺第六天的事了。大家不得不聚在楼舱里商量。海伦夫人不断地安慰格兰特小姐和她的弟弟——她除了安慰他们，还能做什么呢？

在沉闷的气氛下，巴嘉勒尔再次把那三张纸条拿了出来，仔细研究，仿佛想让纸条亲口说出话来。他就那么一直死死地盯着，整整盯了一个小时。爵士不得不叫他说：“巴嘉勒尔，用您那聪明的脑瓜，好好想想，我们对这几张纸条的理解是不是有误？是不是我们的逻辑出现了问题？”

巴嘉勒尔不回答，他皱眉沉思。

“会不会是我们把地点弄错了？不过再笨的人，也不会认错巴塔哥尼亚这几个字吧！”爵士又说。

巴嘉勒尔还是一声不吭。

“还有，那个‘indien’单词，我们说是指印第安人，应该更能说明我们前面的判断是正确的吧！”爵士又说。

“是这样呀！完全没错！”少校回答爵士说。

“再往下看，也就更容易理解了，遇难的船员在要做印第安人的俘虏前，写了求救纸条，这不是很明显吗？”爵士还在说。

“看来，我不得不打断您的话了，爵士！”

巴嘉勒尔终于开口了。

“您的推断是没错，但最后一点我不是很认同。”

“哦，什么意思？”海伦夫人问。

所有人都把目光转向了地理学家。

“我觉得，格兰特船长在写求救纸条时，已经成了印第安人的俘虏了。而且这点很清楚，不容怀疑。”巴嘉勒尔强调说。

“什么意思？麻烦您解释清楚一点吧，先生！”格兰特小姐说。

“太容易解释了，亲爱的玛丽小姐。纸条的空白处，我们是不能读成‘将被俘虏’的，而应该读成‘已被俘虏’，这样说大家明白了吗？”

“那是绝对不可能的。”爵士说。

“不可能？为什么不可能，我的朋友？”巴嘉勒尔微笑着问爵士。

“很简单，瓶子里的纸条上写着经纬度，由此可以说这求救纸条是在船触礁后写好扔进海里的。”

“这一点没有丝毫根据！因为我不明白为什么被印第安人俘虏后就不能写求救纸条，不能装在瓶子扔进海里了。”巴嘉勒尔反驳道。

“理由很简单，被俘后，他们不可能遇到海，没有海怎么扔瓶子？”

“那也可以扔进流入大海的河里。”巴嘉勒尔说。

在惊诧中，没有人再说话，因为这种现象虽然让他们觉得不可思议，但理论上又是行得通的。巴嘉勒尔见大家暗淡的眼神里有了亮光，知道自己又给大家带来希望了。

海伦夫人第一个开口了：“这个想法也不是没有可能。”

“还是个非常妙的想法。”巴嘉勒尔得意地补充了一句。

“那您的意思是……”爵士问。

“我觉得我们不妨沿着南纬37度线穿越美洲海岸，不要离开半岛，沿37度线找到大西洋，很可能在37度线上就能找到‘大不列颠号’的船员。”巴嘉勒尔说。

“我觉得可能性不大。”沉默的少校突然说。

“不管希望是大还是小，我们都不能放弃。如果我的推测是对的，那瓶子的确是通过某个内河，流到海里的话，根据我说的路线，我们一定会找到做俘虏的他们的。怎么样？看看地图吧，我一定会让你们相信我的话的。”

巴嘉勒尔说着，将一张智利和阿根廷各省的地图摊在了桌子上。

“我想，你们还是跟我横贯一次美洲大陆吧！我们可以先跨过狭长的智利，然后越过安第斯山脉的高低岩，去草原中间。想想看，这些地方缺大江吗？缺那大河吗？缺水道吗？什么都不缺。都是可以把装着纸条的瓶子送到海里去的。而这些地方，也是可以被土人部落抓获的，格兰特船长他们，很可能就是在这些地方落入了印第安人的手里。我们可不能让他们失望。沿着我给大家指的地图上的这条线路，你们难道不愿意去吗？即使我指的这条路是错的，我们不是还可以沿着37度线找吗？我们一定要找到这些遇难船员，不就是沿着37度线环绕地球一周吗？”

他热情洋溢的一番话，感动了大家，大家全都站起来和他握手。

“是的，一定在那里，我的父亲一定在那里。”罗伯尔紧紧地盯着地图，像是要把地图看进眼睛里去，他不停地嚷嚷着。

“我的孩子，你父亲在什么地方，我们就去什么地方找！我们亲爱的朋友巴嘉勒尔说得再清楚不过了，我们应该毫不迟疑地沿着这条线去找。格兰特船长不是在印第安人手里，就是在一些小部落手里。要是在小部落的手里，我们可以直接将他们救出来。但如果在印第安人手里，我们就要先侦察好情况，然后走东海岸回船上，再到阿根廷的首都招一批人，由少校指挥，这样就能完全对付阿根廷的印第安人了。”爵士说。

“好的，爵士，那我们就这么做。不过我还想补充一句，横跨美洲的旅行一定能顺利完成。”

“对！顺利完成，还不会疲劳。想想看，很多人的装备都不如我们，也没有我们这么伟大的事业鼓舞，但他们都能横贯大陆旅行，比如1782年的威纳莫，不就是从卡门走到了高低岩吗？还有1806年，智利康塞普西翁省的法官董·路易，他从安杜谷出发，穿过安第斯山脉，经过40天的路程，不是到了布宜诺斯艾利斯了吗？还有那个卡希亚上校、杜比倪先生，以及我可敬的同事莫西博士，他们不是都游遍这些地区了吗？他们是为了科学研究这么做的，而我们则是为了救人，当然更要这么做了。”

玛丽激动得声音都有些颤抖：“先生！您不怕危险，仗义救人，太让我们感动了。感激的话都不知道要怎么说。”

“危险？怎么会有危险？谁说有危险？”巴嘉勒尔叫了起来。

“我没有说！”罗伯尔瞪圆了眼睛，一脸坚毅。

“危险？哪里有什么危险？我们做的事怎么会有危险呢？我们只是在做一次648公里的旅行而已。我们是在沿直线走啊，而且这旅行路线遵循的纬度以及气候都是和在北半球西班牙、西西里岛、希腊等地的纬度一样的。这次的旅行，其实就像散步一样轻松，而且绝对不超过一个月。”

“哦，巴嘉勒尔先生，那您说，那几名落难的船员，在印第安人手里会有生命安全问题吗？”海伦夫人插话道。

“安全！这还需要考虑吗？印第安人可不是野人，是不会吃人的。我曾认识一位法国人，季莱尔先生，他就曾被草原区的印第安人掳去整整三年，当时吃了不少苦，也受到了很多虐待，但他却经受住了考验，最终胜利回国。欧洲人在这些地方，就和有用的动物一样，是有他们的价值的，所以印第安人会非常爱护他们，就像爱护他们那些值钱的动物一样。”

“要是这样的话，我们就不要再犹豫了，出发吧！不过我们要走哪条路线呢？”爵士问。

“有条路特别好走，虽然前面有些山路，走着走着也会遇到安第斯山东面山脚的小斜坡，但接下来就好走了，那是一片沙地和原野，没有任何崎岖的山路，那里简直就像一个大花园一样漂亮。”巴嘉勒尔说。

“我看还是先看看地图再说吧！”少校说。

“亲爱的少校，地图在这里。我们可以先沿37度线，从智利海岸罗美纳角与卡内罗湾之间出发。然后穿过阿罗加尼亚首都，随即再越过安杜谷火山南面的小道，过几个高低岩，再下一道绵延山坡，再渡过一条纳乌克河和科罗拉多河，就能到达潘帕草原了。走过潘帕草原，再过盐湖、格米伊河、塔芭儿坎山，就到了布宜诺斯艾利斯省边界了。过了边界，再爬坦丘尔山。沿途，我们可以一直寻找，一直找到大西洋岸边的马达那斯角。”

巴嘉勒尔熟练地说着这些地名，摆在面前的地图都成了摆设。他的记忆力很强，在熟读弗勒雪、毛利纳、荷泊尔、伯爱尔、杜比倪等这些人的著作后，他便记下了这些地方。在说完一连串的地名后，他又说："我亲爱的朋友们，这条路线是直线，只需30天我们就能走完。当然，如果风势不好，'邓肯号'说不定比我们还会晚些到达东海岸。"

"这么说，'邓肯号'要在哥连德角和圣安托尼角之间巡航，是这样吗？"船长问。

"是的！"

"那么这一趟远征，都是哪些人去呢？"爵士问。

"我觉得去的人越少越好。我们现在不过是去打探格兰特船长的下落，又不是去和印第安人打仗。所以我想格莱拉弗爵士当然是我们的领袖，还有少校肯定也是要去的，当然还有你们忠实的巴嘉勒尔……"

"还有我！我也要去！"小罗伯尔大叫。

"不要随便插嘴！"玛丽告诫弟弟说。

"他为什么不能去呢？旅行对年轻人来说是种很好的锻炼。"巴嘉勒尔冲小罗伯尔说。

"这样的话，我们就有四个人了，如果再叫上'邓肯号'的三名水手……"

爵士的话还没有说完，麦盖尔船长就冲爵士说了："您就不能让我去吗？"

"我亲爱的船长，女客都在船上呀，我们最亲爱的人在船上，当然需要最忠诚、热情的船长留下来照顾她们了。你去了，谁来照顾她们？"爵士说。

"我们不能陪同你们一起去吗？"海伦夫人问道，她有些担心爵士他们。

"亲爱的海伦，这次旅行我们很快就会回来的，所以我们只是暂时分别，而且……"

"好的，我明白！祝你们成功！"海伦夫人说。

"这可不是旅行！"巴嘉勒尔说。

"不是旅行又是什么呢？"海伦夫人问。

"我们只是走马观花般地经过，就像神仙来人世间转一圈一样，走走，行行善。'日行一善'就是我们的座右铭。"

巴嘉勒尔半开玩笑的这句话，结束了这场辩论。其实，这并不能算是一场辩论，甚至可以说只是一次谈话而已，因为大家的目标一致。有了决定，他们当天就开始做起了准备。对于这次行动，他们也不准备张扬，怕打草惊蛇，最后让印第安人将格兰特船长他们又藏起来了。

他们将动身的日子定在了10月14日。在挑选随行的水手时，船上的水手个个抢着要去。这反倒让爵士为难起来，不知道该选谁，最后只能抽签决定。抽签结果是大副汤姆·艾撒汀、水手维尔逊和穆纳参加进来。维尔逊和穆纳的身体很强壮，而艾撒汀又有“拳王”之称，被选中的三个人开心得不得了。

爵士积极地做着准备，他要求大家一定要按时出发。而同时，船长也开始了贮煤工作，以便尽快起航，这样就能在远征团队到达阿根廷海岸之前提前到达。所以爵士也和船长约定，两队人马进行比赛，看谁能最先到达那里。

10月14日，在他们预定的时间里，一行人准备出发了。出发时，大家全都聚在了方厅里，“邓肯号”也张好了篷帆，将螺旋桨打在了塔尔卡瓦诺湾的水面上。爵士、巴嘉勒尔、少校、罗伯尔、艾撒汀、维尔逊、穆纳都带着马枪和“高特”手枪准备下船。他们找的向导带着骡子则在岸边的水栅处等着他们。

“我们该出发了！”爵士说。

“去吧，朋友们！祝你们顺利！”海伦夫人强装镇定地说。

爵士抱了抱海伦夫人，罗伯尔跑到姐姐面前，搂起了她的脖子。

“亲爱的朋友们，我们最后一次握握手，然后就要等到在大西洋海岸见面了。”巴嘉勒尔说。

整个船上的人都涌在了甲板上，送7位远征者离船。不一会儿，7个人就到了码头，游船也开始向岸边开去，离岸不过百米。

“愿上帝保佑你们！”海伦夫人在楼舱上，大声喊道。

“放心吧，夫人！上帝一定会保佑我们的！请相信，我们会互相帮助的！”巴嘉勒尔说。

“开船！”船长命令道。

“上路！”爵士也对远征队员们说。

两队人马分别行动，陆地上的远征者赶着坐骑，向海岸进发，而“邓肯号”则加足马力向海洋驶去。

第七章
Chapter 7

阿罗加尼亚国

格莱拉弗爵士的远征队里，除了他们7个人外，还有向导，以及向导带来的两个大人一个小孩。

向导是赶骡者的头子，是个在本地生活了20年的英国人，专门租骡子给旅客，并给过高低岩及各个山隘的旅行者做向导。在过了山隘后，他们又会将旅行者交给另一位对阿根廷比较熟悉的向导。

这位英国向导叫立古儿，虽然整天和骡子、印第安人打交道，但他却并没有忘记自己的母语，所以也能和爵士他们进行交流。这给爵士及远征队提供了方便，不管是提要求还是下命令，都不会因为语言不通而发生误会了。这位叫立古儿的向导也很乐意用英语同他们交流，因为巴嘉勒尔的西班牙语实在很难听懂。

立古儿用智利语来说叫“卡达芭”，而这个英国“卡达芭”又雇了两名当地的骡夫，骡夫用智利语来说叫“陪翁”，此外，他还雇了一名12岁的孩子做他们的助手。

“陪翁”的主要工作是牵运送行李的骡子，小孩的工作是在前面引路。所以小孩骑着一匹挂着铃铛的小母马，走在骡队的最前面，后面跟着的是10匹骡子。

在这10匹骡子中，有7匹是7位旅客在骑，还有一匹是英国向导立古儿骑。另两匹托着行李和布匹，这些布匹是他们准备“贿赂”一些部落酋长用的。两个“陪翁”因为要牵骡，所以是步行。

这样的装备，从安全和速度上都可以保证横贯智利的长途旅行。首先，过安第斯山就不是一次普普通通的旅行，必须借助强壮的骡子才行。而这些骡子，由于是阿根廷产的品种，所以发育很好，非常适宜爬山。同时，这些骡子对饲料的要求也没有那么高，甚至每天只需给它们喝一次水就能让它们走上8个小时，即使不停歇地走48公里也不用休息，即使驮300多斤重的东西也不会嫌重。

连接两大洋的这段路程中是没有任何旅社的，旅行中，远征者们只能吃干肉和辣椒拌饭，或者途中打些野味来烤着吃。对于喝的方面，他们每人身上都带着一些甜酒，甜酒装在用牛角做成的器皿里，遇到瀑布或溪水时，只需往瀑布或溪水里加上几滴甜酒就行。当然，在这种路上行走，因为神经始终处于紧张状态，非常容易受到刺激，所以含酒精的饮料并不能多喝。

至于晚上睡觉所盖的东西，他们都装在鞍子里，并用绣了花的宽带子绑在马的身上。装被子的鞍子是用本地的羊皮做成的，将这种羊皮一面割光，另一面保留羊毛，就能在寒冷而潮湿的黑夜，供旅行者们遮盖。盖着这样的暖和被子，也就能一觉睡到大天亮了。

爵士是个对旅行很内行，对各种地方风俗习惯很容易适应的人，所以他为自己和同伴准备了智利人穿的衣服。巴嘉勒尔和罗伯尔的装束是孩子穿的，是一种智利人穿的斗篷，不同的只是大小不一样。两个人穿着长长的皮靴，看起来非常滑稽。一穿上，自己先笑起来。

斗篷又叫罩篷，是一块面积不小，带着格子的花呢，然后在上面穿了个洞。

远征者们脚上穿的靴子是用小马后腿上的皮做成的；乘坐的骡子装备也很齐全，骡子的嘴里衔着阿拉伯独有的嚼铁，嚼铁的两端又有皮质缰绳，而这些缰绳必要时又可以当鞭子用。骡子的头上有色彩艳丽的络头和漂亮的褡裢，褡裢里装着当天要吃的干粮。

粗心大意的巴嘉勒尔，每次上骡子时都差点被骡子踢上几脚。而当他一爬上鞍子，便会悠闲地坐在上面，根本不管骡子，任由它随心所欲地走，这使他腰上别着的大望远镜荡来荡去，看起来非常好玩。

幸好骡子非常听话，这也让他非常满意。而小罗伯尔，一上骡子便展现出了一流骑手的姿态。

全队出发的时候天气很好，天空像被水洗过一样瓦蓝，虽然烈日炎炎，但海风还是让他们感受到了微微的凉意。沿着塔尔卡瓦诺湾的曲折的海岸，他们快速行进，在向南走了48公里后，踏上了37度线的末端。

行进中的第一天，大家在芦苇丛中穿行，很少说话。冒着黑烟的“邓肯号”虽然渐行渐远，很快就要消失在天边了，但他们还是依稀能看到。而那临别时的话语，也一直回旋在他们的脑海。

在默默无语的旅行者中，有个人一直在自言自语，而且是用那蹩脚的西班牙语在自说自话，这个人就是法国地理学家巴嘉勒尔。

英国向导看样子也是个话很少的人，一路上都不说话。看来职业并没让他变得油嘴滑舌，他甚至和“陪翁”都很少说话。两个“陪翁”做这职业时间长了，也明白要多做少说，所以除了骡子停下来，他们会咳嗽一声，催促它们不要偷懒外，并不说多余的话。而如果他们的咳嗽对骡子不起作用，他们就会向骡子扔个石头，石头往往扔得很准，即使再执拗的骡子，也会乖乖地服从。

如果骡子身上那种绣花的带子松了，或者缰绳掉了，“陪翁”就会急忙脱下自己身上的罩篷，蒙在骡子头上，然后把带子系紧，把缰绳重新绑上，然后照旧往前走。

向导和“陪翁”有个习惯，他们早晨8点吃完早饭后就出发，一直到下午4点才会停下来休息。爵士非常尊重他们的习惯。这天，向导在向大家发出休息的信号时，旅行者们正好走到海湾南端的阿洛戈城，截至目前，他们还没有离开能听到海水拍打的海岸。他们还要向西前进32公里，直到卡内罗湾，才能到37度线的末端。

旅行者一行走遍了海滨，却没有发现任何沉船迹象，再往下跑也是白费时间，所以他们决定将阿洛戈城作为出发点，沿着这条直线一路向东进发。

这天晚上，他们进了城，来到了一家简陋的旅社，准备过夜。

阿洛戈城是阿罗加尼亚的首都，而阿罗加尼亚人又是智利族的一个分支，这一分支的人身材强健，神情傲慢，在南北美洲中属于完全没有受过外力统治的一族。实际上，阿洛戈城曾一度被西班牙人统治，但这里的居民却没有退缩和屈服，他们抵挡西班牙人的侵略，就和阻挡智利人一样凶猛，所以最终他们有了独立的旗帜，那面蓝底白星的旗子也一直飘扬在护城墙顶上。

这天晚饭前，爵士和巴嘉勒尔还有向导在街上散步，街边的房子屋顶是用茅草盖成的。这里除了有一所教堂，以及一座叫圣梵济的修道院遗址可以看外，已经没有什么可看的东西了。

爵士试图向这里的居民打听一下沉船消息，但没有结果。而巴嘉勒尔对于他所说的西班牙语，这里的人听不懂感到很失望。其实，阿洛戈城的人是说阿罗加尼亚语的。这种土语在整个麦哲伦海峡地区都通用，所以巴嘉勒尔的西班牙语即使说得再好，也没有用武之地。

由于不能和土人交流，他只能四处看了，这也让他重新找到了乐趣。因为他觉得阿罗加尼亚人的长相特别有意思，而且这些人对于一个外国人朝他们死命地看并不反感，任由他来观察。

阿罗加尼亚人身材高大，皮肤呈古铜色，面部扁平。这里的男人没有胡子，眼神时常躲闪，脑袋很大，头上披着又黑又浓的头发。这些人看起来像是整日无所事事，游手好闲。

不过，相对于男人的懒散，女人却很能吃苦。她们每天不仅要忙着做家务，而且还要为主人照顾马匹、擦拭武器、耕田、打猎……除了这些外，她们还会抽空编织一些翠蓝色的罩篷，这样的罩篷，她们两年织一件，一件最少能卖300美元。

总的来说，阿罗加尼亚的风俗野蛮，人类的所有坏习惯，他们似乎都有，所以并不是一个能引起人们注意的民族，但这个民族却喜欢独立。

“真是些勇敢的人啊！”巴嘉勒尔散完步回来，在和大家围坐着吃饭时，突然感叹道。

大家觉得他的赞美有些言过其实，他又说，在他游览阿洛戈城的时候，他那颗法兰西人的心在猛烈地跳动。大家不知道他说的是什么意思。少校则问他那颗心为什么会猛烈跳动。巴嘉勒尔说，他的心狂跳不止是有原因的，也很正常。因为他有个同乡曾做过阿罗加尼亚的国王。少校问他这个国王的名字，巴嘉勒尔骄傲地说是脱勒斯先生。

他说脱勒斯先生是个地道的好人，长着络腮胡须，早年还在法国的柏立戈城做过律师。不过，虽然他做了阿罗加尼亚的国王，但最终还是被之前下台的那些人赶下了台。

少校在听他说朋友是一个律师，而且做了国王又被人赶下来时，忍不住笑了。巴嘉勒尔严肃地说：“律师做国王，可比国王做律师要容易得多。”

他这话一出口，大家全都笑了起来，并举起手里的玉米酒，连喝几口，为那位做过阿罗加尼亚国王的律师祝福干杯。几个小时后，大家各自裹着罩篷睡着了。

第二天早上8点钟，一行人又开始出发。小孩牵着领路的骡子走在最前面，

“陪翁”走在最后，一行人又沿着37度线向东走去。他们穿过了阿罗加尼亚的一片葡萄园，又过了一片青草肥沃的地区。

慢慢地，人烟稀少起来。又走了一里多路后，他们见到了美洲大陆闻名的印第安人的练马人。再向前走，他们看到了一座被废弃的驿站，这个驿站曾是土人躲避风雨的地方。最后，他们还遇到了两条拦路的河。

幸好向导找到了一个浅滩，大家这才安然渡过。此时，安第斯山脉已经展现在了他们眼前，那是一个个向北绵延，有着圆顶的山峰。这条山脉是整个新世界的脊梁，他们看到的只是巨大脊梁中最低的一部分。

下午4点钟的时候，他们已经走了56公里了。疲惫的他们在旷野中的一棵野石榴树下休息。骡子很累，“陪翁”打开了它们的缰绳，让它们自由自在地在草地上吃嫩草。骡子驮着的褡裢里有干肉和辣椒饭，吃完这些后，他们将羊皮做的被子铺在了地上，然后躺在上面休息。他们要借此消除一天的疲劳。

晚上睡觉有“陪翁”和向导轮流守夜，他们睡得很安心。

在如此晴朗的天气下，全体人员，包括罗伯尔都很开心，身体上也没什么不适。所以大家觉得还不如就跟在“赌场”上一样，手气好的时候乘胜追击。于是，第3天的时候，他们的速度加快了，即使遇到有激流的河，也能安然渡过。

晚上，他们在介于智利和土人国之间的河旁休息，第二天又接着走，再次前行了56公里。

这里土地肥沃，花草盛开，植物有宫人草、木本紫罗兰花、曼陀罗花、仙人掌等等。这个地区还有一些独有的鸟类，比如鹭鸶、鸱枭，以及逃避鹞鹰的黄雀等。

当然，草丛里也有动物存在，比如南美豹等。至于在这里的土人，虽然偶有看到，但却很少，像印第安人和西班牙人的混血儿就更难看到了。

偶尔见到的土人打着赤脚，赤脚上拴着大马刺，胯下骑着的马也被刺得鲜血直流，但仍在草原上狂奔。马奔跑的速度很快，如同一个鬼影，一晃而过。他们想找人问路，却怎么都找不到合适的人，所以什么消息都没打听到。

由于无法做探访，爵士只能耐着性子，继续往前走。

17日的时候，他们还是按以前的进度和顺序前行，罗伯尔却精气神十足，不按顺序走，非要走在拴着铃的骡子前面。为此，他坐着的骡子也吃尽了苦头。最后，爵士不得不严厉呵斥他，这才让他回到了原来的位子上。

道路开始变得崎岖难行，地势也是高低起伏，很不好走，这预示着前面就要遇到山地了。

河多了起来，河水沿着崎岖的山坡汩汩地流着。巴嘉勒尔不停地看着地图。如果有些溪流在地图上看不到，他便很生气，他生气的样子看起来非常好笑，有些七窍生烟的感觉。

“这条河流竟然在地图上找不到，一条河流竟然连它的身份证明都没有，这是非常严重的事情。从地理学的法律角度来看，这条河是不存在的。这怎么可以？”

他一边嘟哝，一边开始给这条河流起名字，并在地图上做出了记号，而每次起名字的时候，他总要用上西班牙语中最响亮的形容词。

“多好的西班牙语呀，多么有震撼力的语言啊。如同金属制成的，我觉得，这种语言里，一定含有78%的铜、22%的锡，它的强度能超过铸钟的青铜。”巴嘉勒尔得意地说。

“这么美丽的语言，你应该学得很不错了吧？”爵士问他。

“当然！亲爱的爵士！不过，也许是音调的问题……可惜啊！如果音调对的话，他们一定能听懂的。”

巴嘉勒尔遗憾地说，他真希望自己能把音调找准，所以一边走，一边练习发音，嗓子都被他练得发哑了。同时，一路上他也没忘记回答一些地理学上的问题，当然，在这上面，他显然是内行，甚至可以说全世界都没几个人比他厉害。

因为只要爵士向那向导提出一些问题，比如想知道当地的一些特点时，他总是可以抢先说出来，而且说得非常完整，这不禁让那向导大吃一惊。

这天中午10点的时候，他们遇到了一条横截他们一直遵循着的那条直线的路，爵士不知道这叫什么路，便问向导。不等向导回答，巴嘉勒尔就说了：“这是一条由荣博尔通向洛杉矶的路。”

爵士问向导，巴嘉勒尔说得对不对，向导说：“完全正确！”

向导说完，又问巴嘉勒尔：“您以前来过这里吗？”

“来过！”巴嘉勒尔一本正经地说。

“来过？怎么来的？是骑着骡子来的吗？”

“当然不是，我是坐着安乐椅来的。”

向导虽然不知道他这话是什么意思，但也没再问，耸耸肩走了，走到了队伍的最前面。

傍晚5点钟的时候，他们来到了一个山坳，并在那里休息。山坳在小洛卡城的北边，离小洛卡城仅有几里远，却是安第斯山的最低处。

第八章
Chapter 8

穿越安第斯山脉

/

远征至今，他们还没有遇到什么不能解决的问题。不过，接下来的爬山难免会遇到一些问题和危险，与自然界真正做斗争才刚刚开始。

因为他们现在马上就要面临一个问题，那他们穿越安第斯山脉，要走哪条路才能不改变原来的路线？他们问向导。

“这一带有两条路，其中一条是曼朵察曾经发现的阿尼卡那条路。”巴嘉勒尔又抢先说。

“是的！没错！”

“还有一条路是否就是威纳里卡岭以南的那条路？”巴嘉勒尔又问向导。

“对！是这样的。”

“不过，朋友们，这两条路都有一个问题，那就是不是偏北就是偏南。”巴嘉勒尔说。

“还有路可以选择吗？”少校问。

“有，那就是位于火山斜坡的安杜谷小道，那里在南纬37度30分的地方。也就是说，如果我们走这条路的话，离我们预定的路线就差了半度。这条路的高度也不高，不到2000米。是察米地奥·得·柯鲁茨探索出来的。”

“这条安杜谷小路应该可以走，不过，你认得这条路吗？”爵士又问向导。

向导说：“认识，爵士，这条路我是走过的。我之所以没有提起它，是因为它是小路，这条路最多只能走到牧群里去，这条路是东部的印第安人畜牧走的路。”

“哦，朋友，如果是这样的话，只要牛马能走的地方，我们都能通过。而且这条路正好就在我们要走的直线上。我们就走这条路吧！”

有了决定后，一行人便出发了。他们钻进了拉斯内卡斯山谷，山谷的两边是结晶石灰岩，山路用一个让人几乎感觉不到的斜坡在向上延伸。

差不多11点的时候，他们走到了一个小湖边。

这个小湖是附近小河的汇流形成的天然蓄水池，周围环境非常好。小河的水流发出汩汩的声响，缓缓地流进湖里。湖岸上有高原，高原上长满了林木野草，通常情况下，印第安人就是在这里放牧的。

绕过这里，他们看到的是横亘南北的沼泽地，由于他们有骡子带路，而骡子有经过沼泽地的经历，所以很快就过去了。下午1点钟的时候，他们从巴内纳堡旁绕过。山坡不再是斜着缓缓向上，而是形成了陡坡。周围高山嶙峋，骡子踩在石头上，石头哗哗哗地往下滚，看起来很像石头瀑布。

下午3点钟的时候，他们看到了很多1770年土人起义时毁掉的一些堡垒，这些堡垒在此时，因岁月而变得诗意起来。

“唉！难道这些高山还不够将人阻隔吗？还要修碉堡！”巴嘉勒尔说。

从这时候开始，路不仅越来越难走，而且也险峻起来。山坡的坡度越来越大，路也越走越窄，小路下的山谷，深得吓人。

骡子意识到了危险，小心地用鼻子嗅着路。远征队的队员们一个挨一个地紧紧跟随前进。有时候，当他们拐了一个陡弯后，却发现领路的那头骡子不见了，他们只能根据远处传来的铃声前行。有时候，那蜿蜒曲折的山路会让骡队形成两条平行线，甚至那领头的向导可以和走在最后面的“陪翁”讲话。而他们之间隔着的那个山谷，虽然宽度不到20米，但深度却达到了几百米以上，成了平行而行的两队人马间的巨大鸿沟。

不过，即使在如此险峻的山上，仍然长着一些草本植物，这些草本植物从岩石缝隙伸了出来，展示在人们面前。

从这些植物上，人们还是感觉到了矿物质对它们的侵袭。

凝固的熔岩越来越多，熔岩呈铁青色，高高耸起，尖端有黄色结晶体。这些物质的存在，让人们马上意识到，他们就要靠近安杜谷火山了。周围的岩石一层层地堆砌，在上面摇摇欲坠，好像随时都有掉下来的可能。但即使这样，它们还是互相攀附，以防止倒下。从这些形状来看，也许只是微微的震动，就可能让岩石改变它们原有的形状。而从这些倾斜的山峰，东倒西歪的窟窿，以及那不规则的圆顶上，他们能看出这座山的形状还没有固定下来。

没错，安第斯山的大骨架正发生着变化，所以也让路线随着大骨架的变动而发生变化，也许昨天留下的认路标识，今天再来看时，已经不在原来的位置了，所以这让向导常常搞不明白。他需要停下来四处查看，仔细辨认岩壳形状，从那些容易破碎的石头上，寻找印第安人走过时留下的痕迹。

没有其他办法，他们只能这么辨别方向。

爵士紧紧跟着向导，他知道向导的烦恼，也知道他们的行路越来越困难，却也不能去问他们，因为他觉得向导很可能就和这些骡子一样，天生有识路的本领，他应该相信他们。

有差不多一个小时，向导都在路上犹豫，在他们已经爬上去很高时，却又发现路不对，赶快退了出来。这种情况维持了很长时间，突然，他们走进了一条不怎么宽的山谷，这山谷非常狭窄。在这样的山谷里，四处都是悬崖峭壁，这些峭壁呈山峰状，挡住了他们前行的方向。

向导四处找路，但都找不到，他只能从骡子上下来，交叉着胳膊站在那里沉思。

爵士走近他，问道："迷路了吗？"

"没有，爵士！"

"但我们现在已经不是在安杜谷那条路上了对吗？"

"不，我们还在那条路上。"

"不会错吧！"

"不会错！您看到了吗？这里到处都是印第安人烧篝火留下的灰烬，那里还有羊群走过留下的痕迹。"

"这么说，这条路是别人走过的了？"

"是的，不过现在走不过去了，很可能是不久前的地震将这条路堵住了。"

"即使堵住了骡子，也是不会堵住人的吧！"少校突然说。

"哦，那要看你们到底想怎么做了，我已经尽力了。如果大家愿意往回走，然后再在高低岩那边重新寻找出路的话，骡子和我会带大家走那条路。"

"那不就要耽误很长时间了？"

"至少会耽误三天。"

爵士没有说话，向导在遵守自己的合约做事，他的骡子是不能再往前走了。爵士回头看了看同伴。

“你们愿意继续走这条路吗？”

“当然愿意！”艾撒汀说。

“我们现在的问题是什么呢？是爬一座山脉的问题。当我们爬上去了，下坡就比现在好走多了。而且我们过了这座山，就能找到阿根廷的向导还有能在草原上奔驰的快马了。不要犹豫了，我们继续前行吧！”巴嘉勒尔说。

“继续前进！”远征者们都叫了起来。

“你不能陪我们去吗？”爵士问向导。

“我要赶骡子！”

“好吧！那随你！”

“我们不用他陪，过了峭壁就能找到安杜谷的小路，我会把你们带到山脚下的。我的能力，绝不亚于高低岩这一带的任何向导。”巴嘉勒尔说。

于是爵士给向导结了账，并让他和他的“陪翁”及骡子一起回去了。留下来的武器、工具以及干粮，他们几个人分摊着背。而此时，他们必须马上往山上爬，即使这样，很可能还要走一段时间的夜路。

走上去后他们发现，左边的斜坡有条能直上直下的小路，非常曲折，骡子完全无法通行。而就算是人走，困难也很大，不过，经过两个小时的疲惫赶路，他们终于走到了那条安杜谷路线上。

此时他们已经到了真正的安第斯山上，离那条高低岩的最高山脊也不远了。不过，这时候他们却怎么都无法认清脚下的路。想必最近一次的地震，把整个地区都搅了个翻天覆地，他们此时只能从山腰上隆起的一些地方一点点地向山脊上爬了。

找不到可以走的路，巴嘉勒尔也有些不知所措起来，只是拼命地往安第斯山的顶峰爬。

山顶的海拔在3300至3600米之间。好在天气很好，这样的天气，对他们远征的人来说非常有利。如果放在5月至10月这样的季节去爬这样的山，很可能就爬不了了。严寒的天气会把人冻死，更何况这地方会经常刮一种飓风，这种飓风每年都会将很多人刮到高低岩的深坑里去。

爵士和同伴们整整爬了一夜，即使是那根本就无法攀爬的层层岩石，他们也拼尽全力往上爬，而对于那些既深且宽的洞穴，他们都勇敢地跳了过来。要是单独无法完成，他们就一个挽着一个的胳膊，形成一条绳索，用肩膀做梯子，像马戏团的演员一样，表演惊险的空中飞人，勇敢地越过了重重险阻。

这种时候，大显身手的往往是强壮的穆纳和灵巧的维尔逊。两个勇敢的苏格兰人，不断地借力给大家，有好几次，如果不是他们的帮助，大家很可能都过不去。每次遇到这种情况，爵士最担心的就是小罗伯尔了，因为他毕竟年龄太小。而巴嘉勒尔呢，则用他法国人的固有热情和开朗，奋力地前进着。至于少校，稳健的他知道什么时候该用多大的力，把握得也是恰到好处。所以这段路，他爬得若无其事，不慌不忙。几个小时的攀爬，对他来说，就和在山底下走没多大区别。

早晨5点的时候，气压表上显示，他们已经在2300米高的位置了。这里属于二级平顶，也是乔木地带的尽头。

此地偶有野兽出没，要是有猎人的话，一定会像发了财一样高兴的。这些野兽好像知道人最喜欢猎杀它们，所以远远看到他们便飞快地逃跑了。在这些野兽中，首先有这个地区特有的骆马，这种动物可以代替羊、牛、马工作，而且生存能力非常强，即使是骡子都无法生存的地方，它们也能生存下来。

除了骆马之外，这里还有一种大耳鼩鼠，这是一种啮齿类小动物，它们既像野兔，又像野鼠，那长长的腿又像极了袋鼠。长着漂亮皮毛的它们性格温顺，胆子很小。在树上的时候，它们又像栗鼠一样蹦来跳去，非常可爱。

“没有鸟的翅膀，却有鸟的能力，它们和那些四足动物完全不同。”巴嘉勒尔说。

不过，这些野兽并不是山顶上的住客，在更高的3000米雪地，有一种美丽的反刍动物——羊驼。羊驼最被人称道的就是它的长毛，像丝绒一样柔滑。还有一种没有角的山羊，这种山羊被动物学家称为“未角羚”，它们长着细密的绒毛，高且瘦，由于时常高昂着头，给人一种孤傲的感觉。

孤傲的未角羚很不喜欢有人靠近，所以想要见到它们并不容易，当它们远远地看到人时，便像鸟儿展翅一样，瞬间不见了，即使是那白得晃眼的雪地上，也看不到它们一点踪影。

天破晓时，整个山区变得有些面目全非起来，四处都是明晃晃的冰，峭壁上的冰柱泛着淡青色的光，高高地耸立着，太阳光照射在冰柱上，显得格外耀眼。此时爬山是危险的，所以他们必须先去探测一下，如果有裂缝，便不能再前进了。

维尔逊跑在了最前面，做起了急先锋。他用脚一点点地试着冰面，跟在后面的同伴们小心翼翼地随着他的脚印走。他们不敢高声说话，生怕声音太大，会震掉悬在他们头顶的七八十丈高的雪团。

试探着，小心翼翼走着的他们，总算走到了灌木地带，再往上爬250米左右，那些灌木也就该被仙人掌之类的禾本草类替代了。如果再走到3300米高的地方，很可能任何植物都没有了。

远征队员们只在8点钟的时候休息了一下，吃了点东西恢复体力，便又开始冒着巨大的危险前行了。此时的他们不仅需要跨过那如同刀尖一般的冰凌，而且还要越过那深不见底的深坑。行进中，他们看到很多地方都插上了木头做的十字架，很显然，这些地方发生过不幸的事件。

下午2点钟的时候，险峰间出现了一块光秃秃，荒凉如沙漠的平地。此刻，天空蔚蓝，空气干燥。在这样的高度，是不会下雨的。那些水蒸气在此处变成了雪或冰雹。四周零星的云斑石或雪花岩，隐隐地从白雪中探了出来，像一个个的尸骨，从裹尸布里露了出来。有些硅石或麻石的小碎块，也被风吹得滚下了山谷，发出浑厚的声音。

此时的远征者们，已经有些心有余而力不足了。爵士看到大家精疲力竭，便有些后悔爬这么高，走这么远。而那小罗伯尔，虽然在拼命和疲劳搏斗，但也实在走不动了。见大家都不提休息的事，3点钟的时候，爵士停了下来。

“我们还是休息一下吧！”他说。

“在这地方休息吗？这里可连藏身之处都没有。”巴嘉勒尔说。

“必须要休息了，小罗伯尔需要休息！”爵士说。

“我不要休息！我可以的，爵士！我可以走！大家不要停！”小罗伯尔勇敢地说。

“让人背你吧，孩子，我们不管怎样，都要走到东面去，到了那里，也许会有茅草棚。我希望大家再走两个小时。”巴嘉勒尔说。

“大家觉得怎么样？”爵士问。

“好！”大家一致同意。

“我背小罗伯尔吧！”穆纳补了一句。

大家继续往前走，吃力地爬了两个小时。他们此时只是什么都不想地往上爬，一直爬到了最高峰。

空气变得越来越稀薄，大家的呼吸都困难起来，有了高原反应。

血液失去了平衡，从牙龈和嘴唇上渗了出来。当然，也许在高空中，雪让空气也不好了起来，所以也是牙龈和嘴唇渗血的原因之一。空气的稀薄，让人必须费力呼吸，以便加速血液循环，这种用力，会让身体的每个器官更加疲劳，疲劳程度不亚于雪面上的阳光反射。在此种环境下，即使是再勇敢的人，意志再坚强的人，也都有些熬不住了。

高原反应中的疼痛和眩晕也出现了，不仅让体力有所减弱，而且也削弱了意志。和气候抗争，总是要吃亏的。不一会儿工夫，远征队员们的跤摔得越来越多，而一旦摔倒，就很难立刻站起来，必须跪着才能爬起来。

这段路程用了很长时间，眼看大家都要支持不住了。看着白茫茫一片的雪山，感受着刺骨的寒冷，以及快要吞噬四周的黑夜……如果再找不到过夜的地方，后果将不堪设想。就在大家胆战心惊时，只听少校用惯常的平静语气说：“那里有座小房子！”

第九章
Chapter 9

移动的山脉

那个小房子，也只有少校才会看到。放在任何人，即使是在小房子旁来来回回地走，甚至从小房子的顶上踏过也不会发现。因为那里仅仅从雪地上露出了一点，而那一点还和四周的岩石混杂在了一起，不注意的话根本看不出来。

小房子埋在了雪里，他们必须把雪扒开才行。在维尔逊和穆纳费尽全力扒了半个小时后，小房子的入口露了出来，远征队成员急忙进去，挤成了一团。

小房子是印第安人用土坯修建而成的，整个房子呈正方形，长宽各在3米3左右，高高地矗立在一块雪花岩顶上。小房子只有一个小门，门前有个石梯。不过，即使门再小，只要刮起飓风，里面依然会钻进雪花和冰雹。

小房子里大概可以容纳10个人。虽然这个小房子并不能为大家遮风避雨，但怎么也比在外面强，外面起码在零下10摄氏度以下。

屋里有个小灶炉，还有用土坯做的烟囱，如果能够生火取暖，抵挡外面的寒气，还是很不错的。

“我们要感谢老天爷给了我们这个栖身之处，虽然不是很舒服，但已经不错了。”爵士说。

“这还不舒服？这可是一座王宫啊！就是没有禁卫军和朝臣而已。我们能在这里栖息，已经算很舒服的了。”巴嘉勒尔说。

“是啊，还有灶炉能够烧火取暖。我觉得，现在大家虽然很饿，但寒冷更让人难受，我想，如果有一些木柴，应该比能打到野味更让人高兴。”艾撒汀说。

“有道理！我们想办法找点木柴吧！”巴嘉勒尔说。

“在这岩石顶上，哪里有什么木柴。”穆纳摇着头说。

“既然屋里能设灶炉，那么外面一定可以找到木柴的。”少校说。

“麦克那布斯说得很对。你们把这里先布置一下，准备做晚饭，我去打柴。”爵士说。

“我和维尔逊跟你一起去吧！”巴嘉勒尔说。

“还有我，我也去！”罗伯尔爬起来说。

“我的孩子，你就不用去了，好好休息吧！虽然你还是个孩子，可现在已经做了很多大人才能做到的事了。”爵士说。

就这样，格莱拉弗爵士、巴嘉勒尔和维尔逊走出了小房子。

此时已经是傍晚6点钟了，虽然没有风，但寒气逼人。天色开始转暗，太阳用最后一抹光彩轻抚着山峦。巴嘉勒尔看了看随身带着的气压表，发现水银柱显示在零下4分95度，也就是说，他们现在在3600米的高空，仅比勃朗峰低910米。

如果此刻也像在瑞士的高峰那样，有飓风或旋风刮来，那么他们谁也别想爬过这山脊。

爵士和巴嘉勒尔走上了一块云斑石，他们向四下看着。此时，他们正处在峰峦叠嶂的高峰上，从这个地方向四下看，能看到65平方公里的地方。看东面，是山坡，缓缓地向下延伸，完全可以行走。更远处有乱石堆积。乱石应该是从冰山上冲下去的。再往下看，科罗拉多河流域已经完全隐没在黑夜中了。地面层峦叠嶂，一切都在夕阳的照耀下渐渐隐去，整个安第斯山的东方就快要看不清了。看西面，形成尖峰的嶙峋石壁依然被最后的阳光照耀着，看着浸淫在阳光中的岩石和冰山，顿时有种光彩夺目的感觉。北边能看到起伏的山峰，如同一个人用铅笔画朦胧曲线时，手微微颤抖形成的，非常随性。南边和其他几面山都不一样，十分美丽壮观，因为近黄昏，反而更显出它的美来。

没错，只需向荒野中的尔必朵河谷看一眼，便能看到安杜谷火山了，甚至还能看到那如同张着大嘴的喷火口。喷火口在离他们3公里以外的地方，如同一只巨大的怪兽，又像是圣经里提到的长鲸，张开大嘴，喷射出巨大的浓烟和褐色的火焰，照亮了四周的山峦，整个山峦都变得红了起来。

雪白的冰雹、暗红的烟火、火红的熔岩……交织成了一个色彩绚烂的万花筒。

突然，一道耀眼的火光展现在了他们面前，给那一望无际的盆地戴上了一个美丽的光环。而就在此时，夕阳的余晖也已消失殆尽，它像一颗陨星，在暗影里缓缓消失。

看着那幕火山喷发带来的壮丽景象，巴嘉勒尔和爵士出了神。原本要找木柴的他们，此时却像一个鉴赏家一样，欣喜地观赏着。不过，对于这种壮观的场面，维尔逊并不感兴趣，只是提醒他们，要找木柴了。

虽然他们站着的岩石上没有木柴，但却有一些干枯的苔藓。于是，他们采集了很多苔藓，同时，他们还发现了一种根部能当柴烧的植物，所以也就拔了一些。

在将这些珍贵的燃料拿回小房子的炉灶后，想要点火却不容易了。而之所以不容易点着，是因为空气太过稀薄，没有足够的氧气。当然，这只是少校的看法。

“相反，水不需要100度就能沸腾，如果喜欢喝沸水煮的咖啡，那可就只能委屈一下了。因为在这样高的地方，水到90度就会开。”少校继续说。

少校说得没错，火点了很久才点着。而在水沸了以后，他们将温度计插进去试了一下，发现只有87度。不过即使这样，他们还是冲了热咖啡喝。在这样寒冷的天气里，能有热咖啡喝，真是太幸福了。

然后，他们又吃了一些干肉，当然，这些干肉是不够他们吃的。而这也让巴嘉勒尔有了另一个想法，他说：“我听说骆马肉烤着吃很不错，而那骆马又能代替牛羊，如果我们能试着让骆马肉替代牛羊肉，一定是个不错的做法。”

“难道这餐晚饭没能让你满意吗，大地理学家？”少校板着脸说。

“满意！当然满意了，我的好少校！不过我觉得，如果能有一盘野味的话，一定会更好的。”

“你太会享受了！”

“你给我的这个评价我接受，少校，不过，你又是怎么想的呢？你嘴里虽然这么说，但心里其实也想着吃点什么野味吧！”

“嗯！也许是这样的。”少校说。

“要是有人想让你和他一起去打猎，你会怕寒冷和黑夜吗？”

“当然可以，如果你也愿意的话……”

大家还没来得及对他们的对话做出回应，突然听到了一阵吼声，声音由远及近，吼声悠长，吼叫的是野兽，而且不是一两只，而是一群。看样子，似乎是一群野兽正向他们这边奔来。

难道老天在赐给一个小房子的同时，还要赐给他们一顿丰盛的晚餐吗？地理学家巴嘉勒尔想。

不过，他的兴头很快就被爵士打断了，爵士对他说，在高低岩这样的地方，是绝对不可能有野兽的。

“不是野兽是什么？难道你们没听见吗？声音越来越近了。”艾撒汀说。

“难道发生了雪崩？”穆纳问。

“不会，那是野兽的叫声。”巴嘉勒尔反驳道。

“那我们去看看吧。”爵士说。

“我们现在是猎人，以猎人的身份去看！”少校说着话，拿起了一支马枪。

大家从小房子里出去，高山上的夜晚虽然因为满天星斗而没有漆黑一团，但月亮还没出来，四周还是影影绰绰，阴森森的。东、北、西这三面的山峰已经全部消失在夜幕中了，他们看到的只是最高的几座岩石，如同幽灵般地矗立在那里。

阵阵的吼声越来越响，越来越近地向他们涌来。

到底是怎么回事？在他们还没弄清楚的时候，突然，随着哗啦哗啦的声响，有东西掉了下来。当然，不是发生雪崩，而是受惊的野兽跳了下来。它们跳下来时所发出的声响，让整个高山都颤抖起来。涌来的野兽有上万头，在空气稀薄的山顶奔腾着，叫嚣着，发出震耳欲聋的声响。

是什么样的野兽？是草原上的还是只是山上的骆马和未角羚？

如同旋风一般的动物从他们头顶几尺高的地方席卷而来，格莱拉弗爵士、麦克那布斯、罗伯尔、艾撒汀和两个水手急忙趴在了地上，只有巴嘉勒尔还站在那里，很快，他就被那些动物撞倒在了地上。

此时，一声枪响。这一枪是少校开的，他摸黑开了一枪后，感觉到有只被他射中的野兽倒在了离他几步远的地方。然而，那群野兽并没有被枪声吓倒，而是全都朝火山方向奔去，奔跑时还发出惊天的吼声，慢慢地，声音和影子都消失不见了。

“啊！总算找到了。”有人在说话，是巴嘉勒尔的声音。

“找到什么了？”爵士问他。

“眼镜呀，我找到了我刚刚丢掉的眼镜，老天保佑！”

“你有没有受伤？”

“没有！只被踩了几脚，不过也不知道是被什么动物踩的。”

“就是它踩的。”

少校说着话，已经将他打死的那只野兽拖了过来。

大家急忙和拖着野兽尸体的少校进了小房子。借着炉火，大家看到了少校那一枪所获得的猎物，那是一个很漂亮的无峰小骆驼。它的头很细，身子扁扁的，腿长长的，全身咖啡色，只有肚子下有白色斑点。巴嘉勒尔看了看后，大叫：“哦，原来是原驼呀！”

“什么是原驼？”爵士问。

“就是可以吃的动物。”巴嘉勒尔说。

“味道好吗？”

“味道好极了！绝对是上等佳肴。我早说今晚会有肉吃。看，多好的肉呀，不过谁来剥皮呢？”

“我来吧！”维尔逊主动请缨。

“好，你剥皮，我烤肉。”巴嘉勒尔说。

“您还能做厨师，巴嘉勒尔？”罗伯尔问。

“我可是法国人，孩子，法国人哪有不会做厨师的？法国人生来就是一个好厨师。”

5分钟后，维尔逊已经剥好了皮，巴嘉勒尔将那大块大块的肉放在了点燃的植物根上烤了起来。过了10分钟，原驼的肋条肉散发出了诱人的香味，巴嘉勒尔将它们切成一块块地拿给大家，每个人都毫不客气地接了过去，大咬一口。

不过，就在大家刚刚吃了一口时，便哇地叫出了声，一个个龇牙咧嘴的，这让巴嘉勒尔很是奇怪。

“太难吃了！”有人说。

“就是，没办法吃！”另一个人说。

对于自己辛辛苦苦烤成的东西大家说难吃，巴嘉勒尔一肚子不高兴，但他也不得不承认他烤的肉即使是饿死鬼也难以下咽。大家开始拿那佳肴和他开玩笑。他知道大家是在开玩笑，便开始找原因，想弄清楚原本美味的原驼肉，为何在他手里会变得这么难吃。

聪明的他，终于想起了一点，他说：“我知道了！我知道了！我知道为什么不好吃了。”

“什么原因？是因为烤的时间太长了？”少校问。

“不！当然不是了，你这挑剔的少校！是因为跑得太多了。怎么回事，我怎么把这事忘了呢？”

“什么叫‘跑得太多了’，巴嘉勒尔先生？”艾撒汀问出了大家想问的。

“怎么连这都不知道呢？就是说，原驼要在它睡觉时打死，那时的肉就很好吃。如果在它跑的时候打死，而且跑得那么快，肉也就不好吃了。根据这个肉味，我想，它们一定是从很远的地方跑来的。”

“还有这种说法？”爵士表示怀疑。

“当然是这样的！绝对是的！”

“那么，到底是什么原因，让这群原本安安静静地在窝里睡觉的动物吓成这样，逃了出来呢？”

“对于这一点嘛，亲爱的爵士，我没有办法回答您。不过您要相信我。您去睡觉吧，不要再问了，我也要睡觉了。都睡吧！还有少校！”

之后，在炉灶上又添加了一些燃料后，大家便裹着罩篷睡觉了。小屋子里响起了此起彼伏的呼噜声，地理学家巴嘉勒尔的呼噜声犹如低沉的男中音，在大家的呼噜大合唱中，显得尤为突出。

在这些人中，有一个人一直睡不着，那就是格莱拉弗爵士。而他睡不着的原因来自于内心深深的不安。他的脑海里不断浮现出那些野兽奔向一个地方的场景，当时那些野兽的惊惧，让他很不理解。按理说，原驼不会是因为有其他猛兽追赶而跑到这么高的地方的，猛兽原本就不多，而如果说是猎人追赶，那就更不可能了，因为这里的猎人更少。

那么到底是什么样的原因，让它们走向了火山方向的深坑呢？是什么样的恐怖事件让它们做出了如此举动？爵士猛地觉得，很可能是灾难降临的前兆。

不过，在困乏中，他的想法又变了，甚至觉得也许是件好事。他甚至想，也许他们明天就能到安第斯山下的大平原了。在那里，他们会展开仔细调查，也许离找到格兰特船长不远了。他甚至想象着，格兰特船长和他的两个水手被他们从苦难中解救了出来，这些想象让他热血沸腾。

炉灶里的火喷射出红红的火焰，也有噼里啪啦的燃烧声溅起了点点火花。火光照耀着小屋里睡着的同伴们的脸，以及在墙壁上形成的若隐若现的影子，这一切都不停地打断着他的沉思。

他一会儿有不好的预感，一会儿又有好的预感，总之，这些矛盾和反复让他更加焦躁难安。

突然，他听到了隐隐约约的声响，那声响来自于屋外，到底是什么声音呢？他不知道，也难以理解。

此时，他好像隐隐听到了一阵由远及近，轰隆隆的，带着威胁性的声音。按理说只有在离山顶1000米以下的山腰才能听到的这种像暴雨声的声音究竟来自何处，爵士很想知道答案，于是他走出了小房子。

此时，月亮已经升起来了，高山上的空气特别清新。四周一片寂静，天空看不到云彩，只能隐隐看到安杜谷火山活动时留下的一道道光。

大自然是安静的，没有风雨，也没有闪电，而且天空还闪烁着成千上万的星星，这样安静的天穹下，为什么会发出奇怪的隆隆响？还有那群原驼，它们奔逃的原因是什么？是不是和这轰隆隆的声响有关？

爵士看了看表，已经深夜两点了，他不能确定是否会有危险逼近，同时，他也不忍心去叫困乏了一天，正在睡觉的同伴。

回到小房子，困意再次袭来，他进入到了朦胧状态，这种状态一直持续了好几个小时。

突然，他被一阵震耳欲聋的声响惊醒，那声音像是在战场上，无数炮车在地面上转动时发出的声音。随着巨大的轰隆声，爵士突然感觉到自己身下的地面开始陷落，小房子也在摇晃，大地发生了崩裂。

“快逃啊！”他大叫一声。

睡梦中的同伴全都醒了，还没等逃出小房子，慌乱中的他们便在地上滚作一团，并落在了一个陡峭的山坡上。

天亮了，眼前的景象让他们大吃一惊，群山完全变了模样：圆锥形的山顶被齐腰斩断了，那些尖尖的山峰陷落下去，他们的脚下好像有扇门被打开了……

这是高低岩山区独有的特殊现象，几英里宽的整座山，一起向平原方向移动。

“天啊！地震了！”巴嘉勒尔大叫一声。

是的，他说得没错，地震了。这是智利时常发生的天灾。就在他们所处的区域，曾两度被震毁，而那圣地亚哥城，在14年中，有两次被震倒。

这条震动带，是因为地壳里的地下火一直在燃烧，晚期出现了山脉，让火山无法排泄热气而导致的。

几位远征者被震到了山崖边，他们攀着苔藓，拼命抓着山的边缘。此时的他们，除了惊恐和害怕，已经没有任何感受了。大山像是一列行进中的快速列车，以每小时90公里的速度向下行驶，他们只感到头晕眼花。想要大声叫喊，却叫不出来。

不过，即使想叫，别人也是听不到的；他们想要动一动，又怕一动就会掉到悬崖下。现在的他们，看来是无路可逃了。

脚下是山崩地裂发出的隆隆声，夹杂着的还有雪崩的噼里啪啦声，以及花岗岩和雪花岩发出的撞击声。当然还有一些雪块被砸碎后，随风飞舞所发出的呜呜声。这些声音的存在，让他们连向同伴打招呼也做不到了。他们扒着的山，有时向下没有阻碍地滑，有时又像漂在海里的船只，上下颠簸，左右摇晃。在经过无底深坑的时候，有大块的石头哗啦啦地往下掉，很多千年古树被连根拔了起来。一些地面的突起部分像是被铁铲铲平了，像一把巨大的铁锹一样，在安第斯山东部形成一个斜面，非常光滑。

我们不免会这么想，如果有块几万万吨的重物，以50度角的斜度向下快速滑，会有着怎样的威力？

这样的运动究竟会持续多长时间？谁也不知道。而要运动到什么地方？哪个深渊？也是谁都说不清的。他们7个人在什么地方？还在原来的地方吗？是不是都活着？有没有人掉进深坑？不知道！他们扒着的山体运动带给他们身体的不适感越来越严重，先是头晕眼花，接着都快要窒息了。他们不仅被刺骨的寒风肆虐，而且还被不断飘来的雪花迷了眼。

身体被冻僵了，几乎没有生气，而之所以还能扒住岩石，则是他们求生的本能使然。

突然，他们听到了“砰”的一声响，瞬间便脱离了那座滑动的山体。

他们被扔了出去，扔在了山脚下的一个山坡上。山坡上，他们开始滚动，而那座滑动的大山却停了下来。

好几分钟过去了，没有一个人动。终于，有一个人爬了起来，虽然头昏眼花，却还能勉强站住。

站起来的是少校，他擦了擦被雪花和灰尘覆盖的眼睛，向四周看着。他看到他的同伴全都躺在一个山窝里，如同玻璃球落在了盘底一样，重叠在一起。

少校点了点那叠在一起的人，除了一个人外，其他的都在。在的人全都直挺挺地躺着，不说一句话。

少掉的那个人是罗伯尔·格兰特。

第十章

Chapter 10

兀鹰爪下的少年

/

安第斯山高低岩的东方，全是一些长形陡坡。长形陡坡一直往下，直到平原。

一场地震，让平原上矗立起了一座山，而平原上则到处是厚厚的牧草，草地上长着茂盛的树木，其中就有硕果累累的苹果树。

这有些像法国最富饶的诺曼底省，有一部分迁到了高原地区的感觉。

远征者们猛地从高山一下子来到了平原，如同从沙漠突然到了绿洲，从雪峰来到了草地，从寒冬来到了盛夏一样令人不可思议。

不过，这种不可思议，只会在平常的环境中产生。在如此环境下，再大的突变都不会让他们感到意外，有的只是惊恐。

大地突然安静下来，这片区域的地壳不再运动，或者说是去更远的地方运动去了。

当然，在安第斯山脉，任何地方发生震动和摇晃都是很正常的事。不过，这次他们经历的地震实在是太猛烈了，猛烈到让整个山形都发生了变化。如今再一眼望去，面前全是新的山峦。

在这么巨大的变动下，想让此地的向导找旧路想必是怎么都找不到了。

这天的天气很晴朗，早晨8点钟的时候，太阳从大西洋上升了起来，穿过阿根廷草原，投射到另一边的太平洋海面上。爵士和其他人在少校的抢救下，慢慢苏醒过来。幸好他们只是因为震动而昏厥，并没有受伤。而那个高低岩，也总算被他们爬了过来，现在已经到了山脚下。

如果不是因为少了小罗伯尔，他们一定会欢呼，因为这场地震让他们少走了很多路，将他们带到了山脚下。

罗伯尔是个多么可爱勇敢的孩子呀，每个人都喜欢他。巴嘉勒尔甚至都有种离不开他的感觉。少校虽然平时很严肃，不苟言笑，但也很喜欢他。格莱拉弗爵士，对他更是疼爱有加，甚至把他当成自己的孩子来看。

在他听到罗伯尔失踪后，急坏了，他觉得这个可怜的孩子一定是落到了深坑里，说不定正在不断地呼喊他，让他救命。

“朋友们，亲爱的朋友们，我们一定要找到他，必须找到他。我们不能就这么把他丢了，不管什么地方，所有的山谷、悬崖、深坑，我们都要去找，一定要找到。你们给我身上拴个绳子，吊着我，让我下去，我要去找他，明白我说的话了吗？我一定要这么做。希望老天爷能保佑这个可怜的孩子，如果他丢了，我们怎么去见他的父亲？为了救格兰特船长，我们却牺牲了他的儿子，像话吗？”

大家全都低着头，默默地听着。他们感觉到爵士在看着他们，也知道爵士想从他们的眼神中找到一线希望，但他们谁也没有抬头去迎那目光。

“你们说，到底怎么样？为什么不说话？没听到我说的话吗？你们觉得没希望找到是不是？觉得没有一点希望吗？”爵士着急地看着他们。

仍然是沉默，最后，还是少校开了口，他说：“朋友们，有谁知道罗伯尔是什么时候不见的？”

这个问题还是没有人回答，因为他们也不知道。

“高低岩下崩的时候，他在谁的身边？”少校接着问。

“在我的身边。”维尔逊说。

“那么，什么时候你觉得他不在你身边了？好好想想！”

“我记得山崩的时候，山体间发生了碰撞，在碰撞前不到两分钟的时候，我见罗伯尔还在我身边，双手抓着苔藓。”

“不到两分钟？维尔逊，那时候的一分钟都是很漫长的，你可千万不要记错了！”

“我想……不会记错的，我记得……是不足两分钟。”

“那么，罗伯尔那时候是在你的左边还是右边？”少校又问。

“在我左边，我记得他的罩篷还拍到了我的脸。”

“那你在我们的什么方向？”

“在你们的左边。”

“这么看来，罗伯尔是在这边失踪的。”少校一边说，一边面朝山站立，指着右边的位置说，“根据他失踪的时间来看，他应该是掉在距地面3公里的那部分山里去了。我们如果要去找的话，就要到那里去找，我们可以每人去一个地带，一定会找到的。”

没有人再说什么，剩下的6个人急忙往高低岩爬，他们分别在不同的高度和方位寻找，而寻找的路线就是山崩路线的右边。他们寻找得特别仔细，甚至是石缝也没放过。悬崖原本的深坑，有一部分已经被一些迸落的石头填满了，他们只能下到坑里去寻找。

他们不断地冒着危险爬下去，不见罗伯尔后，又爬上来，衣服被撕破了，甚至手脚也都被划破了，血淋淋的，但没有一个人抱怨。

除了几个上不去的平顶，安第斯山的这块区域全都找过了，并且已经找了很长时间，虽然大家谁都顾不上休息地去找，可显然一切的努力都是白费。那个可怜的孩子是不是已经死在了山里？或者已经被一块大岩石压住，葬身在大山下面了呢？

一直找到下午1点钟，爵士和同伴全都累得筋疲力尽，他们重又回到原来的山谷，爵士悲痛欲绝，只是不停地叹息着：“我不想走了，哪儿也不去了。”

大家明白他的伤心，知道他受到了刺激，也都开始劝慰他。

“那我们先休息一下，恢复恢复体力，不管是继续寻找还是继续赶路，我们都必须先休息一下。”巴嘉勒尔对少校和艾撒汀说。

“是呀，爱德华要我们留在这里，那就留在这里吧，我知道他还抱着希望，可还有什么希望呢？”少校说。

“谁知道呢？”艾撒汀说。

“可怜的小罗伯尔。”巴嘉勒尔说着，眼泪流了出来。

山谷里有很多树，少校选了一棵高大的树，并在树下搭了个临时帐篷。他们如今剩下的只有几块盖布，一些武器和一点干肉、冷饭了。幸好不远的地方有条小河，河里的水虽然因为山崩而显得有些浑浊，但还能用。

穆纳在草地上生起了火，很快就烧好了水。他给爵士端来了水，可爵士不喝，只是沮丧地躺在罩篷上。

一天就这么过去了。这天的深夜和头一天一样，非常平静。不过，在其他人躺着休息的时候，爵士又爬上了高低岩。他独自一个人往前走着，仔细地听着，希望能听到哪怕是一点微弱的求救声。

因为怕错过可能会有的求救，他还时不时地将耳朵贴在地面上，屏住呼吸仔细地听，并不停地叫喊着罗伯尔的名字。虽然他叫喊的声音充满了失望，但还是一边走一边叫着。

爵士就这么在山间徘徊了一整夜。由于担心他不顾一切地寻找，从光滑的岩石或峭壁上滑下去，有时巴嘉勒尔也会陪着他，有时又是少校跟着他。不过，带给他们的还是失望，爵士那千万声的“罗伯尔”，回应在四周的只是同样的声响。

夜晚过去了，天边吐出了鱼肚白。在遥远的山岭，他们强制性地将爵士拉回了帐篷。爵士的眼神里全是绝望，绝望中又带着痛苦。没人敢和他说一个“走”字，更没有人跟他提议离开这个山谷。

然而，干粮已经吃完了，阿根廷向导和过草原所必需的马匹，应该在前边不远处。可谁敢说走呢？可难道又要返回吗？返回的路甚至很可能比前行的路更难走，况且他们已经和“邓肯号”约好在大西洋的岸上集合了呀。

不能再耽误下去了，为了全体的利益，他们不能不出发了。

少校想将爵士从悲痛中拉回来，劝了他很久，但爵士好像都没有听到，只是不停地摇头，有时也会挤出几个字：“是说走？”

“是的！我们必须要走了！”

“再等一个小时。”

“好，那就再等一个小时。”少校说。

可一个小时过去了，爵士又说再等一个小时。看情形，就像是在给一个死刑犯恳求延长生命一样。就这样，时间在一个小时一个小时地过着，一直到了正午时分。按照少校和全体成员的意见，他们不能再耽搁了，非走不可了。于是大家一起告诉他，说不能不走了，如果再不走，全体人员的性命都可能出现问题。

“哦！是的！那就走吧！”

他一边说，一边将眼光从少校那边转向天空。突然，他看见天空有个小黑点。

爵士缓缓地举起了手，指着那小黑点，一动不动，像被定格在了那里。在大家都茫然地看着他时，他说：“快看！快看！快看那里。”

大家一起看向天空中他指着的小黑点，黑点越来越大，他们看到了，那是一只鸟，一只在天空飞得很高很高的鸟。

“是一只兀鹰。”巴嘉勒尔说。

“对！没错，是一只兀鹰。它飞过来了！过来了！等一下！等一下！”

爵士喃喃着。

爵士在说什么？什么等一下？难道是受到刺激糊涂了？

那只大鸟越飞越近了，巴嘉勒尔说得没错，那是一只兀鹰。兀鹰在过去曾被当地的酋长奉为神明，所以这一区域的兀鹰因为受到保护而长得很大很强壮，力量也大得惊人。它们有时候甚至能把一头牛用利爪抓到空中，然后丢进深谷。

这里的兀鹰常常会袭击平原上的羊、马、小牛，并用爪子把它们抓到高高的天上，飞到两万尺的高空去。这样的高度，已经是人类的极限了。所以这种兀鹰在那样高度的话，人们在下面是很难用肉眼看到它的，而它那锐利的眼睛却可以俯瞰地面的一切，并将一切最细微的特征分辨出来。

冲着这一点，它们强大的视力就让很多生物学家赞叹不已。

这只兀鹰越飞越低是什么原因？难道它看见了什么？看见了一具尸体？难道是罗伯尔的尸体吗？

“谁知道啊！”爵士突然说。他的眼睛一直没有离开那只兀鹰。庞大的兀鹰越来越近，而且开始盘旋、急上急下。突然，大家看到，在离地面不到200米高的地方，它在上面绕圈飞行，并且连绕了好几圈，而它横飞的距离应该在15英尺左右。它那灵活的双翼像是浮在了空中，一动也不动。这也是大鸟展示它们威力的时候，通常的小鸟做不到这点，小鸟必须通过振翅来保持身体的平衡。

少校和维尔逊同时拿起了马枪，爵士用手势制止了他们。兀鹰又开始在距他们不到四分之一英里的地方，绕着一个不可攀登的平岭盘旋，盘旋的速度快得惊人，爪子像铁爪一样忽张忽紧，羽冠也开始摇晃。

“在那里，就在那里！”爵士突然大叫。

很快，他又开始大叫：“要是罗伯尔还活着的话，那么……这只兀鹰就会将……开枪！朋友们！快开枪！”

就在爵士说话的工夫，兀鹰已经绕到高耸的山峰后面去了，不一会儿，大概也就是一秒钟的时候，但也许又像是过去了一百年，总之，兀鹰从山峰后面飞了出来，缓缓地向空中飞去。大家惊恐地叫了起来，因为它的爪子下有个人在摆动，那个人正是罗伯尔。

兀鹰抓着他的衣服，飞到了距离他们所搭的帐篷不到150英尺高的地方。显然，它已经看到远征的成员们了。它开始用力展翅，夹着风，想要带着沉重的猎物飞向远方。

“啊！快呀！即使罗伯尔被撞得粉碎，也不能让兀鹰……”

爵士的话还没说完，已经抓起了维尔逊的枪，他想瞄准那只兀鹰，但胳膊和手都在发抖，眼睛也开始发花。

“我来！”少校说完，稳稳地举起枪，全身像被定住了一样一动不动地瞄准兀鹰，此时的兀鹰离他们已经有150米远了。

不过，他的手还没扣动扳机，山谷里就传出了一声枪声。有道白烟从两座雪花岩间冒了出来，而那正展翅飞翔的兀鹰也因头部中了枪，慢慢地开始下坠，它的一对大翅膀犹如降落伞一般，带着它和爪下的猎物，缓缓地往前飞，越来越低，最后落在了约10步远的地方。

“到我们手里了！到我们手里了！”爵士喊着。

他没有管那一枪是谁开的，更没管是来自什么地方，他只是奔向兀鹰落下的地方，其他人都跟了过去。等他们赶过去，发现兀鹰已经死了。罗伯尔的身体被兀鹰那宽大的翅膀盖在了下面，爵士扑向孩子，将他从兀鹰的爪子下拖了出来，然后将耳朵放在他的胸口听着。

“快！他还活着！活着！”他用前所未有的响亮声音喊道。

大家七手八脚地将罗伯尔的衣服剥掉了，用冷水敷在了他的脸上。一会儿工夫，罗伯尔动了动，接着睁开了眼，看着面前的爵士，他小声呻吟道：“爵士，是您！……我的父亲……”

爵士激动得有些哽咽，半天说不出话来。他跪在地上，在孩子身边放声大哭。

罗伯尔的得救，真的是个奇迹！

第十一章
Chapter 11

葡萄牙语还是西班牙语

/

小罗伯尔逃出兀鹰的魔爪，赢得了大家的热情拥吻，甚至恨不得将他吞进肚子里。虽然他还有些虚弱，但还是被大伙儿拉过来拉过去地紧紧拥抱。这样的拥抱，并没有折磨到罗伯尔，反而让他感受到了力量和温暖。

和小罗伯尔亲热完后，大家这才想起了他的救命恩人。自然，首先想到这一点的就是冷静的少校。他四下寻找，在离河边大约50步的地方，看到了一个人。那个人站在高高的山冈上，一动不动。

此人身材非常高大，差不多有2米以上，古铜色的脸上，在眼睛和嘴之间涂着红色，下眼皮上涂着黑色，额头上涂着白色……他的肩膀很宽，长长的头发用皮绳扎着，脚边放着一支长枪。

看样子，他应该是当地的土人，他的着装显然是边区巴塔哥尼亚人的服装：上身披着一件漂亮的大衣，大衣是用原驼的颈部皮肤、腿部皮肤和鸵鸟的筋缝制起来的，大衣外面有细细的绒毛，绒毛上绣着红色的阿拉伯式花纹；大衣里面是件紧身的狐皮袄，尖尖的前襟朝下搭着；他的腰带上悬挂着一个小小的袋子，袋子里装着涂脸用的颜料；他光着脚，但小腿上却用牛皮绑着一双靴子，靴子也是用牛皮做的。

脸上涂得五颜六色的巴塔哥尼亚人雄壮又聪明，他定定地站在岩石上，一动不动，显得那样庄重和威严。不知道的话，恐怕会误以为这是个神灵的雕像。

少校看到此人后，马上指给爵士看。爵士急忙向那个人跑去，那个人也朝前走了两步，迎了上来。爵士用双手紧紧地握住他的一只手，爵士的眼神、笑容，以及整个表情，全都充满了对他的感激。

爵士的真诚土人感受到了，他微微点了一下头，说了几句话，但少校和爵士都听不懂。

巴塔哥尼亚人在仔细地又把面前的两个外国人看了看后，重新换了一种语言。不过，不管他用什么语言，都和他第一次用的语言一样，并没有让爵士他们听懂。但好在这个土人说的几个词句爵士还是听懂了，知道是几个常用的西班牙语。

“您说的是西班牙语吗？”爵士用简单的西班牙语问。

那个土人点了点头，这种让头一上一下点的动作，在任何民族都是表示肯定的意思。

“这下可好了，我们的朋友巴嘉勒尔有用武之地了，幸好他学了西班牙语。”

爵士说着，开始叫巴嘉勒尔。巴嘉勒尔跑了过来。他先是用法国人特有的风度和气质向那位土人打了招呼，不过，他所表现的风度和气质，很可能土人感受不到。

在他知道土人说的是西班牙语时，马上说：“太好了！完全没问题。”

于是，他开始说西班牙语，为了让自己的发音更清楚，他还特意张大了嘴巴：“呜斯——梭以思——翁——好门——得——奔！”（你太好了！）

土人认真地听着，但却没有说话。

“他听不懂！”巴嘉勒尔说。

“是不是你的音调有问题？”少校提醒他。

“很可能是这样，我就是吃了破音调的亏。”

他重新说了一遍“你是个好人”，那个人还是听不懂。

“要不我换一句再说说。”巴嘉勒尔说完，一个一个地吐出了几个音：“苏木——独维大——翁——巴塔哥！”（很明显，你是巴塔哥尼亚人！）

对方仍然默不作声。

“狄泽伊姆！（说话呀！）”巴嘉勒尔急得抓耳挠腮。

但那土人还是一脸茫然，不说话。

“呜斯——公卜里言得意斯（听得懂我说的吗？）？”巴嘉勒尔大声说，嗓子都快喊哑了。

显然，土人一点都听不懂，他用西班牙语说：

“诺——公卜勒那奥。（不知道你在说什么。）”

土人这话一出口，巴嘉勒尔吃惊地看着他，然后把鼻梁上的眼镜往上推了推，不耐烦地说：

“他说的是什么呀，我根本就不懂。肯定是阿罗加尼亚语。”

“怎么可能？这人一定是用西班牙语回应你的。”爵士说完，转向土人，用西班牙语问：“你说的是西班牙语吗？”

“西！西！（是！是！）”土人连连回答。

巴嘉勒尔更惊诧了，少校和爵士彼此看了一眼。

“我们博学的地理学家朋友，你本身就是个粗心的专家，是不是这次又粗心大意，学错了？”少校的嘴上现出了难得的微笑。

“哼！”巴嘉勒尔不服气地哼了一声。

“对呀，很明显，这巴塔哥尼亚人说的就是西班牙语……”爵士说。

“西班牙语？他说的？”巴嘉勒尔撇撇嘴。

“你肯定是学了另一种语言，但你以为你学的是……”少校的话还没说完，巴嘉勒尔便耸耸肩，然后打断了他的话。

“少校，你真是太过分了！”

“不然怎么人家听不懂你说的是什么？”少校又说。

“那是因为他说得不好，我不是也听不懂他的吗？”巴嘉勒尔不耐烦起来。

“不是他说得不好，是你听不懂！”少校冷冷地吐出这句话。

怕两个人为此争吵起来，爵士急忙打圆场说：“少校，您的说法不对，我们的朋友巴嘉勒尔即使再粗心，也不至于学错一门语言。”

“如果不是学错了，那么我亲爱的爱德华……”少校对爵士说完，把头转向巴嘉勒尔，“我看还是你说说吧，我的好巴嘉勒尔，你解释解释，你和土人说同一种语言，为什么会各自听不懂？”

“我才不解释呢。我可以证实我说的就是西班牙语，我天天苦学西班牙语的本子就在这里，你看看！少校，你看看！我看你还有什么话说。”

巴嘉勒尔说完，在衣袋里摸来摸去，摸了几分钟后，摸出一本破旧的书交给少校。少校接过来看了看说：“这是什么书？”

“《卢厦歌》！不知道吗？一部非常美妙的诗，它是……”

巴嘉勒尔还没说完，爵士便叫了起来：

“什么？《卢厦歌》？”

“没错！朋友，是大诗人珂梦斯的《卢厦歌》，绝对不会错！”

“珂梦斯？”爵士重复了一句，笑了。

“天啊！我倒霉的朋友，这珂梦斯可是葡萄牙诗人呀！看来，你这六个星期以来，学的原来是葡萄牙语呀！”

“什么？珂梦斯！卢厦歌！葡萄牙语！……”

巴嘉勒尔喃喃着，说不下去了。他一阵晕厥。周围传来同伴们放肆的大笑，因为此时，大家已经全都围在他们身边了。

那个土人始终看着他们，脸上没有任何表情，他是绝对不会想到有这一幕的，他只是安静地等待着。

“哦！怎么会这样？我真傻呀！不，我这是疯了！怎么会这样？这不是个笑话吗？我怎么会做出这种事来？简直就是巴布尔特的故事嘛，怎么可以把语言都混淆了呢？朋友们！朋友们！这……这……我去印度，却跑到了智利；我学西班牙语，学的却是葡萄牙语！这……这……太不像话了！如果一直这样下去的话，我会不会有天扔烟头的时候，把自己也扔下去了？哦！不！怎么会这样！”

不管是谁，听了巴嘉勒尔这番话，再看他的这副样子，都会忍不住大笑，而他自己首先就笑了起来，而且还说：“笑吧！都开怀大笑吧！尽管笑！我也笑我自己，我比你们笑得还厉害！”

说着就哈哈哈地大笑起来，他笑的样子，完全不像一个学者。

“笑是笑过了，可怎么办呢？没人能当翻译了！”少校说。

“哦，不要烦恼。我之所以将西班牙语和葡萄牙语搞错，就是因为它们很相近，我很快就会弥补过来的。这位尊敬的巴塔哥尼亚人，西班牙语说得真是太好了，放心吧！我保证很快就能用西班牙语向他致谢！”

巴嘉勒尔没有吹牛。果然，没过多长时间，他居然能和那位土人交流了，而且还知道那土人的名字叫塔凯甫，这个名字在阿罗加尼亚文里的意思是“神枪手”。

看来，塔凯甫是以枪法准而得名的。

令他们感到庆幸的是，巴塔哥尼亚人就是以导游为业的，他们专门给旅客在草原上带路。这样的巧遇，不得不说是天意。所以，这再次让远征队的成员们觉得这次的探险一定会成功，而且也没有人再怀疑不能找到格兰特船长了。

大家和土人一起到了罗伯尔身边，罗伯尔向土人伸出了两只胳膊，土人没说话，只是将一只手放在罗伯尔的额头上，然后又捏了捏他疼痛的四肢，最后，他微笑着到河边采了几把野芹菜，并用野芹菜给罗伯尔擦了擦身。他擦得非常仔细，罗伯尔经过他的一通野芹菜按摩后，渐渐有了力气，而且很可能几个小时后就可以恢复过来了。

就这样，大家决定先留在临时帐篷，第二天再走。不过，没有了干粮和骡子，他们现在急需解决的是食物和交通工具问题。幸好有塔凯甫，塔凯甫以前就经常给巴塔哥尼亚边境的旅行者做向导，而且也是最聪明的向导之一，他说他可以为这个远征队提供需要的一切，带他们到相距这里不超过四里的集市去，那个集市是印第安人的集市，有他们需要的一切。

当然，塔凯甫的这个建议也是通过手势，以及简单的西班牙语表达出来的，好在巴嘉勒尔听明白了。爵士和巴嘉勒尔马上表示同意，并和其他伙伴告别，跟着塔凯甫沿着河向上游走。

像巨人一样高大的塔凯甫走得很快，爵士和巴嘉勒尔要紧走几步才能跟上他跨的一大步。走了一个半小时后，他们看到周围风景宜人，土地肥沃，草地长势也很喜人。在这里，想必即使有10万头牛羊也是不愁没有吃的。

池塘到处可见，沟渠纵横排列，给这片平原之地提供了肥沃的条件，池塘里不时会看到黑天鹅在里面嬉戏；草丛中有鸵鸟腾跃的身影，它们悠闲舒适的样子，让这片风光秀丽的水上花园变得更美了。

除了黑天鹅和鸵鸟外，这里还有很多品种的鸟，这些鸟很漂亮，却也会发出聒噪的声音。这里有种斑鸠，身上的毛是浅灰色的，但又带白色条纹，非常可爱。这种斑鸠经常和黄莺聚在枝头，叽叽喳喳地叫着，远远看去，像是一朵朵会唱歌的鲜花。

天空中，有成群的野鸽子飞过，还有各种麻雀……它们在空中展翅飞翔，在树林里互相追逐嬉戏，嘴里不断发出啾啾啾的声音。

看着这美好的景象，巴嘉勒尔一路上赞叹不已。

巴嘉勒尔的赞叹，让土人很吃惊，因为对他来说，天空有鸟飞翔、池塘有天鹅嬉戏、草原有草……都是再普通不过的事了，这是大自然创造的，又有什么好赞叹的？不过，巴嘉勒尔却越看兴致越浓，越说越兴奋，丝毫没觉得路途遥远，直到他们已经看到印第安人的帐篷，他才说怎么这么近就到了，因为在他心里，他们才走了不多一会儿。

印第安人的集市位于两山之间的山谷深处。在一些树枝搭成的帐篷里，住着30多个游牧的印第安人，他们放牧着大群的乳牛、牲牛、羊和马。这群被放牧的牲畜仿佛成了这片草场的主人，而那些放牧者反而成了四条腿的客人。

这些印第安人又被称为安第斯秘鲁人，是阿罗加尼亚人、白环什人和奥卡人的混血人种。他们普遍是中等个子，有橄榄色的皮肤，而且身体健壮厚实，脸庞很圆，额头很窄，颧骨很高，嘴唇很薄，容貌非常女性化。

这些印第安人看人的眼神冷冷的、淡淡的。这种外形和神情，人种学者一看就知道他们不是纯血种族，也很少有人会对他们感兴趣。而对于爵士他们来说，目的并不是这些人，而是那些牧群，因为他们需要牛马。

塔凯甫和那些印第安人在进行了一番交涉后，交易便达成了。爵士买了7匹阿根廷小马，这些小马鞍辔齐全，同时，他们还买了100多斤干肉、几斛米以及盛水用的皮桶等等。这些东西原本印第安人想让他们用葡萄酒或米酒来交换，但爵士他们没有，最后，他用200两黄金换了这些。

黄金的价值，印第安人也懂得。爵士还想给塔凯甫买一匹马让他骑，但他却说自己用不着。

买好这些后，三个人一起告别了被巴嘉勒尔称之为“供应商”的印第安人。用了不到半个小时，他们便回到了临时帐篷。看到这几个人归来以及他们所带的东西，大家都欢呼起来。当然，爵士和巴嘉勒尔都知道，大家不是在为他们欢呼，而是为那些马匹和食物。

丰盛的食物让大家饱餐了一顿。罗伯尔差不多也已经完全恢复了，吃了一些食物。

在剩下的时间里，他们主要是休息，恢复体力。在休息的时间里，大家聊得最多的就是海伦夫人和玛丽，当然也谈到了麦盖尔船长，以及他的那些船员。最后又谈到了他们远征的目的人物，格兰特船长，并说应该距找到他不远了。

在大家聊天的时候，巴嘉勒尔也没有闲着，他寸步不离地跟着塔凯甫，因为他真的遇到了一位真正的巴塔哥尼亚人，这让他兴奋异常。在这位巴塔哥尼亚人面前，他瞬间变成了矮人。看到塔凯甫，他觉得塔凯甫完全可以和古罗马的马克西明皇帝和学者樊·德·伯罗克见过的刚果黑人差不多，都有着2米多的身高。

当然，巴嘉勒尔跟着塔凯甫还有个原因，那就是向塔凯甫学习真正的西班牙语。好在不管他用多么蹩脚的西班牙语和塔凯甫啰唆，塔凯甫都能耐着性子听他说。

这次，这位法国地理学家可不是照着书本学习语言了，他经常亮开他的嗓子，响亮地念出那些字符来。

“要是我以后说西班牙语还是音调不对，那就不能怪我。谁能想到我会让一个巴塔哥尼亚人教我西班牙语呢？”巴嘉勒尔经常对少校说。

第十二章
Chapter 12

无意中的线索

/

10月22日8点钟，塔凯甫把启程的号令一发，大家便开始前行。

阿根廷位于南纬22度到42度之间，并由西向东倾斜。远征队员们只需从这微微倾斜的路上下去，便能到海边了。

在爵士说给塔凯甫买马让他骑时，塔凯甫拒绝了，爵士以为他会和很多向导一样，步行。因为即使真是这样，就凭他那么长的腿，走起路来，一定不会比马跑得慢。然而，爵士猜错了。因为就在他们出发时，塔凯甫的嘴里发出了一声呼哨，很快，一匹高大的阿根廷种马从附近的小树林跑了过来。

这匹马高大健美，有着棕红色的毛。它的头颈细长，肩胛高耸，鼻孔扩大，双目如炬；双腿强劲有力，高昂着头的它，胸脯一直挺得高高的……一切的一切都说明，它是一匹高贵而矫健的良马。

少校是个识马行家，对这匹棕红色马赞不绝口，甚至认为它和英国“猎马”有得一拼。

这匹马有个好听的名字叫“特迦”，“特迦”在巴塔哥尼亚语里是“飞鸟”的意思。显然，这匹马无愧于这个称呼。在塔凯甫刚一跨上鞍时，它就腾空跃起。

这位巴塔哥尼亚人确实也是个骑马能手，不管是他坐在马上的姿态还是挥鞭纵马的姿势，都让人不得不竖起大拇指。塔凯甫的装备是阿根廷平原里常用的，有两种猎具，分别是“跑拉”和“拉索”。而所谓的“跑拉”就是在一根皮带上拴上三个球，并将这根皮带挂在鞍前。

遇到“猎物”后，印第安人会将这条“跑拉”扔出去，这样野兽或敌人的腿就会被裹住并绊倒。印第安人对“跑拉”的使用很熟练，所以“跑拉”对印第安人来说，绝对是个非常好的武器，而对敌人来说就是个可怕的暗器了。“拉索”和“跑拉”的作用完全不一样，甚至可以说是相反的，但也是他们从不离手的武器。

“拉索”是由两根皮条编织成的10米绳子，它的末端被套在了铁环里并打成了活结。当人们使用它时，只需右手扔出活结，左手抓住系在鞍上的一端就行了。

除了以上这两种武器外，塔凯甫还背着一支马枪，而这就是巴塔哥尼亚人的全副武装了。

坐在棕红马上的塔凯甫，俨然像个英雄，他健壮而灵活，行动从容自然，赢得了大家的赞美。不过，对于大家的赞美，他并不在意，并远远地跑在了队伍的前面。

一队人前行时，有时奔驰，有时缓步慢行，绝不会出现快步小跑的情况。而之所以这样，也许是因为阿根廷的马不知道什么叫中等速度。

小罗伯尔骑马很大胆，并表现出了绝佳的控鞍能力，爵士看他那么娴熟，也就完全放下心来。

草原地带分三个部分，是从高低岩的山脚下就开始了的。第一部分是指从安第斯山到400公里以外的地方，这个区域全是低矮的根木丛和灌木丛；第二部分有720公里宽，由茂密的草铺就而成，一直到距布宜诺斯艾利斯288公里外的地方；第三部分全是些大片的紫苜蓿和白术。

走出高低岩山区，远征队员们便来到了沙丘地带，这个地带的地势就像波浪一样，跌宕起伏。如果没有植被将它们“按”住，它们一定会随风飞扬的。而这些扬起的风沙非常细小，所以只需一点点风，那沙就会像烟一样，一阵一阵地飘荡起来，有些甚至还会涌起一阵阵的沙柱，旋转着升到高空。

这种壮观的场景让远征队员们既高兴又烦恼。高兴的是，当那沙柱在草原上随风飘扬，形成或聚或散、或高或低、或直或弯的形状时，这种大自然形成的美妙画面就让他们喜不自胜；烦恼的是，当它们飞扬起来时，即使是将眼睛闭上，细小的沙砾也能飞快地钻进去。

这天正好刮着北风，有半天的时间，他们都是在沙尘中行走的。尽管如此，大家走得依然非常快，高低岩很快就被他们抛在了40英里以外的地方，远远地只能看到一个影子，随即便消失在了黄昏的烟雾之中。

夜幕降临，一行人走了60多里路后，有些疲乏。而此时也正是夜宿时间，他们都很高兴。在河岸上，他们搭起了帐篷。纳乌克河又被称为纳米河或考陌河，这条河的河水色浑且水流湍急，在红色的悬崖中静悄悄地流淌着。

纳乌克河发源于许多湖泊中间，而这些湖泊的所在地，又只有印第安人知道。

这一夜无人说话，第二天照常赶路。平坦的道路，不是很糟的气候，让一行人走得很快，也很顺利。不过，到了中午的时候，天气突然变得闷热起来。而到了傍晚，天边的西南处被云彩染成了彩色，这是变天的征兆，向导塔凯甫看出来了，指着西边那一带给巴嘉勒尔看。

“我知道了！”巴嘉勒尔很快就明白了他的意思，转而对同伴们说，“马上就要变天了，我们要迎来一场‘奔百洛’了。”

说完后，他又为大家解释了什么是“奔百洛”。

原来，“奔百洛”是阿根廷草原上常有的西南风，有着这样风的天气非常干燥。果然，当晚就刮起了“奔百洛”。这让晚上只裹着“罩篷”的远征队员苦不堪言。马躺在地上，人紧紧地挤在马身边互相取暖。

爵士开始发愁，这样的天气如果继续下去，很可能会耽误他们的行程。不过，巴嘉勒尔在看了看气压表后，安慰他们说情况不至于这么糟糕。

“通常情况下，气温下降，‘奔百洛’的出现带来的是三天的暴风雨。不过，如果像现在这样，水银柱只是向上升，表明刮几个小时就会停止了。放心吧！亲爱的朋友，明天天一亮，绝对是个艳阳高照的好天气。”

“你说得这么肯定，好像书上看到的一样，巴嘉勒尔。”爵士说。

“本来就是书上说的嘛，不信你看就是了。”

果然就像书上说的，凌晨1点钟的时候，风停了，大家也都睡了个好觉。第二天一早，每个人都精神百倍，特别是巴嘉勒尔，他一会儿敲敲关节，发出愉快的叫声；一会儿又伸伸懒腰，像只懒洋洋的小狗。

这天是10月24日，也是他们从塔尔卡瓦诺出发后的第10天。他们现在距科罗拉多河和37度线的交叉处还有150公里。也就是说，他们只需走3天就能到了。

一路上，爵士的注意力一直集中在有没有土人上。他想从土人那里打听格兰特船长的消息。

如今，巴嘉勒尔已经可以用他新学的西班牙语和巴塔哥尼亚人交谈了，并且和塔凯甫之间也有了更深的了解，如果要向土人打探消息的话，塔凯甫是可以给他们做翻译的。不过，他们所走的路线却不是印第安人常走的地方，因为从阿根廷到高低岩山区的大路都在这条路线的北边，所以那些被酋长统治下的游牧印第安人在这里并不容易遇到。即使偶然遇到，一看到他们一行人也就很快地逃跑了。

原来，这些人不愿意和陌生人接触。

确实是这样，他们这一行人的装备，让任何行走在草原上的单身行人都会觉得可疑的，即使强盗看见他们全副武装，带着武器，骑着快马，也会溜之大吉的。而一些旅行者看到他们这种装备，又会误认为他们是强盗。所以，不管是良民还是强盗，能见到都很不易，更不要说深入交谈了。

爵士一行此时却很渴望遇到一伙强盗，即使双方开上几枪，但若能交流也是好的。

想找到个印第安人打听路线看来是不可能了，不过，这荒凉的路线却引起了一件事情的发生，而这件事情的发生正好给那三张纸条做了注解。

远征队所走的路线有好几次都是横穿草原，其中有条小路非常重要，是由卡门通向孟杜萨的。沿途他们看到了很多骡马牛羊的骨骼，有些被鸷鸟啄得七零八落，而那些被鸟啄过的骨头又被空气蚀得白晃晃的，走一段就能看到一堆。

骨头数以千计，而那些骨头中，难免会有一些人的骨头存在，人的骨头和牲畜的骨头混杂在了一起，最后又都化成了泥土。

直到现在，看他们沿着一条路线走，塔凯甫也没有提出任何意见，不过他知道，这条路线既没有和草原上的任何一条路相连，也没有通向任何一个城镇、村落，或是任何一个开垦区。

作为向导，他看到这帮人不仅不让他带路，而且还带着他走，感到有些惊讶。不过虽然惊讶，但他却始终保持着印第安人的矜持，不多说一句话。即使有那么多的小路没有走，他也一言不发。

这天，直到要走上了那条要道，这位向导终于忍不住了，他勒住马，对巴嘉勒尔说：“这是通向卡门的一条路。”

“没错！我的好塔凯甫，这是由卡门到孟杜萨的路。”巴嘉勒尔用很纯粹的西班牙语说。

“我们不走这条路？”塔凯甫问。

“是的，不走！”

“那我们是要去……”

“我们一直向东走！”

“一直向东？可是没有路可走了呀！”

“谁知道呢！”

塔凯甫更茫然了，但却没有说话，只是看着法国地理学家巴嘉勒尔，显出很惊讶的表情。不过，他并不认为巴嘉勒尔是在开玩笑。一直都一本正经的印第安人，是想不到别人会不一本正经的。

好一会儿，塔凯甫又说：“难道你们不是去卡门？”

“对！我们不去卡门！”巴嘉勒尔说。

“也不到孟杜萨？”

“对！不去孟杜萨！”

此时爵士走了过来，他问塔凯甫在说什么，为什么停下不走了。

“他问我们是去卡门还是孟杜萨，我说都不是，他很吃惊。”

“是的，我们走这条路，他应该会很奇怪。”爵士说。

“我想也是的。因为他说前面没路可走。”

“那么，巴嘉勒尔，你是否把我们这次远征的目的告诉了他？这样他就能知道我们一直向东走的原因了。”

“难说，这印第安人懂什么地球的经度纬度的。而且我们发现那三张纸条的事，他听了一定会觉得是个神奇的故事。”

“我问你，到底是这故事他听不明白，还是讲故事的人说不清而导致他听不懂？”少校插进来一句话，表情很严肃。

“哦！麦克那布斯，看来你还是怀疑我的西班牙语！”巴嘉勒尔说。

“那就试试，我敬爱的朋友！”

“试就试！”

巴嘉勒尔走到了塔凯甫面前，尽可能详细地把那段故事讲了出来，当然，有时候会因为找不到合适的字代替，有时又因为有些细节不好翻译出来，或者是某些细节很可能对塔凯甫来说不容易理解……总之，他那长长的一番话常常被打断。

地理学家巴嘉勒尔的表情更是好笑，他指手画脚，费尽心机，直到汗水从额头流向胸口。最后，他实在说不下去了，只好用手势来解释。最后，他跳下马，在沙地上画起地图来，告诉塔凯甫什么是经线，什么是纬线，是怎么交叉的。还有哪里是太平洋，哪里是大西洋。卡门的那条路，又是通到什么地方。在这个过程中，这个地理学家感觉到了从未有过的困难。

塔凯甫一直在默默地听着，神态安闲，看着巴嘉勒尔的表演，也不知道他是听懂了还是没听懂。总之，巴嘉勒尔讲了半个多小时后，停下来擦着满头大汗看着塔凯甫。

“你能懂他说的吗？”爵士问。

“他要是再不懂，我也不知道该怎么办了。”巴嘉勒尔说。

塔凯甫一动不动，也不说话，只是看着沙地上逐渐被抹平的地图。

“你明白吗？”巴嘉勒尔问他。

塔凯甫像是没有听到他说话，还是一动不动。巴嘉勒尔已经看到了从少校嘴角露出的讥讽笑容。为了不被嘲笑，他正要重新给塔凯甫叙述一遍，塔凯甫却将手一挥，制止他说下去。

“你们是要找一个俘虏？”塔凯甫问。

“没错！”巴嘉勒尔马上说。

“就是从太阳落山的地方到太阳升起的地方？”塔凯甫用了他们印第安人的说法——这条路线确实是由西向东。

“没错，是这样的！”

“就是说，上帝将俘虏的秘密交给了大海？”

“对！是上帝亲自交给大海的。”

“哦，那就实现上帝的旨意吧！我们一直向东走，如果有必要的话，是要走到太阳那边的。”塔凯甫一脸严肃地说。

巴嘉勒尔见自己的学生听懂了，得意起来，他将塔凯甫的话转述给了同伴们。

“多么聪明啊！在我们国家，如果是20个人听我这么说，很可能有19个都不懂！”巴嘉勒尔赞叹道。

爵士让巴嘉勒尔再问塔凯甫，是不是听说过有外国人落入草原区印第安人手里。

巴嘉勒尔照实问了，并静等塔凯甫的回答。

“好像听说过！”塔凯甫说。

当巴嘉勒尔把这句话翻译给大家听时，7个人同时聚在了塔凯甫身边，用眼光示意他说下去。

巴嘉勒尔更是激动得几乎说不出话来，他继续对这个话题问下去，并眼巴巴地看着表情严肃的塔凯甫，恨不得在他还没开口时，就能看出他想说什么。而塔凯甫每说出一个西班牙单词，巴嘉勒尔都要用英语翻译给他的同伴听，仿佛塔凯甫是在直接用英文说。

“俘虏是个什么样的人你知道吗？”巴嘉勒尔问。

“是个欧洲人！”

“你有没有见过？”

“没有，我只是在印第安人聊天时曾听到过，说他是个好汉，有颗牯牛般的心！”

“牯牛般的心！啊，巴塔哥尼亚语言真是好啊！朋友们，你们知道是什么意思吗？是说他是个勇敢的人！”巴嘉勒尔说。

“哦！是我的父亲！我的父亲！”

小罗伯尔激动地叫着，将脸转向巴嘉勒尔：“‘那是我的父亲’用西班牙语怎么说？”

“是‘艾斯——米奥——巴特勒’。”巴嘉勒尔回答道。

罗伯尔一把抓住塔凯甫的手，大声说：

“艾斯——米奥——巴特勒！”

“苏奥——巴特勒！（是你的父亲！）”

塔凯甫回答完，眼神亮了。他一把搂住了小罗伯尔，并将他抱下马鞍，既好奇又同情地看着他，平静的外表下却是热血沸腾。不过，巴嘉勒尔还没有问完他的问题，比如那些印第安人有没有说俘虏在什么地方，俘虏在做什么，以及塔凯甫是什么时候听说的。这种种疑问瞬间就浮现在了巴嘉勒尔的脑海里。而当他提出这些问题的时候，塔凯甫也很快就回答他了，他说那个欧洲俘虏当时是在印第安人的部落做奴隶，而这部落在科罗拉多河与勒格落河之间。

“那现在欧洲俘虏在什么地方？”巴嘉勒尔又问。

“在卡夫古拉酋长的家里。”

“卡夫古拉家在不在我们走的这条路线上？”

“对！就在这路线上。”

“酋长是个什么人？”

“他是印第安·鲍与圣族的首领，是个两舌两心的人！”

“就是说，他人很善变，做事反复无常！”巴嘉勒尔翻译塔凯甫的那句话给他的同伴。

“那你觉得我们能解救出我们的朋友吗？”

“如果他还在印第安人手里，应该可以。”

“那么就是不能确定他现在还在喽？你是什么时候听说这事的？”

“很久很久了，离我听说这件事已经过去两年时间了。”

爵士的兴奋可想而知，因为这个时间跟他们那三张纸条上描述的时间非常吻合。不过还有一个问题，不等爵士说出来，巴嘉勒尔已经在问了。

“是几个俘虏？一个还是三个？”

“不清楚！”

“现在俘虏的情况，你一点都不知道了吗？”

“是的，一点都不知道了。”

谈话就这样结束了。是不是三个俘虏很早就分开了呢？如果塔凯甫提供的这个资料是正确的，那么从他那里得来的情报就可以证实，印第安人嘴里所说的那个欧洲俘虏，被俘的时间以及关押时间、地点，甚至那句描述俘虏的“勇敢”，都指向了哈利·格兰特。

10月25日，远征者们怀着激动的心情一路向东。这一带被当地人称为荒漠，非常荒凉，一望无际的地面上，因为狂风的磨砺，看起来非常平坦，甚至差不多要寸草不生了。

这里除了一些已经没有水的干沟，以及印第安人挖的池沼里还能找到几块石头外，其他地方连一块小石子都没有了。即使发现一些稀稀落落的矮树林，矮树林间的间距也很远。偶尔看见零星的几棵白色决明子树，树上也会有果子。打开外壳，里面是带有甜味的果味，吃起来清爽可口。

此外，还有几丛香树、“沙纳尔”树、野金雀花树和各种荆棘……从这些荆棘的瘦小程度上就能看出此地是多么贫瘠了。

26日，远征队的队员们因为要赶到科罗拉多河畔过夜，所以策马快鞭，这一天也是最辛苦的一天。

当晚，他们来到了西经69度45分的地方，看到了草原区最美丽的大河，这条河经过很长的一段流程后，流入大西洋，因此被印第安人称之为大河。

这条河在接近河口的地方有个奇特的现象，就是离海越近，河里的水越少，而之所以这样，很可能是因为被松土吸走，抑或是蒸发了。当然，直到现在，这一现象的成因也是个谜。

一到科罗拉多河，巴嘉勒尔第一个跳进红色的河水里洗澡，这里的水色之所以是红色，是因为被陶土染红了。洗澡的时候，巴嘉勒尔吃惊地发现，河水非常深，河水深的原因也很简单，就是太阳融化了积雪，使水量增大。同时，河面宽得连马都无法渡过去。幸好几百米外的上游处有个木板桥，桥上的木板都是用一些皮条捆住吊在河上的。

一队人马从木桥上过去，决定在左岸露宿。

巴嘉勒尔睡觉前，把科罗拉多河测量了一下，并在他的那张地图上做了标示。由于他不能去了解雅鲁藏布江在西藏的山中的情况，便只好来测绘科罗拉多河了。

之后的两天，一行人平安无事。可和前几天他们看到的一样，四周全是荒凉贫瘠的土地，风景也没什么变化，连地形都显得很呆板。不同的是，这里的土壤比前面的潮湿。他们一行人走的时候，时不时地要过一些有水渍的洼地或沼泽。

28日晚上，一行人在一个大湖的岸上休息。这个大湖里的水其实是矿泉水，但印第安人却称其为“蓝库湖”，也就是“苦湖”的意思。原来，1862年，这里的土人曾经被阿根廷军队屠杀过，湖因此得名。

这天晚上，如果没有猴子和野狗的骚扰，大家一定会舒服地睡个觉。但猴子和野狗整晚叫个不停，仿佛是用它们的语言来欢迎这群不速之客。当然，它们的语言让这群欧洲人烦不胜烦，完全无法领略这种“美妙的”语言。

第十三章
Chapter 13

沙漠般的平原

/

阿根廷的潘帕区在南纬34度与40度之间，“潘帕”是阿罗加尼亚语，意思是草原。而这一区域之所以被称之为“草原”，就是因为它是由西部的含羞草和东部的茂草构成的，这些植物生长在浅红色或黄色的土壤的上层浮土里，也就是地质学家所说的第三纪地层，所以这里有很多洪水前期的兽骨，以及印第安人所说的已经绝种的大犰狳骨骼。

这些骨骼就像沙尘一样多，全部隐藏在野草下，所以可以说，这一区域体现了原始时代的历史。

美洲的草原称得上是北美合众国北部五大湖的“草野”，也就是西伯利亚的“荒原”。由于它属于内陆地区，所以这一区域的严寒越过了布宜诺斯艾利斯，而据巴嘉勒尔说，夏天的热气在被海洋吸收后，热量会在冬天返回来，所以海岛上的冬天和夏天，没有内陆上的差异大。而草原的气候也没有东海岸一带均匀。

草原区的气候变化很大，忽冷忽热，忽寒忽暖，从寒暑表上就能看出水柱上下跳动之大。

不过在秋天，也就是4月5日的前后，雨水通常多而急，但在10月前后，气温会很高，气候也变得很干燥。

早晨天一亮，爵士一行看准路线后便出发了。此时，地面由于被很多灌木缠结，非常结实。没有沙丘，也没有构成沙丘的细沙，空中自然也就不会有被风扬起的沙尘。

行进在草丛中的马，大踏步地向前走着。

这里遍布一种草原上独有的草，在遇到暴风雨的时候，印第安人可以在这种草下躲避。

每隔一段距离，草地上就会出现一片潮湿的洼地。洼地里长着一种柳树，这种柳树经常生长在淡水附近。所以每遇这种地方，马匹就会在此拼命喝上一通，这不仅是为了解决它们一时的口渴需求，也是为了之后着想，因为前面很难说会不会有淡水。

果然，越往前走，洼地越少，柳树和淡水也越少。

塔凯甫一直走在队伍的最前面，一路打着丛莽。这种丛莽是一种毒蛇，一旦将牛咬了，不到一个小时，牛就会死去。塔凯甫驾着他那匹矫健的特迦马，在荆棘中奔腾，在惊跑毒蛇的同时，也为后面的马匹开了路。

在如此平坦的草原上奔驰，不管是马还是坐在马上的人，都感到很舒服。这片区域即使在周围160公里之内，也找不到一块石头，甚至一粒石子。不过，如此单调乏味的地方，让人很容易厌倦。因为不管是风景还是自然奇观，都在这里不见了踪影。

当然，对于奇观的需求，巴嘉勒尔的兴致不小。遇到任何事情都有兴趣的地理学家，就连单调的一草一木也觉得很有意思。至于为什么会对这些普通的东西有兴趣，他自己也不知道。他只是在遇到小树丛或者一棵草的时候，打开话匣子，滔滔不绝地说给罗伯尔听，好在罗伯尔也喜欢听他讲。

10月29日的时候，展现在他们面前的平原依然那么单调。下午快两点钟时，他们遇到了一些牲畜的遗骨。这些牲畜的遗骨白花花地堆在那里，仔细一看才知是牛的骨骼。这无数牛的遗骸并没有在路上排成弯弯曲曲的一条线，非常奇怪。

难道是牛太过劳累，倒地而亡形成的？对于这些遗骸是怎么存在的，连巴嘉勒尔也不知道。为什么牛骨头会聚在一个地方？巴嘉勒尔请教塔凯甫，塔凯甫很快就解释给他听了。

“怎么可能？”巴嘉勒尔听了后很不相信，但塔凯甫却表示是真的，这让其他人很是不解。

“怎么回事？”大家问。

“说是天火烧死的。”巴嘉勒尔说。

“什么？天火？就是说雷击的了？雷击会造成这样的惨剧？五百头牛会同时倒地死亡？”艾撒汀吃惊地问。

“塔凯甫是这么说的，我想，他应该是对的。而且我相信他所说的，因为草原上的风暴很厉害，所以希望我们不要遇到这种考验。”

“天气太热了！”维尔逊说。

“是呀！在阴凉的地方，温度计都显示30度了。”巴嘉勒尔说。

“很正常，我不觉得奇怪，我现在觉得热气在向我身上涌，希望不会继续这么热下去。”爵士说。

“唉！还是不要寄希望于变天了，你看看，天那边连一丝雾都没有。”

“唉！真是太倒霉了。”爵士说完，把脸转向罗伯尔，“马都受不了了，你怎么样？我的孩子！”

“我很好！爵士，我喜欢热，热了好！”

“哦，特别是冬天热了好！”少校说完，向空中喷了一口雪茄烟。

这天晚上，他们在一座废弃的草棚旁休息。这个草棚是由树枝编成的，上面涂着泥，顶上盖着草。草棚的旁边是个用木桩围成的院子，院子大得足以让八匹马在里面过夜，这样可以避免受到狐狸的侵扰。

当然，马虽然不怕狐狸，但狡猾的狐狸却喜欢去咬马的络头，一旦络头断了，马也就跑了。

离草棚几步远的地方，他们看到了一个土坑，这个土坑是做炉灶用的，坑里全是灰烬。草棚里有一条凳子、一张破了的牛皮床、一只锅、一条铁链子，还有一把煮“麻茶”的壶。“麻茶”是南美这边很受欢迎的一种饮料，也是印第安人喜欢喝的茶。

实际上，“麻茶”就是一种干枯的叶子，用水泡了后，用麦梗子吸就行了，有些类似美洲人喝饮料的动作。

在巴嘉勒尔的要求下，塔凯甫为他们煮了几杯“麻茶”，他们又拿出了干粮，这样，一餐晚饭就有了。大家一边吃着干粮，一边喝着麻茶。麻茶在此时也赢得了大家的赞叹，称味道好极了。

第二天，也就是10月30日的时候，太阳在东方慢慢升起，将最热的温度倾倒在了大地上。这一天的天气很热，可惜平原里没有可以遮阴的地方。但尽管这样，大家依然鼓足勇气往前走。有好几次，他们遇到了牧群，看到牛羊在这种天气下懒懒地躺着，一动不动，甚至连吃草的力气都没有了，而那牧牛羊的人，却连个影子都不见。

当然，有那些习惯喝羊奶的狗守着这群犊牛、牡牛、牯牛和羊，牧牛羊的人还有什么好担心的呢，好在这些牛被驯养得也很听话，不像欧洲的牛，见了红色就发狂。

“之所以害怕红色，想必是共和国的草吃多了。”巴嘉勒尔说。由于当时法国统治者非常怕革命，谈“红”色变，所以巴嘉勒尔借此打趣。

晚上的时候，草原上的景物发生了变化，厌倦了单调场景的远征者们，一点变化都让他们注意到了。这个区域的禾本草类少了很多，但牛蹄印却越来越多。当然，这里有两米多高的大棵白木，这可是全世界的驴子都想得到的美味。

除此之外，这里还有一种矮小的树，以及一些带刺的暗绿色植物，这些植物稀稀落落地生长着。在如此环境下都能生长，这都源于它们适宜干燥的土壤。

也许之前，由于平原上湿润的黏土滋润着牧草，所以才让牧草长得茂密丰盛，犹如地毯一样。如今那厚地毯变旧了，大块大块的地方掉了毛。实际上，这也是贫瘠土地的象征，更是地面越来越干燥的证明。

所以，之后路程的艰难也就可想而知了，塔凯甫开始提醒大家要注意。

“这样的变化我并不讨厌，老看那些草，看得我头晕眼花的。”艾撒汀说。

“就是，不过看到草，也就意味着有水。我们需要喝水。”少校慢吞吞地说。

“哦，水是不用发愁的。在路上总会看到一条河的。”艾撒汀说。

如果这段对话被巴嘉勒尔听到，他一定会告诉艾撒汀，在科罗拉多河与阿根廷省的山脉之间，河流非常少。不过那时候巴嘉勒尔正在和爵士说话，爵士让他注意一下奇特的现象，而他也正在为那奇特的现象做着解释。

原来，爵士发现，天边看不到一点火，也看不到有什么地方失了火产生烟，但大气中却充满了烟味。对于这烟味来自于什么地方，爵士想让巴嘉勒尔做出解释来。

很快，烟味变得更浓了，大家也都闻到了，而且都很惊讶。不过，巴嘉勒尔和塔凯甫却一点都不惊讶。地理学家巴嘉勒尔解释起这个问题来，一点都不困难。

“看不到火却闻到了烟。有句话叫‘无火不成烟’，这在欧洲就有例子。所以说，一定是某个地方着了火，只是这平原太平坦了，气流非常畅通，所以在120公里以外的地方烧草，我们都能闻到气味。”

“120公里以外？”少校反问了一句，有些不服气。

“当然是120公里以外了。不过，我想说的是，这些火应该是大规模的焚烧，范围很大。”巴嘉勒尔肯定地说。

“那么谁会在草原上放火呢？”罗伯尔问。

“很可能是雷电引发的火，也有可能是草晒干了，是印第安人放的火。”

“为什么印第安人要放火？”

“对于这个嘛，有人认为草原上烧过一次火，草就会长得更茂盛。所以如果真是这样的话，那么很可能是印第安人为了让草灰积肥才放火的。当然，我觉得放火的目的是为了灭虫子，灭一种叫兽虱的寄生虫，这种寄生虫对牲畜很有害，这样一把火就能把那些寄生虫烧死了。”

“可是这种烧法，会不会把草原上的一些放牧的牛羊群也烧死？”少校还是不相信。

“对呀，很可能会烧死一些。不过牛羊有很多，烧死一些也无妨。”

“我现在可不是为那些牛羊群担心，我们管不了那些，可我想，那些穿过草原区的旅客怎么办？遇到这样的火，他们会怎么做？会不会被烟火包围？”

“你怎么会为这些事担心？这种事情就算是发生，在我看来，也是一件很壮观的事，我并不讨厌遇到这种事。”巴嘉勒尔大叫道，他好像对发生这样的事很渴望。

“看，这就是学者，他们为了学术研究，不惜被火活活烧死！”爵士笑着说。

“怎么会？我亲爱的爵士，我可不傻，不会无谓送命的。我读过美国小说家库柏的一本游记，他小说中有个叫‘皮袜子’的人曾说，当野火来了的时候，可以把四周的草都拔掉，当拔成一块直径达几米的空地时，也就没有危险了。这种做法做起来非常简单，所以我不怕大火烧来，我甚至希望能遭遇这么一场大火。”

当然，巴嘉勒尔希望的大火并没有发生，如果真有一场大火，他肯定已经被烧焦了。因为这天的太阳光照直接可以用烈火炎炎来形容，在这种天气下，即使是原本很适应的马也受不了了，喘个不停。

想要找阴凉的地方，根本找不到。如果天空偶尔飘一朵浮云把烈日暂时遮住，地面上就会出现一些阴影，于是大家马上催促马儿快跑，追着阴影去躲，稍稍慢一步，就像被烤得出了油。

前面说过，维尔逊说不愁找不到水，他说这话的时候，根本不会想到真有这么一天，他们渴得发慌。他以为在路上怎么都能见到一条小河，可事实不是这样的，事实上，平坦的地面没有任何沟渠来储水，即使看到了印第安人挖的池塘，也早已干涸了。

巴嘉勒尔看天气越来越干燥，几次问塔凯甫，什么时候能找到水。

“盐湖才有水。”塔凯甫说。

“什么时候能到盐湖？”

“大概明天晚上能到。”

阿根廷人在草原旅行时，通常都是临时掘井取水。不过远征者们却没有挖掘工具，所以只能将自带的水分给大家。在如此干渴的情况下，自然不会因这点水而满足。

大家一口气走了48公里，晚上停了下来。此时，每个人都想好好睡上一觉，恢复一下一天来的疲劳。然而，虽然预料到有蚊子，但却没想到蚊子多得在他们头顶形成了乌云，嗡嗡嗡地叫个不停，让他们根本无法休息。

如此多的蚊子涌向这里，预示着风向要发生变化了。果然，风向改变了90度，由原来的西风变成北风了。通常情况下，当起南风或西南风时，可恶的蚊子是不会涌过来的。

在这种情况下，少校还和平时一样镇定，但巴嘉勒尔就不同了，他烦躁起来，恨死了那嗡嗡乱叫的蚊子，只恨自己没有酸水来擦身上被蚊子叮的包。少校极力安慰他，说博物学家曾统计，世界上有30万种昆虫，现在只是受到了一万只昆虫的袭击，已经很幸运了。但巴嘉勒尔第二天早晨起来依然憋了一肚子的火。不过，即使心里有气，天一亮没经别人催促，他还是起身就走，因为早走就能早到盐湖。

他们骑着的马已经既乏又渴了，虽然尽量把自己喝的水留给马喝，但那点水对马来说，太少了。这天，天气越发干燥，潘帕区的北风和非洲大沙漠里的热风一样，挟着沙砾满天飞，让他们不仅要受烈日的灼烤，还要忍受飞沙迷眼，非常痛苦。

这时单调的行程突然被打断了，原来，穆纳在前面走着走着，忽然勒转了马头，告诉大家说有一批印第安人正朝他们走来。对于这件事，一行人又有两种不同的看法，爵士觉得遇到这些印第安人是好事，他们很可能会提供“大不列颠号”失事船员的线索；但塔凯甫却持不同的看法，认为平原上遇到游牧的印第安人，很可能是盗匪，所以要尽量避开才行。

最终，大家决定准备好武器，做好应对突发危险的准备。

很快，他们看到了这群印第安人，不过人数并不多，只有十来个，这让塔凯甫放下心来。在距离印第安人只有百步远的时候，他们把印第安人的面部已经看得很清楚了。这些人是土著，而且是1838年阿根廷独裁者诺撒将军扫荡过的那个种族。他们身材高大，有着高高的额头，额头朝前鼓起，也有着象征印第安人健美的橄榄色皮肤。

这些人的身上披着原驼皮或臭鼬皮，身上的装备除了两丈长的长枪外，还有刀、弹弓、“跑拉”及“拉索”。从这些人坐在马上的样子就能看出，他们个个都是好骑手。

此时，这些印第安人也停了下来，并开始互相呜里哇啦地说着什么，像是在商量什么事情。在爵士向他们走去时，还没走到4米远，那群人突然掉转马头，一溜烟跑了，速度快得惊人。爵士他们已经很累了，想追也追不上。

“一群孬种！”巴嘉勒尔骂道。

“能逃得这么快，一定不是什么好人。”少校说。

“他们是什么人？”巴嘉勒尔问塔凯甫。

“高卓人！”

“啊？是西班牙和印第安人的混血种族？”巴嘉勒尔转向大家，大叫道，“不过他们看到我们为什么要跑呢？我们有那么可怕吗？”

“你为什么这么说？”少校问。

“高卓人非常和善，是些善良的庄稼人。”

“是这样吗，巴嘉勒尔？”

“当然是了，那些可怜的高卓人，把我们当成强盗了。”

“我觉得他们是不敢袭击我们，所以跑了。”爵士说，他想向那些人问些事情，而那些人却逃跑了，这让他很懊恼。

“我觉得也是，而且我觉得这些高卓人不仅不善良，而且是些不折不扣的盗匪。”少校说。

“为什么这么说？”巴嘉勒尔不满地叫了起来。

于是，关于种族学的一些问题，几个人又争了起来，争得非常激烈，连一向淡定的少校也破例加入进来，表达他的看法。

“你的看法不对，巴嘉勒尔！”

“为什么不对？”巴嘉勒尔反问道。

“塔凯甫都觉得这些印第安人像强盗，他的看法是有根据的。”

“塔凯甫这次的看法是错的。高卓人是善良的农夫、牧人，他们什么都不懂，我就曾写过一个关于他们的小册子，非常受读者欢迎。”巴嘉勒尔反驳道，有些气愤。

“这次你一定错了，巴嘉勒尔先生。”少校坚持道。

“麦克那布斯先生，你是说我错了？”

“应该又是你粗心犯的错吧。我觉得你该把你书上的内容再重新纠正一下。”少校坚持说，表情一如既往地严肃。

巴嘉勒尔见少校嘲笑他的地理学知识，非常愤怒，脾气也上来了，大声怒吼：“告诉你先生，我的书没什么值得纠正的。”

“还是有需要纠正的，至少这次需要纠正。”少校也固执起来。

“先生，你今天是故意和我做对吧！”

“我看你今天脾气太大了！”少校毫不示弱。

从他们的争论可以看出，事情的本身根本不需要这种争执，于是爵士劝他们说：“我看呀，你们今天一个拼命挖苦对方，另一个又格外暴躁，都不像平时的你们，这让我很惊讶。”

塔凯甫听不懂他们在吵什么，但却知道他们是在争吵，他的脸上浮现出了微笑，慢慢地说：“都是北风不好。”

“什么？你说北风不好？北风和这件事有什么关系？”巴嘉勒尔喊道。

“是北风不好，如果没有北风，你就不会这么冲动。我听说南美洲的北风很容易刺激人的神经，让人变得冲动。”爵士说。

“啊！我们最崇拜的基督圣人圣·巴特利克也说过。你说得对，爱德华！哈哈哈……”少校大笑起来。

不过巴嘉勒尔没有笑，他是真的生气了，他觉得爵士的玩笑话开得太过分，所以又找上爵士争辩。

“你这是什么话呀，爵士，你是说我的神经受刺激了？”

“对呀，巴嘉勒尔，北风刺激了你，这种风是会让草原里的人犯罪的。就和阿尔卑斯山脉东部地区的风刮到了罗马乡间一样！”

“犯罪？你是说我像个会犯罪的人吗？”巴嘉勒尔不依不饶。

“我可不是这个意思。”

“那你还不如说我要杀你！”

“哈哈哈……”爵士忍不住笑出声来。

“亲爱的巴嘉勒尔，我真怕你杀了我啊，幸好北风只吹一天就停了。”

爵士的话引得众人哈哈大笑。

依然还在气愤中的巴嘉勒尔愤然离场，骑着马独自跑在最前面生气去了。不过一刻钟后，他像没事人一样，又和大家有说有笑了。

法国地理学家巴嘉勒尔的性格就是这点好，任何事过后就算。巴嘉勒尔这次的脾气爆发，爵士说得对，很大程度上是外在原因造成的。

晚上8点钟的时候，走在前面的塔凯甫指出了通向盐湖的路线，一刻钟后，他们到了盐湖堤下。渴望已久的地方终于到了，不过很快他们就又失望了，甚至说是绝望了，因为湖水全干涸了！

第十四章
Chapter 14

寻找水源

/

盐湖是由温塔纳和瓜河绊尼两条山脉延伸而来，由众多湖沼形成。湖里含有大量的食盐氯化钠，所以在以前，一些人经常从布宜诺斯艾利斯出发，到盐湖来取盐。不过现在这里的水被蒸发掉了，盐分全都凝结在湖底，湖面形成了一面巨大的盐镜子，反着光。

塔凯甫在对他们说盐湖有水喝的时候，并不是指盐湖里面，而是指入湖的一些淡水。可谁知那些河流也干涸得和盐湖一样，骄阳将湖里、河流里的水全部蒸发完了，所以当远征队员们看到这种情况的时候，全都傻眼了。

此时，他们携带的皮桶里的水也已经有些变质了，不能喝了。大家焦渴难耐。饥饿和疲惫完全不能和“渴”相比，大家必须先解决这个问题。他们找了一个被土人遗弃的皮帐篷，并将它支在一个土坑里。

精疲力竭的他们安顿了下来，马则躺在了湖岸上，饥渴的马无奈而嫌恶地吃着咸草和枯芦苇。

大家在皮帐篷里住下后，巴嘉勒尔问塔凯甫接下来要做什么。两个人开始用西班牙语对话，聊得很快，表情各异。塔凯甫始终很镇定，巴嘉勒尔却手舞足蹈。爵士在旁边听着，听懂了几个字。几分钟后，塔凯甫抱起了膀子。

“他在说什么？好像是说让我们分开？”爵士问巴嘉勒尔。

“对，他让我们分成两队。他说在我们中间，如果有些人的马既渴又走不动了，那就沿着37度线慢慢往前挨，这样那些还有点力气的马，便能跑到前面，去侦察格米伊河了，这条河离这里只有50公里，是流入圣洛佳湖的。如果那里的河水很多，他们就可以在河边等后面的人了。如果那里的水也没有了，那么他们就能折返回来，叫后面的人不要走冤枉路。”

“可要是还找不到水怎么办？”艾撒汀说。

“没有水就继续南下120公里，到温塔纳山脉最开始的几条支脉去，那里有很多河流。”

“哦，爵士，带我去吧！”罗伯尔说，好像这是去玩一样。

“你能赶得上我们吗，我的孩子？”

“能，我能赶上！我的马很好，老是要向前跑。带上我吧，好吗？爵士……求求您了！”

“好的！我的孩子！”爵士也想让罗伯尔在他身边，这样他才会放心。

“我们三个人，如果再找不到有淡水的地方，那就太笨了！”爵士接着说。

“我呢？我在哪一队？”巴嘉勒尔问。

“哦，亲爱的巴嘉勒尔，你还是在后备军这一队吧，你太了解37度线上的情况了，你知道格米伊河，还知道整个潘帕区，所以不能离开我们。我、穆纳、维尔逊都赶不上塔凯甫，也不能和他一起到约定地点，我们就在你的指挥下，信心十足地慢慢前行。”少校说。

“看来，我只能接受了。”地理学家巴嘉勒尔说，他很高兴自己获得了认可，有了指挥权。

“不过这次，你可千万不能粗心，千万别把我们领迷路了，比如说引到太平洋的岸上去了等等。”少校又说。

“要真是那样可就太好了，你这个讨厌的少校。”巴嘉勒尔笑着说完，把头转向爵士，“亲爱的格莱拉弗，你该怎么听懂塔凯甫的话呢？”

“我会一点西班牙语，紧急情况下可以让他听懂我的话，我也能听懂他说的部分话。”

“好吧！那你就去吧，我可敬的朋友！”

“先吃晚饭吧，要是睡得着就睡一觉，天亮咱们出发。”爵士最后说。

吃完晚饭，因为没有水喝，大家都觉得很难受，但也没有办法，只有睡觉了。巴嘉勒尔在睡梦中还梦到了很多急流、瀑布、大江、大河、池塘、水溪……甚至还梦见了很多凉水瓶，瓶子里装满了凉水，总之，梦里他见到的全是水，而这个梦也是毫无逻辑，乱作一团。

早晨6点钟的时候，塔凯甫、格莱拉弗、罗伯尔三个人都把马准备好，又将皮桶里最后一点臭水给马喝了后，骑在了马上。

“再见喽！等会儿见！”少校、艾撒汀、维尔逊、穆纳一起冲他们说。

“你们最关键是要找到淡水，不要只顾往前跑。”巴嘉勒尔补充了一句。

塔凯甫、爵士和罗伯尔走了不一会儿，再回头，发现由巴嘉勒尔领头的那队人马已经不见了，不免有些吃惊。

穿过那片盐湖后，他们到了又一个陶土质平原，那里生满了一米八左右的灌木，这属于木本含羞草，因为含有苏打水的成分而被称之为“如木”。太阳光照射着疏落分布的大片盐地，经过盐地反射后的光线强烈得惊人。

盐地初看很像结冰的水面，不过，灼热的阳光很快就能让人分清那是盐地还是冰面了。即使如此，整片被阳光晒得发焦的贫瘠土地还是和闪闪发光的盐地相互呼应，给这片荒原增添了不一样的景象。

前面说过，如果格米伊河也和盐湖一样干涸了，那么他们就不得不去南下130公里的温塔纳山区了，那一山区和盐湖完全两样。1835年，斐茨·罗伊船长曾乘着“猎犬号”，来到这个地方探险。

此地土壤肥沃，可以说是全印第安领土最好的牧草场，牧草丛生，一直延伸到森林里。森林里有种决明子树，这种树上的果子晒干后，磨成粉可以做出印第安人最喜欢吃的面包。这座森林里还有一种破斧树，是白色的，木质坚固。还有一种遇火就燃，被印第安人称为“洛杜柏”的树，以及开着层层叠叠的紫花，犹如金字塔的一种“维纳洛”树，还有那能在空中撑起24米高的大伞的“梵柏”树，这种伞状大树可以让整群牛羊在下面乘凉。

这个地方，阿根廷人一直想占领，但终因无法战胜印第安人，只能作罢。

不难想象，这样肥沃的地方，一定有从大河来的水给它们提供足够的湿度。没错，确实是这样，即使在最干旱的时候，这里的一些河流也不会干涸。不过，要想找到这些河流，还要向南走210公里才行。所以塔凯甫的先到格米伊河的主张是对的，这样既不会脱离原来的路线，而且比温塔纳山靠近很多。

先头部队的三匹马跑得飞快，因为聪明的它们，知道主人会带它们去什么地方。特别是那匹棕红色的特迦，它展现出了渴望摆脱一切疲劳和饥渴的勇气，如飞鸟一般，跨过干涸的沼泽，跳进了树丛，并发出快乐的嘶叫。

相比之下，爵士和罗伯尔的马就没有那么欢快了，不过，也许是受到了特迦的鼓舞，它们勇敢地跟在后面。塔凯甫坐在马上基本上不用动，非常镇定，这也鼓舞着他的同伴，就像特迦鼓舞着它的同伴一样。

行进中的塔凯甫，不时地回头看着罗伯尔。

小小年纪的罗伯尔，稳稳地坐在马上，骑马行进时，肩背侧斜，腰部非常灵活。他的双脚自然下垂，双膝紧挨鞍上，让塔凯甫不禁叫起好来。确实是这样，这次的远征，已经把罗伯尔训练成一流的好骑手了。

“不错！罗伯尔，连塔凯甫都在称赞你呢，我的孩子！”

“为什么称赞我，爵士？”罗伯尔问。

“说你骑马的姿势非常好。”

“哦！我只是觉得这样骑着舒服！”听到有人夸奖他，罗伯尔的脸红了。

“就是要骑得舒服才行。罗伯尔，不要太谦虚了。我预测你一定会成为一个绝佳运动员的。”

“哦，我小时候，爸爸说想让我成为优秀的水手，我要是做了运动员，他会怎么看呢？”罗伯尔笑着说。

“做绝佳的运动员是不影响做一名好水手的。好骑手也许不一定能做好水手，但好水手却可以成为好骑手。因为在帆架上骑惯了，也就可以舒服地坐在马上了。对于怎么勒马，怎么指挥它，都很容易。”

“我可怜的父亲啊，爵士，是您救了他，他以后不知道会多感激您呢！”罗伯尔说。

“你爱你的父亲吗，罗伯尔？”

“爱，非常爱！他对我和姐姐很好，他一直一心一意地待我们，每次旅行回来，都会带他去过的地方的纪念品回来。一回到家，他就会拥抱我们，和我们亲热地说话。爵士，您认识了他，一定会喜欢他的。玛丽很像他，他说话的声音非常温柔。他是做水手的，但说话却能那么温柔，您一定想不到吧！”

“是的，绝对想不到，罗伯尔。”

“我仿佛看到他就站在我的面前。我那慈爱的爸爸呀，在我小时候，他经常把我抱到膝盖上，摇我睡觉。他还会哼一支苏格兰歌曲，歌曲里都在赞美我们的国家，有些调子我还能记得呢，不过不是很熟，玛丽记得很清楚。爵士，我们是多么爱他呀，我觉得一个人年龄越小，一定会越爱父亲的。”

“没错，长大后，更多的是对父亲的尊敬，我的孩子！”听了罗伯尔流露出的心声，爵士非常感动，动情地说。

在他们这么聊着的时候，马在缓慢前行。

“一定会找到我的父亲的，对不对？”罗伯尔沉默了一下，突然说。

“对！一定会找到的。塔凯甫已经给我们提供线索了，我非常信任他。”爵士说。

“塔凯甫是个非常正直的印第安人！”罗伯尔说。

“是的！确实是这样。”

“有件事情，不知您知道吗，爵士？”

“什么事？”

“和您在一起的每个人都很好！像海伦夫人，我真的特别爱她。还有少校，很淡定。还有麦盖尔船长、巴嘉勒尔先生，还有‘邓肯号’上的全体水手，他们都很好，既勇敢又热心。”

“是的，他们都非常好，我的孩子！”

“可是您却是这些好人中最好的一个！”

“哦？为什么这么说？”

“您应该知道的，爵士！”罗伯尔说着，拉起爵士的手，放在嘴上轻轻吻了吻。

爵士有些茫然地摇了摇头。他们的谈话没有再继续，因为他们已经落后塔凯甫很远了，塔凯甫在很远的地方招手催他们。他们知道，时间是非常宝贵的，后面有一队人马还在等着他们。

三个人再次催马狂奔起来。不一会儿，他们就发现除了特迦外，其余两匹马都跑不动了。已经到了中午了，他们必须让马休息一个小时，不然太累了。然而，旁边那大丛的苜蓿已经全都被晒枯了，三匹马都不愿意吃。

爵士心里又不安起来，干燥的天气没有变化，如果再找不到水，不知道会发生什么事。塔凯甫也沉默着，如果说这个印第安人心里有了失望的话，他一定在想，要是格米伊河也干涸了，那可怎么办呢？

他们继续出发，不管怎样，就是用马鞭，甚至马刺逼马上路都行。后来，马虽然开始动了，但却是缓慢行走，再也不可能走快了。塔凯甫本来可以跑到前面去，因为特迦只需几个小时就能把他送到格米伊河岸边。而他自己也想这样，但又不能把其他两个人丢在这荒野地带，所以只能紧紧勒住特迦的缰绳，强迫它慢下来。

让特迦慢行，特迦很不舒服，所以它不断地做着抵抗、跳跃甚至嘶叫。塔凯甫只能放松缰绳，像对人说话一样对特迦说好话，最终，经过一番人与马的“商量”，特迦接受了主人的做法，慢了下来，只是不断地咬着嚼铁，以示不满。

特迦了解它的主人塔凯甫，如同它的主人了解它一样。

这匹聪明的马有着灵敏的嗅觉，它感受到了空气中的湿意，拼命吸着这股湿意，还不断将舌头鼓动得咕咕作响，仿佛是在饮清凉的泉水。塔凯甫知道，他们离泉水不远了。

塔凯甫把特迦举动的意义告诉了爵士，并鼓励他们。同时，另外两匹马很快也知道了特迦的心思。它们拼尽全力，跟在了塔凯甫骑着的特迦身后向前奔去，下午3点钟的时候，一条白茫茫的线出现在了前面的一个凹处，那凹处在阳光下发着粼粼的光。

“水！是水！”爵士大声叫道。

“是水！真的是水！是水！”罗伯尔也叫道。

他们没有催马，那三匹可怜的马便飞奔起来，向波光粼粼的地方跑去，此时，不管什么都无法阻止它们奔向那里。没有几分钟，它们就奔到了格米伊河岸。

最终，马连鞍带人，一起扑进了那救命的河水里，河水漫到了马的胸脯处。

三匹马的主人在河水里洗了个澡，虽然衣服都湿了，但他们却欣喜若狂。

“太好了！真是太舒服了！”罗伯尔大声叫着，不停地喝着河水。

“慢点！慢点喝！孩子！”爵士虽然这么对罗伯尔说，但自己却做不到慢点喝。

此时，他们听到的全是咕咚咕咚的喝水声。

塔凯甫也在喝，但他却没有爵士和罗伯尔喝得那么急，他慢慢地，一小口一小口地喝着。不过却也喝个不停，像是要把整条河的水全喝光。

“好了，有了这条河，朋友们就不会失望了。等他们一到格米伊河就有水喝了。这水真是既清又多，太好了。不过塔凯甫千万别把这一整条河的水都喝干。”爵士开玩笑说。

“我们要不要去迎接他们？这样可以减轻一些他们焦急等待的痛苦。”罗伯尔说。

“说得不错！孩子，可我们要怎么带水给他们呢？皮桶还在维尔逊那里呀。还是不要去迎接了，按原定计划在这里等他们吧，按照时间，以及我们马行走的速度来看，他们应该会在夜里赶到的，我们先在这里替他们准备好住宿的地方，以及丰盛的晚餐吧！”

塔凯甫不等爵士开口，便去找宿营地了。很快，他就幸运地在河岸上找到了一所关牛马用的院子。这种院子三面环墙，只要不怕露天睡觉，还真是个好地方。

当然，爵士他们并不要求一定要在屋子里睡觉，所以也没有再去找其他地方，只是在太阳下晒着自己湿透的衣服。

“住处有了，就要想法做晚饭了。我们这前头部队一定要为后面来的朋友准备好一切，等他们到了，也就没有什么可抱怨的了。而且现在等待他们的这段时间，我们正好可以去打猎。怎么样？准备好了吗，罗伯尔？”

“好了！爵士！”罗伯尔说着，一骨碌从地上爬了起来，手里拿着枪。

爵士想去打猎，是因为格米伊河两岸的平原上有成群结队的鸟，比如潘帕区特有的红鹧鸪、黑鹧鸪，以及雎鸠、黄色的秧鸡、绿色的松鸡……当然，除了这些鸟外，他们并没有看到野兽。不过塔凯甫指了指深草丛说，野兽都藏在那里。也就是说，他们只需要多走几步，就能到狩猎区了。

有了这么多的猎物，“猎人”们也挑剔起来，他们不想打飞禽，只想打野兽，所以便对着深草丛开了几枪。很快，他们面前就出现了鹿和原驼。原驼和在高低岩冲倒他们时一样，跑得飞快，打不上。他们只好又降低要求，打那些跑得慢的野兽，这些野兽用来做菜，味道都会不错。

最后，他们不仅打了十来只红鹧鸪和秧鸡，而且爵士还打下了一头野猪，这种野猪的味道非常鲜美，爵士的那一枪打得真是值了。

没用上半个小时，精神百倍的他们就将需要的野味备齐了。罗伯尔打到一只长满活动鳞甲的犰狳，这只犰狳整整有半米长，肥嘟嘟的。塔凯甫告诉他们，犰狳绝对能做成一盘好菜。罗伯尔对自己能打到这么一只怪物很自豪。至于塔凯甫，则打了一只潘帕区特产的鸵鸟。鸵鸟跑起来速度惊人。塔凯甫打这只鸟时，起先并没有围追堵截，而是骑着特迦跑到了它的面前。由于这只鸵鸟喜欢在原地转圈，很难一枪打中，塔凯甫就坐在特迦上，让特迦跟着转圈，转了不知道多少圈后，人和马都累得不想跑了，但还是打不中。最后塔凯甫扔出了他的“跑拉”，精准地套住了鸵鸟的腿，鸵鸟一时之间无法动弹，几秒钟后便躺在了地上，塔凯甫立刻捉住了它。

这不仅是一场娱乐，更是他招待外来者的待客之道。

最终，他们打到的野味有：一大串鹧鸪和秧鸡，鸵鸟、野猪、犰狳……全都带回到了院子里。鸵鸟和野猪被他们剥了皮，切成了薄片。由于犰狳是名贵的野兽，最适于烤着吃，所以他们就将它连壳放在热炭上烤了起来。

几个人在吃晚餐时，只吃了鹧鸪和秧鸡，其他的美味都留了下来，准备招待后面的朋友。吃着晚餐的时候，他们也同时在喝清水，而此时的清水，简直比他们喝过的世界上最美的美酒都好喝，甚至比那苏格兰高地所崇尚的著名的威士忌酒都好喝。

当然，他们吃喝的时候，也没忘记给马补充能量，院子里堆了大量的干藁草，足以让它们填饱肚子。在吃好喝好后，他们裹着罩篷，躺在了一大堆柔软的紫花苜蓿草上，这种草被潘帕区里的猎人一直当成草席使用。

第十五章
Chapter 15

与狼群夜战

7

这是个没有月亮的夜晚，微弱的星星在天空眨着眼，照着这片肥沃的草原。天边的黄道星隐没在黑夜里，因为浓雾，看不清楚。

格米伊河静静地流淌着，如同从云母石上滑下来的油水。所有的生物好像都休息了，无边无际的草原上一片寂静。

三个人像是在互相影响，全都一个姿势，直挺挺地躺在草堆上酣睡。

两匹疲惫不堪的马也倒在了地上，但特迦却保持着它纯种好马的优良姿态，四条腿笔直地站立着睡觉，它睡觉时和行走时一样英武，好像时刻做着准备，等待着主人的召唤。

院子里安静极了，炉子里的火炭在静悄悄的黑夜里闪出最后一点红光，它快要熄灭了。

不过，塔凯甫在晚上10点钟时，猛地醒了过来。他皱着眉头，凝神细听，像是要听到一点意外声响。很快，他那没有表情的脸上，隐约露出了一丝不安。

难道来了一批印第安人？或是来了一群黑斑虎、水老虎或其他猛兽？他预感到最后一种可能性很大，他向院子里那燃烧着的火堆看了一眼，内心更不安了。那堆干苜蓿马上就要烧完了，没有火光，很难挡住凶猛的野兽！

在这样的时刻，塔凯甫觉得没有别的更好的办法，他只能耐心等待，等待事情的发展。于是，他半躺在地上，两肘压膝，双手支地，眼睛一眨不眨，保持着在焦虑中突然醒来的人才有的姿势。

整整一个小时过去了，如果不是塔凯甫，不会有人听到外面有异样，很可能会放心大胆地睡觉。不过，虽然外来人无法感觉到危险的降临，但印第安人对危险的敏锐感觉，以及他天生的本能让他预感到，危险马上就要降临了。

仔细一听，那匹聪明的棕红马特迦也醒了过来，嘴里发出了微微的嘶叫，鼻孔伸向院子出口。塔凯甫一下子直起腰来。

“特迦觉得敌人来了！”他想。

他站了起来，走出了院门，看着黑茫茫的草原。四周依然一片寂静，但塔凯甫还是隐约发现有黑影在苜蓿丛边游动，好像还有什么东西在闪闪发光。

光是从各个方向散发出来的，有时亮，有时又暗，如同磷火在大湖沼上闪起。如果是外地人，一定会以为是萤火虫，萤火虫在潘帕区很常见。不过塔凯甫不这么看，他知道那是敌人，而且是凶恶的敌人。

塔凯甫一下子装上了子弹，躲在一个木柱后面注视着那里。

他等待着，不久，草原上响起了一阵像是狂吠，又像是长号的混杂声。塔凯甫朝那发出怪声的地方开了一枪，很快引起了无数的叫嚣。

爵士和罗伯尔被惊醒了，他们一下子爬了起来。

“发生什么事了？”罗伯尔问。

“印第安人来了？”爵士问。

“不！是‘阿瓜纳’。”塔凯甫说。

罗伯尔不解地看着爵士。

“‘阿瓜纳’是什么东西？”他问。

“是红狼，潘帕区的红狼。”爵士回答。

两个人一起拿起枪，跑向塔凯甫。塔凯甫用手势告诉他们，让他们看那块长满苜蓿的草原：那吓人的怪叫声就是从那里发出来的。

罗伯尔不由自主地向后退了一步。

“我的孩子，你害怕狼？”

“不！我不怕！爵士，只要和您在一起，我什么都不怕！”他的眼神坚定，回答有力。

“很好！红狼不是什么了不起的野兽，我们不要怕，只要来得不多，我们不用怕它们。”

“就是！我们有枪，它想来就来好了！”

“来了它们就是死路一条！”

爵士嘴里虽然这么说着，却也只是安慰罗伯尔的话。这一大群野兽的到来，实际上已经让他感到害怕了，更何况不知道来了多少。如果来了几百头的话，那么靠他们三个人，即使有再厉害的武器，也是不占上风的。

在塔凯甫说“阿瓜纳”的时候，爵士知道这是印第安人对红狼的称呼。这种动物的身材虽然和大狗一样，但却比大狗矫健和强壮。它们的头像一只狐狸，毛色是肉桂红的，脊背上有一排黑色的鬃毛。

红狼生活在沼泽区，以捕食水生动物为食，它们经常白天睡觉，晚上出动，并袭击牧场，牧场主很怕它们。这种动物饿起来的时候，连牛马都会攻击，所以是本地人最恨的动物。

当然，如果是单个红狼的话，它一点都不可怕，但如果是成群的饿狼，那就厉害了。人们经常情愿打一只美洲豹、黑斑虎都不愿意招惹一群狼，因为虎豹是可以从正面打它们的，但遇到红狼群，却是前后左右都顾不过来的。

所以，当爵士听到那一声声的怪嚎，再一看黑影在平原上蹦跳，便知道那里聚集了很多红狼，而这些红狼，正是饿得嗷嗷叫的时候，吃不上一口，它们是怎么都不会退缩的。

情况非常危急。

此时，狼群在缩小它们的包围圈，三匹马也都醒了，发出害怕的叫声。特迦拼命用蹄子踹地，想要挣脱缰绳，冲到外面去。塔凯甫不停地打着呼哨给它发指令，让它安静下来。

爵士和罗伯尔守在院子的入口处，枪也上好了子弹，做好了一切向冲在最前面的红狼开火的准备。突然，塔凯甫把他们举起的枪按住了。

“他想做什么？”罗伯尔问。

“他不让我们开枪？”

“为什么不让我们开枪？”

“可能觉得时机不成熟吧！”

其实，塔凯甫并不是觉得时机不成熟，而是有着更加重要的原因。当他托起了他的子弹袋，并将它翻转过来，表示里面几乎没多少子弹的时候，爵士明白了。

“发生什么事了？”罗伯尔问。

“他是说我们要节省子弹，今天我们打完猎，弹药快没有了，还有不到20发子弹。”

罗伯尔没再说话。

“怕吗，罗伯尔？”

“不！不怕！爵士！”

“真是个好孩子！”

此时，又有一枪打了出去。原来，一只胆大的狼冲了上来，被塔凯甫打死了。其余的狼排成密集的队形，原本前进的步伐停了下来，并退后几步，挤在了离院子大约100步的地方。

塔凯甫向爵士招了招手，爵士过去替换了他的位置。塔凯甫跑到院子里，将所有能烧的东西全都搬到了院子的入口处，并丢了个燃烧的火炭在里面。很快，幽暗的夜空便被火光照亮了，火光同时也照亮了周围的平原。

透过火光，爵士这才意识到，他们需要对付的红狼有多么多。甚至可以说他从没见过这么多的狼聚在一起，也从没见过这么凶狠的狼。塔凯甫燃起的那堆火像一张网，将那群狼拦在了外面，但同时也更加激怒了它们。

有几只狼跑到了火堆处，烧着了前爪。

叫嚣着的狼群不断地往前涌，用枪打肯定不可能把它们全部消灭，也不可能将它们击退。

仅仅只过了一个小时，15只狼便死在了他们的枪下。

有了那堆火，他们的处境不再那么危急，只要弹药不完，火堆不灭，狼群就奈何不了他们。不过，一旦子弹没有了，而且火堆也熄灭了，那么他们就没有办法抵抗红狼了。到那时候，他们又该怎么办呢？

爵士看着罗伯尔，心里非常难过，他此时没有想到自己，只想这个可怜的孩子。他觉得这个孩子承受了他这个年龄完全不能承受的很多东西。此时，罗伯尔的面孔苍白，但他的手里还攥着枪，紧紧地盯着狼群。

此时，爵士决定冷静地思考一下，想个一了百了的办法。

“一个小时后，我们可就没弹药了。我们不能在那时候下决心。”

爵士这么想着，回头看了看塔凯甫，他将他脑海里所有的西班牙语全部集中起来，和塔凯甫对话，一面说，塔凯甫一面开枪射击。

他们俩对彼此的了解很有限，所以交流起来很困难。好在爵士知道红狼的属性，不然，塔凯甫所说的话以及所做的手势，他是怎么都不会听明白、看明白的。虽然如此，他还是费了有一刻钟的工夫，将塔凯甫的回答转达给了罗伯尔。

“怎么样？”罗伯尔问。

“他说坚持到天亮就好了，天亮后，红狼就要回窝了。这些是夜狼，怕阳光，它们是野兽里的鸱鸮！”

“那我们就坚持到天亮好了！”

“不过，我的孩子，没有弹药也坚持不到那时候呀。”

此时，塔凯甫又做了个示范给他们看，在有只狼跑到火堆边时，他握着长刀，挥向火网那边，随后，血淋淋的刀被收了回来。

深夜两点钟的时候，火快熄灭了，弹药也快用完了。塔凯甫向火坑里投进了最后一捆干草，而弹药也只剩下最后五发了。

爵士看了看四周，异常伤感。

他想到了身边这个可怜的孩子，也想到了他的同伴，想到了他深爱的一切人。罗伯尔一直没有说话，也许天真的他根本不知道死亡马上就要降临。不过爵士已经想到了，他看到了一幅残忍的画面：活生生的孩子被饿狼撕咬，吞进肚子。

他再也控制不住自己的感情了，将罗伯尔揽在了怀里，紧紧地抱着，吻着他的额头。

两行眼泪顺着他的眼角，哗啦啦地流了下来。

罗伯尔依然微笑地看着他。

“我不怕！”他说。

“不怕！我的孩子！是的，我们不怕，很快就要天亮了，还有两个小时，两个小时天就亮了。我们就有救了。好！塔凯甫，打得好！打得真好！你就是巴塔哥尼亚的好汉！”他大叫着。

而此时，塔凯甫正用枪托打死了想冲过火堆的两只狼。

不过，在就要熄灭的火焰中，他们看到，那群密集的红狼排着队形又冲上来了。

血战到了最关键的时刻，火焰越来越小。

原本照得雪亮的原野重新回到了黑暗中，红狼的眼睛看起来更加凶残。几分钟后，狼群全都涌进了院子，塔凯甫打出了最后一枪。在又打完一只狼后，所有的弹药全都用完了。塔凯甫像个勇士一般，双手抱臂，将头紧紧地抵在胸口沉思。他是不是想用最疯狂的方法来击退群狼呢？

此时，狼群的进攻方式发生了变化，它们像是一下子跑开了，刚刚震耳欲聋的嗥叫声也消失了，整个平原陷入一片死寂。

“红狼跑了。”罗伯尔说。

“可能是吧！”爵士侧耳倾听外面的声音。

塔凯甫像是听到了爵士和罗伯尔的对话，对爵士摇了摇头。意思是说，这群狼是不会轻易放弃到口的美味的，除非天亮了，太阳光将它们逼回窝里去。

就在他们猜测群狼会怎么做时，群狼的策略显然发生了变化，它们不再去正面冲击院子。在它们觉得火堆和枪、刀让它们一时无法得逞后，迫不及待地选择了绕到院子后，从背后进攻，而它们的这个战术，会给三个人带来更大的危险。

很快，三个人听到了红狼的爪子在往那半朽的木桩上抓，而从那摇晃的木桩缝隙处，他们看到了红狼伸进来的血盆大口以及强健的腿。马发出了惊骇的叫声，挣脱缰绳在院子里疯跑。爵士一把抱住了罗伯尔，他决定保护他到最后一刻。而且为了得到死里逃生的机会，他正想着该怎么冲出突围。

不过就在此时，爵士的日光被塔凯甫的举动吸引过去了。

塔凯甫像个被围困的野兽，在院子里拼命地转着圈。突然，他跑到了等得不耐烦的特迦面前，给特迦戴上鞍辔。给特迦戴的时候，他很认真，也很仔细，甚至连一条皮带，一个纽扣都没忘记系上。特迦不断地发出咆哮声，声音越来越大，但塔凯甫像没听到一样。爵士看他如此，心里既恐慌又绝望。

“难道他要丢下我们逃跑了？”在看到塔凯甫就要上马时，他脱口而出。

“不！他绝对不会丢下我们的！”罗伯尔说。

没错！塔凯甫不仅不会丢下他们，而且准备牺牲自己来拯救他们。

特迦已经准备好了，正咬着嚼铁，蹦跳着，眼里充满了怒火，它的眼神中发出像闪电一样凛冽的光，聪明的它，已经知道主人的意思了。在塔凯甫揪住马鬃的一刻，爵士急忙抓住了他的胳膊。

“你是要这么离开？”爵士看着没有狼的那片荒原。

“没错，我要离开！”塔凯甫说着，他明白了爵士手势的意思，接着用西班牙语说，“特迦！勇敢的马，快，引着狼群离开。”

“塔凯甫！不要这样！”爵士喊。

“快！快跑！”塔凯甫又说。

此时，爵士已经感动得说不出一句话来了，他对罗伯尔说：“知道吗，孩子，他是想为我们牺牲！他要跑向别处，然后引狼群去追他！”

“塔凯甫！好朋友，你千万不要离开我们！”罗伯尔扑到了塔凯甫的脚边，大叫着。

“他不会离开我们！”爵士说完，转身又对塔凯甫说，“我们一起跑！”

爵士一边说，一边指着被惊得紧靠马柱的两匹马说。

“不行！那两匹马不行，它们是劣马，已经惊了。特迦是好马！”塔凯甫明白了他的意思回答道。

“那么，这样吧，我来骑马，你留下来，留在罗伯尔的身边！”爵士说着，抓过了特迦的缰绳，大声说，“我来！”

“不可以！”塔凯甫的话斩钉截铁。

“不行！让我去，请你救救这个孩子，他就托付给你了，塔凯甫！”爵士依然夺着缰绳。

处在激动情绪中的爵士，英语、西班牙语一起说了起来。不过对此刻来说，用什么样的语言又有什么关系呢？在这紧要关头，手势和行动足以表达一切，他们就在此刻完全了解了对方。

爵士要去，塔凯甫又不让，两个人就这么争执着，危险也在一分一秒地逼近，院后的树桩都被红狼咬得快要断了。

爵士和塔凯甫争抢着要去做引开红狼的“诱物”。塔凯甫把爵士拉到了院口，指着没有狼的原野，激动地说着，他的意思是他必须这么做，如果再耽误时间，骑马诱狼不成功，留下来的两个人会更危险。然后还说他懂特迦，特迦绝对可以利用它的矫健迅猛保全大家。

爵士急得脑子一片空白，就是不让他那么做，非要自己去不可。突然，他被一个人推到了一边。特迦蹦了起来，前蹄一个悬空，纵身跳过了已经熄灭的火堆和一堆红狼的尸体，同时，还有个孩子的声音在大声叫：“爵士！原谅我做的事吧！”

说时迟那时快，罗伯尔已经上了马，趴在马背上。他抓住马鬃，消失在了黑暗中。

“天啊！孩子，你怎么可以这样！你太糊涂了！罗伯尔！”爵士绝望地大叫起来。

不过，他的叫声，就连他身边的塔凯甫也是听不到的，因为震耳欲聋的怪叫声已经响起了，红狼转身向那匹马和那个孩子奔去，它们全都向西涌去了，速度快得惊人，像是一阵影子急速而过。

塔凯甫和爵士急忙追出院子。此时，平原又恢复了它的寂静，只隐隐能看见西边有条黑色的线，弯弯曲曲地在夜色中移动，爵士扑通一声跪卧在地，他紧握双手，绝望地砸着地面。他再看塔凯甫，却见他正微笑着，看着远方，和平时一样镇定。

“特迦，一匹好马！孩子！勇敢！一定会没事的！”他轻轻说着，发出赞叹的声音。

“如果他掉下马了呢？”

“不会的！绝对不会掉下来的。”塔凯甫肯定地说。

不过，即使塔凯甫再肯定，再有信心，可怜的爵士还是后悔得要死，急得要死，在痛苦和绝望中等待着黎明的到来。就是此时，他连自己已经脱险都没有意识到。他要去找罗伯尔，但塔凯甫不让他去，还说他根本追不上特迦，而且特迦也会将狼群远远地丢在身后。何况就是要找罗伯尔，也不能黑夜去寻找，一定要白天去找才行。

凌晨4点钟的时候，东方渐渐露出了鱼肚白，又过了一会儿，天边的浓雾在那片鱼肚白上蒙上了银光，露水洒满了平原，蒿草也在晨风中摆动。

他们终于可以去寻找罗伯尔了。

“走吧！”塔凯甫说。

爵士一言不发，踏上了罗伯尔曾经骑过的那匹马，两个人一起向西边驰去，向着罗伯尔骑着特迦奔去的方向奔去。

他们跑了将近一个钟头，在这一个钟头里，他们寻找着罗伯尔。爵士非常害怕见到血淋淋的尸体，他拼命地催着马快跑，都快要把马肚子刺穿了，后来，他们听到了一声枪响，那枪响非常有规律，像是信号枪。

“是他们！”爵士说。

他们跑得更快了。过了一会儿，他们便和巴嘉勒尔带领的人马会面了。让爵士感到高兴和激动的是，罗伯尔也在那里，他坐在特迦的背上，生龙活虎。爵士不禁开心地叫了起来。而特迦见到主人塔凯甫，也欢快地嘶叫着。

“孩子！我的孩子呀！”爵士喊叫着，眼神里全是慈父的爱。

他和罗伯尔同时跳下了马，奔过去互相拥抱着，随即，塔凯甫也把罗伯尔紧紧地抱在怀里。

“活着！他活着！”爵士不断地叫着。

“是的！我活着！好好的，不过幸亏了特迦！”

塔凯甫没等罗伯尔说这句话，便跑到了他的马旁边，感谢起马来了。他和马说着话，抱着它的脖子拼命地吻着，好像那马的血管里流着的是人的血。

一阵亲热过后，他把脸转向了巴嘉勒尔，指着罗伯尔说：“他太勇敢了，是个勇士！”最后，他又用印第安人的夸奖语言，称赞了罗伯尔，还说，“他的马刺从没抖过！”

爵士怜爱地拥着罗伯尔，问他：“我的孩子，为什么？为什么不让我和塔凯甫去冒那个险，而要自己去呢？”

“爵士，冒险的事就应该由我来做，因为塔凯甫救过我的命，而您，又要去救我父亲的命！”罗伯尔用孩子的语气，笑着说。

第十六章
Chapter 16

走向坦迪尔

一群人兴奋了很长时间。

后面那一队人员除了少校，都渴得快要没命了，幸好格米伊河就在前面不远处，大家一起又上了路。早晨7点钟，一行人重回那座小院，看着院子前后那一只只红狼的尸体，便知昨晚的生死之战是多么激烈了。

后面那队人员喝足喝饱后，大家又在院子里一起吃了顿丰盛的早餐。对鸵鸟的肋条肉，食客们给了很高的评价，而对连壳烤的犰狳，食客们更是觉得这是从没吃过的美味。

“一定要吃到饱破肚子为止，吃少了都对不起老天爷！”巴嘉勒尔说。

巴嘉勒尔吃得非常多，当然并没有胀破他的肚子，因为在他喝了格米伊河的清水后，觉得这水喝进肚子就是为了促进消化的。

爵士不想待在这里太长时间，便在早晨10点钟的时候发了出发令。他们将皮桶重新装满水，这样在路上就有得喝了。马在吃饱喝足后，精神十足，将打猎时的劲头全都用上了。

潮湿的土壤非常肥沃，但四周依然不见人烟。11月2日和11月3日接连两天，大家都很顺利，一路无事。3日夜晚，长途跋涉的他们有些疲乏，便决定在布宜诺斯艾利斯的边界处，潘帕区的尽头歇息。这距他们10月14日离开塔尔卡瓦诺湾已经过去22天了，他们共走了730公里，也就是说，他们已经顺利走了三分之二路程了。

11月4日早晨，一行人跨过了阿根廷的平原区和草原区的分界线，他们希望能在这一带遇上扣留格兰特船长的印第安人酋长。

布宜诺斯艾利斯省是阿根廷的14个省中，最大也最富饶的地方。这个省位于东经64度和65度之间，与南部印第安人区域接壤，土地肥沃，气候宜人。

此地地势平坦，到处生长着禾本草类和高大的蔬菜类植物，平坦的地势一直延伸到了坦迪尔和塔巴尔康西山的山脚。

离开格米伊河后，气温发生了很大变化。由于巴塔哥尼亚的寒风在空气中形成了气浪，使本地平时的气温保持在17摄氏度，在经历过长时间的燥热后，舒服了很多。一路上，他们兴奋而充满信心，不过，不管塔凯甫怎么说在此地会发现格兰特船长，他们一路走来却几乎没发现有人居住，或者准确地说，这里住的人已经迁徙了。

在向东走的时候，他们看到了很多湖泊。有时候，他们会从湖岸经过，有时又会横截某个湖泊，湖水有咸的也有淡的。湖岸的树丛中有很多鸟儿在跳跃，还有百灵鸟在欢快地唱着歌，当然更有羽毛像蜂鸟一样美丽的鸟。这些鸟在森林里表现得很兴奋，时不时地振翅飞翔，毫不在意那些披着红肩章，挺着红胸脯，在树上进行大合唱的椋鸟。

在一些荆棘丛中，他们还发现了一种鸟，这种鸟的窝像一些殖民地的白种人所睡的吊床一样，悬在空中。湖边还有一种羽毛色泽艳丽的朱鹭，这些朱鹭像训练有素的军人一般，迈着整齐的步伐，悠闲地散着步，时不时地还会扑闪着它们火红的翅膀。这些鸟看到人都不怕，这让巴嘉勒尔很是失望。

“我只是想看看朱鹭怎样飞，可它们就是不表演给我看。”他对少校说。

“很好办呀！”少校说。

“是很好办，这是个机会，我想利用你一下。”

“怎么利用，巴嘉勒尔？”

“跟我来吧，少校！还有罗伯尔，你也来吧，我需要个见证人。”

说着话，巴嘉勒尔和少校、罗伯尔让其他同伴先走，他们朝那群有着红色翅膀，整齐散步的朱鹭走去。

到了枪弹能打中的地方后，巴嘉勒尔在枪里装上了火药，砰地开了一枪。受惊的朱鹭飞了起来，巴嘉勒尔拿起它的望远镜，认真地观察着。

看到那鸟飞得看不见了，他这才问少校：“看到没有？看它们飞了吗？”

“当然看到了，我又不是瞎子。”

“你说，它们飞的时候，是不是像羽箭一样？”

“不像！一点都不像！”

“简直都没办法比！”罗伯尔也说。

“我早就说不像嘛，但就是有人说很像，这个人就是我的同乡，著名的夏多卜里昂。他可以称得上是谦虚的人中最骄傲的那个人，他居然用羽箭来形容朱鹭起飞！罗伯尔，看到没有，这比喻是多么的不靠谱啊！你可千万别信文学语言中的比喻，千万别信。而且不到万不得已，也不要去用。”

“这一下你该满意了吧？”少校说。

“满意！真是太满意了！”

“满意了就好，我们快走吧，就因为你那著名的同乡，我们现在落后了两公里。”

巴嘉勒尔和少校、罗伯尔在追赶上大部队的时候，正好爵士和塔凯甫在谈论着什么，但却因为语言不通而着急。塔凯甫几次停下来，观察远处的地平线，每看一次，他的脸上就会露出惊讶的表情。

见少校和巴嘉勒尔都不在，塔凯甫便和爵士说，没想到怎么都无法沟通。在远远见到巴嘉勒尔时，爵士喊：“快来呀，巴嘉勒尔朋友，塔凯甫和我说话，可我怎么都听不懂。”

巴嘉勒尔在经过和塔凯甫的几分钟沟通后，转身对爵士说：“塔凯甫说他看到了一个奇特的现象，他感到很不可思议。”

“是什么让他不可思议？”

“他说在这个平原上，平时总会遇到印第安人成群结队地行走，也有从牧场劫来牲畜的强盗，还有去乌达斯山区卖他们的駞绒毯子和皮条编成的鞭子的印第安人，可是咱们走了这么久，不但没有看到印第安人，而且连他们的行走痕迹都没有看到。”

“塔凯甫有没有说是什么原因导致了他们不来？”

“他不知道，只是感到很惊讶。”

“他原本觉得会在这里遇到什么样的印第安人？”

“他想遇到俘虏外国人的印第安人，也就是以卡夫古拉·凯特里鄂尔或杨圣特路茨等为酋长的印第安人。这两个部落首领在30年前有着无上的权威，不过最后被赶到了这里。此后，印第安人在某种程度上就被驯服了，也就待在了潘帕平原上，有时候他们也会在布宜诺斯艾利斯省境内游荡。这一地区曾是他们做强盗时经常光顾的地方，但现在却没有遇到他们，在这一点上，我和塔凯甫一样吃惊。”

“这样啊！那现在我们该怎么办呢？”爵士问。

“我还是再问问他吧！”

巴嘉勒尔又和塔凯甫聊了一会儿说：“他的想法我觉得很对，他说我们继续往东走，走到独立堡去，这样也就能一直在我们想走的路线上了。而且到了那里后，如果我们还是没有格兰特船长的消息，至少可以知道阿根廷平原上的印第安人到什么地方去了。”

“独立堡离这里远吗？”爵士又问。

“不远，离这里差不多有90公里，在坦迪尔山里。”

“那我们什么时候能到？”

“后天晚上应该能到。”

这件意外的事让爵士很失望，在潘帕区却遇不到一个印第安人，这是他万万没有想到的。以前这里的印第安人有很多，如果没有特殊情况，他们是不会离开这里的。更严重的问题是，如果格兰特船长原本是被抓到这里的，最后又被带去了什么地方呢？南方还是北方？这些问题让爵士犹豫起来。想要找到格兰特船长，他们必须先找到格兰特船长的消息啊！想来想去，还是只能按塔凯甫的想法，先到独立堡，等到了独立堡，怎么也会找到可以问话的人吧。

傍晚4点钟的时候，他们看见远处出现了一个丘陵，丘陵在这个平坦的地方显得很高，而那丘陵也就是塔巴尔康西，一行人便在山脚下休息了。

第二天，他们要过山，过这座山对他们来说很容易。沙地犹如起伏的波浪，也没有很陡的坡存在，爬过安达斯高低岸的他们，简直不把这座山当回事。

过这座山的时候，马连速度都没减。中午的时候，他们走过了塔巴尔康西堡，这个堡垒是为了防备土人抢劫筑成的，如同碉堡锁链的第一个堡垒。不过，在这里他们并没有遇到印第安人，这让塔凯甫更吃惊了。正午时分，他们看到有三个骑着马的人，带着枪在他们周围跑来跑去，观察着他们。而当他们想去靠近那几个人时，他们又飞快地跑了，跑的速度很快，这简直让爵士郁闷极了。

“又是高卓人！”塔凯甫说。

而这些高卓人，也曾引起少校和巴嘉勒尔的激烈争论。

“哦，原来是高卓人呀，巴嘉勒尔，今天没有吹北风，你觉得这些人怎么样？”

“我觉得他们很像大强盗！”

“哦！亲爱的地理学家，‘像强盗’和‘是强盗’却是有很大差距的。”

“不！只有一步之遥而已，我亲爱的少校！”

两个人的对话再次引起了大家的大笑，不过，这次巴嘉勒尔没有生气，反而说起印第安人来。

“我记得从一本书上看到过，说阿拉伯人长着一副凶恶的面孔，但眼神却很温和。这些美洲土人看来和阿拉伯人完全相反，他们的眼神特别凶。”巴嘉勒尔对那些高卓人的形容，比看面相的都看得准。

根据塔凯甫的建议，大家聚在一起前进。因为在这种荒野，他们必须防备突如其来的袭击。不过，这种防备显然是多余的，因为一路平安无事。晚上，他们在一个废旧的寨子休息，这个废旧寨子原来是凯特里鄂尔酋长平时集合的地方。塔凯甫判断最近没有人住过，在仔细检查了一番后，发现这里已经很久没人居住了。

过了一天，他们再次进入平原，此时的他们，能看到邻近坦迪尔山的几个大牧场了。不过塔凯甫仍然决定不在那里停留，他想尽快去独立堡打听消息，更想知道这片区域为什么没有人。

自从他们过了高低岩，便很少看到树林了，而此时，树林又出现在了他们面前，而且这些树木还是欧洲人来了美洲后才种植的，有楝树、桃树、白杨、柳树、豆球花树……这些没有人管，自生自灭的树长得格外好，全都围绕牲畜栏种植，牲畜栏里饲养着牛、马、羊等，这些牲畜的身上全都打着主人的印迹。

牲畜栏外有健壮的狗守护。山脚下的盐碱地里长着刍草，长势非常好。因此，人们经常来这里建牧场，每个牧场有一个总管一个工头，每千头牲畜会配四个帮工。

可以这么说，这些人就像《圣经》里说的大牧主那样生活着，他们的牲畜群比美索不达米亚平原的牧主饲养的牲畜还要多。不过，这些牧人没有家庭生活，因为牧场主通常是贩卖牛马的商人，并不像《圣经》里说的大牧主有很多子孙。

当然，以上这些都是巴嘉勒尔讲给大家听的，讲到这里的时候，巴嘉勒尔就会大谈他的人种学说，并对不同的人种进行了趣味性的分析和比较，他那风趣幽默的语言，让一向脸上没什么表情的少校也有了表情。

同时，他们还看到了一次海市蜃楼，而这个奇观的发现，又让巴嘉勒尔大讲特讲。海市蜃楼这种自然奇观在平坦的原野上经常出现：一望无际的平原上，出现了岛屿。白杨绿柳的倒影在水里荡漾。更奇妙的是，水会随着行人前进后退。那幻影看起来就像真的一样，肉眼很难辨别真假。

11月6日这天，他们遇到了几个大的牧场，还遇到了一两次宰杀牲畜的地方。这种地方被称作“杀腊场”。这个名字来自于这些牲畜被杀后的用途：腌腊肉。

血腥的大屠宰是从春末就开始了的，去牧场带牲畜的人会将“拉索”扔出去，套上一个就捕获一个，套够了就将它们带到“杀腊场”。而所屠宰的牲畜有公牛、母牛、牯牛、羊……宰杀的时候，一次能宰杀几百头。

宰杀后，他们会将牲畜剥皮、切肉。这些人的技术娴熟，手段残忍，宰杀场面更是惨不忍睹。通常情况下，宰杀牯牛时，牯牛会强烈抵抗，所以此时的屠夫就成了斗牛场上的斗牛士。

没有什么地方比这里更让人恐惧的了，空气中到处洋溢着腥臭味，屠宰现场更是不断传出屠夫的凶狠叫声，狗吠声，牲畜的哀鸣声……总之，这里到处弥漫着死亡的气息。

在如此残忍的现场，肯定少不了一种飞鸟，那就是阿根廷独有的鹫鸟。成千上万的鹫鸟从几十公里外飞过来，在“杀腊场”的上空盘旋，瞅准时机抢夺屠夫手里的碎肉，那些碎肉由于刚从牲畜体内出来，还在微微颤抖。

不过，此刻这里没有血腥和残杀，四周一片寂静，也许是因为大规模的屠宰还不到时间吧。

塔凯甫催促着特迦快行，因为他想当晚赶到独立堡。其他人也学塔凯甫，扬鞭催促自己胯下的马跟上特迦。一行人从高大的禾木草中向前飞奔，途中遇到了几座庄户，都是筑得高高的堡垒。那些堡垒的正屋有个阳台，阳台实际上是用武器向外射击的射击点。

虽然也许爵士能从这些人那里打听到他所需要的情报，但最终还是决定到坦迪尔村去打听。原因是这里离坦迪尔村已经不远了，过了罗汇索河，再走几公里就到了沙伯勒夫河。

过完这两条河，他们越来越接近坦迪尔山了，不一会儿，他们便踏上了坦迪尔山的草坡，一个小时后，他们到达了坦迪尔村。

这个村庄隐藏在一个狭窄的山坳里，独立堡的城垛就在村子上面。

第十七章
Chapter 17

见独立堡司令

/

坦迪尔山位于坦迪尔县，是一条海拔300多米的古老山脉。此山为半圆形，由一连串覆盖着青草的丘陵组成。坦迪尔县包括布宜诺斯艾利斯省的整个南部，并以这一带的山腰为界，而那来自山城的很多河流的发源地就在山腰处。

坦迪尔村在北部的山冈脚下，位置非常好，约有400名居民受独立堡掩护。坦迪尔村的位置之所以好，就是因为那里有沙伯勒夫河的重要支流。当然，这个村子有个奇怪的现象，巴嘉勒尔应该知道，那就是这个村子里居住的人，均是来自法国和意大利的移民。

为什么是这样呢？原来，纳巴那他河下游这一片的几个殖民地，全是法国人建立起来的。

1828年，为了抵御印第安人的侵袭，法国人巴耳沙普带领众人修建了独立堡，而之所以能够建成独立堡，也多亏了著名的学者杜比倪，杜比倪对南美各国很有研究，了解得很清楚。

独立堡是坦迪尔村的一个重要据点，此地村民的交通工具通常以牛车为主，去布宜诺斯艾利斯，牛车只需12天时间，所以此地的贸易比较发达。他们送到布宜诺斯艾利斯的大多是牧场养的牲畜、腌制的腊肉，以及印第安人的手工制品，比如棉布、羊毛织物、由编皮匠编制的货物等等。

坦迪尔村的房屋修建得很好，村里不仅有学校，还有教堂。

在将坦迪尔村的情况向大家做了介绍后，巴嘉勒尔还说，在这里肯定打听不到消息，因为这里的城堡经常有军队驻守。于是，爵士选了一家看起来比较好的旅社住了下来，并把马牵到了栅栏。

随后，他和巴嘉勒尔、少校、罗伯尔，在塔凯甫的带领下向独立堡走去。几分钟后，他们来到了独立堡门口，门口站着一名懒散的阿根廷哨兵，看到他们也不搭理，他们很随意地进去了。从哨兵的态度可以看出，要么这里的防卫很松懈，要么这里很安全。

再往前走的时候，他们看到一片空地上有士兵在操练，士兵的年龄很小，大的不过20岁，小的则只有7岁，所以准确点来说，这只是十几个少年儿童在舞枪弄棒，不过舞得很像一回事。

操练的士兵们所穿的制服是衬衫，而且是用条子布做的衬衫，并用一条皮带紧紧地扎住了。他们的腿上没穿长裤，也没穿短裤，甚至没有穿苏格兰式的短制服。看到政府没有把钱花在做漂亮军服上，巴嘉勒尔对这个地方的政府马上有了好印象。

这些年轻的士兵每人佩带一支后膛枪和一把军刀。也许是身材矮小的原因，枪在他们面前显得很沉重，刀在他们面前显得很长。这些年轻的士兵个个脸上黑乎乎的，根本无法认出谁是谁。就连指挥他们的长官，脸上也是焦黑一片。

爵士他们大概数了一下，共有12名士兵。想必他们是在进行大会操，而之后经证实确实如此。

巴嘉勒尔对这么小的孩子当兵一点都不感到奇怪，他对阿根廷的统计数学特别熟悉，也知道阿根廷每家的儿童不超过9个。不过让他感到惊讶的是这些小士兵练的是法国操，甚至连那教练的命令都是法语，而且这些士兵所做的12个主要冲锋动作既娴熟又准确，就和巴嘉勒尔在法国看到的一样。

“太奇怪了！”他说。

不过，爵士来独立堡却不是来看小士兵操练的，更不是为了研究这些小士兵的身份的，所以他没有让巴嘉勒尔继续惊讶下去，并让巴嘉勒尔去找驻军军官。巴嘉勒尔马上行动，和一个小兵说了几句，小兵就向一座营部的房子走去。

一会儿工夫，军队的司令便走了出来。这是一位50多岁，长着花白头发，身体健壮，有着军人风度的男人。他长着高高的颧骨，坚硬的八字胡高高翘起，显得很滑稽。

这位司令官长着一双炯炯有神的眼睛，嘴里噙着一个短筒烟斗，烟斗里冒出一团烟雾。看人的时候，他是隔着烟雾来看的，这都让巴嘉勒尔想起了法国老军官的习惯。

塔凯甫向司令介绍了爵士一行人。在塔凯甫说话的时候，司令的眼神却一直看着巴嘉勒尔，看得巴嘉勒尔很茫然，也有些难为情，不知道这位司令是什么意思。在他正要问的时候，这位司令很不客气地抓住了他的手，并用法语欣喜地问："你是法国人？"

"没错！我是法国人！"

"哦！太高兴了！欢迎你们！太欢迎了！我也是法国人！"司令激动地说着，因为激动，他不停地摇着巴嘉勒尔的手。

"他是你的朋友？"少校问巴嘉勒尔。

"当然！到处都有我的朋友！"巴嘉勒尔自豪地说。

司令因为激动，用力太大，巴嘉勒尔的手差点被他捏碎。好不容易从那老虎钳子一样的手里挣脱出来，巴嘉勒尔便开始和司令谈话。爵士想插话进来，打听他想了解的事，但那司令显然在讲他的历史，并不愿意有人打断他的话头。

从他的叙述中，他们知道这位豪爽的军人来这里很久了，法语也已经说得不是很流利了。虽然并没忘记，但语法已经有问题了，所以他的法文听起来就像法国殖民地的黑人说的一样。

原来，这位司令不仅是独立堡的司令，也是法军的军曹，还曾经是巴耳沙普的伙伴。当然，这些都是大家从他的嘴里知道的。

自从1838年建成独立堡以来，他就没有离开过独立堡。如今，阿根廷政府让他镇守这个要塞之地。50岁的他叫麻奴艾尔·伊发纳盖尔，是巴斯克人，一年后入了阿根廷的国籍，并在军队服役时，娶了一位印第安人做老婆。

那时，他的这位印第安夫人为他生了一对双胞胎，已经6个月大了。

他和他的印第安夫人都不喜欢女孩子，好在双胞胎都是男孩子。当然，之所以只要男孩，是因为麻奴艾尔不知道除了当兵，还能干什么，所以他希望上帝能保佑他，让他生出一个连的士兵来。

"你们应该看到了吧，个个都非常可爱，都是好兵！不管是若塞、若旺，还是米开尔、贝沛！那贝沛只有7岁，但他已经会打枪了！"

那个只有7岁的男孩，在听到父亲夸奖他后，高兴地并起双脚行了个军礼，举枪的姿势也很好看，有模有样的。

"多有前途啊！他以后一定会当上校，做师长的。"司令满意地看着年幼的儿子说。

司令越说越开心，对于他来说，军人这个职业高于一切，而他的儿子们也前途无量，这是毋庸置疑的，不允许任何人反驳。正如歌德所说，“能让人快乐的，都是梦幻”。

司令将他的历史整整讲了十多分钟，这让塔凯甫很吃惊，因为他不明白，一个人一张口，怎么可能有那么多的话说。虽然在他说话的时候，没人打断，但塔凯甫还是认为，一个法国军曹，说话应该知道适可而止，不能滔滔不绝，没完没了。

终于，他停止了说话，并请大家到他的家里去。大家不好驳他的面子，也不得不去见见他的夫人，看看是不是形象气质不凡，如果能用“气质不凡”来形容印第安女人的话。

大家接受了他的邀请，司令问大家是怎么到这个地方来的，这也正是爵士提问题的时候，不然他可能永远都没有机会说他们来此的目的。

巴嘉勒尔用法语告诉他他们这次横穿潘帕区的原因，最后还问印第安人为什么都离开了。

“哦！没错！是没有一个人了！确实！没有了……没有一个人了！没事做，他们什么事都做不了了……只能离开！”司令说完，耸了耸肩。

“到底为什么离开呢？”

“当然是打仗了。”

“打仗？打什么仗？”

“当然是自己人打自己人了。”

“什么意思？自己人打自己人？”

巴嘉勒尔越听越糊涂，跟着司令说起了黑人说的法语。

“对呀！巴拉圭人和布宜诺斯艾利斯人打起来了。”

“结果呢？”

“结果，印第安人只能跑了，跑去北方了。他们跟在了弗劳莱斯将军的屁股后头。那些印第安人，都是强盗。”

“那么酋长们都去什么地方了？”

“当然也都去了。”

“你是说，那个凯特里鄂尔酋长……”

“那倒没有。”

“那杨圣特路茨呢？”

“他也没有去。”

在将这段对话翻译给塔凯甫后，塔凯甫点了点头，表示司令说的是对的。原来，塔凯甫并不知道有一场内战，而这场内战还引来了巴西的干涉，阿根廷的内战让双方死了很多人。这种自相残杀的战争，给了印第安人机会，他们决定去趁火打劫，所以当阿根廷在打内战的时候，潘帕区就没人了。

虽然这事看起来是两件事，但却是相互关联的，是因果关系。司令说得一点没错。

不过，这件事却也打乱了爵士的整个计划，他原本想做的都做不成了。想想看，如果格兰特船长在这些酋长的手里做了俘虏，那么他现在一定也被带到北方去了，如果是这样的话，接下来又要怎么去找呢？怎么才能找到他呢？难道又要跑到草原的北部边界去做一次冒险吗？这个冒险有没有意义呢？找不找得到格兰特船长呢？他必须认真考虑考虑。

此时，他还有一个重要问题要问司令，不过失望让他忘记了这件事，幸好少校想了起来。

“司令，您是否听说过欧洲人做了潘帕区印第安人酋长的俘虏？”

麻奴艾尔皱着眉想着，在记忆里搜索。

“是有这么回事！”好一会儿他说。

“啊！是真的吗？”爵士大叫一声，他的心里又有了希望。

爵士、巴嘉勒尔、少校和罗伯尔一起聚在了司令的身边，殷切地看着他。

“请您说详细点！”大家一起催他。

“那是好几年前的事了。对！……没错！已经好几年了！不过没有见过……”司令慢慢说。

“几年以前？您记错了吧，那船失事的日期不会错，是1862年6月的事……还不到两年！”爵士说。

“不！绝对不止两年，爵士！”

“怎么可能？”巴嘉勒尔喊道。

“没错，不止两年，那时候是贝沛刚出生的时候，当时有两个人。”

“不！不是两个，是三个！”爵士又说。

“就是两个，没错！”司令的语气很肯定。

“您说两个？是两个英国人吗？”爵士又问。

“不，怎么会是英国人呢？是法国人和意大利人呀！没有英国人！”

“您是说那个意大利人被杀掉了，对吗？”巴嘉勒尔激动起来。

“没错！我也是后来才知道的，最后……法国人得救了！”

“得救了？”小罗伯尔叫了起来，此时，他只听到了这三个字。

“没错，他们从印第安人的手里得救了。”司令又说。

大家全都看着巴嘉勒尔，巴嘉勒尔拍了拍额头，露出失望的表情。

“我全明白了，全明白了，什么都可以解释了。”

“怎么回事？”爵士问，他着急而不安。

“朋友们，我们现在必须忍受一次大乌龙带来的结果了。因为我们把线索找错了。这里被俘的，根本就不是格兰特船长，而是我的一个同胞，我的那个同胞有个同伴叫马可·瓦泽洛，最后被人杀了。我那同胞在跟那些印第安人在科罗拉多河畔跑了几次后，幸运地逃跑了，最后还回到了法国。我们原来是想追踪格兰特的足迹，没想到却追到了年轻的基莱尔的踪迹。”

巴嘉勒尔的一番话使现场一片静默，很明显他们找错线索了，司令所说的俘虏情况、国籍，以及有同伴被杀，其中一人逃出印第安人手里，一切的一切，都证明他们找错了。

爵士失望地看着塔凯甫，塔凯甫又问司令：“难道你就从来没听到过有三个英国人被俘吗？”

“是的，从来没听说过！我敢保证，如果有，坦迪尔村是一定会听说的，我一定会知道……所以……不，没有这回事！”

爵士在听了司令干脆的回复后，觉得没有必要在独立堡停留了，于是他们和司令握手告别。

看着希望破灭，爵士非常难过，而走在他身边的罗伯尔，更是默默地流着眼泪。爵士想安慰他，却又不知该怎么安慰。巴嘉勒尔自言自语地说着什么，少校紧紧闭着嘴唇，一言不发。至于塔凯甫，由于找错了线索，很伤他的自尊心，所以也是闷闷不乐的。

其实，这样的错误根本不是他的责任，而且谁也没想过要责怪他。

大家回到了旅馆，晚饭吃得也是没滋没味的。当然，勇敢而热情的他们，谁也不后悔走了这么多冤枉路，谁也没觉得白受了磨难。但每一个人又都觉得所有成功的希望，在一瞬间破灭了。

坦迪尔山和海岸，还可能有格兰特船长的消息吗？不！一定不可能有。因为如果有欧洲人在大西洋岸上被印第安人俘虏，司令麻奴艾尔怎么可能得不到情报？还有那些往来于坦迪尔和卡门之间的人，他们去内罗河口做生意不可能注意不到这件事。因为在阿根廷平原上做生意的人，一有消息，很快就会一个传一个。

既然现在没有一点格兰特船长的消息，他们就只有一件事可做，那就是马上去约定好的地点和“邓肯号”会合。

不过，巴嘉勒尔又向爵士要了那三张纸条，哭丧着脸重新研究起来，他想努力找出一个新的线索。

“这纸条上写得不是很清楚吗？对于格兰特船长的船沉没，以及被俘的地点，说得再清楚不过了。”爵士说。

“哦！我看未必是这样！绝对未必是这样！我们设想一下，格兰特船长如果不在潘帕区，也就是说他不在美洲，那么他会在什么地方呢？纸条上的内容应该会告诉我们的，一定会告诉我们的，我敢说，如果我找不出来，我就不叫雅克·巴嘉勒尔！”地理学家巴嘉勒尔敲着桌子，自信地说。

第十八章
Chapter 18

洪流来了

相距240公里的独立堡和大西洋，如果没有意外事情发生，爵士一行和“邓肯号”会合只需4天，当然，意外事情发生的可能性几乎没有。不过，这是不是也就意味着，他们寻访格兰特船长，拯救落难船员的事就此失败了？在没有找到格兰船长的情况下，自己就这么回到船上去吗？爵士有些不甘心。

第二天，爵士没有下达出发的命令，一切的准备工作都是少校做的。

少校备好了马，装好了干粮，制订好了行程计划……由于他的准备工作做得好，一行人早晨8点就走下了坦迪尔山的青草坡。

爵士带着罗伯尔策马奔驰，始终一言不发。他遇事从不轻易妥协的性格让他无法就这样接受失败。他的心狂跳得厉害，整个身体像被火烤着一样难受。巴嘉勒尔还在想着那三张纸条，他一个字一个字地去分析，希望能找到另一种解释。塔凯甫沉着脸，放任特迦跑在最前面。少校依然淡然地做着他觉得应该做的事，仿佛线索根本就没有中断。艾撒汀和他的两个水手看到主人那么烦闷，也闷闷不乐，提不起精神。

突然，一只野兔从他们面前惊慌逃窜，有些迷信的两位苏格兰水手在彼此看了一眼后，维尔逊说：

“一个不好的兆头！”

“没错！兆头不好！在高地就发生过。”穆纳回应道。

“在高地是在高地，在这里是在这里，高地有动物逃窜是有坏事发生，在这里未必就是。”维尔逊突然又反驳说。

这天晚上，他们走过坦迪尔山区，进入了如水波荡漾一般的大平原。一路上，他们看到的都是清澈的溪水，以及经过了溪水灌溉的肥沃土壤。走过这一片区域后，地面变得平坦起来，如同风浪过后的海洋，静静地流淌着。阿根廷潘帕区的最后岗峦，他们很快也要走过去了，青草就像给马蹄铺就了一条长长的绿毯，踩在上面很舒服。

在这之前，天气都很晴朗，万里无云。不过，这天的情况却不一样了，天色发生了变化。

几天以来，因为高温而聚集的水汽此时全都凝结成了乌云，这一切也都预示着，倾盆大雨马上就要降临了。同时，由于邻近大西洋，不停歇的西风让气候变得异常潮湿。在他们来到这片肥沃的土地，看到绿油油的牧草遍布牧场时，就知道空气里的湿度有多大了。好在大片大片的乌云并没有变成大雨降下来。

晚上的时候，一口气跑了65公里的马在一个大坑旁休息，由于没有任何东西遮盖，他们只能用罩篷做帐篷和被褥，在风雨欲来的草地上睡着了。幸好风雨来势缓慢，还在酝酿，并没有落下来。

第二天，整个平原的地势变得低了起来，地下水慢慢涌了出来，土壤如同人的皮肤，每个毛孔都渗出了汗水。他们走了没多久，就看到了沼泽地，这些沼泽地有大有小，有深有浅，但无一例外地都成了拦路虎。

对于那些能辨识清楚，没有水草的沼泽地，几匹马还能应付，但遇到深浅无法预测，甚至出现了流动泥窝的沼泽，马匹行走起来就困难了，有些虽然有草掩盖，但一不小心陷进去也是很危险的。

这些深不可测的沼泽，一定曾让很多人和牲畜陷了进去。

走在前面半英里的罗伯尔，突然骑马返回来，不停大叫："巴嘉勒尔先生，巴嘉勒尔先生，前面的林子里长着牛角。"

"什么？长着牛角的林子？"巴嘉勒尔又问了一遍。

"对！是小丛林里长着牛角。"

"哦！小丛林，我的孩子，你一定是做梦了。"巴嘉勒尔不相信，耸了耸肩。

"我没有做梦！不信您自己去看，那里真的很奇怪，地里面长着牛角，就和麦子一样，我真想弄一些种子回去。"罗伯尔又说。

"看来是真的，他说得一本正经的。"少校说。

"当然是真的，少校先生，不信您也可以去看看。"

确实，罗伯尔既没有做梦，也没有说谎，他说的全是真的。他们走了没多久，便看见了一片牛角地，那些牛角形状的东西排列整齐，一眼看不到边。而且确实是小丛林，是那种既矮又密的丛林，非常奇怪。

“我说是真的吧！”罗伯尔说。

“出怪事了！”巴嘉勒尔说着，回头看着塔凯甫，想听他的解释。

“牛角在上面，但牛在下面。”塔凯甫镇定地说。

“什么？这是真的牛角？你是说一群牛陷进了泥里？”巴嘉勒尔大叫道。

“没错！是这样的。”塔凯甫说。

原来，之所以有牛角露出来，是因为一群牛在经过这里时，陷了进去死掉了。好几百甚至上千头牛闷死在泥滩的事，在阿根廷平原经常发生，塔凯甫不可能不知道，同时这些死去的牛也给来往的行人提了醒，让他们多加防范。

大家因为有了这些牛角的提醒，便绕过了那片死牛泥滩，而那死牛的数量之多，完全可以做一场古代祭祀神灵的百牛祭。

一个小时后，他们将那有牛角的小丛林抛到了身后两公里以外。

塔凯甫预感会有什么事发生，他观察着周围的情况。周围的一切，让他觉得很不平常。

他没有一直往前走，而是常常停下来，原本就高大的他，坐在马背上就显得更高了，可以看到很远的地方。但他又没有发现什么异常，便又继续前行。走了差不多1公里多路的时候，他又停了下来，并不断地变换着方向，一会儿向北，一会儿向南，就这么走了好几公里。在他回来领路的时候，却什么都不说，这么反复几次后，巴嘉勒尔有些好奇，而爵士内心却很不安。他让巴嘉勒尔问塔凯甫发生什么事了。

塔凯甫告诉巴嘉勒尔，他看到整个平原都渗进了水，所以很吃惊，在他做向导以来，还是第一次出现这种情况，以前就算是在大雨季，阿根廷的原野都是有旱路可走的。

“如果潮湿越来越严重，会是什么原因造成的？”巴嘉勒尔问。

“不知道，不过，我知道……”

“山里的溪水涨满后，会不会发生泛滥的情况？”

“有！有过这种情况。”

“那是不是就是山里的溪水泛滥造成的呢？”

“也有可能！”塔凯甫说。

虽然并不肯定，但巴嘉勒尔还是告诉了爵士。

“塔凯甫有没有说要怎么办？”爵士问。

“我们现在应该怎么办？”巴嘉勒尔问塔凯甫。

“快速前行！”

这句话说起来容易，做起来却很难。因为地面太软，马老往下陷，所以很快就疲惫了。而且随着地面越来越低，这一片平原到处坑坑洼洼，那些坑坑洼洼的地方又都聚满了水，给马的前进增加了难度。

这个犹如锅底一样的平原，水越积越多的话，很可能会变成大湖，那时候想要过去就更难了，而且很可能有危险存在，所以最重要的是赶快过去。

再难行，大家也要加紧脚步前行。

就在马蹄下的水滩越积越多的时候，下午两点左右，暴雨开始下起来了，倾盆大雨倾倒在了平原上，如果此时想要体现自己遇再大风雨都不慌张的修养，这应该是个很好的机会。在这倾盆大雨降临而又无法遮蔽的时候，他们只能咬紧牙关，任由雨水浇到脸上、身上。

身上的罩篷集水成池，帽子就像屋檐一样，哗啦啦地往下流水，直倒在罩篷上。就连马鞍上的缨珞都变成了水网，马蹄一踩下去，瞬间溅起很大的水花，骑在马上的他们，就在上下两路大水的侵袭下狼狈逃窜。

就这样，疲惫的他们冷透了，冻僵了。傍晚时分，他们总算来到了一所破牲畜栏旁。

这样的地方，只有毫不讲究舒适性的人才会将其当成住处，或者只有那些落难的人才愿意进去休息。但爵士他们没有别的选择，也就全部钻进了这个也许连潘帕区最穷的印第安人也不愿住的废旧牲畜栏里休息。

好不容易生了一堆火，但那火的热量还没湿气大。

外面继续下着大雨，下得很疯狂，牲畜栏顶的烂草经不住大雨的侵袭，掉下了大滴的水珠。火被浇灭了。穆纳和维尔逊就这么点火、被浇灭……浇灭又点着……反复了很多次。

在这样的环境下，他们的晚饭就只能凑合了，大家吃得很勉强。当然，有个人还和往常一样，那个人就是少校，他在嚼湿透的干肉时，嚼得很起劲。淡定的少校在面对任何环境时，情绪都不会受到影响。而巴嘉勒尔，作为一个生性乐观的地道法国人，他不断地为大家讲笑话，但没有一个人笑得出来。

“看来，我的笑话也受潮了，响不了。”他最后说。

在这种情况下，他们只有睡觉了。

夜晚，天气越来越差，牲畜栏的木板发出了噼里啪啦的声响，仿佛马上就要断了。事实也的确如此，牲畜栏已经被风吹得歪斜了，大有随风而去之势。任凭风吹雨打的马在外面不停地呻吟着，它们想必在羡慕主人，因为他们至少有破屋遮挡风雨。

不过即使环境如此，疲惫和瞌睡还是占了上风，罗伯尔将头歪在爵士肩上最先睡着了，接着其他人也慢慢地进入梦乡。

上帝做了他们的守护神，这一夜他们平安无事。早晨，他们突然被特迦的嘶叫声惊醒。这匹优良的马一直都保持着警惕和清醒。它在外面不断地发出嘶叫声，甚至还用蹄子去踢棚壁，也许是想叫醒里面睡着的人们。看来，就算没有塔凯甫，特迦也能叫醒人启程。而大家对特迦的信任和依赖，也让他们很快就醒了过来，快速启程。

此时，雨已经下得越来越小了，不过地面还保留着很多积水。黄泥下，因为水渗不进去，便积成了水洼、沼泽和池塘。在这些水洼、沼泽和池塘里的水继续增加的时候，大家便连哪里是水坑，哪里是平地都分不清了。

巴嘉勒尔拿出地图来看，他想起了格南得河和维法洛塔河就是这么吸收平原上的水，然后将两条河床形成一条的，而当形成一条河流时，那河便有几公里宽了。

他们现在必须加快前进的脚步，这关系到全体成员的安全问题。如果水泛滥成灾，他们又要到什么地方栖身？看着那一望无际的水面，看不出有高度的地方，当大水入侵时，一定是来势汹汹，没有阻碍。

因此，特迦领头，大家又开始催马快奔，特迦似乎比某些两栖动物还厉害，在水里也能成为一头河马，所以当它在水里跑跳时，仿佛就是河里的一条船在游动。

不过，快到上午10点钟的时候，特迦开始烦躁，它不断地将头转向南方，看着无边无际的平坦之地，嘶叫声越来越大，鼻孔开始拼命地呼吸空气。突然，它腾空而起，差点将骑在它身上的塔凯甫摔下马来。塔凯甫发现，特迦的嘴边泛起的泡沫里有了血迹，这是因为它嚼铁太用力的原因。

特迦越来越急躁，塔凯甫差点无法控制它了。塔凯甫觉得如果放下它的缰绳，特迦肯定会全力向北边跑去的。

“怎么回事？特迦发生什么事了？是不是被蚂蟥咬了？阿根廷的蚂蟥很厉害。”

“不！”塔凯甫只说了一句话。

“那它怎么了？是意识到有危险吗？”

“没错！它意识到了危险。”

“有什么危险？”

“不知道。”

特迦意识到的危险，如果大家还是看不到的话，耳朵应该有所警觉了。因为有一种声音像是从天边飘来的，那声音是涨潮的声音，同时，湿风夹着灰尘般的水沫涌了过来。鸟儿从空中急速飞过，似乎在逃避着一种莫名的危险。

几匹马的半截腿都浸在水里了，看来洪水要来了。

果然，只一会儿工夫，随着惊人的叫嚣声，一群牛马像狂风一样从他们身边卷过，没命地向北逃窜，速度快得惊人。而那溅起的浪花，比几百条鲸鱼在海里翻滚掀起的浪花还大。

“快跑！”塔凯甫高喊一声。

“发生什么事了？”巴嘉勒尔喊。

“洪水来了！洪水来了！”塔凯甫一面回答，一面策马向北奔去。

“洪水泛滥了！快跑啊！”巴嘉勒尔大叫一声，同伴们跟着他的马，随着特迦向北逃去。

他们必须要逃命了，在南面8公里的地方，浪潮既高又宽，以排山倒海之势向他们这边涌来，南面的平原，瞬间变成了汪洋大海，连那深草都看不见了，就像被砍掉了一样。许多含羞草被海浪连根拔起，漂在了水面上，越堆越高，像极了一个个流动着的岛屿。

洪流席卷而来，以不可抗拒的力量涌了过来。看来，这是潘帕区的一些大河溃堤了，也可能是北边的科罗拉多河和南边的勒格落河全都泛滥了，因而形成了巨大的河床。

塔凯甫告诉大家，滔天的浪头，正以快马般的速度向他们奔来。他们拼命朝前跑着，犹如暴风雨在追赶浮云。

塔凯甫四处寻找，但却始终不见一个可以躲避的地方。好像连那天边，都是与水接壤的。马匹由于受到了过度的惊吓，没命地跑着，他们只能紧紧地抓着马鞍。爵士时不时还回头看着。

“洪水马上就要淹过来了。”他想。

“快跑啊！快跑啊！”塔凯甫一直不停地叫着。

大家只能催促屁股下那可怜的马，马刺拍打在马的肚子上，流出了鲜血，形成一条血流。

踩在坑坑洼洼不平坦的泥坑里的马，好几次差点摔跤，也有好几次被水底的草绊住，走不动了，甚至倒在水里，他们又拼命将它拉起来；马又跌倒，他们又拉起来……眼看水还在不断往上涨，那追逐着他们的大浪，预示着洪流马上就要追上来了，相距他们不过两到三公里。

浪花如同雪花，在水面上翻滚。

人想要躲开水，但水又不断地追逐着人，这是人和大自然最壮烈的竞争。在相持了十多分钟后，大家只顾着逃命，到底逃了多少路程，都不知道。不过以马的奔跑速度来算，应该是有不少路程了。但即使这样，水也已经淹到了马的胸脯，马跑起来更困难了。

在那一刻，格莱拉弗、巴嘉勒尔、艾撒汀……全都觉得要没命了。他们感觉这就像是坐在了船上，船在大海里沉了，他们唯有等死。慢慢地，马蹄已经无法探到地面，水也深到了2米处，马很快就要被淹死了。

在洪流中的8个人和此时的焦急、惊恐以及悲伤，无法用语言来进行描述。

此时的他们，面临的是他们根本就无法抵抗的自然界灾难，他们感到自己太渺小了，根本就无力抗拒，此时的命运，完全没有掌握在自己手里。

又过去了5分钟，马已经是在水里游泳了。狂流以很大的力量，推着马匹，以每小时约32公里的速度前行。

在他们都感到绝望了的时候，少校突然说：“有一棵树！”

“什么地方？”爵士大声问。

“就在那里！”塔凯甫说着话，指着北方七八百米远的地方，那里确实有一棵高大的胡桃树。

大家不需要说，便知道那棵树他们必须要抓住，也许马匹到不了那里，也不能用那棵树救命，但他们需要。此时，艾撒汀的马在长鸣一声后不见了，艾撒汀迅速摆脱马镫，开始游泳。

“抓住我的马鞍！”爵士朝他喊道。

“谢谢，爵士，我能游过去。”

“罗伯尔，你的马怎么样？”爵士转头问罗伯尔。

“还行，爵士，它还可以，正像鱼一样在游泳呢。”

“注意安全！”少校叮嘱道。

少校的话音刚落，一个浪头便打了过来。这是个1米高的巨浪，巨浪发出的声音如同雷鸣，一下子扑到了他们身上，将他们一个个地连人带马卷入到了大旋涡里，旋涡里泡沫飞溅，人却不见了。

几百吨的水浪将他们一会儿托起来，一会儿按下去，几个翻滚后，浪头过去，他们浮了起来，点了一下人数，人还在，但马匹除了特迦还驮着塔凯甫，其他的都不见了。

“坚持一下！”爵士喊着，一只手拖着巴嘉勒尔，另一只手划着水。

“行！能坚持住，不过我倒不讨厌这……”巴嘉勒尔说。

巴嘉勒尔的“不讨厌”什么还没说出口，这个倒霉鬼便呛了一口泥水，泥水连同那半句话一齐咽进了肚子里。少校还是非常淡定，不慌不忙地向前游着。他左一下右一下地划着水，比游泳教练游得还娴熟。

两个水手在水里也如同海豚一样，游得很轻松。而罗伯尔则抓着特迦的鬃毛，让它拖着自己走。英勇的特迦乘风破浪，凭着本能朝那棵大树游去。离树还有20米了，很快，大家都趴在了树上。

够惊险，也够侥幸！因为如果没有这样一个栖身之地，他们非死在浪中不可。

水此时也已经涨到了树干的顶部，大树的枝头有很多，大家想攀上去并不难。塔凯甫脱离了特迦，拖着罗伯尔最先爬了上去。然后又用他强有力的胳膊，将其他几个疲倦的同伴拉上来。大家坐在了安全的地方，但那勇士特迦却被急流推着，漂到远处去了。聪明的它不断地将头转向塔凯甫，振动着它的长鬃毛，嘶叫着。

“你不管它了？”巴嘉勒尔问塔凯甫。

“我怎么会不管它？”塔凯甫一边高声说着，一边钻进了洪流，很快，他又在离树10米远的地方露出头来，接着，大家看到他将胳膊搭在特迦的脖子上，随着急流，一马一人向远处漂去……

第十九章
Chapter 19

大树上栖身

/

爵士一行逃生的这棵树，树冠是圆的，有着发亮的叶子，非常像胡桃树。不过，它并不是胡桃树，而是“蓊茈”树。“蓊茈”树在阿根廷平原总是疏落地分散着，可以说是孤树一棵。

这棵“蓊茈”树长着巨大的主干，主干的形状是微微蜷曲的，粗大的根不仅深埋土里，而且就像吸盘一样，牢牢地攀附在地面上，非常牢固，所以它是能抵挡住洪流的侵袭和冲刷的。

他们攀上去的这棵“蓊茈”树有30多米高，枝繁叶茂，能将周围120平方米的面积罩在树冠下。两米多粗的主干分出了三个主枝，而所有的枝叶又都集中在三个主枝上。三个主枝中的两个主枝向上生长，上面长着重重叠叠的叶子，这些叶子特别像一把撑开的大伞。

这棵树的枝叶交错生长，如同由手工很好的篾匠师傅编织而成，进而形成了一把保护伞，以防止风吹雨淋。三个主枝中的一个主枝和其他两个正好相反，是向下生长的，而且横倒在水中，所以有些树叶也被浸在了水里。

总之，这棵树如同海洋中的一座长满了绿草的孤岛，树上的横枝则像一条条海峡，从孤岛上长长地伸了出去。这么大的一棵树，自然有很多空间。而那伞状的枝叶四周，又有很多空隙，空隙像茂密森林里储存空气的空旷地带。只要在这棵树下，不管站在什么地方，即使有很大的太阳，也都能感受到凉意。

两个向上生长的主枝，又将无数分枝送上了云霄，而旁边的一些寄生藤，由于靠近这棵大树，也便依附了上去。有阳光的时候，阳光会从这些空间、缝隙中洒进来，照出一个硕大的阴影。可以说，因为有了这棵“蓊茈”树，周围的寄生藤便被主干很好地支撑了起来。

在爵士他们这些避难者上了这棵树后，原本停留树上逃难的飞禽便逃到了更高的枝叶里，并发出叽叽喳喳的抗议声。

当然，不管飞禽怎么抗议，爵士他们一行都要在此栖身。罗伯尔和维尔逊依靠矫健的身体，攀到了树的最高处，他们将头钻出圆圆的树冠，便处在了整个平原的最高处。

放眼四望，他们看到了很远的地方，更看清了他们现在的处境：被一片汪洋大海困在一棵树上。

凡是他们目光所能触及的，都是茫茫大海，无边无际。水面上除了漂浮着的一些枝叶，没有其他生物，更不可能有其他树木，只有独独一棵“翁芘”树屹立在洪流之中，并被洪流冲得颤动。远处，他们看到了被连根拔起的树干，还有七零八落的树枝，以及他们曾住过的已经倒塌的牲畜栏顶棚。同时，水面上还有一些从大牧场冲下来的柱子以及野兽的尸体，甚至还有血肉模糊的兽皮。更远的地方，一棵猛烈摇晃的树上，聚着几只黑斑虎，黑斑虎们扒着树干，惊恐地吼叫着……一切的一切，都被洪流带着，由南向北漂着。再远一点，他们能看到的只有黑点，什么都看不到了。

不过，那个黑点吸引了维尔逊，他觉得那是勇敢的塔凯甫和忠诚的特迦。

“塔凯甫！勇敢的塔凯甫朋友！”罗伯尔轻轻叫着，向着北边扬着手。

“他一定不会淹死的，罗伯尔，我们还是下去吧，和爵士们待在一起。”维尔逊说。

两个人很快从三重枝叶间爬过，爬到了主枝的顶部，那里有爵士、巴嘉勒尔、少校、艾撒汀和穆纳。他们有的坐着，有的骑着，也有的攀着……总之，怎么舒服怎么来。维尔逊叙述了他们在上面看到的一切，也说到了塔凯甫和特迦。

大家都同意他的看法：塔凯甫肯定会活着的，不过就是不知道最后是他救了特迦，还是特迦救了他。他们这些逃到树上的人，处境比塔凯甫还严峻。虽然这棵树不会被水冲走，但如果水势继续涨的话，说不定也会淹到他们躲着的地方，因为这一带的地势很低，像个蓄水池。

所以，爵士刚一上树便开始用刀划树皮，以便测量水位。此时，水位已经稳住了，泛滥似乎也已到了顶峰，这让他们松了口气。

“接下来我们要做什么？”爵士问。

“能做什么？当然是做窝了！”巴嘉勒尔用欢快的语气说。

“做窝？”罗伯尔大惊。

“是要做窝，我的孩子，我们不能过鱼的生活，只能过鸟的生活了。”

“不过，我们就是有了窝，又要吃什么呢？”爵士说。

“我给你们喂食！”少校说。

大家全都转头看着少校，只见少校坐在由两个柔软树枝搭成的天然椅子上，慢条斯理地伸出一只手，递给大家一个还在滴着水的布袋。

“哇！少校！你太厉害了！还是你想得周到，在那么慌张的情况下，竟然记得拿这东西。”爵士叫了起来。

“既然我们不想被淹死，必定也不想让自己饿死呀！”少校用淡定的语气说。

“虽然我也想到了，不过我太粗心了！”巴嘉勒尔像个孩子一样，天真地说。

“您那布袋子里装着什么？”艾撒汀问。

“可以够我们七个人吃两天的东西。”少校说。

“太好了！希望24小时后，水能退下去。”爵士说。

“最好24小时之内，我们能有办法到陆地去。”巴嘉勒尔纠正说。

“所以，我们现在的主要任务是吃东西。”爵士说。

“应该是先把衣服烤干吧！”少校又说。

“用什么烤？”维尔逊说。

“当然是用火烤！”巴嘉勒尔说。

“在什么地方生火？”

“当然就在这树干顶上了。”

“那又要用什么生呢？”

“我们去树上砍枯枝。”

“即使有柴，我们现在也没办法生起火来，因为火绒湿得就和海绵一样了！”爵士说。

“不用火绒也行！有苔藓，再有阳光，我拿我的望远镜镜头一照，火就能生起来了。只是谁去树顶上砍枯枝呢？”巴嘉勒尔说。

“我去砍！”罗伯尔自告奋勇。

罗伯尔爬得很快，一会儿就钻进了枝叶深处。怕他有危险，维尔逊也跟在了后面。两个人离开后，巴嘉勒尔已经找到一些干苔藓。此时阳光正好，他只需用望远镜将这些苔藓点着就行了。

他们将干苔藓放在了“翁芘”树干的分枝处，并放了一些湿树叶在上面。这样就形成了一个天然的炉灶，也就不怕在树上点火引发火灾了。很快，维尔逊和罗伯尔带着一大捆干柴回来了，并把干柴放在了干苔藓上。

为了扇火，巴嘉勒尔还爬到了“炉灶”上方，像阿拉伯人一样叉开双腿，然后往下一蹲，利用身上的罩篷扇火。干柴点着了，熊熊的火苗从“炉灶”上升了起来。大家就那么随意地烤着，每个人都将罩篷挂在树上，随风吹着。

该吃早饭了，每人定量分配，因为还有明天一天要维持。洪水有可能不会像爵士说的那样，24小时就能退，而他们所带的干粮很有限。

不过，好在“翁芘”树虽然不结果子，但却有新鲜的鸟蛋。树枝上也有很多鸟巢，鸟巢里不仅有鸟蛋，而且也有鸟，这样看来，一切都不是太糟，他们暂时不用发愁。

在前途未知的情况下，他们想尽量把栖身之处布置得舒服一些。

“厨房和饭厅在楼下，卧室在楼上！这房子真大啊，也不要房租，我们不必住得太紧凑。我看上面好像还有天然的软藤，这样我们就能把自己紧紧地捆绑在树上，放心大胆地睡觉了。没什么好怕的，我们轮流守夜。我们这些人，足以打跑印第安人的舰队和各种野兽。”巴嘉勒尔夸张地说。

“可我们没有武器！”艾撒汀说。

“我有枪！”爵士说。

“我的也在！”罗伯尔也说。

“不过，巴嘉勒尔要是制造不出子弹，有枪也没用的。”艾撒汀又说。

“不用造，这里就有！”少校说着，拿出弹药袋来，里面有保存得很好的子弹。

“少校，这是从哪里来的？”巴嘉勒尔问。

“塔凯甫的，他可能觉得这些弹药对我们有用，所以在跳水救特迦前，把这个留给我了。”

“真是个仗义无私的好巴塔哥尼亚人！”爵士感动地说。

“没错，所有的巴塔哥尼亚人都是这样！我真佩服他们！”艾撒汀说。

“我们也不要忘记那匹忠诚的马！它也是巴塔哥尼亚人的一部分，要是我猜得不错，等我们再见到他们时，塔凯甫一定还好好地骑在它背上。”巴嘉勒尔说。

“这里离大西洋有多远？”少校突然问。

“差不多65公里。朋友们，既然大家可以自由行动，那我可要和你们告辞了，我要找个观察台，用望远镜观察周围的环境，然后汇报给你们。”

巴嘉勒尔说完，便灵活地往上攀去，很快就消失在茂密的枝叶间了。其他人也各自活动，有人开始找睡觉的地方去了。这并不难，树上既没床铺，也没桌椅，只要有枝丫就行了。

找到了各自睡觉的地方，他们又回到炉灶边，开始闲聊。

他们没有谈目前的处境，因为也没什么可谈的，他们现在要做的就是忍耐和等待，别无他法。大家谈的是格兰特船长，当这里的水退了后，他们用不到三天就能回到“邓肯号”上去了。可他们没有找到格兰特船长和两个落难的水手，在这次失败后，也就是横穿南美大陆无功而返，那么一切希望好像都没有了。

他们还能去什么地方找？海伦夫人和玛丽要是听到没有希望了，该有多失望啊！

“可怜的姐姐！她一定很失望，一切都完了！”罗伯尔说。

爵士找不出任何话来安慰这个孩子，他还能给孩子带来什么希望呢？他已经按纸条上说的，找了一遍了呀。

“南纬37度线，并不是个空洞的数字！不管这个数字是指什么，是指格兰特船长的船出事的地方还是他们被俘的地方，这数字都不会错，这不是瞎猜出来的，是我亲眼看到的，清清楚楚，明明白白！”爵士说。

“是啊，爵士！可我们的搜寻还是失败了！”艾撒汀沮丧地说。

“真是让人苦恼，太让人失望了！”爵士更是懊恼。

“苦恼是有些苦恼，但不必太失望！因为有这个数字，所以才会支撑着我们一直寻找下去。”少校安慰他说。

“什么意思？你觉得我们还有其他办法吗？”爵士问。

“当然还有其他办法。我们还可以做一件简单而富有逻辑的事，亲爱的爱德华，等我们回到船上后，我们可以将船往东边开，一直沿37度线走，必要的话，可以走到我们最初的出发点！”少校说。

“麦克那布斯，你说的这些，我也想过，而且不知想过多少遍了。可是有成功的希望吗？我们离开美洲大陆，可就远离格兰特船长所说的巴塔哥尼亚了呀。纸条上可是写得清清楚楚的。”

“我们能确定的是‘大不列颠号’的失事地点既不在太平洋岸，又不在大西洋岸，难道还要再去潘帕区找一遍？”

爵士没有说话。

“那条纬线既然是格兰特船长说的，我们就可以沿着这条线去寻找。即使希望再渺茫，我们也应该试一试。”少校又说。

“我不是说不必去……”

爵士还没说完，少校便转身向两名水手说：“朋友们，同意我的意见吗？”

“完全同意！”两名水手说。

“朋友们听我说！”爵士说完停了一下，把脸转向罗伯尔，“罗伯尔，你也听着，因为这个话题非常重要。我要想尽一切办法找到格兰特船长，这是我承诺过的，我一定要去做，即使用毕生精力去做这件事，我也要做。格兰特船长为苏格兰效忠，我们全苏格兰人都应该在他落难时援助他，这是我们的职责所在。所以怎么都要去找，即使希望再渺茫，我们也要沿着37度线去寻找，哪怕绕地球一周也要去找。当然，这不是问题的关键所在，问题在于，我们是不是要放弃在美洲大陆的寻找了？我们是不是以后再也不到这里来了？”

这个问题问到了点子上，所以没人能回答，也不知道该怎么说。

“你是怎么想的？”爵士问少校。

“怎么说呢？亲爱的爱德华，我无法用‘是’或‘否’来回答你，因为这个责任太重大了，所以需要好好想一想。不过现在我想知道，如果沿着南纬37度线去找，都要经过哪些地方？”少校说道。

“这个问题要问巴嘉勒尔。”

“好吧！那就问他。”少校说。

此时，巴嘉勒尔正被树叶遮住，看不到了，想要找他，必须在下面叫。

“巴嘉勒尔！巴嘉勒尔！”爵士大声喊着。

“来了！”半空中，巴嘉勒尔回应道。

“你在什么地方？”

“我在观察台！”

“在那里做什么？”

“我在观察那一眼看不到的天边。”

“可以下来一下吗？”

“有事吗？”

“是的，有事找你！”

“说吧！什么事？”

“我们想知道37度纬线都要经过哪些地方？”

“这个太容易了，我不用下去就能告诉你们。”

“好吧，那你就在上面说。”

“听着！南纬37度线离开美洲后，需要穿过大西洋！”

“嗯！还有呢？”

“然后到特利斯探达昆雅群岛。”

“明白，接着说。”

“下去两分的地方，就要经过好望角。”

“接下来呢？”

“还要穿过印度洋。”

“接着呢？”

“再经过阿姆斯特丹群岛中的圣彼得岛。”

“接着说。”

“再横截澳大利亚的维多利亚省。”

“然后呢？”

“这就出了澳大利亚……”

这句话没说完，是他不知道地名了吗？不，一声惊叫从树叶浓密的地方传了过来。爵士和朋友们吓得脸色发白，不知所措。难道发生了什么不知名的灾难？还是倒霉的地理学家掉下去了？维尔逊和穆纳醒悟过来后，急忙上去看他怎么了。最后发现，巴嘉勒尔正从树枝上一点点地往下滚，他两只手没有抓任何东西。迎接他的是死还是活？不知道！眼看他就要滚到汪洋大海里了，少校一把抓住了他。

“谢谢你，麦克那布斯！”巴嘉勒尔叫起来。

“怎么回事？滚下来了？难道又是粗心造成的？”少校问。

“没错！没错！又是粗心！这次可真要创纪录了！”巴嘉勒尔吓得话都快说不出来了。

“创了个什么粗心的纪录？”

“我们又搞错了！又搞错了！我们怎么老是搞错？”

“什么搞错了？说明白点！”

“爵士、少校、罗伯尔、朋友们，我们一直都在没有格兰特船长的地方找他！”巴嘉勒尔大声嚷嚷着。

“到底是怎么回事？”爵士更不明白了。

“我们找的地方，不仅不会有格兰特船长，而且他从没来过！”

这句话让大家全都张大了嘴巴。

巴嘉勒尔说的是什么意思？是他神经错乱，说胡话吗？可他为什么说得好像很有把握一样？大家全都眼巴巴地看着爵士，因为巴嘉勒尔肯定的话里，直接答复了他提出的所有问题，不过爵士仍然在不停摇头，他不赞成巴嘉勒尔的说法。

兴奋的巴嘉勒尔一点都没有住口的意思，又滔滔不绝地说了起来。

“真是这样啊！朋友们，我们确实是找错了，因为纸条上根本就没有说这儿。”

“说说你的理由，巴嘉勒尔。”还是少校比较镇定。

“这么说吧，少校，我原来和你们一样，也是搞错了。我现在回答你们的问题，因为说到‘澳大利亚’的时候，我突然才明白了。”

“什么？你是说格兰特船长……”

“纸条上的austral这个字不是我们以为的‘南半球’（austral），而是‘澳大利亚’（Australia）一词的前半个字。”

“哦？这可就奇怪了！”少校说。

“何止是奇怪，简直就是不可能的事。”爵士耸耸肩，他绝不认同这种说法。

“为什么不可能，在我们法国，没有‘不可能’一说。”巴嘉勒尔辩解道。

“那你是什么意思？你的意思是说‘大不列颠号’失事的地点是在澳大利亚海边？”爵士用不屑的语气说。

“当然！”

“说实话，巴嘉勒尔，你的说法让我很吃惊，特别是从一个地理学家的嘴里说出来时，我感到格外吃惊。”

“有什么好吃惊的？”巴嘉勒尔不高兴了，见大家不相信他这个地理学家的话，他心里很不是滋味。

“很明显，假如说是澳大利亚，那么，大洋洲就得有印第安人，可大洋洲有印第安人吗？”

巴嘉勒尔显然也考虑到了爵士说出的这点，他微微一笑说：“亲爱的格莱拉弗，你反驳的理由没有说服力。我可以把你反驳得哑口无言，让你们英国人惨败一次，替我们法国在同你们英国在克雷西和达赞顾尔所打的两次败仗复仇。”

“希望如此，巴嘉勒尔！”

“听着，纸条里根本就没有‘印第安人’（indiens）和‘巴塔哥尼亚’（Patagonie）。因为‘indi’不是指‘印第安人’，而是‘当地土人’（indigenes）。说说看，大洋洲有没有土人？”

“好！巴嘉勒尔！”少校鼓励他。

“我的解释怎么样，亲爱的爵士？”

“你的解释很好，不过，除非你能证明‘gonie’不是指‘巴塔哥尼亚’（Patagonie）或‘危险万分’（agonie）。”爵士说。

“应该是指‘危险万分’！”少校说。

“管它是什么呢，都没有关系。我连解释都不想去解释它。最关键的一点是，‘austral’是指澳大利亚。我们只要知道这个解释就可以了。这样看来，我们一开始就错了，接着就步步错。如果我最先看到这个纸条，不是你们把我带进沟里的话，我一定会解释清楚的。”

巴嘉勒尔的这番话，为他赢得了很多掌声，佩服他、赞扬他的都有。艾撒汀及两个水手、少校，特别是罗伯尔，也重新找到了希望，他们非常开心，祝贺着地理学家巴嘉勒尔。而此时，爵士也开始妥协，这从他的话里就能听出，他认可了巴嘉勒尔的说法。

“再问你最后一个问题！亲爱的巴嘉勒尔，如果你能将这个问题也解决了，那么我就承认你确实是聪明机智。”

“问吧！爵士先生！”

“请你将那纸条上的内容讲述一遍，纸条上完整的内容是什么？”

“太简单了！我马上就按纸条给你讲一遍。”巴嘉勒尔说着，拿出了几天以来一直琢磨、研究的纸条。

在地理学家巴嘉勒尔重新整理脑子里的想法，准备复述纸条内容时，大家全都静静地看着他，紧张地盯着他手里的纸条。巴嘉勒尔用手指头指着纸条上那不完整的字，用坚定的语气念道：“1862年6月7日，三桅船‘大不列颠号’，籍隶格拉斯哥港，沉没在——这里缺几个字，不过没有关系——澳大利亚的海上。由于急着登陆，两名水手和船长格兰特将到达或者已到达这陆地，将被俘或者已被俘于野蛮的当地土人，兹特抛下此文件。等等，这不是说得很清楚吗？”

“不错，是很清楚，可澳大利亚是个岛，‘大陆’两字怎么安上去？”

“放心吧，亲爱的爵士，即使是一流的地理学家，也会将澳大利亚那个岛称之为‘澳大利亚大陆’的。”

“好吧！我无话可说了！那么我们就……去大洋洲！希望老天保佑！”爵士大声叫道。

“去大洋洲！”大家异口同声地喊道。

“巴嘉勒尔，你应该知道，你来我们船上就是天意！”爵士又说。

“好吧！我承认是老天让我上了你们的船，这事千万不要再提了。”巴嘉勒尔说。

一席对话结束，在众人心中引起了强烈反响，并将大家的情绪全都调动了起来，原以为已经走进了一个死胡同，永远也出不来了，不料又有了新线索，给大家已经失望的心情又注入了新的希望。此刻的他们，恨不得马上飞到大洋洲。因为当他们回到“邓肯号”上时，是不能将失望带回去的，不然海伦夫人和玛丽小姐，一定会为找不到格兰特船长而悲伤。

因此，他们忘记了此刻所面临的危险，变得兴高采烈起来，令他们遗憾的是，这种激动和兴奋无法强烈地进行表达。

那时候是下午4点钟，他们计划在6点钟吃饭，巴嘉勒尔决定用一桌丰盛的晚宴来庆祝这个大发现。可惜能吃的东西太少了，于是他邀请罗伯尔和他去“附近”打猎，罗伯尔当然双手赞成。于是，他们拿着塔凯甫留下的弹药袋，擦擦所带的枪，装上子弹出发了。

“注意安全！”少校郑重地叮嘱两位“猎人”。

两个人爬到了树的最高处，爵士和少校看了看他们在树上刻的水位标记，维尔逊和穆纳则重新去点“炉灶”的火。

爵士从树上往下爬，一直爬到了水面上。他有些失望，因为没有任何退水迹象，当然水面也没有再上涨。不过，水从南向北流得还是很快，这足以说明，阿根廷所有河流的水量还没有达到平衡，如果想要退水，水面就必须稳定下来，涨退都停止下来才行。

所以说，只要水还在向北方急流，退水就不可能。

在爵士和少校观察水位的时候，树上发出了枪声，接着便是欢呼声，欢呼声中既有罗伯尔的男高音，也有巴嘉勒尔的男低音，欢呼声和枪声一样响亮，而从他们欢快的声音里，根本判断不出谁更孩子气。

看来，他们的树上打猎成功了，这也预示着他们有野味吃了。

当少校和爵士回到“炉灶”边时，发现维尔逊又有了一个好创意，那就是用针和线做成鱼钩，然后坐在树上钓鱼。此时，他的罩篷里已经有十来条活蹦乱跳的小鱼了，这是一种和香鱼一样鲜嫩的鱼。

看来，这又是一盘好菜。

这时候，罗伯尔和巴嘉勒尔两个“猎人”也从树顶爬了下来。巴嘉勒尔一只手小心地捧着一些鸟蛋，另一只手提着一串被他称之为百灵鸟的小麻雀。罗伯尔用他的聪明和机灵，打了几只黄绿相间的水鸟。它的肉质鲜美，在乌拉圭一带很名贵。

平时能将菜做出72种变化的巴嘉勒尔，此次只能将这些食材放在热灰里了。不过，虽然做法简单，但菜品却很多，而且味美肉鲜，完全称得上是一顿美味佳肴，这些美味包括：干肉、鸟蛋、烤麻雀、烤小鸟、烧鱼……这样在树上取材，在树上烹制，在树上吃的美味，想必他们一辈子都不会忘记。

吃饭的时候，大家聊得很起劲，一直称赞巴嘉勒尔既是个好猎手，又是个好厨师。地理学家毫不客气地照单全收，并不时地报以微笑，俨然一副“万能人”的表情。吃完饭后，大家又调侃起了他们的处境，说起了他们正栖息的树，称在这棵树上不仅可以眼观六路，耳听八方，而且这棵大树简直是宽阔无边。

“知道吗？我和罗伯尔打猎时，犹如进了一个大森林，怎么都钻不出来。我就找呀找呀，找了很久，找到了太阳下山。最后不得不照原路返回，但又找不到去时的路了，饿得肚子咕咕直叫。在昏暗的树丛里，我们听到了野兽的怒吼……最后又一想，不会的，怎么会有野兽，太可惜了！”巴嘉勒尔夸张地讲着他和罗伯尔的“传奇”打猎故事。

“什么？你觉得没有野兽很可惜？”爵士说。

“对呀！太可惜了！不过，洪水不就和猛兽一样吗？而且还是让你跑不了的猛兽……”巴嘉勒尔说。

“哦，照你这么说，巴嘉勒尔，你是想说猛兽对我们有好处对吗？它有什么好处？说说看！”少校说。

“少校，你难道不知道猛兽也是有很多种分类的吗？比如可以用某门、某纲、某目、某科、某属、某种……来分！”

“这所谓的分类就是好处？我可不觉得这些猛兽有什么好处。远古时期，如果我在挪亚方舟上，我一定不会让挪亚方舟上有一对狮、一对虎、一对豹、一对熊……有害无益的野兽。”

“你真会这么做？”巴嘉勒尔问。

“当然！我肯定会这么做的。”

“用动物学的观点来说，你真是犯了一个错误！一个大大的错误！”

“大大的错误？我可不觉得，至少从人道上来说，我是对的。”少校说。

“你这话说得太不应该了。如果是我，就和你相反，我一定会让大懒兽、翼手龙……将那些洪水前期存在的生物全部保留下来，这样的话，我们现在就能看到它们了。可惜，现在这些生物都灭绝了！”

“告诉你吧！挪亚做得最错的地方就是留下了那些猛兽，这种做法应该受到咒骂。”

……

两个人又因为挪亚争执起来，大家都觉得很好笑。少校一辈子难得与人争辩，但却整天和巴嘉勒尔斗嘴。当然，主要是因为地理学家巴嘉勒尔故意刺激他。最终，还是要爵士出面调停。

“猛兽这一话题是个伪命题。不管说可惜也好，不可惜也好，从科学上来说也好，从人道上来说也好，总之，今天就没有猛兽，我们现在是在‘空中森林’，在这种地方，巴嘉勒尔应该不可能看到猛兽。”

“怎么不可能？”巴嘉勒尔说。

“树上有猛兽吗？”艾撒汀说。

“当然也会有，像那些被猎人逼急了的美洲虎，它们不是也会往树上逃吗？所以虎在遇到洪水的时候，无处可逃，也会上树逃命的，这样我们就有遇到的可能了。”

“可是你今天没遇到美洲虎吧！”少校说。

“是的，我在树林里搜遍了，但都没有，真是太可惜了！如果有的话，那可真是太好了。我们可以来一场围猎，那美洲虎可是猛兽，一爪子就能把马脖子扭断。不过，如果它吃过了人肉，就只喜欢吃人肉了。当然，它最爱吃的是印第安人，接下来是黑人，再接下来是黑人和白人的混血，最后才是白人。”

“太庆幸了！我是最后一种它想吃的。”少校说。

“没错，但也证明你没什么味道。”巴嘉勒尔带着鄙夷，反击道。

“那就让我没什么味道吧！”少校也毫不客气。

“你真是太无耻了！白种人向来以头等人自居！不过，在美洲虎先生看来，并不是这样的！”好斗的巴嘉勒尔继续说着。

“好了！我的巴嘉勒尔！我们这里现在既没有印第安人，也没有黑人，更没有其他人种，你那些美洲虎先生最好不来。我们的处境并不乐观，住得也不舒适……”爵士说。

“什么？不舒适？”巴嘉勒尔瞬间将话题转移到了其他方向，“什么意思？爵士先生，你是说我们运气不好吗？”

“当然啦！难道你觉得住在树上既舒服又方便吗？”

“是呀！舒适！太舒适了！我还从没这么舒适过呢。就是我的书房也没这么舒适过。我们就像鸟儿一样生活，在树上唱歌，在树上跳舞。我现在开始相信人类就应该在树上生活了。”

“不过太可惜了，你少了一双翅膀！”少校又找到了机会挖苦巴嘉勒尔。

“总有一天会长出来的。”

“在没有长出来之前，我亲爱的朋友，我们还是不要住这种空中楼阁，还是住在公园里有沙的地方，家有地板的地方，船上有甲板的地方吧！”爵士说。

“格莱拉弗，我们要随遇而安才行！不管遇到什么，好的、坏的，我们都不要在意。我看你一定是后悔离开麦凯莫府那个舒适的府邸了！”

“当然不是，只是……”

“我深信罗伯尔在这里很舒服。”巴嘉勒尔又说，他希望找到一个同盟军。

“没错！巴嘉勒尔先生！”罗伯尔欢快地说。

“这是因为他这种年龄喜欢这样的生活方式。”爵士说。

“也适合我的年龄！一个人越是不讲究舒适，他的需求就越少。需求少了，幸福感也就强了。”巴嘉勒尔又说。

“算了吧，巴嘉勒尔，我看你呀，又要攻击财富和华丽的建筑了。”少校说。

“当然不是这样了，少校！对了，说到这里，我想起了一个阿拉伯故事，要是你们想听，我讲给你们听吧！”

“好啊！好啊！巴嘉勒尔先生！”罗伯尔高兴地拍手叫好。

“你想用这故事说明什么？”少校问。

“老伙计，它会证明一切需要证明的东西。”

“那就是什么也证明不了。不过也好，你说吧，你不是很会讲故事吗？讲个给我们听听。”少校又说。

“在第8世纪的时候有个阿拉伯回教徒的著名教主，叫纳哈农拉石，他有个儿子经常愁眉不展，闷闷不乐。这个儿子就去请教法师，问怎么才能感到幸福和开心。法师告诉他，说幸福在这个世界上很难找。不过他有个百试百灵的方法，可以让人幸福开心。教主的儿子问是什么方法。法师说：‘找一个快乐的人，把他的衬衫披在你的身上。’教主的儿子吻谢了法师后，就去找‘幸福快乐衣服’了。他找啊找啊，找遍了整个京城，把国王、王子、贵族的衬衫都穿了，还是不快乐。于是，他又穿了艺术家、军人、商人的衬衫，也不快乐……总之，他穿了很多衬衫，都没有觉得快乐。最后他失望了，决定回到父亲那里。就在那一天，他经过乡下时，看到一个农夫在开心地干农活，一边干还一边唱歌。他想，他终于找到一个快乐的人了。于是，他走上前去打招呼，并问：‘你快乐吗？’农夫说：‘我很快乐！’教主儿子又问：‘难道你不想要点什么吗？’农夫说：‘不！我不想要什么。’教主儿子接着问：‘让你不做农夫，做国王你愿意吗？’农夫摇头说：‘不！我一辈子都不换。’教主儿子说：‘那你把你的衬衫卖给我吧。’农夫说：‘我没有衬衫啊！’”

第二十章
Chapter 20

离奇获救后的离别

巴嘉勒尔绘声绘色地讲着故事，大家对他的故事也很喜欢，不过都保留着自己的意见。法国地理学家巴嘉勒尔先生和往常一样，得到了一个谁也说服不了谁的结果。不过，有一点大家都达成了共识，那就是即使在最艰苦的环境下，他们也不能灰心，也不能没有希望。

现在的处境已然这样了，既无王宫，又无茅草可住，他们只能忍耐，住在树上。

大家东扯西聊，很快就聊到了日落西山，这惊心动魄的一天，只好以睡觉来收尾了。

树上的这些人因为洪水，也因为长久的颠沛流离，感到非常疲惫。何况这一天的天气很热，毒辣辣的太阳透过树叶照在了他们身上，让他们犹如被挂在树上炙烤一样难受。

树上的原居民——鸟儿已经休息了，就连那号称“潘帕之莺”的水鸟也停止了甜美的吟唱，其他鸟儿全都呼啦啦地躲进了枝繁叶茂的顶部。对于树上的新居民来说，他们最好的办法就是和鸟儿一样，快快地睡着。

不过，睡觉前，爵士、罗伯尔和巴嘉勒尔还是爬到了“观察台”，对这一片汪洋大海做了这天的最后一次观察。那时候是晚上6点钟，太阳从闪烁的浓雾地平线上正慢慢隐去，整个半边天都处在了蒸汽中，原本明亮的南半球星座，如今已经被蒙上了一层薄雾，朦朦胧胧的。不过，即使这样，他们还是能够隐约地辨别出。

巴嘉勒尔把南极圈最亮的星座指给罗伯尔看，而爵士也在旁边听着。巴嘉勒尔说排成斜方形的是南极十字架4个头号和2号的大星。还说离地球最近最亮的星星是“人马星座”，又说有两大片云的是“麦哲伦星云”，它比我们平时看到的月亮大200倍等等。

让他们感到可惜的是，“猎户星座”原本从两极都是可以看到的，但此时却没有出来。不过巴嘉勒尔还是给他的两个学生讲述了巴塔哥尼亚人的星宿学中的有趣现象，那就是在充满诗情画意的印第安人看来，“猎户星座”的四颗星星是在一条大“拉索”和三个“跑拉”上的，还说这几颗星星之所以能挂在天上，都是猎人抛出“拉索”和“跑拉”的结果。

这些星座倒映在平静如镜的水面上，让他们一时间觉得身处两个天空。而那两个天空又是一样的清澈，非常有趣。

在博学的地理学家巴嘉勒尔向罗伯尔和爵士讲天上星河的时候，东边的地平线上却隐隐出现了下暴雨的迹象。既黑又浓的云慢慢飘了过去，将一颗颗亮晶晶的星星遮住了。这些云有着清晰的轮廓，显得阴森可怕，瞬间就将半边天吞噬了，甚至好像胃口更大，要将整个天空都归它们所有。

云层移动的速度很慢，推力应该来自于内部，因为外界没有一点风做它们的动力。天空保持着静态，就连树上的叶子，也都像是被固定住了一样，没有一丝颤动。水面没有起一丝涟漪……连空气都好像静止了，或者说好像有个巨大的抽气机，将空气抽光了。整个氛围有种诡异感，像是充满了电。

大气中的一切生物，也都犹如被通上了电，爵士、巴嘉勒尔和罗伯尔仿佛感受到了电流正通过身体。

“看来要起风暴了！”巴嘉勒尔说。

“打雷怕吗？”爵士问罗伯尔。

“为什么要怕打雷，爵士？”

“很好，不然一会儿会有暴风和雷雨过来。”

“从现在的天气情况来看，暴风雨会很大。”巴嘉勒尔补充说。

“我不怕风暴，我怕下大雨。如果下起了大雨，我们肯定会成为落汤鸡的，说不定水还会渗进我们的骨头。总之，巴嘉勒尔，人是不能和鸟儿一样，住在树上的。不信你等会儿就知道厉害了！”爵士说。

“哦！为什么不拿出哲学修养来？”巴嘉勒尔说。

“什么是哲学修养？有了哲学修养就不会让我们淋成落汤鸡了？”

“那当然做不到，不过有了哲学修养，我们就不会感到冷了，我们会感到很温暖。”

“好吧！我们还是回到朋友们之间吧，要大家用哲学修养和罩篷把自己裹起来，裹得越紧越好。我们现在需要忍耐，而且是最大的忍耐。这是我们必须要做到的。”

爵士又看了一眼那“邪恶”的天空。此时，黑云已经将天空完全遮住了，好在黑云的边缘有个缺口，昏黄的光还能从那些缺口处隐约露出。

汪洋大海已经变了颜色，成了幽暗的一片。天上的乌云和水里的黑暗也已经连成了一片，连原本该有的影影绰绰也消失了。四周一片寂静，像黑暗一样深沉，好像即使是光和电，也不能穿过这层黑暗，传到人的耳朵里去。

“我们快下去吧！就要打炸雷了。”爵士说。

于是他们一起顺着树干往下滑。突然，他们看到下面有微弱的光，这让他们大吃一惊。那微弱的光像是从水底发出来的，形成了无数的小水光，小水光在水面上慢慢地移动，交织。

“是什么？难道是磷光？”爵士问。

“不！一定是萤火虫。这是些活着的，不值钱的钻石。布宜诺斯艾利斯的太太们经常会拿它们做漂亮的装饰品！”

“什么？它们是昆虫吗？为什么会像火星子一样到处蹦？”罗伯尔叫了起来。

“没错！是这样的，我的孩子。”

罗伯尔顺利地捉住了一只萤火虫。巴嘉勒尔说得没错，这是一种被印第安人称之为大土蜂的昆虫，有一寸多长。这种昆虫最奇怪的地方是翅膀前有两个小斑点，而光正是从那些小斑点里发出来的，光度很强，能够让人用它们在黑暗中看书。

巴嘉勒尔把那虫子往他面前凑了凑，发现表的指针指向了夜里10点钟。

爵士回到少校和三个水手那里，嘱咐他们做好应对暴风的一切准备。如果雷声响起，此地一定会有大风，而大风必定会让“蓊芘”树猛烈摇晃，所以他们必须把各自用藤条绑在树枝上，而且要绑牢靠。

对于他们来说，天上下的雨如果无法躲避，那么就一定要防止从树上滚下去，滚进树底下的急流中去。

之后，大家各自道了“晚安”，虽然“安”对他们来说实现起来很困难，但他们还是用罩篷将自己紧紧裹住，互相捆住对方，等待着暴风和瞌睡的来临。

人和大自然的植物不一样，但却和大自然的动物是一样的，当自然界发生一些大的变化时，心里总会有着隐隐的不安，这种感觉即使是再坚强，再镇定的人也不会做到静如止水。所以他们虽然睡下了，却也烦躁不安，根本无法睡着。在第一声雷打响时，他们没有一个人入睡。

雷声是在深夜11点左右的时候响起的，那轰隆隆的雷声震耳欲聋。

爵士冒着危险，爬到了横枝的末端，将头伸出树叶，看着天空。

天空像被泼上了墨汁，黑压压的，闪电像一把寒刀，将黑压压的天空划开了一道明亮的口子，并清晰地反映在了湖面上。乌云像一块黑布，时不时地从一边揭开，但却没有碎裂的声音。爵士看看头顶的天空，又看了看天边，依然漆黑一片，他重又回到树干的顶端。

“情况怎么样，爵士？”巴嘉勒尔问。

“情况很不好，这样下去，风暴不会小。”

“很好，既然我们逃避不了，那就接受吧，等待着一场奇观出现吧。”巴嘉勒尔掩饰不住内心的兴奋。

“你的奇谈怪论又要出来了。”少校说。

“少校，我和爵士的看法一样，这一定是一场惊人的大暴风。在我刚刚想睡觉的时候，突然想起了几件事，这让我开始盼望这场惊人的大风暴。为什么呢？因为我们现在正处在雷雨地区，我不记得从什么书上看到过了，说在1793年的时候，在布宜诺斯艾利斯省，在一场风暴中出现了37次雷电。我的一位同事莫西先生就曾数过，说有一声雷电，竟然持续响了55分钟。”

“哦？这么清楚，难道他拿着表数的？”少校不屑地说。

“没错，是将表拿在手里的……不过嘛，要是教人趋吉避凶的话，我倒有个办法。那就是在我们所住的这个平原上的最高点——‘蓊茈’树上，放个避雷针。因为在潘帕区的所有树木中，‘蓊茈’树最容易被雷电击中。而且朋友们，你们应该知道，起风暴和打雷的时候，千万不能躲在树下。”巴嘉勒尔说。

“真好！你这个建议说得还真及时。”少校讥讽道。

“我不得不承认，巴嘉勒尔，但说风凉话的时候，你也要看时候再说呀！”爵士也说。

“这有什么关系？学知识嘛，什么时候学都是好的。啊！看，打雷了！”

一个很大的雷声响起，打断了他们的对话。此起彼伏的雷声越来越大，威力也越来越大。如果借音乐来比喻雷声的话，可以说是从低音转入到了中音。不过很快，雷声尖锐起来，大气里好像有无数管弦乐被奏起，空气中不断有火光闪现，密集的雷电让他们一时之间不知道雷声引发的闪电是哪一条。接连不断的轰隆声、划破天空的撕裂声，在他们的头顶不间断地响着。

闪电变着花样在闪现，有几条闪电甚至已经斜插地面，在同一个地方反复出现，厉害的时候会出现五六次。曾有专门研究闪电的人做过有趣的统计，认为叉形闪电有两种形状，可在这里，叉形闪电竟然有几十种花样。同时，还有一些闪电是被分成无数枝节的，有些就像珊瑚树一样，在黑压压的天空放射出奇异的树杈形，纷繁复杂，非常有趣。

很快，天空由东到北的地方像是蒙上了磷光，发出耀眼的光芒，瞬间让天空燃烧起来，天空的火烧云就像地上的一大堆木炭一样，这一壮观现象再次倒映在水面上，形成了一个巨大的火球，而“翁芘”树正好在那火球的中间。

爵士和同伴们无言地看着这惊人的一幕，他们想要交流，可说出的话，彼此完全听不清楚，大片大片的白光不时地射向他们身边，周围时明时灭，让大家各自看到了对方的脸：少校的脸色依然镇定；罗伯尔有些惊恐和害怕；两名水手的表情很无所谓……白光下的这些表情，让人有种幽灵的感觉。

此时，雨还没有开始下，但风却蓄势待发。不过没一会儿，黑黝黝的天空像是被扯开了一道口子，雨像瀑布一样泻了下来。千条万条雨柱从天空垂了下来，形成了雨帘。闪电下能看到大颗大颗的雨点子打在湖面上，溅起了水花，白亮亮的。

这场雨的降临，是否也就意味着雷电就要结束了呢？爵士他们在接受了淋浴般的雨柱后，是不是就完事了？不！一定没那么简单。在电闪雷鸣之际，有个拳头大的火球突然裹着黑烟，落在了“翁芘”的主枝末端。火球滚落下来，只几秒钟，他们便听到了爆炸般的轰隆声，瞬间，一股硫黄味弥漫在了空气中。在一阵短暂的沉寂后，大家听到了艾撒汀的叫喊声：

“树着火了！”

没错，仅仅是一眨眼的工夫，树西边的部分就燃烧起来了。那由枯枝和干草做成的鸟巢，以及“翁芘”树上快要掉落的白木，都让火势加速燃烧起来。还没等树上的人反应过来，风又刮起来了，风让火势加剧，火苗开始四处蔓延。

现在非逃不可了。

大家连忙向还没有着火的树的东边爬去。惊恐中，每个人都没有说话，慌里慌张，手忙脚乱地爬着，冒险爬上了随时都有可能折断的细枝上。

此时，西边的树枝燃烧得正旺，发出噼里啪啦的声响。火势像一条蛇，蜿蜒爬行，有些掉进了汪洋中，有些被烧断的枯枝带着火落进了洪水中，发出嗤嗤的声响，还有的掉下去的树枝上的火花没有熄灭，随波而流，并不时地发出暗褐色的亮光。树上的火焰突然腾空而起，直插云霄，和空中的火烧云连成一片，忽而又被风按了下来，在“翁芘”树上荡漾。

爵士、罗伯尔、少校、巴嘉勒尔以及三个水手，没有不惊骇的。浓烟呛得他们直咳嗽，喘不过气来，而那热气更是烘得他们站立不稳。更要命的是，大火已经开始朝他们这边蔓延了，甚至已经烧到了他们躲着的细枝下的主枝上。他们现在完全束手无策了，既不能阻止火势的蔓延，也不能将它们扑灭。如果不离开这棵大树，他们很快就会被活活烧死在树上。

所以，他们现在面临的处境是：要么淹死；要么烧死。总之，他们怎么都是死，如果要选择的话，也就只能选择一个不是很残酷的死法了。

“跳水吧！”爵士大喊一声。

此时，火焰已经烧到了维尔逊的身上，他马上跳进水里。接着，正准备跳下去的人听到了他惊恐的叫声：“救命啊！快救命啊！”

艾撒汀急忙爬到离他最近的树枝旁，将他从水里捞了起来。

“发生什么事了？”艾撒汀问。

“有鳄鱼！水里有鳄鱼！”

维尔逊用颤音回答完，大家便看到他们脚下围了一圈可怕的鳄鱼。它们那被火焰照亮的鳞甲在火光中发着光：扁扁的尾巴、尖长的头、鼓起的眼睛、扩到耳后的双颚……一切的一切，都让巴嘉勒尔认出了它们是什么。

它们是美洲特有的最凶残的“阿厉加鼍”，也就是被西班牙人称为“介鳗”的生物。

这些可怕的蜥蜴类动物足足有十多条，它们一边用扁扁的尾巴拍打水面，一边用长长的下颚啃树。

上不能上，下不能下，树上的这些人还能怎样呢？无论如何，他们都是要惨死的，不是死在火下，就是死在鳄鱼嘴里。在这种时候，就连一向淡定的少校也不淡定了。

“很可能一切都要结束了！”他说。

这种可能性太大了。虽然在通常情况下，当人们对自然界的某种灾难无能为力之时，自然界的另一种元素会来制服它，但此时，爵士看着被水火、鳄鱼相挟的他们，却完全无能为力了。

这时候，风暴渐衰，空气中有无数的水汽存在，雷电在水汽的驱使下，爆发出了极大的威力，所以让渐渐弱下去的风形成了圆锥形的飓风，飓风的锥顶朝下，将沸腾的水和翻卷的云结合起来，向前推进，速度快得惊人。

飓风卷起了洪水，并将其吸到了圆锥的中心，形成了一个大大的水柱，而那旋转着的水柱，因为强大的吸引力，又将周围的气流全部吸了过去。

很快，那股飓风涌向了“蓊茈”树，并将这棵大树一圈一圈地裹了起来，整棵树都像是要被这股飓风连根拔起，开始摇晃起来。爵士最初不知这是飓风所为，还以为是鳄鱼啃咬树所致。

几个人只能紧紧地拥抱在一起，想靠全体人的力量来抗拒大自然的威力。

不过，树倒了，根部朝上翻了起来。那正燃烧得旺盛的树枝瞬间便进了洪流之中，发出很大的嗤嗤声。当然，这仅仅只是一秒钟的时间，飓风在将“蓊茈”树连根拔起后，马上又去了其他地方。它在行进中，不断地吸着洪水，所过之处形成了很大的旋涡。

“蓊茈”树已经横卧在洪水中了，并随着水、风两重力量向前漂流。鳄鱼在“蓊茈”树被飓风连根拔起时便一哄而散了，只有一只向翻起的树根上爬，边爬还边张开了嘴巴。

穆纳抓起一根带火的树枝，拼命朝它背上、腰上打去。鳄鱼被打翻在洪流里，并沉入急流中的旋涡，在进旋涡前，它还不服气地用尾巴拍打水。

此时，没有了鳄鱼威胁的他们，急忙爬到了火势蔓延的上风。这时，这根乘载着他们的“蓊茈”树，正被一团火焰带领，在夜幕下的洪流中漂流。火焰因飓风的捣乱，烧得更旺了，如同燃烧着的渔船，带着火向前冲。

“蓊茈”树带着火和几个人在洪流中漂流了两个小时，还是没有看到陆地。

火焰已经快要完全熄灭了，漂流中的他们，竟然脱离了危险。少校慢慢吐出了一句话：“此时的我们，如果获救，一点儿也不奇怪！”

洪流还是由南向北，保持着原来的方向。天空的闪电慢慢在减小，只是偶尔划过一道，夜色重新进入到了深深的黑暗之中。巴嘉勒尔看着天边，想要找到一个可以依靠的目标，但什么都没有。风暴接近尾声，雨点丝毫没有减弱，大颗大颗的，在风势中飘舞，如同雪花在飘散。大块大块的云朵不断地分裂，分裂成了一块一块的，在高空飘移。

“蓊芘”树在洪流中加快了速度，而且越来越快，好像树深处装着的发动机似的。没有任何一种迹象表明它能像这样漂多久。不过，凌晨3点左右的时候，少校突然提醒大家，说树根好像已经探到底了。艾撒汀折了一根树枝，伸到水下去探，证实地面确实在增高。在他们正想着是不是要到陆地了时，仅仅过了20分钟，快速行进中的“蓊芘”像是撞到了什么地方，停下来了。

“我们到陆地了！陆地！”巴嘉勒尔高兴地喊道。

没错，“蓊芘”树的一个已经烧焦的树枝末端触到了一片高地上。这样的航行，让人们在见到陆地的那刻，比任何航海家见到陆地都高兴。触礁也就是着陆，这是多么神奇的事啊。

罗伯尔和维尔逊以最快的速度蹦到了陆地上，他们大声地欢呼着。

突然，他们听到了一阵熟悉的呼哨声，接着，陆地上传来了一阵马蹄声，不一会儿，塔凯甫出现在了他们面前。夜色中，他那高大的身材显得那么威武、醒目。

“塔凯甫！是塔凯甫！”罗伯尔激动得大叫。

“塔凯甫！真的是塔凯甫！”所有的人都叫了起来。

“朋友们！”塔凯甫朝他们喊着。他像是一个站在码头，迎候着头班船旅客的人。在他估算出他们会流向这里后，便在这里等着，因为他就是被水冲到这里来的。

塔凯甫双手将罗伯尔抱了起来，巴嘉勒尔跑到了他的背后，从背后抱住了他。随即，爵士、少校和水手们也冲到了塔凯甫的身边。能见到这位忠诚的向导，他们异常兴奋，所以使劲地跟他握手。

最后，塔凯甫将他们带到了一座已经废弃了的牧场栏舍，那里正烧着一堆旺火，火上烤着大块大块的猎物，这样他们便能一边烤火取暖，一边吃美餐了。这餐饭他们吃得连一点碎屑都没留。

在吃饱喝足烤暖后，他们重新回想这段经历，没有人不感到惊讶的。他们无法想象，竟然在水、火、鳄鱼的三面夹击下脱险，甚至神奇地漂回了陆地。

塔凯甫也向巴嘉勒尔简单地讲了他的脱险经历。他说，他之所以会获救，全是因为那英勇的特迦。

巴嘉勒尔把他们对那三张纸条的重新解释，以及大家的希望全都告诉给了塔凯甫。虽然巴嘉勒尔的设想，塔凯甫也不知道听懂了没有，但能肯定的是，当他看到他的朋友们快乐而又满怀信心时，表现得很高兴，也很满足。

我们不难想象，这群英勇的远征者，在从"蓊芘"树上下来，还没休息一天便迫不及待地动身了。早晨8点，他们做好了出发前的一切准备工作。那时候，他们所处的位置，差不多在大牧场和宰杀场的南部，由于找不到交通工具，他们只能步行。好在只有60多公里路，而且有人走累了，也有特迦可以驮。如果需要，特迦背上坐两个人都没问题，而他们总共只需走38个小时，便能到达大西洋的沿岸了。

等到出发时间一到，塔凯甫便带领大家，背对洪流向较高的平原方向走去。此时，单调的阿根廷领土重又呈现在他们面前，他们看到的只是欧洲人种的几棵树，稀稀落落地矗立在牧草场上，此情形像极了坦迪尔和塔巴尔康西两山附近。

阿根廷的一些本地树木，只有在过了漫长的草原，接近哥连德角附近时才会出现。

第一天就这么过去了。第二天，他们距海岸还有约24公里的路程，而且似乎已经感受到了海洋的存在。那时，常在下半天和下半夜刮起一阵怪风，而怪风又会将草木顺着一个方向吹下去。

慢慢地，贫瘠的土地上竖起了稀疏的树木，有矮小的含羞草，还有一丛一丛被称为"桠柯荷"的树，以及一簇簇被称为"枸纳麻柏尔"的树。除此之外，土地上还有像打碎了玻璃的盐滩，闪着光，挡在他们面前，使他们行走起来越来越难。

这些盐滩，他们必须绕过才行。于是大家全都加快了脚步，以便能在当天赶到大西洋岸上的萨拿朵湖。

晚上8点的时候，又累又乏的他们看到很多40多米高的沙丘出现在面前，而这沙丘的另一面是白沫乱飞。同时，他们听到了涨潮的声音。

“大海！”巴嘉勒尔最先叫了一声。

“是的，是大海。”塔凯甫回答他说。

此时，大家虽然已经筋疲力尽，但还是兴奋地爬上了沙丘。不过，由于天色已黑，他们想在那阴森森的海面上寻找点什么却是不可能的。不用说，他们寻找的是“邓肯号”。

“‘邓肯号’应该就在这一带，在岸边荡来荡去地等我们！”爵士有些急躁，大声说。

“也许明天就能看到了。”少校说。

艾撒汀朝他们预计“邓肯号”出现的地方呼喊着，但却没有一点回音。此时，风浪越来越大，乌云从西边飘来，浪头的泡沫如同灰尘，飞上了沙丘。所以即使“邓肯号”就在附近，艾撒汀的呼唤，船上的人也是听不到的。

另一方面，此地的海岸并没有可以停泊的海湾，甚至连海港、支流都没有。

沿岸是长长的沙滩，一直延伸到海里。如果“邓肯号”在这里触到了沙滩，很可能比触及与水面相平的礁石都危险。因为这一带波涛汹涌，沙滩激起了很高的浪头，如果“邓肯号”被风吹到这里，很可能就没救了。

因此，在看到这一带海岸的险恶，以及根本没有躲避风浪的地方后，“邓肯号”一定会开得远远的，这是唯一正确的做法。何况麦盖尔船长为人处世非常谨慎，必定会加倍小心的。

艾撒汀就是这么估算的，所以他觉得“邓肯号”一定是在离岸8公里以外的地方。

一向淡定的少校劝爵士冷静。他说对着那黑暗的地方，即使再怎么看也看不到，何必白费力气？

在劝慰过爵士后，少校先以沙丘为墙，建了一个宿营地。

如今，他们所剩的最后一点干粮，成了他们这次旅程的最后一顿晚饭。饭后，大家也都学少校，挖了一个洞做床铺，而那一望无际的细沙，成了他们的被褥，直接盖到了下巴处。

劳累了几天的他们，刚一倒下便沉沉地入睡了。当然，有一个人一直睡不着，在守夜，他就是爵士。

狂风大作，波涛汹涌，海浪拍打在沙滩上，发出了轰隆隆的声响。爵士不相信“邓肯号”就在他们附近的海面上，但如果说“邓肯号”还没有到达这里，又是不可能的事。

他们一行人是10月14日离开塔尔卡瓦诺湾，11月12日到达大西洋岸的。这就是说，在他们一行人穿过智利、高低岩、潘帕区和阿根廷平原的这30天里，“邓肯号”绝对有足够的时间绕过合恩角，到达和塔尔卡瓦诺湾相对的东海岸。特别是像“邓肯号”这样的快船，根本不可能误期。何况虽然风暴凶猛，大西洋那片的海域必定也受到了影响，但质量过硬的“邓肯号”，加上老练的船长，一定会早早地到达这里的。

爵士就这么安慰着自己，但还是无法安下心来。此时可以说是他情感和理智交织的时期，此时的情感战胜了理智。在这片黑暗的黑洋里，有着他深爱的海伦、玛丽，以及“邓肯号”上的所有船员。他马上就要见到他们了，他怎么能冷静得下来?

虽然已是黑夜，但海面上的波光粼粼还是能看清的，爵士起身在荒凉的海岸上徘徊。他不停地走走听听，好像突然看到远处有微弱的亮光。

“是船上发出的亮光吗？会不会是‘邓肯号’发出的？难道我的眼力能穿透黑夜？”

爵士这么一想，马上想到了巴嘉勒尔说他是夜视眼，即使是黑暗里的东西，他也能看清楚。于是，他去找巴嘉勒尔。这名法国地理学家正窝在沙窝里，像动物冬眠一样睡着。在被一只健壮的胳膊拽起来后，懊恼地喊道：“谁呀？干什么？”

“巴嘉勒尔，快起来，是我！”

“你是谁呀！”巴嘉勒尔还没清醒过来。

“我是格莱拉弗。快起来，我要借你的眼睛来用用。”

“借我的眼睛？”巴嘉勒尔擦了擦自己的眼睛。

“没错，借你的眼睛用用，我要让你在黑夜中看看，海面上有没有‘邓肯号’。快起来！”

“有夜视眼还真倒霉！”巴嘉勒尔自语道。不过在心里却为能给爵士帮忙而感到高兴。

巴嘉勒尔站直身体，伸了伸懒腰，不过，他还是像刚刚睡醒的人一样，鼻子里发出呼呼的声音。他跟着爵士，来到了岸的上头。

“请你仔细看一下海那边。”爵士说。

巴嘉勒尔认真地看了几秒钟。

“怎么？难道你没看见什么吗？”爵士问。

“我什么都没看见，我敢说，就是来只猫，也看不到多远。”

“你再仔细看看，看那周围有没有红的或绿的灯在亮，就是说有没有看到船的左舷灯和右舷灯？”

“我什么灯都没看到，只看到漆黑的一片。”巴嘉勒尔说着，眼睛不由自主地闭上了。

就这么被心急的爵士拖了有半个小时，巴嘉勒尔机械地跟着他，耷拉着脑袋，而猛地，又会突然抬起头来。走路踉踉跄跄的地理学家，如同一个醉汉跟在身后。爵士仔细一看，巴嘉勒尔是在边走路边睡觉。

爵士没有叫他，继续搀着他，将他送回他睡觉的那个沙窝，并用沙将他埋好。

东方刚刚吐出鱼肚白，大家便被一声声的“邓肯号！邓肯号！”叫醒了。大家爬起来和爵士一起欢呼着，叫喊着，向岸边奔去。

没错，在离岸大约4公里的海面上，他们看到了“邓肯号”，“邓肯号”的船帆低低地裹在帆罩里，以缓慢的速度向前行驶。船上的烟和水里的晨雾交织在一起，模糊不清。

海浪拍打着沙滩，如此吨位的船是不可能到沙滩脚下的，那样会非常危险。

爵士拿起了巴嘉勒尔的望远镜，观察那只船的行动。“邓肯号”上的麦盖尔船长，一定没有看见他们，因为船不仅没有掉头，反而还在继续朝前行驶，前帆张了一半，左舷还扣着帆脚。

就在此时，塔凯甫将他的枪里装上了弹药，朝着游船方向开了一枪。

大家仔细地听着，塔凯甫总共开了三枪，沙丘里回响着塔凯甫的枪声。终于，他们看到游船的中间部位冒起了白烟。

“‘邓肯号’要放炮了，看来他们看到我们了。”爵士高兴地说。

果然，仅仅几秒钟，隐隐的炮声便传到了岸上。接着，“邓肯号”加大马力，掉转帆篷，摇摇晃晃地想要靠近岸边。

爵士从望远镜里看到，游船上放下来了一只小艇。

“海伦夫人一定不会来的，海浪太大了。”艾撒汀说。

“麦盖尔也不可能来，他不能离开船。”少校也说。

“姐姐！姐姐！”罗伯尔大声嚷嚷着，伸出胳膊不停地朝那在海浪里颠簸的小船摇手。

“我要上船。”爵士说。

“爱德华，耐心点！两个小时后，你就会在船上了，不急这一会儿。”少校说。确实，小船上即使有6只桨在划，但一来一往，还是需要两个多小时的。

爵士转过头，开始寻找塔凯甫。此时塔凯甫正叉着腰，站在特迦身边，安静地看着波涛汹涌的海面。

爵士走过去，拉住了他的手，指着游船说：“和我们一起上去吧！”

塔凯甫摇了摇头。

“朋友，和我们在一起吧！”爵士又说。

“不！我不能！这里有特迦，那里有‘潘帕’！”他转头指了指那一望无际的平原，淡淡地说。

爵士知道，塔凯甫永远不会抛下那片埋着他祖先的故地，他对这荒凉的平原有着浓烈的爱。所以，他握了握塔凯甫的手。塔凯甫没有要报酬，他带着憨厚的微笑，说了句“只是在为朋友帮忙”。

爵士没有勉强，他知道对塔凯甫最大的尊重就是接受他的做法，可他又想为塔凯甫留下点什么，他要让塔凯甫永远记住，塔凯甫有一群欧洲朋友。不过，他手里还有什么呢？武器和马匹全都在洪流中丢失了，他和同伴们两手空空。

在他想着怎么给塔凯甫留个纪念时，猛地想到了一样东西。他从皮夹里拿出了一个相框，相框里镶嵌着一个小小的画像，这画像是劳伦斯的杰作，也是他最珍贵的东西，他将它送给了塔凯甫。

“这画像里的人是我的夫人。”爵士说。

塔凯甫对爵士拿出自己最珍贵的东西送给他觉得非常感动，他看着画像说：

“夫人真是美丽又贤惠啊！”

此时，罗伯尔、巴嘉勒尔、少校、艾撒汀和那两个水手也都来了，每个人都和塔凯甫说着不舍的话。就要离开这个英勇热心的朋友了，每个人心里都很难受。塔凯甫用他那长长的胳膊一齐揽住了他们，将他们拉到自己胸前。

巴嘉勒尔想到塔凯甫对那张南美及两洋的地图很感兴趣，便送给了他，而这张地图也是巴嘉勒尔保存的唯一的宝贵东西。由于没有东西可送，罗伯尔只能不断地亲吻他。

罗伯尔不仅亲吻救过他命的塔凯甫，而且也亲吻特迦。

此时，“邓肯号”上的小舟已经渐渐靠岸，并钻进了沙滩间的一道河汊，停在了岸边。

“我的夫人在哪儿？”爵士问。

“我的姐姐在什么地方？”罗伯尔也问。

“海伦夫人和玛丽小姐在大船上等你们！走吧，爵士，我们不能再耽误了，再耽误潮水就落了。”划小舟的人说。

分别在即，大家又和塔凯甫进行了最后一次握手、拥抱、热吻，塔凯甫将他们送到小舟旁，又将小舟推入水中。

罗伯尔上船时，塔凯甫动情地一把搂住了他，慈爱地看着他。

“去吧！你是大人了！”他说。

“再见！朋友！朋友！再见！”爵士大喊一声。

“我们还能见面吗？”巴嘉勒尔喊道。

“老天知道！”塔凯甫说完，伸长胳膊指了指天。

他最后的那句话，在晨风中飘了很远。

小舟很快进入海面，在落潮的推力下，渐行渐远。隔着浪花，有很长一段时间，大家还能看见塔凯甫的身影，见他正一动不动地看着他们。慢慢地，他那高大的身材变得矮小起来，最后在他们眼前消失了。

虽然只是萍水相逢，但他们之间却产生了深厚的友谊。

一个小时后，罗伯尔率先跳上了“邓肯号”，他飞奔到玛丽面前，抱住了她的脖子。全船的水手都发出了热烈的欢呼声。

沿着37度线，横穿南美的搜寻就这么结束了。搜寻中，不管是高山还是大海，都未曾让他们放弃行走在37度线。虽然他们还没有遇到什么人为的困难，但却受到了大自然的严峻考验。不过，即使这样，大自然的灾难也没能成为他们的障碍，相反还锻炼了他们的意志。

第二十一章
Chapter 21

重新制订寻找计划

/

回到“邓肯号”后，大家沉浸在了重逢的喜悦里，爵士不想因为这次寻找无果而让大家扫兴，所以他一开始就说：“我们一定要有信心！朋友们，虽然这次我们没有带回格兰特船长，但我们有信心和把握找到他。”

没错，为了不让海伦夫人和玛丽小姐失望，他必须做这样的保证。

在小舟划近大船时，海伦夫人就和玛丽小姐早早地等在了尾楼顶上，玛丽小姐由于太过紧张，心跳得很厉害，不仅说不出话来，而且站都快站不稳了，幸好有海伦夫人挽着她的胳膊。刚开始的时候，她以为小舟上会有父亲格兰特船长。不过，站在她身边的麦盖尔船长，却用那双水手特有的锐利眼神，看着远处，他清楚地看到，小舟上没有格兰特船长。

“他在那里，我的父亲，他来了！”玛丽小姐一直喃喃着。

不过，她的心情很快就荡到了谷底，因为在小舟越来越近时，她发现一切都只是自己的想象。在小舟离大船不到100米时，海伦夫人、玛丽小姐和麦盖尔船长都知道了小舟里没有格兰特船长，玛丽的眼泪模糊了双眼，她绝望了。

不过，就在此时，爵士那充满信心的保证让她不仅看到了希望，而且好像吃了一颗定心丸。

在一场拥吻后，远征者们将这次在陆地上搜寻时遇到的惊险场面全都告诉了海伦夫人、玛丽小姐和麦盖尔船长。当然，爵士首先说的还是巴嘉勒尔通过他的智慧，发现了纸条上的新注解。接着，他又夸奖了小罗伯尔，将他勇敢真诚，不怕危险的事情说了，并说玛丽小姐应该为有这么一位好弟弟而自豪。

爵士的夸奖让罗伯尔有些难为情，很想躲起来，但不知道躲去哪儿，幸好玛丽小姐伸开了双臂，他便一下子偎在了姐姐的怀里。

“罗伯尔，这有什么难为情的？这才是格兰特船长的儿子呀！”

麦盖尔船长说着，伸出双手将罗伯尔从玛丽小姐的怀里拖了出来，吻着他那沾着玛丽小姐泪水的小脸。

在这里我们需要说一句，少校和地理学家同样受到了大家的热烈欢迎，而他们也谈到了真诚热心的塔凯甫。海伦夫人遗憾没有和善良的印第安人塔凯甫握手。少校在和大家叙完旧后，钻进了自己的房间，仔仔细细地刮起了胡子。

巴嘉勒尔则像个勤劳的小蜜蜂，东奔西跑地寻东找西，和船上的每个人打招呼，听每个人给他唱赞歌。他甚至还想吻遍“邓肯号”上的全体人员，包括海伦夫人和玛丽小姐。当然，他最先吻的也是这两个人，接着才挨个吻下去，直吻到最后一位——奥比尔先生。

奥比尔觉得没有更好的方法来表达他对远征队员们的欢迎了，能表达的只有美食，于是宣布开饭。

“要吃午饭了吗？”巴嘉勒尔高兴地问。

“没错，先生！”奥比尔说。

“那一定是顿丰盛的午餐吧！难道让我一个人坐一张桌子？还有，餐具呢？餐巾呢？都有吗？”巴嘉勒尔嚷嚷个不停，到处都是他的声音。

“这些都会有的，巴嘉勒尔先生！”

“这就是说，今天可以不用吃干肉、烟煨蛋和鸵鸟肋条了？”

“先生！怎么可能吃这些呢？”奥比尔这个厨师长不高兴了，觉得小看了他的手艺。

“我亲爱的朋友，我可没有小看你！知道吗？我们一个月以来，全都是吃这些东西。我们没有坐在桌子旁吃，我们是坐在地上吃，甚至骑在树杈上吃。所以当你宣布开饭时，对我来说，简直就是一场梦，甚至觉得会不会是自己的幻想。”巴嘉勒尔笑着说。

“巴嘉勒尔先生，那么你就去证实一下这是不是真的吧！”海伦夫人笑着说。

“那让我挽着您去吧！”巴嘉勒尔绅士十足地说。

“阁下有没有什么新的命令给我？”麦盖尔船长问爵士。

“亲爱的麦盖尔，午饭后，我们讨论下一步计划。”

游船上的客人，以及船长麦盖尔都来到了方厅，麦盖尔嘱咐开船的水手做好准备，一旦下命令就起航开船。

少校在刮完胡子后，其他人也都洗漱完毕，全都围在了餐桌旁。厨师长预备好晚饭后，大家吃得欢天喜地，直嚷嚷着好吃，说比平原上那些丰盛的食物美味多了，而巴嘉勒尔也把每样菜都取了两份，还声称这是粗心所为。

说到“粗心”，海伦夫人便问可爱的法国地理学家，在远征途中，有没有犯过粗心的毛病。少校和爵士互看一眼后，全都会心地笑了。巴嘉勒尔笑得最大声，那笑里带着天真。他说他用他的荣誉保证，以后绝不会粗心了，然后还把苦读珂梦斯的作品，以为学的是西班牙语的事说了。说完又补充道：“一句话，吃一堑长一智！不过呢，那次的粗心，我可一点都没吃亏。”

“亲爱的朋友，为什么这么说？”少校问。

“这还不明白吗？因为这次粗心，我不仅学会了西班牙语，而且还学会了葡萄牙语。一举两得！”

“哦！好一个一举两得！看来要恭喜你了，恭喜你学一种语言，会两种语言。”少校调侃道。

大家全都一窝蜂地开始恭喜巴嘉勒尔。巴嘉勒尔虽然吃着饭，但嘴并没有停下，而是边吃边和大家聊天。不过，在大家都聊天时，有个没被人注意的秘密却被爵士注意到了，那就是船长麦盖尔老是坐在玛丽小姐身旁，并对她大献殷勤。

海伦夫人给丈夫使眼色，意思是“一直都这样”，而爵士也是带着欣慰的神情看着那对青年男女。突然，他叫了声麦盖尔，不过问的却是别的事。

“这次航行怎么样？”他问。

“非常好！不过我们没有经过麦哲伦海峡。”

“啊？我不在船上的时候，你们竟然绕过了合恩角？”巴嘉勒尔喊道。

“你是后悔没看到合恩角吧，亲爱的地理学家，如果你有分身术，你就能同时去很多地方了，比如在跑潘帕草原的时候，又去绕合恩角！”爵士笑着说。

“虽然无法分身，但怎么说也是个遗憾呀！”巴嘉勒尔说。

大家没再引他往下说，这个话题也到此为止。船长继续讲述他们在海上航行的经过，他说他们沿着美洲海岸走，在观察了西边的岛屿后，也没发现有“大不列颠号”的任何痕迹。到了皮拉尔角，因为靠近麦哲伦海峡的入口处，正好顺风，于是便向南去了。他们一直沿着德索拉西翁岛屿航行，直到南纬67度线才又绕过合恩角，沿着火地岛前行，最后又穿过了勒梅尔海峡，沿着巴塔哥尼亚海岸北上。

在他们行驶到与哥连德角同纬度的地方时，遇到了风暴，而这场风暴也袭击了潘帕草原上搜寻的远征队员们。好在“邓肯号”安然无恙，在沿着海岸航行了3天后，开始焦急地等待远征队员归来，直到听到塔凯甫的枪响才发现他们。

对于海伦夫人和玛丽小姐，麦盖尔船长更是敬佩有加，称在惊涛骇浪面前，两位女士毫不畏惧，也不烦躁着急。而她们之所以能如此淡定，则是因为她们的心一直牵挂着去潘帕草原搜寻的远征队员。

船长麦盖尔在讲完后，爵士先是夸奖了他一番，接着转向玛丽小姐说：“亲爱的玛丽小姐，我发现麦盖尔船长很欣赏你。我想，你坐在他的船上，一定很放心吧！”

“欣赏我？”玛丽小姐说着话，眼睛在看向海伦夫人的同时，也看向了年轻的船长麦盖尔。

“哈哈！船长先生，我姐姐喜欢你，我也喜欢你！”罗伯尔突然大声说。

“亲爱的孩子，我也很爱你们！”船长这么一说，玛丽小姐的脸腾地红了。为了转移话题，麦盖尔船长又说：“等我把‘邓肯号’航行的情况说了，阁下也把你们横穿美洲大陆的情况，以及我们小英雄的事迹说说好吗？”

说远征队的事情，没有比这更让海伦夫人和玛丽小姐感兴趣的了。爵士为了尽快满足她们的好奇心，详详细细地将他们所经过的一幕幕讲了出来。他讲了他们爬安第斯山的时候，遇到了地震，然后发现罗伯尔失踪，还被兀鹰用爪子抓了起来，最后在塔凯甫那一枪的帮助下，罗伯尔获救；接着讲了他们和红狼的一场惊心动魄的战斗，以及罗伯尔牺牲自己，保全大家的精神；又说了在独立堡见司令、遇洪水，以及在“蓊茈”树上避难，最后“蓊茈”树遭到雷击，大树起火，树下又有鳄鱼，之后又遇飓风，“蓊茈”树被连根拔起，漂到了陆地，在大西洋过了一夜……

这一切的一切，不管是开心还是恐惧，他都原原本本地说了出来，听众们忽而欣喜，忽而害怕。在爵士的讲述中，罗伯尔多次得到了姐姐玛丽和海伦夫人的抚慰，而他也从未得到过如此多人的疼爱、拥抱和亲吻。

爵士在讲述完这些后，又说：“朋友们，过去的已经过去了，我们现在应该想接下来怎么做，未来一定会属于我们。下面我们谈谈该怎么继续找格兰特船长吧。”

午饭结束后，大家全都跑到了海伦夫人的客厅，围坐在一张堆满了各种彩色地图的桌子旁，讨论也就此开始。

“亲爱的海伦，上船时，我就和你说过，‘大不列颠号’失事的船员这次虽然没有被我们找到，但我们有信心找到他们。我们曾横穿美洲跑了一趟，这趟没有白跑，因为我们知道了这样一个事实，那就是这只失事的船既不是在太平洋沿岸，也不是在大西洋沿岸。怎么说呢？就是说我们误读了那三张纸条上的意思，误读的是对巴塔哥尼亚的解释。幸好我们伟大的地理学家巴嘉勒尔发现了这个错误。所以现在，我们没有什么疑问了，我们要重新拿出那几张纸条来解释给大家听，让大家放心。”

巴嘉勒尔接受了重新解释纸条上的内容给大家听的任务，并很快讲了起来。他将gonie和indi两个完全不同的字仔细地讲给大家，然后又把“澳大利亚”（Australia）一词从austral这个字里解释出来，以此证明格兰特船长离开秘鲁海岸回欧洲的时候，很可能是因为船只出现了问题，被西风打到了大洋洲的海岸。总之，他用他那巧妙的假设和严谨的推理，让不容易受到蒙蔽，性格固执的麦盖尔船长也接受了他的观点。

在巴嘉勒尔讲完后，爵士便宣布“邓肯号”向大洋洲行驶。

不过，少校却在“邓肯号”掉头向东航行前，说要提一个小小的意见。

“是什么？说吧！”爵士说。

“我说这些不是想要推翻朋友巴嘉勒尔的推论，也不是说他说得有问题。我只是觉得他的推断虽然谨慎，但却需要引起我们的注意，就是他所说的这些只能作为我们搜寻的参考。我觉得我们完全有必要再对这几张纸条做一番推敲研究，以便达到无懈可击的地步。”少校说。

大家不知道平时谨慎细心的少校觉得哪里有了问题，总之觉得有些不安。

“少校，说吧，继续说。我已经准备好应对你所提出的一切问题。”巴嘉勒尔说。

“很简单！我想说，在5个月前，我们在克莱德湾研究这三张纸条的时候，觉得一切解释完全符合情理。甚至除了巴塔哥尼亚的东海岸，根本不可能在其他海岸沉船。就是说，关于这一点，我们曾连丝毫的怀疑都没有。”

“没错，是这样的。”爵士说。

“可是后来呢？巴嘉勒尔像碰到鬼了一样，突然莫名其妙地跑到了我们船上，在我们拿那三张纸条给他看时，他也毫不迟疑地同意我们的推断，并和我们一起去美洲海岸搜寻。”

“没错！我完全同意你的说法，少校先生！”巴嘉勒尔一脸平静地说。

“但是，我们却把方向找错了！”少校又说。

“对呀，我们是把方向找错了。”巴嘉勒尔先是用少校的口气说完，接着又嚷嚷道，“不过，人总是免不了会犯错，错了就要改正。如果明知错了，还要一直错下去，那简直就是个傻瓜。”

“请等我说完，地理学家先生！你的性子怎么这么急呢？我并不是说我们要再去美洲搜寻。”少校说。

此时，爵士首先就等不及了，对少校说：“那你到底想说什么？”

“没什么，我只是要让大家承认一点，此时我们觉得‘大不列颠号’的出事地点在大洋洲，就和我们当初觉得是在美洲一样肯定。”

“当然，我们完全承认这点。”巴嘉勒尔说。

“既然大家承认这点，那么我就要告诉你，巴嘉勒尔，你的想象力实在是太丰富了，今天觉得是这样，明天又觉得是那样。今天否定了昨天的，昨天又否定了前天的……这样否定来否定去，谁能保证我们在搜寻完大洋洲后，又觉得纸条上其实不是这个意思，而是别的意思，并在其他‘肯定’的地方搜寻呢？”少校严肃地说。

爵士和巴嘉勒尔面面相觑，一句话都说不出来。因为少校说得很对，这让他们很是吃惊，也有些沮丧。

没等他们说话，少校继续说：“所以我觉得我们在去大洋洲之前，是否再作一次验证。我们可以根据纸条上的字迹，将南纬37度线穿过的地点再研究一遍，看看是否还能在纸条中找到相似的字迹。”

“没问题，这很容易，不需要多长时间就能做到，因为这条纬线经过的陆地并不多。”巴嘉勒尔说。

“那我们就再仔细研究一下吧！”少校说着，打开了一张英国版的地球平面图，并将整个地形摆在海伦夫人的面前。大家全都聚了过去，寻找着合适的地点，听巴嘉勒尔按图解说。

“我前面都已经说过了，37度纬线穿过南美洲后，就到了特利斯探达昆雅群岛。而在纸条里，我们是看不到一个字眼跟这个群岛的名字有关联的。”巴嘉勒尔说。

大家又仔细地研究了后，发现巴嘉勒尔说得没错，所以这岛便被他们放弃了。

“接下来，我们出了大西洋，到了好望角。这里比37度低两度，随后我们进了印度洋，并在路上碰到了阿姆斯特丹群岛。同前面我们说的特利斯探达昆雅群岛一样，大家再研究一下吧，看从纸条上能不能找到相关的地名。”

大家在又仔细研究了一番后，不管是用英文、法文还是德文，不管是完整的还是不完整的字数，都与阿姆斯特丹群岛这个地名没有任何关系，最终，这个岛也被放弃了。

“接下来，我们又到了大洋洲。37度线穿过了澳大利亚大陆，从白洛夷加进去，然后又从杜布湾出来。我想，你们应该能看出，写着英文的纸条中的stra和法文字条中的austral，他们都和澳大利亚（Australia）这个字有关。我想，我不用再重复了吧！”

大家都赞成巴嘉勒尔的说法，并把出事地点的最大可能性放在了这里。

“继续往前看！”少校依然一脸平静。

“好！我们继续往前看。用地图旅行可真是太容易了。我们离开了杜布湾会经过大洋洲东面的那片海峡，也就是岛国新西兰。在这里我要提醒大家，用法文写的纸条上的continent是指‘大陆’。但新西兰却只是一个小岛，所以格兰特船长应该不会逃到那里去。即便如此，我们还是要研究研究，比较比较。经过认真研究每一个地方后，看有没有是新西兰的可能。”

“没有这种可能，我把纸条和地图都研究过了。”船长麦盖尔说。

“没有这个可能！完全和新西兰无关。”大家都说，包括少校也这么认为。

“那么，在远隔万里的新西兰岛和美洲海岸之间，南纬37度线也就只剩一个荒岛了。”

“那岛叫什么？”少校问。

“你看地图就知道了，叫玛丽雅泰莱萨岛。这个岛在三张纸条中，也是找不到任何一个和这个名字有关的印迹的。”

“没错！确实没有。”爵士点头说。

“所以朋友们，你们说，是不是最大的可能是在澳大利亚大陆上？”

“是的，就这里可能性最大！”大家一起说。

于是，爵士就问船长：“麦盖尔，煤和石油是不是够？”

“完全够了！阁下，在塔尔卡瓦诺时，我补充了很多。而且在好望角的时候，还可以继续补充。”麦盖尔船长说。

“那么，现在开船到……”

爵士下命令的话还没说完，便又被少校打断了。

“我还有最后一个问题。”

“说吧，少校先生！”

“不管我们去大洋洲能不能搜寻到，我们在特利斯探达昆雅和阿姆斯特丹的时候，都停留一天可以吗？这两个群岛可都是在37度航线上的，我们不用拐弯，说不定也能搜寻到‘大不列颠号’出事的印迹呢！”

“他还真是多疑，固执的少校！”地理学家巴嘉勒尔嘟哝道。

第二十二章

Chapter 22

重踏搜寻之路

相距196个经度的澳大利亚白洛夷加和美洲哥连德角之间，如果沿赤道航行的话，是需要走6350公里的。不过，地球是圆的，所以“邓肯号”只需沿着南纬37度前行，就能让航程减小到5200公里。

“邓肯号”从美洲海岸出发，需要经过1140公里的路程才能到达特利斯探达昆雅岛。而如果正好顺风，这段路程便能在10天内完成。确实如此，当天晚上，逆风的风势减弱，风向转为顺风，所以有着很好性能的“邓肯号”便在平静的海面上顺畅地航行了。

曾经去平原经过了一个月远征的乘客，很快就适应了在船上的生活，而对于离开的那一个月，仿佛只是很短的一段时间。

“邓肯号”离开太平洋，没有多长时间便进入了大西洋。曾经让“邓肯号”接受了惊涛骇浪考验的大海，此刻却成了“邓肯号”的帮手，处于平静中的海洋，风势正好利于“邓肯号”航行，所以船上的帆在西风的护送下，协同锅炉燃烧带来的力量一路航行。

航行进行得太顺利了，没有遭受任何意外，也没任何枝节发生。船上的人都在热切期盼大洋洲的出现。离目标越来越近了，大家又开始讨论起了格兰特船长，仿佛他们这次去大洋洲，就是为了去商埠接他回来一样。

格兰特船长的房间，以及他另外两位伙伴的吊床也都准备好了。房间原来是奥比尔住着，他主动让出了自己的房间，去了太太的房间。而对于格兰特船长房间的布置和装饰，兴奋的玛丽小姐一定要亲自参与。

格兰特船长的卧室隔壁是地理学家巴嘉勒尔所谓的“6号房”，也可以说是他在“苏克迪亚号”上预定的“6号房”。

博学的地理学家时常躲在他的“6号房”里写东西，而他所写的正是他们之前一个月经历的，书名叫《潘帕印象记》。处于创作中的巴嘉勒尔，经常会激动地先读出来，然后再写在笔记本上。很多次，在他写得兴奋的时候，会向希腊神话中的史神珂里欧和诗神佳丽奥卜寻找灵感。

巴嘉勒尔向史神、诗神寻求灵感并不是秘密，他也不藏着掖着，所以海伦夫人常常预祝他能获得成功。显然两位女神的首领阿波罗非常愿意帮助地理学家，所以两位女神才有机会离开华丽的宫殿，帮助巴嘉勒尔完成他的著作。

少校看巴嘉勒尔常常和女神们神交，除了预祝他成功外，也会调侃他："亲爱的地理学家，你可千万不要再犯粗心大意的毛病了，在你想学英语的时候，千万别拿中国的语法书学。"

船上的大家就是这么和谐团结。当然，爵士和海伦夫人也没忘记关注麦盖尔船长和玛丽小姐，觉得他们两个人个性很合，做事也默契。当然，麦盖尔船长应该还不想现在被点破，所以他们还是觉得顺其自然的好。

"如果格兰特船长知道了，你说他会怎么看？"爵士有天问海伦夫人。

"格兰特船长一定会认可麦盖尔的，也一定会觉得他配得上自己的女儿。亲爱的爱德华，如果真是这样，那就太好了。"

此时，"邓肯号"一直朝着自己的目标在行驶，离开哥连德角后的第5天，也就是11月16日，海上刮起了西风。非洲南端也会经常刮东南风，但他们在绕过好望角的时候，却遇上了西风，这对他们来说是再好不过的了。所以"邓肯号"马上拉起了全部帆篷，不管是主帆、纵帆、前帆、顶帆、樯头帆……各种辅帆一齐张开，帆索也扣在了左舷上。

船以惊人的速度向前飞奔，船首以劈波斩浪之势前行，船上的螺旋桨几乎都碰不到水。"邓肯号"像在海上参加滑水比赛一样，在海面上飞驰。

第二天，大家看到海面上漂起了很多海藻，整个海面如同一望无际的草原。原来，这是北大西洋从邻近大陆冲下来的杂草，汇集成了一片"海藻海"。而之前，莫利船长也曾提醒过要防备出现这种现象。地理学家巴嘉勒尔将他们在阿根廷看到的草原和这片"海藻海"相比较，简直是再形象不过了。当然，在这样的环境下航行，速度自然比原来慢了很多。

24小时之后，天亮了，站在瞭望台上的水手突然大叫："看！陆地！"

"陆地？在哪儿？"值班的艾撒汀问。

“就在迎风的方向！”那名水手指给艾撒汀看。

水手的声音叫醒了船上的人，甲板上瞬间站满了人。不一会儿，楼顶上先是伸出了一个大望远镜，接着出来了地理学家巴嘉勒尔。他将望远镜架好，对着水手所说的陆地观看，可根本看不出哪里有陆地。

“你要朝云里看才行。”麦盖尔对巴嘉勒尔说。

“哦，果然！不过应该是座山，看不大清楚。”巴嘉勒尔说。

“那是特利斯探达昆雅岛吗？”麦盖尔问。

“要是我的记忆力没问题的话，那里距我们不过68公里，所以这个岛应该在海拔2100米左右，这距离正好够我们刚刚看得见。”巴嘉勒尔说。

“没错！”麦盖尔说。

几个小时之后，那座之前还影影绰绰的特利斯探达昆雅岛出现在了天边，黑黝黝的圆锥形顶峰在旭日中显露出来。很快，主岛也从石林中显现出来，让岛群形成了一个三角形，三角形向东北倾斜。

特利斯探达昆雅群岛的中心位于南纬37度8分，西经10度44分。此岛西南17公里处是无路岛，东南8.5公里处为莺岛，因为这两个岛的环绕，这一区域的海洋面上便形成了一个岛屿群。

傍晚，“邓肯号”上的人开始测定认路标志，并最终将船的一角定在了如同岩石一角的无路岛上；船的另一角则定在了如同破损堡垒的莺岛北端。

下午3点钟，“邓肯号”向此群岛的法尔默思湾驶去。法尔默思湾将吹来的西风挡在了外面，所以海面风平浪静。因此，这里完全算得上是个优良的港口。

由于这一带的海岸有着不计其数的海兽，所以港口停了很多捕捉海豹、海兽的船只。不过，此地的港外停泊点因为经常受西北风和北风袭击，所以还是很危险的，麦盖尔船长便小心地寻找合适停泊点。

1829年，英国的一只双桅船“邱里雅号”就是在这里沉没的。

距岸还有半公里左右的时候，“邓肯号”在一个有很多暗礁，水深达到了8米的地方停了下来。乘客们纷纷登上一个大艇，在松软的沙地上着了陆。

特利斯探达昆雅群岛的居民在一个位于海湾深处的山溪旁生活，四周溪水潺潺。村子里住户不多，大概有50所房子，整洁的房子呈几何图形排列，颇有英国建筑风格。在这些英国建筑的后面，有个15平方公里的平原，平原尽头是火成岩，火成岩上矗立着圆锥形山峰，峰顶约2130米，直插云霄。

当地总督热情地接待了爵士一行，而这个地方也是受好望角英国殖民政府管辖的。爵士趁机向他询问格兰特船长的“大不列颠号”的消息，不过，不管是格兰特船长还是“大不列颠号”，这位总督大人都很陌生。

这个群岛并不是海上的交通要道，所以来此群岛的船只并不多。甚至自从1821年“白朗顿霍尔号”在无路岛触礁失事，1845年“布利莫葵号”，1857年美国三桅船“斐列德尔菲雅号”在此出过事之后，船只来此的就更少了。

爵士在问总督的时候，并没抱什么希望，只是顺便问问而已。为了心安，他还派人划着船上的快艇去绕岛巡视。这个岛并不大，只有15平方公里。其实就是再大上3倍，也没有伦敦或巴黎大，所以他们不担心。

在爵士们向总督打听消息的时候，船上的乘客就去村子附近的海岸散步。这里的居民约有150多人，而且很多都是英国人或美国人，他们最后又和南非或当地的黑种人通婚，所以这里的女子长相并不是很动人。

从船上下来的旅行者们在踏上陆地后，便有了一种踏实感和幸福感。他们喜欢脚踏陆地的感觉，所以一直沿着毗连平原的海岸散步。平原上有部分土地是经过耕种的，长着一些农作物。其他地方则由一连串的喷石悬崖构成，在这些悬崖的高处，有很多机灵的信天翁和呆笨的企鹅。

在观看了这里的火成岩之后，他们继续向平原走去。此时，山上的积雪开始融化，形成溪流流了下来，所以四处传来潺潺的流水声。整个平原在苍翠的灌木点缀下，非常漂亮，树丛里的鸟儿也和花儿一样的多。8米多高的鼠李树和木本苇科植物在牧场上高高矗立，还有枝蔓很多的巴西蔷薇，枝条结实，纤维纠缠的狮子头草和散发着清香的灰灰菜，当然，这些地方也少不了苔藓、野芹、凤尾草……

以上都是当地的特色植物，种类虽然不多，却长势喜人——大自然好像要把春季的所有美好都在这个平原上展示。感性的地理学家巴嘉勒尔不禁高兴地赞美起来，认为法国的文学家费纳龙歌颂的著名仙岛奥吉吉也不过如此。他甚至还劝海伦夫人在岛上找个仙洞住下来，就像美丽的女神珈丽莎一样，做群岛的主人。对于他自己，则愿意拜倒在海伦夫人的石榴裙下做个小仙人。

一行人边说边笑，一直到傍晚才回到船上。傍晚的村子里，到处都是放牧归来的牛羊。村子里的一些田地里种着从其他地方带来，仅有40年历史的麦子、玉米和蔬菜，这些植物郁郁葱葱，从田里一直蔓延到了街道。

在爵士一行散步回来后，“邓肯号”派出的巡视艇也回来了。这些巡视艇仅仅用了几个小时就绕着岛转了一圈，当然，一路上他们也没有发现格兰特船长及那失事船的印迹。所以这次的搜寻结果，应该完全将特利斯探达昆雅群岛从搜寻计划中删除，因为毫无收获。

“邓肯号”原本可以从这群岛屿离开继续向东进发，但当晚他们却没有开船，原因就是爵士允许船员们来一场猎取海豹的活动。这种海豹在这里也有人将其称为海牛、海狮、海熊、海象。不管名称叫什么，总之是太多了，多得几乎可以把法尔默思湾的沿岸海域塞个水泄不通。

以前，这里生活着许多北极鲸鱼，不过由于捕猎的人太多，在用叉子将它们捕获或将它们赶走后，北极鲸鱼便在这里消失了，但还有很多两栖类动物成群结队地在此出现。

“邓肯号”的船员们准备夜里捕猎海豹，然后在第二天白天把它们熬成油储藏起来。

为此，“邓肯号”推迟了3天起航，将起航时间定在了11月20日。

这天晚上，吃晚饭的时候，大家兴致勃勃地听巴嘉勒尔讲了特利斯探各岛的历史，知道这座岛屿是1506年被葡萄牙最著名的探险家特利斯探·达·昆雅发现的，特利斯探曾是探险家阿布奎基的追随者之一。

这群岛屿在刚刚被发现时，因为是风暴中心，所以无人问津。

当然，这种看法并非毫无道理，它的名声并不好，甚至比古巴荒岛贝尔穆德斯还差，所以船只都不愿意来这里，而凡是来这里的，大多都是被大西洋的飓风逼得不得不来此地躲避。

1697年，东印度公司有三艘荷兰船来此停泊，并测定了群岛方位；1700年，英国天文学家哈雷修订了这个方位数据；1712年到1767年，在55年间，又有几位法国航海家来到此地，其中最有名的就是法国人纳布鲁斯，他是在1758年探险时来到这里的。而即使这样，岛上还是很少有人来，更不要说有人居住了。

1882年，美国人兰百尔来此工作，和他一起来的两位同伴在1月登上了这片陆地，并开垦荒地。当他们开垦得差不多的时候，好望角总督提议他们将这里划给英国政府，做英国领土。至此，这里的草棚便挂起了英国国旗。当时这个地方只有两位臣民，而这两位臣民还分别属于意大利人和葡萄牙人。当然，这个地方的地主就是兰百尔。

原本只有三人的土地，管理起来很容易。不料有一天，兰百尔在巡视各地时，不知是自己失足落水还是被害落水，总之是被水淹死了。1786年，拿破仑被囚禁在大西洋的圣赫勒拿岛上，英国人派出监视他的两支部队分别驻扎在了阿森松岛和特利斯探各岛。驻扎在特利斯探各岛的士兵由好望角的炮兵连和霍腾陀族的士兵组成。直到拿破仑死在那个荒岛上，这些士兵才被调回好望角。

“这里最后只剩下一个人，是个欧洲上尉，英格兰人……”巴嘉勒尔说。

“什么？是英格兰人？”少校惊问，一听到是自己的同胞，他马上表现出难得的兴趣。

“没错！这个英格兰人叫威廉·格拉斯。当然，除了他以外还有他的妻子和两个霍腾陀人。没过多长时间，又有两个英国人来了，这两个英国人一个是水手，别一个则在阿根廷当过骑兵，还在泰晤士河上做过渔夫；又过了一段时间，也就是在1891年的时候，‘白朗顿霍尔号’沉没，侥幸脱险的一对年轻夫妻留了下来。那时候，岛上只有六个男人和两个女人；1899年的时候，岛上又有了七个男人，六个女人，四个孩子；1905年的时候，岛上人数达到了40人，如今，又增加了3倍多。”

“哇！原来一个地方的历史形成是这样的。”爵士感慨道。

“当然，为了让大家更多地了解特利斯探各岛的整个历史，我还要说一点。我觉得这个岛和南太平洋的胡安斐岛很相像，甚至可以称之为鲁滨孙之岛。因为胡安斐岛，也曾有两名水手在那里流落过。而在这个群岛流落过的也有两名学者：1793年，我的同胞，博物学家瞿布迪·朵阿尔在这个岛上采集植物标本，不料因为采集时太过专心，越走越远，迷了路，直到船长起锚时才上了船；还有1824年，亲爱的爵士，有你一个画家同胞叫夷耳的，也曾被丢在这个岛上达8个月。他更惨，忘了上船，而那船长也忘了他没有回船，就将船开去了好望角。”

“哦！这位船长真是太粗心了，难道和你是兄弟？”少校再次调侃巴嘉勒尔。

“虽然不是兄弟，但他的粗心劲，还是很像我弟弟的。”巴嘉勒尔对少校的调侃毫不生气，自嘲道。

自此，有关特利斯探群岛的历史便讲完了。

晚上，“邓肯号”上的船员进行了一场精彩的捕猎，收获了50多只海豹。在获得爵士允许时，船员们不仅享受了猎捕的快感，同时也有所收获，双重的喜悦让他们第二天就把这些值钱的动物剥了皮，并熬制成了油。

当然，在船员们忙活的时候，船上的其他人又登上了陆地浏览风景，爵士和少校还挎上了枪，准备打些野味来尝尝鲜。他们一直走到了山脚下，看到了遍地的岩石碎块，还看到了带孔的黑色岩石。这是岩石风化后的残骸，也是火山的遗迹。

无数岩石在山脚下堆积，那座圆锥形的山峰到底是什么样子不用想就会知道，一定是杂乱无章的。

曾经有位叫卡尔思的英国船长说这圆锥形的山峰是死火山，看来不无道理。

爵士和少校看到了几只猎物，那是几只野猪，其中一只被少校打死了。而爵士仅仅打到几只黑竹鸡。不过，就是这两样东西，回去也是可以让厨师做出几盘美味佳肴的。

高原的山顶上有几只山羊，还有一些连狗看到都害怕，但却长相英武，敏捷大胆的山猫。这些山猫在岛上繁殖很快，大有在不久之后就成为山中之王的趋势。

晚上8点，大家回到船上休息，“邓肯号”也离开了特利斯探各岛。

麦盖尔船长计划在好望角上装煤，所以也就不得不让船离开南纬37度线，向北走了两度。“邓肯号”在西风下向目的地航行，不到六天，他们便将特利斯探各岛和好望角的700公里走完了。

11月24日下午3点，船上的每个人都看到了桌山。又过了不一会儿，船长测到了信号山的位置，而那也正是海湾入口的标志。晚上将近8点的时候，“邓肯号”进了海湾，并在开普敦港抛锚了。

作为地理学会会员的巴嘉勒尔，当然知道好望角的发现时间是在1486年，发现者是葡萄牙海军上将迪亚士；1497年，葡萄牙著名的航海家达·伽马也曾来过这里。而珂梦斯的《卢厦歌》歌颂的正好就是这位航海家，巴嘉勒尔怎么可能不知道？

对于这点，他还曾发表过他的意见，他说迪亚士发现好望角实际上比哥伦布第一次航行早了6年。如果迪亚士当时绕过了好望角，那么对美洲的发现应该会无限期地延迟下去，因为欧洲和东印度间的航行，虽然绕过了好望角，但却也是这两者间最短、最佳的路线。

来自热那亚的伟大航海家为了寻找一条通向“香料之国”的路，一直开船西行，总算找到了一条捷径。所以说，当他绕过了好望角后，捷径也就找到了，这时候，他继续往西探险又有什么意义？

1652年，荷兰人凡·利白柯建立了英国最重要的殖民地首府开普敦，这片殖民地在1815年签订条约后便属英国管理了。

开普敦位于开普湾深处，“邓肯号”上的乘客们决定利用船只停泊的时间，上岸游览一番。当然，由于麦盖尔船长打算26日清晨起航，所以他们上岸游览的时间非常有限，只有上煤期间的12个小时，所以大家只能走马观花。

开普敦整座城并不大，游览完整座城也不需要多长时间。整座城的分布非常像一个分成方格的棋盘，棋盘上的棋子就是这里的居民。在这个大棋盘上，总共有“棋子”居民3万人左右，而这3万人中，不仅有白人也有黑人，他们各自扮演着自己的角色，有些是国王，有些是王后，有些则是士兵、小卒……甚至还有丑角。当然，对这些人物的形象比喻，都来自于地理学家巴嘉勒尔。

开普敦没有名胜古迹，能看的无非是一些像东南角耸起的堡垒、总督衙门的花园、证券交易所、博物馆以及迪亚士最早发现好望角时，树立起的一座十字架石碑。

不过，当人们看完这些后，如果能再品尝一下当地著名的地方酒的话，也就没有什么遗憾了——当然最终他们也这么做了。

于是，第二天清晨，他们满足地准备离开，“邓肯号”拉起了触帆、三角帆、主帆、前帆起航。只用了短短几个小时，他们便绕过了著名的“风暴角”，也就是好望角。而之所以“风暴角”被改名“好望角”，则是因为葡萄牙国王约翰二世的个人喜好。

舒适的顺风，也没有大的海浪，“邓肯号”从好望角到阿姆斯特丹的1600公里路程，很可能只需10天就能完成了。曾经去过潘帕的人，觉得在海上搜寻简直比在草原上舒服多了。在草原上，他们经历了风和水的袭击，而现在在海上，不管是风还是水，都在帮助他们行走。此刻，他们一下子觉得大自然太好了。

“海洋啊！伟大的海洋，你们是人类的朋友，船只是文明的推手。想想看，朋友们，要是地球上没有海洋，人们即使到了20世纪，也未必会知道它千分之一的面积！再想想看，不管是在西伯利亚森林，还是在中亚细亚的平原，更或者是在非洲的沙漠，美洲的草原，即使是在大洋洲的矿山里，在严寒的两极冰区，人们都是无法进去冒险的，就是再大胆，再勇敢的人也会退缩。

“因为不管是交通工具还是炎热、疾病，甚至那强悍的土人，都可能是人类无法逾越的障碍。那11公里的沙漠，很可能让人至死无法相见，那是比270公里的海洋更大的阻力。不要说在其他地方，就是海岸，即使只是遥遥相对，也有心灵相通之感。但如果隔着的是一片森林，就只能称之为异类了。

“打个比方，英国和澳大利亚之间虽然相距甚远，但因为疆界相连，给人的感觉并不远，而埃及和塞内加尔却如同隔着几百万公里。还有北京和彼得堡，离得更像远在天边。再看看我们今天，我们穿越汪洋大海，比走撒哈拉沙漠还要容易，这就像美国的莫利舰长所说，全世界各大陆之间之所以能建立起友好的关系，都是因为海洋。”

地理学家巴嘉勒尔热情洋溢地说着，大家也都认真地听着，很是认同，就连少校也没有反驳。没错，如果寻找格兰特船长，他们只能沿着37度线在陆地上搜寻，那么这么艰巨的任务，一定无人敢去尝试，更不要说完成了。幸好有海洋，让他们能从这片陆地搜寻到另一片陆地。

12月6日，天刚蒙蒙亮，一座新的山峰便从海面上升起来了。

那是位于南纬37度47分和东经77度24分的阿姆斯特丹岛。在天气晴朗时，阿姆斯特丹岛那圆锥形的高峰即使在25公里以外也能看见。可这天早上都快8点了，高峰的轮廓依然模模糊糊，远远看去，就像特纳利夫峰一样。

“这高峰很像特利斯岛的高峰！”爵士说。

“没错！你说得太对了！”巴嘉勒尔说，“如果甲乙两岛同丙丁两岛相似的话，那么甲乙两岛也就相似，这是根据几何原理推断出来的。不过我还是要说一句，阿姆斯特丹岛和特利斯岛一样，不管是过去还是现在，都有很多海豹，也有一些像鲁滨孙一样的人。”

“什么？鲁滨孙一样的人有很多吗？”海伦夫人问。

“当然！夫人，据我所知，很多岛屿都有类似的漂流事件，在您的同胞笛福写《鲁滨孙漂流记》之前，就已经有这种事发生了。”

“巴嘉勒尔先生，我想请教您一个问题可以吗？”玛丽小姐突然说。

“没问题，不要说一个，就是两个都行，我亲爱的小姐，我保证认真回答你！”

“如果你被流放到了荒岛上，你会害怕吗？”玛丽小姐说。

“我怎么会害怕？”巴嘉勒尔叫了起来。

“算了吧，我的朋友，你总不会说你渴望被丢在荒岛上吧！”

“我当然不会这么说。不过，我要是真遇到这种情况，我想，我是不会讨厌的，我会重新安排我的生活，比如靠捕鱼、打猎为生，还比如冬天住在山洞，夏天住在树上等等。总之，我会去开发岛屿，以满足我的生活需求。”巴嘉勒尔说。

“你一个人也会去开发？”

“如果只有我一个人，我是会一个人去开发的。而且在这个世界上，人是不可能孤独的，因为就算是没有人做朋友，也是会有动物和你做朋友的，比如可以驯服一只小山羊，养只会说话的鹦鹉，再养一只能听懂人话的猴子。要是岛上猛地来了一个伙伴，比如说鲁滨孙遇到的那个忠实的礼拜五……有着这样的生活，那不是很美满吗？特别是如果有两个朋友在一座孤岛上，那就更幸福了！比如说少校和我……”

“算了吧！谢谢你愿意和我一起在孤岛上，不过我可对学鲁滨孙没有兴趣，而且我也学不像。”少校急忙说。

“亲爱的巴嘉勒尔先生，您的想象力真是太丰富了，现实和梦想是有距离的。您想象中的鲁滨孙，好像是上帝帮他选好了一个孤岛，然后把他送上去，最后他又在大自然的帮助下，快活地活着。您呀，什么事都往好的方面想！”海伦夫人笑着说。

“哦！夫人，难道您觉得人在荒岛上就不快乐了？”

“是的，我觉得人本身就是群居动物，不能离开社会活动。孤寂会使人绝望的。想想看，在刚开始的时候，一个人从海里爬出来，既需要为物质生活焦虑，生活也没有安全感。由于想不到怎么去别处，眼前的处境又让他感受到了威胁。这一切都会让人恐慌的。而且由于一个人孤独地看守荒岛，既没有希望回国，又看不到亲人，想想看他会怎么样？那该是多么痛苦的事啊。在那孤岛上，孤岛是他的世界，就好比全世界只有他一个人，这不就和生活在世界末日里一样吗？这样的孤独生活是很恐怖的。相信我吧！巴嘉勒尔先生，还是不要过这种生活为好。”

地理学家巴嘉勒尔不得不认同海伦夫人的看法，后来他们的谈话依然围绕“孤独生活”进行，这种谈话一直坚持到“邓肯号”停在了阿姆斯特丹岛距岸1公里的海面上才停止。

这群岛屿是由两个岛屿组成的，而这两个岛屿之间又有50公里的距离。两个岛屿分别是北边的阿姆斯特丹，也就是圣彼得岛；南边是圣保罗岛。

不过，在这里必须强调的一点是，地理学家经常把这两个岛的名字弄颠倒。

这两个容易被弄混的岛是荷兰人弗拉明在1796年12月发现的，之后，旦特尔伽思陀带着“希望号”和“探求号”寻找纳布鲁斯的时候，还来过这两个岛。而这两个岛最后一直被混淆则是从旦特尔伽思陀开始的。当时，由于海员芭罗儿和伯旦在地图上将两个岛的名字标错，所以造成了荷思伯、品伯特及其他地理学家一直把圣彼得岛说成了圣保罗岛，把圣保罗岛又说成了圣彼得岛。

1859年，奥地利军舰“洛法纳号”在进行环球航行时，船员们发现了这个错误，并进行了纠正。而此次，巴嘉勒尔又着重强调了一下。

位于阿姆斯特丹南部的圣保罗岛是个无人岛，很可能在远古时代，它就是座火山，所以也由锥形火山构成。阿姆斯特丹岛在圣保罗岛的北部，周围20公里的地方生活着离开家乡，过着孤独生活的人们。这些人大多是渔场的看守人，而这个区域的渔场，都归波旁岛上的商人奥拓梵先生所有。牧场主奥拓梵是欧洲列强公认的岛主，每年获利在7.5到8万法郎左右。他获利的原因，大都是因为他让人在那里捕花尾带鱼，并将这些花尾带鱼腌起来，然后大批运出去卖掉。

当然，应该了解的一点是，阿姆斯特丹岛原本归属法国。不过最开始的时候，由于波旁岛圣德尼城的主人卡蔓最先占领，所以应该归卡蔓先生。后来根据国际条约，阿姆斯特丹岛划给了波兰人，波兰人便雇用了马达加斯加岛的奴隶在此开垦种植。

当然，那时候说是波兰人的就跟说是法国人的一样，所以这个岛很快就又落到了法国人手里。

1864年12月6日，“邓肯号”停泊在此岛时，岛上仅有三个人，这三个人中有一个法国人，两个黑人。这两个黑人都是岛主雇用的伙计。所以地理学家巴嘉勒尔非常高兴，因为他遇到了自己的同胞威奥尔先生。威奥尔先生的年龄已经很大了，他以长辈的身份，热情地接待了“邓肯号”上的乘客。

对他来说，这一天是最幸福、最热闹的一天。因为在阿姆斯特丹，光临的只是一些捕海豹者以及捕鲸人，这些人因为天天和凶猛的动物打交道，所以非常粗鲁，没什么涵养。

威奥尔先生向“邓肯号”上的乘客介绍了他雇用的两个人，他们就是岛上的全部人口了。当然，除了他们之外，还有躲在窝里的野猪和上千只企鹅。这些野猪和企鹅居住在西南方一个天然的港湾深处，而那港湾也是因为山崩而形成的。

阿姆斯特丹岛在奥陀一世统治时，便有沉船事故发生。巴嘉勒尔为大家讲述了这个故事，第一个故事他以“阿姆斯特丹上，两位苏格兰人的漂流记”为题。而这个题目自然引起了大家的兴趣。

那是在1827年的时候，当时，英国的“巴弥纳号”船从这座岛前经过，突然发现岛的上空有浓烟，接着船长发现了遇难者发出的求救信号。他立刻派出小舟接回了已经被折磨得没有人形的两个人，这两个人一个是22岁的贝勒，另一个则是48岁的卡洛夫。

这两个人在18个月里，没喝过一口淡水，只以蚌类维持生命，或者将随身带的钢针敲弯，做出来鱼钩来钓鱼，有时他们还会去捉一些野猪来吃，有时甚至好几天不吃任何东西，不喝一滴水。他们只是不让用火石点燃的火熄灭，每天如同古罗马神庙里的女神一样，守着那堆火。火是不能熄灭的，因为那是他们唯一获救的希望。

就这样，他们在艰苦和疲惫中煎熬。虽然也曾遇到一只捕海豹的帆船，但根据渔业上的习惯，他们两个人需要在岛上捕海豹、剥皮、熬油一个月，然后才会再派船来接他们。但他们在岛上待了5个月，仍然没有船来接，好不容易有只到凡第门去的船靠了岸，但那船长却毫无同情心，拒绝带走两个苏格兰人，甚至连一点食物、一滴淡水都没有留给他们。

幸好，他们最后遇到了“巴弥纳号”，这才将两个可怜人救上船，不然他们必死无疑。

除了这件事，能够记录在阿姆斯特丹历史上的就是佩农船长的遭遇了。

佩农船长的历险经历和那两名苏格兰人的差不多。刚开始的时候，他是自愿来这岛上住的，而且也准备住些时日，没想到预先约定好接他的船只没有来，甚至过了40个月还是无人来接他。最后，一只被风吹到这里的外籍船发现了他，救了他。

当然，在佩农被遗忘在此的期间，还发生了一些流血事件，而那些流血事件，也有些像笛福小说里主人公鲁滨孙回岛时的经历。

佩农当时带着两个英国人和两个法国人，这四个人都是水手，他们原本打算用15个月的时间来这里打海狮，没想到15个月过去了，却没有船来接他们，最后他们连粮食也没有了。

而就在这种情况下，四名水手出现了内讧，也就是"国际关系"出现了问题，两名英国人偷袭两名法国人，甚至偷袭佩农，而如果不是那两名法国人帮助佩农，佩农一定会遭到两名英国人的黑手的。此后，五个人日夜监视对方，武器不离身，过着度日如年的生活，在焦急和困苦中生活着。

困境让五个不幸的人成了势不两立的两派，最终要不是一条英国船救了他们，说不定就会出现自相残杀的情况。

以上的两起流落事件，让阿姆斯特丹岛两度成为被遗弃者的家，而幸好这两起被遗弃事件，最终又得到老天的帮助。而自那两次事件发生后，便不再有船在这里失事了。即使有，那些流落的人也会找到威奥尔先生的渔场来。当然，这位年老的善人，对遇难者总是慷慨地给予帮助。

在爵士他们问起"大不列颠号"和格兰特船长时，这位大善人却丝毫不知。所以很显然，阿姆斯特丹和圣保罗岛都不可能是格兰特船长的出事地点。当然，大家对威奥尔先生的回答并不感到惊讶，因为"邓肯号"停泊的地方，并没有格兰特船长的印迹。不过，他们问威奥尔的目的，只是想证实一下，格兰特船长并没有在这里，仅此而已。

有了这个结论，麦盖尔船长决定第二天就起航。

在还没有起航的这段时间，大家又在岛上游览了一番，一直到晚上。

岛上的风景很美，不过岛上的动植物，就是再擅长写长篇大论的生物学家也写不出一页纸来，因为这个岛上那些所谓的兽类、禽类、鱼类、鲸类，仅仅只是几只野猪，一些信天翁、鲈鱼和海豹罢了。

岛上有一处温泉，温泉及含铁的矿泉都是从一处淡黑色的岩缝里渗出来的，并在水面上升起了水烟，有些时候，水温很高。麦盖尔船长曾用温度计试了一下，达到了摄氏80度。如果从距离温泉几步远的海里捕来鱼，然后放入摄氏80度的水里去的话，说不定这些鱼瞬间就会变成美餐的。

所以说，这样的水温，就是巴嘉勒尔也不敢跳进去洗澡。

大家在兴高采烈地游玩了一番后，傍晚时分，他们向威奥尔先生道别，并向他表达了祝福之意，希望他在岛上一切顺利。老人回谢了他们，并祝他们一帆风顺，搜寻成功。

最后，大家一起上了小舟，回到了“邓肯号”上。

第二十三章

Chapter 23

和巨浪搏斗

/

12月7日早晨3点，随着锅炉的轰隆响，水手们摇起辘轳，将船锚吊起，“邓肯号”离开了小港的沙底。当把锚架上的螺旋转动的时候，船便下海了。

早晨8点，“邓肯号”上的乘客登上甲板，发现阿姆斯特丹已经渐渐消失在天边的云雾中。

这将是“邓肯号”沿着37度线行走的最后一次停泊。这里离大洋洲海岸还有1620公里。如果一路上都是西风，而且海上也没有出现什么意外的话，“邓肯号”很快会到达目的地的。

站在甲板上的玛丽小姐和罗伯尔，看到海面上波涛汹涌，很是感慨。这些波涛，父亲的船是否也曾经过，会不会就是在这里，船被波浪冲坏了，沉了，船员也失踪了呢？是否最后只剩下父亲和两名水手在印度洋上和汹涌的海浪搏斗？是否他们最后又被一股力量推向了遥远的海岸？

船长麦盖尔在海图上给玛丽小姐和罗伯尔画每股海浪的流向，在画到印度洋横亘海流时，发现其势力很大，并自西向东往大洋洲流去。也许正因为如此，那只“大不列颠号”的桅杆才会被打断，然后舵也失去了平衡。也就是说，在风大浪大的时候，船上的所有武装都被解除了，他们最终只能随海浪流动的方向往海岸奔去，最终船只沉没。

不过，他们还是有个问题没有解决。那就是1862年5月30日，《商船日报》曾记载了格兰特船长的消息，而那消息是从卡亚俄发出的。如果是在印度洋上失事，为什么“大不列颠号”离开秘鲁海岸只有8天，便在6月7日进入了印度洋？

当然，这个问题巴嘉勒尔也做了合理的解释，让即使是有不同意见的人也哑口无言。

巴嘉勒尔对此做出解释已经是12月12日晚上的事了。

那时候，“邓肯号”离开阿姆斯特丹岛6天。爵士夫妇、格兰特姐弟、少校、船长麦盖尔全都在楼舱里聊天。和平常一样，他们聊得最多的就是“大不列颠号”的失事地点以及船长格兰特和两名水手。

在大家聊得起劲时，爵士提出了上述问题，这么一说后，大家瞬间就像被当头泼了一盆冷水。

巴嘉勒尔没想到爵士会猛然提出这个问题，马上将头抬了起来，随即便一声不响地去找那三张纸条了。等他回来的时候，只是耸了耸肩，一脸的“这么简单的问题”，很无所谓的样子。

“亲爱的学者，看你耸肩我就知道，你一定认为这个问题不是问题，那么既然这样，你也要给我们做个解释呀！”爵士说。

“不用急，我先来请教船长一个问题。”巴嘉勒尔说。

“说吧，巴嘉勒尔先生，什么问题？”船长麦盖尔问。

“我只想知道，如果有快艇的话，它用一个月的时间从美洲到大洋洲的太平洋可能吗？”

“当然！不过每天必须用110公里的速度行驶。”

“110公里是最快的速度吗？”

“不！有些快的帆船也有这种速度的。”

“很好！那么问题就解决了。纸条上的日期中‘6月7日’几个数字间的间隙很大，那么是不是6月7日就有待商榷了。如果纸条上的日期，是因为‘7’字前面的一个字被侵蚀掉了，原本是‘6月17日’或者是‘6月27日’，这个问题是否就解决了呢？”巴嘉勒尔说。

“没错！是这样的！从5月31日到6月27日……”

海伦夫人没有说完，巴嘉勒尔便说开了：“这样‘大不列颠号’就有足够的时间来穿越太平洋到达印度洋上了！”

这个答案大家都接受。

“我又弄明白了一些事，这多亏我们亲爱的地理学家帮助。如今，我们只有到大洋洲的西海岸上搜寻格兰特船长的踪迹了。”爵士说。

“难道只能是西海岸吗？”麦盖尔问。

“对呀，船长问的有道理。纸条上根本就没有说失事地点是在西海岸还是东海岸，所以我们搜寻的目标不能只放在西海岸一边，还是应该放在东海岸，就是说37纬度的东西两端都要搜寻。”爵士说。

“这样一说，问题不是又来了吗？”玛丽小姐也说。

“哦，那倒没有，小姐。大家请注意，如果‘大不列颠号’在大洋洲东岸停泊的话，它应该会马上得到救援和帮助的，因为这一带住的几乎全是英国的侨民。这就是说，格兰特船长走不了16公里，就会遇到同胞，所以这个方向不可能。”船长的回答打消了玛丽小姐的疑虑。

“是这样的，麦盖尔船长。我完全同意你的看法，如果是在东海岸的杜布湾出事，格兰特船长绝对会在英国移民区获救，而且还会很快找到交通工具回家。”巴嘉勒尔也说。

“这就是说，如果失事是在大洋洲的西岸，遇难的船员就不那么容易获救了？”海伦夫人说。

“没错，是这样的，夫人！那一带非常荒芜，没有一条路通往阿德雷德或墨尔本。所以船在那里沉没的话，是不会得到救援的，就和在非洲无情的海滩上失事一样。”巴嘉勒尔说。

“那如果我父亲就是在那里失事的，他这两年又要怎么生活？”玛丽小姐说。

“我亲爱的小姐，你是不是觉得你父亲的船就算是失事，在大洋洲登陆也不成问题？”巴嘉勒尔又问。

“是的，我希望是这样，巴嘉勒尔先生。”

“格兰特船长游上岸，登陆后又是怎么做的呢？据我猜测有三种情况，一种是和伙伴们去了英国移民区；另一种就是落在了当地土人手里；最后一种就是在大洋洲的沙漠中迷了路……”巴嘉勒尔说到这里，突然停住了，他看了看大家，想看看他的这三种猜测，赞同的多还是反对的多。

“请继续讲下去，巴嘉勒尔先生！”爵士鼓励道。

“那么我首先要否定第一种情况，因为格兰特船长是不可能跑去英国移民区的，否则，他早就回家乡和家人团聚了，也就没有我们这次的搜寻了。”巴嘉勒尔说。

“我可怜的父亲！他离开我们已经两年了！”玛丽小姐喃喃道。

“姐姐，让巴嘉勒尔先生说下去，他后面会告诉我们……”

小罗伯尔还没说完，巴嘉勒尔又说："唉！我可怜的孩子，我真的没办法告诉你们确切的情况，但我推测，你父亲很可能落到了大洋洲土人的手里，或者……"

"或者什么？土人会不会……"海伦夫人也着急起来。

"夫人，请您放心！土人虽然愚笨，但天性善良。他们不像邻近新西兰的那些土人，杀人成性。如果遇难的船员被他们俘虏，绝对不会受到生命威胁。在这一点上，我完全能够保证。所有的旅行家们都说过，说大洋洲的土人是最怕流血死人的，很多次，他们还和旅行家们联合起来，打退那些流放囚徒的袭击。他们是非常忠实可靠的，但那些囚徒就太凶残了。"巴嘉勒尔安慰他们。

海伦小姐转而对玛丽小姐说："听到了吗？你的父亲即使落在了土人手里，我们也能找到他。而那纸条上的消息也告诉我们，他是落到土人手里了。"

"如果他在荒凉的沙漠里迷路了呢？"玛丽又说，她用殷切的眼神看着巴嘉勒尔。

"即使迷了路，我们也是能找到他的。对不对，朋友们？"巴嘉勒尔的眼神中充满了信心。

"对！我不相信人类会真的迷路！"爵士说，他想把玛丽小姐从悲观的情绪中拉出来。

"是的，我也不相信！"巴嘉勒尔也说。

"大洋洲很大吗？"小罗伯尔问。

"我的孩子，大洋洲有775万平方公里。也就是说，它有欧洲的五分之四那么大。"巴嘉勒尔说。

"有那么大？"少校不相信。

"当然有那么大！少校先生，即使有误差，误差也只在一码左右。那纸条上写着'大陆'两个字，你总得相信它称得上'大陆'两字吧！"

"如果真有这么大，那当然有资格被称为'大陆'了。"少校说。

"那我再补充一句，在沙漠迷路的旅行家不多，我知道的也就只有勒沙德一个人，直到现在还下落不明呢。在我上'邓肯号'之前，在地理学会上，听说已经找到他的行踪了。"巴嘉勒尔又说。

"澳大利亚大陆有没有搜寻过？"海伦夫人问。

“没有！早着呢，夫人！人们对澳大利亚大陆的了解还没有对非洲了解得多，不过，这并不是人类的错，而是老天不成全探险家们。从1606年到1862年，在大陆或沿海从事探险工作的不少于50人。”

“50人？有这么多？”少校有些不相信。

“怎么？少校先生觉得不可能？我可是把冒险的船员和大陆探险者一起算在内的。”

“即使那样，50人也太多了点。”少校继续反驳。

“你觉得多？我还觉得少呢！”巴嘉勒尔有些兴奋。他和别人的不同点就是，遇到和他唱反调的，他反而会更高兴。

“那你说有多少？”

“你真不相信？那我马上把这50个人说出来。”

“哦！亲爱的地理学家，你一定要冷静，说话可不能不负责任哦！”

“你敢和我打赌吗，少校？拿你的马枪和我的望远镜作赌注。”

“为什么不敢？巴嘉勒尔，就看你愿不愿意了。”

“那好！咱们一言为定！如果你输了，你可就没马枪打羚羊，打狐狸了——除非我借给你。当然，如果你要借，我还是会借给你的。”

“巴嘉勒尔，到底谁赢谁输还不知道呢，你可别以为你一定会胜了我！”

“那我们就开始吧，先生们、女士们，请你们做裁判。至于计数员嘛，就让小罗伯尔做。”巴嘉勒尔大声说。

他的话引得爵士夫妇、玛丽、小罗伯尔、少校和麦盖尔船长都笑了起来。大家急着要看这场赌博谁赢谁输。而此次争论的焦点就是大洋洲，也是“邓肯号”要到达的地方。在这种情况下谈它的历史，没有比这更适合的了。因此，大家带着好奇，考察着巴嘉勒尔的记忆力。

“记忆女神啊！请赐予你最忠实的崇拜者神灵般的记忆力吧！在250年前，朋友们，有谁不知道大洋洲呢？而从17世纪，也就是1606年开始，无数的航海家和探险家去了这个地方，比如西班牙航海家奎洛斯，他给此地取名为‘圣地澳大利亚’。记住我说的这个航海家的名字了吗？罗伯尔，我现在要说第二个了。”

“我记下来了。”小罗伯尔说。

“好！接着，也就是在同一年，奎洛斯船队的副指挥特烈斯，他在新陆地南面去勘察。当然，有着重大发现的应该是荷兰人海拓兹，他曾在西南南纬25度的地方登陆，并将那里命名为‘恩德拉’。之后还有很多航海家去过那里，比如齐圣、俄戴多尔、勒兹、卡本塔……”

巴嘉勒尔噼里啪啦说了一大堆人名。

停了一下，喝了口水后，他又接着说：“接下来我说英国人。1680年，一个有名的浪人曾在此地打野牛，还有横渡南太平洋的丹比尔，他用几年时间，到过很多地方，最后乘坐‘希勒号’跑到了澳大利亚西北部，和土人住在了一起，并对那里的风俗习惯和生活状态做了描写；1699年，他回到了海拓兹，从海盗摇身一变，变成了皇家海军船船长。在那之后的70年，便没有一个航海家来到这里了。

“1700年，库柯船长在此片区域出现，自此，澳大利亚便迎来了很多欧洲移民。了不起的航海家库柯船长在进行了三次轰动一时的航行后，有了很多奇遇。比如他在奥塔希迪观察了金星自太阳面前经过的天文现象，那时候还差点葬身海底。还有一次，他乘坐的船只差一点就要触礁、沉没，幸好有珊瑚卡入裂口处，堵住了进水口。当然，库柯船长最大的功劳是发现了世界上最大的珊瑚海，并且多次来这里。不过不幸的是，在他最后一次航行时，船失事于萨维茨群岛。”

巴嘉勒尔说到这里后，又接连说了一长串航海家，比如菲利浦船长、巴思上校、弗德林中尉……说到这些人物的时候，他如数家珍，充分显示了其超强的记忆力。

口干舌燥的巴嘉勒尔说得嗓子都要冒烟了，忙问罗伯尔记了多少个人名了。

“56个！”罗伯尔说。

“听到了没有？少校！如果你还想听，我还可以说，像居白勒、伯格威尔、洛兹夷德、威康姆……”

“好了好了！够了！”少校听得头昏脑涨，他被这一连串人名吓住了。

“这就够了？还有呢，像斐路、括伊、贝儿那、特利伽，宁柯翰……”巴嘉勒尔越说越快。

“快停下吧！不要说了！饶了我吧！”少校嚷嚷。

爵士也替少校求情：“巴嘉勒尔，就数到这里吧，这次该麦克那布斯倒霉，谁让他不相信的？这下好了，他知道输了！”

“马枪呢，少校？”巴嘉勒尔得意地说。

“归你了！虽然我舍不得，但我愿赌服输。你的记忆力真是太好了！不要说一支马枪，就是一个机械库，想必你也能赢去。”少校说。

“看来，对于澳大利亚的历史，已经没有人比你更清楚了，甚至一个小小的地名、人名，还有细小的事情……”海伦夫人还没说完，便又被少校打断了。

少校一边摇着头，一边不相信地说：“细小的事情他也能记得？”

“怎么样，少校？不服吗？”巴嘉勒尔大叫。

“我是说大洋洲的一切细小事情，你未必全都知道。”少校解释说。

“哼！真是岂有此理！你怀疑我的记忆力！”巴嘉勒尔拍拍胸脯说。

“那我要是说一件事，你要是不知道的话，我会赢回我的马枪吗？”少校问。

“可以，你说吧！”

“你可要说话算话啊！”

“当然会说话算话！”

“好的，那我问你，你知不知道澳大利亚为什么会不属于法国？”

“这个嘛！我觉得……”

“要是你不知道的话，说出英国人对这种事的看法也行。”

“我不知道，少校！”巴嘉勒尔沮丧地说。

“哈哈！其实很简单，是因为你那勇敢的同胞伯尔船长，他在1802年的时候听到大洋洲的青蛙在呱呱呱地叫的时候，非常害怕，马上拔锚离去……”

“什么？在英国是这么说的？简直就是开玩笑！”巴嘉勒尔大声喊道。

“没错，是像开玩笑！我承认，不过在英国，这种说法就是事实。”少校说。

“无聊！简直太无聊了！现在还有人这么说吗？”有着爱国之情的巴嘉勒尔再也忍不住了，大声吼道。

“我不得不告诉你，是这么说的，我亲爱的地理学家。你怎么会对这段历史一无所知呢？”爵士说完，全场哄堂大笑。

“我不知道！我一点都不知道！这是污蔑！我要抗议！英国人说法国人是‘爱吃青蛙的人’，既然法国人爱吃青蛙，怎么会怕青蛙呢？这绝对是污蔑！”

“话虽然是这么说，但事实依然是事实嘛！”少校忍俊不禁地说。

就这样，那支马枪从少校手里到了巴嘉勒尔手里，最后又从巴嘉勒尔手里回到了少校的手里。

打赌后的第三天，船长在中午测算了一下，发现“邓肯号”已经到东经130度37分的位置了。大家看着海图，发现离白洛夷加很近，而在白洛夷加和旦特尔伽思陀岬之间，大洋洲海岸类似弓的背部，而37度纬线部分又像弓弦。此时如果“邓肯号”向赤道方向行驶的话，那么很快就会到查坦莫角了。

不过这时，“邓肯号”却在被澳大利亚大陆挡住了风浪的印度洋上，向东航行。

大家估算，很可能白洛夷加会在四天后出现在地平线上。而直到此时，“邓肯号”都是借助西风在前行。不过近几天里，风力有所减弱。12月13日，竟然一点风都没有了，这导致船帆紧紧地贴在了桅杆上。

此时，如果“邓肯号”没有装汽轮机，很可能就要滞留在海面上了。

无风的状态很可能会保持很久。晚上的时候，爵士和船长麦盖尔讨论起了这个问题。年轻的船长见船上的煤也快要用完了，面对减弱的风力，不禁有了隐隐的不安。他将船上所有的帆都张了起来，就连小帆、辅帆也没落下，不过，正如水手们所形容的，风连一顶帽子都装不满。

“不管怎么样，我们都不能埋怨老天，无风总好过逆风！”爵士说。

“没错，阁下！不过这意味着明天要变天，所以我有些着急。我们现在是在季风区域航行，季风通常是从每年的10月持续到第二年的4月，这段时间是东北风，所以只要它稍稍刮起来，我们的航行都可能延期。”麦盖尔说。

“那现在该怎么办？要真是这样的话，也只能耽误几天了。”

“是呀！如果逆风，而且没有风暴的话。”

“什么意思？你是说真要变天？”爵士说完，看了看天空。此时还没有什么变化，晴空万里。

“没错！我怕会变天。这些话我也只能和阁下说，我不想让海伦夫人和玛丽小姐担心、惊慌。”船长又说。

“你想得非常周到！不过真会有可怕的事情发生吗？”

“我怕真的会有暴风雨。您是不能只看天上的表面现象的，因为表面现象是会误导人的。这两天以来，风雨表低得让人担心，只有0.73米。这是在给我们发警报，我们不能不注意。我在南印度洋已经尝到过风暴的滋味了。南极冰山区蒸汽的凝结曾产生过强烈的吸引力，所以也就产生了极地风和赤道风，两种风发生冲突就会形成旋风和飓风，甚至其他各种风暴。到了那时候，船一定会吃亏的。”船长说。

“麦盖尔，‘邓肯号’很坚固，船员也很有经验，即使风暴来了，我们也会有办法应对的。”爵士说。

麦盖尔没再说什么，但作为船员的本能，他还是有些忧虑。麦盖尔是英国所谓的“天气通”，他对天气有着天然的敏感，所以看着指数不断下降的风雨表，开始在船上做一系列的防御措施。

麦盖尔预感到会有一场猛烈的风暴降临。虽然目前天空并没有什么变化，也没有不好的兆头，但那风雨表是不会骗人的。因为在通常情况下，当天空的气流从高纬度向低纬度流时，两地的距离会缩短，水平流动的速度越大，风速也就越大。

整个晚上，船长麦盖尔都待在甲板上，差不多晚上11点钟的时候，南边天空出现了云斑，麦盖尔船长叫来全部水手，并让他们落下小帆，保留主帆、纵帆、前帆和触帆。

半夜的时候，海上的风更大了，以每秒20米的风速前进。桅杆、帆索，甚至船舱都发出了各种不同的声音，这些奇怪的，甚至有些恐怖的声音让原本不知风暴来了的乘客也都警醒了。巴嘉勒尔、爵士、少校和罗伯尔全都涌上了甲板。他们在上床睡觉前，天空还是晴空万里，满天星斗，如今却已经乌云翻滚，狂风大作了。在这些人中，有好奇的，也有想出力帮忙的。

“这是起飓风了吗？”爵士问麦盖尔。

“是呀，这不说来就来了吗？”

麦盖尔说着，命令其他水手卷起了前帆的收缩部分。在飓风中，水手们艰难地爬上了软梯，费力地撑起收缩部分，并用帆索捆扎在拉低的帆架上。麦盖尔尽量将一些帆面保留下来，以便缓和船的左右摇摆，平衡船只。在做好这些防备工作后，他又命令艾撒汀和水手长做好应付飓风的准备。他们将系小舟的绳子和绑桅杆的缆绳进行了加固，并将大炮两边的滑车也系紧了，甚至连横桅索和后支索也都拉紧，将每个孔都堵得严严的。

麦盖尔船长一直守在大炮旁，像个将军一样，寸步不离。他不断地从楼舱顶凝视风云突变的天空，仿佛要把它们接下来的行踪弄明白。

此时，风雨表已经下降到36厘米了，这种情况在以前的航行中是很少出现的。同时，风暴镜的颜色也提示着他们，风暴马上就要来临了。

凌晨1点钟的时候，海伦夫人和玛丽小姐在房内都感受到了颠簸，她们冒险跑到甲板上。此时，风速已经达到每秒28米，狂风将缆绳当成了乐器的弦，不停地颤动着，弹奏出属于自己的音乐；辘轳间相互撞击；绳索在粗糙的索槽里磨出了尖锐的声响；帆布被吹得前后激荡，发出呼啦啦的声响；大浪高得惊人，将游船打得东摇西晃……船只如同长着翅膀，在大浪的翻滚中卷着水花前行。

麦盖尔看到了海伦夫人和玛丽小姐，急忙走了过来，劝她们回舱。此时，狂风将大浪打在了船上，甲板随时都有被打坏的可能。由于风急浪高，海伦夫人和玛丽小姐根本听不清船长的话，在浪涛稍稍平息一点的时候，海伦夫人问：

“什么？你是说这里有危险？”

“那倒没有！不过还是请你们回舱里去吧！”麦盖尔严肃地说。

海伦夫人和玛丽小姐无法不听从这带着命令式的恳求，她们回到了船舱。不过很快，又有大浪卷来，将她们船舱的玻璃震得发颤。风更猛烈了，桅杆受不了弯了下去，“邓肯号”像是要从浪头上跳过去。

“把主帆卷起来！把前帆和触帆降下来。”麦盖尔大声命令着。

水手们加紧卷帆索，在将吊帆索松开后，又将触帆用纤绳拉了下来，在拉动纤绳的时候，发出的声音甚至比风声还要高。做好这些后，大烟囱里喷着浓烟的“邓肯号”，蒸汽机的叶子板一下又一下地拍打着浪涛，随即，叶子板翘了起来，翘出了水面。

爵士、少校、巴嘉勒尔和罗伯尔站在甲板上，紧紧地抓住横栏杆，看着狂风大浪中的“邓肯号”，在惊讶中赞美着。虽然他们各自的话对方听不到，但却都能感受到，对方和自己一样震惊。

大海上空有海鸟在飞翔，这些风暴中的鸟，发出了比平时更大的叫声，甚至风浪越大，它们叫得越欢。

突然，他们听到了一阵声响，声音震耳欲聋，比风暴声还大。蒸汽从蒸汽机里喷射出来，如同报警的汽笛一样，发出了尖利的声响。“邓肯号”猛地向一边倾斜，维尔逊急忙去扶舵盘，不料却被舵杆打倒了，横对着狂风大浪的“邓肯号”失去了控制力。

“发生什么事了？”麦盖尔奔到指挥台前，大叫一声。

“我们的船倒下睡着了。”艾撒汀此时还不忘幽默一下。

“舵被打掉了？”

“是的！先救机器！快救机器！”机械师大叫。

麦盖尔连滚带爬地朝机器房奔去，机器间雾气沉沉，汽缸里的活塞已经不动了，连杆器也推不动横轴。机械师见连杆器失去了作用，担心汽缸爆炸，索性将蒸汽门关了起来，让蒸汽从排气管出去。

“到底怎么样了？”麦盖尔问。

“蒸汽机不转了，应该是弯了或嵌住了。”机械师说。

“嵌住就不能取出来吗？”麦盖尔又问。

“不可能取得出来。”机械师说。

蒸汽机不动了，蒸汽从活门里跑了出来，而这些损坏的地方此时又不适合抢修。因此，船长麦盖尔只能利用船帆，在原本也是敌对方的“风”里找契机。

麦盖尔先跑到甲板上，向爵士汇报了整个情况后，又让爵士带着其他几个人回船舱，但爵士却不肯。

“阁下，你们快回船舱吧！这里有我和另一名船员就行了。船很可能会被埋入波浪，波浪无情，很可能会将你们一起卷进去。”麦盖尔的态度严肃又坚决。

“可我们也想帮点忙！”爵士说。

“不行！你们非进去不可！爵士，在这种时候，船上的事应该由我做主！快回舱吧！我求你们了！”

麦盖尔的语气严肃，这也让他们知道了情况的严重性。爵士明白此时自己最应该做的就是服从，于是，他带着其他人离开了甲板，去了两位女士那里。

两位女士正焦急地等待着消息。她们不知道这场船和风浪的斗争谁赢谁输。

“麦盖尔真是太勇敢，太坚强了！他是个真正的男子汉！”爵士一进方厅就说。

“没错，他让我想起了莎士比亚的《暴风雨》中的那位司锚官，他曾对乘坐军舰的国王嚷：‘快走开！回舱里去！如果你们无法让风浪平息，那就什么也别说，也别做！告诉你们！’”巴嘉勒尔附和道。

此时，那位勇敢的男子汉没有耽误一分一秒，他要想办法让“邓肯号”从险境中解脱出来。

他决定用微帆航行的方法避免“邓肯号”被风吹得偏离航线。因此，“邓肯号”上很快就升起了一面帆，那帆是斜着拉上去的，为的就是让它侧面受风。水手们再次将前帆张开，并缩小了帆脚，在桅杆上张起了三角帆，还让舵柄对着下风舷。

“邓肯号”原本就有很好的性能，在给它注入了急风后，更是如同一匹被鞭打的快马，在风口浪尖奋勇搏斗。船帆很少，能经受得住狂风的吹吗？虽然这些帆都是用上等的帆布做成的，但在这样猛烈的风势下，多好的帆都有可能被吹破。

当然，麦盖尔是用小的帆面来借风力的，同时还用斜进的方式，这不仅可以让船维持原有的航向，而且还可以让船身最结实的地方对准浪头。不过，这样的行驶也有很大的危险性，因为船只很可能落到两个浪头间的广阔深槽里爬不出来。

不过，这也是麦盖尔的无奈选择，要想让桅杆和船帆不被风打下来，他只能用微帆斜进的方式。船员们全都站在他的面前，随时准备接受他的调遣。麦盖尔将自己绑在了护桅索上，观察着被狂风疾浪肆虐的海洋。

夜晚就在这种紧急状态下过去了，大家都希望天亮时风暴有所减弱，很可惜，他们的希望落空了。

早上8点钟的时候，狂风比刚才更厉害，而且已经成了飓风。

麦盖尔默不作声地开始为船上的人员安全考虑，此时“邓肯号”已经倾斜得很厉害了，甲板的支柱发出了咯吱咯吱的声响，海浪甚至打在了主桅上伸出的辅杆上。很长一段时间，全体船员都以为船会那么翻过去，起不来了。在帆已经被吹出帆框，如同一只大海鸥要掉下去时，有水手拿着斧头砍去了大桅杆上的护桅索。

“邓肯号”竟然又翻了回来，漂在了海面上。不过，虽然漂起来，但却没有风向，左右摇晃，桅杆也快要被折断了。这种行驶的方法肯定不行，整个船体已经完全受不了了，如果边板散了，接缝处再一裂开，波浪很快就会冲进来的。

船长麦盖尔目前还有一个解决问题的方法，那就是扯起三角帆。而要扯起这个小帆，他用了好几个小时，直到下午3点钟的时候，三角帆才在主桅的辅杆上随风飘扬。

就这样，一块三角帆，拖起了“邓肯号”前行，并以无法测算的速度向东北方向行驶。当然，“邓肯号”必须保持最大速度，因为只有这个速度才能让船体保持安全。很多时候，“邓肯号”的船尖像锋利的刀尖，披风斩浪，开出一条道来；有时候，又像一条鲸鱼一样，飞快地钻进浪头，同时，波浪也从船头扫向船尾；有时候，船的速度又和浪的速度一样，使舵失去了作用，左右摇晃，差点将船打翻；有时候，在飓风的推动下，浪以比船速还快的速度，越过“邓肯号”船顶，以不可阻挡之势扫过整个船身……

12月15日，整整一天一夜就这么在时而充满希望，时而满是失望中反复着，好在虽然惊险，却也过去了。船长麦盖尔始终没敢离开自己的岗位，他什么都不吃，一直观察着海面以及“邓肯号”的情况，虽然表面冷静，其实内心很惊慌，而最让他惊慌的还是北方朦胧中的影子。

怎么可能不惊慌？此时此刻，什么样的危险都是有可能发生的。

“邓肯号”被风浪打出了航线，并以无法驾驭的速度向大洋洲海岸奔去。麦盖尔感觉到灾祸很可能就要降临了。他怕船触礁，怕“邓肯号”被撞个粉身碎骨。他开始估算大洋洲海岸离他们的距离，应该不少于10公里。在这样的情况下，靠岸实际上也就意味着沉船。在无边无际的大海上，不管往什么地方行驶，总好过触礁的，因为海浪虽急，但总有办法防护，最多只是受它的摆布罢了，可如果风暴将“邓肯号”吹到岸边，一触礁，那可就完了。

在这关键时刻，麦盖尔找到了爵士，并和他展开了一场对话。他毫不掩饰地说明了当前的情况，还说他不怕牺牲，他能够很镇定地应对即将到来的危险。最后，他又说如果迫不得已，他只能将“邓肯号”向海岸停靠。

“如果能救船上的人，你想怎么做就怎么做吧！”爵士说。

“海伦夫人和玛丽小姐怎么办？”船长又问。

“到了关键时刻，我会通知她们的。如果真的没有任何希望了，那你就通知我一声。”

“我一定通知！阁下！”

麦盖尔说完，爵士便又回到了两位女士身边。两位女士已经感觉到了危险的来临，不过却不知危险到什么程度。在男同胞面前，她们还是表现出了很大的勇气。而此时，地理学家巴嘉勒尔正在为小罗伯尔讲解大气环流方面的知识，小罗伯尔聚精会神地听着。巴嘉勒尔讲到了旋风、羊角飓风、直线台风之间的不同；

而少校正带着宿命般的理论，唉声叹气地等待着末日的来临。

深夜11点左右，风暴减弱了很多，空气中的湿雾也分散开来。在明朗中，船长麦盖尔看到下方3公里处有一片陆地，“邓肯号”正奔着那片陆地驶去。前面的浪很高，麦盖尔知道，高浪一定是遇到了坚实的阻碍才会扬得那么高。

“前面出现了暗礁！”麦盖尔对大副艾撒汀说。

“我也觉得是这样。”艾撒汀回答。

“看来，我们的命运已经掌握在上帝手里了。如果我们的船能从暗礁的缺口处驶过，我们就能活下来。可如果上帝不让船对准那缺口，我们的生命就要终结到这里了。”麦盖尔说。

“此时正值涨潮，也许我们能过去，船长！”

“能过去吗？艾撒汀，那浪腾得那么高，怎么可能闯得过去？我们只能祈祷上帝，让上帝来帮助我们了，伙计！”

此时，在三角帆的推动下，“邓肯号”以惊人的速度向前行驶。很快，它离暗礁只有两公里远了，水汽遮住了麦盖尔的眼睛，不过麦盖尔还是看到满是泡沫的水面处有个地方很平静，如果“邓肯号”能驶向那里，也就安全了。不过，要怎么才能过去呢？麦盖尔船长将船上所有的人都请到了甲板上，他不愿意在船沉没之际，让他们一无所知地被关在舱里。当爵士和伙伴们看到了前方的巨浪时，发现玛丽小姐已经吓得脸色煞白了。

“麦盖尔，我没有办法救我的妻子，如不成我们就一起死，你负责救玛丽小姐。”爵士轻声说。

“知道了，阁下！”麦盖尔船长轻轻说完，拉着爵士的手，贴在了自己已经饱含眼泪的眼睛上。

“邓肯号”离那暗礁更近了。此时正是涨潮的最高期，如果船底有足够的水，将会载他们驶过那片暗礁。不过，浪太大了，如果浪将船先抛上去，再落下来，很可能使船体触礁，那沉船也就在所难免了。如果能让那巨浪降低，让巨浪处的水流平缓点就好了。

终于，在最危急的时刻，麦盖尔想到了一个办法。

“快！倒油！伙伴们，倒油！”他大声喊道。

这句话一下子提醒了船上的水手们。这正是他们走出绝境的方法：往巨浪上盖上一层油，巨浪就会平息下来，而当这层油倒在上面时，就能润滑巨浪，让巨浪翻滚的势头减弱。这办法见效快，但很快就会失效。在他们人为地让海面趋于平静后，很可能会让巨浪掀得更高，甚至给船只带来更大的危害。

不过没办法，这是唯一的机会。水手们将装海豹油的大桶滚到了船头，并用超出平时的力气，将木桶挂在左右舷的栏板外。

“准备好！”麦盖尔大声喊着，等待着最佳的倒油时间。

还有20秒，“邓肯号”马上就要到那巨浪翻滚的海面上，并驶进缺口处了。

时机到了！

“动手！”麦盖尔大喊一声。

水手们砍破了油桶，桶里的油一下子倒了下去，顿时将巨浪压了下去。“邓肯号”在被压平的水面上一晃而过，仅仅只是一眨眼的工夫，船便平稳地驶进了那个缺口处。

此时，海面上因为没有了油层的束缚，翻滚得更厉害了，完全称得上是波涛汹涌。

第二十四章

Chapter 24

意料之外的线索

/

过了暗礁，在水深5米的地方，麦盖尔船长首先做的就是将船两边的锚抛下，船稳稳地停了下来。停船的海底是粗沙石，能吃住锚，所以“邓肯号”不再怕滑锚，也不再怕船搁浅。在惊险中急速行驶了几个小时后，总算安全了。

这里三面环山，每座山都像是个尖尖的山峰，挡住了狂风的肆虐。

“船长！谢谢你！”一到安全区，爵士就拉住了麦盖尔的手。

虽然只是寥寥几字，但足以让麦盖尔欣慰。爵士将刚刚面临死亡时的焦急心情完全隐藏了起来，海伦夫人、玛丽小姐，甚至罗伯尔都不知道他们刚刚面临的是生死一瞬间。

如今还剩下一个重要问题需要搞清楚——“邓肯号”被这场风暴打到什么地方来了？是不是还能找到37度纬线？白洛夷加的西南方离“邓肯号”停下的地方有多远？这几个问题都需要船长麦盖尔来回答。

麦盖尔也不含糊，一面用手测算，一面观察，并在海图上做出了标记。结果还不错，“邓肯号”离开37度纬线并不远，仅仅相差了两个纬度，在东经136度12分和南纬35度7分的地方，这个地方叫灾难角，位于澳大利亚南端，距白洛夷加大约有160公里。

所谓灾难角，顾名思义也就是容易发生灾难的地方。这里和坎加鲁岛之间的位置正好与泊达角相对。灾难角和泊达角之间又形成了一条海峡，海峡通向北边的斯宾赛湾和南边的圣文森湾。

圣文森湾的东岸是南澳省的首府阿德莱德港，人口大约四万，建于1836年。这里的资源非常丰富，居民大多以种植葡萄、柑橘和其他农副产品为业，很少有大规模的工业。总的来说，这里的人是不注重商业和手工业的。

在这样的地方，“邓肯号”能否把损坏的部分修好？这也成了他们急需解决的问题。而要想修复损坏的部位，麦盖尔船长还要知道什么地方损坏了。于是，他派人下水检查，很快就有了结论：蒸汽机的轮子歪了，顶住了龙尾骨，导致汽轮无法转动。

由此也可以判断出，“邓肯号”损坏的程度还是很严重的，需要很多工具，而这些工具在阿德莱德港是根本没有的。

最终，爵士和船长麦盖尔商量后决定，“邓肯号”继续张帆前行，沿大洋洲的海岸去寻访格兰特船长的踪迹，到了白洛夷加，说不定就能得到一些线索，然后再南行到墨尔本去修损坏的船只。

在将蒸汽机修好后，“邓肯号”就能继续沿着东海岸搜寻了。

这个建议赢得了大家的赞同，麦盖尔船长决定等风顺了就开船。

没等多长时间，飓风就完全消失了，接着又刮起了西南风。大家即刻做好准备，让帆重新上了桅杆。凌晨4点钟的时候，随着水手们转动辘轳，船渐渐地驶离了港。“邓肯号”重新撑起了主帆、前帆、顶帆、辅帆、纵帆、樯帆。帆索扣在右舷上，借着大洋洲海岸的风力，靠岸急驶而去。

两个小时后，灾难角便被“邓肯号”抛在了后面。晚上的时候，“邓肯号”绕过了泊达角，沿着坎加鲁岛，在距岸几公里的海上航行。

大洋洲众多小岛中最大的一个岛是坎加鲁岛，欧洲流放到澳大利亚的顽固囚徒就在那个岛上。坎加鲁岛的外观非常漂亮，岸上的岩石也被绿茵茵的草木覆盖住了。那里和1802年最先被发现时一样，有着成群的袋鼠在树林和平原上跳跃奔跑。

第二天，“邓肯号”放下了小舟，几个人登陆去搜寻线索，此时船只在36度的纬线上，爵士不想在36度和38度之间的任何一个地方留下探寻的遗憾。

12月18日一整天，“邓肯号”都张着帆，紧贴遭遇湾前行，如同轻快的帆船一般疾速行驶。这是墨累河，也是1828年旅行家斯德特发现的澳大利亚最大的河流能够到达的地方。这个地方没有坎加鲁岛的海岸那般郁郁葱葱，只有贫瘠而光秃秃的山丘，这是支离破碎的单调的海岸形象。

此外，这里也零零星星有着灰色的暗影。总的来说，这是在南北极才会出现的荒凉景象。

这次旅行，他们是驾驶着小舟去的，而驾驶小舟并不是件好差事，不过水手们没有一个抱怨。当然，每次去旅行，总少不了爵士、巴嘉勒尔和小罗伯尔。

他们三个人在搜寻的时候，虽然没有看到“大不列颠号”的哪怕是一点点的遗物，但心里却从没丧失信心，而是一直带着希望。寻访中，他们非常仔细，也非常小心，生怕漏掉任何一个地方。每天夜里他们在船上度过，白天则上岸去寻访。

就这么一路行一路寻访，12月20日，他们到了白洛夷加，但依然没找到一点沉船的迹象。不过，这并不能证明格兰特船长没有到过这些地方。因为船失事有两年了，即使有残骸，也很可能被海水冲没了，腐蚀了。

而且船一旦失事，土人一般来说会最先知道，他们就像老鹰能远远闻到尸体味道一样，第一时间来到船失事的地方，将东西打劫一空。此外，格兰特船长和他的伙伴们即使被海水冲到岸边，又被土人俘虏，也会将他们带去大陆的。

不过这么一想，地理学家巴嘉勒尔的推测又有了问题，如果是在阿根廷的领土上，格兰特船长一定会在纸条上将拘留地点的经纬度标出来，而不是写失事地点。因为潘帕区河流众多，很容易将求救纸条放进海洋。而在澳大利亚就不一样了，南纬37度线横截的河流并不多，而且科罗拉多河和勒格落河都是流过荒漠和沙滩而进入海洋的，所以经常断流。而其他像墨累河、雅拉河等支流交错，商船云集，要想将一个装有求救纸条，很容易破碎的瓶子扔进船来船往的河流，最终又漂流到印度洋，这可能吗？

当然是不可能的，随便一个人就能通过推断得出这样的结论。所以巴嘉勒尔推测的瓶子是由内河进入海里，在美洲还是说得过去的，但在大洋洲就行不通了。对于这一点，少校也曾提出过，而巴嘉勒尔也承认自己的推测在这里不适用，所以说，纸条里的纬度数，只可能是指沉船位置，也就是说，瓶子是格兰特船长在大洋西岸撞船、沉船时丢下海去的。

不过，就像爵士说的，肯定格兰特船长在船失事时抛下求救瓶子与格兰特船长被俘并不矛盾，在这一点上，麦盖尔也已经预料到了。因为格兰特船长的纸条上写的是“将被俘于野蛮的当地土人”，由此看来，找到几个俘虏，只是沿着37度纬线，而不去涉及其他地方，也是有问题的。

经过一番讨论后，他们认定：要是在白洛夷加找不到“大不列颠号”的线索，爵士他们也只能回欧洲了，因为虽然没有成功，但却也是尽力而为，没有遗憾了。

这样的决定又不免让船上的人感到很沮丧，特别是格兰特姐弟俩。两个人在跟着爵士夫妇、麦盖尔船长、少校及巴嘉勒尔上岸时，心里都在想，父亲是否能获救也就在此一举了，这唯一的希望深深地牵动着他们的心。

“不要灰心！肯定有希望！一定有希望的！”海伦夫人不断地安慰玛丽小姐。

在离岸不到200米的时候，白洛夷加伸入海内已经有3公里长了，而那伸进去的尖端也是缓和的山坡，小舟划进的那个天然港湾，则是由一群珊瑚礁围成的。

“邓肯号”上的乘客登上了无比荒凉的陆地，那带状的陡坡将海岸围成了一条线，18米的高度就是整个海岸的天然屏障。要想上去，他们必须借助钩绳才行。幸好船长麦盖尔无意中发现向南半英里的地方有个缺口，那缺口明显是因为石灰岩受到了海水侵蚀，山基不牢，从而引发山崩形成的。

爵士一行穿过缺口，像爬软梯一样爬上了岩顶。小罗伯尔像小猫一样，爬上笔直的斜坡，远远地将巴嘉勒尔和少校抛在了后面。见罗伯尔跑在了自己前面，巴嘉勒尔很不服气，而少校则心平气和，如往常一样淡定。

不一会儿，一行人便集合起来，观察着展现在他们面前的平原。平原里长着灌木丛和地衣植物，土壤贫瘠。爵士说这里让他想起了苏格兰低地中的荒谷，而巴嘉勒尔说让他想起了法国的布列塔尼亚半岛。

这一带虽然没人居住，但依稀能看到远处的建筑物。而那些建筑物，肯定不是野蛮土人的住所，而应该是农民居住的地方。

“看！风磨！”罗伯尔突然叫。

果然，在他们两公里以外的地方，风磨像一对翅膀在风中旋转。

“真是个风磨！别看那风磨小，它可是非常适用的，一看就很顺眼。”巴嘉勒尔拿起他的望远镜看了看说。

“那里很像个教堂的钟楼！”海伦夫人说。

“没错！夫人，教堂是给灵魂食粮的，而风磨则是给物质食粮的，所以从这方面来说，两者没多大差别。”巴嘉勒尔说。

“我们去那里看看吧！”爵士说。

一行人向风磨方向走去，走了半个小时后，他们面前呈现出了和刚才完全不同的景象。这里完全没有刚刚看到的荒凉，反而非常富饶。

没有杂草，全是经过了开垦，有着活树做篱笆的农庄。农庄里，一群群的牛羊在草原上吃草，草原四周栽种着高大的豆球花树，不仅如此，四周还有金黄的麦穗和庞大的草堆，这些麦穗和草堆围绕着一个果园，果园布置得非常有诗意，也非常实际。想必这样的地方，就连田园诗人霍拉斯也会赞叹的。

此外，他们还看到了草棚、脚屋，当然最后还看到了一座看似简单，却非常舒适的住宅。这处住宅在磨坊下，非常抢眼，风磨转动着翅膀，像是在轻轻地抚摸着住宅。

一行人刚刚走到住宅门口，便有四只大狗狂吠开了，它们像是在向主人报告：有客人来了！

在狗叫声中，一位50多岁，面容慈祥的老者从屋里走了出来，后面跟着他的妻子和5个健壮的儿子。从老人的长相上很容易就能看出，他是爱尔兰移民，由于在本国受到了苦难，所以才远渡重洋，来此地谋生的。

没等爵士他们说明身份和来意，便听到了欢迎的话语。

“远到而来的客人，欢迎来奥陌尔家做客！”

“先生是爱尔兰人吧？”爵士马上伸出手，握住了老者的手问。

“曾经是爱尔兰人，但现在是澳大利亚人。请进来吧！诸位，不要客气！”奥陌尔说。

面对这样的热情邀请，大家也就不客气地接受了，海伦夫人和玛丽小姐跟着奥陌尔太太一起进了屋，同时，那5个儿子还帮他们卸下了身上的武器。

奥陌尔的这座房子属于木质结构，楼下有间宽敞明亮的大厅，厅里有几条长凳子，还有两个橡木木橱，里面摆放着白色的瓷器和发亮的锡壶，大厅里有一张可供20人坐的长桌子。

以上就是大厅里的所有家具，而每样家具都很结实耐用，像那5个健壮的年轻人一样。

奥陌尔很快就为来客摆上了午餐。午餐中间是冒着热气的火锅，两旁是烤牛肉、羊腿，四周则是水果。有了主菜，当然也不会缺了小吃。热情的主人让宽大的桌子上摆满了美食。“邓肯号”上的人也就不客气地坐在了桌旁。

在农场，雇工和主人一样平等，所以在一起吃饭。

“我早就在恭候你们了！”奥陌尔对爵士一行说。

“哦？早就等候我们？”爵士吃了一惊。

“没错！凡是来的人，我都热情恭候！”

奥陌尔说完，全家主仆都站了起来，肃穆地做着饭前祷告。海伦夫人面对淳朴的风俗，看了爵士一眼，她知道丈夫喜欢一切古朴的东西。

午餐大家吃得很开心，聊得也很投机。一方是以苏格兰人为代表，另一方则是以爱尔兰人为代表，坐下来后，两方便成了一家人。奥陌尔先向他们讲了自己的历史，也就是被贫困赶得移民国外的历史。

很多人像他们一样，跑到很远的地方去生活，结果依然穷困潦倒。这不仅是他们运气不好，而且也怪他们懒惰，没有用心做事。一个人如果勤劳节俭，勇敢上进，必定会取得成功。这是奥陌尔总结出来的。

当年，在本国因为困苦，所以携带家眷来到了澳大利亚，并在阿德莱德下了船，他不做矿工，宁愿做农场主。两个月后开始经营农场，现在已经做得很成功了。

澳大利亚的土地每份按80英亩计算，由政府估价出售，一个人如果足够勤劳，买下一份田地，完全可以维持生计，甚至还会有结余。

奥陌尔正是凭借他的经验以及勤劳和节俭，先以一份田地，赚得了几份田地。如今他人丁兴旺，农场也很兴旺，虽然经营不到两年，但已经成为当地有名的农场主了。如今的他，拥有500亩土地，500头牛羊。过去曾被别人奴役，如今却成了自己的主人，享受着最大的自由和民主。

大家在听完奥陌尔的历史后，全都衷心祝贺他。

在奥陌尔说完自己的历史后，也希望对方能说说自己的事情，不过他并没有直接提出来，而是含蓄地说：“我是什么人，我已经告诉你们了，可是不便问你们是些什么人。”

对于爵士来说，他当然急于倾诉他们此次的目的了。因此，直爽的他一开口就问起了奥陌尔，问他有没有听说过格兰特船长的事。

奥陌尔的回答没有给他们带来希望，他甚至说从没听过这个名字。而这两年里，也没听说有什么船在这里的海岸或白洛夷加出现。而且他还说，“大不列颠号”出事仅仅两年时间，他绝对有把握遇难船员没有来西海岸。

“爵士，我现在有个问题，失事的船和你有什么关系吗？”奥陌尔说完后又问道。

爵士一五一十地将他们如何得到了那个装有求救纸条的瓶子，以及他们乘坐“邓肯号”寻访格兰特船长的过程，全都毫无保留地说了，甚至还说，奥陌尔的回答让他们的希望变成了绝望。

没错，这些话让在场的所有人都感到了痛苦，特别是罗伯尔和玛丽小姐，他们眼泪汪汪地听着。而巴嘉勒尔也一直在找合适的语言来安慰他们。麦盖尔船长心里很不好受，甚至觉得烦闷，他们满怀希望来寻找格兰特船长，没想到寻找的结果却是让他们绝望。

突然，在场的人都听到了一句话：“感谢上帝！爵士，如果格兰特船长还活着的话，他一定是在澳大利亚大陆！”

第二十五章
Chapter 25

“大不列颠号”上的遇难船员

/

“如果格兰特船长还活着的话，他一定是在澳大利亚大陆！”这句话顿时引起了全体人员的惊愕。爵士一下子从桌子旁跳了起来，大声问：“刚刚谁在说话？”

“爵士，是我在说！”桌子另一端一个农场工人说。

“哦，是你呀，阿埃童！”奥陌尔说的时候，惊讶程度也不亚于其他人。

“没错！是我！”阿埃童兴奋地说，“爵士，我和您一样，也是苏格兰人，而且我还是‘大不列颠号’上的一个遇难的船员。”

阿埃童这句话带来的反应，绝对不亚于一个炸雷，玛丽小姐顿时觉得天旋地转，她兴奋得差点晕倒，慢慢地倒在了海伦夫人的怀里。麦盖尔、罗伯尔和少校全都围在了阿埃童的身旁。

阿埃童有一张严肃的面孔，炯炯有神的眼睛深深地陷入到了眼眶中。45岁的他很瘦，但看起来却很有力气，肌肉将他身上的肥肉全都赶走了。中等身材的他有着宽阔的肩膀，整张脸充满了智慧和毅力……总之，他是一个很容易让人产生好感的人。

他像是受过苦难，而那刻画着苦难的容貌立刻获得了别人的信任和同情。看来，他是一个吃过苦，不怕苦，甚至能战胜苦的人。

爵士和他的朋友们很快就意识到了这一点，他们觉得这个阿埃童一定能为他们带来有用的信息。所以爵士代表大家向他提出了很多问题，而阿埃童也都一一回答了。两个人犹如在一个难以预料的场合相遇相识，并成了知音，所以都是百感交集。

在这种情绪的影响下，爵士提出的问题自然也是没有章法的，想到什么就提什么了。

“你说你是‘大不列颠号’上的遇难船员？”他问。

“没错，爵士，我是船上的水手长。”

“那么船只失事后，你是和他们一起脱险的吗？”

“不，爵士。船失事时非常可怕，我是被甩出船帮，最后又被海水打到岸上来的。”

“那么你是不是纸条上说的那两个水手中的一个？”

“什么纸条？我不知道这件事。”

“那么格兰特船长呢？他怎么样了？”

“我之前以为他已经淹死了，沉到海底去了。甚至我一直以为我是唯一活着的人。”

“但你刚刚说船长还活着。”

“不！我要解释一下，我是说如果船长活着……”

“可你刚刚也说，如果他活着，他就会在澳大利亚大陆！为什么会这么说呢？”

“没错，他要是活着，他就会在这片土地上。”

“可是你到底知不知道他在哪儿？”

“不知道！爵士！我再重申一遍，我一直以为他不在了，不是葬身海底，就是撞岩石死了。是您告诉我，他可能还活着。”

“那么我想问你，你还知道些什么？”爵士问。

“我知道的就是如果他活着，那他就一定是在澳大利亚大陆。”

“那么，船究竟是在什么地方出事的呢？”少校终于也忍不住了，插话道。

这本来是爵士最先要问出的话，但一紧张就给忘了。现在，谈话真正进入正题。而不久后，那段可怕的历史就慢慢清晰起来。

阿埃童回答少校的问题时说：“当船头接触到帆的时候，我被甩了出去，‘大不列颠号’也就向大洋洲海岸方向驶去了。那时候离岸还不到两英里，所以我觉得出事地点就在那里。”

“你是说在南纬37度线上吗？”麦盖尔又问。

“没错，是这样的。”阿埃童说。

“你是说在西海岸？”

“不，我是说东海岸！”阿埃童纠正说。

“时间……”

“1862年6月27日！”

“没错，是这个时间。”爵士大叫道。

“现在您明白了吧，爵士，要是格兰特船长还活着，一定是在大陆，不需要去别的地方找。”阿埃童又说。

“那我们现在就去找，一定要找，一定要把他解救出来！朋友们！”

巴嘉勒尔大叫起来，停了一会儿又说：“天啊，那三张纸条真是太重要了，不过那纸条也幸运，落在了聪明人手里。”

此时此刻，没有人有心情听他恭维，爵士夫妇、格兰特姐弟，全都涌到了阿埃童身边。他们紧紧地握住阿埃童的手，好像有了这个人，格兰特船长也就能安然无恙了。他们觉得，既然阿埃童作为船上的水手长都脱险了，船长难道还会逃不出那场灾难？阿埃童也不断地重复着，说格兰特船长如果和他在一起就好了。

大家向他提出了很多问题，他都详细地做了解释，而当他讲话的时候，玛丽小姐一直握着他的手，这个人可是他父亲曾经的伙伴呀，而且还是“大不列颠号”上的一名船员。这个人曾在格兰特船长身边生活过，他们曾一起漂洋过海，共同冒险……想到这些，玛丽小姐紧盯着阿埃童那张经历过风吹雨淋，阳光暴晒的脸，激动地流下了眼泪。

除了少校和麦盖尔对是否要完全相信阿埃童持怀疑态度外，其他人都不再怀疑阿埃童的身份了。而少校和麦盖尔之所以心里有疑虑，是因为这件事太巧合了。不过，阿埃童说出的很多事情及日期，都和纸条上写得很符合，更主要的是他说出了一些特殊细节。当然，细节虽然重要，不过也不一定是真的，因为骗子的手段太高明了，因此，少校一直保留自己的态度，没有下定语。

而对于麦盖尔来说，他对阿埃童的怀疑却很快就被打消了，因为他听到阿埃童在对格兰特姐弟说他们父亲的事，这让他觉得，阿埃童果然是格兰特船长的伙伴，因为阿埃童太熟悉格兰特姐弟俩了。他说，在他们出海那天，他还在格拉斯哥港见过他们。那天，船长举行了告别宴会，格兰特姐弟来吃饭，那时候，小罗伯尔还不到10岁，当时格兰特船长让水手迪克照看小罗伯尔，但小罗伯尔却背着他们爬到了桅杆的横木上，吓了大家一跳。

“我真有这么做吗？”小罗伯尔笑着问。

阿埃童又讲了一些小事情，而那些事情虽然很小，但麦盖尔却觉得十分重要。阿埃童说完，停了下来，玛丽小姐柔声请求道：“阿埃童先生！再给我们说说我们父亲的事吧！”

阿埃童极力满足了两姐弟的要求，而爵士也不愿意打断他的话，不过他却有很多重要的问题需要问，而海伦夫人见玛丽急切地想知道父亲的一切，便不让他现在开口问。

此后，阿埃童还讲述了“大不列颠号”的历史以及它在太平洋上的航行。对于那次航行，玛丽小姐也略知一二，因为船只是在1862年5月没有了消息的。而在消失前，这只船曾在大洋洲各主要陆地靠岸，比如新几内亚、新西兰、新喀里多尼亚……这些陆地大多是殖民地，所以他们所到之处，时常会受到英国当局的歧视，最后，他们在巴布亚西岸找到了一个据点，觉得如果在那里建个移民区的话，是可以繁荣发展的。

确实是这样，如果在摩鹿加群岛和菲律宾的航路里增加上一个中途站的话，是一定能吸引很多船只的。因为苏伊士运河开通后，经过好望角的航线便被取消了。富有正义感的格兰特船长，自然是非常反感那些带着种族歧视的政治斗争的。

“大不列颠号”在勘察完巴布亚之后，便去了卡亚俄置办粮食。1862年5月30日，船离开了卡亚俄港，并决定从印度洋到好望角，然后又从好望角回欧洲。不过启程了三个星期后，一场大暴风雨就把船体打坏了，为了不至于翻船，他们只好砍断了桅杆。但即使这样，船底还是漏水了，怎么都堵不上。

几天几夜没合眼的船员们虽然很累，却仍然没有离开抽水机一刻。在风暴中颠簸了八天八夜后，船舱里进的水达到了六米，而船体也开始下沉。更糟糕的是，船上的小舟被狂风刮跑了，大家只能在船上干等。而就在这时，正像地理学家巴嘉勒尔推测的那样，船到了澳大利亚东沿岸，便撞岸沉没了。

在船被撞的那一刻，阿埃童被卷进了浪头，最后又被甩到一个珊瑚礁上，晕了过去。当他醒来后，已经落入土人手里了，而当他被带到内陆以后，便再也没有听到过关于“大不列颠号”的消息。

阿埃童对“大不列颠号”的叙述讲完了，他的讲述引起了在场人的一次次惊呼。少校对阿埃童的怀疑也消失了，因为如果阿埃童是骗子，怎么可能讲述得这么清晰？

有了那三张求救纸条，又有了阿埃童的亲身经历，一切都指向格兰特船长及他的同伴并没有葬身海底。人们在合理地对格兰特船长和那两名水手的遭遇做了推测后，又请阿埃童讲述一下他在内陆的情况。而阿埃童的这段讲述也很简单。

他说，在他成了土人的俘虏后，便开始在大运河流域劳动，生活非常艰苦。因为土人部落本身就很贫困，不过他并没有受到虐待。在过了近两年奴隶般的生活后，他心中对自由的向往从来没有放弃过。他想到了逃跑，虽然逃跑很可能会遇到危险，但他不想放过任何一个逃跑的机会。

1864年10月的一个夜晚，趁土人防备不是很严，他偷偷地跑掉了。他跑到了原始森林，在那里吃草根、树叶、树皮等，过了整整一个月。他白天靠太阳辨路，夜晚靠星星辨路，并常常陷入绝望境地。就这样，经过沼泽、河流、高山……他走过了很多连探险家都不敢去的地方。

最后，在他走得筋疲力尽，奄奄一息时，来到了这里，善良的牧场主让他过上了平静而幸福的生活。

"没错，阿埃童很感恩，我对他也很满意。他是个勤劳、勇敢的人，只要他愿意，这里将是他永远的家。"奥陌尔也说。

阿埃童做了一个感谢的手势。他在等待大家继续问他问题。此时，他知道大家有许多问题要问，而他也愿意满足大家的需求。不过，在大家所提的问题中，很多都是重复的，他回答了一遍又一遍，他想知道还有没有新的问题呢？

爵士让大家讨论，制订寻访计划。而此时，少校却把头转向了阿埃童，问他："你说你曾是格兰特船长的手下，有什么可以证明的吗？"

"当然有！"阿埃童没有丝毫的迟疑。

不过，也许是觉得少校对他不信任，他又补充了一句说："我可以给你们看我在船上工作时候的服务证书。"

说完，阿埃童走出了大厅。看到阿埃童出去了，奥陌尔又对爵士说："爵士，我可以担保，阿埃童绝对诚实可靠。他在我这里做事的两个月里，没有做任何让我不满意的事。我之前也知道他曾是落难的俘虏，他这人非常光明磊落，值得你们信任。"

爵士正准备向牧场主解释自己从没怀疑过阿埃童的身份，阿埃童已经拿着证书走进来了，证书上写着"兹派一级海员汤姆·阿埃童为格拉斯哥港三桅船大不列颠号上的水手长"。证书上面有船主和格兰特船长的签名，玛丽小姐很快就认出了父亲的笔迹。

阿埃童的身份完全没有问题了。

“现在我要征求大家的意见，就是我们接下来要做的事。”爵士说完，把脸转向阿埃童：“阿埃童，你的意见非常重要，如果你能给我们提供一些宝贵的意见，我们将非常感谢！”

阿埃童想了想说：“谢谢阁下对我的信任，我一定不会辜负您的信任的。我对这一带的风土人情非常了解，如果我能为大家出力的话……”

“你当然能给我们出力了。”爵士说。

“我和大家想的一样，船长和两名水手从那场灾难中逃脱，既没有跑到英国属地，又没有任何消息，我怀疑和我一样，是被土人俘虏去了。”阿埃童说。

“你说的正是我推测出的，那三个遇难者很可能是被土人俘去了，那纸条上已经写清楚了。不过我们是否能够推测出，他们所去的地方是和你一样，是在南纬37度线以北呢？”巴嘉勒尔说。

“非常有可能，先生！歧视欧洲人的土人很少会住在英国的殖民地。”阿埃童说。

“这样找起来就有些困难了。这么一大片土地，我们要怎么去找呢？”爵士为难地说。

大家都沉默着，海伦夫人用探寻的目光扫了一遍全场后，仍然没有得到答案，连那一向快言快语的地理学家巴嘉勒尔也住了嘴，而麦盖尔船长则为难地在大厅踱步。

“有什么好主意，阿埃童先生？如果是你，你会怎么做？”海伦夫人只得问他了。

“如果是我的话，夫人，我想，我会回到‘邓肯号’上，然后直接驶到出事地点，在那里见机行事。这样的话，很可能还会找到一些线索，然后再决定下一步怎么做。”

“这样做是不错，可是要等‘邓肯号’修好才行。”爵士说。

“船坏了？”阿埃童问。

“是的，船坏了。”麦盖尔说。

“坏得很厉害吗？”阿埃童又问。

“厉害倒不厉害，就是蒸汽机的叶片坏了，不过需要一些修船的工具，而这些工具只有墨尔本有。”

“难道不能张帆行驶？”阿埃童又说。

“走倒是能走，不过要是稍微有逆风的话，‘邓肯号’到杜布湾就需要耽误很长时间，不管怎么说，还是要去墨尔本的。”

“那就让它去修好了，我们不坐船去杜布湾。”巴嘉勒尔说。

“难道我们步行去？”麦盖尔问。

“我们沿着37度纬线行走，横贯澳大利亚和横贯亚美利亚是一样的。”

“那‘邓肯号’又该怎么办？”阿埃童问，显然他对“邓肯号”更关心。

“等‘邓肯号’修好，直接去接我们就行了。有谁反对这个计划吗？少校，你觉得怎么样？”

“我同意！只要横贯澳大利亚这个做法可行就行。”

“那当然是没问题的，而且我还建议海伦夫人和玛丽小姐也一起去。”巴嘉勒尔说。

“你说的是真心话吗，巴嘉勒尔？”爵士问。

“那当然，亲爱的爵士，这可只有580公里，我们一天走30公里的话，不到一个月就走完了。这个时间和修好‘邓肯号’所需的时间一样。而且如果向北一点的纬线走，从澳大利亚最宽的部分穿过，很可能还要经过酷热的大沙漠，会经历很多大胆的冒险的事。可我们这次不一样，如果大家愿意的话，还可以乘坐马车，或者坐土车。坐土车更有情调，就和从伦敦到爱尔兰一样，没什么不可以的。”巴嘉勒尔说。

“如果遇到猛兽呢？”爵士把可能发生的事又进行了提问。

“澳大利亚怎么会有猛兽？”

“如果遇到那些不开化的土人该怎么办？”

“放心吧！这条纬线上是不可能有土人的。即使有，也不会像新西兰的土人那么凶狠。”

“如果遇到被流放的英国罪犯呢？”

“流放的罪犯，澳大利亚的南部省没有，只有东部殖民区才有。37度纬线穿过的维多利亚省不仅不允许流犯入境，而且还制定了法律，就连外省刑满释放的流犯都不允许入境。甚至今年维多利亚省政府还通知了轮船公司，要是接受了流犯，就将会禁止那个港口运煤，而且还会停止发补助给公司。”

“没错，是这样的。不仅维多利亚是这样，就连南澳、昆士兰，甚至塔斯马尼亚各省也制定了这些法律。”奥陌尔说。

“是的，就是我，也没有遇到过。”阿埃童也说。

“这下大家该放心了吧，朋友们。我们既不会遇到土人，也不会遇到猛兽，更不会有流犯，这么好的地方，就是欧洲也没有啊。现在大家该同意我的计划了吧！”巴嘉勒尔说。

“怎么样，夫人？”爵士问海伦夫人。

“我完全同意！亲爱的爱德华！”海伦夫人说完，又对大家说，“朋友们！我们上路吧！”

第二十六章
Chapter 26

穿过澳大利亚

/

做事一向雷厉风行，说做就做的爵士，在巴嘉勒尔的建议得到大家的支持后，马上便开始了旅行前的准备工作，并决定第二天出发。

此次横贯澳大利亚大陆，又会发生什么事情呢？既然格兰特船长在这片大陆的事已经成为不容辩驳的事实，那么此次远征无疑是会有收获的，而这个收获就是，即使没有找回人，也会找到线索的。他们将沿着37度线进发，虽然不能肯定在这条线上会找到船长，但最起码会找到他的印迹——更重要的是，这条线通向的是船出事的地点。

更让他们有信心的是，阿埃童答应和他们一起去，做他们的向导。他要带领大家穿越维多利亚的森林，直到东海岸。

能获得格兰特船长曾经的水手长帮助，爵士非常高兴，不过他还是问奥陌尔，阿埃童的离开会不会给他们带来不便。

奥陌尔虽然很舍不得这个得力帮手，但还是同意了。

“怎么样？阿埃童，你答应和我们去寻找你遇难的同伴，对吗？”爵士再次问道。

阿埃童略略停顿了一下，很快又说：“是的，爵士！我答应和诸位一起去。即使不能找到船长的踪迹，也是能将大家带到出事地点的。”

“谢谢你，阿埃童！”爵士感动地说。

“不过我要再问一个问题，爵士！”阿埃童说。

“说吧，什么问题？”

“你们决定在什么地方和‘邓肯号’会合？”

“如果我们不需要走遍全部路程的话，那么就在墨尔本会合；如果我们要一直走到东海岸去，那就在那里会合。”

“那么‘邓肯号’的船长会在什么地方？”

“船长在墨尔本听候指令！”

“好的，我知道了！爵士，只要你信任我就行了。”

“我当然信任你！”

爵士说。

“大不列颠号”上的水手长阿埃童受到了全体成员的热烈欢迎。格兰特姐弟都不知道该怎么表达自己的谢意。当然，在场的所有人中，还是有人有些失落的，那就是奥陌尔，阿埃童的离开，意味着他要失去一位聪明忠实的帮手，不过他知道阿埃童做向导意味着什么，也就忍痛割爱了。

爵士请求奥陌尔给他们提供一些交通工具，奥陌尔答应了。之后，大家和阿埃童约好了会合的时间和地点，然后就回到了“邓肯号”上。

这一路上，大家的兴奋可想而知。一切的情况都在向好的方向发展，他们的任何顾虑此刻都不存在了，勇敢的寻访者们不再没有头绪，每个人的心里都充满了信心和希望。如果一切进展顺利，很可能只需两个月，“邓肯号”就能将格兰特船长和那两名水手送到苏格兰海岸，并在那里登陆。

爵士商量行动计划时，麦盖尔船长提出他也要横贯大陆去旅行，他觉得旅行队伍中一定不能少了他，而且还提出了种种理由，表示非去不可。

“你去不是不可以，但有一个问题我不放心，那就是大副留在船上行吗？”爵士说。

“绝对没问题。艾撒汀是个非常优秀的海员，他一定能将‘邓肯号’开到目的地。而且心灵手巧、忠于职责的他，一定会尽快将船修好，也绝不会改变计划，延缓时间的。所以阁下只需像信任我一样信任他就行了。”麦盖尔说。

“既然这样，那就陪我们一起去吧，而且要是找到玛丽小姐的父亲，你在场会更好一些。”爵士又说。

“啊！……阁下！……”麦盖尔有些难为情，但心里却很激动。

第二天，麦盖尔带着木匠和几名水手，载着粮食去了奥陌尔的农庄，负责和奥陌尔商量交通工具的事宜。

他们去的时候，整个农庄的人都在等候他们，决定等他一吩咐，他们就动手工作。在做这些准备工作的时候，阿埃童也在那里，并毫不吝啬地将自己的经验提供给大家。

在使用交通工具方面，麦盖尔和奥陌尔的意见达成了一致，那就是女人乘牛车，男人骑马。对于马和牛车，奥陌尔都可以提供。

牛车是一种大拖车，有6米长，车上盖着大的皮质的篷子，底下装着4个车轮，车轮上没有辐条和铁箍。由于车头离车尾比较远，所以不能急转弯。为此，他们又往车头上装了10米的车辕，并决定让6头牛成对地站在辕边。

赶这样的牛车，没有技巧是不行的。作为赶车能手的阿埃童，驾车任务非他莫属。

由于车上没有弹簧，所以走时会颠簸得很厉害。麦盖尔想了很长时间都没想好怎么解决这个问题，只能将车内布置得舒适一点。为此，他将车厢用木板隔成了两部分，前一部分坐人，后一部分装粮食、行李和灶具。

经过木匠们的加工，前部分坐人的地方被设置成了精致的小屋，屋里的地板上铺着地毯，屋子里不仅有盥洗设备，还有两张床铺，是为海伦夫人和玛丽小姐准备的。四周挂上了皮帘，晚上放下来能阻挡寒气，如果下起雨来，男人们也可以躲进去避雨。没有下雨的晚上，男人们则在外面搭帐篷休息。

总之，麦盖尔船长为将这狭小的空间布置成一个安乐窝，下了很大的功夫。当然，结果非常让人满意。有了这个流动的屋子，海伦夫人和玛丽小姐也就不用再留恋船上的房间了。

出行的男人们的交通工具很简单，爵士、巴嘉勒尔、罗伯尔、少校、船长和维尔逊、穆纳每人一匹马。驾驶牛车的阿埃童则坐在车头。

不过，不喜欢骑马的奥比尔决定坐在牛车的行李厢里。

他们需要的牛马全都在庄园的草地上吃草，下了出发令后，它们很快就能集合了。麦盖尔在将一切都安排妥当后，带着奥陌尔一家到了“邓肯号”上。这次奥陌尔是要回拜爵士的。

阿埃童觉得他也要去一趟才行，于是，快4点的时候，麦盖尔船长带着这些客人进了船舱。

不用说，他们受到了最热烈的欢迎，爵士甚至还留他们在船上吃饭。盛情难却，客人们也都同意了。当奥陌尔看到“邓肯号”上的一切后，惊诧万分，交口称赞，因为船上房间里的每一样家具、壁橱都是用枫木和紫檀木做成的。

不过，阿埃童却不一样，好像对这种“奢侈”的东西不感兴趣，他感兴趣的是整条游船的样子和配备。他从航行的角度开始参观，不仅看机器，而且还询问了机器的马力和耗煤量，甚至还去了煤舱和粮舱。对于武器间的大炮的性能和射程，他也很关心。

麦盖尔在听了他的一些专业问题后，更相信他是个内行了。最后，阿埃童又参观了桅杆和船具。

“这条游船真漂亮啊，爵士，它是多少吨位的？”他问。

“有210吨位。”

“那么就是说，如果船开足马力的话，1分钟就能跑9公里？我说的没错吧？”阿埃童问。

“如果你说10公里的话，那就说对了。”麦盖尔说。

“啊？10公里？那也就是说，没有战船能追上它了？”阿埃童的眼睛一亮。

“没错，‘邓肯号’可是竞赛能手，不论用什么方式航行，它都不会输。”麦盖尔自豪地说。

“那么张帆远航，一定也比别的船快吗？”

“那是当然的了！”麦盖尔说。

“爵士，船长，请接受我作为一名船员的祝贺吧！”阿埃童又说。

“好的，阿埃童，如果你愿意，你也可以到这船上来做事。”爵士说。

“以后我会考虑这个问题的。”阿埃童最后说。

正在这时，奥比尔先生说宴席摆好了，让大家去吃饭。

“一个厉害的角色！阿埃童！”巴嘉勒尔对少校说。

“嗯！没错，不过太聪明了！”

少校话里有话。不知道为什么，他总觉得阿埃童的长相和举止有些问题。当然，这也许是他的一些偏见和嫉妒心理在作怪。

吃饭的时候，阿埃童还对他熟悉的一些大陆做了非常有趣的介绍，甚至还问爵士准备带多少水手去大陆远征。当他知道只带穆纳和维尔逊时，很是吃惊，并劝爵士再找几个去。说到这里的时候，他非常坚持。

这种坚持，又让少校对他的反感减弱了。

“为什么要带那么多人去？难道途中会有危险？”爵士问。

“当然没有危险！”阿埃童说。

“那么，水手们还是留在船上比较好。‘邓肯号’张帆和修理都需要人手，而且更重要的是，将来‘邓肯号’还要在指定的地点会合，所以船上的人数不能太少。”

阿埃童听爵士也这么坚持，便没有再说什么。

天色已晚，奥陌尔和阿埃童一行向爵士他们告别，回到了庄园，车马都已经准备好了，启程时间定在了第二天的早上8点。

海伦夫人和玛丽小姐也为启程做好了一切准备，而这个准备工作，她们花的时间并不长，所带的东西也没有巴嘉勒尔多。巴嘉勒尔用了半个晚上的时间，拆下了他的那个巨大的望远镜，擦了又擦，装上后，觉得没擦干净，又拆下来又擦……折腾了很长时间，所以在第二天天已大亮，少校用很大的声音叫他时，他还在呼呼大睡。

一只小舟放了下来，在将行李派人送往农庄后，一行人跳了上去。麦盖尔最后一次叮嘱大副艾撒汀，嘱咐他一定要在墨尔本等候指令，并且不论在任何情况下，都要接受指令。艾撒汀让麦盖尔放心，并代表船上的全体海员，祝福麦盖尔他们一行成功。

小舟离开了船，欢呼声此起彼伏。

仅仅用了10分钟，小舟就靠了岸，又过去十几分钟，一行人出现在了奥陌尔农场。

海伦夫人非常喜欢那辆巨大的牛车，在看到牛车上的屋子时更是兴奋。牛车由6头牛来拉，6头牛也是两个两个地并排站着，器宇轩昂。

拿着牛鞭的阿埃童，正等着出发的指令。

“这辆牛车真是棒极了！它比得上世界上所有的邮车，有了这样一辆车，完全可以像江湖艺人一样，走遍全世界。再没有比这更好的旅游交通工具了，一座流动的房子，能走、能停，来去自由，真是太好了。看来，古代游牧民族萨马特人的想法我们都实现了。”巴嘉勒尔说。

“没错，巴嘉勒尔先生，以后你也可以光临我们这个流动房子的客厅。”海伦夫人说。

“那是当然了，夫人，去你们的客厅，将是我的荣幸，我一定不会错过这个机会的。”巴嘉勒尔说。

“我每天都等候你的到来，因为你是……”

海伦夫人还没说完，巴嘉勒尔便抢先说：“我是你朋友里最真诚的一个，对不对？”

当然，巴嘉勒尔殷勤的一番话马上就被后面站着的7匹马打断了，7匹马上的马鞍全都备齐了，马开始高声嘶叫。

爵士在付了购置一切的费用后，又对奥陌尔说了很多感谢的话，而那些话在奥陌尔听来，比金钱更重要。

启程指令一发出，海伦夫人便和玛丽小姐坐进了她们的“房子”；阿埃童爬上了赶牛车的位子；奥比尔钻进了后车厢；其余人全都跨上了马。

他们在奥陌尔及其家人的“上帝保佑你们”中出发了。

牛马嘶鸣，车轮滚动，随着车厢咯吱咯吱的声响，一行人转了个弯，那热情的爱尔兰牧场主便看不见了。

12月，北半球已经很潮湿，很凄冷了，南半球则还是夏日炎炎。出发这天，夏天已经到了。由于太阳是在12月21日这天进入摩羯宫的，所以它在地平线上的时间越来越少，爵士他们一行几乎是在热带的太阳底下行进。

澳大利亚是印度洋上的英国领地的总称，主要有新荷兰、塔斯马尼亚、新西兰及四周的若干小岛构成。澳大利亚大陆，则被划分成了大小不等的殖民地，这些殖民地间的界线都是直线，这是因为英国人随心所欲，不考虑地形、河流、气候和种族划出来的。一个挨着一个的长方块殖民地彼此嵌合，如同数学家们画成的几何图形，完全不是地理学家的划分方式。

当然，海岸线倒是曲线，这些曲线自然生动，像是在向那些直线示威。

这种棋盘式的划分方式一直被巴嘉勒尔嘲笑，他觉得，如果澳大利亚属于法国的话，法国的地理学家们绝对不会像用直尺画直线般来划分界线。

大洋洲的大陆被分为6个殖民地，海边住着移民。以前曾有一些胆子大，敢于冒险的居民在内陆324公里处的地方生活，但后来却不知怎么样了。所以澳大利亚的腹地，按理说是无人知道其内在情况的。

幸好37度线不用去那荒无人烟的地方，而那些地方，即使是科学考察、探险也很可能是有去无回。爵士当然也不愿意带着大家去冒这个险，他所要去的是澳大利亚南部，也就是包括阿德莱德省的狭长部分，是整个维多利亚省和新南威尔士，那个倒置着的三角形尖端。

从奥陌尔的农场到维多利亚边境还不到100公里，两天就能走完，阿埃童计划第二天晚上在维多利亚省最西边的阿斯人居住的城市过夜。

远征刚刚开始的时候，马上的人精神百倍，屁股下的马也神采奕奕。人精神百倍倒没什么，马要是太活跃就很危险了，所以需要多加控制。特别是骑马远征，一定要合理分配能力才行。

因此，大家决定每天只行40至50里路程，一点都不多走。何况牛拉大车走得很慢，马必须配合牛的速度。因而，那辆牛车以及车上的粮食和工具，也就成了大家保护的焦点，仿佛那是流动的堡垒。骑着马的人都走在车子两边，保护着它，不离牛车太远。

骑着马的人没有什么次序安排，只要不脱离大部队太远，还是可以自由行动的。对于善于打猎的人来说，可以到处跑跑看看，而如果想和女士聊天，那就要紧紧地守在牛车旁边了，而如果想要几个人聊聊哲学问题，也可以互相凑在一起。

在这些人中，既想和女士聊天，又想和大伙谈哲学问题的就是巴嘉勒尔，所以也就忙得不亦乐乎。

刚刚开始的这段路程并没有什么稀奇之处，那一连串的丘陵光秃秃的，还有一些非常开阔的地方长满了青草。当然，还有一些地方遍地都是灌木丛，灌木丛里的植物叶子尖尖的，带着咸味，是羊喜欢吃的植物。

几公里的路走过去，到处都是这些东西，当然偶尔还会看到一种猪头羊身的动物在电线杆下吃草。

总而言之，这里的平原看上去和潘帕草原并没有什么两样：翠绿而平坦的草地，清澈蔚蓝的天空，一群群的野兽。这种情景，让少校以为还是在阿根廷。地理学家巴嘉勒尔让大家不要急，说地形很快就会发生改变，而且他还向大家保证，说一定会有新事物出现。

下午3点钟的时候，牛车穿过了一片没有树的旷野，这里也叫“蚊园”。从名字就能知道，这里是蚊子的天堂。讨厌的蚊子不断地飞向人和牲畜，使人、牛马烦不胜烦。想要蚊子不叮显然是不可能的，幸好牛车上有防蚊水，只需在蚊子叮过的地方擦一擦，很快就能止痒消痛了。巴嘉勒尔由于是大个子，特别受蚊子青睐，无可奈何的他经常气得骂娘。

傍晚的时候，他们来到了用豆花树点缀着的平原，平原上有稀稀落落的几棵白胶树，再远一点是新压的一条辙道，旁边又种植了一些橄榄树、柠檬树、青栋树……最后，他们还看到了一些护园的栅栏。

大约到了晚上8点钟的时候，拉着车的牛在阿埃童鞭子的驱赶下，加快了速度，赶到了红胶站。而所谓的红胶站，只是草原上饲养牲畜的一个建筑物而已。我们有必要知道，牲畜在澳大利亚草原上非常重要，它们甚至可以说是草原上的主要财富。

作为牧人，远离故土后，他们在无边无际的草原上游牧，累了就要在地上坐下来休息一会儿，所以又被形象地称之为“坐地人”。

饲养牲畜的红胶站并不大，但爵士一行却受到了热情的款待。对于这些生活在偏僻之地的人家来说，见到人很兴奋，所以也非常好客。而这种好客的“坐地人”，在澳大利亚也是很常见的。

第二天天一亮，爵士一行便开始行动，他们必须在当晚赶到维多利亚省。地面起伏不平，蜿蜒起伏的小山一眼看不到尽头，红色的细沙遍布小山，如同一面大红旗，可惜红旗像是被风吹皱了，不是那么平整。

几棵白皮杉的枝干很直，洋洋洒洒地伸出了它们的枝条，那深绿色的叶子遮天蔽日，庇护着肥沃的草场，草场上到处跑着活蹦乱跳的袋鼠。行走了一段路后，大家看到了一大片荆棘和小胶树。

很快，荆棘和小胶树由密变疏，成了一棵棵大树，孤立在那里，有了原始森林的感觉。

不过，在他们快要接近维多利亚边境时，四周的景物又发生了显著变化，脚下的土地也变了样。不过，他们自始至终在沿着一条直线前行，即使遇到丘陵和湖泊也不例外。几何学上不是有条定理吗？两点之间，直线距离最短。所以不管困乏还是即将面临的困难，对他们来说都算不上什么。

一行人的速度以牛车的行进速度为准，慢吞吞的。不急不躁的牲畜走得虽然不快，却也没有停下一步。

就这样，他们一口气走了大约100公里。如果把行进计划分成两天的话，那么23日的傍晚，他们就能够到达阿斯人的居住区了，这里也是维多利亚境西部的第一个城市。牛车直接被阿埃童带到了一家客栈，据说这家客栈是全城最好的。

晚饭他们吃的是清一色的羊肉，各种做法的羊肉热气腾腾地摆了一桌，非常丰盛。

大家一边吃一边聊，每个人都想了解澳大利亚大陆的新奇事物，所以就想让地理学家巴嘉勒尔开口。自然，巴嘉勒尔没有让大家失望，他以“幸福的澳大利亚”开头，谈起了维多利亚省。

“用‘幸福’两字概括澳大利亚并不准确，应该用‘富饶’二字。因为‘幸福’和‘富饶’是两回事。澳大利亚有金矿，大家都知道，可这些金矿又都被一些冒险家占有，等我们穿过那片金矿的时候，你们就能看到了。”巴嘉勒尔一开始就说。

“作为殖民地的维多利亚，历史很短对吗？”海伦夫人问。

“没错，夫人，只有30年历史。1835年6月6日，是个星期二……”

巴嘉勒尔还没说完，少校便插嘴道：“晚上7点15分！”

对于总拿日期和巴嘉勒尔开玩笑的少校，巴嘉勒尔并不觉得这是在开玩笑，他很认真地说：“不，是7点10分！”

说完，见没人有异议，便又说：“在菲利浦港，也就是墨尔本城东面的海湾上，巴特曼和法珂在那里建立了一个据点。在刚刚开始的15年中，这块殖民地还是新南威尔士省的一部分，后来宣布独立，变成了维多利亚省。”

“这么说是独立后繁荣的？”爵士问。

“我最高贵的朋友，有些数据可以说明，不管这些数据少校是多么讨厌，但我还是觉得很有说服力。”巴嘉勒尔没有直接回答爵士的问题。

“没事，你说吧！”少校说。

“在1836年的时候，这块殖民地上有244个人。今天，这里已经有50万人了。还有700株葡萄树，这些葡萄树产的葡萄每年又会制作出12.1万加仑的葡萄酒。草原上还有1.3万匹马，67.5万头牛。”

“还有猪没有统计上。”少校一本正经地说。

“哦，没错，对不起，忘了，猪有79625头。”

“那羊有多少呢，巴嘉勒尔？”少校逗他。

“有712万只！”巴嘉勒尔回答得很认真。

“这个数字，有没有把我们正在吃的这只算进去？”少校一本正经地问。

“不，当然不包括在内，因为这只羊已经被我们吃掉四分之三了。”

“太精彩了！巴嘉勒尔先生，真不愧是地理学家！我们不得不承认，这位地理学家对这些问题了解得简直太清楚了，我看我的表兄麦克那布斯是无论如何也考不住他的。”海伦大声叫好道。

“确实，直到现在还没有……”少校没说完，却故意引巴嘉勒尔说话。

“等等！少校先生，我向你保证，这地方绝对是世界上最奇怪的地方。这里大陆的形成，以及它的气候、物产、地形……甚至于将来的消失，都不可能让世界上的任何学者感到吃惊。因为这片大陆在刚开始形成时就不是从中心开始的，而是从四周先耸起，如同一个巨大的圆环。那圆环的中间先是形成了内海，接着又干涸，最后才形成陆地。还有更奇怪的，比如空气和土壤里没有一点潮气；树木每年都会脱一层皮，叶面会背向太阳，叶子一直挂在树上，从不落下；木材很不容易点燃；淋了雨的石料很快就会融化；树长得很矮小，但草却长得很高；禽兽的种类很特别，不仅有四足兽和长嘴鸟，还有鸭嘴兽，这鸭嘴兽的出现，不得不让动物学家们又增添了新门类——单孔动物。而且在这里还经常会看到一些用长短不齐的腿跳跃的袋鼠，还有那长着猪头的山羊，会飞的狐狸，黑色的天鹅，筑巢的老鼠，会迎接客人的鸟……还有那各种鸟类的鸣叫，宛转悠扬，有的像报时的钟表，有些又像鞭跑在响，还有些像磨刀的声音，或者是那滴答滴答的钟摆声……有些鸟是早晨日出时叫的，有些则是傍晚月落时哭……天啊，太多了太多了，都是一些稀奇古怪的事，完全不符合逻辑。这里啊，就是一个完全不符合自然规律的奇怪之地。”

巴嘉勒尔在说完这些离奇的事情后，洋洋得意。说的时候，手也没闲着，随着他声音的不断升高，手里的叉子被它扬得像在跳舞，这让坐在他身边的人不得不随着他的舞动而调整坐姿，生怕他的叉子会扎中自己。

最后，在大家雷鸣般的掌声和赞叹声中，他住了嘴。

当然，不管他说的是真的还是天方夜谭，大家都已经很满足了，也不想再去问什么，补充什么。不过，少校还是忍不住了，激他道：“说完了没有，博学的地理学家？”

“什么？完了？当然没有，早着呢！”巴嘉勒尔被少校一激，劲头又上来了。

“难道还有比你刚才说的更离奇的？”海伦夫人问。

“那是当然了，还有气候，比刚刚说的动植物还要离奇呢！”

“那就举个例子吧！”

“好，我们先不说澳大利亚的卫生情况。这里氧气丰富，没多少氮气，很不错吧。更主要的是这里没有湿风，所以这里的人从没听说过得伤寒、天花等疾病的。”

“确实，这是一个很大的优势！”爵士说。

“虽然是个优势，但还不算明显。如果单从气候来说一件事的话，你们听了肯定会以为是假的。”巴嘉勒尔又说。

“哦？什么？说出来听听！”麦盖尔说。

“你们不会相信我说的。”

“不！我们肯定相信，快说吧！”大家被他吊足了胃口。

“要我说吗？那我说了，它有……”

“什么？”

“有着教化功能！”

“什么？教化功能？”

“没错！由于这里的金属不生锈，所以人也不会生锈；由于这里有纯净的空气，所以会洗涤一切，不管是衣服还是灵魂，甚至还能洗清罪恶，所以才有英国那边的顽固犯人流放到这里来教化的事情。可见，这里的环境能让坏人变成好人。”

“哦？真有这么大的好处？”海伦夫人问。

“没错，夫人，不管是对人还是对野兽，都会起作用的。”

“你一定是在讲笑话吧，巴嘉勒尔先生！”

“当然不是笑话了，你们没看到吗？来这里的牛马羊群，全都被驯化了。”

“绝对不可能！”

“虽然你们觉得不可能，但却是事实。凡是做了坏事的，一到这里便会充满正气，几年后就能脱胎换骨了。这样的作用，慈善家都知道。他们知道在澳大利亚的大陆，人类的天性都在向善的方向发展。”

“好的，就算你说的是真的，那么巴嘉勒尔先生，你已经够优秀了，要是再来这个有灵性的地方，又会变成什么样子呢？”海伦夫人笑着说。

“肯定会变得更优秀了，夫人，一定会变得无可挑剔！”巴嘉勒尔说完，笑得前仰后合。

第二十七章
Chapter 27

探险家们钟爱的地方

第二天天一亮，一行人就动了身。这天的天气很热，但大家并没有感到很难受，因为道路的平坦，牛马跑起来毫不费力。在经过一片稀疏的新生林后，晚上，他们来到了白湖岸边，不过由于白湖里的水盐分很高，不能直接饮用。

白湖里的水色很复杂，就连地理学家巴嘉勒尔也承认“白湖”这个名字名不副实。就和黑海不黑，红海不红，黄海不黄，蓝山不蓝一样，白湖的水一点都不白。不过，为了维护地理学家的名誉，他不断地对这个湖名进行辩解，但理由苍白而没有说服力。

晚饭是奥比尔准备的，大家吃了饭后，两位女士回到了房车，其他男士则回了帐篷，虽然四周不断传来狼狗的嗥叫，但他们还是很快就睡着了。

第二天一早，大家看到白湖的对岸有一片美丽的平原，平原上长满了菊花。面对这样的美景，大家还是很想去游玩一番的，但为了不耽误时间，只好依依不舍地离开了。

一路上，他们除了看到远处有几座光秃秃的山丘外，还看到了一眼望不到边的草原和花朵，这一切都让他们觉得进入到了明媚的春天。

草原上，蓝色的细叶麻和本地特有的朱红爵床草形成了强烈的对比。形状各异的树很好地点缀着这片草地。同时，含盐的土壤里还生长着一些胭脂类植物，这些植物有些是青绿色的，有些则为淡红色，都能做工业原料，而当它们烧成灰后，又能提炼出很好的碱来。

此时，巴嘉勒尔从地理学家摇身一变，变成了植物学家，而且能叫出这些陌生花草的名字来。对数字向来敏感的他，又向大家说起了澳大利亚的植物数来，说如今的植物有120个种类，约4200种。

在他们行进了差不多16公里后，牛车开始穿行在高大的树丛中，这些树有豆球花树、木本含羞草、白胶树等等，种类繁多。当然，这些生长在平原里的色彩缤纷的植物没有辜负阳光的滋养，它们敞开怀抱，接受着阳光的照耀，并不时地散发出浓郁的香气。

当然，相比于植物种类的繁多，动物的品种和数量就少得多了，平原上只看见几只火鸡在奔跑，不等人靠近，便飞奔而去。不过，沉着的少校很快就打了一只濒临灭绝的鸟，这种鸟被英国移民称为“巨鹤”。它们身高约1.5米，身长约0.6米，长着黑黑的嘴巴，宽大的下颚，下颚的末端尖尖的，呈圆锥形。同时，这种鸟有着朱红色的头，油绿色的颈，白色的胸和鲜红色的爪子。

总之，仿佛大自然在创造它们的时候，用上了调色板，非要把各种颜色全聚集在它们身上才罢休。

在大家热情地赞美这种鸟时，如果不是走了几里路后，小罗伯尔又打了一只怪兽，那么这一天的风光很可能都被少校抢了。罗伯尔打下的这只怪兽样子很奇怪，既像刺猬又像食蚁兽，甚至可以说是一种四不像动物，更夸张一点说是十不像的爬虫。总之，这类动物可以伸出它那带着黏液的舌头，捕捉蚂蚁吃，而蚂蚁正是它的主要食物。

“是针鼹鼠！你们见过吗？”巴嘉勒尔一口叫出了怪兽的名字。

“太难看了！”爵士感慨道。

“难看是没错，可它却是珍奇动物，这种动物只有在澳大利亚大陆才有。”巴嘉勒尔说。

巴嘉勒尔原本想将这只针鼹鼠当成单孔动物的标本留着，但却遭到了厨师奥比尔的极力反对，只能放弃。

这天，他们一行人来到了东经141度30分的地方，走了这么久，他们难得见到几个“坐地人”。

这些地方几乎无人居住，甚至连土人也不见一个。之所以这样，是因为那些未开化的民族大多生活在大令河和墨累河支流，只限于在人烟稀少的地方游荡。不过很快，他们就被一个壮观的场面惊呆了，场面庞大的投机商贩运着牲口从东部山区来到了维多利亚及南澳省。

那是在下午4点钟的时候，麦盖尔指着前面3公里处的位置给大家看，大家先是看到麦盖尔所指的地方扬起了很长溜的灰尘，但却不知道发生了什么事。后来请博学的巴嘉勒尔给大家解释，不过，没等巴嘉勒尔开口，阿埃童就说了，说那是牲口经过时扬起的灰尘。

没错，阿埃童说的是对的。因为当那扬起的灰尘离他们越来越近时，他们听到了羊咩、马嘶、牛哞……在这些混合音中，不断地夹杂着人的叫喊、口哨和咒骂声。

再走近一点，他们看到了，烟雾中走出了一些人，其中有个像是这支大军的总指挥。爵士走了过去，同那位总指挥攀谈起来。

总指挥说他是来自东部的山姆·马切尔，是这支队伍的“牧守”，正准备去佩特兰。

他们赶的这群牲畜，则是从蓝山平原买来的。刚刚买来的时候，这些牲畜很瘦弱，如今正要赶着它们到南澳那肥沃的草场上去，等将这些牲畜养肥了，他们就能高价出售，赚取利润了。这群牲畜，他们差不多能赚取5万法郎。虽然钱不少，但却需要很大的耐心和毅力，才能将这些牲畜赶到目的地。

看来，这些人赚点钱也不容易。

在牧群沿着含羞草丛继续向前行走时，“牧守”在一棵大树下开始向海伦夫人、玛丽小姐及其他人讲述自己的经历。

“牧守”说他们出来已经有7个月了，每天大约要走25公里。而要想到达目的地，他们需要3个月的时间。在这一趟生意中，除了所赶的牲口外，他还要管理20只狗，30个人，在这30个人中，有5个人是非常擅长寻找牲口的。

这个长长的队伍，走在最后的是6辆大车。30个赶牧者每人手拿一根皮鞭，在牧群中走来走去，维持秩序。那20只狗则像警察一样，在牲口的两边来回巡逻。

在大家赞扬他们这庞大的人畜队伍的井然秩序时，“牧守”告诉他们，种类不同的牲口还不能在一起行走，比如野生的牛羊就不能走在一起，甚至凡是羊走过的地方，牛也是绝对不会在那里吃草的。所以全都是牛走在羊的前面，羊被分成了五个团队，并由20个人指挥，最后面的是马。整个队伍被分成了三个部分。

“牧守”告诉大家，这支庞大的队伍，领头的既不是狗也不是人，而是牛。聪明的牛是这支队伍的“首领”，每个牲畜都要听“首领”牛的指挥。

这些牛“首领”庄严地走在队伍的最前面，用它们的本能选择着最好的路，这样自然也就会有人来对它们另眼相看。为了这支队伍，人反而要去讨好牛。在牛要停下的时候，他们就让整个队伍停；牛要歇的时候，就让整个队伍歇，因为如果执意要它们走，牛不答应，也是行不通的。

这样一支远征的牲口队伍，虽然没有古希腊名将色诺芬指挥，但也足以编入史册。随后，“牧守”又将他们远征的细节做了补充，说他们这支队伍如果只是在平原走，还算好办。因为这些牲畜白天可以吃沿路的草，渴了可以喝小沟里的水；夜里睡觉时，只要听到狗叫，它们就会起来，非常听话。不过要是走到那遍布植物和含羞草的草丛，那就麻烦多了。

此时，牲畜很容易混乱，也容易跑散，他们需要花很长的时间来整顿队伍秩序。如果不幸有“首领”走失，是需要不惜一切代价找回来的，否则整个队伍就可能溃散。而一旦遇到下雨天，情况就更糟了，很多牲畜会懒得往前走，遇到大风暴的时候，牲畜还会被吓得发狂，乱窜乱跑。

不过，由于“牧守”的机智和勇敢，他们最终克服了这些困难。他们一公里一公里地朝前挪着，把平原、树林、山丘全都抛在了后面。不过，仅有机智和勇敢还不够，他们还必须有耐性，而这耐性在他们过河时是非常关键的要素。

当人畜队伍到了河边时，“牧守”会发愁，能不能过去，关键是看牲畜愿不愿意过去。

“首领”牛在最前面，见了河掉转头就往回走，“首领”都不下去，羊也不下水，而且到处乱跑。没办法，到了夜里的时候，他们硬将公羊拖下了河，可那母羊却怎么都不愿意跟着下去。

不得已，他们只能让牲畜先喝水，熟悉一下环境。不过，这些聪明的牲畜好像知道这是圈套，怎么都不喝水，即使小羊已经渴得咩咩直叫了，母羊依然不动。在这种时候，“牧守”对着牛羊的哞叫、咩叫毫无办法，怎么都要耽误近一个月的时间。

终于有一天，也许有队牲畜高兴了，竟然过了河。这时，其他的牲畜也跟着过去，但又有问题出来了，那就是这些牲畜不能有秩序地过河，在混乱中，还会有牲畜被淹死。

以上就是“牧守”和他们说的话，在他说的时候，牧群已经走出好远一段距离了，他必须尽快赶到队伍的前面，以便选择最好的牧场。因此，他跨上了良马，和爵士们挥手告别，很快就消失在了灰尘中。

一行人背对牧群，继续朝前走，一直走到了晚上，才在沓儿坡山脚下停住。

此时，巴嘉勒尔提醒大家，说今天是12月25日，他们这才知道，这天是圣诞节。这么一个重要的节日，他们必须庆祝下。好在厨师奥比尔并没有忘记这一天，早早地准备好了食物，所以晚餐时也就有了可口而丰盛的晚餐摆在面前。看着这些美味，大家都没有忘记称赞奥比尔的手艺。

这一餐有：鹿火腿、腌牛肉、熏鲑鱼；大麦粉和荞麦做成的蛋糕；甚至还有中国名茶和大量的威士忌，以及波尔多葡萄酒。大家就这么吃着喝着聊着，差点忘了自己是在远征途中，还以为是在麦凯莫府的大餐厅里！

自然，这么丰盛的晚餐也少不了水果，巴嘉勒尔便把那长在野橘树上的果子摘了下来。这种果子吃起来没什么味道，但将里面的核咬碎后就会感到很辣。喜欢新奇的巴嘉勒尔为了尝尝味道，嘴都辣麻了。这使少校在问他内陆的沙漠特点时，他的嘴麻得都说不出话来。

第二天，没什么重大的事情发生，他们经过了罗同河的肥沃地带后，又过了差不多已经干涸的迈根其河。这天的天气晴朗，也不是很热，从南边吹来的风让他们感到很凉爽，就像到了北半球一样，巴嘉勒尔于是又把这种现象讲解给他的学生罗伯尔。

“我们的运气真是太好了！因为相比较而言，南半球是比北半球热的。”

“为什么南半球比北半球热？”罗伯尔问。

“地球在冬天会离太阳更近，你听过这种说法吗？”

“听说过的，先生！”

“那有没有听说过冬天之所以冷是因为太阳斜射的原因？”

“也听说过！”

“这不就行了，我的孩子？南半球之所以比北半球热，就是这个原因。”

“我还是不明白。”罗伯尔眨巴着眼睛说。

“想想看，在欧洲过冬时，澳大利亚是什么季节？”巴嘉勒尔问。

“夏季！”罗伯尔说。

“这就对了嘛，正是这个时候，地球正好最靠近太阳，明白了吗？”

“明白了！”

“在南半球，夏天热是因为南半球比北半球离太阳近，明白了吗？”

“明白了，巴嘉勒尔先生。”

“所以说地球上的‘冬天’离我们近，就是相对北半球的人而言的。”

“哦，这以前我从没想过。”罗伯尔老实地回答。

“嗯！现在该知道了吧，以后千万别忘了。”

罗伯尔对这堂天文地理课很满意，而他也知道维多利亚省的平均气温在摄氏23度左右。

晚上的时候，一行人在离农思达湖约5公里的地方宿营，这里北边是高耸的德郎孟山，南边是德里邓山。

第二天中午11点钟的时候，一行人来到了威麦拉河河岸。这条河的河水很浅，有半英里宽，岸边长着胶树和豆球花树，还有几棵桃金娘科植物。

这些植物的枝头上缀着红花，长枝有4.5米左右。青绿的枝叶间有成千上万只小鸟在跳来跳去。树下的碧波间，有一对黑天鹅在悠闲地戏水。不过很快，这些河里的“珍禽”便钻进水里不见了，而那条威麦拉河则有很多支流，曲折地流向了美丽的原野。

牛车停在了丰茂如地毯的草地上，草地上长满了乱蓬蓬的草，草在水里留下了它们的倒影。这条河上没有木筏，也没有桥，只有浅滩的地方能蹚水过去。他们看了一下，发现上游四分之一的地方河水很浅，便决定从这里过去。在他们再三探测后，发现河的宽度只有3米左右，牛车从这里过去完全没有危险。

“还有其他办法吗？”爵士问阿埃童。

“没有了，不过这里很安全，可以过去的。”阿埃童说。

“那夫人和玛丽小姐需不需要下车？”

“不用！牛车会走得很稳，让她们放心，会像走在平坦大道上一样。”

“好的，阿埃童！我相信你！”

骑着马的众人全都围住了那辆牛车下河，以防牛车出意外。通常情况下，车子在从浅滩过河时，四周都会有一连串的空桶做“救生圈”，不过爵士他们一行没有这个道具，所以只能试探着过河。坐在牛车上牵着牛指挥的阿埃童非常镇定；少校和两名水手走在前面挡住了激流；爵士和麦盖尔船长则守在车子两旁，护驾两位女士；巴嘉勒尔和罗伯尔跟在后面。

到了河中心时，水深了很多，已经淹过了车子的轮轴。牛如果探不到底的话，很可能会将车一起拖下去，好在阿埃童下水抓住牛角，将牛车拉正。

不过就在这时，车子碰到一块石头上，发出了咯吱的声音，随即车子便歪了，水淹到了车里女士们的脚跟处。爵士和麦盖尔急忙抓住车挡，车子重又漂了起来，这可以说是最惊险的一幕了。幸好阿埃童同时抓住了牛轭，并使劲一扳，将车子再次扳正。

河底出现了缓坡，淹着牛马脚部的地方低了下去。没一会儿，他们便安全地过了河。虽然大家的全身都湿透了，但好在安全，所以也很满意。不过车厢被碰坏了一些，爵士骑的那匹马的前蹄铁掌也掉在了水里，不见了。

这种意外情况让大家有些为难，阿埃童自告奋勇，说他愿意去几公里之外的地方找钉马掌的铁匠。

“那就拜托你了，阿埃童，你去大概要多长时间？”爵士问。

“几个小时吧，不会很长时间的。”

“好的，那你去吧，快去快回，我们就在威麦拉河岸上宿营等你。”

就这样，几分钟后，阿埃童骑着快马，穿过一排茂密的含羞草丛，消失不见了。

阿埃童离开后，大家将这一天的时间全都消磨在了聊天和散步中，他们一边观看威麦拉河边的风景，一边聊着天。走到灰鹭和红鹤旁，吓得两种鸟扑啦啦地全飞掉了；无花果树上的缎光鸟，百合花上的黄鹂、斑鸠、翘翅鸟在树枝间飞来飞去；鱼鹰没有捕鱼，在林间穿行；就连那看似沉稳的鹦鹉，也在盛开着花的胶树上发出聒噪的声音。

聊天散步的人们欣赏着大自然的美丽风光，他们有的去了潺潺的流水边，有的躺在了软绵绵的草地上，有的则在木本含羞草丛中溜达。

这一天，时间过得很快，天一下子就黑了。众人根据星座指示的方向朝前走去，由于南半球没有北斗星，所以他们只能将地平线与天空闪耀的南极十字座作为指向标。回到牛车旁，奥比尔已经在帐篷里摆好了晚饭，大家也都入座吃饭。这顿晚饭很丰盛，还有一盆烩鹦鹉。鹦鹉是维尔逊打的，经奥比尔的精湛手艺后，变成了美味佳肴。

吃过晚饭，看着美好的月色，大家没有早早去睡，而是继续聊起了天。聊天当然少不了巴嘉勒尔。在海伦夫人提议让巴嘉勒尔给大家讲讲他们去大洋洲探险的故事时，大家一致表示赞同，而巴嘉勒尔也很乐意开口。

于是，他们躺在了茂盛的盘杉树下。巴嘉勒尔点燃他的雪茄，在雪茄冒出的缕缕轻烟中讲了起来。

“不知道大家还记不记得，我在船上时曾给大家说了很多旅行家的名字，这些旅行家个个深入腹地，进行周游世界的探险。这些人中有伯克、马金莱、兰兹博罗和斯图亚特。对于马金莱和兰兹博罗，这里我就不多说了，因为他们是澳大利亚委员会派去寻找伯克的，因为伯克在去了一个地方旅行后，就再也没有回来。而这次我要说的就是伯克和斯图亚特，这是两个大胆的探险家。闲话少说，我要言归正传了。”巴嘉勒尔清了清嗓子。

“1860年8月20日，在墨尔本皇家学会的鼓励下，有位爱尔兰军官出发了，这个人就是罗伯尔·伯克。和他们一起出发的有11人，比如天文学家威尔斯，植物学家白克莱尔博士、格来，印度青年军官金格、蓝尔、白纳荷，以及几名印度士兵。

“当然，除了他们这些探险家外，还有驮着行李和18个月粮食的25匹马和25匹骆驼。

“一行人按照原先设定的路线——克柏河走着，一直走到了北岸的卡奔塔利亚湾。最后又顺利地越过墨累河和大令河流域，一直到了殖民地的边界梅宁驿站。

“行李太多，也是种累赘，再加上伯克脾气不好，探险队的内部也就出现了不和的声音。就连指挥骆驼的兰戴尔，也带着几名仆人逃离了探险队，但伯克仍然照旧前进，朝着克柏河的方向走去。他时而从水草丰美的牧场走过，时而又沿着没有水源的石子路走。一直走到11月，也就是离出发日3个月后，他们在克柏河岸建立起了第一个储粮站。

“在储粮站，他们停留了一些时间，目的就是解决一系列预计会遇到的困难，之后还在威尔斯堡建立了一个中途据点。为了探险顺利，伯克将探险队分成了两个小队，一队由白纳荷领导，驻守威尔斯堡等待另一小队的成员，驻守时间为3个月或3个多月；另一小队有伯克、金格、格来和威尔斯，这4个人带着6匹骆驼和够吃3个月的粮食出发了。粮食中包括150斤的面粉、50斤的大米、50斤的荞麦粉、50公斤的干马肉、100斤的咸猪肉和腊肉以及30斤的饼干等等。

“伯克这一队的人在艰难地穿过一片荒芜区后，到了艾尔河上，此后他们沿着东经140度线一直往北走。1月7日，他们穿过了南回归线，在那天气热得像火烤一样的地方，根本找不到水喝，不过却能看到奇景海市蜃楼。当然，有时候他们也会遇到暴风雨，天气自然会凉爽一些；有时则会遇到土人——好在土人并没有为难他们。

“总之，一路上，他们基本没有看到河流、高山等障碍物。1月12日，他们发现北面出现了一些砂岩质的丘陵。等他们到了山脚下，走路就更辛苦了。即使人能勉强前行，牲口也走不动。有句话不是说，老是在山里转，骆驼也会怕的。即便如此，他们还是经过了千辛万苦，到了脱纳河河岸，最后又到了佛林德河上游。佛林德河是在棕树和桉树下流进卡奔塔利亚湾的一条河流。

“随后，他们又穿过了一段沙滩，离海洋也不远了。不过，不幸的是有只骆驼死了，这只骆驼一死，其他骆驼也不走了。金格和格来只好留下来陪它们，伯克和威尔斯则继续步行向北走……总之，他们遇到了无数困难，这在他们的日记中就有记载。

“最后，他们来到了一个被海潮淹没的沙滩，但却不见海洋。”

巴嘉勒尔刚停下来，爵士便问：“那他们没有再往前走了？”

“不是他们不往前走，而是不能再往前走了，因为沙滩在不断地往下陷，他们只能回威尔斯堡和同伴会合。不过想要回去又谈何容易？伯克和威尔斯累得筋疲力尽，总算是回到了格来和金格身边，四个人又一起往回走。对于回去后又碰到了什么危险和困难，也就不是很清楚了，因为他们没有做记录，不过想也能想得到，一路上一定很惊险。而当他们到达克柏河的时候，已经是4个月后了，4个人只剩下了3个人，格来因为劳累过度病死在途中，6匹骆驼也先后死了4匹。

“当然，他们只要到达威尔斯堡，就会有白纳荷及粮食等着他们，同伴也能获救，所以他们又打起了精神，一步步地往前走。4月21日的时候，他们到了威尔斯堡。谁知，就在那一天，就在他们到达的当天，白纳荷因为等他们5个月都不见人，便离开了。”

“啊？他们走了？”小罗伯尔大惊，叫了起来。

“是的，走了！想去追白纳荷也追不上了。3个被遗弃的人在吃了一点东西后，体力稍稍恢复，便决定回去。但离大令河还有150公里，他们又没有交通工具。就在这时，伯克提出去澳洲殖民站。

“于是，3个人便又出发了。那时候，他们剩下的只有两匹骆驼，而即使是这两匹骆驼，也有一匹死在了克柏河泥泞的支流中，另一匹又不走了，他们只好将它杀掉当干粮。那时候，他们已经没有粮食了，一直在吃着一种叫‘纳儿豆’的水生植物。

“一路上，他们找不到水，即使找到，也找不到盛水的工具。因此，一行人只能沿着克柏河的河岸前行。然而，一场意外的火灾将他们的草棚子和衣物都烧掉了。他们什么都没有了，唯有等死。在那种情况下，伯克把金格叫到了身边，对他说：‘我要死了，你把我的表和笔记本拿去做个纪念；我死后将手枪放在右手中，就那么放着吧，也不用掩埋我。’伯克说完这些话后，便不再开口，第二天8点的时候他去世了。金格见伯克死了，很是害怕，又不知道该怎么做。只好去请土人帮忙。而等他找到土人回去，威尔斯也死了。至于金格本人，最后则被土人收留，一直到9月份的时候，皇家学会派人去寻找他们，在土人居住地找到了金格。也就是说，那次穿越大陆的4个探险家，最后只活了1个。”

巴嘉勒尔这个悲伤的故事让听众很是伤感，他们想到了格兰特船长，不知他会怎样，是不是也和伯克的命运一样？这样的联想很正常，玛丽小姐的眼中流出了眼泪。

“父亲！我可怜的父亲！”她喃喃着。

“玛丽小姐，不要伤心，那些人之所以那样，就是为了冒险。格兰特船长和伯克他们不一样，再说那个金格，不是在土人那里生活得很好吗？他一定会活着回来的，你父亲一定不会遭遇那样险恶的环境。”麦盖尔急忙安慰她说。

“没错！格兰特船长的安全一定没有问题，我再说一遍，大洋洲的土人是很善良和热情的，玛丽小姐！”巴嘉勒尔也说。

“愿上帝保佑他！”玛丽的眼眶里溢满了眼泪。

“对了，那斯图亚特呢？”爵士急忙岔开话说，他想改变一下悲伤的气氛。

“你是说斯图亚特吗？他可就幸运多了，他的名字被载入了史册。斯图亚特1848年又开始旅行，先后启程两次，但都没有成功。不过他是个不会轻易放弃的人，所以在1867年元旦的时候，他又带着11名伙伴，离开了堪布斯河，一直到离卡奔塔利湾60法里的地方。在那里，因为粮食吃完了，所以又半途回去。不过，他并没有放弃冒险，又组织了第4次旅行，竟然获得了成功。那次，南澳议会为了支持他，还特意拨款2000英镑。而斯图亚特也根据自己的经验，为这次冒险做了充分的准备。最终，他的朋友伍佛德、奥德等共10人参加了这次探险。那次他们带了20只大皮桶，每只皮桶的容量达到了7加仑。

“1862年4月5日，他们正式出发，计划沿着东经131度前行，而那次他们比伯克当时走的路线向西偏了7度。那时候，斯图亚特在霍芜滩安营扎寨，随后又向东行走，经过了塔里溪，又沿着溪流走了50公里路程。

“那是一个好地方，不仅有肥沃的土地，丰茂的牧场，还有‘草地人’在放牧。那里不仅牛肥马壮，而且桉树长势雄伟。看到这种情况，斯图亚特既惊又喜，继续前行，又遇到了诺泊氏河。

“诺泊氏河从热带大棕树林中流过，河岸边住着土人，土人热情地接待了他们。从土人那里出发后，他们又向西北进发，在穿过一片砾石形成的沙滩后，找到了阿德雷德河源。随后，他们穿越安亨地区，见阿德雷德河越来越宽，河两岸也都是沼泽，便知道离海不远了。

“7月21日，是个星期二，他们在凉水滩休息，由于前面有多条小溪拦住了去路，所以他们必须绕过无法渡过的河流，从泥沼中前进，最后终于到了长着浅草的高地。

“高地上长着很多胶树和杉木，空中还有很多凶恶的水鸟在飞翔。而在那里，他们也没有看到土人，只看到几处野营地处冒着烟。7月24日，离他们出发已经过去9个月了。这天早晨的8点20分，他们继续向北前行，当天就到了海边，斯图亚特率先听到了海浪拍打海岸的声音，不过他并没有说出来。接着，他们钻进了一片葡萄园，穿过葡萄园，他们就能踏上印度洋海岸了。看着大海，斯图亚特叫了起来：‘大海！看！大海！’其他人听到后，也跟了上去，欢呼声响彻天空。

“就这样，经过第4次探险，他们的考察终于顺利结束。斯图亚特遵照出发前南澳总督所说，在洗干净手脸后，在那片谷地的树上刻下了自己名字的简写‘约·斯’两个字，以纪念这次伟大的探险。第2天，斯图亚特又去了很多地方考察，看是不是能从西南方向到阿德雷德河口，不过最终看到的全是马无法过去的沼泽地，这才作罢。最后，斯图亚特爬上了一棵树，在树顶插上了澳大利亚的旗帜，还在树干上留下了一些指示文字。如果冒险家们能够按照指示做下去，在向南一尺处挖的话，就会发现一个白铁盒子，盒子里装着一张纸，纸上写着：

‘由南而北纵贯澳大利亚的伟大的探险旅行。’

“斯图亚特和同伴们是在1862年的7月25日到达目的地的，他们横穿澳大利亚，途经大陆中心，直抵印度洋海岸。

“1861年10月12日，他们又离开阿德雷德城向北挺进。为了纪念这次成功，他们还留下了国旗，写上了探险队长的名字。整个过程都很顺利，轰动世界的事件也就是这样发生的。”

“那这些勇敢的探险家都回到家乡了吗？”海伦夫人问。

“是的，他们都回去了，夫人！虽然受了不少苦，但毕竟成功了。不过整个过程中还是受了很多苦，特别是斯图亚特，在回来的路上，他患了败血病，9月初的时候病情加重，伙伴们还以为他活不了多长时间了，没想到他活下来了，不得不说是场奇迹。当然，路上他们还有很多次折腾，最终在12月10日回到了阿德雷德城。自然，他们受到了全市人民的欢迎。不过，斯图亚特的病根也就从那次后落下了，在他接受了地理学会的奖金后，乘着‘印度号’回到了苏格兰。1866年的时候，他死在了诺丁山，他的家里。”

“这个人太坚强了！他的坚强和毅力，战胜了身体的病痛，最终完成了未完成的事业。苏格兰能有他这么优秀的儿子，是件非常值得骄傲和自豪的事。”爵士说。

“斯图亚特之后，还有人去冒险吗？”海伦夫人又问。

“有的，夫人，比如以前和您说起的雷莎德，他曾先后两次去探险，最后也献身于自己钟爱的事业了。去年的时候，著名的植物学家穆勒博士为了筹集探险经费，还发起了一次募捐。最后，一些勇敢的‘坐地人’在勇敢的尹泰尔的带领下，在1864年6月21日出发去探险。此时，他们应该在大陆艰难跋涉，希望他们成功，也祝我们能和他们一样，都能成功！”

地理学家巴嘉勒尔在说完这些后，大家一看时间不早了，便各自回去睡觉。夜深人静的野外，静悄悄的，只有报时鸟在白胶树上，一秒一秒地报着时间。

第二十八章
Chapter 28

康斯登桥惨案

阿埃童离开大家很久都没有回来，这让少校有些不安。不过，对于内心的这种变化，他并没有表现出来，只是留意着四周的环境。这片空旷平和的土地，始终一片平静。在度过了黑夜里的几个小时后，太阳展露出了它的笑脸。

爵士担心阿埃童带不回来铁匠，这样就无法修牛车，也就无法上路。而且这样一来，会耽误很长时间。对于爵士来说，他恨不得赶快到达目的地，他不想有丝毫的耽误。

还好，阿埃童回来了，而且还带来了铁匠。铁匠身材高大，身体强壮，但却长着一脸横肉，不怎么说话，总是阴沉着脸，让人一看就不舒服。不过这都无关紧要，重要的是他能把牛车修好。

“这个铁匠怎么样？行吗？”麦盖尔问。

“我也不清楚，让他先做着试试。”阿埃童说。

铁匠开始动手，做起事看上去娴熟有力。少校注意到他两个手腕上有个像手镯一样的伤疤，而且那里已经涨成了紫黑色。想必是新伤，而对这伤疤，他像是刻意要去遮掩。无奈他身上那件破旧的毛线衫并不能全部将疤痕遮住，在少校问他手腕上的伤痛不痛的时候，他没有理会，只是埋头做事。

差不多两个小时后，牛车修好了。

对于爵士那匹马上的马蹄铁，也很快就钉好了。那是一个三叶状的马蹄铁，上端剜成了叶子形状，少校拿马蹄铁给阿埃童看，阿埃童说：“这一定是黑点站的，之所以用这种，就是为了和其他站点的马蹄印区别开来。”

那个看上去有些奇怪的铁匠做好相关的工作后，便拿着工钱离开了，总共也只说了四句话。

爵士他们一行稍微休息了一下后，便上路了。他们走过了一片“露天平原”，“露天平原”上到处都是木本含羞草丛；平原上散布着很多硅石和铁矿石；又走了几英里后，进入了一片湖滩地带，这一带的牛车将牛车印压得很深，高大的芦苇丛里到处都是不规则的小溪流，发出潺潺的水声；继续往前走，他们经过了大片大片的盐碱地，而这段路走起来并不困难，也不感到寂寞。

海伦夫人热情地将骑着马的远征者轮流请上牛车，这样每个人都有机会在牛车上休息一下了。有如此可亲的夫人和美丽的玛丽小姐聊天，每个人都觉得很荣幸，更不要说到了车上后，他们还能受到夫人热情的招待。当然，被邀请上去的人少不了麦盖尔船长，虽然他聊起天来显得很严肃，却也很可爱，让人觉得很开心。

就这样，他们在不知不觉中穿过了克洛南到火尔桑的那条路，这条路上灰尘很大，所以行人很少。一行人在穿过沓儿坡区的最前方后，又过了几个小丘陵。晚上，他们住在了离玛丽柏诺大约5里远的地方。此时，天上下起了蒙蒙细雨，如果在其他国家，地面一定会湿了，但在这里，空气和地面好像有吸附水分的能力，所以他们在野外宿营竟然没受到一点影响。

第二天，越来越多的山路出现在了他们面前，他们只能慢行，而那一个接着一个的丘陵，仿佛是瑞士的缩影，一路上地面高低不平，非常颠簸，很难行走。

他们只好从马上下来，牵着马走，因为这样比骑在马上舒服。

中午11点的时候，他们到了卡尔思柏路克，不过阿埃童却提议不进城，以便节省时间。对任何事物都有很大好奇心的巴嘉勒尔不同意，大家只好依着他，让他自己去转，而牛车和其他人则继续慢慢前行。

巴嘉勒尔和往常一样，去什么地方总爱带着小罗伯尔，他们在城市里匆匆转了一下，但即使只是走马观花，也让他对这座城市有了大概了解。他发现这座城市里有银行、法院、市场、学校、教堂，以及100多座房子，每座房子都是用砖砌成的，每个建筑物都呈四边形，看上去非常整齐。

城市里的每条街道都是英国式的平行道，非常简单统一，没什么特色。巴嘉勒尔觉得，如果对城市进行改建，一定要延长街道，如同随着孩子的长大，要将孩子的裤腿放长一样。

不过，由于这是座新兴城市，所以整个城市都充满了活跃的气氛。很多人在街上忙忙碌碌地奔跑、做事，呈现出了欣欣向荣的景象。在忙碌的人群中，搬运金子的人都在往运输站上涌，这些金子是从本迪哥及亚历山大各山区搬来的，在搬运的过程中还有当地警察护送。而对于这些生意人来说，他们在意的只是货物，对行人很少注意。

巴嘉勒尔带着罗伯尔在城里转了一个小时，随后他们穿过一片耕地，回到了队伍中。过了耕地，他们面前就是草原了，辽阔的草原上有无数的牧人和羊群。再往前走，前面又是一片荒漠，而这也是澳大利亚特有的景象。

不过，直到现在为止，他们依然没有见到一个过着原始生活的土人。有段时间，爵士都开始怀疑，不知道这里是不是和阿根廷的潘帕没有印第安人一样，澳大利亚大陆上根本没有澳大利亚土人了。

但地理学家巴嘉勒尔坚持认为，这条纬线上，墨累河那带平原上绝对有土人，而现在离那带平原还有约320里路。

“我们快要走到出产金子的地方了。1852年的时候，来这里开采金子的人就像蝗虫一样多，铺天盖地的。而在过去，这里就是土人居住的地方，不过现在土人都跑到荒山去了，这里成了文明人的生活区域。天黑前，我们差不多就能穿过连接墨累河和海岸的铁路了。告诉你们吧，朋友们，澳大利亚竟然会有铁路，不得不说是件很奇怪的事。”

“有什么奇怪的？”爵士问。

“因为不符合逻辑嘛，在你们看来，你们英国人在海外的殖民地架电线，开万国博览会，甚至在澳大利亚建铁路，非常正常。不过对于我们法国人来说，修铁路完全把澳大利亚的布局改变了。”巴嘉勒尔说。

“你之所以这么看，是因为你只看过去，不看现在和将来！”少校道。

“没错，我承认，不过如果让火车在这无人的荒野奔跑，那大团的蒸汽和烟雾会赶走很多单孔兽、食火鸡等小动物的，而且很可能会让那些没有开化的土人看着那冒烟的怪物发愣。这火车，我觉得除了美国和英国人以外，其他人看到都会吃惊的，所以在这里建铁路，会破坏环境的，也让这里没有了诗意。”巴嘉勒尔继续说。

“是诗意重要还是现代文明重要？”少校反驳道。

不过，他们的争论也只进行到了这里，因为被火车的鸣笛声打断了。

他们一行人离铁路特别近，正好有列火车从南向北减速行驶，并停在了铁路与公路交叉口的地方。这条铁路是巴嘉勒尔刚刚说的铁路中的一条，这条铁路将维多利亚省的省会和澳大利亚最大河流墨累河连接了起来，使其肥沃富饶，所以“坐地人”也很多。想必有了这样一条铁路，墨尔本的交通也就发达多了。

这条铁路已经建成的有180公里，在墨尔本和萨塔斯特间就有两个站，分别是肯顿和卡斯尔门。正在修建中的是条直达俄丘卡的长达150公里的铁路，这条铁路建在了殖民地利物林的首府，是在墨累河上建成的。

康斯登桥架在墨累河的支流吕顿河上，位于南纬37度，距卡斯尔门只有几英里远。

赶着牛车的阿埃童带着大家朝康斯登桥走，骑着马的众人跟在牛车后面，他们都想尽快赶到康斯登桥上，以便满足好奇心。而还没等他们涌上去，便看到一群人朝桥上涌去了，那是附近的居民和牧羊人，他们全都涌到铁路旁，有人还不断地说：“快，去铁路上！”

难道是发生了交通事故，所以才会引起这么大的骚动？

爵士催马快跑，其他人跟在了他的后面。没用几分钟，他们便上了康斯登桥，而到了桥边，也知道发生了什么事。

没错，确实是发生了一场车祸，而且是一场非常悲惨的车祸。火车没有撞车，而是脱轨，掉进了河里。看到这种情景，让他们想起了美国那场最严重的交通事故。

小河里全是火车头和车厢，想必是火车太沉，将河上的桥压断了，才导致火车脱轨。他们看到，6节车厢有5节掉进了河底，剩最后一节不知怎么和前面几节脱了节，因而奇迹般地保住了。不过没有掉下去的那节离深渊也不过一米多，想起来都觉得可怕。

铁轨弯了，枕木焦了，就连掉在河里的车厢也散架了。汽锅炸裂了，碎片到处都是。在乱七八糟的废物中，他们看到从汽锅处冒出了缕缕青烟。火车掉在河里已经很惨了，没想到又有一场大火，让场景更加惨烈。

到处都是大片大片的血迹，还有东一块西一块的残骸断肢，以及那被烧成焦炭的尸体。

没有人忍心去看死了多少人。

夹杂在人群里的爵士、巴嘉勒尔、少校和麦盖尔听到了大家的议论，除了一些救人的在忙碌外，其他人最关心的就是为什么会发生这样的惨剧。

“应该是桥断了！”有人说。

“桥什么时候断了？桥不是好好地在那里吗？”另一个人说。

“是车子到了，但桥还没有接上，所以才出事的。”又有人说。

是的，这是一座转桥。转开后可以让河里的轮船经过，有火车时又会把桥转过来。而在火车过来时没转过来，是不是守桥人员失职造成的呢？如果火车过来了，没有桥，火车自然就会翻进河里的。

这样的猜测很有道理，因为桥的一半如今都被压在了火车底下，而另一半却被铁索吊着，显然铁索并没有遭到损坏。所以说，一定是守桥人失职造成的。

事故发生在夜里3点15分，出事的火车是晚上11点45分从墨尔本出发的37次列车。出事后，最后一节没掉下去的车厢里的列车员马上求援。无奈电线杆也被撞断了，电报、电话全都不通。所以当卡斯尔门主管的当局在3个小时后赶来，在当地殖民总监米切尔先生，以及一群警务人员组织起抢救工作时，已经是早晨6点了。

在这种情况下，有很多“坐地人”也赶来帮忙。那时候，火烧得很旺，他们要做的首先是灭火。

路基斜坡上，躺着几个面目模糊，烧得不成样子的尸体。想从火海里拖出活人来，想必是不可能的事。一节节的车厢，不到一会儿便都烧光了。整列车上总共有多少旅客，没有人知道，只有最后一节车厢里的10个人幸免于难，但也受了伤。铁路当局急忙派救护车将他们送去了附近的医院。

爵士向负责此事的总监表明了身份，和警官聊了起来。那位警官长得高而瘦，看上去机智又镇定。不过，面对这样的惨剧，他也有些束手无策，所以当爵士说了句“真是一场惨剧啊”时，他冷冷地说：“岂止是惨剧，爵士！”

“那……还有什么？”爵士惊叫道。

“更是一场罪行！”警察面无表情地说。

爵士不知道该说什么，他看了看总监米切尔先生。米切尔说：“没错，爵士！我们觉得这里面一定大有文章。很可能是最后一节车厢的人遭到了抢劫，那没有遇难的五六个人很可能是受到了歹徒的袭击。因为守桥员失踪了，而转桥也被转开，所以不能说是守桥员的责任，当然守桥人也很可能是同伙。”

面对总监米切尔的武断，那位警官只是摇了摇头。

“你不同意我的看法？”米切尔问警官。

“对于你说有可能守桥员和那些歹徒是同伙，我不认同。”

“不过，要是没有串通的话，那些在草原上游荡的土人怎么懂转那桥的？”米切尔说。

“你这句话也有一定道理。”警官想了想说。

“还有一点，据一个船夫说，昨晚10点40分的时候，有只船曾经过康斯登桥，而当船过去后，桥就又关好了。”米切尔继续说。

“嗯，那就更清楚了。”

“所以说，没有守桥员，桥就不会再被转开，所以我认为守桥员和土人相互勾结的可能性非常大。”

米切尔的话好像警察有异议，他一直在摇头。

“警察先生，你觉得制造这起罪行的不是土人？”

“肯定不是！”

“不是土人？不是土人又会是谁？”

还没等警察回答，又一阵大声喧哗从上游半公里之外的地方传了过来，众人全都向那边涌去，将那里围得水泄不通。从人群中抬出了一具尸体，尸体是守桥员的，已经变得冰凉。而这也表明警察的观点是对的，这件案子和守桥员，以及土人都无关。

“这个案子一看就是老手干的！”警官说完，停了会儿，举举手里明晃晃的手铐说，“我一定要将这‘手镯’戴到他们手上，当作他们新年的礼物。”

“老手？你怀疑是……？”

“一定是那些乘坐英王陛下的船不用付钱的人干的。”

“什么？你是说流犯？”巴嘉勒尔知道澳大利亚殖民地的一些俗语，惊叫道。

“我以为维多利亚省是不允许流犯停留的。”爵士说。

“哼！那只是法律这么说，法律对他们来说顶屁用，他们是不会遵守的，会偷渡过来。如果我没猜错，他们一定是从柏斯来的，所以他们一定还会回柏斯的，一定会的，我以我的身份保证。”警官说。

米切尔同意警官的说法，点了点头。此时，牛车也已经到了铁路和公路的交叉口，不过爵士不想让海伦夫人和玛丽小姐看到这种惨状，所以和米切尔及警官打了声招呼后便告辞了，随后招呼其他同伴一起离开灾难现场。

“我们不能因为这些事情耽误我们的行程。”他说。

几个人到了牛车旁后，爵士说了列车出轨掉落河里的事，却并没说出原因，也没描述那惨烈的场景。他准备抽个时间告诉阿埃童。

一行人在离桥头几十公里的地方越过了铁路，继续向东行进。

没过多长时间，牛车就进了一个山坳。山坳虽然狭窄曲折，但风景却很美，有很多美丽的树木，那些美丽的树木一丛丛地生长着，又一丛丛地被隔离开来，如同热带树木。在这些树中，最漂亮的是一种叫“卡黍林拉”的树，这种树有着像橡树一样的躯干，枝头上结着如同豆球花一样的香荚，树叶是青绿色的，很粗糙，有些像松树的叶子。

在一棵棵的“卡黍林拉”树中，他们还看到了一种“盘杉”，这种“盘杉”虽然不肥壮，但却很挺拔。它们有着奇特的形状，树顶为圆锥形。

树丛里有很多灌木的细枝倒垂下来，如同一条条绿色的溪流，这样美的自然风景，让人不能不欣赏。因此，海伦夫人提议暂停一会儿。于是，牛车的轮子不再咯吱咯吱地响了，四周一片寂静，树丛下那绿色的青草如同地毯一般铺张开来，大自然将这张绿色的地毯画上了细格，犹如一块大大的棋盘。

实际上，这片优美之地是为长眠于地下的人创造的，不过，因为墓地被荒草掩盖，所以他们并不知道。

“这是一片墓地！”巴嘉勒尔还是看出来了。

是的，这是土人的墓地，只是在不知道的人面前，它呈现出的是绿树成荫，以及快乐飞翔的小鸟。一切都显得那么美，在这一刻，所有人内心的阴郁全都一扫而光。这样的地方，简直可以算得上风水宝地，死神也被大家遗忘了。

如果不是白人入侵，不是白人将土人赶离他们祖先长眠的风水宝地，那么，土人是幸福的。但很可惜，土人的这神圣之地被殖民者带来的牛羊肆意践踏，就连墓地上的树林也变得稀稀落落，时间一久，坟地便被行人踩平了。

此时，巴嘉勒尔和小罗伯尔沿着墓地旁的林荫之地散步，他们边走边聊，聊得很投机。不过在走了几百米后，爵士发现他们停了下来，而且还下了马，低头在看着什么。看他们的样子，像是发现了什么稀奇古怪的事情。

赶着牛车的阿埃童催促牛，赶到了他们所在的地方，大家便知道巴嘉勒尔和小罗伯尔停下来的原因了。原来，他们看见了一个8岁的小土人，是个男孩。男孩穿着欧式服装，在一棵浓密的大树下睡觉。从他的外表他们便看出了他的种族：他有着一头鬈曲的头发，以及接近棕黑的皮肤。他的鼻子有些塌，长着厚厚的嘴唇，双臂很长，是典型的棕色人种。

不过，从他机灵的模样上又能看出，他和一般土人有所不同，很可能接受过一些文化教育。

看见小孩子，海伦夫人很关心，急忙下了车。当他们全都围在小孩周围时，小孩依然在酣睡。

“可怜的孩子，一定是在荒郊野外迷路了。”玛丽小姐说。

“我觉得他一定是来这里扫墓的，也许这里埋着他的亲人。”海伦夫人说。

“我们不能不管他，他一个人孤零零的……”

小罗伯尔还没说完，便见小男孩翻了个身，但却没有醒来，不过大家从他翻过来的背上发现了一个小牌子，上面写着：“陶林勒到俄丘卡去由服务员史密斯负责照料车资已付”。

大家茫然而惊讶。

“这一定是英国人干的，他们将孩子像包裹一样寄出去，只付过‘邮资’就不管了。我以前就听说过，不过原来不相信，没想到是真的。”巴嘉勒尔气愤地说。

“可怜的孩子！他是不是乘的就是那辆脱轨的火车？会不会是他的父母出了事，留下了他一个人？”海伦夫人喃喃着。

“我觉得不会，这牌子上的字，说明他是一个人来的。”麦盖尔说。

“看！他醒了！”玛丽小姐说。

确实，小男孩醒了。在他慢慢睁开眼睛时，因为太阳光的强烈，他马上又闭上了眼睛。海伦夫人拉住了他的手，他站起来，看着周围一圈人，吓得脸色煞白。但慢慢地，他平静下来。

“你懂英语吗，小朋友？”海伦夫人亲切地问。

“懂一点！”小男孩用带着很深乡音的英语回答。

“你叫什么名字？”海伦夫人又问。

“陶林勒。”小男孩说。

“哦，陶林勒，澳洲话是不是‘树皮’的意思？”巴嘉勒尔插话道。

小男孩点了点头，随即又把脸转向了海伦夫人。

“你是从什么地方来的，陶林勒？”海伦夫人又问。

“我从墨尔本来，到萨塔斯特去。”

“你是坐康斯登桥出车祸的那辆火车？”爵士忍不住问。

“是，先生！”

“你一个人出远门？”

“不是出远门，我是回家。巴克斯顿牧师把我交给史密斯先生，让他照顾我，但可怜的服务员史密斯摔死了。”

“火车上你就没有认识的人了吗？”

“没有了，先生！”

一个几岁的孩子，没有家人的陪伴却来到了一个荒无人烟的地方，他为什么不在康斯登桥等着，却要来这里？海伦夫人满是疑问，于是又问了几个问题。

最后才得知，他是要回老家纳克兰，那里有他的家人。

“你有爸爸妈妈？”小罗伯尔问。

“有！哥哥！”陶林勒见小罗伯尔问他，一边回答一边握住了他的手。小罗伯尔听到别人叫他“哥哥”，非常高兴，一下子抱住了他，吻了起来。两个人很快就成了朋友。

此时，大家对陶林勒都有了兴趣。看见太阳已经西下，马上就到了休息时间，也便觉得赶那几里路没什么意思，不如扎营休息。

很快，阿埃童拴好了牛，帐篷也搭好了。奥比尔准备的晚饭很快就端了上来。大家邀请陶林勒一起吃晚饭，陶林勒虽然肚子很饿，但却客气地拒绝着。

最终，他还是坐了下来，并和罗伯尔坐在一起。罗伯尔不停地给陶林勒夹菜，陶林勒一边说着谢谢，一边大口地吃了起来。

陶林勒是个可爱的孩子，虽然稍稍有些拘谨，但却很讨人喜欢。

大家吃饭的时候，并没有中止谈话，他们都很关心陶林勒，不断地问这问那。其实他的情况很简单，就和很多小土人一样，小时候被送到了殖民地的慈善机构。在那里，他们的性格变得越来越温和，从不仇视其他人，而且还经常穿着原始服装，在大街上跑来跑去，有些还会出售一些像渔具、猎具、武器等等的工艺品。

而那些土人部落的酋长，为了省钱，也喜欢把自己的孩子送去慈善机构接受教育。

陶林勒的父亲便是如此，他们让陶林勒在墨尔本待了5年，5年里从未见过一个亲人。不过，有着思乡之情的陶林勒很想回老家，甚至决定不管受多少辛苦，也要回去看看，哪怕看到部落流散，家人已经不在也好。

“见了父母后，你还会回去吗？”海伦夫人问。

“要回去的，夫人！”陶林勒回答海伦夫人道，他的眼神很诚恳。

“你以后想做什么？”

“我要解救贫穷和愚昧的同胞，我要给他们自由的生活！”陶林勒大声说。

虽然这句话是从一个8岁的孩子嘴里说出来的，但却没有人嘲笑。他们这些苏格兰人都被小陶林勒的勇气和精神感动了，对他也就越发地尊重起来。而巴嘉勒尔更是有着说不出的感动和同情。

说实话，巴嘉勒尔不太喜欢穿欧式服装的小土人，他希望看到原始的，赤身裸体，身上刻有花纹的小土人，因为澳大利亚到处都是穿着欧式服饰的小土人，所以他很鄙视他们。但小陶林勒的一席话，让他的态度发生了改变，甚至开始佩服这个小土人，之后，他也成了陶林勒的好朋友。

在海伦夫人问陶林勒在什么地方读书时，陶林勒说在墨尔本师范学校，还说巴克斯顿牧师是他们的校长。

“平时你们都上什么课？”海伦夫人又问。

“圣经、数学、地理……”

“哇，你们上地理？”地理学家巴嘉勒尔兴奋起来。

“没错，先生！放寒假的时候，我的地理考试还考了第一名呢！”陶林勒说。

“太厉害了！地理课能得第一名。”

“给你看我的奖品！”陶林勒从他的衣服口袋里拿出了一本32开本的《圣经》，上面第一页写着：“墨尔本师范学校，地理课第一名，奖给陶林勒，纳克兰人。”

一个澳大利亚土人，却很喜欢地理学，这让地理学家巴嘉勒尔很意外，也很高兴，他抱起陶林勒，不停地亲吻着。陶林勒对他这种亲密的表达方式感到很迷惑，海伦夫人解释给他听，说巴嘉勒尔是著名的地理学家，要是他站在讲台上讲课的话，一定是个出色的教授。

“啊！您是地理学教授？那您考考我吧！”陶林勒高兴地说。

“让我考你？我求之不得！让我好好看看墨尔本师范的地理课都讲了些什么。”

“陶林勒一定会让你大吃一惊的，巴嘉勒尔先生，小心点！”少校逗巴嘉勒尔说。

“哼！太小看我了，我可是堂堂的地理学会秘书！”

巴嘉勒尔说着，用手扶了扶鼻梁上的眼镜，接着像教授一样，用庄严的语气说：“陶林勒同学，站起来！”

陶林勒原本就站着，听他这么一说，一挺胸，恭恭敬敬地等着回答巴嘉勒尔的问题。

“世界上的五大洲包括哪些？”巴嘉勒尔问，那时候还没有南极洲之说。

“亚洲、非洲、美洲、欧洲、大洋洲。”陶林勒脱口而出。

“嗯！不错！那么大洋洲分几部分？”

“分三部分，分别是波利尼西亚、密克罗尼西亚、美拉尼西亚。那里的主要岛屿有澳大利亚，属于英国；新西兰，属于英国；塔斯马尼亚，属于英国；查坦姆、奥克兰、马加利、马金、马拉基等，都属于英国。”

“怎么回事？难道整个大洋洲都在大不列颠的保护之下吗？我可不这么认为，我觉得法国……”

巴嘉勒尔大叫着，还没说完，便听陶林勒吃惊地说：“什么法国？”

“墨尔本师范就教你们这些？”巴嘉勒尔问。

“没错，先生！难道他们教得不对吗？”

“对！教得对极了，教得整个大洋洲都成了他们的了！”

巴嘉勒尔吃惊又懊恼，少校被他的样子逗得直想笑。

“唉！我们还是说说亚洲吧！”巴嘉勒尔有些有气无力。

“亚洲的都城是加尔各答，主要城市有孟买、马德拉斯、亚丁、马六甲、新加坡、曼谷、科伦坡；岛屿有拉克代夫群岛、马尔代夫群岛、查哥斯群岛等等，都属于英国。”

“好了，好了！我的好学生，我们还是来谈谈非洲吧！”

“非洲有两个主要殖民地，南边是好望角殖民地，都城在开普敦；西边是些英国居留地，主要城市是塞拉勒窝内。”

“嗯！这还差不多！”巴嘉勒尔稍稍松了口气，他知道，教陶林勒的一定是个英国狂。

“不错，对于阿尔及利亚、摩洛哥、埃及……把它们都从英国的版图上剔出去。我们现在再来谈谈美洲吧！”

“美洲分为南美和北美。北美属于英国，其中包括加拿大、新布伦克、新苏格兰，还有北美合众国，约翰逊任当地总督。”

“什么？约翰逊总督？他就是林肯总统的继承人啊！你了解得还真多！对于南美，像圭亚那、佐治亚、牙买加、特立尼特等地都属于英国没错，我不说了，但我不知道你们老师对欧洲怎么看？”

“欧洲？”陶林勒说完，看了看巴嘉勒尔，他不知道巴嘉勒尔为什么会那么激动。

“没错，欧洲，你说它属于谁？”

“当然是英国！”陶林勒毫不犹豫地说。

“我早知道你会这么说。欧洲包括哪些地方？”

“欧洲有英格兰、苏格兰、马耳他岛、泽西岛、昆西岛、塞得兰群岛，它们都属于英国。”

“好的，那你想想，还有其他国家吗？孩子！”

“别的国家？好像没有了。”

“怎么会没有呢？还有奥地利、西班牙、俄罗斯、法兰西呢？”

“这些不是国家，是省份。”

“胡闹！”巴嘉勒尔气得拿下了鼻梁上的眼镜。

“难道不是吗？西班牙的省会是直布罗陀。”

“太好了！真是太好了！那么法兰西呢？难道法兰西也是英国的一个省？”

“没错！先生，省会是加莱！”

“加莱属于英国？”

“当然是喽！”

巴嘉勒尔哈哈大笑起来，陶林勒茫然地看着他。在问陶林勒问题的时候，陶林勒也在积极地回答，但让大家没有想到的是，他回答得竟然那么荒诞滑稽。大家都笑了起来，陶林勒却丝毫没有慌张，只是平静地等着大家笑完。

“怎么样，亲爱的地理学家？你是不是大开眼界了？”少校笑着说。

“少校！你说得对极了。看看墨尔本的老师教得多好，整个世界都是英国的了，这样的教育方法，土人怎么可能不被驯服？”巴嘉勒尔说完，把脸又转向陶林勒，“孩子，我问你，月球呢？月球是不是也属于英国？”

“没错！月球以后一定会属于英国的！”陶林勒大声说。

巴嘉勒尔听完站了起来，他很想笑，无法在原来的地方待了，他要找个地方好好笑一场。所以他跑到了帐篷外的地方，大笑了一场。

此时，爵士拿出一本书，是理查逊著的《地理学简论》，这本书在英国很受重视，而且比陶林勒的老师教得更准确。

“孩子！这本书送给你，留个纪念吧。这本书里的知识可以纠正你地理学上所犯的一些错误。”爵士说。

陶林勒接过了书，但却什么都没说，他只是看了看书中的一些插图，一脸的不相信，并不愿意放进口袋。

此时天已经黑了，明天还要赶路，大家不得不休息，而罗伯尔也邀请陶林勒和他一起睡觉，陶林勒答应了。很快，海伦夫人和玛丽小姐便回到了她们的牛车，而男人们都在帐篷里躺了下来。此时，巴嘉勒尔还在外面哈哈大笑，他的笑声和鸟鸣声交织在一起，如同交响乐一般。

第二天早晨6点钟的时候，被鸟叫声惊醒的人们发现陶林勒不见了，他是因为太思念故乡，想早点回去，还是因为巴嘉勒尔的狂笑让他生气了呢？没有人知道。

不过，海伦夫人醒来后发现，她的旁边有一束新鲜的单叶含羞草，而巴嘉勒尔的衣服口袋里则有爵士给陶林勒的那本理查逊著的《地理学简论》。

第二十九章
Chapter 29

出黄金的地方

莫契勋先生是伦敦皇家地理学会会长。1814年，他曾研究过澳大利亚南海岸由北向南的那条山脉，从那条山脉中，他发现其地质构造和乌拉尔山非常相似。乌拉尔山有一条山脉专出金子，所以这位地理学家就想，澳大利亚的这条山脉会不会也含有贵重金属呢？

显然，他的猜测没有错，仅仅两年后，有人就从新南威尔士给他寄了两块金矿标本。之后，他便决定向新荷兰的金矿区输送一批劳务。

在南澳最先发现金沙的是杜彤先生，而在新南威尔士最先发现金矿床的则是弗白和斯密士先生。

这些金矿的发现，震惊了掘金人，出现了全世界的“淘金热”，特别是奥非尔城的产金量最大，发展最为迅速，真正无愧于和《圣经》里的金国同名。

不过，直到那时候，维多利亚省有金矿的事知道的人并不多，直到1851年，这个地方才掘出了金沙。很快，巴纳茨、奥温河、本迪哥和亚历山大就被测出含金量也很丰富。不过，由于开采条件限制，前三个产地的开采量并不大，只有亚历山大的矿石质量高、分布均匀，所生产出的金子价格也到了1411法郎一斤，创了全世界市场价格的最高纪录。

如今，由于处在南纬37度，所以这支远征队也慢慢地向那个金矿区走去，这是一个让很多人发财，但也让很多人破产的地方。12月31日，他们一行人在崎岖蜿蜒的路上走了一整天之后，终于看见了金矿山那圆圆的顶部。当晚，他们将牛马放开，让它们随意吃草，自己则在一个山坳下休息。

第二天，也就是1866年的元旦，他们向那条黄金之道走去。

能够经过这座著名的金山，每个人都觉得很庆幸。亚历山大山用澳大利亚土语来说又叫“吉坡”。这里曾是很多冒险家光顾的地方，在这些冒险家里，有良民，也有强盗；有别人要他们命的，也有他们要别人命的。特别是在1851年，在“黄金热”像瘟疫一样四下蔓延时，很多人为了得到黄金，客死他乡。不过即使那样，还有很多人执着地认为，上帝为大家撒下了黄金种子，该是收获的季节了。于是，这些人前仆后继地来收获金子。

当然，黄金虽好，却也不是每个人想得就能得到的，虽然一锄头挖下去便发了财的人不少，但累死的人也不少。而对那些想发财的人来说，死的人他们是不会去说的，说的全是发财的人，这一传十，十传百，百传千……一下子便传遍了。野心家们更多地涌向了澳大利亚大陆，墨尔本光移民就有5.4万名，这些人大多是无恶不作的抢劫犯，甚至连警察和士兵都做起了抢劫的勾当。

在那个黄金狂热、秩序混乱的年代，英国当局竟然用他们惯常的沉着控制了这个局面。首先是那些警察和士兵改邪归正了，因此，当爵士一行再经过这里时，便没有出现混乱场面。

如今，13年过去了，开采金矿的事业虽然如火如荼，但因为被严格控制，却也井井有条。

不过，年复一年被开采的金矿，已经“千疮百孔”了，如同白蚁啃噬木头，内部严重损坏，已经没有多少金子可以开采了。

将近中午11点的时候，他们来到了矿区的中心，这是一座新兴的“城市”，“城市”里有工厂、别墅、教堂、银行、报馆、旅馆、农庄、游乐场，甚至还有剧场。剧场正在上演一部风光剧，剧名叫《幸运的掘金人》，结局是主人公久掘而得不到金，失望中，最后一锄挖出了一块大大的金块。

来到了世界闻名的金矿，爵士好奇心倍增，也想去参观亚历山大的采金区，所以他让阿埃童先赶牛车在一个地方等他们，他们参观完后就找他会合。这一想法正合巴嘉勒尔的意，和往常一样，他自告奋勇要去当向导和解说员。

就这样，他们从用碎石铺就的宽阔马路上走过，马路上因为洒了水，所以没有多少灰尘。路两旁全是一些“黄金有限公司”“掘金人总办事处”“块金总汇”等等大招牌，非常引人注目。

看来，劳动力和资本联合起来也替代不了过去的单干形式，到处都是轰隆隆的机器声。再往前走，他们看见地面上有不计其数的洞眼。而工人们正拿着锄头，在阳光下挖着什么。这些正在挖掘的工人说着各种语言，但彼此并没有争吵，只是埋头拼命挖着。

“不要以为没有赤手空拳来找金子的人。虽然矿区由政府买来出租，所以很多挖金子的人都是一些公司雇用的，但还有一些既买不起地方，又想要金子的人，也就不得不冒险来挖金子了。”巴嘉勒尔说。

“既然是被政府出租的，不交钱的人又是怎么挖到金子的？”

“有种说法叫‘跳坑’。就是说，他们虽然在矿床上无法开采，但只要运气好，也可以挖到金子。”巴嘉勒尔说。

“是怎么挖金子的？”少校又问了一句。

“我不是说了吗？‘跳坑’呀！”巴嘉勒尔有点不耐烦了。

“可你没说怎么‘跳’呀。”少校又问。

“‘跳坑’是这里的一种风俗，虽然可能会引发凶杀和骚乱，但政府部门却是无法取缔的。”

“我们是问你怎么‘跳’，你可真会吊人胃口。”

“我不是马上就要说了吗？这里有个公认的规矩，就是说任何一个矿区，除非遇上重大节日，不然如果24小时无人开采，那么这个矿区就变成公用地了。这时候，如果老天保佑你，你就可以在上面开采。所以说，小罗伯尔，你要是运气好，找到这样一个矿床的话，那里就归你所有了。”

“先生，请不要教坏了我弟弟。”玛丽小姐沉着脸说。

“小姐，不要生气，我就和他开个玩笑。你说，他会挖金子吗？永远不会的。那挖金子也不是简单的事，要掘地、翻地，还要播种施肥，只有这样才会有所收获。如果像老鼠打洞一样，东挖一下，西刨一下，根本就没办法找到金子。而且这种找金子的方法，也是那些走投无路的人才干的事，小罗伯尔是不会干这种事的。”

参观了主要的矿场后，他们在细沙铺成的马路上走了不一会儿就到了银行。银行的建筑很高大，屋顶竖着国旗，爵士一行不仅得到了银行总监的接待，而且还允许他们进去参观。银行里存放着从各公司搜集来的金子。银行总监拿着一些形状怪异的金子标本，告诉他们开采金子的方法。

生金的形状大致分两种，一种是卷形金，一种是分解金。这两种金子都属于矿石块，当金子和泥土混合在一起或者包在硅石里时，开采就要以土质的不同，分别使用地面开采或深度开采的办法了。

而如果是卷金，则通常分布在有急流的山谷或深沟处，一般根据体积的大小，对它们进行分层，上面的是金粒，下面的则是金片，金片越到下面越薄。如果想把金子进行分解，通常是将外部的硬皮先分解掉，然后将分解好的金子做成金团，而这金团，通常就是一个人的资产了。

在亚历山大，金子往往分布在黏土层或者青石片层的夹缝里，所以一些运气好的人还有可能从黏土层或夹缝里找到大片的金块，这样的地方也被称之为“金窝窝”。

在银行参观完生金标本后，他们又去了矿物陈列馆——这里陈列着很多澳大利亚土壤形成的各种矿物质。澳大利亚并不仅仅只有金子这一种矿产，整个澳大利亚大陆如同一个巨大的聚宝盆，所以这里摆放着很多珍宝。

比如玻璃橱里那闪闪发光的白色黄玉，完全能和巴西的黄玉媲美。除此之外还有珍贵的石榴石、墨绿的石帘石、玫瑰色的红宝石、亮晶晶的金红石，以及投龙河两岸生产的小粒金刚钻。

总之，展柜里摆放着琳琅满目的珍宝，应有尽有，品种很齐全。这些珍宝就差将它们做成首饰摆在首饰店里了，想必如果真用这种珍宝做成首饰，一定会被一抢而空的。

爵士在告别了银行总监后，出了银行，带着大家去参观矿床。

一路上，即使是将金钱置之度外的巴嘉勒尔，也在不停地朝地下看，好像在寻找什么宝贝。大家和他开玩笑，他也毫不在乎，依然故我，甚至时不时地弯下腰来，捡起一块石头研究一番，随即又带着鄙视和失望丢掉，一路上都是如此。

“亲爱的地理学家，你这是丢了什么东西吗？”少校取笑他。

“是的，走在生产金子的地方，总觉得有宝贝掉在了地下，不知道为什么，所以我决定了，我要找块金子带走，越重越好。”

“要是你真找到了，你会怎么做，巴嘉勒尔先生？”爵士笑着问。

“如果我真找到了，那我……我就献给我们国家，然后存在法兰西银行。”

“你觉得银行会接受你这块金子吗？”

“为什么不接受？他们可以作为建设铁路的公共基金嘛！”

大家对他的爱国精神大加赞赏，海伦夫人也祝愿他能找到一块世界上最大的金子。他们一边开着玩笑，一边向周围的矿区走去，他们看到，到处都有工人在规划地方，并机械地劳动着，不过看上去没什么热情。

参观完后，爵士带着大家去了一家小酒馆，等着和牛车会和。既然来了酒馆，他们也就趁着等阿埃童的时间吃了点东西，巴嘉勒尔还叫来老板，要了些当地的饮料。

服务员送来的饮料实际上也是英国的一种水酒，不过因为酒多水少，所以又加了一些糖。这种纯澳大利亚的饮料，让来自欧洲的他们很不习惯。所以在接过酒杯后，他们又兑了一些水，将它变成了真正的英国水酒，他们的做法，引起了服务员的好奇。

喝完酒之后，他们又聊了一些掘金人的事。巴嘉勒尔对他所看到的一切都很满意，不过也有一些遗憾，那就是当年亚历山大大规模采金的时候，他没有来参观，他觉得如果那时候来参观的话，一定会比现在还有意思。

“那时候，地面上全是一个个的小洞，那些小洞里都是像蚂蚁一样的掘金人，他们遍地挖洞，非常厉害。不过，这些人实在太没远见了，只知道过奢靡的生活，挣再多的钱都不够他们挥霍。我们现在坐着的小酒馆，当年就被说成是‘地狱’，因为这里全都是些赌博的人，这些人时不时地还会带上刀子，连警察都不怕。没办法，政府只好找来军队镇压。军队来了后，这些人也就规矩多了，开始纳税。当然，虽然征税并不困难，但秩序却比加利福尼亚还乱。”

“采金这一行，是谁都能做的吗？”海伦夫人问。

“没错，夫人！采金不需要文凭，只需要健壮的身体就行了。那些被贫困逼得背井离乡的人，大多身无分文，有钱的带锄头，没钱的带刀，当然，不管有钱没钱，能做正经事的人，绝对不会做这么疯狂的事。于是金矿区的周围就出现了一些怪现象，比如到处都是帐篷、船篷、草棚，以及由泥土、木板和树叶搭起的小屋。而这些简易棚子中间就是总督府的大厦，上面还挂着英国国旗。当然，还有公务员们住的蓝布帐篷，以及一些换金小贩、收金商建的各种店铺。

“那些收金商赚的当然是那些很富的人和很穷的人的钱。很富的人有金子卖给他们，那些穷人则用体力挖金，也卖给他们。所以在那时候，真正赚钱的就是他们。而那帮长着长胡子，穿着红色羊毛衫，拿着锄头的掘金人则整天生活在水里泥里，闻的是四处散发着的腐臭味。那些难闻的，让人窒息的灰尘像烟雾一样笼罩在他们身旁，所以他们的寿命都很短。如果遇到澳大利亚天气不好的时候，一场伤寒病就能让他们十个人中死去九个半。所以对于那些冒险家来说，他们拼命掘金大半辈子，真正发财的有几个？那时候有一二百人都在绝望中死去。”巴嘉勒尔说。

“那又是怎么采金子的呢？巴嘉勒尔！”爵士问。

“采金子嘛，非常简单，那些为了采金子做的初期工作叫淘金。当然，现在完全不用这道程序了，现在开发公司会直接找到金脉，然后去那里采金片、金叶和金块。而淘金者只淘金，也就是从沙子里淘金。比如他们会先挖地，把认为能出金的金层挖出来，然后再用水冲洗，将金子和沙子分离开来。这种分离有个工具，是从美国传来的一种摇床。摇床的样子像个两米长的盒子，没有盖子，里面分成两层。第一层有粗铁丝网，粗铁丝网下又有几层细铁纱网；第二层的下半部分很窄，淘金的时候通常是把含金的沙土放在第一层，在用水冲洗后再进行搅动，让石块留在粗纱上。而那碎金和细沙则根据其体积的大小，留在了每一层的细纱网上，土则变成泥水，流到了第二层的最下端。最简单的淘金机就是这样构造的。”

“是很简单，但怎么说也是一种工具。”麦盖尔说。

“就是，有些人为了更便宜，还会购买二手货，如果实在没钱买，也可以不要。”巴嘉勒尔又说。

“那要是不用这种工具，又要用什么来代替呢？”玛丽小姐问。

“一个大盘子簸箕。不过，这样筛选出的就不是麦粒，而是金粒了。在刚刚开始采金的第一年里，许多采金人不用什么本钱就发了财，就是用这种方法。那时候，遍地都是黄金。溪水在矿床上流，所以整个墨尔本的街道，好像都是金沫子。1852年一个月，从亚历山大运到墨尔本的黄金价值就有823万法郎。”

“和俄罗斯皇帝的年薪差不多了啊。”爵士说。

“那皇帝真可怜！”少校说。

“有一下子就发财的吗？”海伦夫人问。

“当然有，夫人！”

“能给我们说说吗？”爵士问。

“1858年，在巴纳茨，有人就找到了一块573两重的金子；在吉普斯兰，有人找到了重782两的金子；1861年，又有人找到了一块重达834两的金子。在这里，有个采金人还发现了一块重65公斤的金子，这要是以722法郎半斤来计算的话，这块金子的价值就是22.386万法郎！也就是说，一锄头下去，会挖出1.1万法郎的年金，很厉害吧！”

“那是不是这些黄金的发现，让世界的黄金量增加了呢？”麦盖尔又问。

“肯定增加了，而且增加了很多。19世纪初，每年全世界的黄金产量也就4700万法郎，现在应该到9万万法郎以上了，甚至接近10亿了。”

“那是不是说，我们的脚下有很多黄金？”小罗伯尔问。

“没错，孩子！说不定有几百两呢。不过，我们之所以将它踩在脚下，是因为我们不看重这些东西。”

“那澳大利亚是不是个很富饶的地方？”

“那也不能这么说，因为这地方虽然出金子，但却也养了一群闲人，他们终日无所事事，骄奢淫逸。所以说，最好的地方应该是出铁，而不是出金子。出铁可以让人们制造劳动工具，然后投入到劳动中去，这既锻炼了身体，又创造了财富。”

聊天就此结束，之后他们便在第二天太阳刚刚升起的时候，离开了产金区。同时，也走出了吉坡区的边境。

一行人走在了尘土飞扬的达尔令西区的路上，几个小时后，他们走了大约一半的路程。

一路上如此顺利，说不定半个月就能到达杜布湾的海滨了。到目前为止，大家的身体还能承受，而牛马也没有觉得疲累。地理学家巴嘉勒尔说澳大利亚的气候宜人，这话确实没错，天气不是很热，也没有多少潮气，人和牲畜都很舒服。

不过，自从他们看到康斯登桥火车脱轨后，一行人就有了戒备，好像以前的预防措施都不够用了，并多出了很多规定，比如打猎的人不能跑出牛车太远，必须保证在牛车的视线范围内；夜晚必须留人看守牛车，早晚必须装好子弹……知道有强盗出没，他们的心里有了担忧。

当然，精神的高度紧张和添加保安措施，爵士他们并没有让海伦夫人和玛丽小姐知道，以免她们担心。

这些保安措施非常有必要，因为稍不注意，就可能引发乱子。而且不止爵士他们一行有这个顾虑，城市里的居民和牲畜站上的一些“坐地人”，他们也时刻地提防强盗偷袭。所以一到天黑，家家都关门闭户，院子里也都拴上了狗，一有动静，狗便狂吠起来。而那些牧人，每天早晚放牧回家，没有一个不佩枪的。这种紧张的气氛也是他们不得已而为之，一个个血案的发生，不得不让他们神经紧绷，提高警惕。

不要说市民，就是政府当局也很小心，就连那到乡下去的邮车，也要宪兵队跟着。以前邮车在跑上奔驰非常放心，现在都成惊弓之鸟了。这天，爵士一行人穿过马路时，看到有辆邮车疾驰而去，后面扬起很大的灰尘，虽然只是匆匆驰过，但爵士还是看见车子里坐着荷枪实弹的警察。

当年，黄金狂热的时候，欧洲社会上的一些好逸恶劳、梦想发财的人都涌向了澳大利亚，现在如此戒备，好像又回到那时候了。

在穿过基莫公路一公里之外后，牛车钻进了一片桉树林。这片桉树林特别大，包括了几个经纬度。从白洛夷加出发后，穿越这么一大片丛林还是第一次。

看到这些约60米高，树皮有15厘米厚的大桉树，大家忍不住发出了赞叹声。这些树的枝干非常粗，差不多有6米，桉树上有带着香味的树脂流出，树脂堆集到离地面45米的高度。在如此高度下，树枝上是不会生出枝芽的，甚至树干上连一个疙瘩都没有，就像被木匠用刨子修理过一样。

这些大树一棵棵地排列着，一排就有几百棵。而这些树也只有到了一定的高度后才会分枝，所分的枝左右对称。同时，每个树枝上都长满了树叶，叶子里有大朵大朵的花，那些花如同一个个的钵盂，看上去非常壮观。

好在这片树林里，空气对流很好，风将树林里的潮气全都带走了。而由于树与树之间隔着一段距离，所以可以让牛群、马群畅通无阻。这里不像原始森林，没有密集的树枝，也没有荆棘横生，更没有倒下的树干，以及树干上那纠缠在一起的藤条。

通常要想进原始森林，需要刀砍火烧，但在这里不用。当他们进入森林后，看到的地面全是由浅草铺就的，苍翠的树木和天地形象地形成了一根根的“擎天柱”，一眼望不到边。

虽然这片树林里树荫不多，也不凉爽，但林子里还是会有阳光像隔着薄纱一般地渗进来，在给大家带来热度的时候，也带来了一点光明。树林里的树影很规则，阳光洒下的光影也很清晰……一切的一切，仿佛都将大家带入到了一种仙境，给人一种全新的感觉。

澳大利亚的森林和欧洲大陆上的森林确实不一样，森林里生长得最多的就是品种繁多的金娘科，金娘科也是澳大利亚植物种类的代表。在如此苍翠的树荫下，暗影形成得并不深，之所以这样，都是因为叶子生长得奇怪的原因。因为这些树叶的平面并没有向着太阳，反而是那刀口式的侧面正对阳光。

当人们迎着阳光看过去后，看到的只是树叶的侧面，所以阳光透下来时，就像透过百叶窗或纱窗一样。

大家都注意到了这一点，也都感到稀奇。不过地理学家巴嘉勒尔却没有觉得稀奇，他解释这个现象说："树叶形状离奇并不奇怪，是造物主的作用，之所以让它拥有这样的形状，自有它的道理。不过植物学家将它命名为'尤加利'，我就觉得有些奇怪了。"

"'尤加利'是什么意思？"玛丽小姐好奇地问。

"'尤加利'是一种桉树的名字，来自希腊文，是'庇荫之利'的意思。植物学家们拿希腊文给树起名字，就是为了不让人发现这个错误，因为很明显，这'尤加利'根本就没有庇荫的好处。"

"巴嘉勒尔先生，我们同意你的说法，不过不用说这事了，还是说说为什么叶子会这么长吧！"爵士说。

"这是因为地理学和植物学的原因。你们应该知道，这一带的空气非常干燥，降雨量少，土壤干燥，树木内的汁液也不多，为了生存，它们必须躲避阳光来保护自己，防止被蒸发，于是，它们全都侧着面对太阳，不让正面照着。看看，没有比叶子更聪明的了吧！"巴嘉勒尔解释说。

"也没有比这树叶更自私的了，只顾自己，不替行人考虑！"少校反驳道。

除了巴嘉勒尔，大家都赞同少校的说法。巴嘉勒尔抹着额头的汗，说在没有阴凉的树下走路，也是一种享受，而且这种享受非常难得。不过，虽然巴嘉勒尔在痛苦地享受着，但桉树叶子的生长方式，仍然得不到人们的真正喜欢，因为穿越这片林子需要很长时间，被头顶的烈日照着，让人有些吃不消。

牛车在桉树林里慢慢地行走，一路上，他们没有碰到一只野兽，也没有遇见一个土人，陪伴他们的只有树上的几只鹦鹉。这些鹦鹉有些在枝头唱歌，有些则穿行在远处的树枝间隙，只留一抹五彩斑斓的影子给他们。

总之，在这无边无际的树林里，除了鸟声和马蹄声，一片寂静。

好像生怕惊动这片寂静，每个人说话都很小声，夹杂在马蹄声和车轮声中的只有阿埃童赶牛的吆喝声。

天慢慢暗了下来，爵士一行在几棵桉树下撑起了帐篷。这棵桉树被火烧过，树干不仅被烧焦了，而且也被烧空了，从树根一直通到了树顶，如同工厂里的烟囱。整棵树的外面只剩一层树皮苟延残喘。

“坐地人”烧树的坏习惯，想必是会毁灭这片森林的。不过，奥比尔在为大家做晚饭的时候，依然听从巴嘉勒尔的建议，在那个空心树里做饭——刚一点着火，那火苗就沿着那空心，一直蹿到了树顶。

吃过晚饭后，阿埃童、穆纳、维尔逊和船长轮流值班，直到日出。

1月3日，众人的眼睛始终盯着那漫长的路，好像永远都走不完似的，不过，当傍晚来临时，行走中的他们发现树丛渐渐稀疏了，又走了几公里后，平原上出现了一排整齐的房屋。

“这是塞穆尔！过了这个小镇，维多利亚省的边境就走完了。”巴嘉勒尔说。

“这个小镇有名吗？”海伦夫人问。

“就是一个简单的小村庄，现在正向市镇转变。”

“在这里我们能不能找个像样的旅馆？”爵士又问。

“没问题，能找到！”

“那么我们快去吧，让女士住得舒服一些，我想，这点她们一定不会反对！”

“当然不会反对，我和玛丽都很开心，不过最好不要太远，太远会耽误行程的。”

“不会远的，一点都不远。都累了，也该休息了，明天还要一起出发呢。”爵士说。

晚上9点钟的时候，月亮从东边升起来，穿透雾气，让四周光芒万丈起来。不一会儿，天越来越黑，一行人走在塞穆尔镇的马路上。巴嘉勒尔走在最前面，他好像对一切都很熟悉，即使是从未见过的也能说得头头是道，想必这是他的一种本能，所以他很快就领大家到了康贝儿旅馆。

在将牛马和车子都安排妥当后，大家被领到舒适的房间休息。

10点钟的时候，大家一起吃晚饭。吃饭前，奥比尔还以总管家的身份，对当晚的晚饭做了一番检查。而此时，巴嘉勒尔和小罗伯尔已经去镇上转了一圈了。不过，他们只是简单地说了一下夜游小镇的经过，也没看见什么值得他们评说的东西。

不过，如果够细心，一定会感觉到塞穆尔街上的骚动的。一群又一群的人不知在讨论着什么，你一言我一语的。说话时很紧张，也很不安。这些人中，有人在高声读着报纸，并将报纸上的内容加以评论。

这种情况，没有逃脱少校的眼睛。在他还没走出旅馆大门时，便感觉到了大街上气氛的异常。在他和健谈的旅馆经理笛克逊谈了十几分钟话后，便知道外面发生了什么事。不过他一直没有说出来，在大家吃完晚饭，两名女士也回房休息时，他留下对其他人说：

“康斯登桥上火车脱轨的凶手找到了。”

“抓到了吗？”阿埃童忙问。

“还没有！”少校说，他没有阿埃童的焦躁心理。

“真是太可惜了！”阿埃童补充了一句。

“那次事件的制造者是谁？”爵士问。

“你看一下报纸就知道了，看了报纸你也就知道警察的猜测没错了。”少校说着，递给爵士一份报纸，那是昨天的《新西兰日报》。

爵士拿着报纸，大声念了起来：

1866年1月2日，悉尼消息。大家应该记得，在12月29日的夜间，康斯登桥上发生了一起特大铁路事故。11点45分的时候，火车在经过吕顿河时，康斯登桥竟然是开着的，而从那失事的火车内看到有抢劫痕迹，而且在康斯登桥半公里处又发现了守桥员的尸体。这一切都证明，这是一起有预谋的犯罪。

果然，在经过仔细调查后得知，6个月前，在西澳柏斯的拘留中，有一批流犯在被送到诺福克岛的途中，有流犯逃跑，而这起康斯登桥惨案就是他们所为。

这批流犯共有29人，为首的叫本·吉奥兹，是个非常狡猾的匪徒，几个月前，他不知乘什么船来到了澳大利亚，虽然警方一直在通缉他，但却一无所获。

希望广大市民、移民及牧民积极预防，并协助抓捕，有消息请及时报告给本地殖民总监米切尔。

爵士在念完这个通告后，将脸转向了巴嘉勒尔：

“巴嘉勒尔，现在你该相信澳大利亚有流犯了吧？”

“难免会有越狱的流犯的，不过正式收容的流犯确实没有。”巴嘉勒尔辩解道。

“不管怎么样，这里有流犯是肯定的了。我想，有流犯也不一定要改变我们的搜寻计划，你说是吗，船长先生？”

麦盖尔没有说话，因为他怕说中止搜寻会让格兰特姐弟难过，但继续前行，要是出什么问题就麻烦了，所以他也不知道该怎么办，好一会儿才说：“要是海伦夫人和玛丽小姐没有和我们在一起，我倒不怕那些流犯。”

爵士明白他的想法，接着说：“我们不是说不去找格兰特船长了，不过因为有女士同行，有些不方便，我们可以先去墨尔本，然后回到‘邓肯号’上，最后再乘船去东海岸寻访失踪船员的踪迹，你觉得怎么样，少校？”

“在我发表意见前，我想听听阿埃童的意见。”少校说。

阿埃童被点名了，只好说：“我觉得我们离墨尔本有320公里，如果危险的话，向东和向南走都是一样的。两条路上同样都是人烟稀少，很荒凉，而且我不相信那些强盗会把我们这群身上有武器的人怎么样。所以照我说，除非我们有更好的计划。”

“完全正确，阿埃童！如果我们继续前行的话，很可能就找到格兰特船长的踪迹了。但如果我们掉过头向南走，那就会离格兰特船长越来越远。再说了，那批柏斯来的逃犯，我们大可不必将他们放在眼里。”巴嘉勒尔说。

这么一来，大家还是决定执行原计划。

“不过我还有个建议，爵士！”阿埃童突然说。

“有什么想法？说吧！”爵士说。

“我觉得不妨派人给‘邓肯号’下道命令，让他们将船开到东河岸去，不知道怎么样。”

“这恐怕不好吧！我觉得等我们到了杜布湾再发命令会更好一点。这样万一我们因为一些意外事件不得不回到墨尔本，也会方便一些。而且那船的问题也不轻，如果修不好强行出海的话会更麻烦，所以我觉得还是等等再发命令比较好。”麦盖尔说。

“也行！”阿埃童说，他并没有坚持自己的观点。

第二天，一行人离开了塞穆尔镇。

出发时，大家全都全副武装起来，做好了应对一切外来事故的准备。半个小时之后，大家重又进入那片桉树林。爵士情愿在旷野里行走，因为旷野比丛林安全，强盗不容易隐藏。不过现在他们没有任何选择余地，只好重又回到那单调的林中小道上去。

晚上，一行人沿着安格尔塞地区北境走了很长一段路程，过了东经146度线，大家这才在墨累县边境露了营。

第三十章
Chapter 30

土人的生活

/

1月5日清晨，一行人踏进了渺无人烟的墨累区域。这片区域从墨累一直延伸到大洋洲的阿尔卑斯山一带山脉，现代文明还未触及，属于维多利亚省人迹罕见之处。截至目前，那里还只是一片处女之地，无人开发。

这片无人开发的区域在英国地图上被称为“黑人区”。当时，英国移民曾将土人粗暴地赶到了这里。因此，土人种族逐渐在这个荒僻之地消失了，而很多白种人，不管是移民、浪人、“坐地人”还是伐木人，一有需要，总会进入这个区域，甚至迫使土人不准走出森林一步。

这是种族歧视，地理学家巴嘉勒尔骑着马给大家讲这些话题。而对于这个话题，他又给出了一个结论，那就是大英帝国的殖民制度目的就是为了征服弱小种族，并把他们消灭在自己的家乡，这是个严酷的事实，随处可见，只不过澳大利亚更明显而已。

殖民初期，不管是流犯还是移民，他们都把土人不当人，只当野兽来看待，他们大肆驱逐土人，枪杀土人。在屠杀土人时，因为需要法学论据，他们便振振有词地说土人是大洋洲的劣民，杀这些卑贱的人种根本不算犯罪。悉尼的一些报纸甚至还公开提出一些消灭土人的方法，也就是大规模地毒死。

由此可见，英国人在扩展他们的殖民地时是多么的残酷，完全靠屠杀土人来实现，他们的残暴简直称得上惨绝人寰。在印度，他们曾杀害了500万印度人；在好望角，他们让100万霍吞脱人变成了1万人；在澳大利亚，他们没有约束自己的行为，而是将大批的土人虐杀至死。

当然，英国当局虽然也发过通告，制裁了几名杀人不眨眼的伐木人，同时还制定了一些规定，比如白人要是割掉黑人的鼻子或耳朵，抑或是截下黑人的小拇指，将会受到鞭责。不过，这种轻描淡写的做法，丝毫没有威慑到那些凶手，他们反而更大规模地干起了杀人勾当，有些甚至还会灭掉土人的整个部落。

仅以凡第门岛为例，在8世纪初，岛上共有5000名土人，但到了1863年的时候，就只剩下7人了。而最近的《火星报》报道说，只有一个塔斯马尼亚人逃到了哈巴特。

巴嘉勒尔在说这些事的时候，爵士和少校及船长都没有进行一个字的反驳，虽然他们是苏格兰人，但他们也无法辩解什么，因为这一切都是事实，是人人皆知的事实。

“如果放在50年以前，在这里我们也许能碰到很多土人，可现在连一个土人都没有了。一个世纪以后，说不定土生土长的土人就会灭绝了。”巴嘉勒尔又说。

是啊，这个所谓的“黑人区”不仅没有一个黑人，甚至连他们曾经住过的草棚都没有影子。真是可怜呀！

走过一段森林后，他们进入到了一片荒野，而且越走越荒凉，越走越冷寂。不要说人，就是一头牛马也没有。很明显，此地太偏僻，连那些牛马也都不愿意来。

突然，小罗伯尔在一棵桉树下站住，指着一棵大树叫着：“看，那里有一只猴子！”

大家顺着小罗伯尔指的方向看去，果然看到一只动物在树枝上跳来跳去，非常矫健。它一会儿跳到这棵树的树顶，一会儿又跳到那棵树的树顶，身上仿佛长着翅膀似的。难道这地方的猴子会飞，如同传说中长着翅膀的狐狸一样？

此时，牛车停了下来，大家还没看清那“猴子”是怎么回事，它便在桉树那边消失了。不一会儿，它又像一道闪电一样，蹦在了大家的视线范围内，甚至还跳到了树下，蹦蹦跳跳地来到一棵桉树下，伸长胳膊抓住桉树的枝干。

那棵桉树的树干既高又滑，怎么抱都抱不住，只见那只“猴子”拿出一只斧子一样的东西，先在树上砍了几下，砍出一些深印，接着便踩着那些深印，噌噌地爬上了树顶，很快又钻进了树叶。

“这是什么猴子？”少校自语道。

“什么猴子，这是澳大利亚的土人啊！”巴嘉勒尔说。

没人相信巴嘉勒尔的话，正想嘲笑他，突然听到不远处传来奇怪的叫声，大家以为那里有什么意外发生，急忙快马加鞭，向前行走了大约100米，果然发现了一座土人的宿营地。

说是宿营地，其实也就是简单的草屋，非常简陋。

十多间草屋是用大块树皮做成的。在这片宿营地里，有30个人，其中有男人也有女人，有老人也有小孩。相同的是，他们个个都没有穿衣服，只是披着破旧的袋鼠皮，因为贫困，他们完全看不出人的样子。

看到牛车和爵士一行人后，他们先是想要逃跑。幸好阿埃童会一些土话，让这些土人放下心来。他们试探地慢慢围了过来，仿佛牲畜看见主人要给它们喂食吃的样子。

这些土人身材矮小，皮肤虽然不是很黑，却很晦暗，像是被烟熏过一样。他们的头发很乱，胳膊很长，肚子微微向前挺起，身上不仅有汗毛，而且还有文身，有些人的身上还有在丧礼中割掉肉而形成的伤痕。

这样的形象，让人无法目睹，想不通造物主为什么会给他们这么一副面孔。

海伦夫人和玛丽小姐全都从牛车上下来了，她们拿出了一些吃的东西，分给了那些土人。土人抓过后便狼吞虎咽地吃了起来，像是很长时间没吃东西一样。

就这样，土人将他们当成了神灵来看待。因为澳大利亚人信奉神仙，还说原本白人也是黑人，只是死后进了天堂，成了神仙，所以变成了白人。

海伦夫人和玛丽小姐对土人中的妇女非常同情，这些妇女的处境比男人更糟糕。

大自然如同一个后母，虐待着她们，让她们不仅贫困，而且连一点女人的妩媚都没有。她们只是奴隶，是一些人用暴力抢来的奴隶。她们结婚，换来的只是主人握在手里的棍棒，而那棍棒也是大洋洲人常用的一种战棒。

婚后的她们，很快就从少女变成了老太婆，过着流浪生活的她们，因为没有固定的居住地，而且还要做很多事，所以经常怀里抱着裹在蒲包里的孩子，背上背着打鱼和打猎的工具、织网用的类似麻的草筋。

背负着这些东西，她们还要为一家生计负责，去捕蜥蜴、袋鼠、蛇……在地上追不到，她们就会爬到树上去捕。同时，她们还要砍柴，剥盖棚子用的树皮。

她们不像女人，甚至连人都不是，她们过着牛马不如的生活。吃东西也只能吃在男人们吃过后，不吃的和剩下的食物。

在这30人里，爵士一行看到了几个可怜的女人，她们显然很久没有吃东西了，正用一些谷粒在诱捕小鸟。为了捕到这些鸟，她们通常会一动不动地躺在发烫的地面上，如同死人一样，一躺就是几个钟头，才能逮到一只上了当的鸟。

通常能够上她们当的只是一些澳大利亚的鸟，可怜的女人们没有其他诡计，只能用这种拙劣的办法。

看着土人们全都围了上来，爵士他们既同情，又担心，怕他们抢劫。土人的嘴里不停地说着什么，舌头在嘴里打转，如同野兽一般。不过虽然不知道他们在说什么，但他们发出的音却是婉转而温柔的。

听着“诺吉，诺吉”的发音，又见他们不断打着手势，所以也就猜出了大概意思，应该是说“给我”。对这些土人来说，不管看到爵士他们手里拿什么，他们都是这么说的。因此，奥比尔不得不集中精力保护那节行李车厢，尤其是那些路途中他们需要食用的干粮，他更要保护好才行。

那些饿极了的土人，看着车里的干粮，馋得眼光发直，张着嘴，龇着锐利的牙齿。这样的牙齿，说不定连人肉都咬过。

其实，大部分的土人还是不会吃人肉的，他们只有在和人打架的时候，会吃人肉，而且是吃仇人的肉。

这时候，海伦夫人提议给他们一些吃的东西，爵士答应了。土人明白了他们的意思，做出感谢的表情，这样的表情，即使是铁石心肠的人，也会被感动的。这些土人高兴地大叫着，如同开了笼子的野兽等待喂食一般。

虽然他们不会认为自己是野兽，但也不能否认是未开化的民族，有着野兽一样的习性。

奥比尔是个善于和人打交道的人，所以在他为土人发放食物时，先从女人发起，不过不幸的是，那些女人根本不敢在男人面前吃，而那些男人一起扑向饼干和干肉的样子，就像饿虎扑食一般。

玛丽小姐一想到父亲很可能就被这样的土人掳去了，心里一酸，眼泪汪汪的。她仿佛看到父亲在这样的种族里当奴隶，忍饥挨饿，忍受着种种虐待。

麦盖尔船长不安地看着她，他猜出了她的心事，所以不等她开口就对阿埃童说：“阿埃童，你是不是从这样的土人手里逃出去的？”

“没错，船长！内地的土人和这里的差不多，不过您现在看到的只是很少一部分可怜人，达令河两岸有很多部落，部落首领的权威可是很厉害的。”阿埃童说。

“那么你们在这些土人的部落里做什么呢？”

“其实也和我以前做的事一样，打猎、捕鱼，也和他们一起打仗。我上次就说过，他们要根据你的作用来确定对你的待遇。只要人够聪明、够勇敢，是可以在部落里受到尊重的。”

“但还是俘虏对吗？”玛丽小姐又问。

“没错，是要受到监视的。不管白天黑夜都没机会逃。”阿埃童说。

“虽然是这样，可阿埃童，你还是逃出来了，不是吗？”少校插嘴道。

“没错，麦克那布斯先生，我是趁着部落间打仗，找了个机会逃出来的。既然逃出来了，我当然不会懊悔。不过如果让我再逃一次，我想，我是不会逃的，情愿一辈子做奴隶，因为我可不愿意穿越那片荒凉的区域，那是要吃很多苦头的。但愿上帝保佑，格兰特船长不会冒险做这样的尝试。”

“是呀，肯定不会的。玛丽小姐，但愿您的父亲还在土人手里。这样，只要他不在大陆的森林里乱跑，我们就能找到他。”麦盖尔说。

“您觉得找到我父亲的希望大吗？”

“当然！非常大，玛丽小姐，我一定会看到您在上帝的帮助下，获得幸福的一天的。”

玛丽小姐眼泪汪汪地看着麦盖尔，感谢之情溢于言表。

在他们说话的时候，突然，土人骚动起来，他们不停地高声大喊，并向四面八方跑去，随即，每个人都拿起了武器，像疯了一样。

爵士感到有些莫名其妙，而少校则问阿埃童：

“你既然在澳大利亚土人中间生活过一段时间，你一定能听懂他们在说什么吧？”

“能听懂一些。不过每个部落都有他们自己的语言，但我相信，这些土人说什么我是能猜到的，他们应该是为了感谢阁下，决定表演一场战斗给阁下看。”

阿埃童翻译得没错，土人的骚动正是为了表演战斗给爵士他们一行看。土人没有任何开场白，直接开战，他们的表演很逼真，如果不是预先知道这只是一场表演，他们一定以为这是一场真正的搏斗。

据一些旅行家报道，说澳大利亚土人绝对是表演艺术家，看来真不是浪得虚名。

这些土人用来攻击别人和作防卫的武器是一根根大木棒，这些木棒很重，就是最结实的脑袋也会被打碎。他们用的武器还有斧头，这些斧头是用最坚硬的石头磨成的，这些磨尖的石头夹在棍子中间，斧柄达到了3米长。

斧头是一种可怕的武器，也是一种有用的武器，因为它既可以砍人头，也可以砍树枝——在什么情况下都能用。

土人们拿着手里的武器一边不停地挥舞，一边嘴里发出叫骂声。而战斗的土人们则一边互相攻击，一边倒下，做死亡状，另一些在旁观战斗的则发出胜利的欢呼声。这些场景不免让人有种惊心动魄之感，想着即使是真的战斗，也不过如此。

海伦夫人在旁边看得很着急，怕他们弄假成真。而战斗中，还不时有小孩子加入，那些小孩子中有男孩，也有女孩。他们打架不像大人演戏，而是真打。特别是那些女孩子，打起人来特别厉害，一个巴掌扇过去，非常凶狠。

这幕打斗戏整整演了10分钟，突然，所有的人都停了下来，武器也丢掉了。土人们定定地站着，保持着他们最后的姿势，就像画面里的人物，瞬间变成了化石一样。

为什么会这样呢？发生什么事了？是什么让他们突然变得像化石一样？很快，大家就知道原因了。

原来，此时有一群鹦鹉飞了过来，在那些橡胶树的树顶上飞翔，橡胶树上全是咿咿呀呀的叫声。这些鹦鹉有着五颜六色的羽毛，羽毛在空中形成了移动的彩虹。想必如果没有这些诱人的鹦鹉，土人们是不会结束他们的表演的。

对他们来说，打猎比表演有用得多，所以他们准备打猎了。

石化的土人中有人抓起一件染成了红色，构造特殊的东西离开了其他人，而其他人仍然像石化了般一动不动。动起来的那个土人从大树与灌木丛间穿过，向那群鹦鹉走去——准确地说应该是爬去。

他爬起来一点声音都没有，既没有碰到一个树枝，也没有碰到一颗石子，简直就像一个影子在冰面上滑，速度非常快。

爬到一定的位置后，土人将手里的东西抛了出去，那东西在离地面半米高的地方平行飞出，大约飞了四丈远。不过，那东西没有落地，反而一下子飞上了天，并且升到了10米高的位置，随即便有10多只鹦鹉被打死了，那个被他抛出的东西重新回到了土人的身边。爵士和同伴们看得目瞪口呆，简直不相信是真的。

“那个打到鹦鹉的东西叫‘飞去来’。”阿埃童给他们解释说。

“‘飞去来’？啊！这就是澳大利亚土人们用的‘飞去来’？”

巴嘉勒尔说着，像个小孩一样奔到了那个神奇的武器面前，并将它捡了起来，想看看是什么东西做的。

通常情况下，看到土人使用的时候，一定会认为“飞去来”里藏着机关，最起码里面有弹簧，当弹簧一开动，它就能在空中拐弯了。其实不是这样的，“飞去来”只是一块木头，有一米多长，有一定的弯度。中间大约10厘米厚，两头尖尖的。“飞去来”有一处凹进去的地方，大约有七八分厚，凸出的地方则形成了两条锋利的边缘。

武器的构造非常简单，没有任何稀奇的地方。

“原来这就是神奇的‘飞去来’呀，就一块木头，它是怎么飞出去，又怎么蹦回来，落到原处的呢？这是很多学者和旅行家都没有搞明白的事。”巴嘉勒尔拿着这件并不稀奇的稀奇武器说。

“会不会就像抛铁环一样，当铁环跑出去后，又会回到原地？”麦盖尔问。

“很可能是一种回力作用。就和我们在弹子台上打弹子一样，打在弹子的某个点上，它就能转个圈又回到原地。”爵士补充说。

“不，一定不是这样的。不管是抛铁环还是玩弹子，都会有个着力点，着力点会决定它的反作用。可这个‘飞去来’没有，它根本就不碰地面嘛，怎么会一蹦蹦那么高呢？”巴嘉勒尔还是觉得不可思议。

“巴嘉勒尔先生，对这种现象，又该怎么解释呢？”海伦夫人问。

“我解释不清。夫人，不过有一点我可以肯定。这种现象可以有两种解释，一种就是扔的方法很巧妙，另一个就是构造。不过，这扔的方法嘛，正是澳大利亚土人的一个秘密。”

“不管怎样，这都是他们智慧的体现。我们现在可不能把他们当成猴子了。”海伦夫人看着少校说。

少校一脸不服气，但却没说什么，只是不停地摇头。

大家就这么说着话，时间一分一秒地过去。爵士觉得不能再耽误时间，应该继续向东面前进了。当他正要请海伦夫人和玛丽小姐上车时，突然一个土人跑了过来，很兴奋地说了几句什么。

“啊，他们看见鸸鹋了！”阿埃童说。

“哦？什么意思？是要打猎吗？”爵士问。

“我们一定要看看，一定很神奇，说不定还是要用‘飞去来’。”巴嘉勒尔说。

“你看呢，阿埃童？”爵士问。

“不会耽误多长时间，爵士！”阿埃童说。

土人们没有浪费时间，他们很快就布置好了。打鸸鹋对他们来说是天大的喜事，而打到一只鸸鹋，很可能够他们这些人吃几天，所以他们将捕捉鸟类的全部工具都拿了过来。

不过，鸸鹋是一种很大的鸟，跑得很快，没有枪的他们又要怎么打呢？何况他们还没有猎犬。巴嘉勒尔想看他们打猎，正是在这样的好奇心的驱使下。

鸸鹋又被称作没有鸡冠的食人鸡，在澳大利亚的平原上，这种鸟已经很少了。它们差不多有0.76米高，肉色很白，头上有一片硬甲，眼睛是棕色的，嘴巴则是黑色的，弯弯地朝下。它们的趾上长着利爪，爪子强健有力。

不过，由于它们的翅膀很短，所以不能飞。当然，即使它们飞不起来，但跑起来的它们，却是连马都赶不上的，所以要想捉住它们，必须用计，而且要用妙计才行。

准备好的土人中一人一叫，十几个土人便像冲锋陷阵一般散开了。在这片土地上，生长着一些蓝色的花，这些蓝色的花将这片土地染成了蓝色，所以他们全都走到一丛含羞草旁停了下来。

当土人们慢慢地靠近鸸鹋时，十几只鸸鹋马上逃跑了，跑到了一公里之外的地方躲了起来。指挥的猎手在侦察好地形后，做了个让同伴不要动的手势，同伴们马上全都躺了下来。指挥的猎手从随身携带的网兜里取出了两张缝成衣服样的鸸鹋皮，披在了身上。然后伸长右臂，抬头模仿起鸸鹋觅食的样子来。

他模仿得很像，在他向那几只鸟走去时，那几只鸟竟然完全没有发现。当然，他并没有径直过去，而是一边走一边停，并不停地做出在地上啄食的样子，有时候还会用脚在地下扬起灰尘。同时，他还不停地发出奇怪的叫声，让那鸸鹋以为是自己的同类。就这样，土人走到了那几只鸸鹋面前。只一眨眼的工夫，他便挥起了早已准备好的大木槌，六只鸸鹋一下子被打倒了五只。

这次狩猎土人获得了巨大成功，狩猎活动也宣告结束。

看完这场精彩的狩猎后，爵士一行向土人告别，然后接着上路。

第三十一章
Chapter 31

“坐地人”的世外桃源

/

一行人在东经146度15分的地方，度过了漫长的黑夜，没有任何事情发生。第二天清晨7点，他们继续赶路，足迹在平原上画出了一道直线，向着太阳升起的地方前进。他们行进时留下的足迹，似乎和“坐地人”留下的足迹一样，只不过爵士的那匹马留下的是叶形马蹄印，这让足迹变得不同了起来。

平原上时不时会出现一些河流，河流曲折蜿蜒，不过有时候河水也会干涸。这些河流的发源地在野牛山，野牛山里山岭交叠，在地平线上起伏存在。河岸两边有很多黄杨树，远远看去，非常秀美。

大家决定在山脚下露营。阿埃童也加快了脚步，快速朝前走。这一天已经走了55公里的路程，所以牛马都显得很疲劳。直到天黑时，他们才到达了山脚下。

在将帐篷撑在一棵大树下后，他们匆匆吃了一餐饭，便早早休息了。此时的他们，觉得睡觉比吃饭来得重要得多。

这天晚上，该轮到巴嘉勒尔值班了。他扛着马枪在四周来回地转，巡视着外面的情况。此时的天空虽然没有月亮，但星星却很密集，这使整个夜色都显得不那么黑暗。巴嘉勒尔一边来回地踱着步，一边欣赏着夜空的繁星，在他眼里，天空已然成了一张星图，他默默地读着那张星图，体会着读懂的快乐。

黑夜让大自然进入到了沉睡的状态中，偶尔能听到的只是马脚上的绊索，不时地发出窸窸窣窣的声音，打破着这份沉静。

巴嘉勒尔长时间地沉浸在自己的世界里，他的心跑到了天空，灵魂离开了人间。突然，一阵阵的钢琴声传进他的耳朵，将他拉回到了现实。

他仔细地听着，钢琴弹奏出的音乐很悦耳，有时高亢有时浑厚。

“这荒山野外的，怎么会有钢琴声？真是太奇怪了，我一辈子都不相信会有这样的事。”他诧异地喃喃着。

没错，这事确实有些诡异，巴嘉勒尔想，会不会是一种奇怪的鸟发出的声音？可这声音如同卜勒耶尔或厄拉尔这两位法国的著名钢琴家弹奏的音乐，会是鸟发出的吗？显然，鸟是不会发出像敲钟和磨刀一样的声音的。

此时，又有清脆的歌声传来。

黑夜的荒郊，既有钢琴还有歌声，巴嘉勒尔越听越奇怪，他甚至听出这是一首非常有名的曲子，是歌剧《唐璜》里的一段。

“真是太奇怪了！即使澳大利亚大陆的鸟真能唱歌，也不可能唱出莫扎特的名曲吧！”巴嘉勒尔越想越神奇。

不过，他还是把这首好听的歌曲听完了。在这么美妙的夜晚，还有如此动听的音乐，当一切都合二为一时，该是多么震撼啊！巴嘉勒尔完全陶醉在了这只能意会，不能言传的美妙之中。过了好一会儿，音乐停了，歌声也停了，一切仿佛又恢复到了之前的寂静。

当维尔逊来接巴嘉勒尔的班时，发现他还是一副如醉如痴的模样。巴嘉勒尔看到维尔逊后，并没有说出这件事。他要在明天早上把这件奇妙的怪事讲给大家一起听，所以便直接回帐篷睡觉了。

第二天，狗叫声将沉睡的人们唤醒。爵士最先爬起来，看到了英国品种最好的几条凶猛猎犬站在小树林旁边，朝着他们的方向怒吼着。在他们走近时，那几条猎犬缩了回去，叫声更大了。

“难道这里有‘坐地人’？既然有猎犬出现，一定有猎人存在。”爵士说。

巴嘉勒尔正想说他昨天晚上的奇遇，便见两个骑着剽悍好马的年轻人出现在了他们面前。这些人穿着标志性的猎人服装，很是绅士。看到他们这支旅行队后，他们站住了。

看样子，这两名猎人一定在想，怎么在这里会出现一队全副武装的旅行者呢？

正在此时，牛车上的两名女士走了下来。两位猎人一看，急忙下马，摘下帽子向女士走去。

爵士也迎了上去。由于他们是外面来的生人，于是便首先通报了自己的名字和身份，两位年轻人急忙鞠躬致敬，其中一位年龄稍大点的说：“爵士，夫人，如果不嫌弃的话，请到寒舍去休息一下吧！”

“请问您二位是……”爵士问。

“我叫米希儿，他叫桑笛儿。我们是霍坦站的主人，既然来了，那就请到寒舍坐坐吧！”年长的年轻人又说。

“哦，你们真是太客气了，实在不敢打扰……”

“爵士！你们能接受邀请，对作为飘零者的我们来说，将是最大的荣幸。”米希儿继续说。

爵士不好再推托，只能接受了。

“先生，如果不冒昧的话，请问昨天晚上弹唱莫扎特名曲的是你们吗？”巴嘉勒尔问。

“没错，先生！昨晚唱歌的是我，伴奏的是我的堂弟桑笛儿。”米希儿说。

“真是太好听了！请接受我由衷的赞美！”巴嘉勒尔伸出了手。米希儿绅士十足地同他握了握，然后指了指右边的路，大家便一起动身了。他们一面聊，一面欣赏着路边的风景，向霍坦站走去。

那里有布置得如同英国公园一样的美丽庄园：一望无际的草地被灰色的栅栏圈成了一块块的牧场，里面有上万头牛羊在吃草；管理这些牛羊的是很多牧人和牧犬，整块庄园不时地传出牛吼声、羊咩声、犬吠声和鞭策声。

东边有片树林，树林后耸立着霍坦山。霍坦山高有5000多米，巍峨雄壮。一排排的常绿树像是人工雕琢的样子。一些像棕榈树的低矮灌木连成的丛林，隐没在树叶中。这些丛林里有很多小白花，散发出淡淡的香味，让空气中都流动着一股薄荷香。

在这些树木中，有很多是从欧洲移植过来的果树，比如桃树、梨树、苹果树、无花果树、柑橘树等，甚至包括橡栎树。看到这么多的果树，大家都欢呼起来。不过，在这里碰到家乡的果树，并没有让他们很吃惊，真正让他们吃惊的是在枝头唱歌的鸟儿。

那里不仅有羽毛美得像绸缎一样的缎鸟；还有一半是金黄羽毛，一半又是些发亮绒毛的丝光鸟；更有他们最早时见到的琴鸟，琴鸟的尾巴有些像古希腊神话里的乐圣奥尔斐弹的那把古琴。琴鸟在凤尾草中穿来穿去，不过在它们的尾巴接触到树枝时，却听不到乐神安飞翁为重建白城而演奏的音乐。

巴嘉勒尔恨不得抓只琴鸟，在它们的尾巴上弹上一曲。

通向庄园的那条道的两边种植着一些树，走过这条小道，一座用木材和砖石建造的漂亮房子就呈现在了他们面前。

房子的造型非常漂亮，墙外环绕着回廊，整整有一圈，是典型的瑞士风格别墅。不过，回廊的廊檐下却挂着中国式的灯笼；前庭有些像罗马古建筑；窗外种植着五颜六色的花……

看来，没有比这别墅更舒服，更精致的地方了。

别墅外的草坪上，每隔不远处便有一根铜灯柱，灯柱上装着雅致的灯球。夜里的时候，灯光可以把别墅四周照得如同白昼；房子里装了煤气，是从一座小型煤气机里输送出来的，而煤气机就放置在屋外凤尾草树下面的木棚里。

整个住宅没有脚屋、马房和厂棚，所以根本看不出这是个农庄。这里的房屋总共有20多座，全都坐落在半公里路之外的山谷里，在这一区域形成了一个独特的村落。每座住宅里都有电话，家家户户可以通过电话联系。这座隐藏在异国风光的丛林中的村落，好像丝毫感受不到外界的嘈杂和喧嚣。

很快，众人就走完了那段林荫小道，接着又过了一座铁桥，桥不大，桥下是潺潺的流水。桥的一端是住宅外的花园。在他们过了小桥后，马上就有热情的管家先生出来迎接了。

而当他们走进华丽的大厅时，顿时被豪华的家具和精美的摆设惊呆了。

从房子的设计和房屋里的摆设能够看出，主人很有艺术文化修养。比如前厅，摆满了各式各样精美的骑马射猎艺术品；和前厅相对的一间房有个大窗户开着，里面有架钢琴，钢琴上摆着乐谱，乐谱很齐全，每个时期的名曲都有；房间里还有个画架，画架上摆放着画稿；画架旁边有座像座，像座上摆放着大理石人像；墙上挂着很多西欧名画，地上铺着名贵的柔软地毯；墙上挂着的壁毯上绣着一些美女图；一座古铜吊灯悬挂在天花板上……此外，房间里还有很多珍奇古玩。

在澳大利亚森林里，有这么一座别墅，别墅里放着这么多的名贵珍品，实属罕见。不要说爵士他们，就是任何人见到，都会大吃一惊的。

总之，在飘零的流浪日子里，还能将自己的生活过得这么有趣味，将家乡的东西布置得到处都是，让人恍惚不是进了“坐地人”的住处，而是到了英国或法国贵族的高级别墅，这不能不让人啧啧称奇。

柔和的阳光透过纱窗照进房间的每个角落，海伦夫人站在窗口，看着外面的美景忍不住地赞叹起来。

原来，住宅下面有一片开阔之地，这片宽阔之地从房屋下面一直延伸到了东边山脚，整个地方由连绵的草地和树林、稀稀疏疏的空地、起伏不止的山峦、崎岖不平的谷地构成，形成了一幅精美的山水画。而这幅山水画在太阳的照耀下，像是被激活了，散发出动人的光芒。看着这样的场景，哪怕是再有想象力的人，也是难以勾勒出如此画面的，而这明媚的自然风光也足以让人一饱眼福。

此时，桑笛儿已经吩咐厨师做好了早饭。10多分钟后，大家坐在了餐桌旁，酒菜之丰盛自不必说。爵士一行在如此豪华的别墅里并没有丝毫的拘束，在愉快地品尝美食的时候，高兴地聊起了天。

不过，最开心的莫过于两位“坐地”年轻人了，他们以能在家里款待嘉宾而感到高兴和荣幸。

两位年轻人很快就知道了爵士一行的目的了，他们为爵士那无所畏惧、乐于助人的精神所打动，也对格兰特船长的一对儿女说了些安慰的话。

“格兰特船长如果没有在沿海殖民区的话，一定是落在了土人手里，那纸条上写好了所在的方位，看来在他们一上岸的时候，就被土人掳去了。”米希儿说。

“格兰特船长的手下阿埃童也曾落入土人手里，不过又逃出来了。”麦盖尔船长说。

“你们是否听说过‘大不列颠号’失事的事情呢？”海伦夫人问两位年轻人。

“不，从没听说过。”两位年轻人说。

“你们觉得格兰特船长要是做了土人的俘虏，是否会受到非人的待遇呢？”海伦夫人又问。

“不！我觉得不会，因为本地的土人并不凶残，夫人。你们尽管放心，这些土人的性格特别温和，以前就有很多欧洲人和他们生活在一起，也都从没受到过虐待。”年轻人说。

为了证明两位年轻人说的是对的，巴嘉勒尔说：“当年伯克探险队中唯一生还的金格就很能说明这个问题。”

“不仅仅是那位探险家，还有个叫布柯莱的英国兵，在1803年的时候，也曾脱险于菲利浦港，最后被土人收留，在那里过了33年。”桑笛儿说。

“还有澳大利亚杂志上登过的一个人，是最近发生的事。有个叫毛利尔的人，在土人那里过了16年，现在回到家乡了。所以我觉得格兰特船长的经历很可能和毛利尔一样，你们完全有希望找到格兰特船长。”米希儿又说。

两位年轻人的话也证实了巴嘉勒尔和阿埃童以前说的那些话是对的，大家听了自然非常高兴。

后来，在海伦夫人和玛丽小姐离开后，大家又聊起了康斯登桥惨案。两位年轻人也说听说过此事，不过并没有引起他们的不安，因为他们的畜牧站总共有100多人，这些匪徒是不敢向他们出手的。而且在墨累河这片荒凉的土地上，根本没有东西可抢，他们不可能冒险来到此地。再说，新南威尔士那边戒备森严，他们很难到这里来。两位年轻人的说法得到了阿埃童的认同。

由于两位年轻人的热情和好客，爵士一行决定在霍坦站待一天。而这一天的12个小时，也成了他们旅行以来最休闲的日子，牛马也正好趁这个时间恢复一下体力。在这种情况下，两位年轻人提出了一个休闲方案，大家一致赞同。

中午，七匹强壮的猎马带着大家出了院门，而海伦夫人和玛丽小姐则坐着轻快的马车出发了，他们的后面跟着打猎的仆人，每个猎人身上都背着猎枪，同时，猎犬也奔跑在他们之前。

他们用了4个小时，踏遍了这片园林的大路和小道，这片园林就像是德意志的一个小土邦，居民很少，但山羊却多得数不清。不过，那些可供他们打猎的鸟兽虽然不断地从四周涌来，但却没有一只跳到他们的枪口。所以当他们的枪响了一声后，原本在森林里安居乐业的动物们全都不安起来。

小罗伯尔和少校在一起，看到这种情况非常兴奋。他不管姐姐的叮嘱，不管不顾地第一个开枪。好在麦盖尔船长一直照顾着他，才让玛丽小姐放下心来。

这场围猎当然取得了很大成绩，特别是他们打中了本地的一种特产——袋熊和袋鼬。

袋鼬的狡猾程度完全能和狐狸媲美，而它“偷”的技术，绝对可以超过狐狸。不过，长相难看的它只有约1.5米长。巴嘉勒尔首先打死了一只，由于其虚荣心作祟，所以他觉得他打的袋鼬非常漂亮。

“多漂亮的一个动物呀。”他说。

小罗伯尔打中了很多猎物，其中有一只是黑毛白斑点的袋狐，它们的皮和貂皮一样珍贵。此外，他还打了一对在树洞口休息的小松鼠。

当然，最惊心动魄的一场打猎还是追捕那只大袋鼠。那时候还不到下午4

点，猎狗们突然把一群袋鼠惊动了，小幼袋鼠很快就钻到了母亲的袋囊中，大袋鼠就一个接着一个地跑了。

袋鼠是世界上有名的跳远冠军，它的后腿整整比前腿长了两倍，所以当它一屈一跳之间，就会像弹簧射出去似的，既快又远。而带头逃跑的是只雄袋鼠，有1.4米高，非常漂亮。

虽然猎人和猎犬在紧紧追捕，但那群袋鼠却像一点都不累似的。在这种情况下，猎犬也不敢贸然出击，甚至连靠近它们都不敢，因为袋鼠有着锋利的后爪，非常可怕。

追逐到最后，猎犬和猎人们都跑不动了，而那雄袋鼠却躲到了树后。接着，便有肚子已经被破开的猎犬从空中摔下来。显然，猎犬们在涌到袋鼠群附近时，没占到便宜不说，而且肚子也被抓破了。

没有办法，猎人们必须用子弹来收拾它们。不过，就在此时，小罗伯尔却差点为此送了命。原来，在他瞄准那些袋鼠想要开枪时，因为走得太近，一群袋鼠一跃而起，向他扑了过来。

罗伯尔一下子倒在了地上，在马车里坐着的玛丽小姐吓得一句话都说不出来。在这种情况下，根本没人敢开枪，因为怕伤着罗伯尔。

还是麦盖尔机灵，他冒着生命危险，拔出猎刀扑向了大袋鼠，大袋鼠当场毙命，而罗伯尔因为解救及时，毫发未伤。在他爬起来后，便扑向了姐姐，姐弟俩抱在了一起。

“谢谢你！麦盖尔船长！”玛丽小姐握着船长的手说。

“我有责任保护他，这是我的职责所在。”麦盖尔说。

因为这起意外事件，打猎活动也就此结束。而因为“群袋鼠无首”，其他袋鼠便仓皇而逃。那只被麦盖尔用刀杀死的大袋鼠也成了大家的战利品。当天晚上，用土方法炮制的大袋鼠尾汤也成了当晚最受欢迎的美味。

晚饭吃完后，大家又吃喝了一些冰激凌和果子露，之后便聚在大厅开起了音乐会。音乐会上，海伦夫人为大家弹了一首曲子；米希儿和桑笛儿为大家唱了支法国名作曲家古诺、马塞、达维德的名曲中的一段，最后又唱了天才作曲家德国人瓦格纳的名曲，唱得非常好。

开完音乐会后，大家又喝了些澳大利亚名茶，巴嘉勒尔还说他要品尝一下当地的土茶。

于是，两位年轻人便给他端来了一杯看起来像墨水一样的饮料，而颜色之所以这么深，则是因为这茶是用一升的水和半斤茶叶，经过4个小时熬制而成的。

巴嘉勒尔喝得直龇牙，但还是赞叹说这是难得一喝的好茶。

夜深人静，一行人进入了梦乡，在梦中，他们还延续着白天的快乐。

天一亮，爵士一行便和两位年轻的“坐地人”告别。彼此说了一些亲热的告别语后，相约以后在欧洲的麦凯莫府再见。

之后，牛车和马队绕过山麓，让那座豪华的别墅如同幻影一般，消失在了他们的视野里。不过，在又走了8里路后，依然没有走出霍坦站地界。

上午9点钟，他们走出畜牧站的最后一道栅栏，进入了维多利亚省那片连名字都不知道的地方。

澳大利亚的阿尔卑斯山脉在东南方像一道屏障，挡住了他们的去路。山脉绵延1500公里，陡峭的悬崖如同一个伟大的防御工程，阻挡着空中的流云。

阴云密布的天空热得让人透不过气来，崎岖不平的山路更增加了行进的难度。说是平原，但却山丘遍布，小胶树稀稀落落地分布在山丘上。再往远处看，丘陵越来越高，像极了阿尔卑斯山脉的阶梯。

一行人越往前走，山路越高，这从牛拉车时的吃力程度就能看出来了。牛累得呼呼喘气，身体的紧绷让牛筋突起，所拉车的车轮在地面上因为摩擦，发出了咯吱咯吱的声响。

虽然阿埃童是名赶牛车好手，但也不可避免地出现了牛车撞击地面的现象。不过，虽然忐忑、颠簸，但车上的两名女士却没有说一句埋怨的话。

船长麦盖尔带着他的两名水手走在最前面开路。他们尽量挑好路行走，但几乎看不到什么路，高低不平的地面如同海边的礁石一样，牛也像是在礁石缝里寻找路径，一时之间，大家有种在波涛汹涌的海面上行驶的感觉。

路不好走倒也罢了，关键是非常危险。时不时还会遇到荆棘，好在有维尔逊拿着斧头在前面开路。

地面既湿又软，一脚踩下去就会感到身体在往下陷。这一段路程对他们来说是那么遥远，而且还有很多障碍。那高耸的花岗岩，幽深的山谷，深不可测的河滩，都让他们不得不绕道而行。因此，他们这段时间所走的路程并不多。

傍晚时分，一行人在山脚下的高本柏纳河宿营，这里长满了1米左右高的灌木，灌木的叶子呈淡红色。

“接下来还有很多苦要吃！想想看，就这山名，想想都可怕。”爵士说。

“不用被这个名字吓跑，这是一个雷同的名字，就像澳大利亚和欧洲都有格兰比安山脉、比利牛斯山脉、阿尔卑斯山脉、蓝山山脉一样，都只能算是模型，而且还是缩小了很多的模型。这些名不副实的名字，只能说地理学家们的想象力太匮乏了，想不出新的名字，就连一个名字也要反复用。”巴嘉勒尔说。

“这么说，这条阿尔卑斯山脉是……”

海伦夫人还没说完，巴嘉勒尔便说：“只是个袖珍山而已，我们走过去毫不费力！”

“只有你这种稀里糊涂的人才会觉得翻这么一座山不用费力。”少校慢慢地说。

“什么意思？我什么时候稀里糊涂了？我早就不糊涂了，不信你问问两位女士，叫她们评论评论，看你们还能不能找出我的问题。”巴嘉勒尔不高兴地反驳道。

“没错，巴嘉勒尔先生！你一个错都找不到，你已经是个非常完美的人了。”玛丽小姐说。

“啊！太完美了也不好！巴嘉勒尔先生，我觉得你还是和以前一样比较好！”海伦夫人笑着说。

“哦？真的吗，夫人？如果我不犯错，我就成了一个普通人了。所以，我还是需要犯一些小错误，这样就能与众不同了，而且还能让你们开心。如果我不犯错，好像没尽到义务似的。”巴嘉勒尔严肃地说。

这一天就这么过去了，第二天，也就是1月9日的时候，不管巴嘉勒尔如何乐观地表示这座山很好爬，但他们还是越来越感到吃力，找不到路，他们不得不边找边走，有时候甚至还会钻到又深又窄的山坳里，直到无路可走。

在走了大约一个小时后，阿埃童觉得已经到了进退两难的地步。就在此时，他发现路旁有个小旅馆。

“这儿怎么会有旅馆的？太奇怪了，在这种地方有什么生意可做？”巴嘉勒尔说。

“最起码它能给人指路。我们进去坐坐吧！”爵士说。

爵士和阿埃童一前一后地进了小店。

这个旅馆叫“丛林旅舍”，老板长着一脸横肉，看起来像个粗人。店里卖的酒有烧酒、白兰地和威士忌。这些酒不仅卖给客人，老板自己也喝，在没有客人的时候，他会坐在那里自斟自饮。

当然，在这么偏僻的地方，来的客人都是赶牧群的人或者“坐地人”。

爵士给了老板一些小费，问了几个问题，老板虽然爱理不理，却也回答了，而且还告诉了他路线。

在他们出门时，发现墙上有张告示。

告示是殖民地的警察贴的，上面说柏斯有些流犯潜逃了，首犯叫本·吉奥兹，如果有人发现并将他捉拿归案，会有赏金100镑。

“这样的大坏蛋，应该受到绞刑！”爵士说。

“那也要抓住他才行呀，100镑可不是个小数目，这家伙不值这些钱的。”阿埃童说。

“这个老板看起来也不像个好人。”爵士又说。

“没错！我也觉得他不像个好人。”阿埃童附和道。

阿埃童赶着牛车，一行人又开始赶路了。他们向鲁克洛方向走去，那里有条羊肠小道崎岖又蜿蜒，一直通向山腰。在这里，大家开始走山路。

这条山路很陡，下坡时，因为车速太快，必须有人在后面拉着才行；而当车转弯时，由于车辕太长，又不好拐弯，不得不把牛解开。有时，因为坡太陡，走起来不方便，他们又不得不让那已经疲惫不堪的牛来拉一下。

终于，穆纳所骑的那匹马倒下了，不知是因为太过疲劳还是生病，倒下就没再爬起来过。

阿埃童检查了那匹马，并没有查出它的死因。

“很可能是血管爆裂引发的死亡。”爵士说。

“也许是吧！”阿埃童说。

爵士把自己的马给了穆纳，自己则坐上了海伦夫人和玛丽小姐坐的牛车。一行人继续往前走，而那匹死去的马也就成了老鹰的美餐。

真像巴嘉勒尔说的，澳大利亚的这个阿尔卑斯山脉并不高，宽度不过5公里左右，如果山路选择正确的话，翻越此山只需48小时。而如果到了山的那边，路也就不会那么难走了。

1月10日那天，一行人终于爬到了海拔600米左右的山顶。这时大家才发现，这座山从远处看确实是山，但走近才发现就是一座丘陵。山顶地势并不陡峭，一眼看去，四周也没有什么障碍物。

山的北边是奥美奥湖，湖面上波光粼粼，有很多水鸟浮在上面。除了湖以外，还有墨累河流域冲积形成的平原；山的南边是仿佛铺着绿色地毯的草场，那里的地层不仅具有丰富的含金量，而且还有茂密的森林。由此可见，不管是物产、河流还是动植物，那里还是大自然做主的，原始的，没有受到人为破坏的地方。

这样一看，阿尔卑斯山脉成了一道分隔原始和文明的屏障。

此时，几道阳光穿过西边的天空，将大地照得光彩夺目；山脉的北边，一片荒凉，只有晃动的阴影让山脉以南地区的黑夜来得更早。

一行人站在原始和文明的分界线上，很明显地感受到了光明和黑暗的对比。放眼看去，四周都是陌生的环境，心里不免有些惆怅。

当晚，他们夜宿在了山顶，第二天一早开始下山。下山比上山走得快了很多，不过，他们半路上却遇到了来势汹汹的冰雹，那不是一般的冰珠，而是像冰砖那样大，伴随着乌云倾倒下来的冰雹。

这些冰雹之大，落下之急，就连石炮炸石也炸不出那个样子。

没办法，他们不得不退缩在一块大岩石下避让。

即使这样，冰雹还是将巴嘉勒尔的头打出了两个大包，而牛车篷也被打出很多洞来。有些像刀尖一样的冰凌，甚至在砸到树上时，直接嵌进了树皮里。如果想不受伤，看来只能等冰雹停了再走了。

一个小时后，冰雹停了，一行人这才从倾斜的岩石上缓缓下去。地面很湿，岩石也滑溜溜的，他们每行一步都要万分小心才行。

牛车一路上摇摇晃晃，吱吱呀呀地往前走，车子有几处已经脱了榫，好在整个车身很结实，所以还能勉强往前走。傍晚的时候，他们从阿尔卑斯山最后一段路下去，到了稀疏的杉树丛中，前面一直是通向吉普斯兰平原的。

现在，阿尔卑斯山脉总算是平安越过了，已经放轻松的他们决定在这里夜宿。

这一夜也是平安度过，第二天一早他们又上路了。出发时大家都兴高采烈，恨不得马上到达目的地，和格兰特船长团聚。不过，他们现在只有到了太平洋海岸，才有可能找到格兰特船长和那两名失事的船员踪迹，所以即使到了吉普斯兰平原，也是找不到什么线索的。

阿埃童又向爵士提议下命令给“邓肯号”，让“邓肯号”开到太平洋沿岸，这样就便于搜寻了。而且这里有条路——鲁克洛正好通向墨尔本，交通很便利，派人给“邓肯号”下命令正合适。

阿埃童的话听起来很有道理，巴嘉勒尔也劝爵士接受这个建议。巴嘉勒尔觉得“邓肯号”如果能开过来到话，对他们的搜寻将非常有利，而且他还补充说，过了这条路，说不定就很难找到通向墨尔本的大路了。

爵士还在犹豫不决，因为少校反对。少校说，这一路的旅行是不能少了阿埃童的，因为这里靠近沿海，对这段路程，他最熟悉。如果发现了搜寻线索，需要去追踪寻找，必须有阿埃童在才行，更何况阿埃童是知道“大不列颠号”的失事地点的。

从这里可以看出，少校的想法也没错。同时，船长也同意少校的意见。

麦盖尔之所以支持少校，是因为从杜布湾派人去墨尔本，要比从这里近得多，而且还不需要穿越320里的荒野。最终，大家认同了麦盖尔船长的说法，决定到了杜布湾再说。

阿埃童有些失望，少校看在了眼里，但却没有说什么。他习惯将一些没有确定的事放进肚子里。

吉普斯兰平原地势平坦，只是由东向西稍稍有些坡度。一眼看去，吉普斯兰平原到处都是含羞草、桉树和胶树，有些灌木还开着鲜艳的花，就连那毫不引人注目的溪水里也长满了蒲草，溪水的两岸长满了兰花。而这些树，正好改变了此地单调的景色。

溪水潺潺，浅的地方可以涉水而过。鸨鸟和鹂鹋聚集，见人就逃；树林里袋鼠蹦跳的样子像极了小木偶。此时，爵士他们没有一个人有心思去打猎，因为马已经吃不消了，瘦弱得厉害。同时，闷热的天气让人和牛马都很难受，他们什么都不想，只是不停地往前走。

沉闷的空气里，只有阿埃童赶牛的吆喝声让整个氛围有了些许生气。

下午2点钟的时候，他们穿过了一片凤尾草丛，虽然这些凤尾草长得很奇特，很漂亮，但他们却无心欣赏。凤尾草长得很像树，差不多有3米高，开着漂亮的花。他们从这些花下经过时，因为有了像大伞似的枝叶庇荫，也就舒服了很多。

容易喜形于色的巴嘉勒尔很快就开心起来，不断地发出赞叹声。他的赞叹声惊起了树枝上停着的鹦鹉，于是便响起了鹦鹉聒噪的叫声。

在巴嘉勒尔为惊起了鹦鹉而得意时，突然他的马先是摇晃了几下，接着便扑通一声倒在了地下。难道是因为天热，中暑而晕倒了吗？大家急忙围了过来。

“巴嘉勒尔！巴嘉勒尔！你没事吧！”爵士喊道。

“我没事！朋友们！我只是没有马骑了。”巴嘉勒尔笑笑，将脚从马镫上取出。

“你的马死了？”爵士又问。

“是的，就和穆纳的马一样死了。”

爵士、麦盖尔船长和少校来检查了一番死因，同样毫无结果。马真的是咽气了！

“太奇怪了，怎么会这样？”麦盖尔说。

“对呀！怎么会这样呢？”少校也嘀咕道。

这起意外事件的发生，让他们一行人都不安起来。因为在这样荒无人烟的地方，想要找马匹是根本不可能的事。如果这些马是因为得了马瘟，那么他们都将无法继续前行。

有句话叫祸不单行，在他们还没从巴嘉勒尔骑的那匹马的突然死亡中缓过来时，傍晚，维尔逊的马也死掉了。更严重的是，又有3头牛也倒下了。看来，出现了“马瘟”是不争的事实了。现如今，把拉车的牛和给他们骑的马一起算下来，活着的只剩下3头牛和4匹马了。

问题越来越严重。没有马骑，他们还可以步行，因为很多“坐地人”就曾步行穿过这带荒区。可没有了车，两位女士又要怎么做呢？这里离杜布湾还有将近200公里的路程，她们能步行吗？

麦盖尔船长和爵士都很着急，他们再次检查还活着的那些牛马，以防它们也发生意外。不过却没有发现一点不好的地方，甚至连细微的毛病都没有。

牛马都好好的，还能经受长途跋涉，希望可怕的“瘟疫”到此为止，所乘的牛马不再有事。

就这样，大家带着疑虑，还是出发了。没有马的人就走路，走累了就轮流坐一会儿牛车。这天，他们仅仅走了16公里。晚上的时候，当休息的号角一吹，大家便睡觉了。

这一夜，他们是在高大的凤尾草丛里休息，虽然草丛里到处飞着被当地人称为“飞狐”的大蝙蝠，但这一夜还是安然地度过了。

1月13日这天，没有什么意外的事情发生，牛马也没有倒下的，而且还很精神。大家这才长松一口气。海伦夫人的牛车上坐的人越来越多，非常热闹。30度的气温让他们热得受不了，都觉得有喝冷饮的必要，所以厨师奥比尔忙得不亦乐乎。

在这种时候，最受大家欢迎的就是苏格兰啤酒，因此大家开始赞扬起巴克来酒厂的老板来，称他是大不列颠最伟大的人物，比英国名将威灵顿还要伟大，因为威灵顿虽然伟大，但却造不出啤酒。

喝了酒的巴嘉勒尔，又开始了他的喋喋不休。

这一天看似很顺利，大家也希望能顺利到底。他们一口气穿过了一片足足有25公里长的高低不平的红土地带，计划在晚上赶到那条在维多利亚南部流入太平洋的斯诺威河边休息。

很快，牛车就走在了黑土层的平原上，路的两旁是荒草，另一边长满了一种叫胃豆草的植物。天慢慢黑了下来，天边出现了一丝雾气，产生雾气的地方就是斯诺威河。这时，大家都加快了行进的速度。

走过一个土丘，转弯后，他们看到了一片森林，不过，就在他们离斯诺威河不到半公里，阿埃童赶着牛车想穿越那片森林时，牛车陷入到了泥沼里，泥沼没到了车轴处。

“后面的要当心！”阿埃童急忙对后面骑马的人说。

“怎么啦？”后面的人问。

“牛车陷进泥沼里了。”阿埃童一边说，一边用鞭子抽打那3头牛，不过不管牛怎么使劲，那牛车都纹丝不动，而且有越陷越深的迹象。

“看来，我们只能在这里夜宿了，等到明天把车子拉出来再走。”阿埃童又说。

爵士无奈地同意了。

这天的黄昏好像很短，夜幕很快就降临了，不过天气依然很热。空气中的水汽也很重，闷得人喘不过气来。

此时，一道道闪电将天边照得白花花的，暴风雨就要来了。大家马上在一棵大树下扎好帐篷。看情况，只要不下雨，他们是能在这棵树下平安度过一夜的。不过，如果再下雨，那牛车就更难弄出泥沼地了，所以阿埃童费了不少劲，最后才把3头牛从沼泽里拉出来——泥已经到了牛的肚子上。

阿埃童把牛马牵到一起，照料它们。这天晚上，爵士对牛马也很是照顾，并不断地说着感激的话。确实，此时，没有什么比这些牲畜更重要的了。

大家简单地吃完了晚饭——因为天气太热，每个人的胃口都不怎么好。他们现在最需要的就是休息。海伦夫人和玛丽小姐向大家道了声晚安后，便回到了她们的车房里。男人们有的钻进帐篷，有的直接躺在草地上——在这样的天气下，躺在地上也没什么关系。

晚上，天空出现了乌云，黑夜在乌云的笼罩下，越发地黑暗。

四周一片寂静，连一丝风都没有，偶尔会听到猫头鹰的叫声，那叫声有些像欧洲的杜鹃鸟，听起来哀哀怨怨，非常凄凉。

深夜11点的时候，少校突然醒了，不过他依然半闭着眼睛躺在那里。过度的疲劳，让他不愿意起来。突然，树林里隐隐约约有亮光在晃动，那亮光既像一条白带子，又像阳光下的湖面在闪闪发光。

难道林子里有鬼火？

少校爬了起来，慢慢向树林里走去，当他走近后才大吃一惊。原来那是一种奇特的自然现象，发光的是菌类植物。这些奇特的植物发出的亮光是因为孢子囊在黑暗中可以发射出高强度的光而造成的。

少校是个不愿意独享美好现象的人，所以准备去叫醒对一切事物都充满好奇的巴嘉勒尔。不料，还没等他去叫，又有意外发生了。

在奇光的照耀下，他发现树林边有几个人影一晃而过。是真的有人还是自己的幻觉？

少校伏在地上，仔细地观察着。他看清了那几个人影，并不是他的幻觉，那真的是几个人，而且像是在地上寻找什么。

他们在干什么？少校决定无论如何也要搞清楚。他没有叫人，而是毫不犹豫地匍匐着跟了上去，一个人像草原上的土人一样，边爬边躲地进了草丛。

第三十二章
Chapter 32

狡猾的内奸

/

夜里两点的时候，天空电闪雷鸣，乌云密布，滂沱大雨一倾而下。帐篷显然是挡不住雨水的，男士们只好全都挤到了牛车里。由于不能睡觉，所以便聊起了家常。而在这些人中，只有少校一直沉默不语。

大雨一直下个不停，这场暴雨很可能引发斯诺威河的河水泛滥。而且这里土壤变松，车轮很可能继续下陷。因此，穆纳、阿埃童和船长不停地跑到河边看水位，等他们回来时，衣服已经湿透了。

天亮的时候，雨停了，不过并没有太阳。到处都是泥滩，地面上形成了一个又一个的池塘。潮湿的地面冒出了阵阵热气，使空气中的湿度达到了极点，让人很难受。

爵士最关心的还是车子的安全问题，现在将车子弄出泥坑才是重中之重。当他们去看那辆笨重的车子时，发现稀泥已经淹没了半个车轮，想要把车弄出来并不容易，即使是把牛马的力量都加上也做不到。

“无论如何，我们都要赶快把它弄出来。”麦盖尔说。

“那行动吧！”阿埃童说。

于是，爵士、两名水手、麦盖尔船长和阿埃童都钻进树林去牵昨天拴在那里的牛马。

拴牛马的地方是一片胶树林，林中全是枯树，有一棵树的树皮已经剥落，看样子已经有近百年的历史了。那剥落的树皮，如同欧洲的软木树被农人剥了皮一样。这些老枯的胶树大约有20米高，树枝上没有一片叶子，光秃秃的，枯枝像枯瘦的爪子，向四周分散开来。

这样的枯枝，是没有鸟肯在上面做窝的。

整个树林都像得了瘟疫，萎靡不振的。这种现象在澳大利亚并不常见，至于为什么会这样，谁也不知道。不要说现在的人，就是这些人的老祖先，可能都没见过这片林子的树叶发青。

爵士一边走，一边看着灰蒙蒙的天。胶树的枯枝，好像清晰地映衬在了天空中，如同一个个的剪影。阿埃童最先跑到昨天他牵过去，让牛马吃草的地方，但却没有发现牛马，顿时大惊。

这些牛马都是用缰绳拴着的，就是跑也不会跑很远。大家分头去找，但结果却一无所获。阿埃童慌忙从长满含羞草的斯诺威河河岸回来，发出了呼唤牛马的哨声，但却没有牛马的回应。阿埃童有些不安，大家也都面面相觑，既震惊又失望。

一个小时过去了，爵士和麦盖尔在从离车子1公里之外的地方往回走的时候，听到了咕咕咕的叫声。

“快，它们在这里。”船长麦盖尔最先反应过来，大叫一声，赶忙向那绿油油的草丛跑去。那里的青草很茂盛，就是一群牛马藏在里面也看不到。

很快，大家都跑过来了，但看到的场景却让他们目瞪口呆，因为有两头牛，三匹马已经全都躺在了地上，没气了，甚至连尸体都僵硬了。一群黑老鸹正停在树枝，冲着死去的牛马呱呱叫着，伺机抢食。

爵士和其他人怔怔地看着，说不出一句话，维尔逊忍不住大声骂了起来。

“骂有什么用呢？维尔逊，我们现在能做的，只能是把没死的一头牛、一匹马牵回去，以后只能靠它们了。”爵士说。虽然他也很急，但此刻他只能安抚别人。

“如果牛车没陷进泥里就好了，不管怎样，我们都要把那车子弄出来。”麦盖尔说。

“我们还是先回去吧，出来的时间长了，女士们会着急的。”爵士说。

阿埃童和穆纳各自解开了牛和马的缰绳，大家沿着河岸走了回来，半个小时后，女士们才知道发生了什么事。

“太可惜了，阿埃童。如果我们过威麦拉河时，把牛马的蹄子上都钉上三叶形马蹄就好了。”少校对阿埃童说。

“为什么这么说，少校先生？”

“你们没看到吗？所有的马中，只有钉了三叶形马蹄的马没有死，其他的都死了。”

“是呀，真是这样的。”麦盖尔也说。

“只是碰巧而已。”阿埃童说完，瞟了少校一眼。

大家都等着少校说下去，但少校咬了咬嘴唇，把想说的话又咽了回去。他向正在检修车子的阿埃童走去。

“他那话是什么意思？”爵士问麦盖尔。

“谁知道呢！不过少校倒从不胡言乱语。”麦盖尔说。

“少校应该是对阿埃童产生了怀疑。”海伦夫人说。

“怀疑？为什么？”巴嘉勒尔说完，耸了耸肩。

“有什么可怀疑的？难道说是阿埃童毒死了牛马？他和我们是一条心的，为什么要毒死牛马？”爵士问。

“我只是猜测而已，也许我猜测错了。因为从阿埃童参加到我们搜寻的队伍里，一直都表现得很忠诚。”海伦夫人又说。

“虽然如此，可我觉得少校能说这句话，一定有他的理由。我要去问个明白。”麦盖尔说。

“会不会他认为阿埃童和那些流犯是一伙的？”巴嘉勒尔突然说。

“流犯？什么流犯？”玛丽小姐问。

“哦，是巴嘉勒尔乱说的。我们都知道，维多利亚省是没有流犯的。”麦盖尔补充说。

“哦，没错，我怎么糊涂了呢？维多利亚省哪里有什么流犯？即使有，在这样的环境下，也早都让他们改邪归正了。”

巴嘉勒尔因为说错了一句话，最后又想拼命去圆那句错话，结果欲盖弥彰，如同那越陷越深的牛车一样。海伦夫人定定地看着他，看得他心里直发毛。

海伦夫人和玛丽小姐去了帐篷那里，而奥比尔也像平时一样开始做早饭。

“我应该把自己像流犯一样押出境！”巴嘉勒尔懊恼地说。

“我觉得也是。”爵士说。

爵士的话很严肃，一点都不像是开玩笑。巴嘉勒尔的心里更难受了，不过爵士一说完便和麦盖尔去了牛车那里。

此时，阿埃童和两名水手正拼命地将牛车从稀泥里拉出来，他们把牛和马套在一起，使劲地拉着，皮条几乎都要拉断了，而维尔逊和穆纳则在旁边推着车轮。不过，不管他们怎么拼命拉，都拉不出来。

泥已经慢慢地干了，紧紧地咬住了车轮，就像给车轮铸上了钢筋水泥一样。麦盖尔叫大家一起向车轮下泼水，以便让泥土脱离车轮，但还是不起丝毫作用。在人和牛马又使劲地拉了一阵后，大家都累了，只得停了下来。现在他们除非将车子的零部件全部拆除，不然没有任何办法。不过，拆车的工具他们手里也没有，就是想拆也没办法拆。

此时，阿埃童还是一门心思想把牛车拖出来，他想用鞭子拼命地打牛马，但被爵士制止住了。

“不要再打它们了，现在就剩下这两头了，再继续赶路的话，有一头必须驮两位女士，还有一头驮行李，它们的用处大着呢。”

“那好吧！”阿埃童不甘心地解下了累得气喘吁吁的牛马。

“朋友们，我们现在还是回帐篷商量一下接下来怎么办吧！”爵士说。

众人一起回到帐篷。吃完早饭后，大家开始讨论。首先，他们需要确定所处的准确位置，这个任务当然非巴嘉勒尔莫属。他仔细算了一下后，说现在位于斯诺威河岸，南纬37度，东经147度53分的位置。

“杜布湾海岸位于什么位置？”爵士问。

“东经150度。”

“那也就是说，两地相差2度7分，那么合多少公里？”

“120公里。”

“离墨尔本呢？”

“至少也有320公里。”

“好，现在所处的位置，离所要去的地方有多远我们大概知道了，接下来说说我们要怎么做吧。”

经过一段商议，大部分人主张向海岸进发。海伦夫人和玛丽小姐在面对现实问题时，毫不胆怯，说她们可以每天走8公里。

“海伦，你真是个女中豪杰！不过，我们有没有把握在杜布湾寻找到我们需要的呢？”爵士说。

“没问题！沿途会经过埃邓。埃邓作为一个历史悠久的城市，去墨尔本就方便多了。而且我们现在只需走50公里，就能到维多利亚边境上的德勒吉特城，那里可以购买到粮食，而且还能找到交通工具。”

“爵士，那‘邓肯号’呢？现在让它开到杜布湾，不是正好吗？”阿埃童说。

“你觉得呢，麦盖尔？”爵士转头问麦盖尔船长。

“我觉得急着让‘邓肯号’起航不好，因为我们之后还有大把的时间通知大副艾撒汀。”麦盖尔想了想说。

“是的，我觉得也来得及！”巴嘉勒尔也说。

“何况大家不要忘了，4到5天后，我们就能到埃邓城了。”麦盖尔又说。

“4至5天？你能确定吗？或许15天到或20天能到就算不错了。”阿埃童不同意麦盖尔的意见。

“120公里需要走15天到20天吗？”爵士又问。

“再往前走下去，就是维多利亚最难走的一段路了，都是荒郊。据‘坐地人’说，那里荆棘遍布，也没有畜牧站，如果想过去，除非用斧头开路。请相信我！”

阿埃童说得很肯定，大家看看巴嘉勒尔，他也同意阿埃童的说法。

“即使这样，我们15天后，也是可以通知艾撒汀的。”麦盖尔说。

“可现在的主要问题不是路，而是我们要过斯诺威河。这河的水已经涨起来了，我们想要过去，必须等它落下去才行。”阿埃童又说。

“为什么一定要等水落下去？我们还可以找个浅滩的。”

“船长先生，浅滩是找不到的。都怪我们运气不好，在这样的时期，又遇到这样的河水，这在以前是很少发生的事。”阿埃童又说。

“斯诺威河很宽吗？”海伦夫人问。

“非常宽，也很深，夫人！这条河宽在16公里以上，水流湍急，就是游泳健将来了也很难过去。”阿埃童又说。

“我们可以砍树做小船。”小罗伯尔突然说。

“不错！真不愧是格兰特的儿子。”巴嘉勒尔夸他道。

“罗伯尔说得没错，这是我们的最后一着了，我觉得我们不要浪费时间做无谓的讨论了。”麦盖尔说。

“你觉得呢？”爵士又问阿埃童。

“如果没人帮忙，一个月我们都过不去。”阿埃童说。

“那么，你的意思是没有其他办法了？”麦盖尔有些愤怒，脸涨得通红。

“当然有！那就是让‘邓肯号’离开墨尔本到东海岸来。”

“你为什么老让‘邓肯号’起航呢？难道它到了杜布湾，我们面临的问题就不成问题了？”

阿埃童没有回答，好一会儿，才支支吾吾地说：“我只是说出我的意见，而且我的意见对大家最有利。如果阁下觉得我不该留下，那我马上就走。”

阿埃童说完，两只胳膊相抱，看着大家的反应。

“你怎么能这么说呢？我们现在是在讨论，有意见尽管提，怎么能赌气呢？”爵士说。

“我们现在是没有办法。既然无法过斯诺威河，那就要等人来帮助。而找谁帮助呢？当然是找‘邓肯号’上的人。所以我们可以暂时留在此地，幸好这里粮食还充足，如果派一个人去给大副艾撒汀送信的话，就能让他将船开到杜布湾来了。”阿埃童说得言之凿凿。

大家对他的这个建议还是有些不置可否，船长麦盖尔更是不同意。

“在派人去送信的时候，如果河水降下去了，我们就能找个浅滩过去。即使想坐船过去，也有时间。以上就是我的建议，大家可以好好考虑一下。”阿埃童继续说。

“好的，你的意见值得我们考虑。不过这个计划的最大问题就是要耽误很长时间，但大家也可以趁这个时间休养生息。你们觉得如何？”爵士问。

“少校先生，你也说说吧！怎么一直不说话呢？”海伦夫人说。

“既然点名让我说，那我就坦诚地说，我完全同意阿埃童的建议，因为我觉得他真是太聪明，太谨慎了。”少校说。

大家没想到少校会这么爽快地接受阿埃童的建议，因为他以前总是在反对阿埃童的计划。所以不要说大家，就连阿埃童也觉得有些奇怪。

原本大部分人都同意阿埃童的建议，见少校也同意，就毫不犹豫地表示赞同了。就是说，此时，爵士在原则上同意了阿埃童的建议。

“为了稳妥起见，我们是不是要等人送来交通工具再进行这个计划？”爵士又问。

“是的。因为我们要是过不去，送信人也是过不去的。”麦盖尔说。

大家都看着阿埃童，他倒是一副很有把握的样子。

“总会有办法的。”他说。

“有什么办法？”麦盖尔问。

“再回到鲁克洛通往墨尔本的那条大路上不就可以了吗？”

“什么？步行400公里吗？”麦盖尔大叫道。

“当然不，我们不是还有一匹好马吗？这段路用不了4天就能走完，再加上‘邓肯号’从墨尔本开到杜布湾需要两天，从杜布湾到这里又只需要24小时，所以总共差不多一个星期，我们就可以获救了。”

阿埃童说话的时候，少校不停地点头，这让麦盖尔很吃惊。不过大家都觉得阿埃童说的方法不错，也最有效，于是决定照这计划进行。

“那么还有一个问题，那就是谁去最合适。这个任务非常重大，也很辛苦。谁能担当此任？”爵士说。

维尔逊、穆纳、麦盖尔、巴嘉勒尔，甚至小罗伯尔都说愿意接受这个任务。麦盖尔的态度特别坚决，阿埃童一直没有说话，最后说：“阁下，如果相信我的话，就让我去吧！这一带我非常熟悉，而且比这更难走的路我都走过，所以我能担当此任。只要阁下写封信给大副，使他相信我，我保证6天后把‘邓肯号’开到杜布湾来。”

“格兰特船长的部下真是不简单，我绝对相信你！相信你能完成这个任务。”爵士说。

显然，完成这个非常困难的任务，没有比阿埃童更适合的人选了，所以大家也都没再继续争了。不过麦盖尔却提出了反对意见，说阿埃童留在这里应该更合适，因为他可以帮助大家寻找格兰特船长的线索。不过少校说，在这种形势下，想要寻找根本不可能，所以让他暂时走开也好。

“阿埃童，去吧！快去快回！”爵士说。

阿埃童的脸上露出了得意之色，他急忙将头转了过去。不过，即使他反应再快，也被麦盖尔看在了眼里，所以麦盖尔对阿埃童有了怀疑。

阿埃童开始积极地做着出发前的准备，两个水手也帮他备马和装干粮。此时，爵士忙着给艾撒汀写信。信中他让大副火速赶到杜布湾，并告诉大副，阿埃童是个可以信赖的人。他甚至叫艾撒汀一到东海岸就派水手前来支援……

少校看着爵士写信，当要署阿埃童的名字时，他突然问阿埃童："你的名字要如何写？"

"当然是照着读音写。"爵士说。

"不对！读音也许会读成阿埃童，但写出来却是本·吉奥兹才行！"少校一字一句地说。

第三十三章
Chapter 33

真面目是海盗

1

本·吉奥兹这个名字一出口，每个人都惊呆了。

阿埃童最先反应过来，见自己暴露了，一不做二不休，马上抽出枪，朝爵士开了一枪，爵士应声倒地。同时，外面也传来了枪声。

麦盖尔船长和两名水手这才反应过来，正想去抓本·吉奥兹，但已经晚了，他跑到了胶树林，和那些土匪会合了。

爵士的伤势并不重，他爬了起来。而帐篷里是挡不住子弹的，他们必须退到安全的地方才行。

“快进牛车！”麦盖尔大喊一声，拉着海伦夫人和玛丽小姐，让她们先上了牛车。此时，只有在那厚厚的车厢里才安全。

麦盖尔、少校、巴嘉勒尔和两名水手全都抓起了马枪，准备还击。爵士和罗伯尔也钻进了车厢，一直在车厢后面的奥比尔跑了出来，加入到战斗的行列。

事情发生得太突然了，突然到难以想象。在本·吉奥兹躲进树林后，那边的枪声停了，周围死一般的寂静，只有胶树上端有白烟缭绕，那片茂密的胃豆草丛依然纹丝不动，似乎刚刚发生的一切只是一场幻觉。

少校和麦盖尔跑到胶树下搜寻，发现匪徒已经跑远了，地面上只留下他们的脚印，以及还在冒烟的导火索。谨慎的少校马上把导火索用脚踩灭了，在这样的枯树林里，一点点火光都可能让整片森林燃烧，并带来严重的后果。

“他们跑了？”麦盖尔问。

“是的，不过他们一跑，倒更让人担心了。现在，我们在明处，他们在暗处。我们随时都会遭到袭击，所以一定要格外小心才是。”少校说。

少校和麦盖尔在周围又搜寻了一番，始终没有发现那批流犯的踪影。他们逃得如此之快，让大家都很困惑，因此也就有了更多的担心。如今，那辆陷进泥里的牛车，就像他们的坚固堡垒，成了他们的防御中心，他们必须每两人一班地轮流守着。

看到爵士被本·吉奥兹打中，海伦夫人吓坏了，她扑到了爵士的身边。很快，她清醒过来，在爵士上了车后，撕开他的衣服，让少校检查。少校说爵士受的只是皮外伤，没有碰到筋骨，不用担心。

虽然流了很多血，但爵士为了让大家放心，还是勉强抬起了带伤的胳膊，向大家做了个手势，表示自己没什么。在伤口包扎好后，他便和大家谈起了这件事。

少校最先说，除了维尔逊和穆纳在外面站岗外，其他人全都在车厢里听他说。不过，少校在叙述他已经有所了解，而大家不知道的事之前，把柏斯的流犯潜逃，并在铁路上引发惨案的事给海伦夫人和玛丽小姐说了。

不仅如此，他还把他们从塞穆尔买的那份《新西兰日报》递给了海伦夫人，最后又说，本·吉奥兹是个罪行累累的惯犯，警察当局正在悬赏捉拿他。

不过，他前面说的这些大家并不关心，关心的是他怎么知道阿埃童是本·吉奥兹的。这一点对于其他人绝对是个谜。

在大家急切的目光中，少校慢条斯理地说了起来。

阿埃童一开始就给少校留下了不好的印象，所以他本能地警觉起来，并对阿埃童多了几分注意。在威麦拉河时，他看到阿埃童和那铁匠递眼色；阿埃童去每座城镇时，总有些犹豫；他不断要求爵士把“邓肯号”调到东海岸来；牛马的离奇死亡；阿埃童讲话时的吞吞吐吐……这一切的一切，都让他对阿埃童多了几分怀疑。

如果不是昨天晚上发生的那件事，少校肯定也不会知道阿埃童就是那些匪徒的头目。

头天晚上，少校借着菌类植物所发出的光亮，发现树林里有人影，于是悄悄地钻进了小树林，到了那几个人身边。

他看到有三个人在察看地上的脚印和马蹄印，而其中一个就是给马蹄钉三叶形马蹄掌的铁匠。

“是他们，没错，就是他们。”三个人中的一个人说。

“是的，是他们没错。三叶形马蹄印就在这里。”另一个人附和道。

“对，这马蹄印从威麦拉河一直到这里。”

“那毒草还真好，他们的马全都死光了。”

“胃豆草的功效太大了，就连一队骑兵的马都会被弄倒的。”

……

“最后，这些人不说话了，我就又向前跟了一段时间。‘本·吉奥兹真厉害！’那铁匠又说，‘真不愧是个水手呀，能把格兰特船长的故事编得这么好，他们全信了。如果这次我们成功了，那就发大财了。’‘还是习惯叫他本·吉奥兹，这名字多好呀！’这些人说到这里的时候，离开了胶树林。随后，我也就回到了帐篷，但总是翻来覆去睡不着，看来那些澳大利亚的流犯并不像地理学家说的，全都变好了。我现在说这话，巴嘉勒尔先生千万别生气！”

少校说完，停了下来。大家默默地听着，回想着事情的前前后后。

“阿埃童！这个阿埃童，把我们引到这里，就是要抢劫杀人啊！”爵士气得脸色发白。

“是这样的！”少校肯定地说。

“这么说，从威麦拉河起，他的同党就一直跟着我们，寻找机会对我们下手？”

“没错，是这样的。”

“可恶的阿埃童，他一定不是‘大不列颠号’上的水手，说不定他那服务证书都是偷来的。”

大家全都看向少校，他也想到了这点，说：“这到底是怎么回事，我们还无法理出头绪。不过我想，他的真名一定就叫阿埃童，而那本·吉奥兹，一定是他当罪犯时的名字。并且我觉得他一定认识格兰特船长，一定做过‘大不列颠号’上的水手，不然，他不可能把那些细节说得那么清楚。而从他同伴的话里也能听出，本·吉奥兹就是阿埃童，就像阿埃童是本·吉奥兹一样，也就是说，原本他是‘大不列颠号’上的水手，但最后却做了犯罪团伙的头目。”

经过少校的这一番解释，大家也都表示认同。

“那现在还有个问题，格兰特船长的部下，为什么会来澳大利亚？”爵士又问。

“怎么会来澳大利亚，这一点不清楚，甚至连警察都可能不知道。不过，这个谜团总有一天会解开的。”少校说。

“难道警察不知道阿埃童和本·吉奥兹是一个人？”爵士又问。

“应该是的，如果警察知道了发生在我们身上的这件事，一定会帮我们找到线索的。”

“这就是说，那伙坏人混入奥陌尔庄园，就是想作案了？”海伦夫人突然说。

“完全可以肯定是这样的，他们一定想在那个爱尔兰人身上下手，不过正好碰到了我们，所以临时改变了计划。那家伙在听爵士说了船舶失事的事后，觉得这是个千载难逢的发财机会，于是和我们出发，到了威麦拉河，通知了他的同伙——铁匠，然后在马蹄铁上做了手脚，此后，这些恶人便一直跟着我们了。阿埃童这个坏蛋，用毒草害死了我们的牛和马，最后见时机差不多了，又骗我们到了斯诺威河边，想让他的手下对我们下手。”

少校那猜测加拼凑的述说，基本概括了本·吉奥兹的犯罪历史。而大家也逐渐对他有了了解：他是一个胆大包天、穷凶极恶的罪犯。

如今，这个罪犯加入这个搜寻队的目的已经被揭穿了，大家不能不保持警惕。不过，一个被揭穿了身份，揭掉了假面具的人总比隐藏在内部的奸细危害小一些。

然而，有些事不揭穿也罢，一旦揭穿就会有人受到伤害。在大家都在谈论阿埃童的罪恶时，玛丽小姐却在想着另一件事。麦盖尔船长发现她脸色苍白，愁容满面，非常绝望，也猜测出她在想什么。

“玛丽小姐，你哭了！”麦盖尔说。

“我的孩子！为什么要哭呢？”海伦夫人也忙说。

“夫人！我的父亲！他……他……”玛丽说不下去了。

她这一说，大家才意识到，此刻，她比其他人有着更大的痛苦，从她眼中闪现出的泪花就能看出，她有多伤心。

阿埃童的阴谋一揭穿，他所说的那些线索也就烟消云散了，那么寻找她父亲的希望也就破灭了。如果“大不列颠号”根本不在杜布湾触礁，格兰特船长也根本就没踏上澳大利亚这片土地，那么，他们将再次陷入困惑中去。

见格兰特姐弟闷闷不乐，大家也都不说话了。此时，还有谁能说出有希望的话给两姐弟带来安慰呢？罗伯尔突然扑倒在姐姐的怀里哭了。

“一张有缺损文字的纸条都看不懂，我真是太笨了！”巴嘉勒尔用手拍着脑袋，对着自己生起气来。

此时，爵士走到了车厢外，站在了站岗的穆纳和维尔逊身边。平原上一片平静，但天空却有乌云聚集，这让原本就沉闷的气氛更沉重了，静静的平原像是落根针都能被人听到。那帮恶徒就这么离开了吗？

有一大群鸟飞到了树林里的枯枝上；地上有几只袋鼠正在悠闲地吃草；灌木丛里有对风鸟伸出头来……这一切都表明，没有什么东西能打扰这个区域的宁静。

“有没有看出什么异常来？”爵士问两名水手。

“没有，阁下！看来那些恶徒走远了。”维尔逊说。

“说不定本·吉奥兹跑到阿尔卑斯山脚下去了，很可能会去找流窜的山贼做帮手。”穆纳说。

“非常有可能！这些混蛋因为害怕我们的精良武器，所以很可能会在深夜偷袭我们。天黑后，我们一定要加倍注意才行。如果我们能尽快离开这个地方，走到东海岸就好了。可惜河水泛滥，我们无法过去。要是我们能买个木筏过去，花多少钱都可以。”爵士说。

“为什么我们不能就地取材，自己做木筏呢？这里有的是树木。”维尔逊说。

“不行的！这条急流很特殊，一般的木筏是没办法渡我们过去的。”

此是，麦盖尔和少校及巴嘉勒尔一起来到了爵士身边，他们准备去观察斯诺威河的水势。

由于刚刚下过大雨不久，暴涨的河水让波浪翻滚，在水底形成了很多旋涡，这样的河水没有稳妥的方法是很难过去的。

“看来这条河我们是过不去了，但我们这么老站着也不是办法，我们现在应该去做阿埃童之前说的那件事。”麦盖尔说。

“什么意思？”爵士问。

“就是说，我们要赶快去求援，派出的人去不了杜布湾就去墨尔本。我们现在还剩下一匹好马，所以阁下就把这件事交给我吧！我去找人救援。”麦盖尔说。

“可是这太危险了，这一带经常有强盗出没，而且大小路口很可能有本·吉奥兹的人把守。”爵士说。

“我考虑到了这点。不过目前情况危急，不能再拖了。我希望一个星期后能让大家走出困境，阁下，您觉得怎样？”

“爵士在做决定前，我是否能提个要求？派人去墨尔本无可非议，但麦盖尔千万不能去，他可是一船之长，‘邓肯号’不能没有他，所以他不能去冒险，还是我去吧！”巴嘉勒尔说。

“巴嘉勒尔先生，你说得没错，可为什么要你去呢？”少校问。

没等巴嘉勒尔回答，维尔逊和穆纳便异口同声地说：“我们可以一起去墨尔本！”

“我去最合适，你们觉得我不能一口气骑320公里？”少校又说。

“大家都安静！朋友们，我们是需要派一个人去，但却又不知派谁去好，要不抽签决定吧！巴嘉勒尔，把名字都写在纸上……”爵士大声喊。

“阁下，您的名字可不能往上写。”麦盖尔说。

“为什么不能写？”爵士问。

“因为您的伤口还没好，还需要海伦夫人的照顾。”

“没错，爵士！你可不能离开这个队伍。”巴嘉勒尔附和道。

“没错，爵士，您的责任就是守在这里做指挥，千万不能离开。”少校也说。

“这一趟任务非常危险，我也应该要承担，怎么可以把它推给其他人？都不要说了，写名字吧，而且我还希望我是第一个抽。”爵士严肃地说。

大家看爵士那么坚决，只好依了他。在将大家的名字摆在一起抽签时，穆纳抽到了，他高兴地跳了起来。

“爵士，我是不是现在就可以动身了？”他问。

爵士紧紧地握住了他的手。随后，大家重又回到车厢，只剩下少校和麦盖尔在车厢外站岗放哨。海伦夫人知道了抽签的结果后，鼓励了穆纳一番，使得这位水手非常感动。

穆纳勇敢善良，强壮聪明，担当这个重任应该最合适。

晚上8点是穆纳动身的时间，黄昏时，维尔逊替他备好了马。考虑到三叶形马蹄铁很可能隐藏危险，所以便和一匹死去的马的蹄铁做了交换。这样那些恶棍就不知道这马蹄印是他们的了，而且恶棍们没有马，追不上穆纳。

在维尔逊备好马后，爵士准备写信给大副艾撒汀，不料胳膊受了伤无法写，只好请巴嘉勒尔代写。此时，巴嘉勒尔正在走神，他的思绪在那三张纸条上，脑海里浮现的全是那三张纸条上的字迹，他反复地想着、推翻着，推翻着、想着，怎么都想不通。爵士请他代写信的话他也没有听到，爵士只好又重复了一遍，他这才反应过来。

“好啊！我来替您写！”

巴嘉勒尔说着，摊开了一张纸。不过，虽然拿着铅笔在听爵士说，可他的思绪还在那三张纸条上。爵士对他念道：“汤姆·艾撒汀，立刻起航，把‘邓肯号’开到……”

巴嘉勒尔在写到“到”字时，猛然看到半叠着的《新西兰日报》上露出了“aland”这个单词。他停了下来，思绪完全飘远了。

“巴嘉勒尔，想什么呢？”

“什么？”巴嘉勒尔反应过来。

“想什么呢？”少校问。

“没想什么，没想什么！”

随即，巴嘉勒尔一边低声呢喃着“阿兰（aland）！”，一边站了起来，他的手里举着报纸，来回摇头，想说什么，但到嘴边又停住了。海伦夫人、玛丽小姐、罗伯尔和爵士都吃惊地看着他，不知道他为什么像失了魂一样。过了好一会儿，他渐渐平静下来，眼中露出得意的神色。他坐下来，对爵士说：“说吧！爵士！”

爵士继续念下去：“将‘邓肯号’开到南纬37度线，横穿澳大利亚东海岸的地方……”

“你是说澳大利亚吗？哦！对，是澳大利亚！”他又开始自言自语。

在他写完信后，拿给爵士签名，爵士的胳膊受了伤，很痛，便潦草地签上了自己的名字。在将信封封好后，巴嘉勒尔由于激动，手还在颤抖，又在信封上写下了姓名和地址：“墨尔本，‘邓肯号’汤姆·艾撒汀大副手启。”

写完这些后，巴嘉勒尔离开了牛车，他边走边比画着，嘴里还喃喃着：“阿兰！阿兰！西兰（Zealand）！”

没有其他事情发生，穆纳出行的准备也已经齐全，这位勇敢而忠诚的水手觉得这是自己为爵士效力的时候，所以非常兴奋。

巴嘉勒尔又恢复了正常，不过他的眼神里却隐藏着一件心事。这心事他不准备马上说。当然，他之所以不说，肯定有他不说的理由，因为少校一直听到他在嘀嘀咕咕，好像是自己和自己在生气。有时候，他又会说出一句莫名其妙的话来：“不！不可以说！就是说了，又有什么用？一切都太迟了！”

不一会儿，巴嘉勒尔又去给穆纳说去墨尔本的旅途中注意的事项，他将地图打开，仔细地讲解着行走路线，也就是说，有很多小路通向克诺大路，而克诺大路一直向南到了海岸后，转一个弯便是通向墨尔本的路了。只要沿着这条路走就不会错，千万不要为了抄近路而迷路。

总的来说，路线是很简单的，凭借穆纳的聪明，他一定不会迷路。至于危险，也就是在离这几公里之内有可能会碰到本·吉奥兹和他的同党，只要一过这些地方就没事了。

穆纳表示，只要穿过了匪徒的埋伏区，他一定能以最快的速度赶到墨尔本，并将匪徒远远地甩在后面。

晚上6点钟的时候，天空又下起了倾盆大雨。帐篷是挡不住雨的，大家只好全都挤在牛车里吃饭。好在牛车非常牢固，虽然深深陷入泥里，却也如同堡垒一样给他们提供安全。而对于武器，他们有7支马枪、7支手枪，弹药和粮食都很充足，足够他们维持几天时间。“邓肯号”不到6天就能到杜布湾来，而再过24小时，“邓肯号”的船员们就能到斯诺威河的对岸，到那时，即使他们无法过去，匪徒看到他们有了增援，也会退却的。

不过，这一切要想实现，都要在穆纳冒险成功的基础上完成。

8点钟的时候，夜色渐浓，正是穆纳动身的好时机。在给穆纳牵过马来后，为了谨慎起见，维尔逊还在马蹄上缠了一块布，这样马跑起来也就没有声音了。不过，在出发前，马似乎很疲乏，这不禁又让他们担心起来，因为他们的全部希望都在马那矫健的四条腿上。

少校叮嘱穆纳，一旦突破了匪徒的埋伏地就要爱惜马，宁可迟上一天半天，也不能半途而废。

麦盖尔也交给了穆纳一支手枪，并在里面装上了6粒子弹。一个沉稳勇敢的人，再加上有力的武器，即使遇到匪徒，也是有办法应对的。

最后，爵士、海伦夫人、玛丽小姐和穆纳握了手，穆纳跨上了马鞍。爵士最后又叮嘱他：“信一定要亲自交给汤姆·艾撒汀，不要让他有一分钟的耽误，立刻开船到杜布湾来。如果在杜布湾没见到我们，就说明我们还没有渡过斯诺威河，那就赶快来救援。好了！去吧！我勇敢的水手，上帝会保佑你的！”

在充满危险，风雨交加的夜晚，一个人要穿过无边的荒野，没有坚定的意志是无法做到的。这样的告别，不管是对谁，都不免有些心酸。穆纳没有说过多的话，只说了一句“再见了！阁下！”，便消失在了黑暗的路上。

此时，风雨声更大了，桉树在黑暗中被吹得咯吱咯吱直响。有时候，枯枝落在湿地上也会发出“啪”的声响。那挺立的枯木有几棵被风刮倒了，发出可怕的声响。风在怒吼，河水在咆哮，枯枝也在哗哗作响。大片的乌云被风吹得向南跑，也许是速度太快，像烟雾一样很快又没有了……这一切的喧嚣声，把黑夜衬托得更可怕。

穆纳离开后，众人重又回到牛车里，狭小的空间让大家不得不蜷缩在一起。海伦夫人、玛丽小姐、爵士及巴嘉勒尔在门窗关得紧紧的前厢；奥比尔、维尔逊和罗伯尔则挤在后厢；少校和麦盖尔在车厢外站岗。这种戒备是完全有必要的，因为匪徒随时有可能来偷袭。

黑暗中的狂风拍打着两名“哨兵”的脸，但他们还是忍耐着。

越是恶劣的环境，匪徒越容易来袭击。因此，他们必须把眼睛瞪得圆圆的，警觉地看着四周，听不到风在怒号，雨在倾盆，树干在断裂……

不过，有时候，那狂风好像也累了要休息一样，会停下来。这时候，他们就会听到斯诺威河在静静的芦苇丛和胶树林里翻滚的声音。这种由动到静的转换，往往让人更觉恐怖。所以，少校和麦盖尔会更加小心地听着周围的动静。突然，他们听到一阵尖锐的叫声。

麦盖尔走到少校面前：“听见什么了吗？”

“听到了，会不会是野兽在叫？”

“不！像是人在叫！”麦盖尔说。

随后，他们又听到了一阵嘈杂声，那声音里好像有枪声，但似乎又听不清，因为狂风又怒吼起来。

他们跑到下风处站着听。

此时，车里的人也听到了叫声和枪声。爵士掀起帘子，走到了站岗的两个人面前。

“枪声来自什么地方？”他问。

“好像是那边！”麦盖尔说，他手指的方向正是穆纳出发时走的那条路。

“离这里有多远？”

“如果刨除传声快的风力，应该有5公里左右。”

“我们去看看！”爵士说着，提着马枪就要走。

“不能去！这很可能是匪徒的调虎离山计，骗我们离开牛车。”少校说。

“要是穆纳被匪徒打死怎么办？”爵士说完，抓住了少校的手。

“我们明天就会知道发生什么事了。”少校说。他的声音一如既往地冷静，他不同意爵士去冒这个险。

“您不能去！还是我去看看吧！”麦盖尔说。

“你也不能去！难道你想让自己白白被匪徒打死？这会削弱我们的力量，也等于自取灭亡。如果我们那勇敢的水手已经死了，肯定是不幸的，但我不希望不幸一个接一个！如果他真的死了，那也是命运的安排！如果放在他是我，我也不希望你们去救我！”少校冷冷地说。

理智地说，少校留住爵士和麦盖尔是对的，如果他们真要去的话，生还的可能性不大。在这样的晚上，跑到匪徒埋伏区，就等于自投罗网。再说，原本他们人手都不够，经不起再做无谓的牺牲了。

爵士虽然知道少校说得对，也没再坚持，但他仍然紧紧地握着手里的马枪，在车子周围打转。稍微有一点动静，便会侧耳细听。他努力睁大眼睛，像是要穿透那片黑暗，他好像看到自己的水手被匪徒打死了，甚至听到了他的求救声。那些穷凶极恶的匪徒，一向是以杀人为乐的。想到这里，他的心像刀绞一样痛。

爵士的样子，少校看在眼里，他不知道自己是否能阻止爵士的再次冲动行事，让他跑到敌人的枪口上。

“爵士！你一定要冷静！你要听我作为一个朋友的劝告。你要想想还处在危险和困境中的海伦夫人和玛丽小姐，以及其他同伴。何况，你要去哪里？这样的晚上，你知道穆纳在什么地方吗？他被伏击的地方很可能在两公里之外，可到底在两公里之外的哪里？你知道吗？你怎么去？你……”

少校的话还没说完，便听到了一阵呼救声，呼救声很微弱。

“听听吧！”爵士说。

呼救声是从枪声那里传来的，不到半公里远。爵士此时什么都不顾了，他推开少校，跑了过去。这时，他又听到了断断续续喊救命的声音，声音凄惨绝望。麦盖尔和少校也跟了过去，好一会儿，他们看见了一个人影，正沿着小道连滚带爬地跑了过来，嘴里发出呻吟声。

来人是受了重伤的穆纳。他们三个人急忙把他往牛车上抬，此时的穆纳浑身是血。

雨下得更大了，风也更疯狂了。在他们进了车厢后，车厢里的人全都惊呆了。当清醒过来后，他们马上让出位置，让穆纳躺好。少校把穆纳的上衣脱掉，衣服上的血水和雨水混合着往下掉，他们找到了他的伤口，发现他是被人在右肋下刺了一刀。

少校马上动手，熟练地为他包扎起来。这一刀有没有伤中要害，少校不敢下结论。这位勇敢水手的生死，此时掌握在上帝的手里。

伤口处鲜红的血液还在往下流，穆纳紧闭双眼，脸色苍白，奄奄一息。

少校给他清洗了伤口，然后敷上了一层厚厚的火绒，最后又盖上了几层纱布包扎起来。

当看到血止住了时，大家这才松了一口气。斜躺着的穆纳左肋朝下，头和胸部肿得高高的。海伦夫人喂了他几口水，十多分钟后，他抽搐了一下，然后睁开了眼睛，嘴里喃喃地说着话，但听不清。

少校把耳朵凑近他嘴边，听到他在说："爵士……信……本·吉奥兹……"

少校把话重复给大家听，然后看着大家。穆纳这话是什么意思呢？难道匪徒袭击派出的人，是怕我们找救兵？那信……

想到信，爵士急忙去摸穆纳的衣袋，最后大惊失色，因为他给大副艾撒汀的信没有了。

这一夜，大家都是在恐惧和不安中度过。他们非常担心穆纳的生命，他还在发高烧。在这种情况下，海伦夫人和玛丽小姐就成了穆纳最热心的护士。她们不停地忙碌着，无微不至地照顾着他。

天亮的时候，雨也停了。乌云仍在头顶翻滚，地面上全是枯枝，道路越发泥泞，牛车陷得更深了。不管上车下车，都变得越来越困难。好在车子已经陷到了最底部，不可能再往下陷了。

麦盖尔、少校和爵士天一亮便跑到周围观察，并沿着穆纳昨晚跑过来时，沾满了血迹的小路走，但始终没有发现匪徒的踪迹。一直走到昨晚的事发地，当他们看到两具尸体躺在那里时，便知是穆纳打死的。死去的匪徒中，其中一人就是铁匠。死后的他脸色铁青，整张脸都变了形，样子非常可怕。

为了安全起见，他们没往更远的地方跑，又原路返回。情况的严重性让他们陷入到了沉思中。

“要不要再派个人去墨尔本？”爵士终于说。

“非去不可！我的水手没有完成任务，那就让我去吧！”麦盖尔说。

“不可以！麦盖尔，你要知道，300公里，连匹马都没有。”

是的，穆纳骑走的那匹马始终没有出现。它到底是被打死了还是在荒野中跑丢了，抑或是被匪徒抢走了？如果能找到它就好了。

“不管怎样，我们都不能再分开了，即使等8天、15天也好，我们可以等斯诺威河里的水降下去，那时候我们再慢慢想办法回杜布湾，然后再想更安全的方法给‘邓肯号’送信。”爵士说。

“也只能这么做了。”巴嘉勒尔说。

“所以，朋友们，我们千万不能再走散了。单身一个人很容易进入匪徒的伏击圈，非常危险。愿上帝保佑勇敢的水手，也保佑大家平安！”

爵士的意思很明显，首先，怎么都不能有人再去冒险了。接着，他们需要在河岸上耐心等待，直到水降下来，能安全渡过去为止。在他们过了河后，离南威尔士省的边境城市德勒吉特也就不到22公里的距离了。

在那里，不难找到去杜布湾的交通工具，而到了杜布湾后，他们也就能发电报到墨尔本，并能直接给“邓肯号”下命令了。

这种做法无疑是明智的，只是又晚了一步。如果爵士不派穆纳去求援，他也不可能遇到这样的事。

回到营地，他们看见同伴脸上的愁容消失了，便知道穆纳一定是得救了。

“他好很多了！”小罗伯尔迎上来说。

“哦？好多了？”爵士又问了一句。

“是的！好多了！少校也放心了，穆纳至少没有生命危险了！”海伦夫人说。

“少校去什么地方了？”爵士又问。

“他在穆纳身边，穆纳拼命要和他说话，不让人去打搅他们。”

此时，退烧且清醒过来的穆纳，在刚刚能够说话时便急着找爵士或少校。少校看他很虚弱，不想让他多说话，但他执意要说，少校只好听着。在他们谈了几分钟后，爵士回来了，穆纳说的话便由少校传达。

少校把爵士叫到了车外，然后在支着帐篷的胶树下和朋友们会合。此时的少校心情沉重，丝毫不像平时那么淡定。当他的眼睛落到海伦夫人和玛丽小姐身上时，显得很不安。

爵士问他究竟发生什么事了，少校便把情况一五一十地说了。

“我们的穆纳出发后，在黑夜里用最快的速度沿着巴嘉勒尔给他指的那条路狂奔。大约走了3公里的时候，迎面遇到了几个人，打头的就是本·吉奥兹。因为人少，所以他枪里的子弹还没打完，右肋便被刺了一刀，然后就从马上摔下来了。那些匪徒以为他已经死了，其实他还清醒着，他感觉到有人在搜他的衣服，然后听到一个匪徒说‘信找到了’，接着本·吉奥兹要回了信，并说‘有了这封信，‘邓肯号’就是我们的了’。”

少校讲到这里的时候，爵士大吃一惊，冷汗直冒。

接着少校又说：“本·吉奥兹让匪徒把马给他追回来，然后又说，‘2天后我就能登上“邓肯号”了，6天就能到达杜布湾。到时候，我们在杜布湾会合。那时候，爵士一行还陷在泥窝里出不来呢。你们快到亘布尔比桥去过河，然后到东海等我，我自有办法让你们上船。等你们上了船，我们就让船上的人去喂王八。有了“邓肯号”，我们就能在海上称王称霸了。匪徒们欢呼说：‘伟大的本·吉奥兹！我们拥护本·吉奥兹！’穆纳骑过的那匹马很快被追了回来，本·吉奥兹翻身上马，朝克诺的大路飞奔而去，而他的同伙也向南方跑去了，显然要渡斯诺威河了。穆纳虽然身负重伤，可他知道自己必须要回来报告这消息，所以强撑着往回跑。在离这里大约300米时，遇到了我们，并被我们抬了回来。这就是穆纳给我叙述的一切。”

少校说完，停了一下又说：“现在明白那勇敢的水手为什么坚持要说话了吧！”

事情清楚了，大家全都惊慌起来。

“这是一群海盗，海盗啊！我们的船员会被他们杀死的，我的‘邓肯号’会落到海盗的手里的。”爵士怒骂道。

“现在知道了，本·吉奥兹的最终目的就是为了抢那艘船！然后……”少校没有说完。

“我们必须在匪徒没到之前赶去海边。”巴嘉勒尔插话道。

“可我们怎么过斯诺威河呢？”维尔逊问。

“我们可以抬着穆纳走，轮流抬着他。不管怎样，我们都要想办法过去，不能让我们的同伴死在海盗的手下。”爵士说。

从亘布尔比桥过斯诺威河有些冒险，因为匪徒很可能就守在桥头，不让他们过，而且很可能会用30人来对付他们这7个人。不过现在顾不了这么多了，只要能闯，他们是怎么都要闯过去的。

“爵士，在走冒险这最后一步棋前，我觉得还是先去侦察一下比较稳妥。这件事就交给我吧！”麦盖尔说。

“我和你一起去！”巴嘉勒尔大声说。

爵士同意了这个建议，麦盖尔便和巴嘉勒尔朝斯诺威河走去。为了不让匪徒们发现，他们一直在河边的高大芦苇下穿行，一直走到了本·吉奥兹说的那个地方……

天黑了下来，可那两个勇敢的，全副武装的伙伴还是没有回来，大家都很焦急。

将近深夜11点时，维尔逊汇报说他们回来了。

两个人跑了16多公里的路，累得筋疲力尽。

“看到桥没有？”爵士问。

“看是看到了，不过只是一座藤条扎的桥，而且完全能确定，匪徒们过去了，只是……”麦盖尔没有说完。

“只是什么？”爵士着急地问，他预感又有不幸的事发生了。

果然，巴嘉勒尔沮丧地说：“桥被他们烧断了！”

第三十四章
Chapter 34

惊险渡过斯诺威河

亘布尔比桥被烧断了，而斯诺威河是无论如何都要过去的，所以现在不是沮丧的时候，而是积极行动的时候。现如今，他们必须在匪徒赶到杜布湾之前到达，所以摆在大家面前亟待解决的问题不是怨天尤人，而是怎么办。

第二天，麦盖尔和爵士跑到了河边，一边看水的涨势，一边想办法渡河。

潮水仍然没有下降，依旧是波涛汹涌。想从这样的洪水面前强涉而过几乎是不可能的。爵士双手交叉，定定地站在那里，沉默不语。

“还是我先游过去吧！”麦盖尔说。

“不！麦盖尔，现在不行，我们还是等等看吧！”爵士说话的时候，抓住了麦盖尔的胳膊，他怕这个勇敢的年轻人什么都不顾地跳进这滚滚的河水中。

两个人重又回到他们的帐篷，这一天，他们在焦躁中度过。河边，爵士不知道跑去了多少次，他总想找个冒险也能过去的方法，但都找不到。这条河好像是在和他们作对，水势丝毫不减，想必就是过火山的熔岩，也没这么艰难。

经过海伦夫人的精心照顾，穆纳的身体恢复得很快，已经脱离了危险。直到现在，少校才敢断定那一刀并未击中他的要害，当时之所以奄奄一息，是因为流血过多造成的。当伤口包扎好后，血也就止住了，他只需再休养几日，便能完全恢复。

海伦夫人一直执意让穆纳住在前车厢，这让穆纳很不好意思。当然，最让他感到不安的是他觉得自己的伤势延误了大家的行程，所以提出如果能过河，大家可以先过去，只留维尔逊照顾他就行了。

接连好几天，河水都是汹涌澎湃的。爵士看起来越来越烦躁，海伦夫人和少校不断地劝他忍耐，但根本不起作用。

爵士觉得本·吉奥兹肯定已经上了“邓肯号”，如果真是这样，他忍耐得住吗？他最心爱的“邓肯号”，很可能已张开帆，开足马力奔赴海盗设下的陷阱，他的手下正一步步地接近死亡，他能忍耐吗？

当然，作为“邓肯号”船长的麦盖尔，同样非常难受，每每想到“邓肯号”上的船员要死在海盗的手里，他就焦急万分。他不惜一切地学澳大利亚人做胶树皮船，他想用棍子夹起轻便的胶树皮过去。

1月18日，麦盖尔和维尔逊试了一下那个胶树皮船，但他们即便使出了浑身解数，仍然让胶树皮船在激流处翻了，而他们也差一点葬身水底。小船很快就被卷进了旋涡，不见了，他们拼命游了3米才游回岸边。

同时，由于雨水连绵不断，高山上的积雪也融化流了下来，河水不仅没降，反而涨了，河面的宽度达到了1公里。

1月19日和20日，他们是在焦躁的情绪下度过的。少校和爵士沿着河岸，走了8公里也没找到浅滩，到处都是奔涌的河水，湍急的河流，仿佛整个山区的所有雨水全都汇集在了这里。

此时，他们援救“邓肯号”的希望也就完全破灭了，“邓肯号”只能听天由命，因为离本·吉奥兹去墨尔本已经有5天了，“邓肯号”说不定已经开到了东海岸，甚至说不定已经落入海盗的手里了。

不过，即使这样，他们也不能老在这里待着。洪水虽然涨得快，真要退的话，也会退得很快的。果然，在21日早晨的时候，巴嘉勒尔观测出水位开始下降，他急忙把这好消息告诉了爵士。

“现在水位下降还有意义吗？一切都太迟了！”爵士叹着气说。

“可我们也要过去呀，不能老待在这里。”少校说。

“也许我们明天就能过去了。”麦盖尔说。

“就是明天过去，也救不了那些船员了。”

“阁下！请您听我说，大副艾撒汀是个纪律严明的人，所以他肯定会执行您的命令，将船开到东海岸的。不过，谁敢保证本·吉奥兹到了那里后，船就修好了呢？而且就算是修好了，说不定因为种种原因，又会延迟一两天出海呢？”麦盖尔说。

“没错！麦盖尔，希望是这样，那我们马上赶去杜布湾。现在，我们离德勒吉特只有55公里了吧！”

“对！当我们到了那里后，也就有交通工具了。那时候我们可以尽快赶到东海岸，说不定就能阻止那场灾难的发生了。”巴嘉勒尔也说。

“好！那我们马上做准备！”爵士命令说。

麦盖尔和维尔逊又开始了造船。上次的失败让他们领教了洪水的冲击力，所以这次他们锯了几棵大胶树，准备做一个既结实又大的木筏。这个工作非常浪费时间，第二天才完工。

此时，水位已经明显下降了，不过斯诺威河的水流依然很急。但只要他们能顺着水流走，适时控制水势，还是可以渡过去的。

中午的时候，两个人把两天所需的干粮率先搬上了木筏，把牛车和帐篷也都丢弃不用了。

穆纳的伤势很快就恢复了。下午1点钟，大家上了木筏。木筏的右边有个长桨交给了维尔逊掌管，目的是防范木筏被急流冲走；麦盖尔船长站在了木筏的尾部，用一根很粗的橹掌握着航向；海伦夫人和玛丽小姐坐在了船的正中间，靠近她们的是爵士、少校和巴嘉勒尔，他们的任务是保护两位女士的安全。

“准备好了吗，维尔逊？”麦盖尔问。

“准备好了！”维尔逊握着大桨说。

“一定要小心，防止浪头将我们冲走。”

麦盖尔说完，便解开了系着木筏的绳索，木筏顺水漂去。开始时的5米左右距离还好，维尔逊还能够控制木筏，但很快，木筏就被卷进了旋涡，在里面打转，怎么都出不来。不管是桨和橹，好像都已失去了作用。

木筏转得越来越快了，坐在木筏里的人也被转得头晕眼花。麦盖尔站在那里，脸色苍白，紧紧地咬着嘴唇，眼睛盯着那无数的旋涡。

木筏随着旋涡推进，过了很长时间，木筏被转到了河中心，此时，他们离出发的岸边才不过半公里路程。水势越来越急，中心已经无法再形成旋涡，木筏稍稍稳当了一些。

麦盖尔船长和维尔逊又用起了他们手里的橹和桨，并沿着一条斜线在水中前行。后来，经过一番千辛万苦，终于快到岸时，维尔逊手里的桨突然折断了，木筏顿时失去了平衡，再次被急流冲走。此时，麦盖尔手里的橹不能再断了，为了尽力抵抗急流，满手是血的维尔逊赶来帮他。

终于，当木筏在河里折腾了半个小时后，他们到了对岸的陡峭岩石旁。不料又撞到了岩石上，木筏被撞散了，而木筏上所带的可供两天食用的干粮也掉在了急流里。

如今，离德勒吉特还有50公里的他们，一无所有了。在这无人的荒野上，他们很难遇到移民或“坐地人”，因为这里除了海盗和山贼外，根本没有良民敢来。

不管怎样，他们都不能再耽误了，必须立刻出发。穆纳觉得自己要是跟着大部队走的话，一定是个累赘，所以要求留下来，等他们回去后再派人来接他。

爵士当然不肯将他一个人留下，怎么都不答应。爵士觉得他们到达德勒吉特怎么也要3天，然后还有5天的时间去东海岸，到那时，“邓肯号”很可能早都到东海岸了，所以反正是迟，再耽误几个小时也没什么关系。

“我不会丢掉任何一个人的。我们可以做个软兜，轮流把你抬着走。”爵士说。

软兜是用带有叶子的桉树编成的。在将穆纳放上去后，爵士第一个去抬，和他一起抬的是维尔逊。

一行人就这么出发了。

原本的旅行是很顺利的，没想到结果却是这样狼狈。现在他们已经不是寻不寻找格兰特船长的问题了，因为阿埃童所说是假，那么格兰特船长很可能不在大陆，甚至从未来过这里的大陆。而这片大陆，又差点葬送了他们一行人。更可怕的是，这些勇敢的人也许在到了澳大利亚东海岸时，载他们回国的游船已经被匪徒抢走了。

这一天，大家都是在沉默和痛苦中度过的，抬穆纳的人每十分钟会换一次。在这样炎热的天气下，光走路都已经很累了，还要抬上一个体重很重的人，辛苦可想而知，但大家却没有一个人叫苦叫累。

走了大约8公里路之后，天黑了下来，他们便在胶树林里夜宿。晚饭是从木筏散架，掉进水里的干粮中抢回来的一些。

由于这里比沙漠还荒凉，没有野兽和小鸟，所以他们身上的马枪根本就没有用武之地，这样一来，他们明天的粮食在哪里也就没了着落。更雪上加霜的是，夜里还下起了雨。好不容易盼到天亮，雨过天晴，大家这才又集中精力出发。

突然，小罗伯尔发现了一个鸟巢，鸟巢里有十几只蛋，这让他们喜出望外。奥比尔将这些蛋用热水煮熟，然后又加了一些从水洼里挖出的马齿苋，22日这天的午餐便有了。

一路上到处都是蒺草，路也越来越难走。这种蒺草在墨尔本又叫“箭草”，如果不小心，很可能会撕破裤腿，扎进腿里，让双腿流血不止。不过，即使这样，两位勇敢的女士也没有叫苦，她们和男士一样义无反顾地前行，让大家很受鼓舞。

当然，行进中，也少不了两位女士对男士们的言语鼓励。

当天晚上，他们夜宿在布纳山脚下的容嘉那河岸。晚饭的时候，少校打了一只很大的老鼠，这也解决了他们的晚饭问题。这种老鼠又被称为“地道鼠”，非常美味。大家都说，如果这只大老鼠能像山羊那么大就好了。

厨艺精良的奥比尔将它烤熟后，这就成了大家的一顿美味晚餐。可惜太少了，连骨头都被啃个精光。

23日，处在精疲力尽中的一行人毅然决然地上路了。从山脚下绕过去后，展现在他们面前的是广阔的荒原，荒原上的草长得如同鲸须一样，有些像箭林、刀山。这些草的根茎交错，如果想要经过，即使不用斧劈也要用火烧来开路才行。

这天早晨，厨艺精湛的厨师长奥比尔已经没有食材可用了。走在贫瘠的散乱硅石中，大家又累又饿，再加上天气的燥热，他们真的很难承受。如果再这样继续下去，一行人肯定会倒在地上的。

峰回路转，好运终于来了。在一棵珊瑚状灌木上，挂着一些像贮满了甘露的荚果，大家急忙冲上去喝了个饱，精神也随之得到了恢复。很快，吃的也有了，那就是虫蛇鸟兽赖以生存的植物，这种植物叫“纳儿豆”，是草类隐花植物。它的叶子像苜蓿，叶子下长着芽孢。芽孢里有扁豆大小的果子，采下来后，用石头一砸会出现面粉。这种植物巴嘉勒尔曾听说过，可以做粗面包。

“纳儿豆”的出现，对爵士一行人来说，简直就是救命的美食，大家吃得格外香甜。这种植物有很多，奥比尔也收藏了很多，这预示着他们以后一段时间的粮食不用发愁了。

行走到第二天的时候，穆纳已经能自己走路了，而他的伤口也已经全部愈合。此时一行人离德勒吉特不到16公里，当晚，他们便在东经149度的新南威尔士的边境上休息。

而就在此时，雨又开始下了。虽然是小雨，但也下了几个小时，大家的衣服全都被淋湿了。麦盖尔好不容易找到了一个锯木人留下的木棚，虽然木棚已经破旧不堪，但仍然可以利用它来躲雨。

维尔逊出去找了些枯枝，想要烤“纳儿豆”粉做的面包，不过，拾来的干柴却怎么都点不燃。原来，这些枯枝里含有大量的矾质，不能充当燃料。博学的巴嘉勒尔在之前给大家讲澳大利亚的奇闻时就说过这话。

没有火，他们只能吃干冷的面包，穿湿漉漉的衣服睡觉。木棚外，枯枝上的鸟儿不停地叫着，像是在嘲笑他们的狼狈。

女人的体质本身不如男人，两位女士即使再强装精神，体力也一天不如一天了。所以与其说是走，倒不如说是连拖带爬。不过，路总有走到尽头的时候，在木棚里凑合了一晚的他们天一亮就出发了。

11点的时候，他们到了德勒吉特城在上威斯的一个小镇，也就是说，他们距杜布湾还有80公里的路程。

在德勒吉特城，他们找好了交通工具。此时爵士的心里又燃起了希望。如果“邓肯号”延误航行，他们在24小时之内就会到达杜布湾，那时候“邓肯号”及上面的船员应该还有救。

中午的时候，大家美美地吃了一餐，然后坐上一辆邮车离开了这个城镇。5匹壮马拉着邮车，飞快地向前跑去。车夫在得知将会多得到一些钱时，更是快马加鞭，每小时能行16公里，即使休息，也不过两分钟。

处在焦急中的爵士，恨不得让自己变成小鸟飞到东海岸去。

第二天，在太阳升起的时候，他们隐隐听到了海潮的声音，这也预示着他们马上就要到达目的地了。邮车绕过海湾，到了30度线的海岸，也就是到了爵士命令艾撒汀将船开到这里的地方。

一看到海，大家便极目四望，在海面上搜寻“邓肯号”的影子。他们希望看到“邓肯号”在海里游荡，希望它能像在阿根廷的哥连德角外一样。不过，在那无边无际的海面上，他们根本看不到一只船的影子。

现在，还有一种可能性，那就是风太大，“邓肯号”在港口外抛了锚，所以开到杜布湾的内港——埃邓城去了。

因此，爵士又让邮车向右转，向9里之外的埃邓城进发。

很快，他们的邮车停在了标志港口的固定信号灯不远处，他们看到了码头上停着几只船，但没有一只有麦凯莫府的旗号。

爵士、麦盖尔和巴嘉勒尔全都下了车。他们去海关打听情况，查近几天船舶的进港记录，结果在一星期内都没有一只船到杜布湾。

“会不会是‘邓肯号’推迟了起航，所以我们赶在了它的前面？”爵士大声说。此时的他，不想往绝望方面想。

船长麦盖尔摇了摇头。他了解艾撒汀，他绝对不会拖延时间，一定会执行命令的。

“不管是凶是吉，我们都需要有个结果。”爵士说。

10多分钟后，他们给墨尔本船舶保险经理人联合会发了一封电报。然后，大家重又坐上邮车，到维多利亚旅馆休息。下午的时候，爵士收到了电报，电报上说：

杜布湾埃邓城格莱拉弗爵士：“邓肯号”在本月的18日起航，去向不明。

船舶保险经理人安德路。

电报从爵士手里掉了下去，飘到了地面上。

这就是说，那只爵士的苏格兰游船，此刻已经成了海盗船，而新的主人就是海盗头目本·吉奥兹。

从横穿澳大利亚大陆时的信心百倍开始，到现在的绝望结束，格兰特船长以及受难的船员，他们连踪迹都没找到，而且还赔上了船队上人的性命，这次失败的寻访真是损失惨重。

此刻，爵士已经精疲力尽，毫无办法了。这位勇敢的爵士，潘帕的场场天灾没有压垮他，可澳大利亚大陆上的海盗却将他压垮了……

第三十五章
Chapter 35

两只船都成了谜

/

为了寻找格兰特船长，他们经历了一次次的失败和绝望，此时，他们又无路可走了。

他们现在是不是该绝望呢？茫茫大地，他们要去什么地方搜寻？又有什么办法可以让他们实施搜寻？“邓肯号”没有了，就是想立刻回国也没有可能了。这些好心肠的、勇敢的苏格兰人，在做义举的时候，丝毫没想到会这样失败。他们觉得，这样的结果，一定会遭到世人的嘲笑。

在一场场的捉弄下，爵士不得不承认，他已经无力再做这样的义举了。

玛丽小姐在这种情况下，也不好再提她的父亲，尽管她很想提，可她同时又想起了另一队遇害的船员。所以，以前是海伦夫人在安慰她，现在成了她安慰海伦夫人。于是，她建议大家回苏格兰去。

船长见她这么坚强、识大体，非常佩服。他想要给她提提格兰特船长的事，但却被玛丽小姐用眼光制止住了。她说：“不要再找我父亲了，麦盖尔先生，我们要为这些善良的人着想。在这种情况下，爵士应该命令大家回欧洲。”

“没错，玛丽小姐，麦盖尔应该回去，因为‘邓肯号’的遭遇需要让英国政府知道。不过你也不要失望。”爵士说。

“既然我们答应出来找格兰特船长，就不能半途而废。这样吧，不如你们都回去，我一个人找，找不到我誓不罢休。”麦盖尔说。

玛丽小姐为麦盖尔的誓言而感动，她伸出手，握住了这位年轻船长的手。

当天，他们便开始讨论回欧洲的事宜。不过不管怎样，他们都必须尽快先去墨尔本。

第二天，麦盖尔便去打听开往墨尔本的船的船期。他开始还以为从埃邓到维多利亚省的船有很多，实际上并不是这样。此地一共只有三四只船，全都停在杜布湾里。没有一只要开往墨尔本、悉尼或威尔士角。爵士他们想要回欧洲，只有这三个地方能搭船，因为只有这三个地方有英国本土间的正规航线。

在经过一番考虑、讨论后，爵士决定沿着海岸公路去悉尼，但巴嘉勒尔却又提出了一个令大家都没想到的建议。

他说他去过杜布湾，那里的三只船中有一只会到新西兰北岛都城奥克兰，如果能包下这只船，然后再搭半岛邮船公司的船就能回到欧洲了。

当大家还在考虑他的提议的时候，巴嘉勒尔又列举出了种种理由，每个理由都说明了一个问题，那就是整个路程只需花费五六天时间，因为澳大利亚和新西兰相距只有上千公里。而他们寻找格兰特船长正好也是在37度线上，所以这个建议从某种意义上说也是个机会，他们还可以在新西兰沿海搜索一番。

不过，新西兰只是一个岛，格兰特船长写的可是“大陆”，所以巴嘉勒尔并没挑明去新西兰就是为了寻找格兰特船长。

麦盖尔船长支持巴嘉勒尔的建议，不过，上船前，他说要先去看看那艘他们要乘坐的船，所以爵士、少校、巴嘉勒尔、罗伯尔及麦盖尔船长一齐坐上一个皮划子，向距岸约两锚链远的船只驶去。那是只250吨的双桅船，叫“麦伽利号”。这只船专门在澳大利亚和新西兰各口岸做短程航行。

船主叫威尔·哈赖，肥胖的身材，面色红润，看起来很野蛮，似乎是个没有接受多少文明教育的人。他的手掌很厚实，鼻子很塌，独眼，嘴唇上油汪汪的。由于脾气暴躁，很少有人搭他的船。

见爵士一行上了“麦伽利号”的甲板，他大声问：“什么事？”

“你是船长吗？”麦盖尔问。

“没错，我是船长，怎么了？”哈赖说。

“你们这船是要装货去奥克兰？”

“没错，那又怎么样？”

“你们一般装什么货？”

“当然是好买好卖的货了。”

“什么时候开船呢？”

“明天开船，我们要趁午潮开船。你到底有什么事？”哈赖不耐烦了。

“你们搭不搭客？”

“搭客？那就要看是什么客了。而且也要看他们能不能吃得惯我们船上的大锅饭了。”

“我们可以自备伙食。”

“你们有多少人？”

“有10位，其中两位是女士。”

“我可没有舱房。”

“只要把甲板上的便舱让给我们就行了。”

“这样啊……”

“到底愿不愿意？”麦盖尔也不耐烦了。

“那就要看你们……”哈赖说着话，用那钉着铁掌的皮靴在船上来来回回地走着，突然停到了麦盖尔面前，“出多少钱！”

“你想要多少？”麦盖尔反问道。

“要50镑。”

爵士点点头，表示认可。

“那好，50镑就50镑。”麦盖尔说。

“这仅仅指船费！”哈赖又补充了一句。

“可以！”

“伙食我们不管。”

“不管！”

“那好，说定了。拿来！”哈赖伸出了手。

“什么？”

“当然是定金了！”

“好吧，先付一半，25镑！”麦盖尔说着话，把钱数给了他。哈赖接过钱就往腰包塞。

“明天你们来上船吧！午饭前来，我们到了时间就会准时开船的，不管人到没到。”

“知道了！我们午饭前肯定到。”

麦盖尔说完，便和爵士一行离开了船。

“真是个大老粗。”麦盖尔说。

“哈哈……他倒对我的胃口，他就是一只纯粹的海狼。”巴嘉勒尔饶有兴趣地说。

“你怎么不说是只纯粹的狗熊？”少校没好气地说。

“我敢说，这只狗熊以前很可能做过人口买卖的事。”麦盖尔补充说。

“管他做过什么呢，只要他是‘麦伽利号’的船长，他的船是去奥克兰就行。再说了，从杜布湾到奥克兰，我们也不会见他几次面，到了奥克兰，就再也不用见他了，所以无所谓！”爵士说。

海伦夫人和玛丽小姐知道明天就能坐船往回走后，非常高兴。爵士也提前给她们打了预防针，说“麦伽利号”肯定没有“邓肯号”舒服，她们说不在乎。

对于自己的老婆可能在“邓肯号”上被匪徒杀害了，奥比尔虽然很伤心，但还是很尽责地买了足够他们在船上吃的干粮，而所买的食物，全都是双桅船上没有的。

少校找到了一个钱庄，兑换了爵士汇到墨尔本联合银行的几张汇票。此时的他们，需要补充一下现金、武器和弹药；巴嘉勒尔还去找了一份爱丁堡·约翰斯顿出版社出的一份精致的新西兰地图。

穆纳那差点要了性命的伤已经好了。维尔逊则提前到“麦伽利号”上布置他们要入住的舱房，

船舱经过他的一番洗刷后，完全变了样。哈赖看他干得起劲，也就走开了。对哈赖来说，他是不管将要乘船的人是男人还是女人，更不管他们叫什么名字。他关心的只是船舱里装着的200吨皮革。

把该准备的东西全准备好了，还有多余的时间，爵士决定再去37度线看看。

他之所以这么做有两个原因。首先，他要把阿埃童所说的假沉船地点看一看，如果阿埃童真的不是“大不列颠号”上的水手，那么“大不列颠号”既然不是在西海岸沉船，那么就该是在东海岸。而这地方他们在离开后，应该就不会再来了，所以临行前想去看看。

同时，即使“大不列颠号”不是在这里失事的，“邓肯号”如果是在这里落入海盗之手的，说不定也经过了一场恶战，他想看看能不能找到踪迹。

于是，爵士在麦盖尔的陪同下，骑着维多利亚旅馆主人为他们准备的马，打算从北绕着杜布湾走一圈。

这是一次伤心而痛心的搜索，所以一路上他们都闷声不响，只是看着被海水浸淫的岩石。

凭借麦盖尔的聪明和热诚，他们是可以搜寻每一个地方的。而照理说，海滨也会有沉船遗物被打捞上来，但他们却一无所获。“大不列颠号”的失事，到目前为止对他们来说依然是个谜。而对于“邓肯号”，情况也一样。

突然，麦盖尔在岸边的一棵树下发现了点什么，那是篝火的痕迹。很明显，这里曾有人夜宿过，会不会是游牧队的牧人呢？

当然不是，因为另一迹象告诉他们，匪徒来过这里。这个迹象就是一件旧的，打过补丁的，脏得看上去令人作呕的灰黄两色粗毛衣，毛衣上有柏斯大牢的号码。

“看到没有，那些匪徒来过这里，我们‘邓肯号’上那些可怜的伙伴……”爵士说不下去了。

“是的，很显然，他们没有上岸，都死在……”麦盖尔的声音哽咽了。

“那些恶棍！如果有一天落到我手里，我一定会替我的船员报仇的！”爵士愤怒地大叫一声。

悲伤让爵士的脸色发生了变化，他盯着大海看了很久，接着便一声不吭地上马离开，回到了埃邓城。

现在还有一件事情要做，那就是把最近发生的事报告给当地警察。在听他们讲述事情经过的时候，警官竟然非常兴奋，特别是听到本·吉奥兹跟那些匪徒离开了，他毫不掩饰地长松一口气，还说这下子全城都能松口气了。

当然，这消息也很快用报告的形式通知了墨尔本和悉尼当局。

爵士和麦盖尔回到旅馆后，见大家也都闷闷不乐。整个晚上，大家都在沉默中度过。他们回想到在白洛夷加时的希望，又想到现在，心里感到很绝望，而地理学家巴嘉勒尔更是烦躁不安。

晚上，麦盖尔把他叫到了自己的房间，问他有什么心事。

“我的朋友，我……是不是和平时不一样？”

“巴嘉勒尔先生，我觉得您心里一定有秘密！”

“嗯！怎么说呢？我真是不由自主啊！”巴嘉勒尔说。

“到底发生什么事了？”

“我不知是开心还是失望。”

“您的意思是您既开心又失望？”

“没错！”

“您是不是有新的看法？找到了什么新的线索？”麦盖尔继续追问他。

“没有！到新西兰后，我们就再也不会回来了。不过，要怎么……唉！你要知道，人都是这样，只要有一口气在，就不会死心！世界上不是有句最好的格言叫‘气不断，心不死’吗？我现在就是这样。”

第三十六章
Chapter 36

骇人的吃人海岸

/

1月27日，爵士一行上了“麦伽利号”船，住在了狭小的船舱里。

船主并没有将自己的房间留给女士，因为他那房间实在是很脏，即使留也没人去住。12点整的时候，船在退潮时起锚了。由于有西南风刮来，所以船上撑起了帆。维尔逊想帮5位船员的忙，但被哈赖拒绝了。

既然船长不愿意接受帮助，维尔逊也只能不管闲事了。

5位船员是在船长的怒骂声中升起帆来。“麦伽利号”摆出了远洋的架势，把低帆、前帆、顶帆、纵帆、触帆、插帆和许多小帆全都升了起来。那有些臃肿的船头，以及宽宽的船底和笨重的船尾，让这只船像一只老迈的鸭子，慢慢地向前挪着，这样的船，注定行驶得很慢。

尽管老态龙钟，但不出意外的话，最多6天也就能驶进奥克兰港口了。

晚上7点钟的时候，船远离了澳大利亚海岸和埃邓港口的固定灯塔。海浪非常大，船走得不仅慢，而且颠簸得非常厉害，爵士一行只好如同坐牢一样，规规矩矩地守在船舱里，不敢轻易行动。

每个人都在想着心事，很少说话。爵士坐不住了，站起身来，在狭窄的船舱里走来走去；少校则像泥塑人一般，一动不动；麦盖尔不停地去甲板观察风向，罗伯尔跟在他的后面；巴嘉勒尔一个人坐在角落里，叽叽咕咕地不知道在说些什么。

他在想什么？是在想命运让他们去新西兰，还是想起了新西兰的历史？在新西兰的历史里，有没有把新西兰的两个岛当成大陆呢？他在想着那三张纸条上的事。

“contin，contin……”他不停地念叨着，“这是大陆（continent）呀！”

他想起了两个岛被航海家们发现的过程：1642年12月13日，荷兰人塔士曼在发现凡第门后，于17日将船驶进了一个大海湾，海湾的尽头就是夹在两岛之间的海峡。

这两座岛，一个是北岛，另一个是南岛。

塔士曼派几只小艇登陆。那几个人登陆回来后，从陆地上带回来几个土人，那些土人中等身材，黑头发盘在头顶，头顶上插着又大又长的羽毛。这些土人有着棕色的皮肤，瘦得皮包骨头，说着生硬的语言。一上小艇，他们便叽叽喳喳，不知道在说些什么。

这让人误以为欧洲人和土人刚一见面就能建立友谊，谁料第二天，当塔士曼的一只小艇去附近海岸探索有没有停泊地点时，看到载着7个土人的独木舟开始攻击他们的小艇。为此，小艇里的水手长的喉咙上挨了一枪，最后只能跳海逃命，小艇里的其余8人，有6人被杀。最终，只有两个人和水手长逃回了船上。

之后，塔士曼报复性地开了几枪就乘船跑了。

而那个海湾也就被称之为屠杀湾。塔士曼沿着屠杀湾西岸一直向北行驶，1月5日的时候停在了北角附近。由于那里无法补充淡水，而且海浪很大，所以只能离开。不过，他给那里取名叫“斯塔腾兰”，也就是“三民地”的意思，旨在纪念“三民会议”。

塔士曼一直以为他在南美洲的南部发现了一个“大陆”。不过，巴嘉勒尔又想：“17世纪的一个海员很可能会把新西兰误当‘大陆’，但19世纪的海员却不会这样。如果说格兰特船长犯这样的错误，显然是不可能的。”

在塔士曼之后的100年里，新西兰仿佛不存在了。后来一个法国航海家旭尔维在南纬35度37分又发现了这片陆地，由于旭尔维的小艇被偷，他竟然放火烧了一个村庄。

1769年10月6日，著名的库克船长用一些小恩小惠收买了土人，并开花炮恐吓他们，让他们变得老老实实。1773年，库柯船长再次来到和克湾，亲眼看到了土人吃人肉的事。

1827年3月，著名的瞿孟居威尔，那位“阿思特洛纳伯号”上的船长，竟然不带任何武器地在陆上和土人过了好几天，他不仅没有受到伤害，而且还和土人互换了礼物。土人教他唱歌，他教土人测量地图。

上述的事件整体看来很矛盾，有些土人和善，有些则凶狠，由此我们也能得出一个结论：新西兰土人的大多数残酷行为是出于报复。他们对人的好坏，取决于对方对他们的好坏。

有个叫伊尔的英国人是个流浪科学家，他曾环游世界，在经过这两个岛时，也发现了吃人肉的事。

1831年，年轻的纳布斯船长曾在群岛湾见到了这种土人吃土人的惨景，也看到了土人间战斗的激烈。野蛮的他们开始使用火器，而且使用得非常熟练，所以有些部落整个都被他们消灭了。

同时，新西兰人很恨侵略者，他们有着很强的自卫能力，永不放弃地和英国移民做着斗争。

巴嘉勒尔就这么坐在角落把新西兰的一些历史回忆了一遍，越想越焦躁。因为所有他能想起来的历史，没有一个能让他把这两个岛称之为“大陆”，但“contin”这个词却在他的脑海里挥之不去，但他又无法想象出一个更合理的解释。

1月31日，从开船到现在，“麦伽利号”船在海上已经行驶了整整4天了，可还没有过澳洲和新西兰之间那片狭窄海面的三分之二路程。船主哈赖极少关注船上的事，任凭水手们去做。他每天所做的事情就是抱着大麦烧或白兰地，把自己喝得醉醺醺。看船主这样，水手们也都学他，所以“麦伽利号”基本上就是听天由命。

这样的船长和船员，让麦盖尔不得不格外地留心起来。不止一次，船几乎要翻了，是穆纳和维尔逊急忙将舵扶正。不过，他们的帮忙并没有得到哈赖的感谢，反而遭到辱骂。他们只能忍着，有好几次，他们想把哈赖捆起来，但都被麦盖尔制止了。

麦盖尔对此船的处境非常担心，但为了不让爵士烦心，只能在背地里和少校及巴嘉勒尔说。少校给他出的主意也是把哈赖捆起来，只是说法不一样。

“你觉得怎样对整只船好就怎样做，毫不犹豫地担负起这只船的指挥。如果你不愿意指挥，那你就去驾驶这船。那个醉鬼，我们可以在到了奥克兰后放了他，他还可以继续做他的船主，那时候，他爱让船翻掉是他的事。”

“当然，少校，真到了万不得已的时候，我想我会照您的话去做的。目前，我们还是照料着就行了。”麦盖尔说。

“你不能领航吗？”巴嘉勒尔问。

“不容易，船上连一张航海地图都没有。”麦盖尔说。

“是这样呀！”

“是的，哈赖这家伙看来对这一带太熟了，根本不需要测算航路。”

“也许他认为，他的船自己会认路，不需要人操作。”巴嘉勒尔说。

“哈哈……如果哈赖在靠近陆地时还不醒，那我们可就麻烦了。”

“但愿到时候他能醒。”巴嘉勒尔说。

“既然这样，你能不能在必要时把‘麦伽利号’开到奥克兰去？”

“关键是没有那一带的地图。礁石就在水下几米处，不管这船多么结实，龙骨一碰到就会散架的。”

“船一散架，船上的人也只能往岸上爬，没有其他办法了吗？”少校问。

“没错。对了，巴嘉勒尔先生，听您说海岸上的毛利人很厉害是吗？”麦盖尔问。

“是呀，我的朋友！毛利人非常聪明，专喜欢吃人肉！”

“你这么一说，如果说格兰特船长的船在新西兰海岸附近沉没，我们就不必去找了？”少校又问。

“沿着海岸找还是可以的，希望上帝保佑，我们不要落入这些残酷的毛利人手里。”巴嘉勒尔说。

这段对话又让巴嘉勒尔想起了两只法国军舰的遭遇。

按照毛利人的风俗，他们的荣誉来自于在受了侮辱后，用血来洗刷。在这样的部落，酋长塔谷里是不可能忘记上次他的部落所受的耻辱的，所以他耐着性子等待欧洲的船只，以便实现自己的复仇计划。

那时候，从法国过来的“卡德尼号”军舰和“马思加南号”来到了塔谷里部落所在的这一区域，由于接连的几场风暴，“卡德尼号”军舰的桅杆受到了严重损坏，于是，马利荣舰长把“卡德尼号”船停在了群岛湾里，去陆地上寻找木材。

5月22日，他在离海岸2公里的地方，发现了一片树林，那里有高大的柏树，柏树附近有个小湾，离他们的船只有1公里。

马利荣舰长让船上三分之二的人带着斧头和工具，去那片树林里砍树，并开出了一条通向小湾的路。同时，他又选了两个据点，第一个据点安置的是病员、铁匠和箍桶匠，在毛土洛小岛上；第二个据点则是一些老实忠厚、身体健壮的毛利人在帮他们干活，位置在离岸1公里半的陆上。

做了这样的安排后，马利荣舰长并没有放松警惕，他让派出去的人都全副武装。在看到毛利人没有武器，而且老实憨厚后，也就让船员们放下了武器。虽然“马思加南号”上的舰长克诺采舰长劝马利荣舰长要小心为上，但他不以为然。

此后，那些毛利人更殷勤了，与船上的官员相处得也很融洽。特别是在马利荣舰长正式到陆上访问时，那些毛利人还称他为大酋长，并给他的头发上插上了四支白羽毛，以示尊敬。

在他们的造桅工作进行了33天，船上的水库也在淡水里取了水后，6月12日下午2点左右，马利荣把小舟准备好，去塔谷里的村子脚下打鱼。当时，他随身带了两名军官，一名叫弗得利古，另一名叫勒巫。同时还带了一个志愿兵，以及教练官和12名水兵。而那时候，塔谷里和另外五名酋长一直在陪着他。

不过，晚上的时候，马利荣舰长却没有回来。

第二天，“卡德尼号”到毛土洛岛上去装淡水，也没有遇到什么意外，照常回到了船上。但在9点钟的时候，“马思加南号”值班的水兵救起了一个人，那个人叫图尔勒，是马利荣舰长带去的一名水兵。他的腰部被铁矛戳了两下，身负重伤。这就是说，马利荣舰长带去的包括他本人在内的17人，最终只逃回了一个人。

原来，早晨7点钟的时候，毛利人还在热情地欢迎马利荣一行，他们甚至还把马利荣一行背上了岸。但突然，一群带着铁矛、木棒的毛利人向他们冲来。没办法，在人力悬殊的情况下，除了水兵图尔勒之外，其他人全都死了。

图尔勒是在中了两铁矛后，先是躲在了矮树丛中，接着趁毛利人不注意，跑到了海里。

听了图尔勒的讲述，船员们非常气愤，大叫着要报仇，但同时又想着赶快把岸上几个据点的人救回来。

而当时，克诺采舰长并没有在船上，而是在木工厂。于是，首席军官居克莱陌儿替他临时指挥，将“马思加南号”的大划子派了出去，上面是一名军官和一名士兵，他们要去救木工厂的人。

在途中，他们发现了马利荣舰长的小舟，于是就在那里上了岸。

前面说过，克诺采舰长因为不在兵舰上，所以对大屠杀的事情一无所知。下午2点的时候，他看见一队士兵慌慌张张地向他跑来，才知道出了事。为了预防大家惊慌，他禁止把消息透露出去。

当时，毛利人已经占领了有利位置。克诺采舰长马上命令把所有的工具拆卸下来，把不是很重要的埋掉，将工棚烧掉，然后带着60人往军舰上退。在他们撤退的时候，毛利人还在后面一边追，一边大喊："塔谷里杀了马利荣了！"

水兵们要去报仇，被克诺采制止了。

在他们登划子时，发现有1000名左右的士兵已经死了，在地上一动不动。当那大划子驶到海里后，石头就像雨点一样飞了过来。4名水兵向毛利人开枪，打死了一名酋长。

克诺采舰长立刻又派一只大划子到毛土洛岛上去，将岛上的伤病员救了回来。

第二天，克诺采舰长又派了一队兵去岛上增防。而最终，法国人进攻了村子，毛利人的6个酋长被杀。

最后，他们还想去看看和马利荣一起被杀的16个人中是否还有活的，并为死者报仇。于是，很多士兵划着一只大划子重新上了岸，并到了塔谷里的村庄。结果发现，阴毒的塔谷里早就跑了，逃跑时，肩上披的就是马利荣舰长的大衣。

士兵们在塔谷里的屋里搜出了很多东西：刚烧过的头盖骨，上面还有被啃过的牙印；一条用木头串起来的人腿；马利荣舰长的硬领衬衫，上面全都是血；士兵和水兵的衣服，弗得利古的手枪，小艇上的质形徽章和一些破烂的布条……同时，在另一个村里，他们还搜到了很多人肠子，已经被洗得干干净净，有些已经煮熟了。

收集完了这些杀人和吃人的证据后，他们又将被害人的遗骸恭恭敬敬地埋了。最后放了一把火，将整个村子给烧了。

1772年7月14日，两艘兵舰离开了那个伤心之地。

对于新西兰土人不讲信用，会吃人的事情，库克在1773年第二次来新西兰旅行时，也证实了这一点。

12月17日，库克率领由弗诺舰长指挥的一只船来到了这里，并放下一个大划子登陆。他们登陆的目的是去采摘野草，不过那划子出去后却没有回来。当时，上陆地的总共有10个人，一个是候补少尉，另9个人是海员。

弗诺舰长有些不放心，便派伯勒中尉去找他们。伯勒到了头一个划子登陆的地方后，曾写了如下报告：“那是一幅屠杀惨景，讲起来都让人毛骨悚然。我们同伴的头、肠子、肺……零散地被丢在沙滩上，旁边有狗在吞食。”

除了以上两次血腥记录，我们有必要说说1815年，有两兄弟也被新西兰毛利人攻击；还有1820年，桑浦生指挥的“波伊得号”上全体船员被杀的事；当然，还有1892年3月1日，酋长爱纳拉罗抢劫来自悉尼的英国双桅船“霍思号”，并杀害了很多水手，将水手的尸体煮熟吃了的事。

有着吃人爱好的毛利人所住的海岸，就是醉鬼哈赖指挥的“麦伽利号”正慢慢驶向的地方。

第三十七章
Chapter 37

暗礁丛里的“麦伽利号”

疲惫不堪的航程好像怎么都走不完。2月2日，“麦伽利号”已经行驶6天了，但还是看不到奥克兰的海岸。好在一直吹的是西南风，海水逆流，船也不会倒退，所以也算是件好事。汹涌的波浪让船时不时地掉进浪槽，但又不断地勉强驶出，而每个回合，都会让桅杆猛烈地摇晃。

经常醉醺醺的哈赖是个慢性子，他并不要求船走得多快，所以也没将帆拉得太紧，否则全船的桅杆都有可能倒下来。麦盖尔一直忧心忡忡，盯着船上那摇摇欲坠的零件，希望能尽快到达目的地，免得出什么意外。

由于一直在下雨，海伦夫人和玛丽小姐基本上都是待在舱里不出来。不过有时候，她们也会出来，即使淋湿衣服也不管。当情绪不高的两位女士回到船舱后，大家都想尽办法逗她们开心。巴嘉勒尔有几次还给她们讲故事，但收效甚微。

从家里出发时的信心百倍到现在归家时的垂头丧气，形成了极大的反差。

在这些人中，心情最不好的就是爵士了。他不管外面下没下雨，都会站在甲板上，只要见风停了，他便会拿着望远镜四处搜寻，仿佛想在大海上寻找点什么，他的脸上时不时地露出痛苦和不安的表情。一切对他来说，都已经是力不从心了。

麦盖尔寸步不离地跟在他身边。这一天，爵士在看了看一望无际的天边后，突然看到海面上的浓雾中出现了一个缺口。麦盖尔也看到了，便问他：“阁下，您是否在寻找陆地？”

爵士摇了摇头。

“我想，您是急着想离开这只双桅船。按理说，36个小时前我们就应该看到奥克兰的信号灯了。”麦盖尔说。

爵士还是不说话，他一直举着望远镜，将望远镜对准地平线，看了有1分多钟。

“陆地没有在那边，阁下可以望望右舷方向。”麦盖尔说。

“为什么要向右舷看？我可不是在找陆地，麦盖尔。”爵士叹口气说。

“那您在找什么，爵士？”

“找我的船，找我们的‘邓肯号’。我觉得它一定就在那里，在海面上干着海盗的勾当，罪恶深重！它是在那里，就是在那里，麦盖尔，告诉我，它就在澳大利亚和新西兰之间，我们能遇到它，一定能遇到。”爵士激动地说。

“希望上帝保佑我们不要遇到它！”

“为什么？”

“难道阁下忘了我们现在所处的环境了吗？要是‘邓肯号’来追我们，我们逃都没办法逃。”

“逃？为什么要逃？”

“爵士！难道您觉得我们可以不逃吗？不过话又说回来了，即使逃也逃不了，我们一定会被俘，一定会被匪徒摆布。本·吉奥兹一伙可是什么事都做得出来的，我们死倒没什么，我们可以流尽最后一滴血保护其他人，可我们死了该怎么办呢？您还要想想爵士夫人呀，还要想想玛丽小姐呀。”

“可怜的女人们！麦盖尔，你知道吗？我心痛死了。我有时候感到非常失望，甚至绝望。因为我觉得好像还有更大的不幸在等待着我们，老天好像在考验我们，和我们作对，我感到非常恐惧。”

“爵士！”

“我没有为自己害怕，我是在为我爱的人和你爱的人担心。”

“不要害怕了，爵士！从现在开始，我负责‘麦伽利号’，你负责察看‘邓肯号’，而看到它不是为了接近，而是为了躲开。”

麦盖尔说得没错，若是遇到“邓肯号”，他们这“麦伽利号”就要倒霉了，而在这片区域，正是海盗们横行的地方，所以遇上非常有可能。不过至少在这一天，他们并没有碰到“邓肯号”。

当天夜里，已经是他们从杜布湾出发的第6个晚上了，麦盖尔担心的事情并没有发生。

然而，这天夜里却很可怕，天空像蒙上了一层布，黑咕隆咚的。哈赖和水手们好像一下子从醉意朦胧中清醒了过来。哈赖走出船舱，一边揉着睡眼惺忪的眼睛，一边摇着肥厚的大耳深吸了两口清新空气，好像是在给自己解乏。然后，他看着桅杆。

风吹得更厉害了，同时风向也发生了变化，开始从西向东吹，将那条船往新西兰海岸的方向吹去。

哈赖大声叫骂那些水手，让他们赶快把帆落下来，并扯起了夜航帆。麦盖尔知道他的意思，却没说话。他不愿意和这些粗俗的水手说话。不过，为了安全起见，他和爵士还是不能离开甲板，他们不敢不盯着这只船。

两个小时后，狂风大作。哈赖把前帆收了起来，因为“麦伽利号”和美国船一样，是有两层帆架的。这项工作5个水手做起来并不困难。有了这两层帆，只要再把上层的帆落下来，那么前帆就能缩小到最小面积了。

狂风让风浪大了起来，“麦伽利号”的底部震动得特别厉害，如同撞在了岩石上。不等笨重的船壳涌上浪头，便又被打了下去。海水冲上了甲板，就连甲板左舷边的小艇也被冲得无影无踪了。

麦盖尔不安起来，浪头虽然不大，但如果换了别的船，还是可以随浪行驶的，完全不用担心。不过这只船却很可能会下沉，因为每往下沉一下，甲板上溅起的海水就会因为排水口没有排出而溢满船舱。

因此，为了预防万一。麦盖尔建议砍破舷板，让水更容易往外流，但这个建议却被哈赖拒绝了。这还不算什么，还有更大的危险在等着他们。当快要11点的时候，站在甲板下风处的麦盖尔和维尔逊听到了异响，他们本能地警觉起来。麦盖尔对水手说：“是回澜！”

“对！是海浪触到了礁石反弹回来了。”

“怎么也有400米吧！”

“最多还有400米就是陆地了。”

麦盖尔将身子探出了舷外，他观察着那片幽暗之地，大声说：“维尔逊，快测水！”

守在船头的哈赖丝毫没有意识到危险，维尔逊抓起测水钟，跑到了前桅的桅盘处。他抛下了铅锤，让绳子从指缝间流出，不过在溜了三段后，铅锤停了。

“只有3英寻[1]！”维尔逊说。

“我们钻进礁石丛了。哈赖！”麦盖尔对船主哈赖说。

哈赖无所谓地耸了耸肩。他走到了船舵处，将船舵不停地扭动，让它向着下风的船舷。此时已经非常危险了，维尔逊丢下测水钟，使劲去拉前桅的调帆索，并让船帆兜着风转了过去，同时又把哈赖推到了一边。而此时，哈赖还不知道维尔逊为什么要推他。

“就让风吹吧！放松扣帆索！”麦盖尔一边喊，一边掉转船头，让船避开了一块礁石。

半分钟之后，危险解除了。船开始往礁石缝里钻，天虽然很黑，但却能看见有条汹涌的白线正在离船约4英里的地方。

哈赖这才知道大祸临头了，惊慌起来，说起话来也是前言不搭后语，胡乱地发着命令。这一切都说明这个醉鬼被吓得失去了常态。他一直觉得陆地离船还有二三十公里，一切都平安无事。

谁知靠近陆地的也有险滩，海浪将船打出了他平常走的路线。真是经验主义害死人啊！

其实此时他还不知道，麦盖尔已经采取紧急措施，将船驶离险滩了，但糟糕的是无法搞清方向，所以船很可能只能在礁石圈漂荡。

风依然在向东方吹，船也颠簸得越加厉害了。船头和船尾随便落下哪一头，都有可能触礁。果然很快，暗礁越来越多，他们必须将船来个大转弯，逆风行驶到没有暗礁的水面才行。

不过，像这样一条不稳当的船，帆面缩得又小，想要让它急转弯很难，但也可以尝试一下。

“把船舵转向下风船舷！”麦盖尔朝维尔逊大喊。

“麦伽利号”慢慢地接近暗礁，很快，海浪打在了水下的岩石上，飞起很大的泡沫，泡沫在浪头发出明晃晃的白光，像一片磷光罩在了浪头上。大海也开始咆哮、怒吼。

维尔逊和穆纳爬在舵盘上，可舵已经转到了底部，不能再转了。就在这惊险

---

①海洋测量中的深度单位。1英寻约等于1.8288米。

的一瞬间，随着砰的一声响，“麦伽利号”撞在了岩石上，支索断了，前桅也变得不再稳定。受了这样损坏的船，还能不能转过头来呢？

不能了！因为一个高浪打过来，将船推到了暗礁上方，随即又往下掉，“麦伽利号”重重地摔在了礁石上，一动也不能动了。

船舱里的玻璃被震烂了，船上的人也都跑到了甲板上。由于海浪一直在冲洗着甲板，所以情况非常危险。麦盖尔知道船已经深深陷入到了沙里，所以叫爵士他们回到船舱去。

“到底发生什么事了？这船怎么了？”爵士问。

“沉肯定是不会沉，不过海浪会不会将船打散，这就难说了。幸好我们还能想出办法来。”麦盖尔说。

“放小艇下海不行吗？”

“等天亮再说吧！现在天太黑，浪也大，又不知道哪里是陆地。”

此时，哈赖就像疯了一样，在甲板上来来回回地跑着。他的手下，那些水手在惊慌了一会儿后，也开始破罐子破摔，用酒精来麻醉自己。麦盖尔怕他们喝醉了闹事，但要是想靠那疯了般的哈赖制止他们，显然也不可能，因为那个疯子醉鬼正在心里打着算盘，计算这次会让他损失多少，是否能够获得保险公司的索赔。

麦盖尔没有去打扰他，而是让同伴们武装起来，随时准备和喝得烂醉的水手们的骚扰作斗争。此刻，醉鬼们正在甲板上哭爹骂娘，说着脏话。

“你们要是敢跑到船舱去，我会像打狗一样将你们打死。”少校说。

喝醉的水手们被少校那严肃而凶狠的话语吓住了，一溜烟跑了。这时候，麦盖尔才耐心地等待天亮，不再担心醉鬼闹事。

风停了下来，海浪也平静了，陷在沙子里的船一动不动。麦盖尔想在太阳出来后，寻找能够上陆地的地方。此时，船上唯一的交通工具就是一个吊在右舷上的小划子。小划子很小，一次只能坐四个人，所以想要把他们全都运到陆地上，怎么也要跑四趟。

伏在舱篷里的麦盖尔，极力想要透过黑色暗夜看到些什么。他在心里盘算，如果这里离海岸比较远，那么那只划子是否禁得起跑三趟运人？他竭力地想着，期盼着东方早点吐出鱼肚白。

对麦盖尔一直都很信任的两位女士回去休息了，男士们听不到醉鬼的叫声，精神也恢复了。静悄悄的船上，就像在沙滩上睡着了般一动不动。

等到天蒙蒙亮时，已经是凌晨4点，麦盖尔站在了甲板上。此时，大地已经渐渐开始泛白，天边也有云朵出现。广阔的天空有晨雾浮现，还有一丝亮光如灯塔般在山峰闪耀。山峰完全遮住了他的视线，所以无法看到初升的太阳。

在大约15公里远的地方，他看到了陆地。

“有陆地！”麦盖尔大叫。

大家被麦盖尔的叫声惊醒，全都跑到了甲板上，一起望着天边出现的海岸。不管这个海岸上住着善的还是恶的人，他们都必须去，因为那是他们唯一逃难的地方。

“哈赖去什么地方了？”爵士问。

“不知道，爵士！他和那几个水手不知跑去哪里了。”麦盖尔说。

“马上找到他们，不能丢下他们不管。”仁慈的爵士一向都是这样。

大家找遍了船上的水手间、中舱和下舱，都没有他们的影子。

“会不会掉到海里了？”巴嘉勒尔问。

“很有可能！”麦盖尔担心地说。

说完，他走向了船尾。

“我们找划子吧！”他说着话，和维尔逊、穆纳一起想放划子，没想到却找不到划子了。

第三十八章
Chapter 38

浮不起来的船

7

原来，趁着天黑，哈赖和他的水手利用船上唯一的小划子逃跑了。

“这群自私的家伙跑掉就跑掉吧，免得给我们添麻烦。”麦盖尔安慰爵士说。

“是的，我们船上多得是勇敢的人。今后，麦盖尔就是‘麦伽利号’上的临时船长，我们都做你的水手，听从你的指挥。”

爵士的话引得大家哈哈大笑。年轻的船长麦盖尔看了看大海，又看了看那残缺不全的船桅说：“现在我们想脱险有两个办法，第一个办法就是把船弄出来，然后开到海里去；第二就是做木筏上岸。”

“如果能将船弄出来，当然是最好的了。”爵士说。

“这船损坏的程度怎么样？”海伦夫人问。

“我觉得应该不是很厉害，夫人！我们可以在船头装一个临时桅杆，让它代替前桅的作用。这样虽然走起来慢，但怎么也会到达目的地的。”

“那我们就先检查一下船损坏的程度吧！”少校说。

爵士、麦盖尔和穆纳用了3个小时的时间，把货舱里的皮革移开，然后将一部分丢在了海里，以便减轻船体的重量。在彻查船底时，他们发现船左边靠近腰板的地方有裂口，幸好“麦伽利号”一直在向右倾斜，裂口正好对着天空，所以海水没有从那里流进去。维尔逊在那裂口处又塞了一些麻线，并打上了一个铜补丁。

底舱里灌进去的水不多，用抽水机很容易抽干，这又能减轻一些船的重量。

在检查船的壳时，麦盖尔并没有发现船上有因为搁浅而受到的大损伤，不过副龙骨有一部分嵌在了沙里，他们必须要想办法弄出来。

维尔逊在检查完船的内部后，又去了船座，确定了船搁浅的沙地的部位。

所有的事情都做完了，现在只需想办法将船弄出来。太平洋涨潮的水位并不高，不过即使这样，麦盖尔还是想利用涨潮的浪头将“麦伽利号”冲起来。但做个临时桅杆也是需要很长一段时间的，所以正午涨潮时并没有赶上。他们只好再仔细观察水势对船头的影响，以便等下次涨潮再试。

计划好后，大家开始着手准备，麦盖尔让人将桅杆上剩下的帆全都卷了起来，然后又落下主帆、副帆和顶帆。机灵的小罗伯尔像只猫一样蹿上了桅杆，大胆地做起了见习水手的工作，为这次的尝试立了大功。

接下来要做的就是抛锚。他们需要在船的后面，也就是龙骨方向抛一个或两个锚，以便在船尾涨潮时浮起来。其实，现在如果有个小划子就好多了，没有的话，他们也只能用前桅断掉的木头和空酒桶做木筏，以此作为运锚的工具。而只要在他们抛锚的时候，吃得住底，那么船浮起来就有希望了。

想好了对策后，他们开始做木筏。做木筏的时候，船上的所有人都参加进来了。他们先用斧头砍断了系着索的前桅，然后又让残桅倒下去，接着将桅盘取了下来。

麦盖尔主要想用空桶托桅盘，然后做成一个桅盘筏，这样空桶就能增加浮力了。而当桅盘筏上装上一个橹后，整个桅盘筏也就好操作多了。

造筏的工作仅仅只做了一半，正午就到了。麦盖尔让爵士带领大家继续做筏，自己则去测算地理位置。为了方便测地理位置，麦盖尔去了哈赖的房间，从那里找来了一本格林尼治天文台年鉴和六分仪，透过六分仪上的望远镜，他能看到地平线，这样也就能测算出数据了。不过没想到，北面有块陆地延伸到海洋，将那地平线遮住了，根本没办法测算。

既然这样，他就必须用人工地平线来代替。而要做人工地平线，通常要用一个装满水银的大平盘来测量。没有水银的话，还可以用流质的柏油来代替。麦盖尔知道了新西兰西岸的经度，所要测的只是它的纬度。

首先，他用六分仪测出了太阳从子午线到地平线的距离，测出的结果是68分30秒，由此也就知道太阳和天心的距离是21分30秒。由于两个数据加起来是90度，所以再根据格林尼治年鉴，就能得出纬度值，也就是38度。

由此确定，“麦伽利号”的方位是东经171度13秒和南纬38度。

麦盖尔又看了一下地图，发现“麦伽利号”现在已经偏离原航线一个纬度，稍稍偏南了，所以现在他们必须向北航行一个纬度才能到达新西兰的都城。

在把方位测定好后，正好是12点15分。大家站在甲板上，焦急地观察着“麦伽利号”的动静，他们期待它能在浪潮的作用下，从沙地里浮起来。不过，虽然船下发出了嘎啦嘎啦的声响，但最多只能说明船在颤动，船身依然纹丝不动。

下午2点的时候，锚被放在了造好的木筏上。麦盖尔和维尔逊在船尾系了一条细铁链，登筏抛锚。借着涨潮，木筏漂到了船后，并在距船约100米，水深大概10英寸的地方抛了锚。锚吃住了海底，他们又运主锚，将其抛在离水深12英寸的地方。

把这些准备工作做好后，只等涨潮最厉害的那刻到来了。麦盖尔既激动又高兴，夸奖了水手们几句，并重点夸奖了巴嘉勒尔，开玩笑说只要他好好干，以后会提升他做水手长的。

此时，奥比尔已经做好了饭，目的是让大家吃得饱饱的，好有精神干活。饭后，麦盖尔又把各方面都检查了一番。因为想要把一个搁浅的船弄出来并不是一件容易的事，所以他不能粗心大意，否则会前功尽弃的。

为了让船上的重量减轻，麦盖尔又让人把船上的大部分货物扔进了海里，并将船上比较有重量的皮捆子、松段、备用帆架和几吨生铁全都放到了船的尾部，以便压住船尾，帮助船头翘起。同时，他们还把很多空酒桶滚到船尾，然后又往里面装上了水，以便加强船头的浮力。

这些事情做完已经是半夜了，全体人员累得腰酸背痛。此时的风力在慢慢减弱，大家观察着云层的颜色和形状，发现风向有所变化。麦盖尔将这个情况报告给了爵士，并提议暂时休息，等第二天再说。

他说：“第一，我们都太累了，没有力气肯定做不好这件事；第二，如果船浮起来了，我们在黑暗中也很难让船在暗礁堆里穿行；第三，看云层情况，明天会刮西北风，这可能是老天在帮我们，所以我们要把桅杆上的帆张起来，逆风而行，这样帆力就能将船浮起来了。”

麦盖尔的理由非常充分，这让船上性子最急的爵士和巴嘉勒尔也不得不同意。这一晚上，他们轮流值班，护船看锚，一整夜就这么平静地度过了。

一切都没出麦盖尔的预料。天亮了，西北风也刮起来了，而且越刮越大。大家全都集合起来，做好了张帆的准备。由于他们想利用的满潮还没到达，所以就在船头装上了便桅，以便替代前桅，这样一来，船漂起来的话，也就能驶离这片险滩了。

在将大大小小的帆全都升上去之后，潮水开始上涨。浪头一个接一个地打了过来，原本裸露的礁石渐渐看不见了，就像一个个的海怪，回到自己的老巢一样消失不见了。

艰巨的工作马上就要开始了，这种等待的焦躁感侵袭着他们每个人的心灵。也许因为过度紧张，每个人都很严肃，一句话都不说，静静地等待着命令。麦盖尔聚精会神地观察着潮势，盯着被他们拉得很长很紧的铁链。

1点钟的时候，潮水涨到了最大值，这时，麦盖尔一声令下，大帆主帆一起被拉了起来，风力被兜起来了，鼓在桅杆上。

“快转绞盘！”麦盖尔大声喊道。

绞盘上装着摇把，大家拼命地摇着，两条粗大的铁链在绞盘的强力转动下被拉得笔直。锚由于在海底被吃得太紧，转起来并不容易，而想要开船成功，必须转得快才行。此时，风更大了，帆全都鼓了起来，贴住了桅杆，将船拼命往外推。

大家感觉到了船的颤动，船好像就要浮起来了。

此时，如果再有人能帮把手，说不定船就能从沙滩里浮出来。

“海伦，玛丽，过来帮忙！”爵士喊。

两个在旁边紧张握拳的女士急忙跑了过来，和大家一起用力。绞盘轮子上的掣子再次响了一下。不过也只响了一下，便不再响了，因为绞盘再也转不动了，那只桅船一动不动。这也就说明，他们全部的努力宣告失败。

潮水开始下降，不过，就是风再大，浪再高，这船也还是浮不起来。

既然第一种方案失败了，那么他们就必须执行第二种方案，也就是丢下这只船。因为他们如果想在这只船上等别的船来拯救，未免太可笑了。

这种地方其他船只根本不可能来，人家的船长和水手又不是酒鬼。何况就算是真能等到一只船，想必那“麦伽利号”也早被海浪打成碎片了。

在这种情况下，如果有大一点的风暴，船很可能被打得在沙滩上摇摆，船肯定也会散架。如此看来，船散架不可避免，所以麦盖尔决定在船散架之前，尽快登陆。

麦盖尔建议扎个“浮台”。“浮台”是船员的术语，其实就是造个木筏，一个坚固结实的木筏，能够装上足够的粮食去新西兰海岸的木筏。这时候，一切的讨论都是多余，决定了就必须尽快执行。

晚上，他们的造木筏工作差不多要完工了，但因为天黑，他们不得不停下来。

吃过晚饭，海伦夫人和玛丽小姐回舱里休息，巴嘉勒尔和其他人在甲板上走来走去，谈起了一些严肃的问题。小罗伯尔一直跟在他们身后，这个勇敢的孩子一直聚精会神地听着，像个大人一样，想为即将到来的危险贡献一分力量。

巴嘉勒尔问麦盖尔可不可以在附近着陆，这样就能沿着海岸走到奥克兰去了。麦盖尔没有回答他，因为他不想让巴嘉勒尔失望，不想告诉他，走路几乎不可能到奥克兰。

“木筏到不了岸，那用双桅船上的小划子可以吗？”巴嘉勒尔问。

“当然可以，不过必须要在白天划才行。”

“看来，那自私胆小的坏家伙们肯定是扔下我们去奥克兰了。”

“不要再提他们了。那些没有道义的醉鬼，说不定已经掉在海里喂鱼了呢！”

“要是掉海里了也活该。谁让他们把划子划走不顾我们的？”

“不要再提这些事了，过去的还提它干什么？很快我们也会坐木筏离开的。”爵士说。

“我们不能就近上岸！”巴嘉勒尔说。

“什么？仅仅走30公里你就怕了？”爵士说。

“怎么会呢，爵士！我知道我们可以走过去，我从不怀疑我们的毅力，就连两位女士我都不怀疑。30公里，在其他地方，绝对不算什么大事。可是在新西兰不一样。你们不要认为是我胆小。如果穿越美洲、澳大利亚大陆，我举双手赞成。不过我要重复一句，我们千万不能就近登陆。”巴嘉勒尔严肃地说。

“为什么？”爵士问。

“因为这里的毛利人，也就是土人太可怕了。”巴嘉勒尔说。

“土人不用害怕。我们都全副武装，怕什么，就是来几个土人袭击，我们也不怕。”

“不是几个土人的问题，是新西兰土人结成了一个个可怕的部落，他们反抗英国的统治，一直在和侵略者作斗争，而且常常会战胜，然后将敌人吃掉。”巴嘉勒尔说。

“什么？这里的土人会吃人？”小罗伯尔大惊。

随后，小罗伯尔又喃喃自语道："姐姐，海伦夫人！我害怕！"

"好孩子！不用怕！"爵士安慰他后，又对巴嘉勒尔说，"我的朋友，你是不是说得太夸张了？"

"我说得一点都不夸张，爵士！罗伯尔是个大人了，我们不可能瞒他，我们应该让他知道这些。"

巴嘉勒尔说完，停了一下又说："你觉得新西兰的人都很慈悲？去年的时候，有个英国人在离奥克兰只有几公里的地方被残忍地杀害了，这个英国人叫瓦克拉。而且这些土人还是在英国官方眼皮底下杀的人。"

"算了吧！这些故事一点都不真实，旅行家经常把一件平常的事形容得惊险万分，恨不得说自己是从土人肚子里逃出来的。"少校说。

"没错，我也知道，有些话是有水分的，不过还有很多说法是可靠的，比如说牧师肯达尔、马德逊，船长狄龙、居威、拉布拉斯等等，难道我们也不相信他们的话吗？毛利人的酋长死了，他们会杀人来祭天。他们还会用人做供品，说这样可以平息死者的怨气。不拿人做供品，死人的怨气就会发泄到生人头上，而且他们还觉得杀人祭奠死者是在给死人送仆人。最后，他们会把祭奠死者的人吃掉。所以说，杀人祭奠风俗的成分少，吃人的成分多。"

巴嘉勒尔说得没错。在新西兰、斐济岛或托雷斯海峡，吃人已经变成了一种风俗了。不过，说到底吃人也是因为食物缺乏，填不饱肚子才会这样的。后来，这种残忍的风俗也就被定成了教规，赋予了神圣的意义。从此以后，吃人由只为填饱肚子变成了一种礼仪，这就是吃人风俗的演变。

在毛利人眼里，吃人很平常。此外，他们还觉得吃敌人是在给自己积蓄力量和勇气。同时，因为这些能量会聚集在大脑，所以在吃人时，人脑就是他们的主菜。

巴嘉勒尔认为新西兰的土人之所以吃人主要是因为饥饿，所以不但大洋洲那些不开化的野人会这样做，欧洲也有这样的土人。于是他说："吃人的风俗在最文明的民族中也曾出现，并不是只有几个特殊人士才这样。而这些吃人的人，大多存在于苏格兰的祖先中。"

"是这样吗，巴嘉勒尔先生？"少校不相信。

"当然是这样了。不会错的，不信你看看圣·哲罗姆描写的苏格兰阿提考利人吧，看了你就知道自己的祖先究竟是什么样的人了。而且你不用去远古找，就在伊丽莎白时代找，莎士比亚笔下的索内·宾就是一个苏格兰土匪，因为吃人肉而被判死刑。为什么吃人？是宗教吗？宗教不会教人吃人的，是因为饥饿，饥饿让他们没有了人性。”巴嘉勒尔说。

“难道真是因为饥饿？”麦盖尔问。

“那当然，在这飞鸟走兽很少的地方，就是打猎也打不到什么，他们便只好吃人了。而且这些地方还有专门吃人的季节，就像文明国家有打猎季一样。在那吃人的季节所谓的打猎，其实就是部落与部落之间的战争，战败者就成了战胜部落的菜了。”

“照你这么说，巴嘉勒尔，吃人的习惯只有在新西兰到处都是牛、羊、猪等牲畜的时候，才会灭绝吗？”爵士问。

“那是当然了，爵士！”

“那么他们是怎么吃人的？是生吃还是煮熟了吃？”少校又问。

“少校先生！你为什么要问这个？”小罗伯尔惊慌万分。

“孩子，一定要问清楚，要是他们真要吃我的话，我还是希望他们把我煮熟了再吃。”

“为什么？”

“这样他们就不至于活剥我了呀！”

“少校，你想得美！不过就是把你放在锅里煮，不是也很难受吗？”巴嘉勒尔说。

“唉！算了，反正怎么都是死，在活剥和活煮之间，我就不选择了。”

“少校，老实告诉你吧！新西兰人吃人肉，一定会煮熟或烤熟的。对人肉的烹饪，他们可是行家。不过，要我说嘛，一想到要被人吃掉，我就不舒服。把自己送进未开化的土人的肚子里，真是太不划算了！”巴嘉勒尔说这些的时候，看起来非常认真。

“一句话！我们绝对不能落到毛利人手里，对吗？”

第三十九章
Chapter 39

新西兰的反殖民斗争

地理学家所说不虚，新西兰土人吃人的事也不用怀疑。所以，就近上陆确实是有危险的。不过待在船上更危险，因为“麦伽利号”很快就会被风浪打坏，想要等来往的船解救是幻想，所以他们必须离开。

这里不可能有船只来往。所有来新西兰又想找地方靠岸的，不是在奥克兰就是在新普利默斯，“麦伽利号”现在搁浅的位置正好在那两个地方之间，而且正是伊卡纳马威海岸最偏僻的地带。

同时，这一地带也是土人窝，所以他们逃上岸后，必须尽快走开，而且越快越好。

“我们什么时候出发？”爵士问。

“明天早上10点钟吧，那时正好是潮水上涨的时候，潮水会将我们带上岸的。”麦盖尔说。

第二天，汇聚全部人心血的木筏造好了。不过木筏太小，装不下全部的人和食物，他们必须再造一个。造一个既能经得起风浪，又能便于操纵的木筏，而造木筏的工具自然就是桅杆了。

他们马上把支帆索砍断，大桅从右舷栏杆处倒了下来，掉进了海里，而那栏杆也随着嘎吱声，倒了下来。在将大桅砍倒后，“麦伽利号”船面就变得光秃秃的了。在大桅被锯成三段后，木筏的骨干也就有了。

他们又把前桅的断料同大桅结合起来，这时候，所有的松段都结实地联结在一起。细心的麦盖尔还将木料间装上了六只空桶，以便增加木筏的浮力。把基础做好后，维尔逊又在木筏上铺上了舱口的格子框，这样木筏上就有了漏空地板，而当浪头打向木筏时，也不会停在木筏上面。

最后，他们又将挡水板紧紧地钉在木筏的周围，以便阻止海水溅到木筏的面上。

这天早晨是顺风。麦盖尔见能够利用风当动力，便又架起了一个桅杆，四周还用支桅索拉紧，并在桅上挂起了便帆。同时，他们还在木筏后部安上了一个宽掌舵，以便在风浪大的时候操控方向。

就这样，一个新型木筏做成了。9点钟的时候，他们开始往上装食物，所装的食物足够他们食用到奥克兰了。接着，他们又把贮藏室的一些粗粮、劣质饼干及两桶咸鱼装了上去。装那些东西的时候，因为看上去质量太差，厨师长奥比尔都有些难为情。

食物是装在封闭的木箱子里的，以便防止水渗进去。接着，他们又将枪械弹药装了上去，好在他们有短枪，需要用时也很方便。同时，他们还装上了一个便锚，之所以装便锚就是为了预防无法使木筏一次到达岸边，在海里停泊时用。

10点钟的时候，潮水开始上涨，风也从西北边吹来，并在海面上荡起了浪花。

“大家准备好了吗？”麦盖尔大声问。

“准备好了！船长！”维尔逊说。

“那就上船！”麦盖尔大喊一声。

大家很快就爬上了木筏。穆纳一下子砍断缆绳，张起帆，木筏在风力及潮湿的推动下向陆地进发。

他们离岸有5公里左右。如果是个划子，用不到3个小时就能到达。但他们所用的木筏就很难说了。如果风势不减，说不定一个涨潮就能将他们顺利送上岸；但如果风停了，潮也落了，那么他们就必须停下来，等第二次涨潮时再来。

当然，大家希望一次就能成功。

风越来越大。刚开始的时候，木筏航行起来很快，黑色的礁石和黄色的沙滩很快就在波涛中淹没了。为了避免触礁，他们的注意力高度集中，生怕出现一丝差错，导致木筏的航行方向发生变化。

中午的时候，他们距海岸还有2.8公里。天气晴朗，大家隐隐看到了陆地的样子。东北边耸立着的高峰有800米左右，它的侧影像极了一只仰着脖子的猴子，龇牙咧嘴的。那座山叫比龙山，非常有名，从地图上看处在南纬38度的地方。

12点的时候，巴嘉勒尔再让大家看时，发现所有的礁石都不见了。

“还有一个礁石呢。”海伦夫人突然说。

“哦？在什么地方？”巴嘉勒尔问。

“你们看，在那里！”海伦夫人用手指着。

大家朝她指的方向看去，发现1海里之外的地方有个小黑点。

“还真是，我们可要记住它的方向，等会儿潮水淹没它了，我们看不见的话，很可能会触礁的。”巴嘉勒尔说。

“维尔逊，那块礁石正对着北边山，划的时候要注意，离它远点。”麦盖尔嘱咐维尔逊。

为了控制方向，维尔逊全力压住木筏的后舵。不过奇怪的是，走了半公里了，那黑点依然浮在海面上。麦盖尔拿起望远镜朝那黑点看了看说：“不是礁石，是浮着的一个东西。”

“会不会是船上的桅杆？”海伦夫人问。

“不会！桅杆不可能飘这么远。”

“别急，让我看看！”

麦盖尔仔细看了看后，惊讶地说：“是小划子。”

“啊？是双桅船上的小划子？”爵士也很吃惊。

“没错，小划子现在底朝天了。”

“太不幸了，想必上面的人都死了。”海伦夫人叹息道。

“他们是晚上走的，那时候天黑浪大，就那么在暗礁里穿行，很危险的。”麦盖尔说。

“愿上帝可怜可怜他们吧！”玛丽小姐喃喃道。

木筏上的大家都沉默下来。

之后，他们离小划子越来越近，很明显，小划子是在距离岸边约2公里的海面上翻掉的，小划子上坐着的人，一个都没能逃出。

“向小划子靠近，说不定它对我们有用。”爵士说。

穆纳站在木筏的前部，挡住了划子，不让它撞上木筏。翻了的划子在风的吹拂下，悠悠地漂着，离他们越来越近。

“是空的吗？”麦盖尔问。

“没错，船长，是空的。舷裂开了，对我们没什么用。”维尔逊说。

“难道一点用处都没有？”少校问。

“没错，也许能当柴火烧。”麦盖尔说。

“太可惜了，如果小划子不破的话，还能带我们去奥克兰。”巴嘉勒尔叹气道。

“小划子坏了，这么大的浪，还是坐木筏更安全一些。小划子轻轻一撞就会碎的。爵士，我看我们就不要在这里停留太久了！”麦盖尔说。

“由你决定！”爵士回答。

“维尔逊，我们沿海岸前行。”麦盖尔下命令道。

看情形，潮还要涨1个小时。木筏因此又趁着潮势向前走了1公里。不过这时候风完全停了下来，甚至还有微微的逆风在吹，因此木筏不动了。过了一会儿，随着涨潮，木筏甚至开始后退。麦盖尔没有丝毫迟疑，马上命令停泊。

穆纳早就想这样了，所以很快将锚抛下，锚落在了海底约5英寸深的地方，木筏在倒退了4米后，把锚缆拉得更紧了，帆也被卷了起来，大家都做好了停泊一段时间的准备。

陆地就在不到2公里远的地方，他们看都看得到，但又可望而不可即。潮水会在晚上9点钟以后再次涨起来的，所以麦盖尔觉得既然不准备晚上划行，那就必须停到凌晨5点。

海水汹涌，浪头被掀起很高，一浪一浪地涌上了岸。爵士问麦盖尔为什么不利用这种浪头前行，说不定很快就能将他们送上岸。

麦盖尔说：“阁下，您是被光学现象迷惑了，浪头看起来是在运动，其实并没走，流动的只是水分子而已。不信您将木板丢在海里试试，它一定会停在海面上不动的。所以我们只能耐心等待了。”

“那就先吃晚饭，晚饭后再说。”少校说。

于是，奥比尔拿出了几块干肉和10块大饼干。让大家吃这种东西，奥比尔很不舒服。不过大家似乎吃得很香，虽然海浪将木筏颠得一上一下，但女士们也吃得津津有味。

一个又急又大的浪扑了过来，木筏动荡得更厉害了，有人甚至以为木筏已经触礁了。缆绳拉得越来越吃力，怕绳索被拉断，麦盖尔便每隔半个小时，让人放1英寸，让木筏随水流漂一会儿。

慢慢地，麦盖尔着急起来，不管是缆绳断了还是锚滑了，都会产生不可想象的后果。此时，天慢慢黑了下来，太阳只剩下微弱的影子，在地平线后面缓缓下沉。水波向西方微微荡着，像银片般撒在了海面上。远远望去，有个黑点在茫茫的海面上出现，那是搁浅的“麦伽利号”，它一动也不动。

好像从黄昏到夜晚只用了几分钟时间。很快，横亘在东面和北面的陆地就那么在夜影中消失了。

大家挤在窄小的木筏上，心急如焚。有的睡着了；有的迷迷糊糊；有的心乱如麻，即使睡着也做着噩梦；有的则一夜未曾合眼。天亮的时候，大家站起身活动了一下筋骨，都是疲惫不堪。

随着涨潮，风又起了。早晨6点钟的时候，麦盖尔急忙安排划木筏，不料情况发生了变化，锚由于嵌在沙里太深，即使木筏上装有滑车，依然拔不出来。

麦盖尔只能命人砍缆绳，让它永远沉进海里。不过，如果这次涨潮不能将他们送上岸的话，他们中间也无法停泊。

帆又被张了起来，木筏慢慢地向陆地浮去。在晨曦中，远处出现了浅灰色黑影。行驶中，他们遇到了很多礁石，但都巧妙地绕过去了。不过目前海风不稳，想要靠岸并不是件容易的事。

9点钟的时候，他们离陆地还有不到1公里的距离。他们看到了岸上的沙滩，还看到沙滩很陡，所以必须在沙滩中找到一个停靠的地方。风越来越弱，最后停了下来。帆耷拉着，拍着桅杆，这倒成了木筏的累赘。麦盖尔马上让人将它取了下来。

现在，只能靠涨潮将木筏冲到岸边了。不过，这不仅会让方向无法控制，而且因为大面积海藻的阻碍，会让木筏无法前行。

10点钟的时候，麦盖尔见木筏差不多不动了，而岸边又近在咫尺。想停吧，没有锚。等会儿遇到落潮，很可能木筏又会被冲进海里去的。麦盖尔急得团团转，手足无措起来。

幸运的是，木筏像是突然撞到了什么，停下了。原来是搁浅在了离岸仅有25米的沙滩上。

几位男士急忙跳进水里，将木筏用缆索固定在了一块礁石上。两位女士则被大家举起，递着送上了岸，这让她们的衣服上一点水也没沾。很快，他们的武器、粮食也都到了这片骇人的海滨。

爵士虽然很想一点时间都不耽误地向奥克兰进发，不过从早晨开始，天空就阴云密布，等他们下了木筏，天空已经下起了雨。所以继续前行肯定行不通，他们必须找个避雨的地方。

好在维尔逊很快就在海边寻找到了一个被海水侵蚀形成的天然深岩洞。大家也便带着粮食和武器进去了。他们将原先被海水打进来的成堆的海藻做成了天然的床铺，然后躺下休息。洞口还有几块干木头，大家点着，烤干了衣服。

麦盖尔原本以为这雨会来得快，去得也快。没想到一下就下了好几个小时。风也在猛烈地吹着，大家只好耐心地等待。

没有任何交通工具，如果此时在外面乱跑，必定是疯子才会做的事。而且奥克兰并不算很远，只需几天就能走到。对他们来说，如果不遇到新西兰土人的话，他们晚个一天半天都没关系。

在熔岩洞里休息的时候，他们谈起了新西兰的战争。为了让大家更清楚地明白他们即将面临的危险，这里有必要介绍一下北岛上的流血事件。

这事发生在1642年。当时，塔士曼到达库克海峡后，新西兰这个地方便经常有欧洲船只来往，但仅仅只是生意往来，这里的人依然可以悠闲地过他们自由自在的生活——没有一个欧洲国家想要占领这些分布在太平洋上的岛屿。

后来，有些来自英国的传教士，不断灌输一些思想，希望新西兰的酋长接受英帝国的统治。上当受骗的酋长们便给维多利亚女王写了封信，要求受她的保护。那时候，酋长们根本没想到这是一个圈套。不过，有个人预言说："以后我们这片土地就要被外国人占领，不再属于我们了，我们要变成他们的奴隶了。"

1840年，"先驱号"军舰开到了伊卡纳马威岛北部的群岛湾。舰长霍波逊下船到克罗那勒卡村，招呼全村村民到教堂开会，并在那个会上宣读了英国女王的委任状。

第二年的1月，新西兰的一些主要酋长被召集起来开会，霍波逊想让他们出卖土地，说他们得到了英女王的保护，而且还得到了自由，所以土地就该是英国女王的了。最开始的时候，那些酋长的意见分歧很大，但最终还是没有能经受住花言巧语以及金钱的诱惑，承认了领土属于英国。

此后，从1840年到"邓肯号"离开克莱德湾，整个局势没有巴嘉勒尔不知道的，所以他也打算毫无保留地告诉大家。

“我曾听说新西兰人民是非常勇敢的，虽然他们做了让步，但也只是短时期的让步。之后的抵抗也正说明了这个问题。新西兰的毛利族是个大部落，在他们推选酋长时，都是英勇善战的人当选。同时，这个民族的人全都身材高大，英勇无比，比如有个叫希熙的酋长，他的英勇善战甚至能超越法兰西古代的名将威森杰托利。而现在，在伊卡纳马威岛，酋长桑谆逊仍然在率领民众为保卫国土斗争，战争可以说一直就没断过。”

“英国人不是已经控制新西兰了吗？为什么还会这样？”麦盖尔问。

“控制是没错，霍波逊舰长曾做了岛上的总督，而且还在一些条件较好的地方建立了殖民区，总共有9个，人口也超过了18万零346人，很多商业城市也都在各个地方出现。而北岛上也有了新普利默斯、阿呼昔利、惠灵顿等城市，这些城市非常繁荣，而且常有船舶往来。在南岛，还有号称新西兰的花园、赛过法国蒙伯烈的纳尔逊，库克海峡上的皮克敦、克赖斯特彻奇、英佛加尔及尔、都内丁……所有的这些城市，全都有一个特点，那就是无法判断它的优势和劣势。当然，这些城市并不是土人的村落，也不是木棚遍地，而是有码头、教堂、银行、船舶、植物园、风土研究所、报馆、医院、慈善社团、神学院、帮会组织、俱乐部、合唱团、剧院、万国展览馆……总之，和伦敦、巴黎没有多大差别。今年，这里还有全世界的工业品展览，也许现在展览正进行得火热。”

“太奇怪了！跟土人还在打仗，怎么能开展览呢？”海伦夫人惊讶道。

“英国人怎么可能在乎战争？打仗不可能让他们害怕，他们可以一边打仗，一边开展览。甚至他们还有可能在土人的枪口下修铁路。”巴嘉勒尔说。

“那战争的情况怎么样了？”麦盖尔问。

“我们离开欧洲都有6个月了，所以之后的事情我也不太清楚。不过，穿过澳大利亚时，我们应该能从报纸上了解一些情况，说不定会说北岛的战争正打得火热。”

“那这战争是从什么时候开始打起的呢？”玛丽小姐问。

“战争是从1863年开始的。不过，在这之前，毛利人早就想摆脱英国的殖民统治了。有些部落还把老巴塔图推举起来做国王，甚至还将威卡陀江和隈帕河之间的村子当国都。

“不过，他们推举起的只是一个胆小而狡猾的老头，好在他的首相很精明。首相就是桑浦逊，而这次的战争，也就是他带领大家打的——他的优势在于对军队的组织和管理上。所以在他的建议下，一个塔腊基省的酋长就能把很多零散的部落统一起来。而另一个威卡陀的酋长则又组织了一个土地大同盟，旨在阻止土人将土地卖给英国政府。英国政府对此很是担忧，也曾在报纸上登了这个消息。更重要的是，土人们的战争水平越来越高，双方的矛盾也越来越尖锐。”

“那么战争的导火索又是什么呢？”爵士问。

“这说起来就复杂了。说是一个土人将新普利默斯附近的5000亩土地卖给了英国政府，不过那经纪人来接手时，酋长金基不愿意了，他在土地上安营扎寨，日夜守卫。几天后，高尔德上校又带兵硬占此地，于是一场战争就爆发了。”

“那么，毛利部落里的土人士兵多吗？”麦盖尔又问。

“不多，近100年来，毛利族人口在不断减少，现在两岛加起来也不到9万人吧，其中有3万名战士想必还能和对手交手。”

“那么他们赢了吗？”海伦夫人接着问。

“赢了，夫人。英勇善战的土人，战斗力让英国人都觉得吃惊和佩服。新西兰土人是非常会作战的，特别擅长打游击战。他们时常采用挨个歼灭敌人的方法，而且还专门抢夺移民的财产。当时，卡麦龙将军曾率领部队在丛林里搜索，但搜索得很是吃力。

“1863年，毛利人在一次战争中，占领了威卡陀江上游的一座要塞，那里地势险要，在一个陡峭的山头上，外面有三道防线。很多酋长号召土人保卫领土，并说一定会消灭白种人。而卡麦龙将军的3000名手下，个个凶残万分，他们捉到俘虏后，没有一个不杀死的。

“桑浦逊原来只有2500名战士，最后增加到了8000名。土人在抗战中，连妇女儿童都是要加入进来的。不过最终他们领土失陷，那里也成了一片焦土。在那场战争中，曾涌现出了很多激动人心的故事。比如有一次，400名毛利人守在了俄纳甘堡垒里，在被卡莱将军的1000人包围后，他们即使在不吃不喝的情况下也不投降，最后还杀出一条血路，逃到了沼泽地里。”

“那么英国人占领威卡陀后，是不是这场战争就结束了？”麦盖尔问。

“怎么可能结束？英国人不驯服土人誓不罢休。我这次离开巴黎时，就听说总督接受了塔兰伽各部落的投诚，还允许他们保留四分之三的土地。还说起义领袖桑浦逊也想投降。不过我敢说，这绝对是谣言。可能事实正好相反，圣战正在有组织地进行着。”

“照你这么说，这场战争会在塔腊纳基省和奥克兰省展开？”爵士问。

“我觉得应该是这样的。”

“那个地方不正是我们要去的吗？”

“没错，那里离科依亚港只有几公里，港上一定高高地挂着毛利人的旗帜。”

“这么说，我们还是从北边走比较安全。”

“我也觉得是这样的。他们那么恨欧洲人，特别是英国人，我们一定不能被他们发现。”

“要是幸运的话，我们说不定会遇见欧洲军队呢。”海伦夫人说。

“有这个可能，不过希望不是很大。丛林里很可能隐藏着土人的游击队员，通常士兵是不敢单独去搜索的。所以我们不能指望欧洲军队救我们。我们还是沿西海岸走吧，这样就能走一站休息一会儿了。而且我也想走霍兹特陀先生曾走过的威卡陀江边。”

“你说的这个人是旅行家吗？”小罗伯尔问。

“没错，孩子，他是科学委员会的一名委员，1853年曾来这里做过环球航行。”

“巴嘉勒尔先生，那么来新西兰的，有旅行家像伯克、斯图亚特一样出名的吗？”小罗伯尔又问。喜欢听旅行探险故事的他，小脸涨得通红，非常兴奋。

“当然有，像霍克博士、白利萨士教授、博物学家狄风巴和哈斯太……他们都很有名，也把探险视为生命，只是没有去澳大利亚和非洲的旅行家知名度高罢了。”

“那你知道他们的故事吗？”

“当然知道！我说给你听吧。故事不长，因为新西兰也就这么大，没多少奇闻逸事。甚至从严格意义上来说，这些人也算不上是探险家，充其量只是一群游览者而已，而且他们都牺牲了，牺牲在一些微不足道的小事上。”

“他们都是谁？”这故事也引起了海伦夫人的兴趣。

“有几何学家威功伯和霍维特。霍维特我以前和你们说过，就是找到伯克遗体的那个人。霍维特和威功伯曾在1863年的上半年从克赖斯特彻奇出发，他们穿越了坎特伯里省北部的高山。威功伯的旅伴鲁布在《里特尔顿时报》讲述过这件事。说1863年4月22日，他们到了拉卡亚河发源的冰山脚下，然后爬上了海拔1300米的山顶，最后又累又冷，走不动了，只好在冰天雪地里睡觉。在山里转悠了7天后，终于找到了路。那时候，他们浑身是伤，没有火取暖，也没东西吃，衣服还经常被雨雪弄湿，带的一些糖也化了，饼干变成了渣子……

“最后，他们终于找到了一座土人住的草棚，还在一个菜园子里找到了一些马铃薯，这在当时，已经算是美味佳肴了。等到了塔拉马考河入海处时，才发现只有过去之后向北走才能到达格来河。不过河水很宽很深，最后他们只好找了两只破了的划子，稍作维修就下了河。可到了河中心后，划子漏水。威功伯急忙跳进河里，鲁布因为不会游泳，只好还在破划子上。不过这倒也救了他的命，因为天空下起了瓢泼大雨。

“鲁布在风浪中被冲到了岸边，失去了知觉的他在第二天醒来后，向一汪清泉爬去。之后，他在附近发现了身体陷进泥里的威功伯，威功伯已经死了。鲁布用手扒了个坑，将他的尸体掩埋。整整两天，他没进食一粒米，就在饿极了的时候，他被好心肠的土人收留了。所以说，新西兰土人还是有好人的。5月4日，他回到了白仑拉湖霍维特的宿营地。不过，6个星期后，这个可怜的人竟然死了。”

“真是太惨了，好像他们的生命是联系在一起的，一个死了，另一个怎么都没办法活。”麦盖尔感叹道。

“麦盖尔先生说得很对！我也觉得是这样的。不过到底为什么，会让霍维特也在几乎相同的环境中死掉呢，没人能够说得明白。当时他受工程局主任维德的委托，从胡路尼元到塔马尼考河口探一条能够骑马的路。

“出发时，他是带着5个人去的。在刚刚开始的65公里的路程里，他们非常顺利，他也在努力地工作着。不过到了塔拉马河边时，他们却怎么都走不通了，只好回到了起点，并带着很多食物和用品再度出发。

“那时候虽然是寒冬，但他仍然带着两名手下去渡白仑拉湖，这一去便再也没有回来。他乘坐的那只小艇搁浅在了水边，大家找了9个星期后，毫无结果。

那些不幸者，很可能因为不会游泳，落在水里淹死了。”

“他们会不会没有死，而是落到了新西兰某个土人的部落里？”海伦夫人问。

“夫人，不可能的。因为出事那么久了，如果活不见人，死不见尸，在新西兰这么小的地方，一年没有消息的话，肯定就是死了。”巴嘉勒尔说到后面，声音小了下来，他想到了格兰特船长……

第四十章
Chapter 40

威卡陀的路程

/

2月7日早晨6点，爵士发出了起程的指令。虽然晚上雨已经停了，但天空仍然阴云密布，阳光无法穿透，整个天空都阴沉沉的。不过，天气不是很热，白天赶路也能承受。

巴嘉勒尔拿出地图看了一下，觉得沿着弯曲的海岸走，还不如先去50公里之外的限帕河和威卡陀江汇合的加纳瓦夏村。那里有邮车经过，这样就可以乘马车回奥克兰了。

于是，他们各自背着自己所用的东西，绕着奥迪湾的岸边走。为了安全起见，他们不仅没有拉开距离走，而且还本能地准备好了马枪，警觉地注意着草原上的动向。

巴嘉勒尔手拿地图，用艺术家的眼光盯着图上标注的地方。

这天，他们经过了一片沙滩，沙滩上堆满了蚌和乌贼鱼的头骨。这片沙滩的沙里掺杂着很多过氧化铁及一氧化铁。如果有磁石的话，一接近地面，磁石上瞬间就会附上一层亮晶晶的晶体。

海水里有游动的海生生物，它们被潮水或轻或重地抚着，见到有人来便快速游走。还有那些有着圆圆的脑袋和机灵大眼睛的海豹，它们个个长着隆起的额头，用丰富的表情注视着周围。怪不得很多古代神话会把它们诗化，称它们是会唱歌的美人鱼。

这些海兽很受人们喜欢，当然，捕捉它们主要是为了获取它们的油和皮毛。它们的毛和油，对很多捕获它们的人来说，是很大的买卖。

海豹中有大约三四只海象，这些海象个个有七八米长，长着长长鼻子的它们，颜色是灰蓝的。

它们躺在厚厚的沙滩上，懒洋洋地摇着鬈曲的硬髭毛，硬髭毛一绺一绺的，很像人的胡子微微翘起。

小罗伯尔细心地看着这些有趣的动物，突然惊奇地大叫：“那些海豹在吃石头。”

果然，有的海豹正大口大口地吃着海岸上的石头。

“没错，它们是要吃石头，不过这没什么奇怪的。”巴嘉勒尔说。

“可这种食物也太奇怪了吧，石头可不容易消化。”小罗伯尔说。

“孩子，这些石头可不是它们的食物，之所以要吃，是为了增加它们的体重，以便沉入水底。不信的话，等到它们需要在岸上时，这些石头又会被吐出来的。”

巴嘉勒尔说得没错，很快，那些海豹便爬向了岸边，并钻进了水里。不过，爵士没有时间等它们再返回岸边，看它们吐石头。他催促大家快点走，巴嘉勒尔只得依依不舍地离开。

10点钟的时候，大家在雪花岩脚下吃早饭。这些雪花岩纵横交错，就像上古时代欧洲中部的克勒特人一样，在海岸上架起用石头做成的大梁。蛙壳滩里有大量的海菜，这些海菜的形状很小，吃起来味道却不怎么样。不过，经过奥比尔的精心加工，在炭火上烤熟了后，还是很香甜可口的。

吃完干粮，休息了一会儿后，他们又沿着海湾的岸边向前行。在一些峭壁上，他们发现了很多海鸟，比如军舰鸟、超鸥，以及待在岩石尖上一动不动的信天翁等。下午4点钟的时候，他们已经走了差不多15公里了，不过大家并不觉得累，女士们甚至希望不要休息，一直走到晚上。

此时，路在他们面前转了个弯，绕过了北面几座山后，进入到了隈帕河流域。

这是一片一望无际的大草原。看起来，整个地面郁郁葱葱，非常平坦，应该很好走。不过走到边缘就不一样了。那里全是开着小白花的树丛，树丛里夹杂着凤尾草。要从这些草丛里过，不开出一条路来是走不通的。

晚上8点钟的时候，他们终于绕过了几个山丘，感到有些累了的他们开始就地宿营。

夜里的时候，他们没有放松警惕，荷枪实弹地轮流站岗，一直等到太阳出来。不过，晚上他们并没点火。在新西兰，既没有老虎也没有狮子，更没有无名熊这些凶猛的野兽，所以不需要点火驱赶它们。同时，新西兰还有两条腿的黑斑虎，也就是土人，这些吃人的土人如果看到火的话，很可能被吸引过来。

一整夜就这么过去了，晚上偶有大胆的野鼠来啃食粮食，也有一种沙蝇，蛰得他们难受。

第二天，巴嘉勒尔醒来后，心情非常放松，对这个陌生的地方也没有刚开始时的恐惧了。因为到目前为止，他最担心的土人并没有出现，也没有在梦里威胁他，所以他的心情很好。

“我觉得我们这次一定会顺利走到奥克兰的，不会再遇到什么麻烦了。我想，今晚我们就能走到两河交汇的地方，等上了奥克兰大道，遇上土人的机会就更小了。”巴嘉勒尔轻松地对爵士说。

“现在我们离两河交汇的地方有多远？”爵士问。

“和昨天我们所走的路程差不多，大概有25公里。”

“不过，昨天是因为那些草丛拦住了我们的去路，不然会走得更快的。”

“以后不会有那种草丛了，我们只要沿着限帕河走，路就好走多了。”

“那我们走吧！”

然而事情并没像巴嘉勒尔说的那样，在刚刚开始的几个小时路程中，他们依然受到了很大的阻力。新西兰的丛林没有车路，所以步行的他们还是会被那些凤尾草挡住去路，就像新西兰土人捍卫自己的国土一样。不过，临近中午的时候，他们还是走到了限帕河的河边，而从这里一直沿河岸向北走，也就不存在什么障碍物了。

一路上，他们看到的都是纵横的小河，小河里的水清悠悠的，在灌木丛里轻快地流着。据植物学家霍克调查，在新西兰所发现的2000多种植物里，本地特有的植物只有500种。而且这些花的种类也不多，色彩很单一。真正生长旺盛的是一些羊齿类、禾本类和伞形类，常生植物几乎没有。

在这些青翠的草丛中，偶尔还会耸立一根开着朱红色花的高大树木。除此之外，还有诺福克松和罗汉柏等，这些树的枝条密集挺拔；而那和欧洲的柏树很像的“利木”树，则被凤尾草紧紧地包围着。

这里的一些树枝和灌木丛，仿佛全都成了鹦鹉的王国，它们在枝尖树梢上飞翔、喧嚣。在这些鹦鹉中，有种绿毛鹦鹉，它的项下有一条红色带状羽毛；还有一种有着棕红色羽毛的鹦鹉，翅膀下的羽毛明显比全身的羽毛鲜艳。

少校和小罗伯尔一路走一路打猎，有几只鹬鸟和竹鸡成了他们的猎物。对于他们打到的这些猎物，奥比尔也不停歇地边走边拔毛，以免耽误路程。

对于巴嘉勒尔来说，他的好奇心永远大于其他方面，他并不在乎野味的味道和营养价值，他更看重的是它属于什么品种，所以他一直想要捉住一只新西兰特有的“凸衣”鸟。据说这种鸟很奇怪，会发出像人一样的嘲笑声，所以人们又给它起了个外号叫“嘲笑专家”；还有一种鸟叫“丝朵”，它们长着黑色的羽毛，但脖子上却有一圈是白色的，犹如黑色衣服上的白色领结，非常滑稽。

“‘凸衣鸟’在冬天长得很肥，肥得连飞都飞不动了。于是，它们不得不自己开膛破肚，将肚子里的脂肪叨出来，以减轻体重。你们说，是不是很奇怪？”

“太奇怪了，怎么会这样？我不相信！”少校说。

巴嘉勒尔恨不得马上捉一只这样的鸟，并将鸟胸前那血淋淋的伤痕展现给少校看，可惜捉不到。

不过，他捉住了另外一种怪鸟，这种怪鸟叫“几维”，在生物学上又被称之为“鹬鸵”。

这种鸟没有翅膀，也没有尾巴，两只脚上各长着四个趾，有着白色的羽毛和鹬鸟一样的长嘴，样子非常奇特。更奇怪的是，它们什么东西都吃，不管是蛹、昆虫还是蠕虫，即使是种子它也吃。

为了逃避猫狗人的追逐，它们经常跑到偏僻的地方，所以才让巴嘉勒尔有机会捉住它们。

几维鸟的体形很可笑，非常容易引起旅行家的注意。

“阿斯洛纳伯号”和“瑟勒号”来大洋洲探险时，有法国科学院请居蒙威尔带一只这样的怪鸟回去，以便做研究使用的标本。不过，即使居蒙威尔拿出很多钱给新西兰土人，也依然得不到一只活的几维鸟。

这么难以做到的事，竟然被幸运的巴嘉勒尔做到了，而且一捉就捉住了两只。如果以后把它们送到巴黎动物园去，并在挂在外面的鸟笼子上写着“雅克·巴嘉勒尔先生赠”，那该是多大的荣幸啊。

此时，他们一行人精神百倍地沿着隈帕河岸往前走。如此荒无人烟的地方根本没有行人的踪迹，草丛里、沙滩上有河水在缓缓流淌。行人在这条河岸上走时会看见东面封锁着河谷的小山，小山的形状很奇怪，侧影浸在朦胧的雾气下，犹如很多巨兽。巨兽的样子很像他们之前在洪水中发现的怪兽，如同一条条的长鲸变成了化石。

看着这些形状怪异的山峦，就能知道这片火山的地质构造。其实，新西兰南北二岛原本就是火山喷发形成的，如今，火山底下的火在奔腾，使火山发生了颤抖，所以才有了熔岩浆从火山口冒出。

下午4点的时候，大家走完了大概15公里路，离两河的交汇处也仅有8公里了。到了两河交汇口，他们走上了奥克兰大道，而且准备在那里夜宿。对于奥克兰这座城市，他们只需两三天就能走到，而且不久他们就能找到去奥克兰的邮车，邮车半天一趟，非常方便。

“看来，我们今天晚上还要露宿。”爵士说。

“希望这是最后一次。”巴嘉勒尔说。

“如果是最后一晚，那就太好了。露营实在是件考验人的事。”

“巴嘉勒尔先生，要是我没记错的话，在两河交汇处有个村庄，我们是否可以在那里找个旅馆住？”麦盖尔问。

“没错，那里是有个村子，叫加纳瓦夏村。不过在毛利人的村子里，根本找不到客栈和小酒店，最多只能找到一些土人住的茅草棚。我们千万不能去那些地方，还是要避开他们才好。”

“巴嘉勒尔先生，你真是太怕毛利人了。”爵士笑着说。

“亲爱的爵士，对于这些毛利人，我们一定要严加防范。毛利人现在和英国人的关系那么紧张，见到我们，能不抓吗？话又说回来了，我情愿不要他们的盛情款待，因为我觉得避开那个村子，避开那些土人才是上策，等我们过了毛利人经常出没的地方，也就能安稳地睡觉了。”

大家自然赞同巴嘉勒尔的主意，而且海伦夫人情愿在露天待一晚，也不愿意去那吃人的土人所在的村庄。因此，玛丽小姐和她都说不用中途休息，可以继续赶路，以尽快走过那段吓人的区域。

两个小时后，黄昏降临。太阳从西边的地平线上下沉，不过在即将完全沉下去之前，太阳又突破云层，射出了最后的一道光芒，光芒照在东边的山峰上，如同在跟他们一行人挥手再见。

在黄昏降临前，他们便加快了脚步，他们知道，在这样的高纬地带，黄昏很快就会过去，黑夜马上就要降临了。他们必须在黑暗来临之前赶到两河交汇处。

而就在这时候，地面上升起了一团浓雾，让他们连路都看不清了。

虽然视线被浓雾遮住了，但好在听力不受影响。很快，越来越大声的流水声告诉他们，他们离目的地很近了。晚上8点钟的时候，他们来到了两河交汇处，在那里，听到了惊涛骇浪的声音。

“威卡陀江终于到了。从这条江的右岸边走就能到奥克兰。”巴嘉勒尔说。

“那今晚就在这里露宿吧，我看前面有些阴影，应该是丛林吧，丛林正好便于我们隐蔽，吃完晚饭我们就可以休息了。”少校说。

“今天的晚餐只有饼干和干肉。我们不能生火，悄然来，悄然去。好的一点是，这浓雾可以让别人看不到我们。”巴嘉勒尔松了口气说。

大家听从了巴嘉勒尔的建议，进了小树林，在安静地吃了些东西后，因为走了一天很累，所以个个都早早地进入了梦乡。

第四十一章
Chapter 41

做了“噬骨魔”俘虏

/

天亮了，水汽遇冷凝结，水面笼罩在浓雾中，什么都看不清。

没过多久，太阳出来了，云雾散尽，河边的景色从浓雾中显露出来，威卡陀江也在晨光中呈现出它美丽的剪影。

那是一个狭长的半岛，上面长满了灌木，直愣愣地伸在两河之间，半岛像一把剑伸向远方，越远的地方越尖细，最终在两河汇流的地方消失了。

限帕河的水流非常急，在和威卡陀江合流还有近四分之一公里时，挡住了威卡陀江的去路。不过，平静的威卡陀江最终还是制服了猖狂的限帕河，并带着威卡陀江流入太平洋。

威卡陀江面上，有只20米长、2米宽、1米高的船逆流而上，船头高高翘起，像威尼斯的交通船一样。这只船的材质是一种杉树的树干，船的底部铺着凤尾草，船上有8个桨，在桨的划动下，船飞速前进。

船尾坐着一个人，正手握长桨操纵着航向。

从船尾那个人的面相上就能看出，这是个高个子的新西兰土人，年龄在40到50岁之间。他有着宽阔的胸脯，四肢的筋肉高高鼓起，一看就知道很有力量；他的额头布满了皱纹，皱纹又粗又深，眼珠发黄，眼中发射出凶狠的光，看上去非常可怕。

不用说，这是一个毛利族的酋长，从他满脸又细又密的文身便能知道，他的地位很高。而且他的鹰钩鼻子的两边，有两条黑色的螺旋线绕过眼眶向上翘起，并在额头交叉，最终延伸到了浓密的头发丛中。

酋长那白色的牙齿和下巴全都隐藏在了有规则的彩色图案中，图案上是涡云状的纹路，这些纹路相互缠绕，一直延伸到胸脯。

这种文身属于刺花，是尊贵的象征，在新西兰又叫“墨刻”。身上有着这样纹路的人，说明曾参加过很多次战争，是勇士才有资格拥有的花纹。奴隶和平民是没有刺这种花纹的权利的。一些有名望的酋长，他们的身上还会刺一些动物的图像，所以通常只要看一看花纹的精细程度，便能知道他们的身份高低了。有些酋长刻这种“墨刻”会达到5次之多，虽然刻的时候很疼，却也是荣耀的象征。因为在新西兰，地位越高，身上的文身刺得就越多，越密。

据说，瞿孟居威尔曾对这种刺花做过介绍，并形象地称它在新西兰土人心目中，就和欧洲许多大家族所引以为豪的族徽一样。不过，两者之间也有不同点，欧洲人的族徽可以流传，但新西兰的这种刺花却是个人标记，是私人的东西，无法流传。

同时，这种刺花还有实用意义，也就是说，它不仅是尊贵的标志，而且还能让皮肤变厚，防止蚊虫叮咬。

这位坐在船尾的酋长，能看出他脸上已经被毛利族的花匠用信天翁的尖骨刺过5遍花纹了，所以他才有了高傲骄矜的神态。

这位酋长身披弗密翁麻织成的宽衫，宽衫上围着狗皮，腰里围着一条短裙，裙子上有点点血迹，那都是在最近的战斗中染上的。他的耳垂上挂着绿玉耳环，脖子上挂着玉石做的珠圈，珠圈上的玉石晶莹透亮。

当然，他身上的物件中，最让人害怕的还是那支英国造的长枪，以及两面都是刀刃的斧头，斧头长约40厘米，是翠绿色的。

酋长身边还有9位级别比较低的战士，这9名战士个个佩带武器，凶相毕露。其中有几个好像受伤不久，所以披着弗密翁麻织的大衣，坐在那里一动也不动。在9名有凶相的战士脚下，还卧着3只恶狗。

船头部分有8名水手，看样子像是酋长的奴隶，他们用力地划着桨，小船行进的速度非常快。

而在这条船上，还有10个俘虏紧紧地挤在一边，他们的脚被拴住了，无法动弹。这10个人就是爵士一行。

原来，就在昨天晚上，迷迷糊糊的他们，竟然钻进了土人窝里睡觉。半夜，还在睡梦中的他们便被抓上了船。虽然并没受到什么虐待，他们也想着要抵抗，但却来不及了，因为他们的武器和弹药全都落入了土人的手里，如果他们抵抗，很可能连命都没有了。

这些土人在说话时，话语里时不时会蹦出一些英文单词，所以很快爵士一行人就知道这是一些残兵败将，他们的人已经死了大半了，目前正在向威卡陀江的上游撤退。这位酋长的部下是被英军42旅屠杀的，所以这次回来，是为了向沿江招兵，然后再去和桑浦逊会师的。

这位毛利族酋长，有个恐怖的名字叫“噬骨魔”，这个名字用土语来说就是“啃四肢的人”的意思。“噬骨魔”威名远扬，英国士兵都知道他，而且如今新西兰总督也在悬赏捉拿他。

这样一个人，落到他手里的俘虏，大抵也不可能会活着。

眼看就要到奥克兰了，没想到却被抓上了毛利人的船，这对爵士一行人来说，绝对是个沉重的打击。不过，爵士表现得很从容，其实这只是他的性格，越到关键时刻，他越表现得沉稳。因为在这支小队伍里，他是队长，同时也是海伦夫人的丈夫，所以他必须为大家做出榜样，必要时，甚至要第一个去牺牲。

爵士有着很强的宗教思想，他觉得任何神圣的举动，都是会感动上帝的，上帝因此就会主持公道。所以，虽然在这场旅行中，他们遇到了很多困难，但他从不后悔自己的热情，也不后悔因为热情而导致的后果。

同伴们没有让爵士失望，他们同样表现出了淡定和坦然。别人看到他们一行这样，简直不敢相信他们正大难临头。在土人面前表现出的坚强和淡定，让那些未开化的土人有些肃然起敬起来。

通常来说，土人都有着很强的自尊心，只有沉着冷静的人才会赢得他们的尊重。爵士也意识到了他们的这种思想，知道这样很可能会避免同伴受到一些无谓的虐待。

土人原本就不善言谈，所以一路上都没有说话。而爵士一行在被抓后，也没说上几句话，此时爵士想问问酋长，打算把他们怎么样，于是对着“噬骨魔”酋长说：“酋长，你准备带我们去什么地方？”

爵士说话的时候，丝毫没有慌张。酋长冷冷地看了他一眼，没回话。

“你准备要把我们怎么样？”爵士又问了一句。

酋长的眼神里发出一道凌厉的光，粗暴地说：“我们要拿你们去做交换，不然就杀掉你们。”

爵士心里有了底，所以也就不再问下去了。他现在能肯定，这些土人的首领也有落到英国人手里的，所以想拿他们交换回自己的首领。爵士知道，他们还有活命的希望，因此并没有完全绝望。

小船在江上飞快地行驶，巴嘉勒尔突然心情开阔起来，他觉得这非常好，因为如果土人将他们带到英国人的防地的话，他们倒占了便宜，会少走很多路的。于是，他开始放松地看起了地图，不时地还会看看威卡陀江流。

海伦夫人和玛丽小姐抑制住内心的恐惧，小声地和爵士说着话。而她们强装的镇定，即使是最机敏的相面人也不会看出内心的焦灼。

威卡陀是新西兰土人最引以为傲的地方，也是民族之江。他们对这条江的感情，就像德国人对莱茵河，斯拉夫人对多瑙河一样。威卡陀总长约320公里，将北岛浇灌成了最肥沃的土地。

因此，两岸部落也都以江来命名，比如威卡陀部落，这个部落里住的人坚强不屈，没有任何人和任何事能让他们屈服。而现在，他们正纷纷拿起武器和侵略者对抗。

威卡陀江几乎没有别的国家的船只来这里，甚至只有本岛的一些船只在这里劈波斩浪。当然，偶尔也会有胆大的探险家来到这里，而威卡陀的上游几乎不允许任何外人进入。

巴嘉勒尔是知道土人们对这条江的热爱的，不过对于“噬骨魔”酋长会将他们带到什么地方去，他还是无法猜测。但在酋长和士兵们的谈话中，他听到了“导泊”两个字，这引起了他的注意。

他看着地图，寻找着“导泊”这个地方。那是新西兰一个有名的湖泊，位于北岛奥克兰省南端，威卡陀江的水正流向此湖。据他计算，从威卡陀江到那里大概有70公里的路程。

巴嘉勒尔用法语和麦盖尔沟通，让他计算下船速，麦盖尔说船速是每小时2公里。

“这么说，如果只是白天行进，到达‘导泊’需要4天。”巴嘉勒尔说。

“我们现在需要知道英国人的防地在什么地方。”爵士说。

“这就不清楚了，不过根据他们的战事，战争应该蔓延到塔腊纳基省了，说不定英国军队就在‘导泊’湖边驻扎着呢。因为那个地方属于游击区。”巴嘉勒尔说。

“但愿是这样！”海伦夫人说。

一想到年轻漂亮的妻子和玛丽小姐要被送到荒无人烟的地方，任凭土人摆布，爵士的心里就很难过。不过，看到酋长一直在盯着他，他也就尽量抑制住情绪，漠然地看着江的两岸。

两江汇流口上游半公里处是巴塔图王的故居。小船从故居前经过，却没有一丝停留。江里除了这只船外，没有其他的船只。两岸偶然闪现的茅棚，彼此间也隔着很远的距离，给人一种很零乱的支离破碎的感觉。

江边的田地都已经荒芜了，岸上没有一个人。

有不同种类的水鸟给凄凉的大地带来了一丝生机。这些水鸟中有拖着一条长腿、黑翅膀、白肚皮、红嘴巴的涉水鸟，还有一种通身灰色的水鸟，更有白毛、黄嘴、黑爪的水鸟……它们悠闲地看着土人的小船。

江岸边还有一只翡翠鸟，这种翡翠鸟以鳗鱼为食，时常成群结队地在水里游。

突然，威卡陀江中冒出了一个小岛，小岛上有田凫、秧鸡和苏丹鸡，它们以傲然的姿态梳理着羽毛，享受着安静舒适的生活。这里由于战争，两岸居民逃的逃、亡的亡了，所以没人打扰它们。

威卡陀江最初的一段江面很宽，江流在辽阔的平原上流淌。不过随着船的行驶，江面发生了变化，不断有丘陵、高山出现，江面变得窄小了很多。在离河流交汇处约6公里远的江左边，巴嘉勒尔看到地图上标的是基里罗亚高岸。

突然，酋长在这个险要之地要求停船，并让人把从爵士他们那里抢来的食物递给他们，让他们吃，他的士兵和水手们则吃土人自己的食物，也就是烤熟的凤尾草根。凤尾草根在生物学上被称之为“可以食用的羊齿蕨”。除了这种食物外，他们还吃一种新西兰到处都有的马铃薯。毛利人不喜欢吃肉类食物，所以爵士一行人所带的干肉引不起他们的兴趣。

3点钟的时候，他们途经江水右岸的几座高山，那些高山犹如遭到破坏的堡垒，而这山就叫泊卡洛亚连山。在一些高山峭壁上，确实有残留的城堡。这些城堡是当年毛利人中的工程师筑成的防御工程，这种工程也被称之为鹰窝。

太阳快要下山了，小船触到了河岸，河岸上堆着很多浮石，这些浮石实际上是火山岩。由于威卡陀江的发源地在火山地带，所以这些浮石也被急流冲得沿江都是。河岸上有几棵树，酋长决定让大家在树下宿营。

当船停下后，酋长让爵士一行下了船，这时候，他们只捆绑了男士的手，女士的手则没有捆绑。

士兵们将爵士一行押到了营地中心的火堆旁，他们被士兵们围在了中间。

在酋长还没有说要把他们当人质去交换时，爵士和船长就商量过，怎么趁着残兵败将们睡着时，偷偷溜走。

不过，在知道他们要做人质后，大家便觉得逃跑的做法不可取。最稳妥的办法就是忍耐，让土人拿他们去交换英军的俘虏，这样他们一行人生还的机会就会更大一些。因为在这种陌生的地方选择逃跑，自己又没有武器，无法自卫，会非常危险。

10个手无寸铁，还带着两名女士的他们，要对付30个武器装备齐全的土人，获胜的可能性几乎没有。

不过，对于当人质，他们也有担心，那就是怕发生意外事件，或者是因为什么事情延缓了土人拿他们去交换，当然，这种可能性也比较小。

确实，爵士的猜测没错，在“噬骨魔”的部落里，确实有一名重要首领被英军抓去做了俘虏，他们特别想将那首领换回来。

第二天，船继续朝前行驶，而且越来越快。10点钟的时候，船在泊海文纳河口停了下来，这条支流是从右岸的平原里蜿蜒流入江中支流的。

河口处有只小船，小船上坐着10个土人。这只船在和酋长他们的那只船相遇后，船上的人都互相打着招呼，意思是说“顺利地回来了”。

接着，两只小船齐头并进，一起朝前行驶，那只船上的10个人也是残兵败将，他们衣衫褴褛，沉默不语，武器上沾着鲜血，有些人的伤口还流着血。他们的这种表情，其实只是未开化民族固有的无所谓的表情而已。

中午的时候，西边出现了孟伽陀塔里山，河谷变得狭小起来，江水在峡谷里急速流动，溅起了层层浪花。划着桨、唱着歌的土人们，让桨划水的声音和歌声混合起了一起，像是在为歌伴奏一样，非常好听。浪头在船头上溅起很大的水花。

急流过去后，江面变得温顺、平静了很多，船每隔1英里会拐一个弯，缓缓地向前行驶。

傍晚的时候，酋长让船停在了山脚下，这一地带的山，最初几个山峰正好落在了狭窄的河岸上，形成一排陡峭的悬崖。有20个土人乘船驶了过来，他们开始为夜生活作准备。

很快，篝火在树下被点燃了。一个和“噬骨魔”有着相同地位的首领走了过来，和“噬骨魔”拥吻，亲切地打着招呼。

爵士一行还是被放在了营地中间，“噬骨魔”派人严密地看守他们。

第二天早上的时候，船逆流而上。威卡陀江的支流里突然窜出了很多小船，小船上的土人大概有六七十个，他们是些吃了英国士兵的苦头，从前线退回来的人，正准备回到山区去。一些小船上不时地传出歌声，有个土人在大声唱着他们的爱国歌曲：“巴巴拉提瓦提提敌，依东伽内……”

这是毛利人渴望独立而唱的国歌，国歌清晰嘹亮，引起了山谷的回响。在那个土人唱歌时，另一些土人则一起拍着胸脯，齐声和着那首雄壮的歌声打拍子，而此时，土人水手把船划得更快了，小船在江波中急驶。

在这一天，有个非常奇怪的现象吸引住了爵士他们。那就是在下午4点钟的时候，酋长“噬骨魔”控制小船，进入了一条狭窄的小道。急流冲刷着江中的小岛，江中小岛之大令人惊讶，在这样的江面上行驶，非常容易翻船。而在这样的地方，又绝对不能翻船，也不能去江边，因为江边有滚烫的泥沙，一旦踩在江边，必死无疑。

为什么会这样？

原来，这就是有名的沸泉，顾名思义，这泉水就像烧开的水一样。而沸泉的产生，曾一度引起探险家的好奇。那因沸泉而形成的铁锈将两岸的淤泥全都染成了红色，可以说一块净土都找不到。空气中到处充斥着刺鼻的硫黄味，土缝里发出了恶臭。之所以有这种气味，则是因为泥土被泡涨后，冒出煤气产生的气味。

对于这种气味，土人们显然已经习惯了，但爵士他们却无法忍受。不过，虽然气味让他们难受，但这番奇景却是不能不去欣赏的。

江面上的小船在蒸汽形成的雾中乱窜，周围朦朦胧胧的，在江面上形成了一个巨大的穹窿。江两边是数不清的沸泉，沸泉喷射出一根根的滚烫水柱，参差不齐，像是人们特意设置的喷泉。

如此壮观的场面，让人不禁怀疑这喷泉是有人控制、调节的。江面上的水被沸泉打起，在空中和沸泉结合，又在太阳光的照射下发出五颜六色的光芒。

在这里之所以会看到如此奇观，都是因为其特殊的地质构造形成的。这里由于火山活动频繁，导致地火在地底下燃烧，河水在江面沸腾。离这里不远的地方有诺陀路阿湖，湖东面有罗托玛哈那和特塔拉塔两个温泉，而其他喷水口和硫气坑则多得数都数不清。

据说，曾有几个大胆的探险家来过此地，对这奇景感慨不已。

如今，新西兰还有加里罗和瓦长利两座活火山，过多的热量无法从那两座火山口喷出，进而在这里形成了沸泉。

小船上的土人在3公里长的热气层中穿行，很快，硫黄形成的烟雾消散了，空气中有了新鲜的空气，大家都觉得一阵凉爽。原来，船过了沸泉区域。

天黑前，他们又过了希巴巴思厄和塔麻特克两道急流，但土人们仍然在使劲划桨。至此，他们已经走了100多公里的路程。晚上，他们在另一个地方露了宿。

第二天，巴嘉勒尔看了看地图，发现右边耸入云霄的是海拔约1000米的陀巴纳山。

中午，江面上所有的小船都向南驶去，并进入了导泊湾。导泊湾有一座茅草棚，茅草棚上飘着一块布，土人们看到那块布后全都向其致敬。

爵士他们知道，那块布就是他们的国旗。

第四十二章
Chapter 42

毛利人的“鹰窝”

/

据历史记载，导泊湖的形成是因为岛中间有片火山岩，火山岩的中间出现了一些窟窿，当那窟窿塌陷后，便形成了长约40公里，宽30公里的大坑。而那土坑里是来自四周山顶的泉水，形成了导泊湖。

导泊湖是个奇特的湖泊，它的海拔有300多米，四周由800米的高山环抱。西边有高高的悬崖峭壁；北边有几座山峰矗立在那里，山峰顶上长满了小树；东边是广袤无垠的湖滨平原，平原上有纵横交错的小径，小径上有很多发光的浮石；南边是一片森林，森林处有一个圆锥形的火山头……

这一切都环绕着一片碧水，看上去气势壮丽。

总的来说，这一片区域很像一个大大的烧开了的锅，锅底下是燃烧着的火苗，地面被烧得滚烫，像沸水一样在翻滚。

抖动的地面上有龟裂，如同被烤焦的烧饼，地面的缝隙处渗出一缕缕热雾。由此可见，这些地底的热气如果不在20公里之外的同伽利洛火山口找发泄口的话，整个高原必将成为一个大熔炉。

从湖面向北看，很多喷火的小火山中间耸立着同伽利洛火山，火山的顶端喷着火焰和烟雾，如同一个人头上的装饰品——羽毛。这羽毛是和一座错综复杂的山连在一起的。而在这座火山后的平原上，有一座鹿厄胡峰，峰顶在3000多米的云雾里消失了。

这座圆锥形火山向来无人问津，也从来没人探索过。但同伽利洛火山不同的是，它很容易就能爬上去。在这近20年的时间里，就有毕威尔、狄逊和最近的霍兹特陀，前后三次来此测量过。

如果不是处在这样的危险环境下，巴嘉勒尔一定会为大家讲关于这座火山的传说，他一定会告诉大家，同伽利洛山和塔腊纳基山很久以前是朋友，也是邻居。不过有一天，他们为了一个女人而发生了争吵，脾气火爆的同伽利洛动手打了塔腊纳基。挨打后的塔腊纳基自尊心受到了很大的伤害，从瓦嘎尼河谷溜走了，走时还抛下了两座小山头。

最终，他从瓦嘎尼河谷逃到了东海海滨，独自矗立在那里，并改名为俄戈蒙山。

当然，此时的巴嘉勒尔没有讲这些故事的心情，何况他就是讲了，大家也没心思听。他们现在正处在刀刃上，只能听天由命，默默地看着导泊湖的东北岸。

酋长的船驶出了威卡陀江，进而钻进了另一条河，这条河的形状非常像威卡陀江的漏斗。

船在绕过一个尖岬后，沿着湖东面的沙滩，在海拔600米的芝伽山脚下停下了。

这个山脚下长着很多弗密翁草，这种草是新西兰土人用来做布料的植物。弗密翁草可谓全身都是宝，首先它的花是上等蜜源；它的胶质茎可以做蜡或浆粉；它那可爱的青叶子能替代纸在上面写字；干叶子能做引火绒；将叶子撕裂后，还可以搓绳子、造缆索、织渔网；它的纤维能编被褥、大衣、席子或麻布；染成红色或黑色的麻布可以给高贵的土人做衣服。

在新西兰南北二岛上，这种浑身是宝的弗密翁草随处可见，不管是在海边、湖边还是江边都能看到。在爵士他们到达这片区域后，那野生的弗密翁草依然郁郁葱葱。它们形似龙舌兰，长着棕红色的花，花从叶子丛中伸出。狭长而锋利的叶子层层叠叠，形成了漂亮的剑林。弗密翁草上经常会停很多小鸟，这些小鸟争相吸吮花心中的甜汁，并传播着花粉。

湖里有一大群正在搜寻食物的鸭子，它们长着淡黑色的羽毛，羽毛间夹杂着灰绿色花纹。这些原本的野鸭子，如今已经被驯化，成了家畜。

在船又行驶了约四分之一的路程后，前面出现了一座城堡，城堡建在一处陡峭的悬崖上，那是凭着天险而建的土人城寨。爵士一行被土人押了下来。这次土人并没有绑他们的手脚，想必知道他们逃不掉。

通往城寨的小路被茂密的丛林覆盖，弗密翁草在丛林里显得格外醒目，丛林里还有长着青叶子、红浆果的“弗树”，它那鲜嫩的果实胜过欧洲的千年蕉。除了这些外还有一种可以做黑色染料的“油湖树”。

树丛里，有发出金属光泽的大鹁鸽、灰色的圆嘴鹊以及无数长着红肉冠的椋鸟，看到他们一行人过来，这些鸟瞬间便飞了起来。

爵士、海伦夫人和其他伙伴在绕了一圈后，终于到了城堡里面。城堡由一道高5米的坚固栅栏围着，里面还有两道防线。第一道防线是用木桩形成的；第二道则是柳条墙，柳条墙上凿着枪眼。

进了第二道防线，里面就是内城了。内城有40多座草棚，草棚排列很整齐，属于典型的毛利式住房。

爵士一行还没走进内城，便看到外面的木桩上挂着许多骷髅，这些骷髅让人看了很害怕。

海伦夫人和玛丽小姐急忙把脸转到了一边，她们不忍心看这么残忍的场景。这些骷髅的主人是土人敌方首领的头颅，也是土人的战利品。土人在将这些首领杀了后，砍下头来挂在木桩上，而身体却成了他们的食物。

“噬骨魔”酋长的住所在城寨的最里面，被一群简陋的茅屋包围。住所的后面是个露天广场，用于集会和习武。“噬骨魔”的房屋墙壁用木桩和树枝做成，为了暖和，墙里面还糊着一层弗密翁草席。

“噬骨魔”所住的房子不是很大，但在酋长里已经算很不错了。

这所房子朝南有个大缺口，缺口处挂着厚厚的帘子，帘子的作用实际上也是门的作用。屋顶有些像古罗马人住的房子，有飞檐，向外延伸出去。房子的椽子上刻着各式花纹，门外的墙上，雕着奇特的花卉、树木、奇珍异兽……还有很多密密麻麻的花纹，这就是所谓的迎门墙，出自毛利族的能工巧匠之手。

酋长的矮屋子地面平整，离地面约5公分高的地方有张矮床，床上铺着芦席，芦席上铺着垫子，垫子是用软软的香蒲叶子编成的；房子中间有个石洞，石洞实际上也是一个炉灶；房顶上有缺口可当烟囱，烟雾大时，会从房顶的烟囱处向外冒，所以墙壁被熏得乌黑发亮。

“噬骨魔”的房间旁有个仓库，仓库里贮藏着酋长的食物和生活用品，包括弗密翁草、山芋、水芋、凤尾草根等。

离他房子更远的地方有几所院子，院子里养着家畜，这些家畜是当年库克船长带来的，繁殖的并不多。此外，屋外有到处乱窜着寻找食物的狗。总的来说，毛利人用来食用的牲畜他们养得并不好。

爵士一行一直在等待着，等待着酋长的发落，同时，他们还在忍受着一群老妇人的辱骂。这些老妇人不仅对他们指手画脚，甚至还伸出了拳头，朝他们不断地挥舞着。

从她们嘴里偶尔吐出的几个英文单词中能知道，她们说要为死去的亲人报仇。

面对辱骂和威胁，爵士一行的反应也各有不同。海伦夫人表面平静，内心却很惊慌。她控制住这个情绪，怕丈夫为她担心。可怜的玛丽小姐吓得差点昏过去，幸好有麦盖尔船长在旁边扶着。麦盖尔一直守候在她身边，以便在需要时保护她。

少校面对辱骂，毫不理会，巴嘉勒尔却不一样，他气得咬牙切齿。

爵士怕老妇人们对妻子造成伤害，走到了“噬骨魔”的面前，指着那些妇人，要他制止她们的无礼挑衅。

酋长瞟了他一眼，没有说任何话，只是用手轻轻一挥，妇人们便乖乖地离开了。爵士向他表示了感谢，然后回到了同伴面前。此时，近百人聚集到了“习武场”，这些人中有老人也有小孩，有男人也有女人。他们有些沉着脸，愁容满面，等待首领发号施令；另一些则在不断地痛哭流涕，为他们死去的亲人悲哀。

原来，在响应桑普逊号召，反抗英国侵略的所有酋长中，仅有“噬骨魔”活着回来了。他给民众说了他们在威卡陀江下游平原地带失利的情况。如今，派出去打仗的士兵有200多人，大部分没有回来，还有一部分做了俘虏。那些牺牲的战士，永远都不可能回到自己的故土了。

这也就是在他们看到“噬骨魔”后伤心的原因。打败仗的事情原本没人知道，现在全都传开了。

新西兰土人在亲友阵亡后，表达悲痛的通常做法就是伤害自己的肉体，特别是女人，她们用锋利的贝壳将自己的脸和肩膀划得血肉模糊。把自己的肉体伤害得越深，表明她们越悲伤。

看着那些妇女的鲜血和眼泪一起往下流，如同疯子一样，在场的所有人都感到了恐惧。

让土人们悲伤的还有一个原因，这个原因也是他们最看重的，那就是他们的亲人不但死了，而且连骨头都没能带回来埋进自家祖坟。

毛利民族是个非常迷信的民族，他们觉得遗体的保存关系到一个人的来世。

而他们所要保存的也不是腐烂的皮肉，而是骨头。他们用心收集起死者的骨头，并进行洗刷、刮磨，甚至还在骨头上涂上了一层漆，最后又将这些骨头装进一个特制的容器里，这个容器也被称之为“光荣之屋”。

“光荣之屋”上有死者的木头像，木头像上画着死者生前身上刺着的花纹。如今，这些战死他乡的战士，骨头不是被野狗吃掉，就是被暴露在野外，所以墓穴只能空着，应做的宗教仪式也无法进行。

土人们一想到这些便气愤不已，妇女们对爵士一行的辱骂刚刚过去，男人们又怒骂起来，有些甚至挥舞起了胳膊，想要对爵士一行动手。

酋长担心土人控制不住情绪，做出过激行为，所以叫人将他们押到了另一个地方。那是个木棚，木棚里供着神位，土人将这个地方叫“华勒都”，是个神圣不可侵犯的地方。

爵士一行总算离开了那个令人恐怖、紧张的环境了。大家全都躺在了弗密翁草席上休息。海伦夫人因为高度紧张，再加上劳累，身体和精神都难以支撑，倒在了爵士的怀里。爵士紧紧地拥着她，不断安慰说：“亲爱的海伦，不要害怕，鼓起勇气来。”

小罗伯尔一进棚子，便站在了维尔逊的肩上，探出墙头和屋檐间的缝隙朝外面看，从那里能看到整个城寨的情况，也能看到酋长的房子里。

“他们都围着酋长在开会……指手画脚的，好像在咒骂着……酋长好像要说话了……”小罗伯尔轻声给大家汇报着。

好一会儿，罗伯尔又说：“那些人没有吵了，在听酋长讲话……”

“看来，酋长保护我们的目的，就是为了用我们换回他们的首领，不知道他手下那些人答不答应。”少校说。

“好像是同意了……那些……那些人都回自己棚子里了……有的……有的还离开城寨……”罗伯尔说。

“真的？”少校问。

“是真的！现在只有那些押送我们的人还在酋长那里……来了！有个人朝我们这里走来了！”罗伯尔小声喊着。

“快点下来，罗伯尔！”爵士说。

此时，海伦夫人也紧张地站了起来，抓住爵士的手说：“爱德华，玛丽和我可不能落入土人的手里。”

海伦夫人说完，递给爵士一支装好了子弹的手枪。

“这武器是从什么地方来的？”爵士大惊，眼神中有一丝亮光闪现。

“这枪我一直随身带着。毛利人是不搜女人的，实在不行，这枪就留给我，虽然不能打死他们……”

海伦夫人的话还没有说完，少校便急忙说：“爵士，快收起来，不到万不得已，千万不能暴露……”

爵士把枪刚刚藏好，那挡着棚子的门帘便被掀开了，从外面进来了一个人。他向爵士这行人做了个手势，让他们跟着他走。大家互看一眼，依次走出草棚。他们穿过一条小道，走到了酋长面前。

“噬骨魔”酋长的旁边聚集着他的手下，而在泊海文纳河口驾着小船和他会合的酋长也在他旁边，那位酋长叫卡纳特德，体格健壮，相貌凶狠，年约40岁。从他脸上刺着的细致花纹来看，他在部落中的地位很高。

不过，“噬骨魔”对他好像很冷漠。善于观察的人看了，一定能猜出他们之间有矛盾。

没错，虽然两个人的力量相当，但卡纳特德在部落里所拥有的权势，让“噬骨魔”嫉妒。因此，在两个人讲话时，“噬骨魔”的脸上虽然流露出笑意，但心里却暗藏敌意。

“你是英国人？”“噬骨魔”问爵士。

“没错，我是英国人！”爵士毫不犹豫地说，因为他知道这个国籍能促进土人拿他们做交易。

“你的同伴们呢？”

“他们和我一样。我们是旅行家，因为沉船，流落到此。我们没有参加战争，我们是清白的。”

“有没有参加战争，谁知道呢？凡是英国人，都是我们的敌人，因为你们侵占了我们的领土，烧毁了我们的村子。”卡纳特德吼道。

“他们做错了！说实话，对于这件事我也很难过，这不是因为我们落入你们之手才这么说的。”爵士认真地说。

“告诉你，我们的‘图洪加’——卢伊·阿同的大祭师落入你们英国人手里，成了你们的俘虏，他让我们把他赎回来。如果不是他说过，我们一定会剜了你们的心，告慰死者的。然后我们还要把你们的头挂在木桩上。”“噬骨魔”说。

原本冷静开口的他却越说越激动，最后气得浑身发抖，大吼着。

不过很快，他平息了自己的心情，慢慢地说：“你觉得英国兵会用‘图洪加’和你们交换吗？”

爵士犹豫了一会儿，他观察着酋长的脸色，好一会儿才说：“很难说！”

“我觉得你的命就能抵上我的祭师的命！”

“不！在我们这里面，既没有首领，也没有祭师！”

巴嘉勒尔听爵士这么说，愣住了，他诧异地看着爵士。

“怎么？你没把握？”

“是的，没有！”

“就是说，英国人不肯把我们的‘图洪加’换回来？”

“用我一个人换肯定不行。如果换，必须用我们几个人一起换。”

“我们毛利人就是一个人换一个人！”

“如果要换，那你就用两个女人换吧！”爵士说着，指了指海伦夫人和玛丽小姐。

海伦夫人想要奔到爵士面前，少校一把抓住了她。

“这两位女士在英国有着很高的地位。”爵士又说，并向她们恭敬地鞠了一躬。

“噬骨魔”观察着每个人，嘴角突然涌出险恶的微笑，但只有一会儿，他的笑容便僵住了，怒声喝道：“你们这些该死的欧洲人，想骗我吗？你以为我看不出你的心思？”

说完，他一指海伦夫人：“她是你老婆！”

“不！她不是我的老婆！”

卡纳特德说完，淫笑起来。随即推开人群，走到海伦夫人面前，将手搭在了她的肩上。海伦夫人的脸吓白了，大声惊呼：“爱德华！”

爵士气极了，他掏出手枪，一枪打死了卡纳特德。

枪声惊动了整个城寨，土人一下子涌了过来。他们举起手来，高声叫喊着，说要严惩凶手，爵士手里的枪也被夺走了。

“噬骨魔”用不可思议的眼神看了爵士一眼，然后一只手挡在了爵士面前，另一只手挡住了因为激怒而跑来的人们。

最后，他严肃地喊道：“神禁！神禁！”

土人们听到这句话，停止了愤怒。爵士一行终于在酋长和神威面前，没有受到伤害。

很快，他们又被押回牢里，不过却发现罗伯尔和地理学家不见了。

第四十三章
Chapter 43

骇人的酋长丧礼

/

“噬骨魔”既是部落酋长，又是部落里的祭师，所以他拥有祭师的权威。正因为如此，他才在喊出“神禁！神禁！”时让迷信的土人退缩。

什么是“神禁”呢？其实也就是土人的一种风俗。一旦某个人或某件事被“神禁”，那么就不能有任何人接触或使用了。毛利族的教规规定，谁伸出了亵渎的手，触及到了“神禁”后的人或物，那么就触犯了神怒，是会被神处死的。即使神没有处死，祭师们也会将触犯了神怒的人处死。

“神禁”除了成为土人的一种习惯外，还会作为酋长的政治目的随时宣布。有些土人甚至在很多种情况下，受到无数天的“神禁”。打个比方，在他剪头发、绣花、造船、造房甚至是重病将死时，都可以受到“神禁”。

又比如说，在河里捕鱼的人很多，鱼养不大；还比如地里的庄稼刚成熟便遭人践踏……这都可以用“神禁”来保护，不过这属于经济目的。而如果一个酋长为了防止闲人骚扰住宅，也是可以将住宅“神禁”起来的。还比如他想垄断外来船舶的外贸活动，他可以用“神禁”来隔离这只船。又比如一个欧洲商人触怒了他，他可以“神禁”这个欧洲商人……

总之，在这些场合下，“神禁”所起的作用就和欧洲古代皇帝的“否决权”差不多。

在土人心里，一个被“神禁”的东西，千万不能触摸，不然必遭惩罚。比如说，一个土人动了被“神禁”的东西，在很长一段时间里，有些食物他是不能吃的。即使过了这个禁食期，他的手也不能触摸食物。而如果他是富人，他在不能触摸食物时，可以让奴隶帮他将食物送进嘴里；若这个人是穷人，那么他只能用嘴去叼食物吃了，意思就是说：“神禁”让他变成了牲畜。

不管怎么说，这种奇怪的风俗约束和操纵着新西兰土人最微小的动作，甚至可以说是“神”对土人生活的干涉。这种风俗虽然不是法律，但在土人眼里比法律还庄严。而这种频繁的“神禁”，也可以说是法律的概括，它无可辩驳，也无人辩驳。

被关起来的爵士一行，因为酋长的一个“神禁”指令，让他们从狂怒的人群中活了下来。当时那几个“噬骨魔”的亲信，在听到首领“神禁”后，马上住了手，并反过来护住了爵士一行。

不过，爵士并没妄想着能够免死，他抱定了一命换一命的想法。

我们应该知道，在土人的风俗里，一个临死之人必须遭受各种苦刑，绝对不会让你痛痛快快地一下子去死的。爵士自然知道他这次的义愤之举意味着什么，也知道自己免不了会受到残酷的报复。他做好了准备，而且他也希望这个残酷报复只针对他一个人，不要牵连到其他人。

可以想象，这一夜，爵士一行是多么难熬，没有人能描述出他们的焦急心情，更没人知道他们的痛苦。可怜的小罗伯尔和乐观的巴嘉勒尔不见了，他们去哪儿了？又会遭遇什么？是不是已经成了土人报复的第一批牺牲品？

此时，对于他们俩，大家已经不抱任何希望了，连很少绝望的少校也死了心。玛丽小姐因为没有了弟弟，非常悲伤。这让麦盖尔很是心疼。

爵士的脑海里不断回响着海伦夫人那可怕的要求，她希望他打死她，以免受苦刑或做奴隶。可他怎么会忍心打死自己的爱妻？

“玛丽小姐，我又有什么权利来打死她？”麦盖尔心里也在这么想着，不禁万念俱灰。

对于逃跑，想都不用想，根本不可能。10个全副武装的战士，正站在门口。

一直到2月13日早晨，由于“神禁”的原因，土人没有任何人和爵士一行接触。关他们的棚子里也有吃的东西，但爵士他们却一点都没动。悲伤过度的他们，丝毫感受不到饥饿。

整整一天就这么过去了，既没有坏消息，也没有好消息。很显然，这是要将死者的葬礼和凶手的死刑一起进行了。

爵士觉得“噬骨魔”肯定已经打消了交换他们的想法，不过，少校对此还抱有一线希望。

“谁知道会怎么样呢？我敢说，对你打死卡纳特德，他肯定还心存感激呢！”少校老是这么说。他让爵士回想一下卡纳特德死时，“噬骨魔”的表情。

不过，虽然爵士觉得少校说得有道理，但还是不抱任何希望。第二天又过去了，对爵士的处刑并没有举行。

为什么会这样呢？

原来，毛利人有一个必须严格执行的风俗，那就是一个人在死后的3天里，灵魂并没有离开肉体，所以死去的人还要过3个24小时，尸体才能埋葬。

2月15日，整个城寨都静悄悄的。麦盖尔时不时地站在维尔逊肩头朝外面看。外面看不到一个土人，只有关押他们的地方有土人轮流值班。

到了第3天，每个棚子的门都打开了。男男女女，老老少少的土人有好几百人涌到了堡上，他们个个都很安静，悄无声息。

“噬骨魔”也从他的房间里出来了，后面跟着的是一些部落里的首领，他们走到城寨中间，站在一个2米高的土堆上。其他土人站在土堆后的几米处，将土堆围成了半圆形。整个环境寂静异常。

“噬骨魔”做了个手势，有个土人战士便走到了“牢房”。

“别忘了我和你说过的话。”海伦夫人对爵士说。

爵士将海伦夫人拥在了胸前。此时，玛丽小姐也走到了麦盖尔身边，她对麦盖尔说：“爵士和夫人都觉得，一个妻子如果无法忍辱偷生，就可以要求丈夫把她打死；那么作为一个未婚妻，也有同样的要求。约翰，在这关键的时候，我能说，在您的内心深处，已经承认我是您的未婚妻了对吗？如果是这样，亲爱的约翰，我希望您也能像海伦夫人要求爵士的那样，好吗？”

麦盖尔欣喜若狂，叫了起来：“亲爱的玛丽……”

没等他把话说完，草帘便被掀开了，他们被押到了“噬骨魔”那里。两个女士已经下定决心要死了，所以也没什么怕的了，看起来非常平静。男人们心如刀割，但表面却很平静，一脸坚毅。

当一行人走到酋长面前时，酋长对爵士说：

“是你杀死了卡纳特德？”

“没错！是我杀死了他。”

“那么明天太阳一出来，你就得死！”

“只是我一个人死吗？”爵士问，他的心跳得厉害。

“如果不是我们‘图洪加’的生命比你们宝贵……”“噬骨魔”叫了起来，眼神中射出毒意。

此时，土人的人群突然骚动起来。爵士朝四下一看，见人群被分开，有个土人战士气喘吁吁地跑了过来。“噬骨魔”也许是想让爵士他们听到，便用英语问道：

“你是从阵地上回来的吗？”

“是的！”土人战士说。

“你看见我们的‘图洪加’了吗？”

“看见了。”

“他怎么样？还活着吗？”

“没有！他死了，他被英国人枪毙了！”

看来，既然“图洪加”死了，爵士和同伴们的生命也就走到尽头了。

“你们都要死！明天太阳出来的时候，就是你们的死期！”“噬骨魔”大声叫道。

他们的命运就这么被做了判决，所有的人都要死。不过，海伦夫人和玛丽小姐面对这种情况，脸上却露出了微笑，看着天空，以表示感谢。

爵士一行这次没有被押到“牢房”，而是和土人一起，参加了卡纳特德的葬礼，并且还要跟随葬礼举行血祭仪式。几个土人战士将他们押到了一棵很大的“苦楝”树脚下。看守他们的人一直和他们在一起，紧紧地盯着他们。整个部落都沉浸在悲伤和哀悼中，似乎已经忘记了自己是谁。

卡纳特德已经死了3天了，按土人的风俗，灵魂已经离开肉体，可以举行葬礼了。

卡纳特德的尸体停在城寨中间的小土堆上。死去的卡纳特德穿着一件华丽的衣服，外面裹着一层草席，头上插着一根羽毛，还戴着一圈绿叶。他的整个面部、胳膊和胸脯上都擦上了油，看不到爵士用枪打过的痕迹。

卡纳特德的亲友全都走到了小土堆旁，突然，像有人指挥的乐队在唱丧歌，四周传出了哭泣声、号哭声和呜咽声，这些声音交织在一起，形成了交响曲，响彻云霄。

大家用沉痛的音调，用哭声来表达对死者的哀悼。死者最亲近的人，不停地捶打着自己的头，远亲则抓自己的脸，他们用这种形式来表现死者流的血比流的泪多。

这些可怜的女人用这种形式表达着她们的悲伤。不过，好像这样的形式还无法告慰死者的灵魂，她们觉得死者一定会将怨气和怒气发泄到活着的人身上，所以她们觉得，如果不能让死者复生，那么就要让死者在阴间享受快乐。因此，卡纳特德的妻子是不能让丈夫一个人进坟墓的，何况这个不幸的女人也不想独自活在世上。

这都是风俗，也是责任。也就是说，殉夫的事在新西兰很正常。

于是，卡纳特德的妻子出来了，她非常年轻。披头散发的她一会儿号哭，一会儿哽咽，悲伤至极。她一面哭泣，一面诉说着什么，从她模糊的话音和缠绵的语调中可以感受出，她是在歌颂死者的品德。而当她哀伤到极点时，便躺在了土堆下，将头在地上拼命地撞。

此时，“噬骨魔”走到了她的身边。她爬了起来，“噬骨魔”挥舞着手里的木槌，将她砸倒在地。

她就这么死了。

吓人的声音再次响起，土人们举起自己的拳头，威胁着爵士一行。爵士一行一动也不敢动，因为葬礼还没有结束。

卡纳特德和他妻子的尸体并排躺着。不过，在那个阴冷的环境下，卡纳特德仅有妻子一人陪着还不行，还需要奴隶。所以他们的奴隶也要跟着一起死——因为如果没有奴隶，谁来伺候他们夫妻？

可怜的6个奴隶被带到了两具尸体面前。这些奴隶都是土人部落间发生战争时，俘虏的敌方土人。

奴隶主在世时，这些奴隶忍受着饥饿，受尽了虐待，干着牲畜干的活。而在奴隶主死后，他们依然要陪着奴隶主去死，去为死人服务。

这些奴隶好像并不为他们的命运叫屈，也安于接受这样的命运。也许是因为他们早就知道要殉葬，所以表现得很平静，没有一丝惊恐。他们的双手没有被捆上，以示他们心甘情愿去陪葬。好在他们的死法会很利落，所以也算是解除了长期的辛劳和折磨。

毛利人的酷刑只针对这些欧洲人。

爵士一行在20步远的地方挤成了一团，他们把眼睛转向了别的地方，不忍心看这一个接一个的凶残场景。

6名土人战士高高地举起木槌，向那6名奴隶砸去。顿时，6名奴隶倒在了血泊里。于是，有人发出了一声号令——吃人肉开始了。

6名奴隶的尸体是不会像主人的尸体一样受到“神禁”的，所以他们归全部落的人所有。就这样，6名奴隶的尸体，成了哭丧者的酒菜。

祭礼结束后，所有的土人，首领、战士、老人、妇女、儿童……不分年龄、性别，个个都像发了疯一样，扑向了“食物”。

爵士一行看得浑身发抖，喘不过气来。他们尽量不让海伦夫人和玛丽小姐看到这惊人的一幕。而这时，他们也已经意识到，明天太阳出来时，他们不知道会有怎样的死法，而且死之前，又要经历什么，他们不敢想，也不能想。

吃完人肉，是葬礼的舞蹈节目时间。土人们开始喝一种用“极品椒”酿成的烈性酒，喝了烈性酒的土人，已经没有一点人性了。他们会不会忘了酋长的“神禁”，提前向爵士他们下手呢？爵士一行吓坏了。

好在“噬骨魔”始终保持着清醒，在给了大家一个钟头的跳舞喝酒时间后，他们依照习惯开始进行最后一项仪式。

卡纳特德夫妇的尸体被抬了起来，根据新西兰土人的风俗，他们的手脚是要弯过来，并贴着肚子的。而且现在的埋葬并不是真正的埋葬，只有把尸体埋在土里后，皮肉烂了，只剩下骨头，埋骨时才算是真正的埋葬。

墓地被选在了城寨外3公里处的小山顶上，这座山在湖的右边，叫孟伽纳木山。

在将尸体往那里抬时，有土人拿来了两只原始的轿子，这种轿子只是两个软兜。在将软兜摆在土堆下后。他们把两具蜷曲的尸体用藤箍支着放到软兜上。然后由四个土人抬着往前走。轿子后面是排列整齐的土人，他们大声号叫，唱着丧歌，一直走到墓地。

爵士他们一行始终被监视着，一直看着送殡队伍离开城寨，慢慢地，那哭声和歌声低了下来。

大约半个小时后，那些送殡的人钻进深谷不见了。接着，又看见他们出来了，在山路上蠕动。远远望去，那支漫长而曲折的队伍一起一伏的，像鬼影一样在晃动。

整个部落的人在250米高的地方停下了，那就是孟伽纳木山的山顶，是预先为卡纳特德夫妇准备的墓地。

在土人的风俗里，一个普通的土人坟墓只是一个坑和一堆石头。可对一些有权有势的酋长来说，这些人是会变成神灵的，所以也就为他们造了一个能和他们生前的名誉相匹配的大坟墓。

墓地外有一道栅栏，墓穴旁有很多木桩，木桩上刻着一些涂得鲜红的人物。

新西兰土人认为，死去的人的灵魂也和活着的人一样，是要吃东西的，所以墓穴里还放了很多粮食、衣服和武器。

死者死后该享用的一切，全都都置办齐了。他们这才将尸体放了进去，并让两具尸体并排躺着。大家在又大哭了一阵后，这才将尸体掩埋起来。

做完这些，送殡的队伍默默地下了山。此后，任何人都不能再去那座山了——谁去谁就会死。因为它是受到“神禁”的，同伽利洛山也一样，没有土人敢去。

同伽利洛山上埋着的，是1846年地震时死去的一名酋长。

第四十四章
Chapter 44

罗伯尔帮越狱

/

太阳在导泊湖边的图哈华山峰和普克塔浦山峰后面沉了下去，爵士一行重又被押回“牢房”。在第二天太阳升起前，他们是不能离开这所“牢房”的。

还有一夜的时间，这一夜，他们要做离世的准备。虽然悲痛欲绝，惊恐万分，但他们还是一起吃了一餐饭。

“在死亡面前，我们不用垂头丧气，要叫那些野人看到，我们欧洲人是多么不怕死。”爵士说。

吃过饭，海伦夫人开始高声诵起了晚祷，全体同伴随着她一起脱帽祷告。

有谁在死亡降临时，会不想上帝？

做完晚课后，大家互相拥抱了一下。

玛丽小姐和海伦夫人退到了棚子的一角，躺在一张草席上。她们暂时忘记了悲伤和痛苦，互相拥抱着进入了梦乡。接连的疲惫、惊恐和失眠让她们再也熬不住了。

在玛丽小姐和海伦夫人进入梦乡时，爵士把其他人拉到了一边：

“亲爱的伙伴们，我们和两位可怜女士的生命，都掌握在了上帝手里。如果明天我们的死是天意，那作为上帝子民的我们，一定要勇敢地接受死亡，接受上帝的审判。上帝能看透我们的心意，知道我们是一群追求高尚目标的人。如果不成功，那就是上帝的安排。到那时候，不管上帝的旨意如何严酷，我们都不抱怨。不过，在这里我们不是为了求死，这里有苦刑，有奇耻大辱，特别是还有两位女士……”

爵士的语气很坚定，说到这里，他的声音开始颤抖。他停了下来，抑制住感情，慢慢地说：“约翰，我知道你会像我对待海伦一样对待玛丽，你有什么决定？”

“我答应过她的事，我想我一定能做到！”麦盖尔说。

“可我们没有武器怎么办？”爵士说。

“还有一件武器！”麦盖尔说着，拿出了一把短刀。

“在卡纳特德倒在您脚下时，我将这把刀从野人的手里夺了过来。爵士，我们俩不管谁活着，都要履行我们对海伦夫人和玛丽小姐的诺言。”

棚子里一片沉寂。好一会儿，少校说：“朋友们，我们还没有到最后的时刻，是不能采取这种举动的，我始终不相信没有任何机会。”

“我只是这么说。情况不同啊，如果只是几个男人，我一定会喊，朋友们，冲出去，杀死那些坏蛋！不过还有她们，还有她们呀……”

就在这时，麦盖尔悄悄地掀开了门帘，发现在“牢房”外看守的土人有25个。25个看守面前燃着一堆火，火光照在了城寨里高低不平的草棚子上。那些看守有的躺在火周围，有的站着不动。不过，不管他们是躺着还是站着，他们都会时不时地转头看着爵士一行人待着的棚子。

曾有人说，在看守和想越狱的人之间，越狱的人逃跑的机会更多一些。因为一个有心，一个无意。有时候，看守的人是会忘记自己在看守的，而越狱的人却时刻盯着看守在看，所以如果犯人想逃跑的话，还是有机会的。

不过，在爵士他们所处的环境中，那些看守好像并没有无意，因为这些人对欧洲人充满了仇恨，有着强烈的复仇心。如果说爵士他们为什么没有被捆的话，是因为根本不需要捆绑，因为有25个人看着唯一的一道门。

他们所在的棚子背后靠着城寨尽头的一座石岩，前面只有一条小道通向城寨中心的平原。棚子两边是悬崖峭壁，底下又是30米深的深坑。所以要想滑下去根本不可能。想挖地道吧也不行，因为地面全是大石头。唯一的出路就是通向城寨中心，像吊桥一样的泥路，可那泥路也被土人把守着。所以逃跑根本是不可能的事。

爵士在棚子里试过很多次，但都不是逃跑的好办法。

真是令人焦躁的一夜，时间在一分一秒地过着。当夜幕完全笼罩了整座山时，天空既没有月亮也没有星星，黑暗一片。狂风在寨子周围肆虐，吹得棚子上的木桩发出了呜咽声。

土人烧的那堆火因为狂风，更亮了。火光直直地射向了关着他们的棚子。里面的人顿时被照亮了。爵士他们这群可怜的人，只能沉浸在绝望中。

周围死一般地寂静。

差不多凌晨4点的时候，一阵轻微的声响引起了少校的注意。响声是从棚子底部的木桩后传出来的，也就是在靠近石岩的那面墙底下。

开始的时候，少校并没注意那声响，后来听到不断在响时，他把耳朵贴近地面，仔细听了听，觉得像是有人在扒土挖洞。

少校心里有了底，急忙溜到爵士和麦盖尔身边，打断了他们绝望的沉思，然后将他们引到有声音的地方。

"快听！"他小声说着，做手势让他们伏下身子听。

扒土的声音越来越响，他们听出有种很尖的东西像在钻石头，石子也在哗啦啦地往下掉。

"是不是野兽在动。"麦盖尔说。

爵士拍拍额头说："谁知道呢？如果是人在扒呢？"

"管它是人是兽，等会儿就知道了！"少校说。

维尔逊、奥比尔也跑了过来，大家一起动手挖墙壁。麦盖尔的短刀有了用处，其他人则捡起地上的石头，甚至用手和指甲来扒。穆纳趴在地上从门帘缝隙看外面，给他们放哨。

那些土人还围坐在火堆旁一动不动，他们丝毫没意识到离他们20步远的地方有情况发生。

那层硬土是由凝灰岩构成的，特别容易碎，所以虽然没有工具，但他们挖得很快。不一会儿，大家便断定外面有一个人或几个人在挖地道。这些人为什么要挖地道？他们知道这棚子里有俘虏吗？他们有什么企图？

大家又加紧挖。手破了，流血了，可还是不停地在挖着。半个小时后，他们挖出的洞有1米左右宽了。外面的声音更响了，他们之间仅仅隔着薄薄的一层土，只要将这层土扒掉，两边就通了。

几分钟后，少校的手被刀尖扎破了，他急忙往回一缩，疼得差点叫出来，但又忍住了。

麦盖尔伸出了短刀，挡住了外面钻进来的刀，随即他摸到了一只手。那手像是女人或小孩的手，而且像是欧洲人的手。

双方都一言不发，很明显都不敢声张。

“难道是罗伯尔？”爵士自语道。

即使他说话的声音很低，玛丽小姐还是被惊醒了。她溜到了爵士身边，抓住了那只糊满泥土的小手吻着。

“是你！我的小罗伯尔！真的是你！”玛丽肯定地说。

“姐姐，是我，我来了，我来救大家了。不过不要说话。”

“真是个好孩子！”爵士激动地说。

“看着外面的土人。”罗伯尔又说。

在知道外面是小罗伯尔后，穆纳也跑了过来，一听这话，急忙跑到原地去监视。

“没事，现在只有4个看守，其他人都睡着了。”穆纳小声说。

“我们再扒！”维尔逊说。

洞扒大了，罗伯尔钻了进来，先是扑进了姐姐的怀里，接着又到了海伦夫人的怀里，他的身上捆着一条弗密翁草的长绳子。

“我的孩子！他们没有杀掉你吗？”海伦夫人小声说。

“没有，夫人！我也不知道怎么回事，就那么乘乱逃出了土人的视线。我爬出栅栏，在树丛里躲了两天。晚上我到处跑，找你们。趁着全部落的土人都在为酋长办丧事的时候，我跑到这个棚子的城寨脚下，发现我能爬到你们这里来。

“在一个没有人的棚子里，我找到了一把刀和绳子。我把峭壁上的草丛和树枝当软梯，爬上来了。我还发现这棚子靠着的高岩中间有个洞，那个洞和棚子只隔着几层厚的松土，所以就把洞扒通了。”小罗伯尔说。

没人说一句话，许许多多的热吻回应着小罗伯尔。

“我们走吧！”小罗伯尔说。

“巴嘉勒尔在下面吗？”爵士问。

“巴嘉勒尔先生？”罗伯尔一惊，反问道。

“他呢？他是不是在下面等着我们？”

“没有，爵士，巴嘉勒尔先生难道没有在这里吗？”

“不在这里，罗伯尔！”玛丽说。

“难道你没有看到他？在那么乱的情况下，你们就没碰到？你们不是一起逃的？”

“没有！我们没有一起逃，爵士！”罗伯尔说。听说巴嘉勒尔不见了，他非常吃惊。

“快走吧！一分钟都不能耽误了。现在巴嘉勒尔在任何地方，都比在我们这里好！我们要赶快走！”少校说。

时间对他们来说太宝贵了，现在他们非逃不可。

这次逃脱，他们面对的将是洞外一段几乎垂直的峭壁，有多危险可想而知。好在这峭壁只有7米左右，当他们下了这段峭壁后，就会遇到一个斜坡，斜坡一直通到山脚下，从山脚下，他们又可以钻进山谷去。而土人要是知道他们逃跑了，是要绕个大圈子才能到这里的，因为他们不知道关他们的棚子和斜坡间有一个地道。

为了逃跑成功，他们预先做了一些安排：大家先一个接一个地爬出狭窄地道，到下面的山洞里。在这些人中，麦盖尔断后，在他离开前，要先把他们扒出的洞填上，并用草席把地道口盖住。

当然，想要下那段峭壁，没有绳子不行。幸好罗伯尔带着一条。

大家急忙解开绳子，将绳子的一端拴在岩石上，另一端拖向外面。绳子是用弗密翁叶筋做成的，麦盖尔先试了试，觉得绳子有些不结实。此时，任何的险都不能随便去冒，因为摔下去的话很可能会死。

“一条绳子一次只能吊两个人，我看我们还是根据绳子能承受的重量来吧。爵士和夫人先下，等你们下去了，抓住绳子摇三下，然后再下另两个。”

“还是我先下去吧。我在坡的下端看到了一个深坑，先下去的人可以躲在里面，等后面的人。”罗伯尔说。

“好！我的孩子，你先下去吧！”爵士握了握他的手，慈爱地说。

罗伯尔出了洞，很快就不见了。一分钟后，绳子抖了三下，说明他已经顺利到了地面。

很快，爵士和夫人也冒险爬出洞外。黑夜依旧，不过东边山峰处已经有微微的光亮了。

清晨的寒气让海伦夫人很振奋，她精神十足，开始了她的危险之旅。

爵士率先抓住了绳子，随即海伦夫人也抓起了绳子，两个人沿着绳子滑了下去，很快就到了峭壁搭到坡顶的地方。随即，爵士在海伦夫人的前面顶着她，慢慢地往下退。爵士很快就找到了落脚点，周围是些草根和小树。他先试了一下，然后将海伦夫人的脚也放上去。

有小鸟被惊飞，还有小石子哗啦啦地往下掉，两个人胆战心惊。

在坡上走了近一半的距离后，他们听到洞里有人叫“停下来”。

是麦盖尔在叫。

爵士一只手抓住一丛方茎草，另一只手拉着海伦夫人停了下来，大气都不敢出。

原来，监视外面土人的维尔逊发出了警告声，他发现爵士他们在下面发出了声响，所以急忙托着门帘看外面。听到他的招呼声后，麦盖尔急忙提醒爵士。

果然，看守的土人听到棚子里有异样声响，走了过来。不过他在离棚两步远的地方停下了，低下头仔细听着。他站在那里的时间虽然只有1分钟，但对棚子里的人来说，却像1个小时。

最后，土人可能觉得自己听错了，又摇摇头回到了同伴身边，并抱了一捆干柴，加在了半熄的火堆上。火又旺了起来，照亮了土人的脸，从他脸上，看不出任何的怀疑。又看了看天边最开始的那一缕淡淡的晨光后，他重新躺在火边，烤着冻得很僵的手脚。

“可以了！”维尔逊小声说。

麦盖尔冲洞外的爵士发出信号，爵士顺势往下一滑。很快，海伦夫人和爵士便在罗伯尔等着的那条小路上停住了。

在将绳子摇了三下后，其他人都下来了，最后，麦盖尔带着玛丽小姐也下来了，他们到了罗伯尔说的那个深坑。仅仅用了5分钟，全体成员都顺利地逃出了棚子，离开了临时藏身的土坑。他们避开了有人居住的湖岸，沿着狭窄的小路钻进深谷。

他们走得很快，像鬼影一样，在小树丛中穿行。他们要去哪儿呢？

没人知道，他们只是没目的地乱跑。不过，他们自由了。

将近早晨5点的时候，天慢慢亮了，云堆高处，有淡蓝色的影子出现。

晨雾中很快就要露出朦胧的山峰了，太阳很快也要上山，不过，太阳上山虽然不是处置他们的时间，却是暴露他们逃跑的时间。

所以，他们必须在土人追捕之前，逃出土人圈子。而且必须跑得远远的，让他们无法找到踪迹。

不过，他们无法走快，因为小路实在是太难走了。爬坡时，爵士扶着海伦夫人，麦盖尔扶着玛丽小姐。罗伯尔则满心欢喜，享受着成功和胜利的喜悦。他在前面开路，两名水手断后。

再有半个小时，旭日就要从云雾中升起了。

没有巴嘉勒尔的引路，逃命的几个人又乱跑了半个小时。此时，大家在逃命中还想着巴嘉勒尔，还在为他的安危担心。下落不明的他，成了成功喜悦中的一道阴影。不过，大家还是尽可能地朝东方跑，迎着晨曦跑。

很快，他们到了离导泊湖约150米高的地方。

清晨的寒冷让处在高空中的他们越发冷了，刺骨的寒冷侵蚀着他们的肌肤。高山和丘陵隐隐约约地重叠在他们面前。不过爵士此刻想的却是进山越深越好，他只想先钻进谁也找不到的迷宫，然后再设法摸出来。因为太阳出来了，这就预示着逃亡者又要面临追杀了。

就在这时，他们听到了惊人的咆哮声，那是由成百上千的呼叫声混合而成的，在空中发酵。

声音是从城寨里传出来的。可城寨此刻又在什么地方？爵士一时之间无法辨清方向。而且由于被浓雾笼罩，他们根本看不清下面的低谷。

不过不用怀疑，土人一定是发现他们逃跑了，正在追捕呢。他们现在是否已经被土人发现了？他们沿途留下的遗迹会不会已经向土人指明了方向？

此时，下面的雾气全部涌了上来，并把他们包围在湿云里，他们看见脚下100米远的地方有着疯狂的土人。

看来，他们看见了土人，而土人也看见了他们。又是一阵咆哮声响起，咆哮声中还夹杂着狗叫声。

全部落的土人都跑了出来，他们想要爬上悬崖，但却爬不上来，所以又转头涌向了栅栏，抄小路追踪他们……

第四十五章
Chapter 45

墓穴成了保护伞

/

爵士一行离山顶还有30米远的距离。

他们要想躲过毛利人的追捕，只能爬到山上，然后再转到山的另一边去。他们希望另一边有山脊，这样就能让他们直达山峰了。不过，山峰混杂在庞大的山系中，让他们有些分不清方向。如果巴嘉勒尔和他们在一起，一定能知道这复杂的山势是怎么形成的，应该怎么逃脱。

不管怎样，他们必须费力往上爬。叫骂声离他们越来越近，突然，那群凶狠的土人追到山脚下却停住了。

“朋友们！加油！”爵士并没看到这种情况，还在为大家加油。

不到5分钟，他们就爬到了山顶。他们四下看着，判断着自己所处的形势，考虑着要怎么躲那些土人。

站在他们所处的高度，他们能够看到整个向西展开的导泊湖。导泊湖的四周被许多山环绕，风景非常优美。导泊湖的北边是毕龙伽山的群峰；南边是同伽利洛山的喷火口；东边视线被与华西梯连山相连的山峦遮挡，华西梯连山是由一连串起伏的山岭组成的大山脉。此山从库克湾起，斜贯北岛全境。所以他们必须从山那边再跑下来，这样就能钻进狭隘的山坳里了。

不过，如果真要这样的话，他们可能又找不到出路了。

此时，云雾在太阳的照耀下消散了，他们清楚地看到了山下的毛利人。那里是个平顶小山头，小山头的平顶上有个圆锥形山尖，当他们到达那个山尖时，土人离他们也不过150多米。

爵士一行不敢停留，不管多累也要拼命地跑，不拼命跑的话，很可能会被土人包围的。

“趁现在我们的路还没有被截断，赶快跑到山那头去。”爵士大声说。

不过，两位可怜的女士却是怎么努力都跑不动了，在她们努力又要往上爬时，少校制止了她们：“不用跑，你们看看下面。”

爵士和其他人一起朝下看，发现了一件不可思议的事情。

山脚下的土人，像是接到了一道严厉的指令，或是遇到了不可逾越的鸿沟，全都停在那里，不往上追了。

那些吃人的土人，只是在山脚下一字儿排开，拼命地叫嚣着，挥舞着手里的枪和斧头。不要说他们，就连他们的狗都停在那里，像它们的主人一样，大声狂叫。

这到底是怎么回事？是什么样的力量制止了他们？

被土人追赶得够呛的他们瞬间目瞪口呆，很是莫名其妙。他们想，会不会是“噬骨魔”部落的一种魔力？而一旦魔力失效，他们又会拼命追上来呢。

突然，麦盖尔大叫一声，其他人一起回过头来。麦盖尔手指着圆锥形山尖上那筑起的小碉堡给他们看。

“那是卡纳特德的墓！”罗伯尔大声说。

“什么？你没说错吧，罗伯尔？”爵士问。

“没错！爵士，那里就是卡纳特德的坟墓。我知道！”

罗伯尔确实没有说错，再往上走15米，就是山尖的顶端了，那里有很多涂了红颜色的木桩，木桩将那里围成了一道栅栏。爵士也认出了那是新西兰酋长的坟墓。

原来，仓皇逃跑的他们，无意间逃到了孟伽纳木山的山顶。

爵士带领大家一起向那圆锥形山尖走去，一直爬到了坟墓脚下。他们发现，坟墓前有个大缺口，缺口处用草席盖着。如果打开草席，他们就能走进墓室了。爵士正要往墓室走，却又连连后退两步。

“里面好像有个土人。”

“哦？这墓室里还有土人？”少校也很吃惊。

“是呀，我也奇怪。”

“不管他，先进去看看再说。”

爵士、少校、罗伯尔和麦盖尔率先钻进墓室。果然，那里有个披着弗密翁草麻外衣的毛利人。由于墓室太暗，他们看不清毛利人的样子。不过，毛利人表现得很平静，正悠闲地吃着东西。爵士正要和他说话，那个“土人”却开口了，口气非常和蔼，他用流利的英语说：“我亲爱的爵士，坐下吧！有早饭在等着您呢！”

是巴嘉勒尔。

大家一听，全都奔了进来。而每个人都被长着长长胳膊的巴嘉勒尔抱了一下。

巴嘉勒尔找到了，有了他，大家也就不用没目的地乱转了。大家正要开口问他是怎么到这里来的，爵士一句很扫兴的话让大家把兴奋又收了回去。爵士说：“土人把我们包围了！”

“土人？根本不用在乎他们。”

“我怕他们会……”

“他们？那群笨蛋！你们看着好了！”

巴嘉勒尔说着，走出了墓室，其他人跟在他后面。再看山脚下，那群土人依然在原地咆哮。

“让他们叫吧！拼命叫！喊破嗓子地叫！这群愚蠢的家伙，看他们敢不敢爬上来。”巴嘉勒尔说。

“什么？他们不敢爬上来？为什么不敢？”爵士问。

“因为这里埋着他们的酋长，所以这山被‘神禁’了，此刻这坟墓保护着我们。”

“什么？‘神禁’？”

“对呀，朋友们！正因为这座山被‘神禁’了，所以我才逃到这里来的。这里就和欧洲中世纪那些不幸的人逃到不可侵犯的圣地一样。”

“啊！太好了！上帝保佑！”海伦夫人长舒一口气，高兴地将双手举向天空说。

没错，这座山因为有了酋长的坟墓，所以成了“神禁”之地，避免了那群迷信的土人侵袭。

不过，逃到这里的爵士一行并没有算是完全脱了险，只能说暂时安全了。不过这暂时的安全，也是可以让他们想出更好的脱险办法。爵士心里五味杂陈，沉默着，什么话都不说。少校摇着头，露出不可思议及庆幸的神色。

“朋友们！那群蠢货如果想把我们这么围困起来，那简直就是做梦。我敢说，不出两天，我们就能逃出他们的魔掌。”巴嘉勒尔说。

“我们是要逃，可怎么逃呢？”爵士说。

“不知道！不过我们终究会逃掉的。”巴嘉勒尔说。

此时，每个人都想知道巴嘉勒尔的遭遇。不过很奇怪，巴嘉勒尔这个原本说话滔滔不绝的人却沉默了下来，直到别人逼他，他才挤出几句。

平时说话眉飞色舞的他，现在却没有一点精气神，回答起问题来也是支支吾吾的。

“这巴嘉勒尔怎么像换了一个人似的？”少校想。

是的，巴嘉勒尔不仅说话不像以前了，就连仪表也和原来不一样了。他用罩衫紧紧地裹住了自己，生怕大家看到什么。一谈到自己，也总是面露尴尬之色。不过大家不便紧追不放，所以只好装作没看到他的情绪变化。

在不谈到他自己的时候，巴嘉勒尔依然兴高采烈，和往常一个样。

对于他所经历的，也是大家在墓室外的栅栏脚下，围着他坐下时，他有所保留地，有选择性地讲给大家的。

在爵士用枪打死了卡纳特德后，他和罗伯尔一样，乘乱逃出了城寨的外城。不过，他没有罗伯尔幸运，他误入了另一群毛利人的营地，并被抓了起来。那里的酋长身材很高大，样子看起来也很聪明，巴嘉勒尔很快就看出他比本部落的其他人地位高。那位酋长的英语说得很好，喜欢用鼻尖磨巴嘉勒尔的鼻子，以示欢迎。

巴嘉勒尔警觉地想，难道自己又成了这里的俘虏？可又不像。不过，他每走一步，酋长都会殷勤地陪着他，简直到了寸步不离的地步。最后，他知道了自己为什么会得到这种“优待”。

原来，这位酋长叫“西夷”，也就是“太阳之光”的意思。巴嘉勒尔从酋长的言行看出，他并非什么恶人。在那酋长看到巴嘉勒尔鼻梁上的大眼镜以及身上挂着的望远镜后，便对巴嘉勒尔有了敬意，他努力想让巴嘉勒尔成为他身边的人，并不断用小恩小惠笼络巴嘉勒尔，同时为了预防巴嘉勒尔逃跑，晚上的时候，还用弗密翁麻的绳子捆住他。

就这样，巴嘉勒尔在那里待了3天，这3天，他说不清自己是受到了优待还是虐待。

“应该说既是优待，又是虐待。”巴嘉勒尔最后说。

对此，他并不做过多的解释，总之，他在精神上也成了俘虏，虽然没有面临像爵士他们一样的生死恐怖，却也比爵士他们好不了多少。

终于在一天夜里，他将捆着他的绳子咬断，逃跑了。

由于他曾远远见到卡纳特德埋在这里，也知道酋长所葬的孟伽纳木山顶上，是会被“神禁”的，所以就逃到了这里来。同时，由于他的同伴还囚禁在这一山区，所以他不愿意丢开他们独自逃命。

好在他成功了。昨天夜里，他来到了卡纳特德的墓室。在这里，他一边休养生息，一边等待机会救回同伴。

巴嘉勒尔把他的经历讲完了，他会不会有意隐瞒了他在土人那里的一些生活细节？大家从他一次次吞吞吐吐的语言中，感觉到是这样，但也没有追问，因为对他们来说，他逃出来了，大家就应该祝贺他。

过去的事情就是那样，他们必须谈谈接下来该怎么办了。

当前的处境还是很严峻的，因为虽然土人们此时不敢往山上爬，但却准备围困他们，想必是要让他们熬不过饥饿和干渴，乖乖地逃下山。所以土人们有的是耐性，他们有的是时间等待。

而在这段时间，爵士一行也在等待时机，必要时，他们要给自己创造机会。

所以爵士首先做了一番侦察，他发现孟伽纳木山的地形是临时碉堡式。当然，他的目的不是借助这些碉堡防卫，因为土人是不敢攻上来的，他的目的是如何走出这个碉堡。少校、麦盖尔、巴嘉勒尔和他一样，也去观察了一下这座山，观察各条山路的方向、坡度和能够到达的地方。

他们发现，孟伽纳木山连接到华西梯连山的那条山岭有1公里长，而且是斜坡，一直通向平原。岭上的山脊很窄，而且没有规则地起伏着。如果想要逃脱围困，这是唯一的途径。而且他们如果黑夜从山脊上逃跑的话，也不容易被土人发现。更重要的是，在他们逃进那条连山深谷后，很可能毛利人就无法追到他们了。

不过这条路很危险，因为山脊低的地方枪弹能够打到，这样土人在山腰下就很容易地构成了一道火网，这条火网是任何人都闯不过去的。

爵士和他的朋友们一起冒险前行，走上了那段危险的山脊。果然，迎面就是冰雹样的弹丸，幸好没有打中他们。但几包火药纸团却被风吹到了他们面前，纸团上有字，好奇的巴嘉勒尔捡起来一看，怒声道：“朋友们！你们知道这帮混蛋是用什么做的火药纸团吗？”

“是什么，巴嘉勒尔？”爵士问。

“是用《圣经》上的纸做的。如果《圣经》里神圣的语言只是为了让他们做火药团，那我真为那些传教士委屈，他们白费心血了。他们还说要给毛利人建图书馆，我看简直就是不可能的事。”巴嘉勒尔气愤地说。

爵士和同伴们又爬上了圆锥形山坡的坡路，走向墓室，想去看看墓室内部的情况。走着走着，他们突然觉得脚下有什么东西在动，非常吃惊。最后才发现脚下就像锅被煮沸般在颤动。很明显，地下火燃烧起来了。蒸汽很久以前就蕴藏在山下，由于无法喷射出来，所以在里面沸腾。

作为从威卡陀的沸泉中过来的人，这种特殊现象并没有让他们大惊小怪，他们知道依卡那马威岛的中部基本上都是火山质。有无数像筛子一样的孔让蒸汽、沸泉和硫气坑从孔里泄露出来。

巴嘉勒尔发现了这点，并让同伴注意，说此刻他们站着的这座山就是火山质，是北岛中部许多圆锥形山顶之一。也就是说，这座山以后会变成火山。火山的内部是呈淡白色的凝灰岩，轻微的一个颤动就很可能让山体形成一个大火山口。

“你说得没错，不过在这里还不如在‘邓肯号’锅炉旁危险。这里的地壳好在像个坚固的钢板。”爵士说。

“没错，可这里毕竟是个大锅炉，即使再结实，用久了也会出问题的。”少校说。

“少校，我可不想老待在这里，但老天也要给我们一条路走才行。只要老天给我们指一条路，我马上就走。”巴嘉勒尔说。

“唉！如果这座山能带着我们走就好了。看它肚子里装那么多的气，说不定我们脚下就有几百万马力的力道。可惜啊！白白浪费了。如果‘邓肯号’有这千分之一的马力，就能将我们送到天的另一边了。”麦盖尔感慨道。

麦盖尔的这句话，再次勾起了爵士的伤感。因为爵士不管身处何种环境，首先是为同伴担忧，所以在自己还很危险的时候，他又在为“邓肯号”及船上的员工难受了。

他一边沉思，一边走回同伴身边。海伦夫人看到他，迎了上去。

“我亲爱的爱德华，地形侦察得怎么样了？有没有希望？”

“有！很有希望！亲爱的海伦，那些土人是不敢越过这山界一步的，所以我们不愁找不到机会逃脱。”

“是的，我们现在还是回墓室吧，这可是我们的堡垒，我们的府第、饭厅、研究室。没有人会来打扰我们！夫人们，请容许我在这座美丽的住宅招待大家吧！”

巴嘉勒尔说着，走进了墓室。

山脚下的土人见这些“可恶”的逃犯又要亵渎被“神禁”的墓室，发出了骇人的咆哮，那咆哮声如同枪声一样响。不过，幸运的是，枪弹打不到他们想要达到的高度，所以子弹又飞到山腰下去了。于是，那辱骂声便随着枪弹声在天空盘旋。

海伦夫人、玛丽小姐和同伴们见土人迷信到发狂，也便完全放下心来，他们一个个地钻进了墓室。

卡纳特德的墓室周围有很多涂着红色颜料的木桩。木桩上刻有很多象征性的图案，或者说木桩上刻着一些花纹，这些花纹表示死者的高贵和拥有的功绩。墓室里有成串辟邪的东西，这些辟邪用的物件有些是贝壳制作的，有些则是石头雕刻的。这些物品全都在木桩与木桩间悬挂，摇摇晃晃的。

墓室内部的地面上是地毯似的绿色叶子，墓室的正中心比其他地方高一些，高出的地方就是新挖成的坟墓。

卡纳特德的武器全都摆在墓室里，武器包括枪械，里面装着子弹和火药线，长矛，漂亮的绿玉斧头……以及大量的弹药。总之，这些武器足够卡纳特德在阴间打猎用了。

“这还真是个军械库呢。我们可以拿来作一番用处。土人死了竟然还要埋武器，而这些武器正好又帮了我们，他们想的真是太周到了。”巴嘉勒尔兴奋地说。

“哈哈……怎么会这样？这些枪可都是英国造的呢。”少校说。

“那是当然的了。把枪当礼物送给这些土人，真是太蠢了。然后他们又拿这些枪对着送他枪的人。不过，这次我不能不说这是对的，因为不管怎么样，这些枪对我们有用。”爵士说。

“不过，更有用的是为卡纳特德准备的食物和水。”巴嘉勒尔狡黠地说。

确实是这样，死者的亲友为死者准备了很多食物和水，以此表明他们对死者的尊敬。而墓室里堆放的粮食，足以让他们吃上个十天半月，或者说，这是留给死者的永远也吃不完的食物。

食物主要是植物，有凤尾草根，还有被土人称为“旋花芋”的甘薯，以及从欧洲移植过来的马铃薯。墓室里的大缸里装着清水，以及十多个编得很精美的篮子，篮子里装着用绿树胶做成的长方块东西。

因此，大家在这里完全不用愁吃喝，所以也准备毫不客气地大吃一顿。

于是，爵士拿出足够大家吃的东西，给奥比尔去加工。奥比尔是个非常讲究的人，即使在这种环境下，也不愿意让大家凑合着吃一餐。不过，面对这些东西，他又不知道该怎么加工，因为他根本没有火。

还是巴嘉勒尔有办法，他说只要把凤尾草根和甘薯塞到土里就行了，不用去管它。

确实是这样，地面上的温度都很高，更不要说土里的温度了。如果有温度计的话，他们一定会测出60到65度的温度来。也正因为如此，奥比尔的手差点被烫了。在他正烤着草根时，一股热浪突然冒出，喷出了两米高的距离，吓了他一跳。

“快把水龙头关上。”少校大声嚷嚷。两名水手急忙来帮忙，并将那坑堵住了。

此时，巴嘉勒尔却呆呆地看着那个地方，脸上露出了微笑，并自言自语地说：“嘿嘿！完全可以，怎么不可以呢？”

“有没有烫伤？”少校问奥比尔。

“没有烫伤，少校！真没想到……”

“没想到老天这么优待我们对吧！”巴嘉勒尔得意地叫了起来。

“现在我们有了卡纳特德的食物和水，还有火给我们烤！天啊！这里真是太好了，简直就是个天堂。我觉得，我们可以在这里建立一个殖民地，然后在这里住一辈子，做山上的鲁滨孙！真是太好了！我看这里任何东西都不缺。”

“没错，真是什么都不缺，如果地壳再硬一些就更好了。”麦盖尔说。

“还嫌这地壳不硬？这地壳可不是一天两天形成的，耐地心火力已经很久了。我觉得，在我们走之前，这里都不会有问题。”巴嘉勒尔说。

“吃早饭了！”奥比尔严肃地说，表情就和在麦凯莫府伺候主人一样。

大家马上来到了栅栏房，吃着那些近来他们常吃的救命的食物。此时，他们能吃的只有两种食物，不过在这种情况下，也没什么可挑剔的。

对于凤尾草根的味道，每个人的看法都不一样。有些人觉得很甜，很好吃，但有的人却觉得没有味道。那热土里的烤甘薯，他们吃得很香。巴嘉勒尔因此说，卡纳特德很幸福，埋在这里还有这么好吃的东西。

吃饱喝足后，爵士提议大家商量逃脱计划。

“这就想走了？这么好的地方，急什么急？”巴嘉勒尔说，话语里满是不舍。

“巴嘉勒尔先生，这个地方虽然舒适安全，可我们也不能老沉迷在这里呀。”海伦夫人说。

“夫人，您都这样说了，我当然要遵命了！您要议，那就议吧！”

“我觉得，我们要想逃跑，必须等东西吃完再跑，这样我们的精力也就充沛了。而且我们不妨在今晚就设法跑到东边山谷去，然后乘黑暗穿过土人的包围圈。”爵士说。

“太好了！要是毛利人能放我们过去的话。”巴嘉勒尔说。

“要是不放我们过去呢？”麦盖尔问。

“那我们还可以想出妙计来。”巴嘉勒尔说。

“你有妙计？”少校问。

“妙到让你们谁都想不到。”巴嘉勒尔说完，便什么都不愿意说了。

他们只有等待，等天黑时，偷偷溜过土人的防线。

土人一直没有离开他们原来的地方，人数也在不断地增加，应该是后来又来了不少人。山脚下燃起了一堆堆的篝火，这些篝火形成了一个大大的火圈子。

在黑夜笼罩着四周的时候，孟伽纳木山如同从一个大火坑里冒出来，很快又消失在黑暗中。他们在坟墓里，听到了200米以下的土人在骚动、叫嚣、喧哗。

晚上9点钟的时候，天已经很黑了。爵士和麦盖尔决定在带领大伙儿从危险的山路上逃跑前，再去侦察一番。他们悄悄地跑了下去，大约走了10分钟路程的时候，到了那条窄窄的山脊上，而这山脊正好穿过土人的包围圈，并高出营地约

17米。

直到这时，一切都还是非常顺利的。躺在火旁边的土人，根本没有注意到有两个人在逃跑，所以他们又多走了几步。突然，山脊左右两边同时响起了枪声。

“快往回跑！那些土人的枪法很准。”爵士说。

很快，他俩就爬上了山顶的陡坡，回到墓地后，安慰被枪声惊扰到的同伴。爵士的帽子上中了两弹，不过有了这个经历，他也就知道，在这条漫长的山脊处，到处都是土人战士，他们绝对不能冒这个险。

“还是明天再说吧！土人监视得太严了，我们根本就过不去。”爵士说。

天气很冷，幸好卡纳特德最好的衣服和最厚的被褥都在墓地里，所以每个人都不客气地裹在了身上。然后在土人迷信的保护下，安然入睡了。由于外面有栅栏挡着，地下又有滚烫的蒸汽冒着，他们还有什么不放心的呢？

第四十六章
Chapter 46

制造火山爆发

/

2月17日，孟伽纳木山墓地里的10个人被旭日唤醒。

山脚下的土人依然在山脚下疯狂地转来转去，气急败坏，视线始终不离开他们。一看亵渎了他们圣地的欧洲人出来，土人们便大声地叫嚣着。

大家向四周看了看，看见前后左右的山峰全都笼罩在晨雾中，晨风将导泊湖吹得波光粼粼。

大家都想知道巴嘉勒尔有什么绝妙的主意，便都围住了他，眼巴巴地看着他。巴嘉勒尔很快就满足了大家的好奇心，他说：“朋友们，我这个计划最大的好处就是，如果成功了，更好；如果不成功，最多还像现在这样，没什么改变。”

“到底是个什么样的计划？”少校问。

“我的计划就是：土人迷信的这座山既然能成为我们的避难所，那么我们还可以利用这种迷信逃出这座山。要是我们能让‘噬骨魔’和他的手下相信我们因为亵渎了这片圣地，受到了惩罚，让他们相信苍天将愤怒发泄到了我们头上……总之，让他们相信因为一场天祸，我们死了。你们想想看，这样的话，他们是不是就会离开这里，回到他们的城寨去？”

“那是当然了。”爵士说。

“可要怎么才能让他们相信我们死于非命呢？”海伦夫人说。

“很简单，我们让他们相信，我们被天火烧死了。朋友们，如今替天行道的烈火就在我们脚下，我们只需将这火放出来就行了。”巴嘉勒尔说。

“什么？你想制造火山喷发？”麦盖尔大惊道。

“没错，造一个人工火山。也就是一个临时性的火山，这个火山的火势可以由我们来控制。我们让蒸汽和地火冒出来，然后喷射出去就行了。”巴嘉勒尔又说。

“这个主意确实不错！非常好！巴嘉勒尔！”少校说。

“明白我的意思了吧！我们假装被新西兰的火神所放的火烧死了，实际上是躲在了卡纳特德的墓里……我们要等个几天，三天、四天或五天。总之，我们要让土人相信我们死了，然后在他们放弃围困我们时再离开。”

“要是他们爬上山来，看我们有没有受到天罚呢？”玛丽小姐说。

“不！绝对不会的！亲爱的玛丽，他们绝对不会这么做的。这山可是受了‘神禁’的。既然这山自动烧死了触犯‘神禁’的人，那么他们就更会遵守‘神禁’了。”

“很好！没有比这更好的办法了。不过，我怕那些土人一直在山脚下不走，我们这里的粮食又吃完了。不过这种可能性不大，特别是如果我们做得像的话，我想他们很快就会走的。”爵士说。

“那么这一招要什么时候开始执行？”海伦夫人问。

“今天晚上动手，夜里做最好！”巴嘉勒尔说。

“你真是个天才，巴嘉勒尔！我不是一个盲目乐观的人，但这次，我保证你能成功。那些坏蛋，让他们看看我们的表演吧，让他们迷信，让他们继续滞留100年！传教士千万不要怪我们，我们可是万不得已才这么做的。”爵士说。

巴嘉勒尔绝妙的计划被大家一致通过。

迷信的毛利人，利用他们这一点，一定会成功。爵士一行人现在就打算这么做了。

虽然设想得非常好，但要做成功并不容易。如果一个假火山，没弄好弄成了真火山怎么办？火山口被他们真正扒开又怎么办？那还不把他们一起吞下去？在蒸汽、火焰、熔岩一冒出来后，他们还能控制住火势吗？圆锥形的山顶，会不会整个都沉入火海？喷射地火是大自然的一个权利，可现在人却要利用这个权利了。

巴嘉勒尔显然预料到了这种情况，所以也便很小心谨慎地实施他的计划。首先，那火不能制造得太大，只需做出一个喷火的样子，骗骗土人就行了，不然真弄出个火山爆发，想必连他们自己都逃不掉的。

这一天，他们在焦躁中度过，等待着夜晚的来临，但却怎么都等不来。每个人都在算着时间，那一分一秒是那么难熬。

在将计划执行前的准备工作都做好后，他们又开始做逃跑时的准备工作。他们将墓室里的粮食分成了几份，打成一个个的小包裹，然后拿出几张草席、武器。当然，做这些工作的时候，他们都是躲在栅栏里进行的，没让土人看到。

6点钟的时候，奥比尔做好了一顿丰盛的晚餐，这可能是他们在这里吃的最后一餐。这顿饭过后，他们还不知要在深谷中逃亡多久，以后会在什么时候，什么地方吃饭都难说。所以大家为了预防将来的饥饿，都决定饱饱地吃上一顿。

有盘大菜放在了最中间，是隔水蒸熟了的老鼠肉。老鼠是维尔逊捉的，这也算是新西兰的名贵野味了。不过海伦夫人和玛丽小姐却死活不吃。男士们不管，和土人一样，大口大口地吃着。老鼠肉的味道不错，甚至可以说很美味。几只老鼠很快就被他们吃完了，只剩下一堆骨头。

黄昏来临，太阳那微弱的光也隐到了乌云后面，好像有风起云涌的样子。很快，天边电闪雷鸣。

对于这时候的电闪雷鸣，巴嘉勒尔非常开心。他说这就是为了协助他完成计划才出现的天气变化，是老天要帮他演这出戏。

自然界发生的这种天气变化，对迷信的土人来说，非常恐怖。因为新西兰人一直认为雷是大神卢伊·阿同发出的怒吼，电是大神愤怒的眼神。因此，雷电交加让他们觉得大神要来惩罚亵渎“神禁”的人了。

晚上8点钟的时候，山顶隐藏在了黑暗中。天空像是被拉开了一张黑幕，衬托着巴嘉勒尔即将制造的火光。

此时，毛利人已经看不到山顶上的这些欧洲人了，所以正是他们动手的时候。而且这事要做就要做得快，因此爵士、巴嘉勒尔、少校、罗伯尔、奥比尔和两个水手都来帮忙。

巴嘉勒尔把喷火口的地方选择在了离卡纳特德墓室30步远的地方。因为墓室是一定不能喷火的，这一点特别重要。如果墓室着了火，被烧毁了，那么这座山的“神禁”也就消失了。

巴嘉勒尔选中了一块有着巨大岩石的地方，岩石四周冒出了热气。看来，这块大岩石的底下是山顶自然形成的小喷火口。由于石头太重，所以才压住了火没能喷发出来。如果此时把这块大岩石掀开，那喷火口就如同拔掉了塞子，蒸汽和熔岩也就喷出来了。

爵士他们几个急忙去墓室，拔出了几根木桩，用力撬开了那块大石头。最终在他们的协同作业下，岩石开始活动。同时，他们又为这块岩石在山坡上挖出了一条壕沟，以便让火沿着斜坡滚下去。他们把岩石撬得活动力越大，石头下的地面也就颤抖得越厉害。

隐隐有火焰奔腾着从热气沸腾的地壳下蹿了出来。胆大的爵士他们没有害怕，继续闷声工作，像神话里操纵地火的神灵一样。很快，岩石下出现了几条裂缝，裂缝里冒出了几股热气，这也预示着这个地方已经很危险了，他们只需一使劲，便能将那块大岩石翻起来，并从斜坡上滚下去。

薄薄的地壳发生了迸裂，炽热的气柱直冲云霄，沸泉和熔岩奔腾着向毛利人的宿营地及山下的沟沟坑坑滚去。

圆锥形的山尖开始整个颤抖，大家以为它正在向一个无底深渊陨落。爵士和同伴险些被喷射出的火焰灼伤，他们急忙躲到了墓室里。即使他们跑得很快，也被90多度的开水溅上了几滴。

火山口喷出了沸水，这沸水先是像蒸锅汽，接着又散发出了浓厚的硫黄味。

此时，泥土、熔岩和火山碎块全都成为炽热的一团，火焰在山腰上奔流，划出了一条火铺成的路。附近的山峰全被这火照得透亮，深谷里也闪出强烈的光。

山脚下躺着的土人全部爬了起来，熔浆在他们四周沸腾，溅在了他们的身上，烫得他们大声号叫。没有被火烫着的，也都拼命向四周的丘陵逃跑。跑到一定距离后又回过头来，失魂落魄地看着那惊人的一幕。

他们看到了张着大嘴的火山，看到了愤怒的火神把亵渎圣山的人吞了下去。在喷射出来的熔岩和滚落下来的石头稍稍少了一些时，爵士他们听到土人们在念咒语：

“‘神禁’啊！‘神禁’啊！‘神禁’啊！”

此时，大量蒸汽、烧红的石块以及熔岩都从喷火口冲了出来，这已经不是沸泉了，这就是火山爆发，也直到此时，才是地火喷射最猛烈的时候。

火山喷发出现后，不到一个小时，白热的熔浆便在山腰上形成了一条白色的带子。大群老鼠从各个地方逃出，像无头的苍蝇般，只想尽快离开这个被烧焦的土地。

狂风刮了一整夜，暴雨如注。圆顶上一直在喷射地火，而且越喷越厉害，这让爵士担心起来，因为喷出的火焰已经将喷火口边缘都点燃了。可他们只能躲在栅栏后，盯着这可怕的火山爆发。

第二天清晨，火山爆发的猛烈程度仍然没有丝毫减弱，反倒有浓厚的淡黄色蒸汽，同喷出的火焰交织在一起，熔浆开始四处奔流了。

爵士用眼睛不断地瞟着各个地方，并扒开栅栏缝，观察土人的动静。

土人已经离开火山喷射范围，逃到附近的高地上去了。火山脚下，几具被烧成焦炭的尸体堆在那里。更远一点，靠近城寨的地方，熔岩已经将20多座草棚烧毁了，而且还在冒烟。土人东一群西一群，仰望着火光冲天的山峰，表现出惊恐，这种惊恐就来自于他们的迷信。

“噬骨魔”跑到了战士们当中，爵士很清楚地看到了他，发现他从没有火的山边走到了山脚下，却也没有走上前一步。

接着，他张开两只胳膊，如巫师念咒一般，对着这座山开始比画起来。他这么做的意思，大家很容易就猜出了。正如巴嘉勒尔所说，“噬骨魔”对这座能够替天行道的神山，又赋予了一种意义，“神禁”也更严厉了。

很快，排成一行的土人离开了，他们沿着曲折的小径，回到了自己的城寨。

“他们总算走了！感谢上帝！我们成功了！亲爱的海伦！我勇敢的同伴们，我们也算是死过、埋过的人了。今天晚上，我们要复活，然后离开这个地方，离开我们的坟墓，逃出野蛮人的部落。”爵士动情地说。

墓室里弥漫着的喜悦心情很难用语言表述，每个人的心里都对未来充满了希望。这些勇敢而坚强的人暂时忘掉了过去经历的种种失败，沉浸在了成功后的喜悦之中。此时的他们，根本没去想要逃出这荒凉之地，回到欧洲是件多么难的事。

他们虽然骗到了“噬骨魔”这个部落，难道就等于骗过了所有新西兰的土人部落吗？

他们没有想这些，只是在咒骂着毛利人。特别是少校，毫不掩饰对毛利人的鄙视，将所有他能说出的难听的话都用来形容毛利人。骂人的本领，巴嘉勒尔丝毫不比少校逊色，两个人比着来骂毛利人。

高兴归高兴，但要真正离开，还需要等一整天。所以在这段时间里，大家开始商议逃跑计划。巴嘉勒尔那被他视若宝贝的新西兰地图还在身上，所以他拿了出来，仔细地在地图上寻找着最安全的逃跑路线。

在经过了一番热烈讨论后，他们决定向东边的巴伦特湾走。从那里走要经过一段陌生区域，这些陌生区域看起来像是没有人居住。这群勇敢的人，对于大自然所制造的障碍并不害怕，他们最怕的就是遇到毛利人，所以一心想要避开他们去海岸。

在东海岸，有传教士在那里建的传教站，而且到目前为止，北岛部分区域是没有受过战争蹂躏的。所以土人的流动部队也不会搜索到那些地方。从导泊湖到巴伦特湾，差不多有160公里的路程，每天走16公里的话，也要走10天才能走到。

走这条路，吃苦是难免的，但对于这群勇敢的人来说，没有一个人嫌累、嫌苦。他们只要到了传教站，就能在那里休息了，而且也就有了更多的机会到奥克兰，因为他们最终还是要到奥克兰去的。

在做好路线决定后，大家继续观察山脚下土人的动静。晚上，山脚下已经没有任何土人了。在夜幕降临的时候，也没有任何篝火显示山下有土人。可以这么说，如今，他们是畅通无阻了。

晚上9点钟的时候，乘着黑夜，爵士发出了启程号召。大家拿上卡纳特德的粮食和武器，慢慢地开始下坡。麦盖尔和维尔逊走在最前面，仔细听着周围的动静，稍有风吹草动，他们就会停下来，一有细微的亮光，他们就要侦察一下。

每个人都是在顺着山坡的坡势往下滑，避免被人发现。

走到离山顶70米的地方时，麦盖尔和维尔逊到了最危险的山脊，这里是土人在山脚下可以发射到的范围。毛利人是很狡猾的，会不会用假装退却来诱他们上钩呢？如果毛利人没有被火山爆发的骗局骗过去，并在这时候出现，那将是件非常可怕的事。

所以爵士虽然一直很有信心，但还是非常紧张，他的样子引起了巴嘉勒尔的嘲笑。走过这段山脊大约需要10分钟，可以说，整个队伍的安全，就在这10分钟里。海伦夫人紧张地抓着他的胳膊，他甚至感觉到了她的心跳。

尽管环境险恶，可他们没有一个人想要退缩。麦盖尔带着全体人员，在夜幕的掩护下，在狭窄的山脊上小心地爬着。有块石头碰了下去，滚到了山脚，麦盖尔停了下来。

如果山脚下有土人的话，异样响动一定会引起他们两边的疯狂扫射的。

狭窄的山脊上，爵士一行像蛇一样爬行着，当然速度很慢。在麦盖尔走到山脊最低点时，他离土人曾盘踞的平山顶还有不到8米远的距离。过了这里，山脊就更高了，坡也很陡，再向上走四分之一的路，便是一片矮树林了。

最低的山脊区域他们总算是走过去了，没有遇到任何危险和意外。接下来，爵士他们开始爬那很陡的区域，那片小树林他们是看不见的，但却知道在什么地方，那里只要没有埋伏，也就到了安全地带。

然而，他注意到，他们已经走出“神禁”范围了。那段上升的山脊是不属于孟伽纳木山的，这是耸立在导泊湖东面的山系，所以他们不仅要防止土人开枪射击，还要防止他们扑上来。

整整10分钟，爵士一行都是在缓缓地向平岭爬的。虽然麦盖尔没有看见那片矮树林，但他估计，矮树林应该在离他们70米远的地方。

突然，他停了下来，甚至往后倒退，他仿佛是听到了前面阴影里有什么声音。他的这个后退让后面的人也大吃一惊，大家都站着不动了。

大家就在惶恐中等待着，呼吸都不敢大声。此时此刻，一分一秒是那么的漫长。难道他们又要往回跑，跑到山尖上去？

声音没有再响，麦盖尔带着大家又继续往山脊的窄路上爬。

很快，矮树林模糊的影子出现在了他们面前，又走了几步，他们便进入那片矮树林了，所有的人都聚集在了一棵大树下，并蹲了下去……

第四十七章
Chapter 47

前后夹击

/

漆黑的夜晚，正是他们逃走的有利时间。他们必须趁着黑夜离开导泊湖这一区域，这是最危险的一片区域。

在他们一行人中，巴嘉勒尔担任向导，而在这险峻的逃行中，他一次又一次地依靠他那奇妙的旅行家本能，带着大家在黑暗中穿行。那几乎完全看不见的小路，他也能找到，甚至不会走错。

由此可以说，是他天生的夜视眼帮了他的忙，他那双猫一样的眼睛让他在黑夜里连最细微的东西都看得到。

东面有个斜坡，爵士一行走了整整3个小时。巴嘉勒尔故意稍稍向东南方向走，走到了凯马纳瓦山脉和华西梯连山之间的狭窄通道，这条通道是奥克兰到和克湾必经的道路。他打算过了山坳后就离开大路，并借着高山的掩护，穿过那段无人区，向海岸走去。

9点的时候，他们已经走了12个小时了——12个小时走了20公里路。没办法，他们无法要求在黑夜里，让两位坚强的女士走得更快。而且，此时好像很适宜他们夜宿。他们到了两大山脉之间的小道，右边就是通向伯兰的大路。

巴嘉勒尔一直拿着地图不撒手，在向东拐了个弯后，已经10点钟了。此时，他们到了一个峻峭的山口，准备吃饭休息。

他们拿出袋子里的干粮，大口大口地吃了起来。玛丽小姐和少校虽然不喜欢吃凤尾草根，但现在也开始大口嚼了起来，一行人一直休息到下午2点。

他们又开始前行，这次向正东方走。晚上的时候，他们到了离山12公里的地方，开始露天睡觉。

这一晚，他们是在平静中度过的。

第二天，他们遇到了一些困难，因为他们走到了一片奇特的区域。这个区域到处是火山湖、沸泉和硫气坑，虽然让他们看到了很多奇观，风景也很美，但却走得很辛苦。

这段路程，每隔一段就有很多弯，这些曲曲弯弯的路无疑很难行走。

50平方公里的地方，热量以各种形式从地底下喷出。就连那透明的咸水泉，也从一丛丛茶树中渗了出来。咸水泉上有无数的昆虫在飞舞，泉眼里发出了刺鼻的气味，在地面上流出了一层沉淀物，白得耀眼。

从咸水泉里出来的水很烫，附近其他泉眼里涌出的水却是冰冷彻骨的。泉眼旁边有高大的凤尾草，这种只适合古代生物生长的环境，丝毫没有影响它们的郁郁葱葱。

地下喷射出的水就像公园里的喷泉一样，而喷泉涉及的范围，因为蒸汽的原因而四下缭绕。喷射出的水像是有神在操控，形状起伏，从一层层的天然平台流了下来，猛一看，真以为平台上安装了一个现代化水盘。当水被浇下去后，团团的白烟便慢慢地混合在了一起，将平台上半透明的阶梯全都侵蚀，有些像沸腾的瀑布里的水，因为倾入洼地而形成了大湖泊。

再远一点是喷泉的尽头，那里有很多硫气坑，所以也让那里的地面冒起了很多泡泡。

同时，那里还有一些熄灭了一半的喷火石，喷火口留下的大裂缝，冒出了气体，这让空气中充满了刺鼻的亚硫酸气。硫黄凝结，形成硬壳或结晶块，铺得地面上到处都是。

这里幅员辽阔，但却一直被这么蕴藏、堆积，无人理睬。也许直到有一天，当西西里岛的硫黄矿都采完时，人们才会想到这片毫不起眼的区域。

一行人穿过障碍重重的区域，疲惫和辛苦可想而知。同时，在这里夜宿也非常困难，更重要的是他们即使拿着马枪，也没有遇到一只值得奥比尔来亲手烹制的鸟。所以在大部分的时间里，他们只能吃凤尾草根和甘薯。虽然这些食物无法恢复他们的体能，却可以让他们不至于饿肚子。

种种不利局面让他们急着要走完这片荒地。

当然，想要绕过这片荒地也不容易，他们至少需要花费4天的时间。2月23日的时候，他们离孟伽纳木山已经有80公里了。爵士一行人就在山脚下夜宿。这座山巴嘉勒尔的地图上虽然有，但却没有标注名字，而他们眼前展现的是一片灌木从生的平原，再远一点还有一片森林。

这让他们非常高兴，不过他们并不希望这个适宜人居住的地方有太多居民，因为土人让他们感到恐惧。好在到目前为止，他们连一个人影都没有看到过。

这天，少校和罗伯尔打了三只小雏鸟，三只小雏鸟也就成了他们这天餐桌上最抢手的食物。

边吃边聊天的众人，在吃甘薯和马铃薯时，巴嘉勒尔有个提议，而这提议一经他提出便受到了大家的热烈赞同。他提议把那座高入云霄，还没有名字的山叫格莱拉弗，甚至还庄重地将名字写在了他那张地图上。

自此以后，他们旅途中的一些单调枯燥的细节也就不用再细说了。

一行人在森林和平原上行走，麦盖尔根据太阳和星星的位置，测定着方向。幸好这几天的天气不是很热，也没有下雨。不过经历了千辛万苦的爵士一行却越来越累了，越累就走得越慢，越慢就越心急，他们急着到传教站去。

一路上，虽然他们还是会聊天，但已经不再是聚在一起聊了。他们自动地分成了几组，分组不是从情感分，而是从思想上分。

很多时候，爵士都是一个人默默地朝前走着，越靠近海岸，他就越会想起“邓肯号”，想起“邓肯号”上的船员。在抵达奥克兰之前，还是可能遇到很多危险的，但此时他却把所有的危险都抛在了脑后，他又想起了船上那些遭到残害的水手们，那惨杀的画面不断地浮现在他的脑海，怎么都挥之不去。

大家也没再谈起格兰特船长，因为既然没法再去救他，谈了又有什么用？如果说他的名字会被人提起的话，那一定是格兰特的女儿玛丽小姐和麦盖尔之间的谈话了。

麦盖尔并没有向玛丽小姐再提起过他们被关到土人草棚里时，她对自己说的那些话。生死关头说的话，他不想把它当成是正式的诺言。

他向玛丽小姐谈起了格兰特船长。他仍然没有忘记要寻找格兰特船长，他甚至还向玛丽小姐保证：阁下将来一定还会继续寻访的。

他说，格兰特船长那三张纸条绝对是真的，不容怀疑。所以格兰特船长一定还活着，即使找遍全世界，也一定要找到。玛丽小姐听到这话时，完全陶醉了。他们就被这样一个决定紧紧地连在了一起，思想也融为了一体。

对于这个话题，海伦夫人也会时不时地参与进来，虽然她对找到格兰特船长没有抱多大希望，但却不愿让这对年轻人扫兴，更不想让他们失望。

一行人中，少校、罗伯尔、维尔逊和穆纳经常一起去打猎，不过打猎也不会离队伍很远，打猎时，每次都会获得若干野味。

巴嘉勒尔和其他人都不一样，他一直裹着那件弗密翁外衫，独自在一旁默默地思考着什么。

当然，有句话是一定要说一下的。虽然根据自然规律，处在苦难、危险中的人性格会发生变化，变得烦躁自私，但爵士一行，这些共患难的朋友却始终是精诚团结的，为了大家，甚至会不惜生命。

2月25日，他们被一条河挡住了去路，那就是巴嘉勒尔地图上标注的隈卡利河。最终，他们找到了一个浅滩，徒步过去。

此后的两天里，他们走的是一个接一个的灌木平原。导泊湖和海岸间的路程，他们已经走了近一半了，虽然很累，却也没有遇到什么意外之事。

不过走着走着，他们面前出现了一望无际的森林，这片森林给人的感觉有些像大洋洲的森林，不过这里没有桉树，有的是“高利”松。

四个月的旅行虽然让他们欣赏美景的心情少了很多，但一看到可以和里班古柏、加利福尼亚“巨树”相媲美的“高利”松，他们仍然惊叹不已。“高利”松又名“脂胶”松，光分枝下的树干就有30多米。这些“高利”松一棵棵地长着，彼此间并不相连。因而让整片森林都由单棵树，而非树丛组成。

这些树的顶上像是撑起了一把绿伞，一下子伸向天空300多尺高。

“高利”松的树龄看起来并不大，只不过上百岁的样子。所以也有些像欧洲的红松，有着深绿色圆锥形的王冠。不过，和红松不一样的是，绿色花盖下是无数交叉着的枝丫，这些新西兰最大的树，有些足有17米粗，爵士一行张开胳膊合围都抱不过来。

他们就是在这样的树丛里钻了三天，从没有人走过的黏土地上走过。由此也可以看出，没有人在这里生活。“高利”松的脚下堆积着厚厚的松脂，如果松脂能输出的话，想必是运也运不完的。

爱打猎的几个人还在这里看见了很多几维鸟，这种鸟在毛利人常去的地方是根本看不到的。看来，它们是被毛利人的猎狗赶到了这没有人烟的森林里。当然，它们也给爵士一行提供了丰富的、有营养的野味。

突然，巴嘉勒尔看见密林里有一对飞禽，他立刻警觉起来。他叫上少校和罗伯尔，三个人不顾疲劳，朝两只飞禽追去。

大家对他强烈的好奇心很不理解。其实，他是认出了那对鸟。那是一对陌花鸟，属于恐禽类，也就是被博物学家认为早已灭绝的鸟。不过，霍兹特陀先生及一些旅行家说这种鸟在新西兰还有。所以当他在此时此地看到这种鸟时，也就证实霍兹特陀先生和那些旅行家是对的了。

巴嘉勒尔所追的两只陌花鸟是和大懒兽、翼手龙同时代的生物后代。这些鸟是一种超大鸵鸟，有6米多高。胆子小却跑得快的陌花鸟在枪弹下能速度很快地飞奔，所以他们三个人在追了几分钟后，见陌花鸟消失在大树后面不见了，也就只能作罢。

3月1日这天晚上，爵士一行终于走出了森林，在尹吉兰基山脚下夜宿。这座山有2000米高。此时，他们从孟伽纳木山到这里也已经走了有160公里了，还有50公里路程就能到海岸了。

麦盖尔原本希望这段路能在10天内走完，没想到却遇到了很多困难。

真是这样，他们沿途走了很多冤枉路，遇到了很多障碍，再加上测算得不是十分准确，实际的路程远比他们估计的要多出五分之一的路程。所以当他们走到这个山脚下时，全体成员已经累得筋疲力尽了。

还有两天才能到海岸，现在大家亟需打起精神，提高警惕，因为他们又要走到毛利人常去的地方了。因此，大家顾不上疲劳，在第二天太阳一上山便又出发了。

在将右边的尹吉兰基山抛在后面后，他们左边又有一座高1200米的哈带山。两山之间的路很难走。虽然是十来公里的平原，但上面却长满了熊柳，熊柳的枝条非常柔软，又被称之为“窒息藤”。

因此，他们每走一步，手、胳膊和腿就会被这些熊柳缠住。这些枝条像一条条的长蛇，弯弯曲曲地缠绕在他们身上。两天里，他们一边开路一边前进，和“蛇”进行着搏斗。这种会缠人的枝条非常坚韧，巴嘉勒尔差点想把它列入“植虫科”去。

在这样的平原，打猎显然是不可能的，所以爱打猎的几个人也便没有了用武之地。身上携带的粮食已经被他们吃完了，又没办法补给，淡水也很缺，大家越走越累，又饥又渴，简直到了苦不堪言的地步。

从出发到现在，这应该是他们最狼狈的时候。

他们已经不是在走路了，而是在拖着腿向前挪，每一步挪得都那么艰难。他们像是一群失去了灵魂，只剩下躯壳的肉体；失去了五官，只是本能地朝前走着。最后，他们终于挪到了约廷尖，也就算是到达了太平洋海岸。

突然，他们看到了几座草棚，那草棚一看就是遭受战争灾难后的一个村落，附近的田地已经荒芜了，到处都是焚烧和抢掠过的痕迹。就在这里，爵士一行又将接受一场生死考验。

当他们沿着海岸艰难地往前挪的时候，离海岸1公里远的地方，有一队土人挥舞着手里的武器，向他们冲来。爵士一行已经到海边了，想跑也无处可跑，只好决定和土人来个殊死搏斗了。正这么想的时候，麦盖尔大喊："快，那里有只小艇，我们上小艇。"

没错，离他们不到20步远的地方，有一只独木舟，舟上还有六把桨。爵士一行看到它，就像看到救命稻草一般，冲了过去。

在将它推到水里后，一行人就跳了上去。麦盖尔、少校、维尔逊、穆纳划桨，爵士掌舵，两名女士及奥比尔、巴嘉勒尔、罗伯尔则躺在他们身后。

只用了不到10分钟，独木舟就在海面上走了四分之一海里了。海面很平静，大家也都默默无语。不过，麦盖尔不愿意离海岸太远，决定沿着海岸向前划，但就在这个时候，他拿桨的手停下了。

原来，又有三只独木舟从约廷尖那里划了过来，舟上坐的是土人，显然是要追他们的独木舟。

"快！往大海里划！往大海里划！宁肯沉到大海里也不能让他们捉住。"麦盖尔大喊。

四把桨一齐用力划，独木舟转向了海中心。差不多半个小时后，他们的舟和追他们的舟便保持了相同的距离。不过过了没多久，他们便划不动了，速度也慢了下来。而后面追他们的小舟却划得越来越快，距他们已经不到两公里了。

看来，想要逃避土人的攻击是不可能了，土人带着枪，肯定是要向他们开火的。

此时，爵士在做什么呢？他站在小舟的尾部，向天边看着，似乎正期望着什么。他在期望什么？能实现吗？又或者是不是他有什么预感？

突然，他的眼睛亮了一下，接着伸出手，指着远处一个点说："有船，有一只船！朋友们，那里有船，我们快划呀，快划！"

四个划桨的人没有一个人去看那让他们重拾希望的船，他们只是拼命地划着，一点都没有放松。不过巴嘉勒尔却爬了起来，拿出他的望远镜朝那个黑点看去。

"确实是一只船，还是一只汽船。正开足马力往前跑，看样子是向我们这个方向开来。伙伴们，快划呀！"巴嘉勒尔兴奋地说。

划桨的人又加了把劲，差不多半个小时后，他们和追他们的舟又保持了原来的距离。而那只被他们视为救命稻草的汽船离他们越来越近了，已经能够看得清楚了。当那两根落了帆的桅杆和大团的黑烟冒出来时，爵士将舵一下子扔给了罗伯尔，抓起巴嘉勒尔的望远镜看了起来，他看得很仔细。

突然，他脸色苍白地站在那里，一脸紧张，望远镜从他的手里掉了下去。麦盖尔和伙伴们看到他这个样子，也不知道发生了什么。

为什么他显得那么绝望？

"那是'邓肯号'！'邓肯号'！坐着流犯的'邓肯号'！"爵士的一句话完全解释了他神情变化的原因。

"没错！是'邓肯号'！"麦盖尔也叫了起来。他丢下桨，站起身来。

"看来，我们面对的是死路一条。前后夹击。"爵士自言自语道。

是的，是那条汽船，是被流犯抢了，做了海盗船的汽船！

少校仰头看天，大骂了一句："怎么这么倒霉啊！"

此时，没有人再去划独木舟，只任由它在海面上漂。因为他们已经不知道该向什么地方划了，他们无路可逃了。前面是海盗，后面是土人，他们逃不掉。

突然，"砰"的一声枪响。追过来的土人向他们开枪了，正好打在维尔逊的那只桨上，桨又动了几下，独木舟更靠近"邓肯号"了。

"邓肯号"正开足马力往这里驶，和他们只有不到半海里的距离。麦盖尔在腹背受敌中，已经不知道该怎么办了。他不知道该向什么地方逃。两名可怜的女士吓得魂不附体，跪在小舟上祷告。

土人的枪弹更密集地扫射过来。这时，随着轰的一声响，"邓肯号"上的炮弹从他们的头上飞过，他们被枪炮夹击，看来只能束手就擒了。

麦盖尔绝望了，他抓起一把斧子，想要把小舟砍个洞，然后让一船人随着小舟一起沉入海底，但却被罗伯尔的一声大喊制止住了。

“快看，是汤姆·艾撒汀！是汤姆·艾撒汀！是他在船上！我看见他了！他也看到我们了，他在挥帽子，和我们打招呼呢！”

麦盖尔高举斧子的手停在了半空。

第二颗炮弹又从他们头上飞过，将追他们的三只独木舟中的第一只打成了两截。同时，“邓肯号”上发出了“乌拉！”声。土人慌了，扭头就向海岸划去。

“快！快来救我们！救我们！汤姆！”麦盖尔大喊。

就这样，这群倒霉鬼就这么离奇地回到了“邓肯号”上，一切都是那么富有戏剧性！

第四十八章
Chapter 48

意外出现的“邓肯号”

/

爵士一行的耳朵里，响起了熟悉的、古老的苏格兰音乐。此时他们的心情，完全无法描述，一切都像做梦一样。当他们踏上“邓肯号”的甲板，听风笛手吹起风笛，奏着麦凯莫府的传统族歌时，船员们用他们热烈的欢呼声欢迎着船主他们归来。

爵士、麦盖尔、巴嘉勒尔、罗伯尔甚至连少校都激动得说不出话来，眼泪在眼眶里打转。他们互相拥抱，一阵狂欢。

巴嘉勒尔像疯了一样，在甲板上乱蹦乱跳，同时还把他不离身的大望远镜当成枪，瞄准了向海岸逃去的土人的独木舟。

不过，船上的人员在看到爵士一行衣衫褴褛，面色黑黄后，便知道他们一定受了很多苦，所以也就停止了欢呼。

三个月前，他们满怀希望去寻找格兰特船长和两名船员，现如今，他们一个个像鬼一样，逃回了船上。

对他们来说，这艘船他们早就不抱希望了，早就做好打算，再也不见它了，可他们却鬼使神差地重新回到这艘船上。这完全是偶然。而当他们回到这里时，却又是那么狼狈，那么憔悴，完全是一副九死一生的样子。

而此时，爵士忘记了饥渴，他问汤姆·艾撒汀，怎么会跑到这一带的海面上来。

确实很奇怪，“邓肯号”怎么会出现在新西兰东海岸的？怎么没有落到本·吉奥兹手里？是什么指引这只船来到了绝望的他们面前？这一切都是个谜。

为什么？怎么会？大家全都用这句话开头，向艾撒汀提问。这位忠厚老实的老船员在不知道听谁的，最先回答谁的时候，最终决定先回答爵士的问题。

“流犯呢？那些流犯去哪儿了？你们是怎么应付过去的？”爵士问。

“流犯？”艾撒汀疑惑地问，他显然不知道爵士说的是什么。

“对呀！抢劫游船的那些混蛋呀！”

“抢劫游船？什么游船？您的‘邓肯号’吗？”

“当然是‘邓肯号’啦！汤姆，那个船上的本·吉奥兹呢？”

“什么本·吉奥兹？我不知道这个人，也没看到过他。”艾撒汀越听越糊涂。

“什么？从来没有？”爵士大叫，他也糊涂了。

“汤姆，那我问你，为什么‘邓肯号’来到了新西兰东岸的外面？”

艾撒汀一副大吃一惊的表情，这让爵士、海伦夫人、玛丽、巴嘉勒尔、少校、罗伯尔、麦盖尔、奥比尔、穆纳、维尔逊也大吃一惊。在等汤姆·艾撒汀平静地说出下面一句话时，大家惊愕万分。

艾撒汀说：“遵照您的命令，‘邓肯号’才来到这里的。”

“什么？遵照我的命令？”

“没错！爵士，您在1月14日给我的一封信中，嘱咐我这么做的。”

“什么？快！快把信拿来给我看！”爵士觉得不可思议。

此时，10个回到船上的旅行者们全都围住了可怜的艾撒汀，目不转睛地看着他。原来，是那封从斯诺威河写的信把他们送回到了“邓肯号”上。

“到底怎么回事？快点说清楚，我是在做梦吗？你真的收到了一封这样的信，汤姆？”

“是的！是收到了您的一封信。”

“在什么地方？墨尔本？”

“对！是在墨尔本收到的，就是我们将船修好的时候，收到了您的一封信。”

“信呢？”

“信是您亲自写的，爵士，我看到您的亲笔签名了。”

“是的！那封信是一个叫本·吉奥兹的流犯送给你的吗？”

“不，是一个叫阿埃童的水手送给我的。他曾在‘大不列颠号’船上当过水手长，信就是他送给我的。”

“对！没错！阿埃童，本·吉奥兹，他们就是一个人。这事先放下，我问你，那封信里说了什么？”

“信里您命令我立即离开墨尔本，到……”

“难道信里不是说在澳大利亚东海岸？”爵士着急起来，艾撒汀更茫然了。

“怎么会是澳大利亚东海岸？不是呀！上面写着新西兰东岸呀！”他说的时候，两只眼睛瞪得圆圆的。

“不是！是澳大利亚东海岸，汤姆！写的是澳大利亚东海岸，不是新西兰！”大家异口同声地说。

艾撒汀的大脑轰的一声，差点晕过去。爵士说得那么肯定，想必是自己把信看错了。原本忠厚老实的老水手，怎么会犯这样的错误呢？他的脸腾地红了，心里也更慌了。

“不要慌，汤姆，这一定是天意！”海伦夫人安慰他说。

“不！夫人，请您原谅我！不对！千万不要原谅我！可我没有看错信呀！阿埃童看信上的地方也和我看见的一样啊。而且还是他，他要我把船开到澳大利亚东海岸去。”

“是阿埃童要去澳大利亚东海岸？”爵士又问。

“对！他要我去！还说信里的地方写错了，说你要我到杜布湾去和你们会合。”

“信还在吗，汤姆？”少校问，他也糊涂了。

“在，少校先生！我马上去拿。”

艾撒汀去前甲板他的房间拿信去了。在他走开的1分钟内，大家全都你看看我，我看看你，很是惊讶。只有少校紧紧地盯着巴嘉勒尔，双手环抱说：“哼！巴嘉勒尔，看来不得不承认，这错误犯得有点大啊！”

“什么？”巴嘉勒尔茫然地弯腰低头，额头上挂着的眼镜如同一个大大的问号。

艾撒汀拿来了那封由巴嘉勒尔代笔，爵士署名的信。

“您看看吧！”艾撒汀说。

爵士接过信念了起来：“令汤姆·艾撒汀速速起航，将‘邓肯号’开到南纬37度线横截新西兰东海岸的地方……”

“什么？新西兰东海岸？”巴嘉勒尔大叫起来。

他一把将那封信从爵士手里抢了过来，揉了揉眼睛，随即又把眼镜从额头拉到了鼻梁，仔细地看着。

“写的真是新西兰！”他喃喃道，信从他的手里滑到了甲板上。

此时，有只手搭在了他的肩上，他回过头，和少校正好面对面。

“我的好巴嘉勒尔！还算不错，最起码‘邓肯号’没去印度！”少校说的时候，脸上的表情很严肃。

这玩笑引得全体船员大笑，笑得前仰后合。巴嘉勒尔的脸上有些挂不住了，疯了一样在甲板上走来走去，然后抱着头抓头发。他不知道自己在做什么，也不知道在想什么，他机械地跑下楼舱梯子，跑到中甲板上，像喝醉了般摇摇晃晃地走着，没有任何目标。

随即，他又爬到了前甲板，在前甲板上，他的脚突然绊在了一捆缆索上，如果不是他速度很快地抓住了一根绳子，他一定会摔倒的。

接着，大家听到了轰的一声震响，前甲板上的那尊炮响了。霰弹打在了平静的海面上，让海面沸腾起来。原来，慌张的巴嘉勒尔抓住了炮上的绳子，由于炮里是装着弹药的，所以绳子一动便将扳机触到了火药引子，引起了爆炸。巴嘉勒尔因为这一震，也从前甲板的梯子上滚了下来，一直滚到了水手间，不见了。

炮声惊得大家又是一张慌乱，以为出什么事了。10名水手一下子奔到了中甲板下，将巴嘉勒尔抬了出来。此刻，他的屁股朝下，头和脚并到了一起，仿佛人被折成了两段。

巴嘉勒尔没说话，水手将他长长的身躯扛到了楼舱里，就那么摊在甲板上。所有的人都为他担心。少校每到有人受伤时，便成了医生，所以立刻准备给巴嘉勒尔脱衣服，看他伤到了什么地方，并要为他裹伤。

但就在少校给他脱衣服时，他像触电般地突然坐起。

“不！不能脱！千万别脱！”他大嚷着，将那套破衣服重新拉回身上，然后扣起来，紧张得有些反常。

“衣服总要脱的呀，巴嘉勒尔！”少校说。

“我说不脱就不脱！”

“我只是想检查一下……”

“不用检查！”

“说不定身上哪里摔……”少校又说。

“你是说摔断了吗？要是摔断了，让木匠来修一下就好了。”他说完，两条长腿一蹦，自己站了起来。

“叫木匠来修什么？”

“修中舱的支柱呀，我不是把支柱摔断了吗？”

大家又是一阵哄堂大笑。这一次笑得更厉害了，比任何一次都厉害。不过他这一说话，大家也都放心了，说明那可敬的巴嘉勒尔在刚刚的触炮摔跤中，没受什么伤。

“即使这样，这位地理学家也一定觉得很害臊！”少校想。

“巴嘉勒尔，现在你老实坦白，我知道你的粗心大意都是老天的安排。因为不用说，如果不是你写错了，‘邓肯号’一定就落到海盗手里了。而如果不是你，我们肯定又被土人抓去了。所以看在上帝的面上，请你告诉我，是什么样的离奇联想，让你鬼使神差地将‘澳大利亚’写成了‘新西兰’？”爵士认真地问。

“这……这不简单吗？那……”巴嘉勒尔吞吞吐吐地说到这里，看了看罗伯尔，又看了看玛丽小姐，说不下去了。接着又说：“没办法！亲爱的爵士，我就是个稀里糊涂的人，就是个糊涂蛋，一辈子都改不掉的荒唐。我死都改不了粗心大意的毛病……”

“除非你把你那张皮剥掉。”少校突然说。

“剥我皮？什么意思？”巴嘉勒尔突然气势汹汹起来。

“什么什么意思？我没什么意思啊？你是指什么？”少校反问道，语气很平缓。

话就说到这里，没再继续进行下去了。

“邓肯号”为什么会到了新西兰解释清楚了。那几位像做了一场梦般的人，也不再想别的事，他们都想去房间里舒舒服服地休息一会儿，然后吃饭。

此时，爵士和麦盖尔等海伦夫人、玛丽、少校、巴嘉勒尔和罗伯尔以及其他人都进了楼舱后，把艾撒汀留了下来，他们还有事要问他。

“汤姆，现在有事我要问你。在你接到我的命令，说到新西兰海岸附近时，有没有觉得奇怪？”爵士问。

“是觉得奇怪，而且非常奇怪。爵士，不过我对接到命令，从来不会说什么，只照指令做事就行了。如果我自作主张，不照指令做事，出了问题，不就是我的事了吗？即使您处在我的位置，应该也会这么做的吧，船长？”艾撒汀说。

“没错，我也会这么做的。”麦盖尔说。

“那么当时你是怎么想的？”爵士又问。

“怎么想的？爵士，我当时就想，为了找到格兰特船长，您才让我到指定的地点来。我想您一定是有了安排，另有船载您去新西兰，所以才要我们到新西兰东海岸来接您。而且在离开墨尔本时，我对船要到达的目的地一直是严守秘密的，等船开到大海，大洋洲的陆地都不见了，我才向大家说。而那时候，船上还出了一些小风波呢，我当时也有些为难。”

“什么风波，汤姆？”爵士问。

“开船的第二天，阿埃童知道了我们要去的目的地……”

“阿埃童？你是说他还在船上？”爵士大叫道。

“是的，还在船上，爵士！”

“阿埃童还在？”爵士又说了一遍，看了看麦盖尔。

“真是老天有眼啊！”麦盖尔说。

只用了一会儿时间，阿埃童的所作所为，以及他的长期预谋、爵士受伤、穆纳的被狙击、一行人在斯诺威河那带的沼泽地所受的困苦……总之，阿埃童的所有行为，全都呈现在了爵士和麦盖尔面前了。没想到，事态发生了想象不到的逆转，流犯竟然又落到了他们手里。

“他现在在什么地方？”爵士问。

“在前甲板下的一个房间里，我派人监视他了。”

“为什么关他？”

“当他知道船是开到新西兰后，大发脾气，并威逼我更改航向，甚至鼓动船员反叛。我意识到他是个危险的家伙，就对他采取防备措施了。”

“最后呢？”

“之后，他就一直待在他的房间，自己也不想出来。”

“太好了，汤姆！”

之后，爵士和麦盖尔便被请到了楼舱，他们最渴望的丰盛晚餐已经准备好了。坐在方厅餐桌里的他们，一开始并没有提到阿埃童。

不过，当饭吃完，大家恢复了精神，再次聚到甲板上时，爵士把阿埃童被扣在船上的事对大家说了。同时，他还说他准备把阿埃童叫到大家面前来审问。

“我能不参加吗？老实说，我亲爱的爱德华，我一看见他就难过！”海伦夫人说。

“这场对质非常重要！海伦，留下吧！我一定要让本·吉奥兹亲眼看到，他又面对面地站在了我们全体受害人的面前。”

海伦夫人答应了。

玛丽和海伦夫人坐在了爵士右边。爵士的左边是少校和巴嘉勒尔、麦盖尔、罗伯尔、维尔逊、穆纳、奥比尔、艾撒汀……也就是说，所有曾差点被阿埃童陷害丢掉性命的人，全都在这里。当然，船上的其他人不知道这一幕的重要，都保持着沉默。

“带阿埃童过来！”爵士大声说。

第四十九章
Chapter 49

打动罪犯阿埃童

1

阿埃童走了出来，穿过中甲板，走上了楼舱的梯子。

眼神黯淡无光的他，牙齿紧咬，拳头紧握，神色中既没有傲慢，也没有受到屈辱的愤慨。他走到爵士面前，双臂环起，一声不响地站在那里，显得淡定而又坦然，没有丝毫的恐惧和慌张。

“阿埃童，我们又见面了。在‘邓肯号’，也就是你想送给本·吉奥兹那帮流犯手里的船上，我们又见面了！”爵士目不转睛地盯着他说。

阿埃童的嘴唇微微动了动，面无表情的脸上突然泛红。这红不是忏悔，不是尴尬，而是没有成功的愤怒。原本想做这艘船的主人，结果却做了这艘船的罪犯。而不久后，他的命运也会在这艘船上被裁决。

不过此时，他没有说话。爵士耐心地等着，但他仍将嘴巴闭得紧紧的，一句话都不说。

“为什么不说话？阿埃童？难道你没什么话说？”爵士忍不住又问。

阿埃童皱了皱眉，连同额头的皱纹都密集地皱了起来，随后，他从容地答道：“没什么好说的，爵士！是我自己计划不周密，被人抓个正着，您想怎么样就怎么样吧！”

这句话说完后，阿埃童又不说话了，他漠不关心地将眼睛转向西边海岸，好像已经决定将周围发生的一切都抛在脑后。看他的神情，仿佛完全与此事无关。不过爵士还是忍耐着，因为他想知道阿埃童的历史，特别是与格兰特船长和“大不列颠号”相关的那段历史。因此，他竭力压制住内心的怒火，继续审问下去。

“我有几个问题，我想你总不会拒绝回答吧，阿埃童！首先，我想知道，我是叫你阿埃童好呢还是叫本·吉奥兹好？你到底是不是‘大不列颠号’上的水手？”

阿埃童像是没有听到他说的话，不动声色地望着海岸。

爵士继续问着，心里也着急起来。

“你为什么要离开‘大不列颠号’？为什么跑到大洋洲来？”

对方依然一言不发，脸上也没有丝毫表情。

“听我说，阿埃童，我希望你主动坦白，因为这才是你的唯一出路。我最后问你一次，你愿意回答我提出的问题吗？”

阿埃童把脸转向了爵士，并紧紧盯着他的眼睛，毫无惧色：“爵士！我无话可说，我有没有罪，还是让法院来证明吧！”

“证明你有罪你觉得难吗？不，太容易了！”爵士说。

“容易？爵士，我觉得这话说得太早了吧！我敢说，就是伦敦最好的法官也拿我没办法。格兰特船长都不在这里，您说有谁能说我为什么来大洋洲？警察没有抓住我，我的同伴也没人落网，那么谁能证明警察缉拿的本·吉奥兹是我？没有，没有人知道，除了您。又有谁能说出一个犯罪事实来？不要说犯罪事实，就是可谴责的行为也没有。谁能肯定地说我想劫取这艘船当海盗船？谁能说？有证据吗？没有！听清楚了，爵士，没有任何人！您现在对我有怀疑是吗？好，您定我个罪，有确凿证据的罪，您有吗？没有！所以在提出证据之前，我始终都是阿埃童，我是‘大不列颠号’上的水手，不是什么犯人本·吉奥兹。”

阿埃童在说这些话时有些激动，但很快又恢复了平静和淡然。他一定觉得这样的一番话会结束这场审问，不过爵士还是问了下去。

“阿埃童，调查你的犯罪证据不是我的事。我们现在所抱的立场希望你能清楚，我不会说你所犯的罪行，那些事法官会问你。我只是在找人，你知道的，我只是要你说一句话，很可能就能把我们找错的路线纠正过来，好吗？”

阿埃童没有丝毫犹豫地摇了摇头。

“格兰特船长在什么地方？告诉我好吗？”爵士仍然执着地问。

“不！我不会说的，爵士！”

“那你能告诉我‘大不列颠号’失事的地点吗？”

“不！我不会说的。”

“阿埃童，帮帮那两个可怜的孩子，如果你知道格兰特船长在哪里的话。那两个可怜的孩子就等着你一句话啊！”爵士恳求道。

阿埃童犹豫了，他的脸抽搐了一下，低声说："不！我不能说！爵士！"

说完，停了一下，又很暴躁地大声吼道："不！我不说，我是不会说的。你叫人吊死我好了。"

阿埃童补充的这句话，像是为自己刚刚很可能出现的心软而愤怒。

"什么？吊死？"爵士也怒不可遏，吼道。

吼完后，他深吸一口气，控制住自己的情绪，用庄重的语气说："阿埃童，这里没有法官，也没有刽子手，在船到了码头后，我就把你交给英政府，他们会知道怎么处置你！"

"我要的就是这个结果。"阿埃童平静地说。

之后，他便又回到了临时拘留他的那个房间，两名水手在外面监视着他的一言一行。而这次审问，也让在场的人都感到愤慨和失望。

爵士没有办法说通阿埃童，他还能怎么做呢？很显然，他现在只能根据原来的计划，回欧洲了。此次寻访的失败，也只能等以后找到线索再进行了。因为照现在的情况，"大不列颠号"的踪迹已经找不到了，三张纸条上也没有任何可寻找到的线索，甚至37度线上的陆地也已经没有了，所以"邓肯号"只能开回欧洲。

爵士在和同伴们经过一番商议后，又和麦盖尔谈了谈回航的事情。麦盖尔看了一下煤仓，发现存煤最多只能烧半个月，所以他们必须在最近的中途站补充燃料。

麦盖尔建议将船开到塔耳卡瓦诺湾去，在补充了燃料后，再做环球旅行打算。由于从这里到塔耳卡瓦诺湾也在37度线上，而且是直航，所以补充完必需品后，就可以绕过合恩角，从大西洋航线回苏格兰了。

这个计划被大家接纳了，所以麦盖尔又马上命令机械师加大气压。半小时后，他们的船头方向指向了塔耳卡瓦诺湾，一路上太平无事。晚上6点钟的时候，新西兰最后的山峰已经在天边的雾气中隐去了。

这就是说，他们要归航了。

对于这群勇敢的人来说，回格拉斯哥港却没有带回格兰特和他的两名船员，多少有些让他们扫兴。出发时，大家欢天喜地，满怀信心。可现在要返回欧洲，这让他们有种打了败仗的感觉，一个个都垂头丧气起来，没有一个人因为要回到家乡而兴奋。为了找到格兰特船长，他们每个人都愿意去冒险，即使时间拖得再长他们也心甘情愿。

所以全船船员仅在见到爵士他们一行回船时“乌拉”过，之后便一直无精打采。船上的客人们也都没有像从苏格兰出发时那样谈笑风生，每个人都躲在自己的房间，甲板上很难看到有人。

当然，这些人中，有一个人把这种悲情情绪表现得更加夸张，这个人就是巴嘉勒尔。

平时，他怎么都会从绝望的信息中找到一些希望，可此时，他也一直愁眉苦脸，默不作声，大家很少看见他。

这个生来喜欢说话，有着法国人特有活泼性格的他，现在却变得沉默和沮丧起来，甚至比船上任何人都伤心。在爵士谈到再次寻访时，他总是摇摇头，很是绝望，好像已经把“大不列颠号”上遇难船员们的命运知道得清清楚楚了，大家也觉得他深信几名船员已经没有活在人世了。

不过，船上还有一个人，原本可以说出“大不列颠号”失事的情况，可他就是不说，这个人就是阿埃童。显然，阿埃童是知道格兰特船长他们的情况的，最起码知道船失事的地方，但他不说，因为如果找到了格兰特，那么就有了他犯罪的证人，这对他将是非常不利的，所以他怎么都不肯说话。

他让船上的人，特别是水手们恨得牙痒痒，恨不得打死他。

爵士一直想从他嘴里套出话来，并做了很多次尝试，但怎么说都没有用。总之，阿埃童非常固执，固执到莫名其妙，以至于少校觉得他根本就不知道格兰特船长和“大不列颠号”的事情。而少校的这种猜测，和巴嘉勒尔的不谋而合，这也正是巴嘉勒尔对格兰特船长命运悲观的主要原因。

不过，如果阿埃童一点都不知道，为什么不说出来？他应该明白，他说不知道，对他没有什么伤害，但他死也不松口，这就为他们制订新的寻找计划制造了麻烦。

那么，阿埃童在大洋洲，是不是可以推断出格兰特也在大洋洲？对于这个问题，他们必须想尽一切办法让他开口。

海伦夫人见爵士几次审问失败，便要求她去和阿埃童谈谈。男人不能做到的事，很可能会被女人的温和所打动。就像太阳和狂风比赛，看谁能让行人脱衣服的时候，狂风刮得越大，路人就把衣服裹得越紧；反倒太阳一出来，路人就主动把衣服脱下来了。

这个故事谁都知道。而且爵士也知道他年轻的妻子非常有智慧，便答应了由她去说服阿埃童。

3月5日，阿埃童被带到了海伦夫人的房间，玛丽小姐也被海伦夫人叫了过来。因为玛丽小姐，所以海伦夫人不愿意忽视掉任何有帮助的线索。

两位女士和阿埃童聊了1个小时，不过谈话的情况却一直没有向外透露。她们到底和阿埃童聊了什么？她们有什么办法撬开阿埃童的嘴，套出一些秘密？总之，聊天详情除了她们两个人外，没有人知道。不过在她们让阿埃童离开后，好像并没有获得什么有用的线索，很是沮丧。

所以在将阿埃童带回那间拘留房间时，有几名水手拦在路上，对他进行了暴力威胁。而阿埃童呢，只是耸了耸肩，什么也没说。这更让水手们愤怒了，直到麦盖尔和爵士制止，水手们才愤愤离开。

不过海伦夫人并不罢休，她决定继续说服那个冷血固执的人。所以第二天的时候，她亲自跑去阿埃童的房间，以免在他经过甲板时，引起大家的愤怒。

善良温柔的海伦夫人这次是单独一个人面对阿埃童的，整整聊了两个小时。爵士急得像热锅上的蚂蚁，一直在房间里走来走去。有时他下定决心，不管用什么办法都要从阿埃童那里探听到消息，有时他又想把妻子叫出来，他不想让妻子遭受谈判失败带来的痛苦。

不过，海伦夫人这次出来时，脸上却带着微笑。她会不会已经套出了很多信息呢？会不会感动了铁石心肠的坏蛋，让那坏蛋动了恻隐之心，说出了秘密？

虽然海伦夫人的脸上是微笑，但少校还是露出一副不相信阿埃童会说出甚至会知道什么秘密的神情。

不过很快，一个好消息瞬间传遍了整艘船——坏蛋阿埃童被海伦夫人说动了。这个消息如同电流一般，人人都知道了，而且也都聚在了甲板上，这速度比听到艾撒汀的哨子声集合得还快。

爵士也迎了上去，着急地问：“他说了？”

“说是还没说，不过他让步了，说想见你！”

“哦！亲爱的海伦，你成功了！”

“我希望能起点作用，爱德华！”

“你有没有许给他承诺？还要我向他保证一下是吗？”

“是的，我许给他了一个诺言。亲爱的，我许诺他，减轻他的一些处罚。”

“好的！亲爱的海伦，让他来见我吧！”

海伦夫人被玛丽小姐陪着回房间了，阿埃童又被带到了方厅，爵士在方厅等着他。

第五十章
Chapter 50

阿埃童的坦白

/

阿埃童再次来到了爵士面前，押送他来的人退了回去。

“是想和我说什么吗，阿埃童？”爵士说。

“没错，爵士！”

“是要和我一个人说吗？”

“是的，不过我觉得少校和巴嘉勒尔要是在的话会更好。”

“更好？是对谁更好呢？”

“对我！”

阿埃童非常镇定地说完，看着爵士。爵士也盯着他，看了一会儿后，他叫人将少校和巴嘉勒尔叫了过来。

当少校和巴嘉勒尔到了之后，爵士对阿埃童说：“好了，现在可以说了！”

阿埃童沉默了一下，接着说：“爵士，按说我们要先签个合同，先谈好条件，还要有证人才行，这就是我为什么会请巴嘉勒尔先生和少校也在这里的原因。因为我现在要和你提一个交换条件。”

爵士对阿埃童的油盐不进已经深有了解，所以并没表现出惊讶，虽然他觉得像阿埃童这样一个人，竟然还要和他谈交换条件有些荒唐。

“你想交换什么？”爵士一脸平静地问。

“希望从您那里得到一些好处，因为您也想从我这里得到您觉得有用的信息，所以我们可以一手交钱，一手交货。爵士，您能答应这个条件吗？”

“那要看你能说出什么信息了。”巴嘉勒尔插言道。

“我不问你能说什么信息，我现在只想知道你打算从我这里得到什么好处。”爵士淡淡地说。

阿埃童点了点头，慢慢开口道：“我想要的好处就是，不要把我交到英国政府那里去，爵士！”

“阿埃童，你觉得这样才公平对吗？”

“不！我没说这样就公平，但我总归有条件，而如果我让您将我放掉，您肯定是不答应的，对吗？”

面对阿埃童提出的这个条件，爵士犹豫了一下。格兰特的命运就在他回答的一句话里，可是，他又觉得他不能拿法律开玩笑，因为阿埃童已经犯了法。

“阿埃童，我不能就把你这样放掉！”爵士说。

“我并没有让你把我放掉！”阿埃童的脸上浮现出笑容，那笑容里带着自豪。

“那么，不让我把你交给政府，又不放你，又该怎么办呢？”

“有一个折中的办法。爵士，将我吊死和放我走，您肯定都不愿意，那么就取中间。”

“中间是什么？”

“将我流放到太平洋的荒岛上，然后给我必要的东西。我可以在荒岛上生活，并在那里忏悔。”

爵士被阿埃童的这个建议惊到了。他看了巴嘉勒尔和少校一眼，两个人都默不作声。爵士想了想说：“阿埃童，我可以答应你的要求，但你一定要把你知道的告诉我，不能隐瞒。”

“可以，爵士！我可以将我知道的关于格兰特船长和‘大不列颠号’的事都告诉你。”

“毫不隐瞒吗？”

“那当然，全部说出来。”

“有谁可以证明你全说了呢？”

“爵士，请你相信我的人格。当然，相信一个坏人的人格，也许是很可笑的，不过又有什么办法呢？因为我只能用人格担保，愿不愿意随您。”

“我暂且相信你吧，阿埃童。”爵士说。

“这么做不会错的，爵士！因为如果我骗了您，您还是有办法报复我的。”

“我有什么办法报复你？”

“您把我放在了荒岛上，那么我怎么都逃不掉的。您可以再去抓我。”阿埃童流利地说。

阿埃童是个聪明人，他把对方担心的事情先说出来，然后替对方说出解决问题的方法，叫对方无法反驳。如此诚恳地和对方谈条件，对方能不相信他吗？当然，他还有一招，有一招更让人对他信任。

“爵士及二位先生，我希望三位能知道一个事实：我是将一切摊在大家面前来谈的，我不会去骗大家。同时，我还有一个证据，可以证明我会诚实地说以下这些话的。为什么呢？很简单，我希望你们也能很真诚地和我交谈。”

“好吧！说吧，阿埃童。”爵士说。

“您还没接受我的提议呢，爵士！不过，我还是可以毫不犹豫地告诉你一件事，那就是对于格兰特船长的事，我知道的并不多。没错，爵士，我能提供给你的，只是一些关于我自己的事，对于您寻找他，帮不了多少忙。”

爵士和少校的脸上浮现出失望。他们以为阿埃童掌握着重大的秘密，而现在，他首先承认他提供的信息对寻找格兰特船长没有什么用处。当然，三个人中，唯一面不改色的就是巴嘉勒尔。

不管怎样，阿埃童的话尽管无人证明是真实的，但如此坦白，已经让人很感动了，尤其他最后又补充了一句：“我预先说了，爵士，如果您接受这次交换，那对我的好处要比对您的好处多。”

“不管怎样，我接受你的提议。我也答应，阿埃童，将你放到太平洋一个荒岛上去。”

“好的，爵士！”

阿埃童的这个决定对他而言是好还是不好呢？很不好说。因为他面无表情，丝毫没显露出高兴还是不高兴，仿佛这个谈判和他无关，说的是别人的事。

“那么我现在可以回答你们的问题了。”阿埃童最后说。

“我们现在没什么好提问的，你还是把知道的一切都告诉我们吧。阿埃童，你先说说，你是个什么样的人。”

“爵士和两位先生，我的真名就叫汤姆·阿埃童，我也确实是‘大不列颠号’上的水手长。在1861年3月12日的时候，我乘格兰特船长的船离开了格拉斯哥。在太平洋上，我们一起跑了14个月，我们一直在寻找能够做苏格兰移民区的地方。格兰特船长是个干大事业的人，而我有自己的打算，再加上我们的性情也不一样，我又不愿意迁就他，所以经常发生矛盾和争论。爵士，你们要知道，格兰特这个人一旦决定做一件事，任何力量都是阻挡不了的，那个人就像是钢铁铸成的，所以也想让别人做钢铁。不过，即使这样，我还是不怕他，我叛变了，而且还让船员和我一起叛变，并想将那只船夺过来。对于我该不该做这件事，现在可以不做讨论，不管我是错也好，对也好，总之，格兰特船长毫不迟疑地在1862年4月8日，在大洋洲西海岸将我赶下了船。”

“大洋洲？也就是说，在‘大不列颠号’到卡亚俄停泊前，你已经不在那船上了。那么这船是在到达卡亚俄之后失踪的？”少校插嘴道。

“没错，我在船上的时候，‘大不列颠号’就没在卡亚俄停泊过。而我之所以在奥陌尔农庄里谈到卡亚俄，是因为你们先说了它在卡亚俄停泊过。”

“接着说下去吧！”爵士说。

“就那样，我被格兰特船长丢在了荒无人烟的海岸，离西澳省省会柏斯的流犯拘留所仅仅只有30公里。在我在海滨处彷徨时，遇到了一些流犯，那些人刚从牢里出来，所以我也就入了伙。爵士，对于那两年的生活，还是请您不要再问了，我只想告诉您的是，我最后化名本·吉奥兹，而且还做了流犯的头子。1864年9月，我以阿埃童之名，被爱尔兰人雇用。我在那里的时候，就是想瞅个机会弄一只船。所以两个月后，当‘邓肯号’来了，爵士你们去农庄，将格兰特船长的历史说个清清楚楚的时候，我知道了一些我不知道的事实，知道了‘大不列颠号’在卡亚俄停泊过，并且在我离开船的两个月后，也就是1862年6月发出了最后的消息，而且纸条上还说是在37度线上失事的。于是，我决定将‘邓肯号’弄到手，这样一只好游船，是连英国最快的兵舰也赶不上的。不过，船因为严重受损，需要修理，于是我就想让它开到墨尔本去。而我自己则以原来的真实身份跟着你们，引你们到大洋洲东岸，也就是我假定的船失事的地点。所以我引你们穿过了维多利亚省，还让我的同伙跟着我们，有时候他们也会跑到我们前面。当然，我手下在康斯登桥做的那案子，完全没必要。因为当‘邓肯号’到了东海岸后，也就逃不出我的手心了。当我有了这只船，我就能在海上称王称霸了，所以为什么还要做那种案子呢？但没办法，他们还是做了。

“就在我将你们引到斯诺威河，牲畜又被我用胃豆草毒死得只剩下一头牛和一匹马时，我又将牛车引到了斯诺威沼泽区的泥淖里，最后提出恳切建议……当然，之后的事情你们已经知道了，我也就不说了。不过你们一定要相信一点，如果不是巴嘉勒尔先生粗心大意，写错一个地名的话，那么‘邓肯号’一定已经落在我手里了。这，就是我的历史。很可惜，诸位先生，没有你们想要的线索。现在你们总该相信了吧，你们做了个赔本的买卖。”

阿埃童说完，便不再说话了。他习惯性地双臂抱胸，安静地等着。爵士、少校和巴嘉勒尔都沉默不语。他们知道这就是事实，阿埃童已经把自己知道的都说了。“邓肯号”之所以没被劫去，是他万万没想到的。因为他的同伙已经到了杜布湾海边，爵士发现的那件囚衣足以说明这个问题。他的同伙很忠实地响应他们头目的命令，在那里等着“邓肯号”，不过久等不来，只好又跑到新南威尔士省的乡下干伤天害理的事情去了。少校继续他的盘问，以便确定和“大不列颠号”有关的一些日期。

“这么说，你确实是在1862年4月8日在大洋洲西岸被赶下船的？”

“绝对没错。”阿埃童说。

“那之前格兰特有没有提到他的一些计划？”

“我只是隐隐知道一些。”

“说说看，即使只是一些细微的线索也行。阿埃童，说不定你提供的一些细微线索，就能让我们找到真相。”

“爵士，我能告诉您的就是，他想去新西兰看看。不过，他的这个计划在我还没有离开船上时，并没有实现。所以‘大不列颠号’在离开卡亚俄后，也是很有可能会跑到新西兰附近陆地的。而且这与文件上所说三桅船失事的日期1862年6月27日很吻合。”

“当然吻合。”巴嘉勒尔说。

“不过，文件上并没有‘新西兰’字样呀。”

“对于这一点，我也不是很清楚。”阿埃童说。

“好吧，阿埃童，你实现了你的诺言，我也会实现我的诺言。我们去商量一下，看把你丢到太平洋哪个岛上比较好。”

“随便什么岛都好，爵士！”阿埃童说。

“你先回房间吧，等我们商量好再说。”

于是，阿埃童在两名水手的看守下，去了他那间拘留房。

“他并不像个十恶不赦的人。”少校说。

“是呀，他个性坚强，人又聪明，这样的人，怎么会去做坏事呢？”爵士不解道。

“格兰特船长你们觉得怎么样了？”

“恐怕凶多吉少，可怜的两个孩子，谁能告诉他们，他们的父亲在什么地方？”

“我能告诉，是的，我能告诉！”巴嘉勒尔说。

刚刚，我们一定注意到了一个细节，那就是平时多话、性格急躁的巴嘉勒尔，却在爵士盘问阿埃童时，几乎一言不发。他只是仔细地听着，并不说话。而这句话却是石破天惊，所以首先就把爵士吓了一跳：“巴嘉勒尔！你……你开什么玩笑，你……你知道格兰特船长在哪儿？”

“没错，我知道，而且和别人知道的一样。”

“从什么地方知道的？”

“当然是从那三张纸条上了。”

“哦？”少校不相信地看着他。

“少校，等我说完你再耸你的肩膀好了。我以前没说出来，是因为怕你们不相信。不过现在我决定说了，虽然说了也没多大用处，但阿埃童的那句话正好证明了我的想法是对的。”

“是说新西兰吗？”爵士问。

“你们先听我说。爵士，我在替您给艾撒汀写信时，写错了一个字，而那一个字又救了大家。那个写错的字并不是毫无理由地写错的，因为当时爵士您让我代笔的时候，‘西兰’这个名词正好在我的脑海里回旋。之所以这样，是因为在我们奔到牛车里避流犯，少校对海伦夫人说流犯作恶的时候，他把登着康斯登桥惨案的那份《新西兰日报》递给了她。当时，正写信的我，看到报纸折了一半，还有一半报名露了出来，而露出的那部分正好就是aland。我当时心里一亮，因为aland正是英文纸条上写的aland呀，我们通常会认为这字是‘登陆’，实际上可能是‘西兰’（zealand）的残余。”

爵士不置可否地哼了一声。

“那样的解释，一开始我们并没有想到，知道为什么吗？因为法文纸条比较完整，所以我就盯住法文纸条去寻找线索了。而这个重要的字，正好不在法文纸条上。”

“哈哈……巴嘉勒尔，你太主观了。你现在又把前面两种解释推翻了。”少校说。

“那你反驳吧，少校，我可以一一再驳你的反驳。”

“如果真是这样，那么austral又该作何解释？”

“当然还是刚开始我们说的意思了，‘南半球’（australes）的地区。”

“好，那indi呢？你开始说它是‘印第安人’（indiens），最后又说是‘当地土人’（indigens）。”

“这个吗？我第三次，也是最后一次解释它为‘绝地之人’（indigence）！”巴嘉勒尔说。

“那么contin呢？总不会不是‘大陆’（continent）了吧？”少校大叫起来。

“新西兰是个岛，当然不是‘大陆’。”

“那是什么？”爵士问。

“亲爱的爵士，我把纸条上的内容解释给你听，你再判断吧。不过我要提醒你两点，首先，尽量忘记前面的两次解释，从先入为主的思想里解放出来；其次，有些地方未免会有所牵强，而且我可能也解释不好，但这些地方也都是无关紧要的。尤其是‘gonie’，我将其解释为‘风涛险恶’，心里总觉得不对，不过又想不出其他解释。更重要的是，我的解释是以法文为基础的。别忘记了，写纸条的可是个英国人，作为英国人，对法文的语法运用不熟练也正常。在这一点上交代完之后，我要开始我的最新解释了。”

巴嘉勒尔说完，拿出那三张纸条中的一张，慢吞吞地念了起来：

“1862年6月27日，三桅船‘大不列颠号’，籍隶格拉斯哥港，沉没于风涛险恶的南半球海上，靠近新西兰——也就是英文纸条上所说的‘登陆’。在两名水手和船长格兰特到达此岛后，不幸变成了蛮荒绝地之人。兹特抛下此文件于经……及纬37° 11′ 处。请速予救援，否则必死无疑。”

巴嘉勒尔念完了，从他所念的内容来看，他的解释还是可以接受的。不过，这次解释和前两次，仿佛同样正确，所以也有可能和上两次一样，都是同样的错误，所以爵士和少校都没有讨论的兴趣。不过，既然“大不列颠号”的踪迹在37度线上，那么巴塔哥尼亚海岸和澳大利亚海岸没有找到，新西兰的机会相对也就多了。巴嘉勒尔提出的这点，爵士和少校也不得不考虑。

“巴嘉勒尔，为什么要隐瞒这件事，而且还要隐瞒两个月？你应该早点告诉我才对。”

“因为我不希望大家空欢喜一场。那时候，我们正要去奥克兰，也就是纸条上所指的37度线上的一个地方呀。”

“可是后来我们出了奥克兰那条线，你总要说的吧！为什么还不说呢？”

“因为我虽然知道是这种解释，但现在怎么都对寻找格兰特船长没有用啊。”

“什么意思，巴嘉勒尔？”

“很简单，如果格兰特船长的船在新西兰沉了，而且两年没有消息，那么他不是死于沉船，就是死于新西兰土人手里。”

“所以，你觉得……”爵士问。

“我觉得，即使我们找到了船失事的痕迹，船上的人也早已经不在了。”

“唉！这些话先保密，不要说！朋友们，当我找到了合适的机会，再告诉格兰特那对可怜的儿女吧！”爵士说。

第五十一章
Chapter 51

玛丽雅泰莱萨岛

在全船人都知道阿埃童的招供对寻找格兰特船长根本没有决定性线索后，每个人的心情都很沉重。原本大家希望阿埃童说出秘密就能找到格兰特船长及其他两名水手，没想到丝毫起不了作用。

因此，“邓肯号”决定还是按原路返回。在返回途中，可以选择一个荒岛把阿埃童放下。

巴嘉勒尔和麦盖尔在地图上选择适合放阿埃童的荒岛，正好看到37度线上有个荒岛，名叫玛丽雅泰莱萨，这个岛离美洲海岸约1900公里，离新西兰大概810公里，是一座孤零零地矗立在太平洋中间的峭岩。

这座岛北边靠近帕摩图群岛，归法国管辖；南边则什么都没有，即使从那里走到南极冰区，也是空空荡荡的，所以也没有一只船去那荒僻之地考察过。总而言之，这是一座和外界隔离的小岛，只有喜欢风暴，在海洋上飞行的鸟儿会来岛上偶然歇息。这样一个地方，在很多地图上都没有标注。

这是一个和外界完全隔绝的孤僻的地方，而且也远离一切航线。他们在选择好这个小岛的位置后，又告诉了阿埃童，阿埃童答应在这里过远离人群的生活。所以“邓肯号”开始掉头，方向指向玛丽雅泰莱萨岛。

而且通过这条直线，“邓肯号”在经过小岛后，也就能直达塔尔卡瓦诺湾了。

两天后的下午两点，瞭望的水手向他们报告，说很远的地方出现了一片陆地，想必那就是玛丽雅泰莱萨岛了。此岛浮在海面上，像极了一条大鲸鱼。

“邓肯号”以每小时9公里的速度前进，距小岛还有16公里。小岛的侧影浮现在了水面上，越来越清晰。随着太阳的西沉，浮在水面上的小岛在强光的照映下，出现了曲折的侧影。倒插在太阳照耀下的海面上的是几座低矮的，稀稀落落的山。

5点钟的时候，麦盖尔见小岛上方有股轻烟袅袅升起。

“那是一座火山？”麦盖尔问正拿着望远镜观察的巴嘉勒尔。

“很难说，这岛我不是很了解。不过，如果它的形成是因为海底突起的话，那么火山喷发喷出个岛屿也不奇怪。”

“那么我们是不是可以说火山能把它喷出来，也就能将它喷回去？”爵士问。

“可能性太小了。这岛已经存在几百年了，应该不会出现这种情况。尤里亚岛曾经从地中海冒出，不过在海面上的时间不久，仅仅几个月就消失不见了。”巴嘉勒尔回答说。

“约翰，船能在天黑前着陆吗？”爵士问麦盖尔。

“不行，爵士，我不能让‘邓肯号’在黑暗中冒险向不熟悉的海岸靠近。我现在要减小马力，让它就这么在附近荡着，等明天天亮后，我们再放小艇上岸。”麦盖尔说。

晚上8点钟的时候，“邓肯号”离玛丽雅泰莱萨岛只有3公里了，岛在水里仅剩下一条长长的影子，快要看不到了。“邓肯号”一点一点地向那小岛靠近，9点钟的时候，那里突然出现一道强光。强光来自一团火，火光照亮了黑暗，在一个地方，持续不断地燃烧着。

“这应该就是火山。”巴嘉勒尔一边仔细观察，一边说。

“不过，如果是火山爆发的话，肯定会发出巨响的，可我们离那里那么近，怎么会听不到响声的？而且现在刮的是东风，声音应该能传到我们耳朵里。”麦盖尔说。

“是的，这火山很奇怪，只有火没有声。而且它们总是亮亮停停的，就像灯塔一样。”巴嘉勒尔又说。

“说得没错，不过我们不是在有灯塔的海岸附近呀，怎么会有灯塔呢？”麦盖尔说完，突然又惊呼起来，“啊！太奇怪了，又有火光出来了，在海滩上，快看，那火还在移动。”

确实，那火光一会儿有，一会儿又没有。

“是不是这岛上住了人？”爵士说。

“一定住着土人！”巴嘉勒尔说。

“如果有土人，那就不能将阿埃童丢在这里。”

“为什么不能，就把他送给土人吃了吧！他一定会受土人欢迎的。”少校开着玩笑，但表情严肃。

“还是找一个没人住的荒岛吧！我可是答应过他，要保证他安全的，我不能说话不算话。”爵士被少校要改善土人“胃口”的说法逗笑了，却也一本正经地说。

“不管怎样，我们都要提防着。新西兰土人太野蛮了，也很狡猾，他们经常手举火把，欺骗过往船只，和以前那些康瓦尔的居民一样，引诱过往船只。”巴嘉勒尔补充道。

“船头掉个方向，明天太阳出来时，我们就能知道是怎么回事了。”麦盖尔吩咐掌舵的水手说。

深夜11点的时候，乘客及麦盖尔全都回房间了，船头的甲板上只有几名值班的水手在四下漫步，而船尾只剩下舵手在守着舵把。

此时，玛丽小姐和罗伯尔走上了楼舱顶。

格兰特船长的一对儿女就那么伏在扶栏上，忧愁地看着海面上的微微粼光，以及“邓肯号”尾部发着亮光的浪槽。此时的玛丽小姐，正在担心着弟弟的前途，而罗伯尔也在想着姐姐以后该怎么办。同时，他们都想起了父亲。他们亲爱的父亲是否还在人世？他们就这么放弃寻找父亲吗？不！绝对不能这么放弃，他们不能没有父亲。没有父亲，他们该怎么办？这段时间，不要说失去父亲，就是没有爵士和海伦夫人，他们都不知道会变成什么样子。

经历了磨难的罗伯尔，越发成熟了，他知道姐姐的心事，于是握住姐姐的手说：“千万不要失望，玛丽，父亲曾告诉我们，‘勇气会代替世上的一切’。那是百折不挠的勇气，是能够战胜一切的勇气，这样的勇气我们必须要有。姐姐，一直以来，都是你在照顾我，那么，现在就让我为你操劳吧！”

“我亲爱的弟弟！”玛丽小姐哽咽着说不出话来。

“有句话我想告诉姐姐，不知道姐姐会不会生气。”

“说吧，我的弟弟，我不会生气的。”

“你肯答应我吗？”

“什么意思？”玛丽小姐问完，心里有了不安。

“让我去当水手。”

“难道……难道你要离开我？”玛丽小姐大叫一声，紧紧地握住了弟弟的手，好像生怕一松手，弟弟就消失了一样。

“是的！姐姐，我想和父亲一样，成为一名水手，还要像约翰船长一样！我亲爱的玛丽，约翰船长不会让我们失望的，他是那么侠义、勇敢的人，你一定要像相信我一样相信他。他答应过我，要将我培养成优秀的船员。他还答应我，一边培养我，一边带我去寻找我们的父亲。亲爱的姐姐，你要答应我，一定要答应我！因为如果我们跑丢了，父亲一定会走遍天涯海角寻找我们的。所以现在他不见了，我们就有责任走遍天涯海角去找他。如今，我的生命里已经有了目标，我要毕生为这个目标而奋斗，去寻找那个永远不会抛弃我们，我们也永远不会抛弃的人。亲爱的姐姐，我们的父亲！他太伟大了！”

“是的！他是个高尚而伟大的人。知道吗，弟弟，父亲现在已经是我们祖国的骄傲了。如果不是运气不好，没有完成他的事业的话，他一定是我们国家的伟人之一。”玛丽说。

“我怎么会不知道？”罗伯尔激动地说。

玛丽小姐一把搂住了弟弟，眼泪从眼眶落下，掉在了罗伯尔的额头上。

罗伯尔在玛丽小姐怀里叫着：“姐姐！姐姐！我们的朋友，他们虽然不说、不提，可我还是抱着希望，我永远都抱着希望。我要做个像父亲那样的人，在事业未成功前，绝不死去。”

玛丽一句话都说不出了，只是不断地抽泣着。一想到他们还会去寻找父亲，一想到麦盖尔船长的侠骨柔情，她的心里就有种温暖的情愫在内心奔腾。

“约翰先生也一直抱有希望吗？”她按捺住怦怦跳动的心说。

“是的，他一直怀抱希望。他像个大哥哥一样，永远都不会抛弃我们。我要去做水手，好吗？姐姐，我去做水手，和他一起去寻找我们的父亲，好吗？”

“好的！只是我们姐弟俩就会分开了。”

“姐姐，你不会孤零零一个人的，船长和我说过了，海伦夫人也不想让你离开她。你是个女孩子，你可以接受她的好意。如果你不接受，反倒是辜负了她。可我是个男孩子，男人要勇敢，要靠自己。父亲很早就教育过我。”

“可我们的老家怎么办？那里充满了我们的回忆！”

“那里我们不会忘记，也不会抛下！姐姐，这些事情，我们的朋友，约翰船长和爵士都已经决定了，而且还做好了安排。爵士让你留在麦凯莫府，他们要把你当女儿一样对待。这是爵士告诉了约翰，约翰又告诉我的。你在那里会像在自己家里一样的，那里会有人和你谈我们的父亲，你还可以在那里等我和约翰。总有一天，我相信父亲是会回来找我们的。到了那天，这该是多么值得高兴的一件事啊。”罗伯尔说着说着，激动的额头发出了亮光。

“我亲爱的弟弟，你长大了！如果父亲能亲耳听到你说这些话，该是多么高兴啊！你太像我们的父亲了，我亲爱的弟弟，你真像我们那可亲的父亲，等你长大了，一定会做个父亲那样的人的。”玛丽小姐说。

“希望如此，姐姐！”罗伯尔说着，脸上浮现出神圣和庄严的神态来。

“不过爵士和夫人的恩情，我们又要怎么报答呢？”玛丽又说。

“这不是什么难事。因为我们爱他们，尊敬他们，我们会经常表达我们的感情，多吻吻他们，然后一旦有机会，我们可以为他们去奉献，甚至献出生命！”罗伯尔天真地说。

“不！我们不能为他们死，我们要为他们好好地活着！他们一定希望我们好好活着，我也希望你好好活着。”玛丽说完，狂吻弟弟的额头。

两姐弟一边聊着天，一边幻想着未来，他们在黑夜的船上，彼此对望。即使不说话，彼此的心里也在对话。平静的海面上荡起了涟漪，一起一伏的。螺旋桨在黑暗中缓缓地搅动着波光。

突然，一件奇妙的事情发生了。两姐弟像是被什么神秘的东西吸引着，让他们同时产生了一种幻觉，他们感觉到，在那微微荡起的微波里，有一个声音传了出来，那声音低沉凄凉，让两个人的心全都绷了起来。

他们听到，那声音在叫：“救救我！救救我！”

“姐姐，你听到什么了吗？有没有听到什么？”罗伯尔问。

玛丽小姐想必也听到了。她没有回答弟弟，却和弟弟罗伯尔一起趴在栏杆上，俯下身子朝黑夜里的海面寻找。不过他们什么都没有看到——那里漆黑一片。

“罗伯尔！我……我好像……听到……我听到了，和你一样听到了！我们会不会是在做梦，我亲爱的弟弟呀！”玛丽先是脸色苍白，接着呼吸急促了起来。

接着，又是一声声的“救命”传到了他们的耳朵里。这次更清楚了，以至于两姐弟同时发出了“父亲！是父亲……”的叫声。

玛丽因为激动过度，竟然晕倒在了罗伯尔的怀里。

“救人啊！救救我姐姐！救人啊！救救我父亲！”罗伯尔大喊道。

船尾掌舵的最先奔过来，帮着罗伯尔把玛丽小姐扶了起来。接着值班的水手们也跑过来了，然后是麦盖尔、海伦夫人和爵士，他们全都从睡梦中惊醒，跑了过来。

“我姐姐就要死了，我父亲……我父亲在那里。”罗伯尔大声叫着，指着黑夜中的海面说。

众人莫名其妙。

“真的！我父亲真的在那里，我听到我父亲喊救命的声音了。还有我姐姐，我姐姐也听到了。我们都听到了。”罗伯尔又大声叫道。

此时，玛丽清醒过来，她睁开眼睛，像疯了一样，大声叫道：“父亲！我的父亲在那里！”

可怜的少女玛丽，她爬起来冲向栏杆，把身子俯下去，想要投入海里。

“爵士！夫人！我父亲就在那里，我向你们保证，他就在那里。我们听到了他的声音，是从海浪里传出来的，就像临死告别的声音一样。”玛丽大声叫着。

她开始抽搐，接着全身痉挛，抖个不停。大家不得不把她抬回她的房间，海伦夫人跟着她进了房间，去照顾她。而罗伯尔还在那里喊着：“是真的！我的父亲就在那里！我们没说错，真的就在那里，爵士！”

在这种情况下，众人都觉得两个孩子是因为思念过度，产生了幻觉。不过这么严重的幻觉，又该怎么解释呢？

所以爵士还是抓住了他的手：“孩子，你听到你父亲的声音了？”

“对！爵士，我听到了，就在那里，在海浪中间。他在喊‘救我！救我！’。”

“你真听清是你父亲的声音？”

“是的！没错，就是我父亲的声音！爵士！我听得很清楚，我可以发誓，我姐姐也听到了，她和我一样，清楚地听到了父亲的声音！您想想，一个人可以听错，可两个人怎么会听错呢？爵士！救救我的父亲吧！放只小艇子！放只小艇子！”

爵士见他这样，觉得一定是幻觉太严重引起的。不过他还是把掌舵的舵手叫了过来。

“霍金斯，在玛丽小姐晕倒时，你是在这附近掌舵吗？”

“是的，爵士，我就在这里。”

“那你有没有看见什么，或者听见什么？”

“没有！什么都没看见，也没听见！”

“是这样吗，罗伯尔？”

“不！是真的，真的是我父亲在叫。如果是霍金斯的父亲在叫，他一定也会听到的。可那是我父亲呀，爵士！是我父亲啊！”罗伯尔坚定地说。

罗伯尔的嗓子哑了，他脸色苍白，再不开口，最后也和姐姐一样，昏了过去。爵士急忙让人把他抬回了房间，由于受了过度的刺激，他进入到了深度睡眠中。

“可怜的两个孤儿！上帝对他们太残酷了！”麦盖尔说。

“是呀，他们伤心过度，所以产生了幻觉。”爵士说。

“两个人同时产生幻觉，怎么可能？太奇怪了，科学也是无法解释这种现象的。”巴嘉勒尔自语道。

随即，他俯下身子，对着海面，侧耳细听。四周一片沉寂，巴嘉勒尔又大声叫了几声，依然没有什么回音。

“太奇怪了！看来，思念和痛苦交织起来，一些现象是无法解释的。”他喃喃说着，向自己的房间走去。

第二天，也就是3月8日的早晨5点，天刚蒙蒙亮，罗伯尔两姐弟便聚在了甲板上，其他人因为无法劝住他们，也到了甲板上。他们要看看昨晚勉强能看到的那片陆地。

所有的望远镜都拿出来了，他们向岛上仔仔细细地看着。“邓肯号”离那小岛仅有1公里，他们沿着海岸缓缓地向前开。在他们的视力能看清岸上的一些细微情况时，罗伯尔突然大喊，说他看见海岸上有三个人，一边挥舞胳膊，一边在跑，其中一个人的手里还摇着一面旗子。

麦盖尔抓过罗伯尔手里的望远镜，看了一下后喊道：“是英国国旗！”

“没错！是英国国旗！”巴嘉勒尔也叫了起来，他回头看着罗伯尔。

“爵士，如果您不想让我游着去岛上，那就请放下一只小艇。爵士！我求您了，我要第一个登岛。”罗伯尔激动得声音发抖。

船上没人再说话。因为这是他们万万没有想到的。在37度线穿过的一个小岛上，竟然有三个人，三个遇难的人，而且还是三个英国人。于是，他们每个人都想起了昨夜的那一幕，他们想到罗伯尔和玛丽听到的呼救声……

也许，两个孩子弄错了，是有呼救声传进了他们的耳朵，但那怎么会是他们的父亲呢？怎么可能？不管怎样，都是不可能的。于是每个人都想，说不定会有个大大的失望在等待着他们，因为希望越大，失望也就越大。这两个孩子，已经经不起这种打击了。可现在又有什么办法呢？他们无法阻止两个孩子上岸，别人没有，就连爵士也没有。

“放艇子！”爵士大喊。

只用了1分钟，艇子就放到了海里。罗伯尔、玛丽小姐、爵士、麦盖尔和巴嘉勒尔全都涌上了艇子。艇子在六名水手的拼命划动下，很快就离开了大船。在离岸还有大约20米远的时候，玛丽大叫一声：“是我的父亲！”

是的，岸上有一个高大而健壮的人，他站在两个人中间，面孔慈爱而又坚毅，完全就是玛丽和罗伯尔的结合体。他正是两个孩子不断描述的那个人，他们的心灵没有欺骗他们，那是他们的父亲，是格兰特船长。

格兰特船长在听到玛丽的呼唤后，先是张开双臂，接着便像被雷击了一样，倒在了沙滩上。

第五十二章
Chapter 52

相聚

巨大的幸福降临不会让人窒息，即使格兰特和他的一对儿女在小岛上激动得差点背过气去，大家除了为他们高兴外，却并不担心他们。而那激动的场面，是用多少笔墨都无法描述的，甚至任何美妙的词语，都无法写出当时的场景。

几个人只是看着他们三个人紧紧地抱在一起，一句话也不说，全都流下泪来。

格兰特船长一登上“邓肯号”，便在甲板上站立，向迎接他们的海伦夫人及其他人表示感谢。

原来，三个人在团聚后，经过短暂的晕厥，很快醒了过来，然后两个孩子在返回游船的小艇上，向自己的父亲讲述了“邓肯号”是如何进行环球航行寻找他的。虽然只是简单地说了一下，但其中的艰难，格兰特船长一想便知。

对于爵士和海伦夫人，以及船上所有的人，格兰特船长都觉得自己背负了很大的人情债。从爵士到水手，这些人为了寻找他，付出了很多努力，吃了很多的苦。格兰特船长的心头涌现出了无限的感激之情，而这种感激，又通过他坚毅豪爽的性格以及英气勃勃的面孔表现了出来，以至于让全体船上人员都感受到了这种感激，这也让他们觉得，他们之前的辛苦全都值得。

不要说其他人，就是生性淡漠的少校，也热泪盈眶起来。至于感性的巴嘉勒尔，则像个孩子一样，呜呜地哭了起来。

像一切爱女儿的父亲一样，格兰特看着女儿玛丽小姐，觉得她是那么漂亮妩媚。他忍不住说了出来，并要海伦夫人评论，仿佛要告诉大家，他不是被疼爱蒙蔽了双眼，他说的都是事实。

随后，他又把脸转向儿子罗伯尔。

“你们看，他长得多高，多帅，简直就是个大人。”他乐不可支，怎么看儿子都看不够。

说完，他将两个孩子重又搂到胸前，拼命地吻着，怎么吻都吻不够，仿佛要把两年离别所积蓄的思念全都用亲吻抒发出来。

罗伯尔先向父亲介绍了船上所有的人，这个懂事的孩子用不同的介绍方式介绍不同的人，虽然他介绍的内容，无外乎是“他们每一个人，对我和姐姐都太好了”。在介绍到麦盖尔时，年轻的船长脸红了，在给玛丽的父亲回话时，他的声音都在发抖。

还是海伦夫人为他解了围，说起了旅行过程中的经历给格兰特船长听，格兰特船长为自己拥有这么能干、懂事的儿女而自豪。当知道罗伯尔在此次旅行中屡次建功时，他意识到，这个可爱的孩子已经用自己的方式，向爵士这些人偿还人情债了。而在麦盖尔谈起玛丽时，他也没有丝毫吝啬自己的溢美之词。

海伦夫人巧妙地插了几句话，格兰特船长意识到了什么，他将女儿的手放到了英俊的麦盖尔手里，然后回头对爵士和海伦夫人说：“爵士、夫人，我们为我们的孩子祝福吧！”

格兰特船长感激的话都说完了，其他人想表达的感情也都说了，最后，爵士把阿埃童的事告诉了格兰特船长。格兰特船长证实，阿埃童确实是在大洋洲被他赶下船的。

“这个人很聪明，做事也敢作敢为，只是贪欲将他引向了犯罪的道路。希望他能反省、忏悔，以后做个好人。”格兰特船长说。

在将阿埃童送到岛上之前，格兰特船长决定在他的岛上招待一下这些朋友，他请大家去参加他的板屋，还希望大家能坐在那里，像鲁滨孙一样吃一餐饭。这个提议获得了大家的欢呼。而最急着想去看格兰特船长在岛上生活的地方的是他的一双儿女，他们知道，在这个地方，父亲一定因为想念他们，流了很多的眼泪。

艇子下水了，格兰特船长及他的一双儿女、爵士夫妇、少校、麦盖尔和巴嘉勒尔等，再一次去了小岛。

只用了几个小时，他们便走遍了格兰特船长的这片领土。这座小岛准确来说，仅仅是从海底升起的一座大山的山顶，山顶上有一小片平地，平地上到处是雪花岩岩石和火山残余物。地壳形成时，山峰在地下火的影响下，从太平洋深处冒了出来，然后形成了物化土，随即又被植物占领了这片土地。

同时，一些过往的捕鲸船将很多猪、羊等牲畜载到了岛上，并在这里繁衍生殖。此后，这太平洋的孤岛上便有了动物、植物和矿物。

而当“大不列颠号”的遇难者来到这里后，也就开始了人类劳动，这片土地也便被开垦出来。在两年半的时间里，格兰特船长和两名水手，让这个荒岛变了样，他们种植了好几亩地，种了很多蔬菜。

众人来到了格兰特船长所住的地方，屋子建在一棵胶树的下面，胶树的叶子绿油油的。屋子的窗户面临大海，从窗户里能看到太阳光照射下的大海在闪闪发光。格兰特船长让人将桌子摆在了茂密的树荫下，大家就座后，很快就有一只山羊腿、一些纳儿豆粉做的面包、几碗奶、两三棵野菊苣和一些清凉的水端了上来。虽然只是一些简单的食物，但坐在这样的环境下进餐，却是别有一番风味，更有了世外桃源的感觉。

这样的生活，是巴嘉勒尔所向往的，他高兴地嚷嚷着：“真是便宜阿埃童那家伙了，这个小岛简直就是天堂嘛。”

“没错，这是个天堂。当我们三个受难者来到这里后，真是太幸运了。只恨这岛小了一些，如果是个宽阔的岛屿，不是海浪冲击的小缺口，而是一个大港湾的话，那就更好了。”

“为什么觉得小了不好呢，船长？”爵士问。

“如果是个大岛，那么就可以做一些基础建设，让苏格兰人在太平洋上有移民区了。”

“船长，您还没有放弃这个念头吗？您的这个想法，真是太伟大了，在我们国家很有影响力。”

“我不会放弃的，爵士。当上帝借您之手，将我救出去后，其实就是为了让我完成这个事业。我古老的苏格兰同胞，所有受苦受难的人，我们应该有一片属于自己的地方，以便逃离贫困。我亲爱的国家应该在这一地带拥有属于自己的移民区，完全属于自己的居住地，这样我们就能在这里享受欧洲享受不到的独立和幸福了。”

“说得太好了，格兰特船长，这个计划太好了，真是个伟大的计划。不过这个岛……”海伦夫人还没说完，格兰特船长便说：“这个岛肯定不行，夫人！这里只是一些岩石，养活几个人还可以，可我们需要的是大片的拥有丰富资源的地方，而那个地方，只有南非才有。”

“很好！船长，您的愿望很美好，您想找的那样一片土地，我们会和你一起去找的，美好的前途一定属于我们。”爵士大声说。

就这样，格兰特船长和爵士的手紧紧地握在了一起，仿佛这一握就是给对方的一个承诺。

之后，在这座小岛上，在这座小屋里，大家最迫切想知道的就是“大不列颠号”上遇难的三个人在两年半的时间里，是怎么生活的。当然，格兰特船长很快就满足了他们这个愿望。

“我们的故事和一切来到荒岛过鲁滨孙生活的人的故事一样。来到这里后，根本没有人可依靠，能依靠的只有上帝和自己。我们必须和大自然作斗争，为自己争取生存环境和资源。至于是怎么来到这里的，还要说1862年6月26日到27日夜里发生的事。那时候，经历了6天大风暴的‘大不列颠号’被风浪打到了这里，触到了这个岛的岩石上。这个岛宽约3公里，长大概8公里，岛里有30来棵树，当然还有一些草场和清水泉。幸好这个清水泉一年四季都不会干涸。所以当我带着幸存的两名水手来到这里后，并没有感到绝望，我的两位患难朋友包柏和乔艾，我们三个人团结起来，共创家园。开始的时候，我们就和我们的榜样——笛福作品中的鲁滨孙一样，将船上残存的工具、火药、枪械，以及宝贵的种子带上了岛。刚刚开始的时候确实很辛苦，不过很快，打猎和打鱼就能为我们提供稳定的食物了。

“由于岛内的羊很多，沿岸还有很多水生动物，所以我们暂时不用担心生活，同时，生活也慢慢规律起来。

“好在我们从船上抢救了一些测量工具，很快就知道了我们所处的位置。不过这个结果让我们很沮丧，因为这个小岛处在任何航线之外，所以不可能有船过来搭救我们，除非有船只遇到了意外，来到了这里。在得知这种情况后，我不敢再奢望能与亲人见面，所以一边思念着亲人，一边勇敢地接受着这个考验。我们开始劳动，很快，马铃薯、菊苣、酸模等植物就种植到了岛上，并开始调剂着我们的日常生活。

“之后，还有其他一些蔬菜进入到了我们的生活当中。同时，我们还捕到了儿只野羊，并将它们驯服，之后又有了羊奶和奶油。当然，那干河沟里长出的纳儿豆也成了我们做营养面包的食材，所以在生活上，我们还算富足。

“当然，我们所住的屋子就是用‘大不列颠号’的旧料造成的，屋顶涂上了柏油的帆布，正是因为有了它，我们才顺利度过了多雨的季节。在这个小屋里，我们讨论了很多事情，也做了很多计划。

“我也曾想用破船板造一只小艇，然后往有陆地的地方跑。不过就算是最近的陆地——帕摩图群岛离这个岛也有800公里。这样一个漫长的航程，一只小艇是不可能做到的。所以我放弃了这个计划，只能等机会，等着有人来救我们。

“那时候，我真想念我可怜的孩子们啊！我无数次站在岸边的岩石上，等候过往的船只。在我们沦落到此的这段时期，仅仅有两三只帆船出现过，不过很快就没影子了。两年半的时间就这么过去了，我们甚至都觉得没什么希望了，不过我们还是没有失望。

“最终，就在昨天，在我爬到岛的最高峰时，看到有轻烟在岛的西南方向飘荡。接着那烟慢慢大了起来，不一会儿，有船出现在了我的视线中，并且向我们这个方向驶来。不过小岛没有可停泊的地方，这船会不会避开小岛开走呢？这又是我所担心的。

“那真是一种煎熬，昨天，我的心差点从胸膛里蹦出来。我的两个同伴在岛的另一座山峰上点起了火，不过游船并没有任何回应。可看到希望就在眼前，难道我们就要这么失去吗？我没有再迟疑，怕船在夜里绕过这个岛开走，所以下了海，往船那里游。那时候，希望占据了我的内心，给我补充了能量。所以我以超人的毅力与波浪作着斗争，在我渐渐接近游船，已经不到30米时，船却掉头了。于是我发出了失望的呼救。当时，只有我的两个孩子听到了，其实那不是他们的幻觉。后来，我只能重新回到海岸。疲惫加上焦急，弄得我浑身瘫软，只能算个半死的人了，是我的两个同伴把我拉上了岸。我们在岛上就这么过了难熬的一夜！

“本以为我们就会被永远抛弃了，谁知天一亮，我们竟然看见船慢慢地荡过来了。还看见你们的艇在下海。我们太激动了，因为我们得救了。更让我激动的是，天啊！竟然是我的两个孩子，我两个亲爱的孩子就出现在我的面前，并且伸开双臂要拥抱我。”

格兰特船长的讲述最终在他拥吻玛丽和罗伯尔中结束了。直到此时，格兰特船长才知道，他们之所以获救，是因为那三张纸条。他是在遇难8天后，写了三张纸条，装在瓶子里让它随着海浪漂流的。

不过，在格兰特船长讲述他的经过时，巴嘉勒尔又在想什么呢？

这位可爱的地理学家，正将那三张纸条上的文字在脑海里反复回想，他把原本设想的三种解释重又想了一遍，好像全都错了。那么，那三张被腐蚀的纸条上，到底写着什么呢？又是什么意思呢？他按捺不住了，抓起格兰特船长的手说："船长，您现在是否能告诉我们，您那纸条上写的是什么？"

见巴嘉勒尔提出这个问题，所有人的好奇心全都被吊了起来，9个月来都没有猜出的哑谜，想必现在可以得到答案了。

"船长，那三张纸条上的文字，您还记得吗？"巴嘉勒尔又问。

"当然记得。我没有一天不去想它，那可是我们唯一的希望！"

"船长，那几句话是什么意思？我们猜来猜去，实在是猜不出来。"爵士说。

"我马上就告诉大家！不过你们要知道，为了增加获救机会，我在瓶子里装了三张用不同文字写成的纸条，大家想知道哪个纸条上的内容呢？"格兰特船长问。

"什么？三张纸条上的内容都不一样？"巴嘉勒尔又叫了起来。

"大概意思是一样的，只是地名不同。"

"那么还是先说法文写的吧。那张保存得相对比较完整，我们每次解释纸条上的内容，都以它为基础。"爵士说。

"爵士，用法文写的是这样的：1862年6月27日，三桅船'大不列颠号'，籍隶格拉斯哥港，沉没在离巴塔哥尼亚800公里的南半球海面。因为急求登陆，两名水手及船长格兰特爬上了岱波岛。"

巴嘉勒尔不由自主地哼了一声。

"不幸长久成为蛮荒绝地之人。兹特抛下此文件于经153°、纬37°11′处。务乞速予救援，否则必死于此！"

格兰特船长说完后，巴嘉勒尔忍不住了，大声说："怎么是岱波岛？不是玛丽雅泰莱萨岛吗？"

"没错，巴嘉勒尔先生，这个岛在英国地图上是玛丽雅泰莱萨岛，但在法国地图上却是岱波岛呀！”

格兰特船长的话音刚落，巴嘉勒尔的肩膀上就挨了重重一拳，打得巴嘉勒尔的身子猛地往下一弯。他回过头，看见是少校。一向沉稳老道的少校，这次看来破例了。

“真是个好地理学家啊！”少校轻蔑地说。

巴嘉勒尔对少校打在他肩上的那一拳并没什么感觉，但在地理学上出现问题，却给了他比那一拳还重的打击。他低下头去。

因为对那张纸条，他就像格兰特船长说的那样，已经差不多知道原文了。那些残缺模糊的字，他也已经猜出来了，像巴塔哥尼亚、澳大利亚、新西兰，这些名字虽然先后在脑子里蹦出，但好像都是正确的。其他的也好像都知道原义了，可就是“abor”让他糊涂了。他将它解释成了“达于”（aborder），实际上它是法文地名“岱波岛”（tabor），这个地方，就是“大不列颠号”遇难后避难的地方啊。当然，这个错误在所难免，因为“邓肯号”上的地图都写着“玛丽雅泰莱萨岛”。

“即使这样，我也不能忘记一岛两名的事啊。这是一个不可原谅的错误，我不配做地理学会的秘书，我的脸都被丢尽了。”巴嘉勒尔抓着他的头发嚷嚷着。

“巴嘉勒尔先生，您不需要这么难过的。”海伦夫人安慰他。

“不！夫人！我真是太蠢了，就像一头蠢驴一样蠢。”

“是的，还比不上一头玩杂技的驴。”少校开玩笑似的替他骂了一句，算是安慰他。

吃完饭后，格兰特船长把那间他们住了两年多的房子整理好了，他不准备带走任何东西，因为这些东西还要留给阿埃童，让一个恶人享受善良人创造的财富。

回到船上后，爵士打算开船，也顺便让人送阿埃童下水。阿埃童站在楼舱口，站在格兰特船长的面前。

“阿埃童，咱们又见面了。”

“船长，是您啊！很好！见您一切都好，我很高兴。”阿埃童平静地说，他并没有表现出见到格兰特船长的惊讶。

“阿埃童，当初将你赶到有人居住的地方，反而害了你！”

“好像是这样的，船长！”

“现在你要替我住这个无人居住的荒岛了，希望老天能答应你的忏悔！”

“但愿是这样！”阿埃童的语调依然平和。

爵士看着阿埃童。

“把你丢在这个荒岛的决定，你还坚持吗，阿埃童？”

“是的，爵士！”

“这个岱波岛合你的意吗？”

“非常合我的意！”

“好的！阿埃童，听我一句话，这里离任何陆地都很远，你和你的手下是不可能取得联系的，因为奇迹毕竟很难出现。所以‘邓肯号’放你在这个岛上，你逃不掉。不过你不会和格兰特船长在这里的两年多那样，既无人知道，也无人救援，虽然你不配被别人记着，但我们会记着你的，我们知道你在什么地方，我知道该在什么时候，什么地方来找你，我永远也不会忘。”爵士说。

“愿上帝保佑您！”阿埃童说得很简洁。

这也是爵士和阿埃童的最后谈话。之后，阿埃童下了游船，上了小艇。

麦盖尔又让人给他送了几箱干粮、工具、武器和若干弹药。所以，阿埃童在这个岛上利用劳动来改造自己，不仅什么都不缺，而且连书籍都有。

到了分别的时候，大家全都站在了甲板上。有几个人心里很难过，比如玛丽小姐和海伦夫人。

“一定要这样吗？一定要把他丢在这里？”海伦夫人问爵士。

“是的！海伦，在这里是为了让他改过自新。”

小艇在麦盖尔的指挥下，离开了大船。站在艇子上的阿埃童，不动声色地摘下头上的帽子，给大家庄重地行了个礼。

爵士也脱了帽子，全体船员都脱下了帽子，他们像是表达着对一个临死之人的告别。就这样，小艇在一片沉默中离开了。

到了陆地，阿埃童走向沙滩，小艇又回到了大船。

此时已经是下午4点钟了，大家全都在楼舱顶上看着他，见他双臂环抱，一动不动，像座石像一样矗立在岩石上，看着“邓肯号”。

“我们走吗，爵士？”麦盖尔问。

“走吧，约翰！”爵士急促地说，掩饰着内心的难过。

“开船！”麦盖尔对开船的水手喊道。

汽管里响起了蒸汽声，波浪被螺旋桨打着，发出了很大的响声。晚上8点钟的时候，岱波岛上的最后几座山峰也在夜幕中消失不见了。

第五十三章
Chapter 53

结局

在“邓肯号”离开岱波岛的第11天，也就是3月18日，他们看见了美洲海岸，并在第二天停在了塔尔卡瓦诺湾。

在航行了5个月后，他们回来了。在这5个月里，他们一直严格遵循着南纬37度线，并环绕地球一周。这值得纪念的一次旅行，在英国旅行史上还是第一次。他们穿过了智利、潘帕区、阿根廷共和国……经过了大西洋、达昆雅群岛、印度洋、阿姆斯特丹群岛、澳大利亚、岱波岛……然后穿过了太平洋。

当然，他们的一切努力都没有白费，因为他们找回了“大不列颠号”的遇难船员，并把他们带了回来。

更重要的是，那些响应爵士号召，去寻找遇难者的，忠诚而热心的苏格兰人，一个也不缺，完好无损地回来了，回到了他们古老的苏格兰。这次远征，很符合古代史上的一场“勇敢人的战争”。

此时，“邓肯号”的燃料和其他供养也都补充完毕，他们即将沿着巴塔哥尼亚的海岸，绕过合恩角，驶进大西洋。

没有比这更顺利的航行了，因为这只船里装载着满满的幸福。船上已经没有什么秘密了，连麦盖尔对玛丽的爱慕之情也已经成了公开的事。不过，还有一件事成了少校心里的神秘事件，那就是巴嘉勒尔一直将衣服裹得紧紧的，甚至连领带都打得很严，围巾更是围得密不透风，甚至围到了耳根处。

少校一直心存疑虑，想要看个究竟。不过，不管他怎么盘问，用什么方法旁敲侧击，甚至是诈巴嘉勒尔，巴嘉勒尔始终什么都不说。而即使当“邓肯号”穿过赤道线，甲板上的温度达到了50度高温时，他依然把衣服裹得严严的，连一个扣子都不松。

“该不是马虎地将这里当成严寒的圣彼得堡了吧！”见巴嘉勒尔裹着一件大

衣，像是很冷的样子，少校开玩笑道。

5月9日，也就是在船离开塔卡瓦诺湾的50天之后，麦盖尔看到了克利尔角的灯火。“邓肯号”驶进了圣乔治海峡，并穿过爱尔兰海，转过克莱德湾，于11点的时候停在了丹巴顿。

下午两点的时候，船上的所有人在高地人的热情欢迎中进入了麦凯莫府。

当我们看到这里的时候，是不是会觉得很多事情都是注定了的呢？比如格兰特船长和他的两名水手的得救是注定了的；麦盖尔和玛丽之间产生爱慕，最终在古老的圣迈哥教堂里举行婚礼也是注定的。因为9个月前，那位曾为格兰特船长及遇难船员祈祷的穆尔多牧师最后又为格兰特船长及他的救命恩人送去了祝福；而将来，罗伯尔也会像他的父亲、自己的姐夫一样做个海员，甚至还要在爵士的大力支持下，继续格兰特船长未完的伟大事业……这一切，都像是注定的。

一切都很圆满，唯有巴嘉勒尔，他不可能一辈子不结婚，而他的婚姻，是否也是注定了的呢？也许早就注定了。因为这位博学有趣的地理学家，虽然做了一番英雄，被人传诵，但同时他那马虎的毛病也传得尽人皆知。很多人都想见他，都来邀请他参加一些社交活动，忙得他不可开交。

就在这种情况下，有位30岁的可爱的小姐看上了他，并且愿意和他结婚。这位小姐就是少校的妹妹，一位脾气有些古怪，但却美丽善良的阿汝贝娜，她爱上了同样有着古怪性格的巴嘉勒尔。

虽然这位想要嫁给巴嘉勒尔的小姐拥有上百万法郎的陪嫁，但却始终没有因为这点而自傲。

巴嘉勒尔虽然也垂青阿汝贝娜小姐，但却并不主动。

于是，少校决定撮合他们，他甚至告诉巴嘉勒尔，他可以再做一次粗心大意的事，那就是结婚。

巴嘉勒尔还是犹豫不决，很是奇怪，怎么都不愿意说出“好”字。

“是不是你不喜欢阿汝贝娜小姐？”少校问他。

“没有！少校！她多可爱呀！她实在是太可爱了！不过说实话，我情愿她不可爱，甚至希望她有一些缺陷。”巴嘉勒尔慌忙解释说。

“如果是这样，那你尽可以放心，她并不完美，她有很多缺点，即使再完美的女人，都是有缺点的，所以巴嘉勒尔，你这是答应了？”

“我不敢答应！”

“到底是怎么回事，我亲爱的朋友？为什么老是这么犹豫不决？”

“是我配不上阿汝贝娜小姐！”巴嘉勒尔无数次地说。

可为什么配不上，他依然不说。

终于有一天，巴嘉勒尔在被少校逼得走投无路的情况下，说出了实话。他将自己身上的一个“缺陷”告诉了少校，这个“缺陷”非常特别，如果他犯了法，警察抓他的话，肯定能很快从这个“缺陷”上找到他。

“就为这个呀！”少校大叫道。

“就是这个原因。”巴嘉勒尔认真地说。

“这又有什么关系呢，我亲爱的朋友？”

“你真觉得没关系吗？”

“当然没关系，不仅没关系，反倒会因为这独特的一面而更迷人呢。这样一来，你也就成了阿汝贝娜梦想中最独特的那个人了。”

少校一本正经地说着，丝毫没有笑，这让巴嘉勒尔心里很忐忑。

之后，少校又去找了阿汝贝娜小姐，仅仅用了很少的时间就谈好了。15天后，婚礼在麦凯莫府的小教堂举行，新郎巴嘉勒尔打扮得漂漂亮亮的，迎接貌若天仙的新娘阿汝贝娜。当然，这天，巴嘉勒尔的衣扣仍然扣得严严实实。

原本巴嘉勒尔的这个秘密，是一辈子都不会有人知道的，当然只要阿汝贝娜不说。不过，少校告诉了爵士，爵士又告诉了海伦夫人，海伦夫人又告诉了麦盖尔太太，也就是玛丽。最后，这件事又传到了奥比尔太太的耳朵里，之后，这件事便传开了。

原来，巴嘉勒尔在毛利人家里做俘虏的时候，他的身体上被毛利人刺上了花纹。这个花纹并不是刺了一点点，而是从脚跟一直刺到了肩膀，而且还在他的胸前刺了一只大几维鸟，几维鸟张着两只大翅膀，嘴巴啄的地方正是他的心脏所在处。

这件被刺花的事，也就成了巴嘉勒尔在这次伟大旅行中最难堪，最难受的一件事了，而且也成了他一生的刺，这件事让他从此不再原谅新西兰。正因为如此，虽然大家都劝他，他也想念自己的国家，但他却再也不愿意回法国了，他怕地理学会有个刺过花纹的秘书的事成为新闻事件，让学会成为整个社会的笑柄。

当然，对于格兰特船长，当他重回祖国后，全苏格兰人都欢迎他。他的回家也成了全民族的一件大喜事。他，自然成了在苏格兰家喻户晓的一个人。

格兰特船长的儿子罗伯尔，果真也像他一样，成了一名水手，并在爵士的帮助下，为实现在太平洋建立一个苏格兰移民区而努力奋斗……

（完）